让 我 们 一 起 追 寻

［美］**威廉·夏伊勒** 著

卢欣渝 一译

人生与时代的

20th CENTURY 二十世纪 之旅

JOURNEY

Volume 3

A Memoir of a Life and the Times

回忆 （第三卷）

「上」

W ILLIAM L. S HIRER

旅人迟归

1945—1988

A NATIVE'S RETURN: 1945-1988

社会科学文献出版社

SOCIAL SCIENCES ACADEMIC PRESS (CHINA)

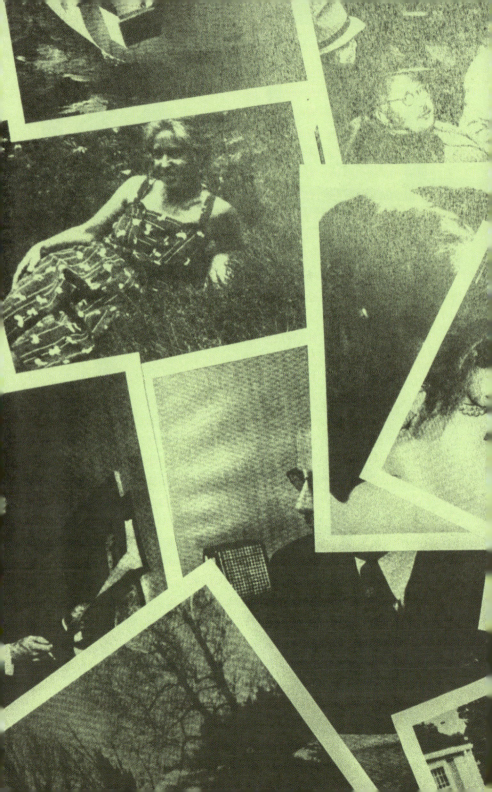

本回忆录最后一卷
献给撒手人寰的
伊琳娜·亚历山德罗芙娜·卢戈夫斯卡娅

在摇曳的煤气灯光下，历史沿着过去的轨迹跌跌撞撞地前行，它试图再现当年的场景，它试图复活当年的话语，当年的激情被史书点燃时，或多或少会显得有些乏力。

——温斯顿·丘吉尔

比青史留名和荣华富贵更重要的是，坚韧、负重和信念。

——安东·契诃夫

人类是神秘莫测和广袤无垠的存在。

——拉达克里希南

生活之于人类实在是太艰辛了，它带来了太多的痛苦、失望，以及无法完成的任务……人类理应享受的"幸福"，从未出现在《创世记》的规划中。

——西格蒙德·弗洛伊德

手握重权者震怒之时，野兽唯甘拜下风。

——普鲁塔克

否定人生悲剧意味的民族将发现，面对人生深层的复杂性，很难不感到失望。

——雷茵霍尔德·尼布尔

生活必须向前看，但若想真正理解它，则必须向后看。

——索伦·克尔凯郭尔

世间原本不太平。

——赫伯特·巴特菲尔德

目　录

序

本书记述的是某人穿越 20 世纪的经历。本书是三部曲中的第三卷，也是最后一卷。在 20 世纪，人类经历的变化超过了以往 1900 年的变化。

同一时期，这一星球还见证了更多的暴力、更多的流血冲突，以及多次战争，其规模和破坏力越来越大。

可以肯定的是，在 20 世纪，间或也有和平时期，对许多人来说，尤其对生活在美国的人来说，蒸蒸日上的生活一直在继续。在这一时期，科学和发明获得了爆炸式发展，这极大地改善着人类的生活方式，改变着人类对自身起源的认知，人类在宇宙中究竟身在何处的观念也在改变。我出生于 1904 年，如今的年轻人会说，他们根本无法想象在那之前，人类的生活究竟是什么样。那之前，人们出行时乘坐马拉的四轮车；那之前，世间还没有汽车、电话、电灯、电力，也没有如此普及的中央供暖；那之前没有飞机、电影、激光、雷达、收音机、电视机、燃油炉、电冰箱、空调机、拖拉机、沥青路、汽车库、加油站、交通灯、停车场、商场、机场、所得税、社会福利、女性参政权、计算机、录像机、核炸弹、空间站、太空火箭、太空飞船、月球漫步、喷气发动机、凝固汽油弹，以及许许多多人们如今司空见惯的其他东西。

我父亲上过大学，接受过法学院的教育。他是那种思想开放、很有包容心的人，和所谓的"老顽固"完全不沾边，他去世时才 42 岁。但他也认为，对于行走在城镇大街和乡间道路上的行人来说，汽车很危险，会吓着马匹，因而是一种威胁，必须禁止。当年，上路行驶的汽车总量不过区区数千辆。

我父亲对飞机也持否定态度，当时的飞机——都是小型复翼飞机——就全美国而言，其总量亦屈指可数。他认为，搭乘亚音速和超音速飞机旅行，尤其是飞越大陆和大洋，简直是痴人说梦。

1910 年 9 月 27 日，在美国芝加哥格兰特公园上空，有十多架突突作响的小型复翼飞机在那里做简单的飞行表演。我父亲和我看过那些早期的飞机之后，他对我说："如果上帝想让我们飞翔，他早已赐予我们翅膀。我们还是把飞翔的事留给鸟类吧。"

20 世纪，所有独创性的机械发明以及由此带来的不可思议的社会发展是否真的改善了人类生活质量，让人类生活更有深度、更有意义，对此我持怀疑态度。毫无疑问，那些创造发明解放了男性——以及女性——让人类摆脱了许多艰苦的劳作；人们在世纪之初想都不敢想的事，如今已经遍地开花；人们的生活节奏之快，实在太疯狂，让我经常头脑发晕，想停下来一看究竟，以便好好整理一下自己的思路。

所有社会发展极大地提高了大多数人的生活质量。当然，地球上仍然有数千万人生活在饥饿中，并且无家可归。让美国人无地自容的是，在富足的美国，这些人的数量相当庞大。和我出生时相比，至少在西方国家，大多数人在物质方面已经过上好日子。然而，人们是否得到了更好的教育，更加幸福，更加聪明了呢？

在我成年以后的前 20 年里，我大部分时间在海外工作，主要是在欧洲，前两卷回忆录主要讲述的是我在美国以外地区的经历。

本书涉及的是我重返美国后，在美国国内近半个世纪的经历，即长期脱离美国，第二次世界大战结束后重返美国的我在国内的生活和工作状况。

运气、命运，或是上帝，或是主宰人类生命长度的什么东西，它们让我走过了动荡的 20 世纪的大部分时间，让我度过了我们国家建国以来相当长的一个时期。

恰如詹姆斯·赖斯顿最近向我指出的那样，作为记者和评论家，我们的工作是评说我们所处的时代，而这一时代跨越了半个世纪之久，甚至更久，实际跨度为美国建国以来四分之一之久。就我个人来说，即 200 年中的 64 年。

对我个人来说，这是一段漫长的跨越，和大多数人一样，我的生活也充满了跌宕起伏。不过，一路走来，其中既有惊喜，也有激动，既复杂多变，也麻烦不断。

第一篇

重归故土：1945

第一章

战争结束

此前，第二次世界大战战事正酣时，我曾于 1940 年和 1944 年两度赶回国内，与家人共度圣诞节。如今，1945 年圣诞节假期已然临近，我第三次往家里赶去。但愿这次能让我在国内长期稳定下来。

如今，战事结束。1939 年 9 月的第一天，德国人发动了战争。1945 年 5 月 7 日，德国人无条件投降了。8 月 14 日，日本人放弃了抵抗。

我永远也不会忘记 8 月的最初几天，正是在那几天，久拖不决的战事结束了。那几天爆出来的消息让人难以把握。8 月 6 日，星期一，谁能接受那个突然传来的消息呢？当天，美国往广岛投掷了一颗原子弹，那是日本的一座大城市。正如我从未耳闻过原子弹一样，我也从未听说过广岛。我们美国人第一次释放出太阳从中汲取了让人畏惧的能量的那股力量，用于屠杀人类并摧毁他们居住的城市。

杜鲁门总统通过广播向人们宣布了这一消息。他说，投向广岛的那颗炸弹威力巨大，相当于 2 万吨 TNT 炸药。战争部则宣称，那颗炸弹造成的破坏程度目前尚不清楚。数架美国侦察机报告说，烟尘形成的云团直冲天际，根本穿不透，它罩住了"目标地区"。那颗炸弹具有如此可怕的威力，必定会导致惊人的人员伤亡和财产损失。当时还没有人提到放射性沉降物之类的连带破坏。在高度保密的新墨西哥州荒漠地带，一小群美国科技天才制造出了那颗炸弹，唯有他们知道，最可怕的恶果将是放射性沉降物。人类最终会明白这一点。

那颗炸弹竟有如此让人难以置信的破坏力，当时的人们对此并不怎么关注——当时没有人想到这一点，也没有人像后来的人们那样以炸毁地球相要挟——人们更加关注的是，那颗炸弹能否吓住日本人，让日本人投降，进而结束那场战争。后来，美国向长崎投下了第二颗炸弹，战争终于结束了。我觉得，无论是朋友、敌人，还是中立者，地球上的每个人都如释重负，战争终于结束了，大规模的屠杀和严重的破坏终于要停止了。在备受摧残的世界，人类终于要享受和平了。

不过，当时人们或多或少都能感觉到，这个世界和过去永远不一样了。美国人投向日本的两颗原子弹爆炸以后，一个时代结束了。人们突然间措手不及、惴惴不安地停了下来，眼睁睁地看着一个新时代到来了。我在笔记里抄录了当天上午发行的《纽约时报》社论，该社论表示了同样的担忧，提出了同样的关键问题：

> 一场科技革命和一场战争革命在同一天发生了……唯有发生一场人类政治观点的变革，人类文明和人文科学才会继续存在下去。在人类文明和人为灾害的竞赛中，人类有可能尽快成熟，进而赢得比赛吗？

这一问题将伴随我走过后半生，它像一片乌云那样咄咄逼人，它投下的阴影罩住了本书，而且从本书第一页贯穿到最后一页。半个世纪以后，我仍然没有找到答案，也没看到任何希望。疯狂的竞赛仍然在继续，没人知道竞赛将如何结束，还有多久才会结束。

当年春季，哥伦比亚广播公司把我派到了旧金山，让我报道联合国创建的消息。我曾经请求公司把我派回欧洲，采访看似必将到来的针对纳粹德国的最终胜利。我此生已经付出太多时间用文字和广播介绍德国。从那时往前追溯六年，第二次世界大战刚刚爆发，当时我正好在柏林，亲眼见证了战争初期德国对波兰和西方的令人咋舌的胜利。因而我特别希望亲眼见证德国战败。战争头几年，这看似不大可能。我并不是因为记恨，而是因为，如果一个人曾经花费了很长时间报道傲慢、野蛮的希特勒及其同伙首先征服了德国，而后征服了大部分欧洲，那么让同一个人亲眼见证他们的失败，会显得赏罚公平。不过，哥伦比亚广播公司的权势人物已经做出决定，他们希望我前往旧金山。这或许是因为，我是公司里唯一采访过联合国的前身——总部设在日内瓦的国际联盟有关事宜的人。

　　既然欧洲战场对德战争和亚洲战场对日战争的胜利几乎已成定局，新闻报道方面的头等大事或许就不再是战争，而是获得胜利的同盟国如何缔造即将到来的和平。正如第一次世界大战后，为防止未来再次爆发战事，维护和平，胜利者们在凡尔赛宫创建了国际联盟，这一组织一度成为伍德罗·威尔逊的梦想。如今，胜利者们正在旧金山召开会议，他们的梦想是创建一个名为"联合国"的新的全球机构，希望这个机构能比它的前身做得更好。此前在日内瓦，我亲眼见证了面对共同利益的列强们在主权问题上寸步不让，过于民族主义，过于自私，导致老国联一直在痛苦中挣扎。让我感到奇怪的是，如今的我竟然对联合国的前景盲目乐观。我竟然天真地以为，世界各国已经从历史中汲取教训，尤其从第二次世界大战带来的苦难和牺牲中汲取了教训。我原先以为，各国领导人虽然聪明不足，但他们的确懂得，人类小小的星球经受不起第三次世界大战——在投掷原子弹之前，这一点早已成了定论。

　　因而，1945 年 4 月 20 日，满怀希望的我从纽约出发，往旧金山赶去。二战后，美国和苏联崛起为两个世界性超级大国，这两国之间的对立尽人皆知，但这并不会阻挡我的采访热情。我以为，总体上看，正如苏联人对崇尚可怕的资本主义和帝国主义的美国人歇斯底里一样，或许美国人对可怕的布尔什维克人同样歇斯底里。尽管美苏两国之间存在着妄想症和言辞攻击，但在我看来，这两个国家之间不存在根本的利益冲突。从沙皇时代的俄国到布尔什维克时代的苏联，这种冲突从未存在。

事实证明，在这一问题上，我过于天真了。不过，有那么一段时间，来自同一星球的 50 个相距遥远的国家的政治家们云集在美丽的海湾城市旧金山，那座城市到处洋溢着友善气氛，以及必须向前看的决心。这是南非总理扬·克里斯蒂安·史末资做的总结。第一次世界大战结束后，在法国凡尔赛参与创建国际联盟的人里，他是唯一仍然在世的重要人物。他亲眼见证了国联的缓慢衰败。他认为，拟议中的联合国比老国联好。他亲口告诉过我，他认为，这是人类最后一次机会。

史末资认为，联合国至少在一件事上比老国联更强，因为，从其组建初期，世界上两个最强大的国家即参与其中。老国联的弱点之一是，美国总统提议创建了国联，美国自己却置身其外，退了出来。苏联则未在受邀之列，直到老国联将要寿终正寝时，苏联才应邀参加。史末资还认为，在维护和平方面，联合国的手段更强——如果需要，联合国甚至可以部署军事力量，老国联却没有这样的权限。那几天，春意盎然，让我无法想象的是，许多人像我一样对联合国的前景抱有坚定的信念。到末了，这一信念却化成了幻想。20 世纪 20 年代，作为年轻人的我对国际联盟也曾经抱有同样的幻想。

1945 年 4 月 25 日，有 50 个国家参与的大会正式开幕了，会址在金碧辉煌的旧金山歌剧院，那是为纪念战争而修建的。我的兴奋之情，我对大会的强烈期望，当晚我都记录在了日记里：

> ……在今天的会场上，所有人表达的共同愿望是人类和平。在柏林，人们正在将一个疯子征服世界的各种希望葬入那座曾经伟大的城市的废墟里（当天的新闻报道说，苏联军队正在向该市的中心挺进，据称，阿道夫·希特勒正藏身在总理府下方）。在人们称作太平洋的大洋沿岸，在这个美丽的人类聚居地，许多良好的愿望正在诞生。
>
> ……（13 天前，杜鲁门刚刚继罗斯福之后成为美国总统）美国总统通过广播向各代表团表达了如下愿望："你们手里掌握着人类的未来，必须确保不再爆发另一场战争。"

与此同时，在这场正在进行的人类战争中，惊人的消息正在不断涌现。我在日记里记述了那一达到顶点的、辉煌的尾声：

> 4 月 22 日，星期日。苏联人离柏林市中心的菩提树大街仅有不到五千米远，市区已成一片火海……在柏林南部的某个地点，美国军队和苏联军队即将会合……

> 4 月 29 日，星期日。今天是休息日！
> 美国军队已经开进慕尼黑和米兰，这两座城市分别为纳粹主义和法西斯主义的诞生地。英国第八集团军已经解放威尼斯。柏林市 90% 的地区已经落到苏联人手里。

不过，最重要的消息来自米兰。

趾高气扬地把自己打扮成恺撒的小人物贝尼托·墨索里尼已经死了。昨天下午4点20分，他在意大利北部科莫旁的一座小山城里被意大利爱国者们绞死了。今天，他的尸体正吊在米兰市洛雷托广场上……米兰自由广播电台报道说，领袖的情妇克拉拉·贝塔西也被绞死了。人们将暴君的尸体解下来，摞到横陈在下水道里的克拉拉的尸体上，供米兰人观赏。

意大利领袖走了，德国元首呢？

不出所料，阿道夫·希特勒的末日也来临了。

5月1日，星期二，旧金山费尔蒙特酒店，当时我正在与美国代表团的一些成员共进午餐，一位服务员将我召唤到电话机旁。是哥伦比亚广播公司驻当地办事处的电话，那里的人说，我必须马上回去。希特勒死了！

由于各种各样的最新消息已经做足铺垫，我对希特勒之死并没有感到惊讶。不过，我仍然无法相信。这么多年来，傲慢残忍的希特勒总是以征服者的姿态横扫世界各地，他首先征服了德国，然后征服了大部分欧洲。我在柏林工作期间，从未想过他会落得如此惨烈的下场。他向来看不起苏联人，到头来苏联人把他困在了地堡里。四年前，他未发警告，未做任何挑衅，直接冲上去毁掉了苏联人的家园。如今被彻底摧毁的却是他自己的家园。他如此不负责任地发动了战争，如今，他无可挽回地输掉了战争。

我立即往哥伦比亚广播公司播音室赶去。到达之后，工作人员直接将我领进了播音室，让我发表对纳粹暴君之死的初步想法。对那样的突发事件说清楚看法非常困难，我当时的表现不太理想。我失去了一次绝佳的机会！而且是我期盼已久的机会！若想完整地评说阿道夫·希特勒对他的国家、对我、对整个世界的影响，少说得花上好几个小时，甚至得花上数天时间。希特勒是个天分极高的恶魔。

在我当天详细记述的日记的结尾处，我发现了如下内容：

找个时间写：汇总一下……希特勒。

对他的个人印象……回想第一次见到他的情景，那是1934年9月，地点是纽伦堡，可是为什么他并没给我留下什么印象？最后一次见到他本人是什么时候的事？我记得是1940年7月18日，地点是德国国会大厦，当时他刚刚践踏了丹麦、挪威、法国以及低地国家，正在与英国进行和谈，他自认为对英国宽宏大量。

如今，希特勒已经死了。他是怎么死的？我想知道真相。另外，如果有人取代他，那人会是谁？二号人物戈林？三号人物戈培尔？盖世太保头目希姆莱？近日有报道说，希姆莱正在西线和瑞典人接洽，商谈投降事宜。哥伦比亚广播公司已经把德国播报希特勒死讯的广播录制下来。

最初的消息来源是德国汉堡的广播电台。

播音员：注意了！注意了！德国广播公司现在向全体德国人民播报一条庄严且重大的消息。消息来自元首指挥部。在与布尔什维克的斗争中，我们的元首阿道夫·希特勒为德国战斗到了生命的最后一刻，今天下午，他倒在了

位于帝国总理府的行动指挥部里。4 月 30 日，元首任命
海军上将邓尼茨为他的继任者……

邓尼茨是位脸型消瘦、表情严肃、年事已高的潜艇部队指
挥官，接下来是他的声音。他说，希特勒"英勇牺牲"，面对
"可怕的布尔什维主义威胁"，他战斗到了最后一刻。他接着
说，这场斗争必将继续下去。我们打的是一场针对英国人和美
国人的保卫战，如果他们执意深入德国，他们将对"在欧洲
传播布尔什维主义承担全部责任"。

我感觉，邓尼茨的讲稿肯定出自宣传部部长戈培尔之手。
希特勒反对布尔什维主义早已成为纳粹的老生常谈，时至今
日，还会有人相信这一说教吗？死硬的美国人对苏联人恨之入
骨，但连美国人都不信。1939 年 8 月，希特勒张开双臂拥抱
了布尔什维主义，与斯大林签订了条约，正因为如此，纳粹独
裁者才得以发动战争。

对于希特勒"英勇牺牲，在与布尔什维主义的斗争中战
斗到了生命的最后一刻"，我深表怀疑。我肯定他是为了避免
落入苏联人之手而自杀的。希特勒的神话建立在太多的谎言之
上，为保持其神话永续，谎言是必须的。

既然希特勒已死，德国投降就在所难免了。一周后的 5 月
7 日，这成了现实。欧洲战事结束了——五年八个月零六天的
战事几乎摧毁了那片古老的大陆，那里是西方文明的发源地，
数千万人被屠杀，致残的人更多。

那年夏季，我们的国家完成了一项第一次世界大战后未竟
的事业，我们加入了一个国际组织，人们都希望这一国际组织

能够维护和平。50 个国家在旧金山共同签署了《联合国宪章》，时间为 6 月 26 日——"创造历史的一天！"我在日记里兴奋地写下了这句话。向与会代表讲话时，杜鲁门总统撇开事先为他准备的讲稿脱口而出："噢，这一天必将成为让历史铭记的一天！"这一天来之不易，总统接着评论道："我们终于有了宪章。"他还感叹了一句："太了不起了！"这主要是因为，经历了长期艰苦的争吵，美国和苏联终于同意弥合双方的分歧。

第一次世界大战结束后，美国参议院拒绝批准美国加入国联。如今参议院能否批准美国加入联合国，持怀疑态度的人不在少数。然而，时代变了，美国成熟了。和伍德罗·威尔逊不一样，富兰克林·罗斯福以及哈里·杜鲁门精明地将此事做成了两党的联合议题，他们盛邀参议院以及其他共和党领袖到旧金山讨论《联合国宪章》文本。6 月 28 日，参议院以 89 票赞成 2 票反对批准了宪章。

一战结束后，苏联和美国均未成为国联成员。苏联是由于未收到邀请，美国则是由于自己选择了置身其外。如今，两个超级大国均成了联合国的脊梁。

第二章

独裁者之死

当年 10 月初，我返回了战争策源地，前去调查那个"优等种族"和那个国家究竟发生了什么事，看看能否发掘出那个国家在绝望时刻的素材，阿道夫·希特勒的真实结局究竟是怎么回事。我还希望在 11 月底及时赶到纽伦堡。按照计划，彼时彼地将要开始对在世的纳粹战犯进行审判。在众多需要了解的事情里，我希望详细了解战犯令人难以置信的恐怖行径。一些消息浮出水面：纳粹曾经在灭绝营里用焚烧炉消灭欧洲的犹太人。

我在另一个场合介绍过重返德国一事，我曾经强烈地希望，回国定居前，这是我最后一次重返德国。由于这是三卷回忆录中的最后一卷，我利用它多啰唆几句，应无伤大雅。对我来说，这次重返德国可谓与第三帝国及其野蛮的领袖阿道夫·希特勒的某种诀别。迟早有一天，人们必须和一个地方永远说再见。

1945 年 10 月 30 日，星期二，我回到了柏林。

我和哥伦比亚广播公司的同事霍华德·史密斯在那座宏伟的城市的废墟上一连徘徊了好几天。我的日记让我想起来，在街上行走时，我们遇见的最悲惨的人是那些被遣返的德国战俘——尤其是来自苏联战俘营的人，以及西方同盟国指挥官们放归自由的人。同盟国手里的战俘太多，已经没有他们的容身之处。1939 年，我跟随希特勒的士兵开进波兰，1940 年春季跟随他们开进荷兰、比利时、法国。那时候，他们是何等傲慢和踌躇满志，但现在呢？我在日记里记述道：

他们身着破衣烂衫蹒跚而行，他们脚踏塞满报纸的破鞋长途跋涉。我在柏林工作期间，他们总是军装笔挺，如今他们的军装已经破烂和肮脏不堪……我们在柏林韦丁一条大街上停下来，与一帮路过的士兵攀谈起来……他们真的是以傲慢的正步挺进波兰、法国、苏联的顶尖士兵吗？他们还是"优等种族"吗？……如今他们垂头丧气，肮脏不堪，精疲力竭，饥饿难耐。

我问他们："你们这是从哪儿来？"

"斯大林格勒，"接着他们还补充了一句，"这回彻底完蛋了。"说完，他们还尴尬地笑了笑。我注意到，他们当中仅有少数人嘴里有牙齿，而他们都还是年轻人。他们朝我们要烟抽，我们掏出一包烟散给了他们。然后他们慢慢蹒跚地走开了。

在柏林第一周碰到的事让我非常沮丧，但都没有出乎我的意料——德国人民并不因发动了战争而后悔，他们后悔的是输掉了战争。我和许许多多德国人探讨过这一问题，他们都说，如果希特勒在进攻苏联的战役中听从将军们的建议，如果希特勒没有对美国宣战，如果全世界没有联合起来对付可怜的德国，那他们肯定已经赢了，还会躲过眼前遭遇的苦难。在柏林，我完全察觉不出罪恶感和悔悟感，也感觉不出德国人民因希特勒将他们置于眼前的困境而对其心生怨恨。至于他们强加给被占国人民的可怕的罪孽，他们好像满不在乎。

那年秋季，我在柏林期间曾经花费大量时间调查希特勒究竟如何度过了他最后的时日。5月1日，希特勒的死讯传出来时，我还在旧金山。如我此前所说，当时我对官方的说法表示非常怀疑。我能够肯定的是，希特勒根本不可能"英勇牺牲"。当时苏联红军部队已经包围希特勒的总理府，正准备发起总攻，为避免被他鄙视的布尔什维克人活捉，他必定会自杀。

实际情况果然如我所料，事实证明，怪人希特勒的一生充满了众多不解之谜，他的末日同样扑朔迷离。在希特勒如日中天时，即纳粹主义的黄金时期，我们这些身在柏林的记者同行常常将其斥为疯子。然而，他并非真正的疯子，不过是个冷血、老谋深算、残忍的暴君。

在阿道夫·希特勒执政期间的最后一年左右，尤其是最后几个月里，德国军队在苏联境内以及西线遭遇了数次惨败，对他本人和他的政权形成了威胁，随后他变成了一个狂暴的、常常精神失控的人。长期指挥战争形成的紧张，战场失利带来的冲击，很少走出众多地堡式的地下指挥中心，缺少新鲜空气，缺乏锻炼，生活方式不健康，越来越频繁地乱发脾气而不加控制，最后还有，在庸医特奥多尔·莫雷尔指导下，每天服用各种有毒药物，导致希特勒的身体状况和精神状态已经变得一团糟。军内一小批持不同政见者的领军人物克劳斯·冯·施陶芬柏格上校在希特勒位于东普鲁士的地下指挥部里安放炸弹，差点把他炸死。那次爆炸不仅伤及他一只胳膊，还把他两只耳朵的鼓膜击穿了，导致他常常突然产生晕眩。

东部和西部两条战线日益吃紧时，希特勒的暴脾气越来越严重。总参谋部最后一批高官的前任之一是海因茨·古德里安将军，他成了希特勒多次宣泄情绪的特殊对象。苏联人将几个德国整编师遏阻在波罗的海一带，1945 年 2 月 13 日，古德里安坚决主张将这几个整编师经由海路撤回国内，元首转过身子，直视着他。

（古德里安后来叙述道）希特勒举起紧握的双拳，由于恼怒，他两颊通红，浑身不停地抖动着。他站在我面前，由于暴怒和完全丧失了自制力，他彻底变了个人。每次爆发完，他总会沿着地毯边缘来回踱步，然后他会紧贴着我猛然站住，重新爆发一轮指责。他不停地尖叫，他的眼珠似乎要从眼眶里跳出来，他的两个太阳穴青筋暴起。[1]

有一次，为躲避希特勒挥出的拳头，古德里安的副官揪住他的制服，把他拉到了一边。

正是在这种精神状况和身体状态下，纳粹独裁者做出了他一生最后几项最重要的，也是最疯狂的决定之一。3月19日，他发布了几道命令，他要让德国变成彻头彻尾的荒蛮之地。所有维持生活的东西必须被摧毁——包括工厂、建筑物、交通枢纽、铁路车辆、轿车和卡车停车场、食品和服装储备等——一切都是为了避免物资落入敌人之手。这样的命令不啻宣判在世的德国人民死刑，经过这样的破坏，支撑德国人存活的东西将荡然无存。纳粹军备部部长阿尔伯特·斯佩尔当着元首的面提出抗议，希特勒的回答如下：

如果我们战败，我们民族必将随之灭亡。这样的命运不可避免。完全没必要考虑德国人将以最原始的生存状态苟活。相反，我们自己动手摧毁这些东西更好，因为，战败即证明我们是个弱势民族，未来将属于更强大的东方民族（俄国）。还有，战斗结束时，存活下来的都是弱者，强者均已战死沙场。[2]

希特勒个人的命运已经注定，但对于德国人民能否生存下去，崩溃在即的独裁者毫不在乎，尽管他一向声称他对人民忠心耿耿，无限热爱。

1945年4月16日，朱可夫指挥的苏联军队从奥得河上的桥头堡迅速前突，于4月21日下午抵达柏林近郊。托尔高位于柏林以南大约120英里的易北河河畔，4月25日，美军第六十九步兵师的25个巡逻队和苏联第五十八警备师的先头部队在那里会师。德国南部和北部因而被拦腰截断，阿道夫·希特勒被困在了柏林城里。

希特勒曾经计划于4月20日56岁生日当天离开首都，前往上萨尔茨堡，在那里指挥第三帝国背水一战。那是宏伟的、充满传奇色彩的"巴巴罗萨"对苏作战计划的一部分。大多数德国政府机构早已搬到南方，卡车满载着政府公文和政府官员，官员们已经吓破胆，而且急于离开大难临头的柏林。十天前，元首已经把身边的大多数家政人员送到东南边城贝希特斯加登，让他们将可爱的山间别墅"贝格霍夫"收拾停当，迎候他的到来。然而，他三番五次推迟了行期。

4月15日，希特勒的情妇爱娃·布劳恩从巴伐利亚来到柏林，与希特勒住在一起。在德国，很少有人知道爱娃的存在，了解她与阿道夫·希特勒关系密切的人则更少，而她成为希特勒的情妇已有12年之久。为复原阿道夫·希特勒以及第三帝国在最后时日里的真实情况，我到处搜集资料。直到1945年11月，我才了解到爱娃的存在，这让我惊诧不已。我在柏林工作了那么多年，而我从未听说他们的事。纳粹党徒跟我谈过许多所谓希特勒与其他女人有染的事——可从来没人提到爱娃·布劳恩！根据我掌握的情况，希特勒唯一一个真爱对象是他年轻的外甥女吉莉·拉包尔。希特勒成为总理两年前，在慕尼黑期间，他把吉莉逼得自杀了。我现在知道，希特勒极有可能从未爱过爱娃·布劳恩，他喜欢的不过是有她在身边做伴而已。但多数时候，他不让爱娃待在身边，也很少让她前往柏林。

"在整个德国范围内，"元首的司机埃里希·肯普卡后来说，"爱娃是最不幸的女人。她一辈子多数时候都在等待希特勒。"

从照片上可以看出来，爱娃不是非常有吸引力的女人。很明显她相当肤浅，她大部分时间在读廉价小说、配图杂志，看无聊电影，为自己化妆。她既不是路易十五的情妇蓬帕杜侯爵夫人那样的人，也不像19世纪欧洲贵族的宠妓劳拉·蒙特斯之类。不过，希特勒显然对爱娃别有情愫，才邀约她前往柏林，陪他度过末日。到达柏林后，爱娃信誓旦旦地对一位老熟人表示，她不会在没有阿道夫·希特勒的德国生活下去。她说："对于真正的德国人来说，这么活着，没劲。"戈培尔博士夫妇与她看法相同。

在各条战线迅速瓦解，坏消息接踵而至的情况下，希特勒平静地度过了4月20日的生日。为了给元首的生日捧场，纳粹党所有大人物齐聚地堡：戈林、戈培尔、希姆莱、里宾特洛甫、鲍曼，还有仍然受宠的军方首脑，包括海军上将邓尼茨、陆军元帅凯特尔、约德尔将军、克莱勃斯将军——最后一位是当时刚刚任命的最后一任德国陆军总参谋长（由于败绩不断，希特勒不断解除陆军总参谋长的职务）。

尽管各种灾难性的消息不断涌现，纳粹独裁者却并没有在客人们面前表现出情绪特别低落，他仍然是一副信心满满的样子。三天前，他曾经对将军们说："唯有在柏林，苏联人将遭遇有史以来最血腥的败绩。"将军们对战况了解得更清楚，在生日庆典后的例行军事会议上，他们强烈要求领袖离开柏林，前往南方。他们称，一两天内，苏联人会切断最后的退路。希特勒犹豫了，为应对苏联人和美国人在易北河会师，希特勒同意设立两个独立指挥部——一个指挥北方战事，另一个指挥南方战事。

20 日当晚，德国首都发生了一场大规模逃亡。不过，希特勒拒绝加入。在元首最信任的亲信里，有两个副手离他而去，他们是希姆莱和戈林。从超级奢华的卡琳庄园开出了一长串满载战利品的卡车，头车上坐着肥胖的、胸前挂满勋章的德国空军总司令戈林，正是他的一连串败绩导致了德国的迅速垮台。纳粹老兵离开时，每个人心里都十分清楚，尊敬的元首这次是在劫难逃了，自己一定要成为他的继任者。建党初期伴随元首左右的那些人心里清楚，他们再也见不到元首了。他们也将见不到昏庸的外交部部长里宾特洛甫了，他也是一个臭名昭著的纳粹党党徒。那天晚上，他也逃向了安全地带。

希特勒把那些人放走了，他自己并没有完全放弃希望。生日后第一天，他命令党卫队的费利克斯·斯坦纳将军在柏林南郊对苏联人发动一次全面反击，包括德国空军地面部队在内的每个士兵都必须投入战斗。

"如果哪个指挥官胆敢按兵不动，"希特勒对疲惫不堪的空军参谋长卡尔·科勒尔将军吼道，后者没有追随戈林逃往安全地带，"五小时内把他枪毙了。你必须用脑袋担保，每个人都必须投入战斗。"

在接下来的几天里，愤怒不已的德军最高统帅希特勒一直心神不宁地等待着斯坦纳将军反击的消息，而消息一直没来。斯坦纳反攻一事从未出现过。那种事仅仅存在于绝望的独裁者发热的头脑里。等希特勒意识到这一点，他整个人一下子垮了。

4月22日，希特勒整整一天不停地打电话，头一天也如是，他试着弄清斯坦纳将军的攻势究竟进展如何。没人知道实情。人们以为，斯坦纳派出的部队仍然在距地堡两三英里的地方作战，科勒尔将军还派出数架战机升空侦察，不过，驾驶员什么都没看见。没人知道斯坦纳去了什么地方，两位军队最高首长凯特尔和约德尔也不知道。不过，他们给最高统帅带来了更多坏消息：从柏林北部将作战部队撤往南部增援斯坦纳的行动大大削弱了北部的防御，苏联人已经突破北部防线。希特勒被告知，苏联的坦克已经进入柏林市区。

面对如此局面，最高统帅暴跳如雷。所有活下来的证人都说，希特勒完全丧失了自制力。其中一个证人的描述如下：

> 元首尖叫道，一切结束了。所有人都抛弃了他。除了背叛、谎言、腐败、胆怯，一切都不复存在。一切都完了。好吧，他会坚守柏林，他会亲自指挥首都防御。凡是想走的人都走吧。他会在柏林等待死亡来临。[3]

元首身边的人都在让他冷静下来，南部还有两个德国集团军毫发未损，如果最高统帅撤到那边，仍然还有希望。约德尔将军——他是唯一敢于直言的人——毫不畏惧地说，以他的看法，战争已经到了最严峻的时刻，最高统帅那么做，等于放弃军队的指挥权，把责任推到别人身上。"你在这里什么也指挥不了，"约德尔直面希特勒说，"没有参谋部，你怎么指挥？"

然而，脾气日渐增长的独裁者已经到了不可理喻的地步，他命令凯特尔和约德尔飞往南部，把军队有生力量的指挥权夺过来。他自己则留守柏林。

当天深夜，党卫军将军戈特洛布·伯格尔来到了地堡里。他是纳粹主义和希特勒的忠实信徒。他惊讶地发现，领袖"已经崩溃——完蛋了"。对于元首有胆量坚守柏林，伯格尔小心翼翼地表达了崇敬之情。然而他面前的伟人很长时间一言不发。

> 后来他突然尖叫起来："每个人都骗了我！没人跟我说实话！武装部队也骗了我！"他不停地大喊大叫。后来他的脸变成了青紫色，我以为他要中风了……[4]

两天后，也就是4月24日，著名女试飞员汉娜·莱契和里特尔·冯·格莱姆将军冒着生命危险驾机来到了柏林。莱契发现，她尊敬的领袖情况更糟了。她和格莱姆把小型飞机降落在了柏林东西轴线上，也就是以勃兰登堡门为起点，穿过蒂尔加滕公园的那条宽阔的大街。那条大街早已处在苏联地面炮火和高射炮射程内，一颗高射炮弹击中了他们的飞机，将格莱姆的一只脚炸烂了。医生正在为将军处理伤情时，希特勒走进了医务室。

希特勒问格莱姆："知道我为什么把你叫来吗？"后者说不知道。

"因为赫尔曼·戈林背叛和抛弃了我和国家。"

这消息让将军分外震惊，莱契小姐更为震惊，后者也是希特勒的忠实信徒。他们两人注意到，元首的脸变得扭曲了，呼吸也变得急促了，还发出特别响的呼吸声。

"戈林背着我，"希特勒大喊大叫着，"和敌人勾搭上了！……为了他的小命，他竟敢违背我的命令，跑到贝希特斯加登去了！他还从那里给我发了个最后通牒！他……"说到这里，希特勒突然停下来，他大口喘息起来。

这是个令人震惊的消息。究竟出了什么事？得知希特勒决定誓死坚守柏林，戈林从贝希特斯加登发来电报，请元首依照1941 年 6 月 29 日签署的法令，将权力移交给作为副手的他，当年制定的法令正是为了应对眼前的意外。肥胖的空军元帅还补充，倘若当晚 10 点仍不见回复，他会据此认定，最高统帅已经失去行动自由，从而由他接手"帝国的领导权"。

"一个犯上的最后通牒！"希特勒面对汉娜·莱契咆哮道，"现在我什么都没有了！谁都不放过我！没人讲忠诚，没人崇尚荣誉……每个人都在背叛我！现在又是他！"

希特勒告诉他们两人，他已逮捕戈林，"罪名是叛变"，并且剥夺了他的所有职权，还开除了他的党籍。接着他面对格莱姆补充说："这就是我叫你过来的原因。"正是在那个场合，希特勒提名负伤的将军接替戈林成为德国空军总司令。

4 月 26 日，入夜，苏联的炮弹开始落在地堡之上的地面。莱契恳请希特勒赶紧离开。"我的元首，"她说自己对元首说道，"你为什么要留下？你为什么不为德国着想，保留自己的生命呢？元首你必须活下去，德国才有可能生存下去……"[5]希特勒则重申他已经决定坚守柏林。

"亲爱的孩子，"希特勒说，"我从没想过会出现这样的结局。我坚信，奥得河两岸的战事会拯救柏林。"苏联人从奥得河上的桥头堡前突时，希特勒依然声称，他坚信，在他榜样力量的鼓舞下，德国军队会推进过来，拯救柏林。"汉娜，无论如何，我仍然有希望，温克将军的部队已经从南方开过来了。他必须而且一定会把苏联人赶回去……"

在斯坦纳将军之后，又多了个温克将军！4月28日，元首致电凯特尔元帅，电文如后："盼早日解柏林之围。海因里希将军的军队在做什么？温克将军在什么位置？第九军出了什么事？温克和第九军何时赶到？"

在描述希特勒当时的状况时，莱契是这样说的："他在房间里来回踱步，挥舞着一幅交通图，那张地图在他汗涔涔的双手里很快破碎了。他向每一个愿意听他说话的人讲述如何实施他为温克将军规划的战役。"

根本不存在所谓温克将军的战役。犹如一周前所谓斯坦纳的"反击"一样，那种事仅仅存在于希特勒头脑发热的想象里。温克的军队早已被打散，第九军如是。柏林以北海因里希将军的军队正在加速向西撤离，以便躲开苏联人，也避免成为西方同盟国的俘虏。

戈林"背叛"的消息仍然困扰着元首，他怀疑更多的人正在背叛他。4月28日晚8点，赶来解围的三个集团军仍然音信全无，希特勒命令秘书马丁·鲍曼用无线电给邓尼茨上将发个电报。鲍曼长得像鼹鼠，近两年爬升很快，已经拥有相当的权力。希特勒发给邓尼茨的电报内容如下：

　　那些手握军权的人按兵不动，未见他们率部前来解围。背叛当道，忠诚似消失殆尽……总理府已成瓦砾。

当天晚些时候，鲍曼以个人名义给邓尼茨发了另一封电报：

> 舍尔纳、温克和其他人必须尽快赶来协助元首，以证实他们的忠诚。

后来，接近午夜时分，地堡里的人再次遭受了沉重打击。在所有追随者里，海因里希·希姆莱是希特勒最信任的人——人们称他为"忠诚的海因里希"——他是个残暴的、虐待狂式的盖世太保和党卫军头目。德国宣传部与总理府隔街相望，那里的无线电监听部门监听到英国广播公司援引路透社驻斯德哥尔摩记者的快讯，称希姆莱正在与瑞典的福克·伯纳多特伯爵秘密接触，商谈德国军队向西部战线的艾森豪威尔将军投降事宜。

汉娜·莱契后来回忆，这消息的打击力度"对现场所有人来说都是致命的。由于恐慌、绝望、愤怒，在场的男男女女都大喊大叫起来，所有人都情不自禁地浑身颤抖"。希特勒抖得最厉害。"他带着狂怒走来，"汉娜·莱契说，"就像疯子。他的脸涨得通红，他的面孔真的让人完全认不出来了。"领袖随后陷入了昏迷。最终，希特勒恢复了一点元气，他再次开口诅咒杀人不眨眼的秘密警察头目。他说，希姆莱犯下了他所知道的最严重的叛国罪。希姆莱甚至比戈林还坏。

希姆莱和元首之间的联络官赫尔曼·菲格莱因没有追随其顶头上司于20日那天逃离地堡。菲格莱因名声极臭，他识字不多，曾经当过马夫和骑手。像他的许多同类一样，他在纳粹党的梦想王国里很快爬上了高位。他娶了希特勒情妇的妹妹为妻，还被任命为党卫军将军。4 月 26 日的某个时间，他悄悄离开了地堡。第二天下午，希特勒为查询希姆莱的动向，派人去找他，人们那时才注意到，他已经悄然离开。嗅出更多"背叛"的元首派出一个党卫军搜索队寻找菲格莱因的下落。搜索队发现，那位党卫军将军竟然回家休息了！他家位于宏伟的普鲁士王宫夏洛滕堡里。他显然在等候苏联人，因为苏联人很快会占领那一区域。搜索队将菲格莱因带回了地堡。希特勒大骂他是临阵逃脱的胆小鬼，并且剥夺了他的党卫军军衔和勋章，还逮捕了他。希姆莱和瑞典人秘密商谈投降事宜的消息被爆出后，由于无法联络那位党卫军和盖世太保头目，无比愤怒的领袖命令军事法庭以叛国罪审判菲格莱因。不出一小时，法庭做出终审判决，他的罪名成立。他被带到地堡上方的院子里，由行刑队执行了枪决。爱娃·布劳恩拒绝出面干预，她没有拯救她的妹夫。"可怜的阿道夫，"爱娃对汉娜·莱契感叹道，"每个人都抛弃了他，所有人都背叛了他！"

对爱娃的妹夫行刑并非易事，地堡上方正在遭受苏联人的炮击。行刑队队员冒着生命危险才完成了任务。

午夜刚过不久，阿道夫·希特勒被告知，苏联军队已经推进到一个街区以外的波茨坦广场边缘，很可能在 30 小时内，也就是 30 日清晨攻占总理府。这消息似乎让希特勒最终下了决心，他必须当机立断，对自己狂乱的一生做个终极了断。他立即行动起来。

希特勒首先派莱契和格莱姆重整德国空军，以便对总理府外围的苏联人进行一轮大规模轰炸，希特勒还命令他们两人以叛国罪逮捕希姆莱。对莱契和格莱姆而言，走出总理府都很困难。苏联方面打来的炮弹在地堡上方四处开花。顶着密集的炮火，两位飞行员乘坐一辆装甲车来到了勃兰登堡门，一架小型阿拉多96型初级教练机停放在结实的门柱后面。汉娜·莱契坐在驾驶座上，飞机在东西轴线上滑行了100码。当时正值夜晚，但巴黎广场周围燃烧的建筑将宽阔的大街照得通亮，巴黎广场位于勃兰登堡门另一侧，在通往多萝特恩大街的北边。小飞机刚爬升到树梢高度，苏联人的探照灯立刻发现了它，苏联人的高射炮立即开了火。莱契后来回忆说，高射炮弹的爆炸把飞机掀得像羽毛一样左右摇摆，她使出浑身解数才让飞机保持住飞行姿态。尔后，飞机隐身到了一片云里，处于火海中的伟大首都消失在了机身下方。

希特勒为报答久受冷落的情妇爱娃陪他到最后，他在地堡正式娶了她。眼下已是午夜1点，苏联人的炮弹不停地爆炸，地堡一直在摇晃，事情已经刻不容缓。还是戈培尔有办法，他从正在附近作战的人民冲锋队的一个小队里找来一位名叫瓦格纳的市议员，让他主持希特勒的婚礼。那位基层官员被人从必死的战斗岗位上撤了下来，他刚刚松了一口气，就有人让他为如此杰出的德国人主持仪式，他感到既惊讶又惶恐。

经过长期查找，我终于亲眼见到了希特勒的结婚登记表。尽管当时情况非同寻常，阿道夫·希特勒仍然坚持尽最大可能沿袭形式和遵从法律。他的确要求过办事人员"根据形势所需免除结婚预告的公示以及其他繁文缛节"。两位新人宣誓说，他们是"纯种雅利安人的后裔"，且"未患过妨碍婚姻的遗传病"。权倾一时的独裁者老老实实地填写了结婚登记表上的所有内容，除了以下两栏：父母姓名（希特勒出生时用的是母姓席克尔格鲁贝）和结婚日期。像大多数身处相同场合的新娘一样，希特勒的新娘似乎也相当紧张。她一开始想写

"爱娃·布劳恩",但她停了下来,划掉了"B"这个字母,然后签为"爱娃·希特勒,本姓布劳恩"。戈培尔和鲍曼两人在证婚人栏里签了名。

希特勒秘书处的一位秘书将当天的仪式形容为"丧婚"。仪式过后,在元首的小公寓房里举行了一次可怕的婚礼早餐会。客人包括秘书处的两位秘书、希特勒的素菜厨娘曼莎莉女士、仍然留在地堡里的将军克莱勃斯和布格道夫、希特勒的秘书鲍曼、戈培尔博士和夫人,人手一杯香槟酒。令人惊讶的是,在场的每个人都侃侃而谈,内容无非纳粹党逐渐攀上权力巅峰的美好往事。出乎意料的是,希特勒用圆润的嗓音兴高采烈地追溯了戈培尔夫妇的婚礼,当时他是男傧相。心情好的时候,希特勒常常会利用短暂的早餐时间和大家说说话。那天,新郎官表演了一场超长的独白,他再次回顾了自己非凡的一生中那些伟大的时刻,那是他最后一次回顾往昔。

希特勒说,如今一切已成过去,包括他为德国加盖的烙印——伟大的国家社会主义。既然最早的朋友和支持者都背叛了他,对他来说,死亡无疑是一种解脱。他的一席话让参加婚礼的人都陷入了悲哀,一些来宾强忍着泪水,悄悄走开了。希特勒也悄悄离开了。他在隔壁一个房间里对秘书格特鲁德·荣格口述了他的遗愿和遗训。

我也找到了几份希特勒遗嘱的复印文件。从他的遗训即可清晰地看出——至少对我来说如是——此人根本没有从切身经历中总结出任何东西。他统治德国超过 12 年,还统治了大部分欧洲国家长达四年,战场上落花流水的惨败,灾难性的满盘皆输,都没有让他有所悔悟。在生命的最后几个小时里,希特勒再次变成了当年在维也纳贫困潦倒时期以及在喧嚣的慕尼黑啤酒馆时期那个毛头小青年，他大骂犹太人为世间一切坏事的根源，极力宣扬他那七拼八凑的有关宇宙万物的理论。他颠倒历史，抱怨宿命再次用胜利和征服诱骗了德国。在这篇向德国人民以及全世界告别的言论中，穷途末路的独裁者再次援引他在《我的奋斗》中宣扬得天花乱坠的空谈，以及他死不悔改的信仰，这注定会成为他对历史的最终交代。被绝对权力彻底腐蚀，而后被摧毁的希特勒，作为权迷心窍的暴君，用这一文件作他的墓志铭，应当再合适不过了。

多可怕的信仰！

希特勒说，人们误以为，1939 年的战争是根据他的意愿发动的。他解释说，战争的"挑动者绝对是"犹太人。因而，犹太人不仅应当对上千万死于战场的人和死于大规模轰炸的城里人负责，也应当对经他下令屠杀的犹太人负责。接着，希特勒还解释了他留守柏林以及死在柏林的原因：

> 我十分清楚无数德国农民和德国工人创造的无法估量的业绩和成就，以及无数年轻人以我的名义做出的垂范历史的特殊贡献，因而我会怀着一腔喜悦赴死。

希特勒奉劝德国人不要放弃斗争。他承认，纳粹主义当时已经死亡，不过它"有朝一日还会浴火重生再度辉煌"——武装部队如是。最后他还不忘声讨军方，军队承担了大部分作战任务，而且损失了大部分有生力量——数百万人。他声讨军方把苏联的"城市和地方"拱手相让，他完全无视正是他坚决不让军队放弃"任何城市和地方"，才导致了发生在苏联的灾难。由于军方坚决执行了这个疯子自杀式的命令，原本可以撤回德国继续作战的几十个师遭遇了灭顶之灾。

在文件结尾处，希特勒没有忘记给犹太人补上最后一枪，他声称犹太人是"毒杀世界各民族的人"。时间已是清晨4点，希特勒一夜未眠，他已精疲力竭。他召来了戈培尔、鲍曼、克莱勃斯、布格道夫，让他们亲眼见证他签署那些文件。随后他命令戈培尔和鲍曼将文件送交邓尼茨，后者已经在德国西北建立了新政府。鲍曼巴不得立刻出发。他追随希特勒可谓死心塌地，然而他不想分担希特勒即将面临的死亡。他想要的不过是在幕后分享权力，过去他追随希特勒如此，跟随邓尼茨，他依然希望如此。可是，如果戈林试图篡位怎么办？鲍曼给位于贝希特斯加登的党卫军总部发了个电报，让党卫军"除掉"刚刚逮捕的空军首脑。鲍曼叮嘱那边的人："弟兄们，绝不能手软！"一旦领袖完成对自己生命的终极了断，鲍曼会立刻动身前往安全区域。

戈培尔没有那么想，他极其尊敬的元首挥手告别了德国，他也不想在这个国家活下去了。用他的话说，那是他今生第一次违背主子的意愿。他在桌子旁边坐下来，提笔给当代人和下代人写了一纸告别词。他在告别词里宣称，他和妻子以及六个年幼的孩子宁愿追随尊敬的元首一同赴死。

4月29日下午，一个令人绝望的坏消息通过一个仍然能接收信号的收音机从外界传进了地堡，那消息肯定让遭受沉重打击的独裁者更加气馁。消息称，元首的法西斯独裁同伙和盟友贝尼托·墨索里尼在意大利走到了末日。意大利领袖遭遇了可悲的结局，希特勒对其细节知道多少，我一直没找到证据。不过，任何人都猜得出来，无论他知之多少，都会促使他下决心不让自己成为"众矢之的"，他已经在遗嘱里阐明这一点。

希特勒开始加速做最后准备了，他最喜欢的狗名叫"布隆迪"，那是一条阿尔萨斯犬，他让人将其毒死，还让人枪杀了另外两条狗。他把胶囊毒药分发给身边宁愿吞药也不愿落入苏联人之手的工作人员。那些人忠心耿耿，长期为他工作，他对每个人表示了感谢。

夜幕降临了，已经到了阿道夫·希特勒一生的最后时刻。他下令销毁手头的所有纸质文件，他待在自己的公寓房里，让人传话说，在他发出指令前，谁都不许上床睡觉。在场的人都明白，末日到了。大家都不知所措，只能干等着。4月30日凌晨2点半，希特勒出现了，他来到餐厅外的走廊里，那里聚集了大约20个人，多数为他身边的女性工作人员。他与每个人握了握手，嘴里不停地嘀咕着什么。他眼眶湿润，荣格夫人后来回忆："他似乎在看着地堡墙外遥远的地方。"

希特勒离开后，整个地堡笼罩在一片诡异的氛围里。人们神经紧绷，几乎要绷断了，最后，大家终于爆发了，好几对人跳起舞来！其他人开始大口喝酒！还有人开始胡言乱语！现场之吵闹，让身在单间里的元首发话了，他请求大家安静点。不过，跳舞仍在继续——整晚都在继续。

军方每日召开一次有关战争"态势"的分析会，第二天中午，例会照常举行。希特勒参加了会议，他听到的都是坏消息。那是他最后一次与会。当时苏联人已经抵达蒂尔加滕公园东墙，并且攻入了波茨坦广场，他们已经包围总理府。希特勒意识到，他必须动手了——而且要快。不过，他执意首先进午餐。新娘显然没有胃口，希特勒只好与办公室的两位女秘书以及厨师共进最后一餐。

希特勒的司机埃里希·肯普卡负责管理总理府车队。午餐行将结束时，他正忙着四处搜集作火葬燃料用的汽油。当时他对搜集汽油的目的并不知情，只是接到了好几次命令，让他搜集200升汽油——在遭遇围困的地堡里，那可不是容易事。他将汽油集中到几个油桶里，然后送到通往总理府花园的走廊里。肯普卡克服重重困难，找到了180升汽油。在三位帮手的协助下，他把汽油弄到了紧急出口。

与此同时，希特勒拉着新娘，与长期追随他的几个最核心圈的人做最后诀别。他们是戈培尔博士、克莱勃斯将军、布格道夫将军、办公室的秘书们、厨娘曼莎莉女士。富于魅力的戈培尔夫人不在场。和爱娃·布劳恩一样，对戈培尔夫人来说，下决心跟随丈夫一同赴死算不了什么。可是，和希特勒夫妇不一样的是，戈培尔夫妇有六个年幼的孩子。

"亲爱的汉娜，"在两三天前的某个晚上，玛格达·戈培尔对汉娜·莱契说，"末日来临时，如果我对孩子们手软，你一定要帮我……孩子们属于第三帝国，属于元首，如果这两者都不存在了，以后他们根本不会有立足之地。我最害怕的事是，在紧要关头，我会变得太脆弱。"

在当时那个紧要关头，玛格达·戈培尔独自待在自己的小房间里，她正在设法战胜内心最害怕的事。

爱娃·布劳恩和阿道夫·希特勒没有那样的烦恼，他们需要终结的不过是自己的生命。跟在场的人道别后，他们回到了自己的生活区。守候在过道的戈培尔、鲍曼以及其他人都静静地等候着。他们听见左轮手枪响了一声，静候着第二声枪响，然而，没有人听见第二声枪响。守候在外的人们推开了屋门，阿道夫·希特勒的尸体瘫倒在沙发上，鲜血正在流淌。他往自己右边的太阳穴开了一枪。爱娃·布劳恩横躺在他身旁，另一支左轮手枪躺在地上，但没人用过。新娘吞服了毒药。

在场的人看了看表，时间是下午 3 点 30 分。那天是 1945 年 4 月 30 日，星期一，是阿道夫·希特勒过完 56 岁生日第十天，仅仅差一天，希特勒当总理就满十二年零三个月了。那一时期，他把一个破败的德国变成了征讨世界的第三帝国。第三帝国仅仅比他多存活了一个星期。

在地堡上方的花园里，伴随着苏联炮弹的爆炸声，上演了一场海盗式的葬礼和火化。在炮火间歇时段，有人将两具尸体放进一个较浅的炮弹坑里，然后浇上汽油，将其点燃。戈培尔和鲍曼率领出殡的人群伫立默哀，他们抬起右手行纳粹礼。不过，他们没停留多久，因为红军的炮弹又开始自天而降了。燃烧的火焰已经开始吞噬伟大的独裁者和他的新娘，地面的一小群追随者赶紧沿着楼梯退回了安全的地堡里。

已经到了戈培尔效仿希特勒的时刻。戈培尔又等候了一天，第二天是 5 月 1 日，形势已经非常明朗，苏联人眼看要冲进第三帝国最后的大本营了。夜幕降临时，戈培尔叫来一位医生，他让医生给六个孩子注射了致命的药物。直到最后一刻，孩子们仍然在地下设施各处的走廊里和房间里来回疯跑，玩捉迷藏。对于父母以及他们一向亲切地称作"阿道夫叔叔"的那个人在历史舞台的最后一幕，他们浑然不知。我一直没有找到孩子们死亡时的见证人。孩子们死去时，大女儿黑尔佳 12 岁，二女儿希尔达 11 岁，儿子赫尔穆特 9 岁，三女儿霍尔德 7 岁，四女儿黑达 5 岁，五女儿海德 3 岁。

接着，戈培尔叫来了他的副官，他让副官去找些汽油。"这是性质最恶劣的背叛，"他对副官说，"将军们都背叛了元首，一切都完了！我要和老婆孩子一起去死。"他没告诉副官，他刚刚把孩子们都打发走了。当晚 9 点半，天色渐黑时，约瑟夫·戈培尔和玛格达·戈培尔夫妇手挽着手，他们沿着通向紧急出口的楼梯拾级而上，他们在炮弹的爆炸声中走进了花园。他们互相搂着，肩并肩站在一起，背对着副官——党卫军一级突击队中队长金特·施韦格曼。他们让副官执行命令：向他们两人的后脑开枪。

以上是希特勒和戈培尔的悲惨结局。他们成了贪图权力和征服的牺牲品，成了向野蛮让步的牺牲品。另外两个参与纳粹罪行的大人物戈林和希姆莱是他们的同谋，他们并没多活很久。他们遭到盟军逮捕，然而，他们两人都以服毒自杀方式躲过了法律制裁。

首先自杀的是希姆莱。邓尼茨的残存政府设在靠近丹麦边境的德国城市弗伦斯堡，5 月 6 日，邓尼茨将希姆莱驱逐出了政府。那位党卫军和盖世太保头目曾经杀害数百万人，他在边境附近游荡了好几天，试图找出某种方法逃出德国，以便活下去。5 月 21 日，希姆莱刮掉上髭，在左眼上套了个黑眼罩，换了一袭军人便装，和 11 位党卫军军官一起上路。他们试图穿越英军和美军把守的防线，逃回希姆莱的老家巴伐利亚。出门第一天，在汉堡和不来梅港之间的一个英军检查站，这群人被拦了下来。经过简单盘问，希姆莱供出了自己的身份，然后他被带到位于吕讷堡的英军第二军总部。为防止他在随身穿的衣服里藏匿毒药，他被扒光衣服进行搜身，然后他换上了一身英军军装。即便如此，防范措施仍显不足，因为希姆莱在牙槽里藏了一粒氰化钾胶囊。5 月 23 日，一位英国军医正要检查希姆莱的口腔，那位俘虏咬破了嘴里的胶囊，12 分钟后，他就毙命了。

从外表看，谁都不会给希姆莱和冷血杀手画上等号。每隔一段时间，我总会看见此人一次。他戴着一副夹鼻眼镜。第一次见到他，我大感意外，乍一看，人们会以为他是个儒雅的校长。然而，剥开其外表，人们看到的是个残忍之人，在所有纳粹歹徒里，他是最邪恶的人。对于在灭绝营里用焚烧炉屠杀数百万犹太人，以及杀害200万苏联战俘，在所有德国人里，他是第一责任人。

戈林或许还稍微有点人性，不过，他的残忍一点不比其他纳粹分子少。对于将苏联战俘关押在没有房子、没有棚子的营房里，任其露天宿营和忍饥挨饿，导致其大量死亡，戈林负有一半责任。他走向生命的终结稍晚，时间是1946年10月15日，大约半夜时分。同盟国里的四个大国设立了反人类罪法庭，戈林和其他十位纳粹领导人因各种劣迹被判有罪，原定他们应当在纽伦堡监狱同时被处以绞刑。然而，身材肥胖、挂满勋章、权倾一时的赫尔曼·戈林提前两小时吞服了一玻璃管偷运进监狱的毒药。

由于参与报道审判纳粹战犯，我在纽伦堡法庭待了好几个星期。1934年9月初，为报道纳粹党年度集会，我第一次被派往希特勒治下的德国，开始了长达11年的新闻报道，我当年的起点正是那座城市，如今我的报道写到了最后一章。纽伦堡是一座建于中世纪的老城，街道狭窄而弯曲，当年的工匠歌手汉斯·萨克斯走红于此。也正是在那里，我第一次见到了阿道夫·希特勒以及他身边的亲信（主要有戈林、戈培尔、希姆莱、鲁道夫·赫斯）；也正是从那里开始，我对第三帝国的兴起进行了长达六年的跟踪报道。想当初，那些人如此自命不凡，随着年复一年的胜利，他们更加得意忘形——在纽伦堡法庭被告席上的他们看起来与先前判若两人，个个垂头丧气。

在旁听纽伦堡法庭审判期间，我在庭审现场回想起来，正是在 1934 年 9 月初举行的疯狂的纳粹党年度集会上，我突然意识到，尽管阿道夫·希特勒让人厌恶，但他对全体德国人的号召力前无古人。德国人已经准备好——远不止如此，他们还自觉自愿地、幸福快乐地——像绵羊一样对希特勒死心塌地和言听计从，他们情愿付出全部身心和能力，跟随他进行伟大的冒险。这一冒险不仅对文明世界没有任何好处，从长远看，对他们自己以及德国也没有任何好处。

尾　注

［1］General Hans Guderian, *Panzer Leader*. New York, 1952, p. 343.

［2］*Trial of the Major War Criminals before the International Military Tribunal*. Vol. XVI, pp. 497 – 498.

［3］William Shirer, *The Rise and Fall of the Third Reich*. New York, 1960, p. 1113.

［4］H. R. Trevor - Roper, *The Last Days of Hitler*. London, 1947, pp. 124 – 127.

［5］汉娜·莱契的原话都摘自她在纽伦堡受审时的记录，原文见 *Nazi Conspiracy and Aggression*. Vol VI, Washington, 1946, pp. 551 – 571。

第三章

对犹太人的最终解决

在纽伦堡审判纳粹战犯期间，我终于真正知晓了希特勒的邪恶计划，即由海德里希和希姆莱实施的惨绝人寰的"最终解决方案"：大规模屠杀欧洲的犹太人，将其斩尽杀绝。同盟国赢得战争前，美国国务院和英国外交部竭尽所能对纳粹屠杀犹太人的消息秘而不宣。不过，依然有人将不少真相逐渐泄露给了西方媒体。可惜当时没人相信这样的消息。世人很难相信如此恐怖的消息会是真的。我在纳粹德国生活了多年，即便如此，一开始我对这样的消息同样持怀疑态度。1940 年 12 月，我离开德国时，用毒气杀害犹太人的波兰灭绝营尚未建立，基建工程第二年才开始。

不过，回首往昔，我必须承认，我确实犯了大错。1939 年 1 月 30 日那天，在执掌德国政权六周年庆典上，希特勒在德国国会大厦发表了演说。我理应记得那天他都说了些什么。同样是在那年年初，希特勒将要发动第二次世界大战。希特勒说："如果国际犹太人金融家……再次成功地将各国拖入世界大战，其结果必将是……在整个欧洲消灭犹太种族。"

那一年，我在纳粹德国已经生活五年，其实我当年非常清楚，犹太人已经希望渺茫。然而不知出于什么原因，独裁者公开表达的此类威胁并没有引起我足够的重视。或许是因为，希特勒三番五次信口雌黄"国际犹太人金融家"发动世界大战云云，因而我对他发出的威胁已然麻木。况且，人人都十分清楚，如果真的爆发战争，挑动者必定是希特勒。1939 年以前，的确存在针对德国犹太人的迫害，但那时还没有人见过大规模屠杀。尽管德国处于一个残忍、狂热的反犹主义者的统治下，但我几乎无法相信，德国这样的国度会发生如此残忍的事，毕竟德国是个信奉基督教的国家，还承载着厚重且丰富的欧洲文化。在同一年里，希特勒在接下来的五个公开场合重复了此种威胁，我理应对此予以足够的重视。

1940 年末，离开柏林返回美国后，我应该投入更多时间和精力获取有关事实，然后对此类可怕的种族灭绝加以报道。我不该因为美国国务院和英国外交部的推诿而轻易放弃。我应该对白宫穷追猛打，何况我和白宫总统特别助理哈里·霍普金斯关系不错。与我关系不错的还有著名剧作家鲍勃（罗伯特）·舍伍德，以及最高法院大法官费利克斯·法兰克福特，后者和总统的关系非同一般。法兰克福特大法官是犹太裔，年轻时从奥地利移民到了美国，因而他对欧洲大陆纳粹占领区犹太人的命运非常关注。即便有那样的关系，罗斯福总统对他也总是闪烁其词。总统反复对他说，根据当时的情报分析，犹太人不过是被转移"到了东方"，不过是被纳粹当成了廉价劳动力，而不是被消灭了。

所以，"最终解决方案"在纽伦堡被披露出来时，我像遭了雷击一样，一连好几天我都没有反应过来——面对纳粹分子的残忍，我的思想、我的想象力完全运转不起来了。

某纳粹歹徒的坦白远远超乎人们的想象，让人根本无法相信。那人名叫鲁道夫·霍斯，他在纳粹位于奥斯威辛的集中营担任指挥官。霍斯 23 岁时曾因杀人被判终身监禁，1928 年，在服刑仅仅五年后，他赶上了管理松散的魏玛共和国颁布大赦令。两年后，他加入了党卫军。1933 年纳粹党掌权后，他先后在好几个集中营担任警卫，后来当上了军官。因而，成年时期的霍斯前一阶段是个因犯，后一阶段成了监狱管理者。在纽伦堡审判纳粹战犯期间，无论是在宣誓后的调查取证期间，还是在法庭的被告席上，霍斯好像很乐于讲述他的事迹。杀人如麻的他成了有史以来最残忍的杀手之一，他对此似乎津津乐道。

他大言不惭地说，奥斯威辛集中营的大规模处决方法好于纳粹在波兰其他集中营——例如贝尔泽克集中营、特雷布林卡集中营、沃尔泽克集中营——采用的方法，那些方法都是他提出来的。

> 我去了特雷布林卡，去看他们那里怎样处决犯人。集中营指挥官告诉我，他在半年里干掉了八万人……
>
> 他用的是一氧化碳，我认为，他的方法效率不算高。因此，奥斯威辛的灭绝室建成后，我采用了"齐克隆B"，那是一种晶状的氢氰酸，我们把它从一个小孔丢进毒气室。依据不同的气候条件，不过三到十五分钟，毒气室里的人都会死光。

霍斯说，他能断定什么时候人都死光了，"因为惨叫声停了"。他还说，尸体被抬出来以后，他手下的"特别突击队队员们将戒指从尸体上取下来，还把牙床上的金牙也拔下来"。霍斯一直在对大规模处决犯人的技巧进行"改进"。

> 我们比特雷布林卡集中营更为先进的一个方面是，我们修建的毒气室一次能装2000人，而特雷布林卡集中营的十个毒气室每个只能装200人……
>
> 我们还有一个比特雷布林卡集中营更为完善的方面。在特雷布林卡那边，犯人差不多都知道他们要被处决。在

奥斯威辛这边，我们想出各种办法骗过了犯人，让他们以为，他们将要经历的不过是一次灭虱过程。当然啦，经常也会出现犯人看破我们真实意图的时候，有时候我们也会遇到暴力反抗和麻烦。女人经常会用衣服遮住孩子，当然，每当我们发现这种情况，我们会把孩子也解决掉。[1]

为充分利用廉价的犹太劳动力，两家德国最大的工业公司克虏伯公司和法本公司在奥斯威辛开设了工厂。有人问霍斯，他们怎样选人，怎样分辨哪些人该工作，哪些人该死？霍斯的回答如下：

> 在奥斯威辛这边，我们有两个医生负责查验刚运到的犯人。犯人们必须排着队从一个医生面前走过，犯人从眼前经过时，医生会当场做出决定。看样子身体健康、适合工作的人发配到集中营里，其他人当场送进处决车间。年龄小的孩子无疑会被处决，原因是他们年龄太小，不适合工作。

不过，在克虏伯公司和法本公司这样利润丰厚的企业里像奴隶一样做工，即便"身体健康"的犹太人也活不了多久。一旦他们的体力被榨干，他们就会被送回霍斯和他的同伙手里，以便实施"最终解决方案"。

并非所有犹太人都死于毒气室的杀戮。纳粹德国人最初使用的是另外一种处决方式。那种处决方式在纽伦堡审判期间才被曝光。

距纽伦堡法庭开庭还剩数周时间，一天，几位美国检察官正在讯问一个名叫奥托·奥伦多夫的德国人，让其供述战争期间的作为。该嫌疑人是希姆莱手下党卫军里诸多爬升较快的人的典范。他拥有法学博士学位，知识渊博，还是个才华横溢的经济学家。战时的大部分时间，他在柏林的经济部工作，他还是个有头有脸的外贸专家。不过，有一年，他离开了首都，承担了另一项任务。

有人问他："承担了什么任务？"

他答道："担任特别行动队 D 中队队长。"

讯问至此，作为控方，美国工作组的律师们对这一话题展开了一轮穷追猛打。

在美国工作组里，惠特尼·R. 哈里斯少校是一位年轻的律师，他问道："你担任特别行动队 D 中队队长那年，你那个中队一共杀了多少男人、女人、孩子？"

哈里斯少校后来告诉人们，奥伦多夫耸了耸肩膀，他几乎是脱口而出："九万人。"

特别行动队最初由海德里希和希姆莱组建，组建时间为战争爆发初期的 1939 年秋季，其目的为，跟随德国军队进入波兰，抓捕犹太人，将他们关进犹太营区。不过，时间过去将近两年，攻打苏联的战役开始之后，行动队的作用改变了。行动队成员受命尾随战斗部队实施最终解决方案。

特别行动队共有从 A 到 D 四个中队。1941 年 6 月到 1942 年 6 月间，排位最后的 D 中队由奥伦多夫指挥，该中队被派往乌克兰南部战区，归属第十一军。由此可见，德国军队很清楚特别行动队的混混们究竟是干什么的。奥伦多夫在纽伦堡法庭被告席上做补充发言时说过，但凡是犹太人，无论是女人还是孩子，都不会幸免。

苏联法官 I. T. 尼基琴科将军打断奥伦多夫，他插问了一句："屠杀孩子的理由是什么？"

> 奥伦多夫：上边的命令是，所有犹太人必须斩尽杀绝。
> 法官：包括孩子们？
> 奥伦多夫：是。
> 法官：所有犹太孩子都杀光吗？
> 奥伦多夫：对。

被告席上的奥伦多夫当庭宣誓，然后讲述了特别行动队的杀人经过。每到一座城市，他们都会在全城范围搜捕犹太人，抢走他们的财物，甚至他们"外衣"上的财物都不放过，然后用卡车将他们运往行刑点，行刑点往往是强迫犯人自己动手挖掘的反坦克壕沟。德国军人会强行将犯人推进沟里。奥伦多夫说："犯人或站或跪，由行刑人员以扫射方式杀死。"

然后用推土机将尸体掩埋。

奥伦多夫披露，按照希姆莱的命令，从 1942 年春季开始，杀死妇女和孩子的方法有了变化。纳粹杀手不再枪杀他们，而是利用两家柏林公司专门建造的车载毒气仓除掉他们。发动机启动后，从排气管排出的尾气直接排进密闭的车厢里。奥伦多夫说，死亡会在"10 到 15 分钟内"降临。

然而，此种方法与纳粹先期制订的大规模屠杀计划不相匹配——效率太低。例如，夺取基辅后，德国军队迅速完成了大规模屠杀。两相比较，更显出其效率低下。根据行动队报告的数据，1941 年 9 月 29 日和 30 日，共计 33771 个基辅人在两天内被射杀，绝大多数为犹太人。

特别行动队究竟杀害了多少犹太人和苏联红军，纽伦堡法庭在审判期间根本无法做出完整的统计。奥伦多夫的 D 中队远不如其他几个中队表现好。1942 年 1 月 1 日，北部战区的 A 中队报告，该中队在波罗的海沿岸以及白俄罗斯已经处决 229052 名犹太人。当年 11 月，希姆莱向希特勒报告说，1942 年 8 月到 10 月，他们在苏联杀掉了 363211 名犹太人。

那一年，阿道夫·艾希曼已经成为执行"大屠杀"的党卫军主管。后来，他在作证时说，特别行动队在东部战区干掉了 200 万人，差不多都是犹太人。不过，这一数字很可能言过其实——希特勒和希姆莱嗜血成性，为博取他们的欢心，纳粹杀手往往会夸大统计数字。希姆莱的统计学家里夏德·科赫尔博士的说法为，截至 1943 年 3 月 23 日，共有 633300 名犹太人在苏联境内被"重新安置"，即枪杀。1943 年中期，特别行动队的杀戮任务由灭绝营接手时——灭绝营可以在更大规模上以更高的效率实施杀戮——经特别行动队直接杀掉的受害人超过了 100 万。竟然有 100 万手无寸铁的无辜人类被冷血的德国人枪杀！随后又有超过 500 万犹太人在纳粹集中营的毒气室里遭到屠杀。

霍斯和奥伦多夫两人没有逃脱法律的制裁。后者与特别行动队的其他 21 个军官在纽伦堡军事法庭由一位美国法官宣判有罪，其中 14 人被判死刑。包括奥伦多夫和另外三人在内，共计四人被执行了绞刑——时间为 1951 年 6 月 8 日，地点为德国兰茨贝格监狱（由于领导了 1923 年的啤酒馆暴动，阿道夫·希特勒曾经在兰茨贝格监狱服刑两年）。奥斯威辛集中营的魔头霍斯交由波兰人审判，终审判其死刑。1947 年春，在其犯下滔天罪行之地奥斯威辛集中营里，霍斯被执行了绞刑。

纳粹战犯受审期间，我在纽伦堡采访，我母亲却在爱荷华州锡达拉皮兹去世了。当时我正患着我这辈子最严重的一次流感。军方为各路记者安排的暂住点是一座老旧的宫殿。11月27日，星期二，当天清晨，我正在一个拥挤的房间里休息，霍华德·史密斯从他的铺位上探出身子，叫醒了我。"对不起把你叫醒了，"他顿了一下，接着说，"我得告诉你一个不好的消息。你母亲昨天去世了，昨晚纽约反馈消息时告诉我的。"头一天午夜，史密斯从位于城里的法院向纽约做了直播。得知母亲去世的消息后，我一直在想，最后关头她是怎么度过的，我希望她的死是没有痛苦的。据我所知，母亲那一时期身体无恙。我最担心的是我妻子特斯，当时她在纽约，正患着肺炎。

如果母亲的确是周一去世的，举行下葬仪式的时间应该是同一周的周三或周四。如果我能征得医生同意，能找到交通工具，再加上点好运气，说不定我能及时赶回爱荷华州参加母亲的下葬仪式。我强撑着从床上爬起来，穿好衣服，往楼下的军医处走去。

"即使你能找到交通工具，我倒希望你找不着，"说到这里，医生顿了一下，"你也完全无法承受长途飞行赶回国内。我理解你的心情，也替你难过。不过我还是劝你打消这念头。"说话的同时，医生为我量了体温，仍有38.9摄氏度。医生最后说："回去躺下吧。"

我上了一辆进城的车，往当地驻军的交通局赶过去。一个年轻的中尉接待了我，他答应全力帮助我，不过他说，成功的概率几乎为零，把我弄上第二天、第三天飞往伦敦或巴黎的飞机倒是有可能，从那里转乘飞往纽约的飞机，最早也要等到周末，而且根本没有保障。我万念俱灰，只好返回记者暂住点，我倒身躺回了铺位上。有人给我送来一份来自特斯的电报，内容为，母亲去世很迅速，没有痛苦。

母亲临死都未见身体异常，与邻居交谈甚欢，突然晕倒，再未苏醒，20 分钟后安然离世。

在接下来的两天里，我多次前往当地驻军的交通局，不过一直没找到机位。星期四那天，我收到特斯头天晚上发来的电报——纽伦堡和纽约的时差为六小时——其内容为，葬礼定于周五在锡达拉皮兹举行。她病重，无法前往。我的弟弟和姐姐已乘火车离开东岸，前去协助安排丧事。

我无法确定的是，如果我真能及时赶回家参加下葬仪式，我能否真的把自己对母亲的强烈感情表达出来。母亲的一些朋友肯定会出席葬礼，我是在锡达拉皮兹长大的，认识他们当中的许多人，但我有 20 年没见过他们了——我离开那里时刚满 21 岁。也许我什么都表达不出来。即便是在长老会主持的葬礼上，由某位亲属或某个儿子致悼词，这样的事当年也并不常见。也许我可以通过电报寄托哀思。我提笔写了几行字，然后发电报给锡达拉皮兹的弟弟签收：

烦转当地的朋友及牧师，无法亲赴母亲的最后仪式，我非常难过。我想追忆母亲的正直、勇气、智慧、忍让、谦恭，还有她给我们的巨大激励。

后来我被告知，下葬仪式由第一长老会教堂操办。仪式刚一开始，牧师当即宣读了我的电文。母亲是一位了不起的女性，她以勇敢精神和大无畏精神直面人生困苦，电文仅能表达我的崇敬之情于万一。1913 年，我母亲和她丈夫同为 42 岁，同在芝加哥，丈夫在法庭上初露锋芒。正是在那一年，她失去了丈夫。她以极其微薄的收入一手养大了三个孩子，直到孩子们大学毕业。她坚守 32 年没有改嫁，她婚龄的多半时间一直在守寡，但她从不抱怨命运。面对命运，她展现的是优雅和智慧。

12 月 9 日，星期日，我在纽伦堡进行了最后一次播音。几天前，天气变得奇冷，一层白雪覆盖了那座战后所剩无几的中世纪城市。哥伦比亚广播公司新闻部主任保罗·怀特命令我回国。我心里有些歉疚，或许是因为我能回家过圣诞，而我的大多数同事以及美国大法官杰克逊率领的上千位公诉团成员却必须在那座寒冷荒凉的古城里过节。不过，他们当中没有任何人像我一样在那个国家居住过那么长时间。尽管审判纳粹战犯让人亢奋，但能尽早离开的确让我高兴。

12 月 9 日，星期日（午夜之后），纽伦堡。写广播稿，进行了两次播音（一次是录音，另一次是"直播"），然后完成为《读者文摘》准备的长篇电文的最后一部分——电文于午夜发出，所有这些让我精疲力竭。现在必须收拾行装了，因为 6 点必须起床，要赶飞往巴黎的邮政飞机……

再次远离这片面目皆非、充满悲剧的土地，心中油然升起一种如释重负的奇异感觉——也许这真是最后一次了。这片土地所承载的命运、精神、品性、文化、人民，以及这里的人们超乎寻常的野蛮（如今变成了超乎寻常的自怜），最后还有他们之间恐怖的战争，将我短暂的人生中的 15 年定格在了这里。我终于要解脱了……

从我上次离开德国算起，再有一天就满五年了。那个魔鬼似乎不仅征服了德国人，还要率领德国人征服世界……

上次我离开德国时，人们已经看出大难将要临头，不过大难尚未开始。那些试图摧毁世界其他地方的人，到头来却毁掉了自己……

当然，德国人最终会从创伤中恢复，会重建他们的国家。大多数德国人曾经狂热地支持了第三帝国 13 年，他们从中汲取教训了吗？我几乎看不出来。他们从未真正关注过纳粹政权的暴政。对于希特勒强加给被占领土的恐怖，以及利用毒气室屠杀 500 万到 600 万犹太人，他们好像没有兴趣。或者，他们根本不相信确实发生过那样的事，按照他们的说法，那些都是敌人的宣传伎俩。纽伦堡审判期间，同盟国曾经希望，随着内幕披露得越来越多，德国人会被唤醒，继而有所醒悟。但根据我的观察，德国人并没有醒悟。我曾经不止一次在街上询问普通德国人对审判战犯的看法。

他们总是说："那是宣传！反正你们要绞死我们的领导人，何必非要上演这样一出所谓审判的闹剧呢？那都是宣传！"

不仅某些德国人没有从纳粹犯下的反人类罪以及那场

战争中汲取任何教训，一些美国人亦如是，尤其是美国军队里的一些人。例如，在德国慕尼黑附近的达豪有个臭名昭著的集中营，一个美国军事法庭审理了一位名叫席林的德国医生，他在德国是个家喻户晓的科学家，为研究疟疾，他被控杀害过 300 个犯人，他用那些人做了活体实验。那位卓越的医生爽快地承认了他的所作所为，还理直气壮地说，他那么做促进了人们对这种疾病的研究。令人难以置信的是，他的做法得到了一个美国军官的支持，媒体引用该军官的说法：美国卫生局认为，达豪集中营的"研究"成果值得肯定，因为它们对治愈疟疾做出了贡献。我觉得，美国卫生局根本不可能有此发现。我还注意到，另有一位美国军官在慕尼黑四处散布说，他根本不相信达豪集中营会发生如此残忍的事。

尾　注

[1] 毒气室门框上方挂着一块牌子，牌子上标有"浴室"两个字，犯人们排着队往里边走之前，他们被告知，那不过是一次"灭虱"过程。不仅如此，霍斯还编造了更多死亡骗局，例如，对刚刚乘坐货运火车到达的犯人，其中一些人已经长途跋涉将近 1000 英里，甚至更远，一路上没吃没喝。待所有犯人走下火车，会有人给他们递上印有漂亮图片的明信片，图片上注着"瓦尔德塞"几个字，那是一处德国度假胜地的名称。犯人们被要求在明信片上签名，明信片会邮寄给他们的亲属。明信片上已经印好如下文字："这里一切都好，我们有工作，待遇好。盼你们早日来相聚。"

　　一位幸存者回忆，最后，送往毒气室的人被选定后，"由身穿白上衣和蓝裙子的年轻漂亮女孩"组成的一个小乐队开始演奏轻音乐。演奏者都是从年轻的犹太女孩里挑出来的，不管怎么说，她们的生命得以暂时延续。因此，奥斯威辛和其他纳粹灭绝营的犯人走上死亡之旅时，竟然会有维也纳和巴黎轻歌剧的欢乐曲子相伴。

第四章

广播界的叛国者

像以往一样，每年的这个时候，伦敦又冷又潮，天空灰蒙蒙的。我来伦敦是为了在此转乘军用飞机回国，只要有空位，我就会立即离开。六年来，这是英国人第一次企盼在和平的环境里过圣诞节，无论天气好坏，都不会影响他们的情绪，他们已经习惯于倒霉的天气。其他东西也影响不了他们。其实，英国人心里明白，由于长期战乱带来的损耗，他们的前途并非光明一片，他们需要重建被炸毁的城市。由于战争的破坏，旧有的经济体系已经成了一片瓦砾。从前，大英帝国一派富庶景象，如今，帝国已然损失过半，因而他们还需要某种新的经济体系。

我想起来了，1938 年至今，这还是英国城市居民第一次可以在有路灯的情况下过圣诞节，寻欢作乐的人们又可以像从前那样尽情地放歌了。战争期间，灯火管制使所有人家窗帘紧闭，如今人们又可以透过橱窗观望挂满彩灯的圣诞树了。我暗自琢磨着，没准今年我得在伦敦过圣诞节了。不过，美国军方终于在一架飞机上为我找到了位置，让我及时赶回家里。

前往机场的路上，我展开了《每日电讯报》，一个大标题吸引了我的目光。文章称，两天前，由于叛国罪，播音员约翰·埃默里被处以绞刑，他是英国著名保守党政治家和前内阁成员的儿子。他充当过希特勒的喇叭。毫无疑问的是，英国人对广播领域的叛国者严酷有余。播音员“哈哈勋爵”威廉·乔伊斯最近也被判了死刑，因为他在柏林从事了反对本国人民的广播。他在“假战”期间有大量的听众。我特别希望知道，如果开庭审判广播领域的叛国者，美国是否会同样严苛。两年前，由于叛国，八位美国播音员遭到了起诉，不过还未被判刑。我在柏林期间认识了这些可悲的人，有男有女，有美国人，也有英国人。

我在伦敦工作期间，约翰·埃默里的父亲一直担任英国内政大臣。我离开德国后，约翰·埃默里去了柏林。我是后来才听说这个人的。从某种程度上说，他好像是个被惯坏的孩子。24岁时，他宣布自己破产，然后离开了英国。西班牙内战时期，他为佛朗哥工作。第二次世界大战前两年，他在法国的法西斯圈子里混了个脸熟。1942年，他从法国去了柏林，在广播领域为德国人效力。他还参与了大力征召英国战俘加入反共自由兵团的工作，前往苏联境内与德国人并肩作战。让律师和法庭颇感意外的是，在审判期间，他承认了所有指控。他的举动无异于自杀，因为根据英国法律，在叛国案件中认罪，等于自动宣判死刑。对叛国罪，法官不能改判终身监禁，一旦定为叛国罪，被告便没有机会提出上诉。因而，在12月那个阴沉寒冷的日子里，33岁的约翰·埃默里走上了绞架台。

接着，威廉·乔伊斯也追随约翰·埃默里而去。由于叛国，乔伊斯于9月在英国中央刑事法庭受审，他被证实有罪，并且被判死刑。随后他提出了上诉，英国上诉法院于11月对他的案子进行了审理，维持原判和死刑量刑。为逃避绞刑，乔伊斯采取了极端行动，他直接向英国上院提出上诉。12月，上院的五位法官对他的案子进行了为期一周的听证。他的主要上诉理由为他是美国公民，1906年，他出生在纽约布鲁克林区，父母为爱尔兰人，所以，不能因为他反对英国君主就以叛国罪审判他。然而，控方的证据表明，一直以来，他使用英国护照出访世界各国，他也一直宣称自己是英国人。不仅如此，在一次市级选举中，作为候选人，他曾经发誓自己是英国公民。据我报道此事的朋友们说，乔伊斯显然至死都相信，以美国公民身份提出上诉肯定可以逃脱绞刑。但经过三次充分听证，法庭认为，乔伊斯"因为出生在美国，所以他的确是美国国民，但他拥有并使用英国护照，他受到英国王室的保护，因而在德国从事广播期间，他理应效忠王室"。

乔伊斯成为叛国者并不是为了金钱，也不是为了爱情。[1]可以肯定的是，他每个月仅有 1000 德国马克（约 400 美元）固定收入，纳粹老板还为他提供了一套免费公寓。至于爱情，他是带着妻子从英格兰前往德国的，他好像非常爱她。

那么，乔伊斯为什么会犯叛国罪呢？他否认自己犯了叛国罪，他的说法是，他已经放弃英国公民身份，是德国公民了。不过，我依然想知道——我常常这样自问——他为什么要向自己的国民灌输纳粹的宣传呢？

"我相信我播出的都是事实。"乔伊斯经常这么说。也许他真的那么想。他说，他相信希特勒一直试图从"黑暗势力"手中拯救世界。他已经变成一个忠实于希特勒的狂热信徒。每当我说让我无法理解的是，以他的智力怎么会相信如此荒谬的言论，他似乎总是很无奈。

我的结论是，除了意识形态使然，乔伊斯为希特勒从事对英广播的主要原因是他有生以来第一次得到了认可，他成了举足轻重的人物。他在同胞中拥有数量庞大的听众。而他在英国时，那种事从未发生过。

在英国期间，无论乔伊斯做过何种努力，他从未成功。他在爱尔兰念小学和中学，而后前往伦敦大学学习。1923 年，他只有 17 岁时，加入了英国法西斯党，并且第一次参与了街头斗殴。多年以后，我在柏林遇见他时，那次斗殴在他脸上留下的多处伤疤依然清晰可辨。在英国境内第一个成立的法西斯政党并没有发展壮大起来。十年后的 1933 年，也就是希特勒在德国掌权那年，乔伊斯加入了奥斯瓦尔德·莫斯利爵士领导的"英国法西斯联盟"。他很快成了该党的宣传部部长、主要发言人、小册子作家和街头斗士。四年后，他与莫斯利分道扬镳，和约翰·贝克特一起创建了自己的纳粹政党——英国国家社会主义联盟。贝克特曾经是英国下院的工党议员（莫斯利曾经也是）。英国国家社会主义联盟并没有发展壮大起来，乔伊斯亦如是。

"早在 1939 年 8 月 25 日上午，我已经认识到，人类历史上最伟大的斗争眼看就要开始了。英国必定会参战。"这里引用的是乔伊斯亲口对我说的话。后来我意识到，这样的表白出自他 1940 年在柏林出版的《落日英国》一书。"我这么说是出自最完美的良心发现：如果我无法为英国而战，我就必须彻底抛弃它。"

乔伊斯逃离了英国，他穿越英吉利海峡，目的地是柏林，他要去参加"解放世界的神圣斗争"。由于盲目崇拜阿道夫·希特勒，他的眼睛早已看不见其他东西。他不喜欢与他人探讨离开英国的话题。他认为，元首是 20 世纪最伟大的领袖，他的"英雄主义"是"超人类的"。我记得他赠给我他的书时，他向我指出，全书最后一句话代表了他最崇高的信仰：人类的未来有两个保障——"伟大的阿道夫·希特勒，以及更伟大和更光荣的全能上帝"。

审判乔伊斯期间，数位参与报道的英国记者告诉我，在庭审和上诉时，乔伊斯表现得很勇敢，甚至很幽默。后来我还听说，1946 年 1 月 3 日上午，他在肮脏的旺兹沃思监狱走上绞架时同样表现得很勇敢。当天天气奇冷。乔伊斯对其所作所为没有任何歉意。[2]

1941 年 12 月 10 日，德国对美国宣战，将美国拖入了冲突。在此之前，在柏林短波电台从事对美广播并且为希特勒说话的美国人从未遇到过叛国问题。旁人可以质疑他们的政治倾向，然而，他们的爱国倾向是毋庸置疑的。战争初期，有三个美国人曾经为纳粹宣传机器说话，我时不时会遇见那些人，对他们那样做的原因，我多少有所耳闻。

三个人里最值得一提的是弗雷德·卡尔滕巴赫，至少在播音行业里情况如此。他是爱荷华州迪比克市人，是个疯狂的纳粹主义皈依者，他真的相信纳粹主义。他父母是德国移民，因而他从长相上看就是一个德国人。像许多本土德国人一样，从一开始，他就受到希特勒政治运动的吸引。他在美国接受过良好的教育，最初他在格林内尔学院学习，那是美国中西部小型文科院校中最好的学校之一（第一次世界大战期间，他曾经在美国国民警卫队岸炮部队服役，军衔为少尉）。然后，他在滑铁卢市爱荷华州立师范学院学习，于 1920 年获得学士学位。在芝加哥大学历史系获得硕士学位后，他返回迪比克市，在该市的高中任教。希特勒在德国国内从崛起到掌权时期，卡尔滕巴赫一直是希特勒的狂热追捧者。他的偶像于 1933 年成为德国总理后，他组织了一帮高中男生，成立了远足俱乐部，将其称为"斯巴达骑士战斗队"。俱乐部的组织结构以希特勒青年团为模板，队员甚至统一着装，身穿褐衫制服。与德国同行相比，迪比克市教育管理机构更为宽容，他们仅仅要求卡尔滕巴赫遣散他的"骑士"。那时，卡尔滕巴赫若不是失去了信心，至少也是遭遇了挫败，他告别了迪比克市，实际上他告别了自己的国家，直奔热爱的纳粹德国。他进入柏林大学，最终在那里获得了博士学位。第二次世界大战打响后，他成了戈培尔的手下，开始参与德国电台短波节目的对美广播。

无论是对卡尔滕巴赫还是对他的新老板来说，一开始，他们相处得相当不易。说来几乎让人无法相信，德国宣传部和广播大厦的官员们觉得，美国人卡尔滕巴赫"过分纳粹"。他竟然与他们脸红脖子粗地争论国家社会主义的纯洁性问题！

争论仍在继续，而且远未得出结论时，卡尔滕巴赫出现在了法国贡比涅。1940 年 6 月 21 日和 22 日，希特勒向遭遇惨败的法国人提出了停战条件。德国广播界禁止卡尔滕巴赫报道这一事件，并拒绝向他提供从巴黎到该市的交通工具。卡尔滕巴赫说服了几个德国军官，让他搭乘军官的车，悄悄潜入了贡比涅郊区小城雷通德的那片林中开阔地。在整整两天时间里，宪兵不断将卡尔滕巴赫驱离现场，然后他又不断地潜入。我记得，希特勒到达现场第一天，卡尔滕巴赫当时正好站在我旁边。元首身边环绕着一圈军官，垂头丧气的法国代表团成员坐在元首对面。当时卡尔滕巴赫仿佛进入了恍惚状态，他两眼直勾勾地望着元首。如果让他为阿道夫·希特勒赴死，他肯定会挺身而出。

实际上，卡尔滕巴赫确实是那么做的。希特勒对美宣战以后，他仍然选择留在德国。他参与的对美广播已经带有恶毒的色彩。他对希特勒和纳粹主义大加颂扬，对美国民主却咬牙切齿。他怂恿美国人掉头反对罗斯福总统，停止作战准备。

战争结束时，苏联人俘虏了留守柏林的卡尔滕巴赫，拒绝将他转交给美国人。或许他们认为，卡尔滕巴赫罪有应得，而他的同胞不会像他们那样惩罚他。那年是我最后一趟前往柏林出差，我多方打听卡尔滕巴赫的下落，美国人什么都不知道，而苏联人什么都不说。我估计他已经死了。[3]

爱德华·利奥波德·德莱尼是"E. D. 沃德"的本名，在位于柏林的德国宣传部里，他用后一个名字为戈培尔播音。在美国期间，为了生计，德莱尼曾经在全国各地奔波，在《一夜暴富沃林福特》之类的戏剧里饰演小角色。他还是两本书的作者，一本叫作《摆谱的女人》，另一本为《迷情女孩》。后一本书的广告词里有这样一句话："煽情的播音员和女朋友之间令人叫绝的书信往来。"1940 年，那时我在柏林，我当时的日记对他做过如下描述："他对犹太人抱有一种病态的仇恨，除此之外，他是个温文尔雅之士，为纳粹进行赤裸裸的宣传……"与卡尔滕巴赫一样，美国参战后，德莱尼留守柏林。1943 年，由于参与对美广播，他和另外七个美国人同时遭到叛国起诉。[4]

1941 年之后，仍然在柏林从事对美广播，并因此遭到起诉的第三位美国播音员是个女性，她是来自费城的康斯坦丝·德雷克塞尔小姐。在费城那边，德雷克塞尔是个著名姓氏。德雷克塞尔小姐对我说过，她曾经为当地的《公共纪事报》撰稿。我猜测，纳粹雇用她不外乎以下原因：她是柏林唯一说话带美国口音的女性。我还猜测，她之所以那么做，部分原因是需要那笔钱。至少她曾经纠缠我，让我为她在哥伦比亚广播公司找一份工作。她说，她需要钱。广播大厦里的纳粹德国人对她颇有微词，说她是个糟糕的播音员，她做的节目既没有风格，也没有个性。不过，美国参战以后，她留在了柏林。美国司法部的人后来告诉我，司法部会撤销对她的诉讼，最终她会返回美国。

美国参战前还有第四个为纳粹效力、参与对美播音的美国人。他与其他记者不一样，是个战地记者，跟随德军深入作战前线，利用短波向美国播发战场录音。此人是查尔斯·弗里克斯狄格，他签名和自报家门用的是简称"弗里克"。我跟他非常熟，实际上，环球通讯社 1934 年指派我前往柏林，接替的正是他。

弗里克的最爱是音乐，他喜欢创作歌剧，还娶了个退休的慕尼黑歌剧演唱家。可以肯定的是，他创作的一两部歌剧曾经在德国州级音乐厅上演。他对我说过，若论哪个国家能够向处于起步阶段的音乐家提供上演歌剧的机会，就全世界而言，只有德国——德国有十多家得到政府资助的正规歌剧公司。弗里克常常拿德国的情况与美国比较。按照他的说法，除了纽约和芝加哥，美国根本没有歌剧公司。另外，美国的歌剧公司极少上演美国作曲家的新作。

弗里克在纳粹党内有许多朋友，甚至戈林也在其中。1934年 6 月，血腥清洗冲锋队领导人期间，他惹了一身麻烦，因而他觉得有必要离开柏林，前往奥地利首都维也纳。他刚刚赶到那里，奥地利人立刻把他当作纳粹间谍抓起来，随后将他驱逐出境。返回美国后，弗里克曾经尝试以记者和作曲家身份在国内闯出一片天地。显然他一事无成，他对生他养他的地方产生了反感。战争开始前，在某个时间点，他返回了柏林。他曾经对我抱怨说："我在那边什么都干不成！"

我再次——而且是最后一次——见到弗里克时，他已经做出最后抉择。那是一次奇特的偶遇，时间是 1940 年 6 月，当时德国军队已经开进巴黎。在那之前，德军横扫荷兰、比利时、法国，当时我以美国记者身份跟随德军进行采访。一天晚上，返回巴黎的驻地斯克里布酒店后，我闲逛到餐厅里的一张大餐桌旁，找了个座位坐下。桌子周围坐满了欢乐的德国军官，多数人手里擎着酒杯，我觉着，其中有个人特别眼熟，那人身穿中尉军服，正咧着嘴冲我微笑。

那人正是弗里克，他指着自己身上的灰色德军军服，说："比尔，我猜你根本想不到我会穿上这身军装。"他接着说，他已经放弃美国公民身份，成了德国人。他似乎踌躇满志，不管怎么说，德国军队刚刚征服了法国，用时不过六个星期。此时他已经是德国这一事业的一部分。

后来我听说，战争行将结束时，不知出于什么原因，弗里克离开德国去了中国，他在那边的一家德国电台担任经理。电台位于日本占领下的上海，其名称为"德国广播电台"，播出的全是反美宣传。我还听说，战争结束时，美国人在上海逮捕了他，后来释放了他。

如前文所述，在我认识上述几个美国人时，他们都为德国宣传部对美广播，当时并未惹上叛国的麻烦，因为美国还未参战。尽管美国后来加入了战争，弗里克却成功地逃过了诉讼，因为他已经成了德国公民——乔伊斯以同样的理由为自己辩护，却未能保住性命。不过，卡尔滕巴赫、德莱尼、德雷克塞尔小姐等人见不及此，在美德正式宣战前没有加入德国籍，1943 年，他们遭到叛国罪的起诉。在同一时期的柏林，还有一些美国人参与了他们的工作，并表现得更为积极。

我跟其中的两个人非常熟。其一为罗伯特·贝斯特，当年他是美国合众社驻维也纳记者。我为《芝加哥论坛报》和哥伦比亚广播公司驻维也纳机构工作时也在那里。其二为唐纳德·戴，他是《芝加哥论坛报》的记者，他在拉脱维亚首都里加长驻了20年。他在里加花样翻新地杜撰出许多其近邻苏联陷入困境的故事，包括一些耸人听闻的起义故事。据他说，那些起义即将推翻无神论的布尔什维克政权。由于那些故事，戴成了我们老板——专横的反共分子，"全世界最伟大的报纸"《芝加哥论坛报》的编辑、所有人、出版人麦考密克上校眼中的大红人。戴是个大块头，大嗓门，也是个头脑简单的家伙。尽管他做新闻报道不怎么样，但他对莫斯科布尔什维克仇恨之深，达到了想发动神圣的十字军进行讨伐的程度，这反而让大多数美国记者同行非常喜欢他。受那种极度狂热的驱使，戴在战争后期投入了希特勒阵营，开始反对自己的祖国。

罗伯特·贝斯特后来走的路让我非常惊讶。我相信，他的结局会让维也纳时期认识他和喜欢他的美国同行都大吃一惊。1896年，贝斯特出生于南卡罗来纳州萨姆特市，1916年毕业于斯帕坦堡市沃福德学院。第一次世界大战期间，他作为中尉在美国国民警卫队岸炮部队服役。后来，他前往哥伦比亚大学研究生院学习新闻。他是个前途无量的学生，在1922年获得了为期一年的普利策出国奖学金前往欧洲，在维也纳落脚，成了合众社的特约记者。他一头扎进外国记者经常出没的卢浮咖啡馆，在那里占据了一个位于角落的餐桌，写稿子，与他人闲聊。他每天很晚才返回租住的公寓，除此之外，他很少离开那个餐桌。他与一位上年纪的女人合租一套公寓，那女人来路不明，可能是地中海东部人，记者们都称呼她为"伯爵夫人"，然而，我们从来没见过那个女人。

那一时期，罗伯特·贝斯特是个最友善、最大方的家伙。

他不仅与大家分享新闻素材，每当有人生病或出差在外，他还会帮着整理材料。虽然他算不上好写手，也算不上非常好的记者——他太懒，不喜欢认真核实消息，也不喜欢出门采访和挖掘消息——但他手头掌握着大量关于维也纳、奥地利以及中欧国家、巴尔干国家真真假假的消息。他好像认识城里的每一个人，包括保加利亚中央革命委员会的阴郁代表和巴尔干国家的阴谋集团成员。出访维也纳的美国人无一例外会前往卢浮咖啡馆拜访他，尤其是那些常常出入维也纳的外国知名记者，例如多萝西·汤普森、H. R. 尼克博克、约翰·君特以及其他人等。另外还有著名作家，例如辛克莱·刘易斯（他娶了多萝西·汤普森）、H. L. 门肯，后者定期前往维也纳品尝啤酒，练习德语，与美国报界人士聊天。

在维也纳期间，罗伯特·贝斯特最要好的朋友是个犹太人，那是个有学问的匈牙利人，后来成了英美报纸的记者。他不仅在工作上帮助贝斯特，借钱给他，还定期邀请他喝酒和吃饭。实际上，在维也纳期间，贝斯特的大多数记者朋友都是犹太人。我说这些是因为，在所有为希特勒从事播音和反犹的美国人里，贝斯特却成了其中最恶毒的一个。

罗伯特·贝斯特怎么会最终成了那样一种人，我至今都没有想明白。1929 年到 1938 年，我曾经无数次因公出差前往维也纳，我完全想不到的是，他竟然会变成邪恶的纳粹分子。我最后一次见到他是在 1938 年 3 月 11 日和 12 日，那两天希特勒占领了奥地利。明知希望渺茫，贝斯特仍然希望纳粹那一次会输掉。那天晚上，在躁动不安中，他从咖啡馆的一个电话间回到了座位上，他宣布，奥地利总理库尔特·许士尼格已经重新掌权。许士尼格以前挫败过一次纳粹政变。如同贝斯特的多数消息一样，那也是一条假消息。那消息仅仅表达了他的个人意愿。当晚的晚些时候，贝斯特的朋友戈尔德施密特少校来到了咖啡馆，他坐到了贝斯特身旁，来探听消息。戈尔德施密特少校是个天主教教徒，他有一半犹太血统，是奥地利保皇党领导人，他们希望复辟哈布斯堡王朝。像其他人一样，当时贝斯特意识到，奥地利已经彻底完蛋。纳粹分子们已经夺取那个国家和它的首都。戈尔德施密特少校在贝斯特的餐桌旁站了起来，他平静地说："你们当中大多数人与我看法不同，不过我们一直以来都是朋友。我要和你们说再见了。今天是君主政体和犹太人的末日。我得回家拿我的左轮手枪了。"

贝斯特带头劝阻戈尔德施密特少校不要那样做。至今我仍然记得，那个噩梦般的夜晚，没过多长时间，贝斯特最要好的朋友的妻子来到了卢浮咖啡馆。她是个美丽的斯洛伐克人，让她坐立不安的是，她丈夫①会遭到逮捕，因为她丈夫是犹太人。据报道，纳粹恶棍们已经开始在城里搜捕犹太人。罗伯特·贝斯特一边安慰她，一边向她保证，秘密安排已经做好，美国公使会亲自领着她丈夫出城，前往附近的捷克斯洛伐克边境城市布拉迪斯拉发。

德国和奥地利合并以后，我把欧洲办公室搬到了中立国瑞士的日内瓦，就再也没有见过贝斯特了。但我们保持了电话和信件联系，尤其是战争爆发以后，大部分时间我待在柏林。由于我无法前往中欧国家报道当地发生的事，我只好打电话给贝斯特，请他帮忙为我们播音，那种事大概有三四次。通电话

---

① 即马塞尔·福多尔。见第二卷第407页。（本书的脚注均为译者注，后文不再特别说明。）

时，他似乎还是从前的他，为我们做播音时，他也没有流露丝毫纳粹偏见。

1940 年底，我离开柏林之前不久，收到贝斯特一封来信。当时他仍然在维也纳，他在信里说，"即便我们参战"，他也会继续留在这里。那是我第一次感受到一种暗示，贝斯特身上肯定发生着什么。因为，如果美国"卷入战争"，敌对方唯有德国。那样的话，贝斯特就会成为敌对国侨民，除非……那样的想法让我心中不安。因为我听别人说过，他刚刚交了个女朋友，那女人是个狂热的奥地利或德国纳粹分子。

1941 年底，美国真的参战了。与其他美国人的命运一样，贝斯特也被拘留在了德国巴特瑙海姆市，直到在美国境内遭到逮捕的德国人被驱逐出境，他才被释放。多数被拘留的美国人是外交官或记者，我听说，贝斯特很快和那些人划清了界限。1942 年春，德国人终于允许美国人离境时，贝斯特选择了留下。他在写给美国驻德国临时代办的一封公开信里说，他那么做是"出于对历史负责"。在那一刻，德国宣传攻势终于体现了效果。贝斯特的公开信充斥着大量反犹和反对祖国的言论。他说，美国已经被"犹太人占支配地位的罗斯福无赖政权"毁掉。他立刻动身去了柏林，在纳粹德国宣传界找了份工作，他成了无线电短波台对美播音的美国时事评论员。戈培尔显然喜欢贝斯特激烈的反犹言论，例如他抨击美国为"美利坚犹太国"。身在柏林的这位美国叛徒很快变成了迫害犹太人的明星。

一开始，贝斯特并没有亮明自己的身份。在柏林电台的节目中，人们称呼他为"猜猜我是谁先生"（Mr. Guess - Who）。1942 年春季的一个晚上，哥伦比亚广播公司设在纽约的短波监听站认出了他。当晚值班的人碰巧是我的奥地利朋友，他曾经在维也纳的报社当编辑。他是个犹太人，贝斯特曾经是他的朋友。后来他告诉我，实际上，纳粹占领奥地利当晚，贝斯特把一个月的工资借给了他，还帮助他越过边境前往捷克斯洛伐克。他觉得，贝斯特救了他一命。那天晚上，那位奥地利朋友突然冲进我的办公室，他既兴奋，又担忧。

他对我说："柏林电台有个自称'猜猜我是谁先生'的人正在播音。听声音，那人像罗伯特·贝斯特。我无法相信这是真的。请过来帮我确认一下。"

我立刻去了他的工作台，戴上耳机认真听起来。毫无疑问，那正是罗伯特·贝斯特的声音。他正在大骂美国的犹太人。当时，我的奥地利朋友已经泪流满面。

每个星期，《纽约先驱论坛报》周日版都会刊发一篇我的专栏文章，遍布全美的许多报纸会转载同一篇文章。那一专栏的主旨是评论敌方宣传。1942 年 5 月 31 日，星期日，当天的文章是这样开篇的：

> 罗伯特·贝斯特已经成了叛国者，他已经与"哈哈勋爵"、卡尔滕巴赫、沃德、钱德勒等英国人和美国人同流合污，他们参与戈培尔在柏林电台开设的短波宣传节目，向其出售本国口音和灵魂。
>
> 他为什么会那么做？

从 1942 年春季的那个夜晚开始，我一直在思考这一问题。为什么罗伯特·贝斯特、唐纳德·戴以及其他美国人会那么做？多数人是为了钱。贝斯特一向不富裕，不过，他好像从来都不在乎钱，纳粹的金钱不可能收买他。我相信，他得到的报酬不会多于其他人，无非每个月 1000 德国马克，也许还有一套免费公寓。我最终认为，他那么做是出于意识形态，他最终倒在了纳粹病毒的攻击下，纳粹彻底瓦解了他。

贝斯特的麻烦在于，他在中欧待的时间过长，也从未回国更新自己的根部，从而在中欧一些最荒蛮的土地上渐渐扎下了一些刚刚萌生的根须。他与生他养他的土地及其价值观渐行渐远。他青年时期的价值观是在南、北卡罗来纳州的小城镇形成的。可后来他越来越奥地利化。正是他在奥地利的时候，奥地利人开始变得和德国人一样，越来越相信阿道夫·希特勒是他们的救世主。在维也纳，反犹主义一向非常盛行，正是在那里，青年时期的希特勒第一次接触了反犹主义。尤其是 1938年德奥合并以后，奥地利处在希特勒的统治下，为躲避注定要发生的事，犹太人四散逃亡。随着犹太朋友的离去，身为美国人的贝斯特相当孤独。[5] 在未婚妻的影响或引领下，他越来越深地滑进了纳粹圈子。通过贝斯特后来在柏林主持的广播节目可以判断出，同一时期，他恢复了年轻时在美国南部形成的基督教原教旨主义思想。他父亲是卫理公会牧师，总是为了传教在小城镇之间搬来搬去。然而，贝斯特病态的、纳粹化的头脑认为，恰如美国和西方文明已经受到犹太人的威胁，基督教原教旨主义也在遭受邪恶的、仇视基督教的犹太人的威胁。

回国的飞机从伦敦起飞后，我不禁想到，罗伯特·贝斯特以及情况与他类似的其他美国人是否会被送回国接受审判呢？英国很快对其广播界的叛国者进行了审理、宣判，判决也得到了执行。贝斯特和他的美国同行仍然被关押在德国的一座美军监狱里。让我不解的是，耽搁的原因是什么？我想到了其他事。为希特勒进行播音的人到底是不是贝斯特，作为他的熟人，第一个帮助新闻界和美国政府确认此事的人正是我。如果贝斯特因为叛国在美国接受审判，出于起诉需要，我是不是必须为公诉方出庭作证呢？我认为，他确实犯了叛国罪，因而我不能原谅他。然而反过来想想，这种事确实让我犯难，毕竟他曾经是我的朋友和同事。

乘坐 C-54 型军用运输机回国途中没什么精彩可言。由波士顿市长詹姆斯·M. 柯利率领的一帮爱尔兰裔美国人表演队也在那架飞机上。他们去伦敦的目的是说服联合国筹备委员会，将该国际组织的总部落户到他们美丽的城市。一星期以前，该委员会进行过一次投票，将联合国的永久地址定在了美国。

为加注燃料，飞机降落在爱尔兰香农机场。为熬过飞越大洋的长途跋涉，表演队成员聚集在机场的一个酒吧里狂饮起来。他们显然已经进入节日状态，这让机舱里充满了圣诞节的喜庆气氛。如果运气好，天气也好，我们就能及时赶回家过圣诞节。

想到能赶回家过节，我有些激动。这次回家以后，我会在国内长期定居下来。实际上，我这次是彻底与欧洲、与驻外记者职业说再见了。我花费了相当长时间才做出了这一决定，不过在战争的最后几个月，我确实这样决定了。在国外的 20 年——跨越我整个成年时期——我过得非常充实。作为记者，我的生活非常有意思，有时候还会让人激动不已。我在欧洲有家的感觉，例如生活在伦敦、巴黎、罗马、维也纳、柏林、马德里。出于工作需要，出于了解和欣赏不同文化的需要，尤其是了解和欣赏丰富的文学作品的需要，我学会了四种语言。我曾经非常喜欢那里的工作和生活。在维也纳期间，我娶了个维也纳女人，我们在那里有了第一个孩子。像那样按部就班地继续在欧洲生活下去，直到永远，生活照样会安逸舒适，充满欢乐。哥伦比亚广播公司也希望我那么做，他们希望我接替驻欧洲首席记者埃德·默罗的职位，因为他即将调任回国。那样的前景极富诱惑力，然而我拒绝了。

出于本能和直觉，在战争行将结束时，我已经意识到，一旦战争结束，我必须回国定居。尽管在欧洲那些年令人陶醉，让人感到充实，我却永远像个外来者，永远像个旁观者，我永远无法真正深入任何一个欧洲国家或任何一个欧洲民族的生活。承认这一点，一开始并不容易。实际上，我并没有在欧洲深入扎下根基，巴黎和维也纳是我热爱并且特别想生活其中的两个欧洲城市，即便如此，我也没有在那里扎根。与生活在美国任何一座城市相比，生活在巴黎和维也纳让我感到更加安逸。即便如此，我也必须面对上述现实。

驻国外时间过久，让我几乎不认识自己的国家了。然而，我的根扎在那里，那里是我最后的归宿，是我希望利用余生做出点事情的地方。我已经 41 岁，回到家乡，我仍然有时间从头再来。

有这种想法的人不止我一个，我最要好的两位朋友和同事早已做出相同的决定，一位是约翰·君特，另一位是吉米·希恩。约翰·君特早在战前已经决定这么做了，吉米·希恩与我一样，在战争结束前做出了决定。还有一位老朋友埃德加·斯诺也有同感，我是后来才知道这一点的。斯诺的大部分记者生涯是在中国度过的，他深深热爱着那个国家，他对那个国家了解得非常深入，相应地，那个国家对他也留有永不磨灭的印记。后来，斯诺在他的回忆录里对此给予了栩栩如生的描述：

> 尽管我不可能成为中国的一部分，中国却是我的一部分。我的一部分必将永远留在中国的莽莽群山中……不错，让我引以为豪的是，我认识了（这样一群中国人），在他们溃败时，我跟随他们艰难地穿过了整个大陆，我和他们一起饮泣，像他们一样对前途充满信心。

> 然而，我不是他们中的一员，也不可能成为他们中的一员。一个将自己置于一片陌生土地上的人……只能过上一种野蛮的生活……我是个美国人。[6]

因此，我放弃了留在欧洲的机会。就此问题，我和默罗在伦敦进行过一次长谈。他本人——我认为，他那么做大错特错——将要回国担任哥伦比亚广播公司副总裁，主管新闻和公关。我对他说，我认为他在播音领域比我们所有人都干得更漂亮，为了担任这一领域的行政主管而放弃播音，他实在傻到了家。

"接着干播音吧，"我极力劝说，"你干这行是最棒的。另外，你干行政完全是外行。"

不过，默罗已经下定决心。为将来着想，与其留在播音领域当评论员，不如去当个行政管理者，他有能力把广播打造成更好的媒介，用于传播新闻，他对此信心十足。他还说，更重要的是，不远的将来，电视会大规模兴起，在传播新闻方面，电视是一种无可替代的媒介。他认为，在新岗位上，他可以促其发展成一种强大的力量。他还建议我与他一起干，当他的助理，我们在一起肯定能干出一番大事业。

然而我告诉他，我干行政肯定比他更外行，不管怎么说，我不具备那种能力。我宁愿继续在播音领域当记者和评论员，继续为《纽约先驱论坛报》的周日版以及报业集团写专栏，偶尔还可以为杂志社写写文章。另外，如果有时间从事写作，我还想再写一本书。我在 1941 年出版的第一本书《柏林日记》市场反响相当好。我当时没告诉默罗，我内心的真实想法是多写书，我这辈子最希望从事的就是这个。我对自己不是特别有信心。这可能是因为，一份稳定的工作会让人有某种安全感。像大多数记者一样，我总是将写书的事往后推。放弃稳定的工资收入，一头扎进不确定的世界，从事全职写作，我估计我还没有足够的胆量。

默罗对我的答复非常不满意，他让我重新考虑一下。不过，像他一样，我决心已定。

在夜航中，那帮波士顿人里有生病的，也有越来越不服管理的，因而飞行员决定改变航线，临时降落到波士顿，以便摆脱那些人。他们当中有个人犯了心脏病，那人看起来简直是一副马上要断气的样子。

飞机在纽约落地时，我的妻子特斯、7 岁的女儿艾琳·因加、4 岁的女儿琳达都来迎接。特斯在曼哈顿第 50 大街一座老楼里找到一套漂亮的公寓，房子朝向东河，她已经完成搬家，从布朗克斯维尔搬了过来。朝向东河的起居室角落里有一棵硕大的圣诞树，特斯和孩子们已经把树装饰好。艾琳和琳达几乎认不出我了。

她们异口同声地问我："这次你会在家里住下来吧？"

"肯定会，"我回答，"不会再有战争了，我不会离开了。"

孩子们刚刚在纽约多尔顿的学校入学，她们强拉着我参加了学校的节庆，还坚持让我穿军装参加活动。我猜测，她们是想拿我显摆。后来，我们还去了曼哈顿第五大道，去看灯火通明的橱窗展，我们随着兴高采烈的购物者在街上一起闲逛。再后来，我们往公园大道走去。12月，空气寒冷，我们走着走着，大街上的圣诞彩灯一下亮了起来。平安夜，我们一家人围坐在炉火旁，特斯和我一起为孩子们念诵查尔斯·狄更斯的《圣诞颂歌》。

这就是天伦之乐，这就是美满生活。我在欧洲度过了二战期间噩梦般的岁月，因为二战，我们一家人和数百万其他家庭一样，被褫夺了像今天这样全家欢聚的安定生活。我原来以为，那些战争年代的记忆很难消除，但在这个全家团聚、其乐融融的时刻，那些年的记忆一下子不见了踪影。

我向特斯、艾琳、琳达下了保证，从那天往后，我们一家人不再分离。世界毕竟需要和平，人们终究会平复下来，而我们一家人一定要过上美满的生活。

尾　注

[1] 因为爱情成为叛国者的人是他的同胞诺曼·贝利－斯图尔特。而且是两次！有时候，我会在广播大厦里遇见此人。在一段不太长的时间内，他在广播大厦为英语部撰写广播稿。有时候，他必须接受乔伊斯的领导，他非常憎恨后者。1927年，贝利－斯图尔特毕业于英国皇家军官学校，而后成为二战时期英军奥尔巴尼公爵团的上尉。1932年，由于把军事秘密泄露给德国（当时是魏玛共和国），他曾经被证实有罪，被判在伦敦塔服刑五年。导致他犯罪的女孩是个德国人。刑满出狱后，他立即寻

找那个女孩，或者找个长相和她一样的女孩。他显然对德国女人情有独钟，以至于爱屋及乌，导致他对德国也产生了相同的感情——无论是魏玛时期的德国还是纳粹时期的德国，他完全不在乎。在柏林期间，我有一种印象，德国人觉得，贝利－斯图尔特极其难以相处——德国人说，贝利－斯图尔特具有苏格兰秉性，即遇事毫不通融——因而他被调离广播圈，去了外交部。他在那里当了翻译。

到末了，由于英国司法部门怪异的反常举动，贝利－斯图尔特逃脱了埃默里和乔伊斯的厄运。最初，贝利－斯图尔特以重大叛国罪遭到起诉，后来，他的罪名被减轻为违犯英国国防法，他最终被判有罪，终审判决为有期徒刑五年。

在广播大厦里，我经常遇见的第三位英国广播界的叛国者是杰克·特雷弗。他是个英国演员。我不清楚他的最终命运，我甚至从未听说他是否遭到逮捕。也许我离开柏林后他就死了，因为当时战事已经变得非常严峻，即便是在德国。特雷弗曾经好几次出现在我当年记述的日记里。1940 年平安夜，当时正值"静坐战"——德国人对"假战"的称谓——我参加了德国广播电台举办的一场晚会。乔伊斯携妻子参加，他们喝了香槟，还跳了舞。看见乔伊斯夫妇时，特雷弗立刻迎上前与他们搭讪，我注意到，特雷弗"已经喝高"。对英国广播界的叛国者，我在日记里一一做过评论，我对特雷弗的评价如下：

> 特雷弗最强烈的一种情绪是对犹太人的仇恨。去年冬天，最为常见的一幅景象是，特雷弗常常冒着漫天风雪对广播大厦门外站岗的党卫军士兵叫喊，在世界各地斩尽杀绝犹太人是多么紧迫和必要。卫兵毫无疑问对犹太人不抱特殊的偏爱，但此时他关心的只是在这个难熬的冬夜他究竟还要站岗多长时间。他在雪地里不停地踩着变凉的双脚，转着头躲避刺骨的寒风，还要一面回答道："是，是，是，是。"他可能在想，英国人的脑子是不是都坏掉了。

[2] 一直到末了，乔伊斯都是死不认罪的态度。他受绞刑后没多久，他弟弟昆廷代他发表了一份最后声明："像我活着时一样，死后的我照样会藐视犹太人，正是他们导致了这场战争。我同样会藐视犹太人所代表的黑暗势力……但愿英国能再次崛起，西方最危险的时刻到来时，但愿有人从尘埃中举起万字大旗，

旗帜上有一行辉耀历史的文字——'不管怎么说，你曾经征服他们！'"

　　由希特勒发动并且打输的战争刚刚过去，纳粹主义的谎言和暴行正在被揭露，威廉·乔伊斯和他所崇拜的疯子阿道夫·希特勒一样，头脑聪慧的他从最近的历史中什么都没学到。他盲目崇拜一种偏离正道的意识形态，成了殉难者。直到今天，仍然有许多人深陷其中。

[3] 第二年7月，苏联人最终证实了这一点。苏军驻柏林指挥部通知美方官员，卡尔滕巴赫"由于自然原因"死在了苏联拘留营里。

[4] 1945年，美国司法部撤销了对爱德华·德莱尼的诉状。1951年，他再次露面，在亚利桑那州图森市广播电台做播音员。他承认自己曾经为纳粹播音，不过他否认自己曾经反犹。实际上，他曾经开出1000美元赏金，悬赏能够"证实"他曾经反犹的人。对于此事，《亚利桑那每日星报》采访过我，我回答说，关于德莱尼，我的立场在《柏林日记》里已经说清楚了。

[5] 1938年春德奥合并后，美国各大报社关闭了驻维也纳办事处，而后将记者派到了其他国家的首都。我负责哥伦比亚广播公司对欧洲大陆多数国家的采访报道，因此我把办公室从维也纳搬到了日内瓦，当地的通信设施不受纳粹控制。除合众社以外，各新闻机构都雇用当地人采编新闻。昔日的奥地利首都如今成了德国的一个州级城市，几乎没有新闻可采，因而我认为，身为合众社"特约记者"的贝斯特多方受限，当年的他成了当地唯一的美国记者。

[6] 摘自斯诺的遗孀洛伊斯·斯诺对斯诺的追忆，文章标题为《安葬埃德加·斯诺》（"The Burial of Edgar Snow"），原文发表在 *New Republic*，January 26，1974。

第二篇

最初两年：
1945—1947

第五章

旧朋新友

欧洲无战事，记者没什么事可做，我就没必要返回欧洲了。回国定居和工作虽然有些不适，但我总体感觉还算不错。

适应新生活比我预想的容易许多，有些回国的同事却感到困难重重，甚至有个别人完全无法适应，只好重返欧洲，返回毫无定数的生活。实话实说，我怀念战前的生活，例如在巴黎、伦敦、罗马、维也纳——甚至柏林。不过，这种怀念并没有我想象的那么强烈。我发现，旧世界的各国首都我喜欢的东西，实际上在纽约样样都有：歌剧、戏剧、芭蕾舞、交响乐团、室内乐、艺术博物馆和藏书丰富的图书馆。

另外，纽约的生活气息里有一种欧洲城市所没有的躁动，一种生命的涌动，让这里的生活充满生机，也让人亢奋，让人热血沸腾。似乎无论在工作还是在生活中，但凡人们特别想得到的东西，在纽约一定会梦想成真。

我还在国外时，我妻子特斯已经在曼哈顿找到一处理想的住处——位于比克曼社区，毗邻东河的一座老房子，我们租了其中一部分。那样的房子，即使在当时我们也根本负担不起。当时曼哈顿的平均租金尚未飞涨，还未远超中等收入家庭可负担的水平。我们之前的租户是法国作家和航海家安托万·德·圣-埃克苏佩里，他返回法国参战，并于1944年过世。以前他就居住在我们租住的房子里，每月租金为1000美元。房东是个慈眉善目的女性，特斯每月只有300美元给她，她还是把房子租给了特斯。房东是那种富人中少有的对钱财完全不上心的人，对于超出我们支付能力的那部分钱，她一笑了之。她丈夫和两个儿子都参战去了，她希望为她的大房子找个合适的租户，特斯正合她的心意。后来我得知，她的律师极力反对，那等于把房子白给了我们。她告诉律师不要多管闲事。她丈夫未能活到战争结束，她的两个儿子回国后希望住到别的地方，因而我们一直住在她的房子里。实际上，因为我们又退掉了四楼我们从来没用过的两个小房间，所以我们的租金减少到了每月250美元，我们等于免费住在了那里。

这是我们的幸运，我们一直心怀感激，特别是因为在接下来的几年里，租金开始飞涨，我们的日子也因为其他事情过得越来越紧。不过，我一直相信运气，每个人生活中总有好运和背运。在国内定居下来那一阵，我们正赶上好运，好运正眷顾着我们。

我喜欢那时的工作和生活。在哥伦比亚广播公司的周日节目中，我有15分钟由赞助商资助的播音时段，一个所谓的新闻播报和新闻分析节目。仅此一个节目，其报酬即可满足我的需求和我的愿望——比我从前任何时候挣钱都多，那笔钱让我们一家摆脱了缺钱的担忧。在我们一家人的生活中，我们第一次有了一种安全感。我在听众中渐渐聚积起了人气，在每周日白天，我的节目创造了最高的收听率。此外，还有两三个赞助商处于排队等候状态。四年来，美国人民早已对民用产品望眼欲穿，那时，美国已经走向和平时期的生产，当时的播音时段满足不了申请赞助广播节目的赞助商的需求，每个人都想为自己的产品做广告。除了周日的节目，每周我还要做三次简短的无赞助的时事短评节目，播出时间为晚间11点。

广播领域的工作已经让我够忙活了，但我还承揽了一些额外工作。1942年，《纽约先驱论坛报》邀请我每周就宣传问题为报业集团写一篇专栏文章。各交战方曾经将宣传作为重要的战争武器广为应用，应用尤为广泛的是德国。报纸将那一专栏称为"宣传前沿"，我不喜欢那个名称，因而我的文章总会渐渐偏离主题，写一些我喜欢的关于战争、和平及外交领域的内容。我当了 20 年驻外记者，这些事已经成了我毕生的重心。那一专栏让我能够继续"染指"文字记者职业，这是我的最爱，也是我最初的手艺。它让我不断地磨砺自己的写作能力。

我发现，定期在广播节目中发声会带来名人效应。各种邀请纷至沓来，例如发表演讲、开设讲座、参与辩论，等等。为了"染指"这些圈子，我接受了一些邀请。撇开其他的不说，对我而言，那么做让我有机会实现当初对回国的设想——或多或少参与国家事务。与播音相比，在那一平台上——尤其在参与七嘴八舌的自由辩论时，我可以更加透彻地表达观点。我并不怎么喜欢在讲座或演讲现场滔滔不绝，主要是因为，每次那么做都需要花费数周时间进行准备。讲座圈的某些同行擅长即兴长篇大论，例如总统夫人埃莉诺·罗斯福，我则不行。不过，我发现，如果是在辩论中，我也可以做到。许多辩论让人很丢脸，有时候我也会出尽洋相。我的日记里有这样一段，时间为 1946 年 4 月 11 日，星期四。"今晚在纽约市政厅相当丢人。"那是一场关于一个广播节目《美国小城会议》的辩论，主题为"苏联和伊朗的争端"，我和马克斯·勒纳为一方，另一方的两个人——路易斯·费希尔和埃德加·莫勒都是我的老朋友，他们从前都是驻欧洲的资深记者。我在日记里写道："观众总是对我报以嘘声。"由于经常在播音节目中发声，我有了知名度和名人效应，在那种情况下，人都会相当自负。那样的公开辩论让我的收听率损失了一两个点。

因而我的工作——播音、演讲、辩论、谈话节目、每周一次的报纸专栏——给全家人带来了好日子，也让我非常忙碌。

　　我高兴地发现，我在欧洲那些年结识的许多朋友回到了国内，他们当中多数人把家安在了纽约地区。约翰·君特和吉米·希恩两人是我最早的朋友——我们三人都来自芝加哥，都为芝加哥的报社在海外工作。他们战前就回国了，不过为了给报社和杂志社写文章，他们两人经常前往欧洲。特别值得一提的是，吉米·希恩最后竟然成了陆军航空部队中校！他们两人均创作和出版了一些在美国国内以及英国广受读者欢迎的著作。君特的作品包括"透视"系列，其《欧洲透视》成了新闻从业者出版书籍的新标杆；希恩的自传《私人历史》获得了巨大成功。当年，多萝西·汤普森在柏林时期的报道如此夺目，最终导致希特勒将她驱逐出境，如今，她的专栏广为报业集团所转载，她正在成为播音领域的一颗新星。她每周日的播音节目吸引了大批听众，她还开办讲座，四处演讲。多萝西也是君特和希恩非常要好的朋友。我和她不是很熟，不过我们确实是好朋友——我特别崇拜她。

　　但是，我和多萝西之间横亘着一个麻烦。虽然我们两人都极为反纳粹，我们对德国人的看法却水火不容。我总是觉得，在德国人问题上，多萝西好像感情特别冲动，爱和恨兼而有之，她自己也承认这一点。关于应当如何看待德国人，应当如何对待他们，我们两人吵得非常凶，有时候，我们会大吵大闹，然后立刻又后悔不迭，因为我们非常喜欢对方。到末了，我们突然想通了，我们双方都免谈德国人，这一话题在我们之间禁谈。因而我们这辈子一直保持了非常好的关系。

　　约瑟夫·巴恩斯最初是《纽约先驱论坛报》驻莫斯科记者，后来成了该报驻柏林记者。那时他也回国了，他成了那份既文明又开放的报纸的外国版编辑。在柏林期间，我们已经是好朋友，而且我们这辈子一直都是朋友。巴恩斯过去常常自诩为"很好的记者"，实际上，所有驻外记者之中，他最博学，而且他常有独到而闪光的见解。

詹姆斯·瑟伯是我最早期的朋友。遥想当年，我从一个爱荷华州的小学院毕业，刚满 21 岁，在行将返乡的 1925 年 8 月，我在巴黎版《芝加哥论坛报》编辑部找到了一份工作，就坐在瑟伯的旁边。在巴黎期间，我们成了好朋友。20 年代末，他回国后，我们一直保持往来。通过人人都绕不开的努力，他最终成了著名作家和漫画家，也许是美国最好的幽默作家和《纽约客》耀眼的明星。我回国后，我们又恢复了往来。青年时代的他在一次匪夷所思的事故中瞎了一只眼，视力每况愈下。作为《纽约客》极富幽默感的漫画家，这对他不啻一个打击，可他从未抱怨过什么。近期他和妻子海伦一直在谈论尽快搬离纽约，前往康涅狄格州西康沃尔市安家。

在康涅狄格州西北部，风景如画的乡村地区，我结识了一些新朋友。我首先认识了和蔼可亲的刘易斯·甘尼特，一个饱学之士。他是《纽约先驱论坛报》书评栏目的评论家，他在那边买了个农场。我相信，农场的前主人是他的一个先人，耶鲁大学的某任校长（甘尼特本人毕业于哈佛大学，他那个班有约翰·里德、沃尔特·李普曼等名人，更加幸运的是，他那个班由一群美国最负盛名的老师执教，其中包括著名语言学家科普兰，著名哲学家桑塔亚纳、罗伊斯）。甘尼特的妻子露丝是个天才的插图画家，在这片美国北方的土地上，他们两口子当时已经成了资深的园艺师和史学家。

甘尼特夫妇的近邻是艾丽塔·范多伦，她是《纽约先驱论坛报》周日书评版的编辑，一个善于待人接物的大美人。

通过她我结识了她的前夫——传记作家卡尔·范多伦，以及后者的弟弟，诗人马克·范多伦，马克是我这辈子认识的最让人喜欢的人。对这些朋友而言，位于山区和丘陵地区的农场成了他们周末聚会和夏季养生的天堂。甘尼特一家和范多伦一家平日都住在城里，他们每周只工作五天。

我和特斯也开始在那一地区寻找地盘。只要隔三岔五有机会逃离都市生活，纽约仍然不失为理想的居住地。能够短时间摆脱大城市带来的各种巨大的压力和紧迫感，摆脱 7 月和 8 月的炎热，就会感受到一种解脱。

为《纽约先驱论坛报》工作的群体里，还有一些人也是我们长期往来的朋友。除了艾丽塔·范多伦和约瑟夫·巴恩斯，还有该报的所有者和经营者奥格登·里德和海伦·里德夫妇。在出版界，奥格登·里德算不上最精明的报纸出版商，不过他有一种本能的大智慧，让他雇用了最好的记者和编辑。奥格登·里德和他的报纸都属于共和党，虽然当时在党内占主导地位的是自由派，但里德对人们的政治倾向并不怎么上心，他更感兴趣的是，为他工作的人能否写一手好文章。他妻子海伦是个漂亮女人，身高不足五英尺，但精力充沛，是报纸真正的经营者。她是报纸的骨干，我为报社工作期间及其后，我们一直是好朋友。与丈夫相比，海伦更乐于倾听不同意见。商讨问题时，她也更为率真。我从未在其他大企业主身上看见过像她那样的品质。哥伦比亚广播公司的老板威廉·佩利一开始也是那样，至少对待我和爱德华·默罗是那样，尤其是默罗。但随着公司规模的扩大和财富的增加，他就变了。

在《纽约先驱论坛报》工作期间，我还结识了杰弗里·帕森斯。他博学多才，有耐性，是社论版的编辑，也是我认识的最有头脑的人之一。我第一次见到他是在 1939 年 8 月，战争爆发的前夕。当时最让我惊讶的是，他是那种在道貌岸然和歇斯底里的重重包围中仍然保持理智的人。1940 年底，我从欧洲回国时，他主动和我交上了朋友。另外，我为《纽约先驱论坛报》和报业集团周日版撰写专栏文章，主要是受了他的鼓动。我每遇问题就向他求教。

回国以后，我又见到了老朋友凯·博伊尔。20 世纪 20 年代末，我们在巴黎相识。当时她是在巴黎左岸众所周知的美国人物，也是明星气质十足的人物。然而，与多数人相比，她更加严肃，也更加专注于写作，专注于当时在巴黎涌动的各种新潮流派——詹姆斯·乔伊斯、格特鲁德·斯泰因、《过渡》杂志和海明威等引领了这一风潮。她与乔伊斯的朋友关系既牢固又密切（和斯泰因的关系正相反），与乔拉斯及其《过渡》杂志的合伙人一同工作，颠覆着我们的语言——《过渡》积极地投身于他们所谓的"语言革命"。在那些癫狂的日子里，在巴黎塞纳河左岸地区，我隐约感到，凯·博伊尔是最有才华的美国女作家。50 年后的今天，我依然可以这样说，我当时的看法无疑是正确的。半个多世纪以来，她创作的小说、写实文学、诗歌作品层出不穷。我写作本书时，已 84 岁高龄的她仍然在精神饱满地从事写作和教学。

二战时期，凯·博伊尔嫁给了约瑟夫·冯·弗兰肯斯坦，后者来自阿尔卑斯山脉蒂罗尔地区一个古老的奥地利大家族。1938 年德奥合并，希特勒吞并奥地利时，弗兰肯斯坦的堂兄弟是奥地利驻伦敦大使，他不愿意为纳粹服务，因而当即辞去了大使职务。英国人给了他特别高的荣誉，除了给予英国国籍，还授予他骑士头衔。战争初期，凯将弗兰肯斯坦带回了美国。很快，弗兰肯斯坦帮助美军组建了一支滑雪部队，他带领该部队在科罗拉多州落基山脉进行训练。他跟随那支部队去了意大利与德国人作战。战争高潮时，他主动请缨，空降到了德国战线后方他的老家蒂罗尔地区。为阻止德国人后撤，他在当地组织了抵抗力量，通过无线电为向前推进的美国军队传送情报。可悲的是，他遭遇了德国党卫军的逮捕，被德国军事法庭定为间谍，判处死刑。行刑时，一支美国巡逻队奇迹般将他救了回来。这位英雄冒着生命危险为接纳他的第二祖国服务，而美国政府是如何对待他的，我会在适当的时候详述这一经过。说起来真让人羞愧难当。

美国政府对我另一个在欧洲工作的老朋友约翰·卡特·文森特的所作所为同样让人无地自容。我认识他时，他是美国驻日内瓦总领事，不过，他大部分外交生涯是在中国度过的。他真正了解那个国家，会说那个国家的语言，在战争后期敢于预言，罗斯福总统和大多数美国右翼最爱的蒋介石国民党政府，如果不解决普遍的腐败问题，爱惜苦于战乱的人民，中国必将为共产党所得。在美国外交家中，有此见识的极少。

埃德加·斯诺是我的朋友，他是最棒的中国问题记者。在外交领域，他是个不幸的"中国通"，由于敢讲真话，他必然会尝到苦头。让他吃苦的不是政府，而是掌管新闻媒体的业界大亨们。《红星照耀中国》一书第一次向外部世界讲述了毛泽东和他的军队历史性地穿越了广袤的贫困地区，以及毛泽东在延安建立了毫无经验的共产主义政权，而这一政权最终全面夺取了中国。对那个国家、它的政治以及它灿烂的文明掌握得如此到位的美国记者好像还没有第二人，也没有谁对那个国家描写得如此到位，如此不容置疑。

我第一次遇见斯诺是在 1931 年，地点在印度的夏都西姆拉市，那时还属英国统治。我为他安排了一次与甘地的会面。让我感到意外的是，他们两人并不互相喜欢，斯诺对甘地的印象远不如我对甘地的印象那么深。部分原因或许是，斯诺的最爱是中国。他很快又返回了中国。战后，斯诺以《星期六晚邮报》巡回记者身份再次去了印度。1948 年 1 月 30 日，伟大的印度领袖甘地在德里遭遇暗杀时，斯诺正好站在他身边数英尺远的地方（当时吉米·希恩也站在附近）。那时，斯诺已经与甘地有过数次交谈，他后来告诉我，他终于认识到了那个人真正的伟大之处。

战争时期，斯诺在纽约州奈阿克市找了个房子。当时他为《星期六晚邮报》写专题报道，经常出差前往欧洲和亚洲。尽管如此，他依然想在奈阿克市定居。我和他交流不多，不过我能感觉到，他和编辑们有矛盾。对《星期六晚邮报》类型的报纸来说，斯诺本不是他们想要的记者。他的思想不够保守，对看惯了肤浅文章的读者来说，他的报道过于深入。他思想太开放（liberal），对红色分子过于宽容，而红色分子夺取了中国。不管怎么说，不仅《星期六晚邮报》最终解雇了他，而且再也没有其他美国刊物愿意雇用他。最后他只好背井离乡去了瑞士，依靠为欧洲的刊物写文章勉强度日。到末了，身患癌症的斯诺死于日内瓦湖湖畔。他弥留之际，为减轻他的痛苦，毛泽东和周恩来派飞机从北京送去了几个中国医生。埃德加·斯诺是我们这一代最伟大的美国记者之一，最具讽刺意味的是，他被迫远走他乡，主要是因为他思想过于开放。恰如白痴的"政治猎巫者"所说："他对共产主义分子太宽容。"他临死前和死后，得到了极端保守和极其反共的理查德·尼克松的高度赞誉。后者说，他不仅从斯诺那里了解到许多有关中国的事，还有幸通过斯诺的帮助，利用他与北京的毛泽东、周恩来的关系，打开了通向共产主义中国的大门。埃德加·斯诺由理查德·尼克松恢复了名誉，想想都觉得不可思议！

　　回国定居一年左右，我与我们时代最非凡的女性之一见了面。当年我在纽约长住时，文学评论家范威克·布鲁克斯是我的邻居，有一次，他邀请我和海伦·凯勒共进晚餐。当初远赴印度的我曾经迫切地想见甘地，除他以外，我这辈子唯一迫切想见的人就是海伦·凯勒。像其他人一样，我熟悉她的故事，可我从未真正相信过，她的故事竟然都是真的。我完全无法相信，由于严重疾病，19个月大即丧失视觉和听觉，随后变成哑巴的孩子，怎么可能通过教育学会了读书、写作、交谈！远不止如此，她最终接受了良好的教育，成了拉德克利夫学院的优等毕业生，成了文学和历史学大家，还成了精通多种外语的大师！这样的成就简直让人无法想象。当然，海伦·凯勒的成功不仅因为她有天分，也因为她遇到了天分极高的老师和伴侣，首先是安妮·莎莉文（后来成为约翰·梅西的夫人），她在海伦只有七岁大时接手了她的教育，并且一直陪伴她，直到梅西夫人于1936年过世——当年海伦·凯勒已经56岁。接替梅西夫人的是另一位非凡的女性——波莉·汤姆森小姐。

　　1947年初，我们在纽约东区一家饭馆见面那一晚，波莉·汤姆森小姐始终伴随在海伦·凯勒身边。我突然意识到，海伦·凯勒是个举止优雅的美人，我意识到这一点之前，我们早已沉浸在忘我的交谈中了。不幸的是，我一直未能找到关于那一晚的日记。回忆那一晚，我只能一部分凭借记忆，一部分借助海伦·凯勒事后写给我的一封动人的信。

被她的人格魅力和敏捷的思维吸引，我事后才回忆起我们是如何交流的。如今我记得，当时我无法完全理解她的话。她说话用的是假嗓（毫无疑问，她听不见自己的声音），导致她说出的话含混不清，因而汤姆森小姐总是要重复她说过的话。有时候，在我说话时，汤姆森小姐会在凯勒的一只手上变换着手法进行敲击。由于凯勒是个感情丰富和渴望交流的人，我们的交谈常常变得热烈，每到这种时候，凯勒会把她的手指贴到我的嘴唇上，通过读唇理解我说的话。

凯勒自称，我在柏林播音期间（以及爱德华·默罗在伦敦播音期间），她是我的"热情听众"，这让我颇感意外。她还说，她特别想知道，在纳粹德国那些漫长的岁月，我究竟是如何度过的。当然，实际上她无法听到我们的播音，波莉·汤姆森利用她们称为"手语字母"的敲击方式向她进行转播，即在她的一只手上敲击出我们所说的字。

我渐渐意识到，凯勒的双手不仅十指修长，而且敏感，那双手是她与外界交流的关键所在。与其说她通过读唇与人交流，不如说她通过十指敲击的手语密码接收信息和传达信息。有一次，她说："从我两岁至今，除了睡觉，我的双手从来不休息。它们意味着我身外的世界——它们是我的两眼、双耳，它们是传达我的想法和美好愿望的渠道。"

还在晚餐现场时，我就惊讶于凯勒怎么那么快就明白了大家交谈的内容，而且，她表达想法也快得出奇。大家你一言我一语交流得非常顺畅，多数时候，我完全意识不到她和汤姆森小姐一直在以快如闪电的速度敲击着对方的手。汤姆森小姐转达她的说法时，不仅会借助对方在她手上的敲击，还要借助对方的发音，唯有她能听懂凯勒的意思。

值得一提的还有心灵的共鸣（vibration）。凯勒的残疾导致她对共鸣出奇地敏感。我渐渐意识到，在她与外界的交流中，这些东西是一个重要的组成部分。她对我的认识，似乎一半来自我说的话，另一半来自与我产生的共鸣。

1947年2月8日，海伦·凯勒从她当时位于康涅狄格州的住所给我寄来一封信，说到了这个现象："你在谬误中勇敢地追求真相，它激起的共鸣永存于我的记忆中。"显然，她通过我在柏林期间的播音感受到了这些。

我们那次晚餐见面过后，我给海伦·凯勒邮寄了一本写有留言和签名的《柏林日记》，给波莉·汤姆森也寄了一本。凯勒热情地感谢我："你如此热心地寄来礼物，我都不知道该如何对你表示感谢了……每当我用手指重新触碰你受困于监视和野蛮时写下的日记，我总会从中体会新的教益。是什么促使你为寻找机遇甘于冒险，在那个人间地狱住了那么久呢？"

在那次交流中，凯勒表示了访问苏联的强烈愿望。她认为，战争期间，苏联人民展现了超凡的勇气，她特别想找一些苏联人聊天，还想了解苏联人为他们国家的盲人都做了些什么。她担心战争可能导致数万士兵丧失了视力。我告诉她，《纽约先驱论坛报》前驻莫斯科记者约瑟夫·巴恩斯没准能帮上忙。巴恩斯能说一口流利的俄语，或许可以为她当翻译兼导游，一路陪护。战争初期，巴恩斯曾经为温德尔·威尔基①服务。

"为了我和汤姆森小姐前往苏联一事，你专门联络了巴恩

---

① 威尔基曾在1940年代表共和党参加总统选举，败于民主党的罗斯福。

斯先生，"凯勒在来信中说，"我向你表示最诚挚的谢意。长期以来，我对苏联人民有着深厚的感情……如果我们真的有幸拜访苏联盲人，了解他们的需求，这对我已经非常充实的一生来说，必定是一件锦上添花的事。"

为凯勒访问苏联一事，我和约瑟夫·巴恩斯一起忙活了好几个月，虽然如此，我却没能促成此事。我们见面那天晚上，我曾经对凯勒说，她没有早些年前往苏联见见托尔斯泰，真是一大遗憾。那位伟大的作家一直精力充沛地活到1910年。1904年，凯勒以优等生身份从拉德克利夫学院毕业，或许那是个恰当时机。我甚至斗胆说，那肯定会成为一次名垂青史的会面。他们两人肯定合得来，肯定会擦出很多火花。

第六章

一炮而红

《柏林日记》是我正式出版的第一本书，海伦·凯勒在那天晚上和后来的来信中对它有诸多溢美之词。我们之间的谈话激起了我对往昔的回忆，让我想起了当年写作这本书时的奋斗，以及拨开云雾、初见曙光的情景。

第一次世界大战后，少年懵懂的我只有 15 岁，正处于高中阶段，我怀着一腔童心，在位于堪萨斯州的芬斯顿军营体验军队生活。从那时起，我一直时断时续保持着写日记的习惯。后来，20 世纪 20 年代末，以及整个 30 年代，在整个欧洲以及部分亚洲地区，每当某地发生动荡或巨变，作为驻外记者，我总会赶赴事发地。当年我想过，那些当场记述的对事发现场的记录，不仅可以作为创作当代史书的原始材料，有朝一日，那些材料本身说不定还能编纂成书。

1934 年夏末，我来到了柏林，开始报道阿道夫·希特勒偏执的第三帝国的崛起。对于写日记的重要性，我当时已经极其清楚地意识到了。报道第三帝国的崛起，这件事很有意思，有时候也激动人心，同时会让人很郁闷。最初，我向数家美国报纸供稿，后来，从 1937 年秋季起，我开始为哥伦比亚广播公司工作，我从文字记者正式转行，在那一年成了广播电台记者。作为播报新闻的媒体，广播在当时还处于刚刚起步阶段。那时候，疯狂的、崇尚暴力的纳粹领袖已经成功地蒙蔽德国人民，人们狂热地支持希特勒，无论希特勒带领他们走向何方，他们都会盲目地、忠实地追随。当时，我已经逐渐认识清楚，用不了多久，希特勒必定会主宰欧洲的命运，或许还会主宰世界的命运。他已经跌跌撞撞地走上战争和征服之路，他已经发出威胁，他要消灭国内和国外所有挡路的人，以及无力挡路的人——犹太人。报道第三帝国，无论多么令人不快和让人厌烦，对美国记者来说，那已经成了最为重要的报道内容。

作为记者，白天我必须在敌对环境中采写新闻，匆匆完成新闻稿和广播稿。经过一整天忙碌，在精疲力竭之余，我还要将白天发生的事记述到日记里，那么做确实不易。不过，那时我年轻，显然我有的是精力和动力。在完成当天的工作后，我会在深夜写日记，或者第二天一早，在当天的工作尚未开始前写日记。我在日记里记述了大量无法写进新闻稿和广播稿的内容。对我发回国内的电报，以及后来的广播稿，和平时期的纳粹德国没有实施预审制度。不过我心里清楚——在极权主义国家工作的每一位美国记者都清楚这一点——实际上存在一条敏感的红线，没有人能够越雷池半步，否则就完全没有可能在那个国家继续居留和工作。在纳粹统治下的柏林，那样的事一直在发生。我也受到过警告和威胁。有一次，歇斯底里的纳粹宣传机构向我下达了驱逐令，而我最终成功地化解了危机。唯有纳粹党宣传部部长约瑟夫·戈培尔和希特勒有权决定犯事的外国记者里哪些人可以留下来，哪些人会被驱逐出境。因而我猜测，没准戈培尔的最终结论是，让明显讨厌纳粹政权的记者留下来（有证据表明，希特勒能够容忍批评，至少能够容忍来自外国记者的批评，以证明他的光明磊落），可以避免这种事沸沸扬扬闹到国外，其中的利肯定大于弊。

1940 年 7 月，法国战败后，我从巴黎回到了柏林。战场态势急转直下，让人非常沮丧。貌似强大的法国军队在六个星期内溃不成军。作为跟随战无不胜的德国第六军（该军三年后在斯大林格勒全军覆没，此前它一直战无不胜）的美国记者，就我亲眼所见，德军横扫法国期间，法国军队根本没有抵抗，与第一次世界大战时勇敢地反抗德军的情形完全不同。此前一个月，希特勒征服并占领了丹麦和挪威，此时他的两脚已经跨越大部分欧洲，从波兰中部的维斯瓦河到大西洋沿岸，从挪威的北角到法西边境的比利牛斯山，都成了他的天下。唯有英国横亘在他征服整个欧洲的路上。英国人从法国北部港口城市敦刻尔克的撤退堪称奇迹，然而那次撤退代价高昂，英军损兵折将过半，似乎很难抵御入侵，何况它面对的是德军——一支公认的有史以来最令人畏惧的军队。悲观论者已经开始预言，和法国人一样，英国人的出路只有一条：屈尊投降。

7月和8月初，柏林的天气温暖而潮湿。除了德国空军对英国的轰炸逐渐升级，以及德国人公开宣称入侵英国的前期准备等，没有太多新闻可报道。踏上征途之前，我在柏林几乎没事干，因而我有的是时间仔细思量摆在西方世界面前的困境。为摆脱压抑心态，我把德军攻打法国期间匆匆记述的日记充实了一遍，那些日记都草草地写在随身携带的小本子上。总而言之，德国人发明并且开始实践一种全新的、革命性的战争方式——"闪电战"。德军下定了决心，绝不能被1914年到1918年那种堑壕战法拖住，因而他们沿着公路长驱直入，直接开进了荷兰、比利时、法国，他们首先用饱和轰炸削弱对手的抵抗，然后以坦克群攻击尚未摧毁的目标。德国人的挺进简直就像阅兵式，荷兰在不到一周时间被攻陷，德军攻陷比利时用了两周，攻陷法国用了六周。跟随那支令人畏惧的军队，目睹并见证那种全新进攻方式的中立国观察人员为数不多，我是其中之一。我以为，我在西部战场记述的日记肯定可以成为许多美国杂志的好文章，甚至会吸引军事人员的兴趣。

我把那些日记邮寄给了纽约的经纪人，敦促他尽可能将其卖给一家"通俗的"杂志。由于特斯和两岁大的女儿艾琳·因加回国需要路费，我必须弄些钱。每次我离开日内瓦前往德国，特斯都会替我留守哥伦比亚广播公司驻日内瓦办事处，然而她得不到任何报酬。考虑到当时的形势，我们认为，最好的办法是关闭日内瓦办事处，退掉房子，特斯和孩子一起返回美国，等候欧洲形势明朗化。想到特斯和孩子将要离开，我心里顿感轻松，同时我也感到一种压抑。因为，当时我定期前往日内瓦与特斯和因加见面，得以暂时避开纳粹德国。从那往后，我将无法延续那一做法，无法再次放松绷得过紧的神经。结婚九年以来，我和特斯一直精心呵护的小家庭生活也会因为她们的离去而中断。

8月末，德国人用飞机将我们这些记者送到了英吉利海峡，让我们观看德国空军对英国实施全面轰炸，并让我们准备对德国空军为入侵英国所做的前期准备进行报道。在海峡附近停留数周以后，尽管德国人强迫记者们对入侵英国开展报道，以便吓唬英国人，向英国人施压，但我已经确信无疑，德国人肯定不会入侵英国。德国人根本不具备大规模运力，以便运送庞大的军队穿越波涛汹涌的英吉利海峡。自战争打响以来，那是我第一次知道的好消息。在法国北方时，我还听说，德国军方已经开始将几个师的兵力从西部调往"东部前线"。由于当时根本不存在东部前线，那样的动作只有一种可能，它意味着德国人已经开始集结军队，准备和苏联翻脸，而苏联与纳粹实际上是盟友关系。对我来说，那也算是个好消息。因为它意味着，斯大林与希特勒结成的邪恶同盟即将瓦解。我认为，如果希特勒在征服西侧的英国之前对苏联动武，他根本无法咀嚼吞进嘴里的东西。

　　返回柏林时，我收到了经纪人卡尔·勃兰特从纽约发来的电报，大致内容为：所有"通俗的"杂志都拒绝了我写的法国战场日记。"已经过时了。"这是杂志社编辑们的共同说法。不管怎么说，法国的战斗已经成为过去。勃兰特在电报里还说，他已经把日记交给《大西洋月刊》。报酬确实不高，不过，至少我们可以确保它出版成书。

　　那年秋季，特斯和艾琳·因加离开了日内瓦，踏上了回国之路。由于他们必须艰难地穿越德国占领下的法国，我无法确定，她们乘坐的大巴车最终能否抵达西班牙巴塞罗那。那一路，她们需要两天时间，大巴车需要自备足够的汽油以及旅客们的食物和饮水。日内瓦车站笼罩在一片悲凉氛围中，大批急于逃离的犹太人千方百计想挤上车，由于车子太挤，车站方面只能将他们赶到车外。

　　返回柏林后，我与纳粹审查机构的纠纷越来越多。让德国人气愤不已的是，整整一个秋季，我没有遵从他们的宣传策略，没有报道他们即将对英国发动的入侵。他们越来越多地删减我的播音内容。某些夜晚，当他们删减掉播音稿的大部分文字后，我唯有拒绝播音。有一次，同样的事再次发生时，德国广播公司给位于纽约的哥伦比亚广播公司发了个电报，主要内容为，由于我"严重迟到，因而错过了播音"，对此他们深表"遗憾"。10月，我意识到，作为美国记者，我在柏林的使命已经结束。一位知情的德国朋友悄悄向我透露，德国政府正在酝酿给我扣上间谍帽子，他们将以间谍罪起诉我，说我利用为哥伦比亚广播公司播音的机会，将加密信息传输给了敌对国家的情报机构。因而我决定返回国内。

　　一艘船况非常好的小型客货混装船"艾克斯坎宾号"驶离了葡萄牙首都里斯本，一路披风斩浪，慢慢向纽约驶去，最终，它于平安夜赶到了目的港。我从纽约继续赶往华盛顿，我要与家人团聚，与他们一起过个幸福的节日。我的家人包括特斯、艾琳，以及专程从爱荷华州赶来的母亲——我有五年没见过母亲了——还有我姐姐、我弟弟约翰、弟弟的德国妻子和他们的女儿，那女孩和艾琳一般大。我们全家人在一起非常快乐，我们把聚会一直延长到了新年以后。

　　回纽约后，我不打算重返柏林了，说服哥伦比亚广播公司成了一大难题——我向公司解释，无论从生存角度来说，还是从如实报道新闻使其具有价值来说，我已经没有机会了，因为纳粹已经盯上我，我再也无法通过新闻审查了，戈培尔还会给我扣上间谍的帽子。即使这一招不灵——我不想为德国人的"梦想天国"唱赞歌，我在那边有危险——纳粹也肯定会封住我的嘴，不让我说想说的话或与他们大言不惭的宣传相悖的话。我不会播报他们的垃圾宣传。我把这些话都说给了新闻部主任保罗·怀特。他是个有亲和力的人，也是制作国内新闻的好编辑。不过，他的脑子无法理解希特勒和纳粹德国的事，这成了我和他之间的障碍。那年之前的秋季，纳粹审查机构开始找我的茬，怀特亲自给我发了封电报，他在电文里说，即使我别无选择，只能照本宣科朗读纳粹的新闻公告，他也依然希望我坚守柏林。那时候我就告诉过他，我不愿意那么做，如今我依然对他这么说。

　　无论如何，我需要好好休息一下。在柏林的六年，我已经精疲力竭——究竟累到什么程度，我刚刚开始有了点认识。我越过保罗·怀特，直接向哥伦比亚广播公司的所有人和总裁威廉·佩利请了三个月假。佩利虽然不情愿，但还是准了我的假。不过他向我指出，批给我的可不是带薪假，也就是说，我得不到眼下每周 154.23 美元的收入。看得出来，他把公司的钱看得很紧。那年 6 月，假期结束时，如果我不返回柏林，哥伦比亚广播公司会否继续雇用我，佩利和怀特未做任何表示。

不过，我对他们是否会继续雇用我已经不在乎了。因为，当时所有纽约出版商好像都急于把我在柏林写的日记出版成书。他们争相给我发电报、打电话、写信。甚至杂志巨头们对此也兴趣盎然。《时代》和《生活》杂志的老板亨利·卢斯委派两位主编来到我居住的饭店找我，要求我写一篇文章。《读者文摘》的主编和老板德威特·华莱士亲自来到我在哥伦比亚广播公司小小的临时办公室里，要求我为他写一篇文章。《纽约客》杂志主编威廉·肖恩在来信中说："请务必考虑我们。"

如果把当时的情景和几年前的经历相比较，犹如天壤之别。那时候，我还在西班牙，我们家正处于破产边缘；那时候，我写的东西无论如何不会引起任何美国编辑或出版商的注意。与几个月前相比，情况亦如是，那时候，我记述德国在西线获胜的日记被所有大型杂志拒之门外，《时代》《生活》《读者文摘》等都在其列。对于出人意料的变化，我当然喜不自胜。某个周末，我意外地受邀前往牡蛎湾，成了克米特·罗斯福的座上宾，当时他是纽约一家大型出版社的实权人物，他也请求我把出书的事交给他。一个场景永远刻在了我的记忆里：西奥多·罗斯福家族里一位年长的、满头白发的、有着一副坚毅面庞的女士一连数小时坐着没动窝，正在刺绣一个枕头。枕头上是镂空的富兰克林·罗斯福的面部头像。她不停地用几根针往帅气的美国总统头像上戳，每戳一下，总会念叨一句："这是给你的，亲爱的富兰克林！给你的！"由于我在卡尔文·柯立芝当政时离开了美国，那时候，富兰克林·罗斯福尚未显山露水，所以我无法判断，牡蛎湾的罗斯福们与纽约州海德帕克出生的亲属富兰克林·罗斯福的关系究竟是好还是不好。

从一开始，我就差不多已经拿定主意，我要把那本书交给克诺夫出版社。那倒不是因为出版社老板阿尔弗雷德·克诺夫。当时我还不认识他，不过，我确实崇拜他，因为他出版的书籍别具一格——他尤其看重托马斯·曼之类的海外知名作家。我是因为他的妻子布兰奇·克诺夫。布兰奇经常给好几位美国记者打电话，我在欧洲时，她也经常给我打电话，鼓励我往写书方向发展。1933 年，我被《芝加哥论坛报》炒鱿鱼后待在西班牙，那时候，我完成了今生第一本书。那本书记述了我在印度和阿富汗的工作经历，看起来特别像自传，形式上走的是小说路数，写作手法借用了海明威那种粗犷闲适的风格。遥想当年，如法复制那一风格在作家中间相当流行。我那本书写得很糟糕，很久以后我才认识到这一点。布兰奇在去柏林途中读到了那本书，当时她鼓动我重新写一遍。从那往后，她一直与我保持着联系，每隔一段时间，我们总会在柏林、巴黎或者伦敦见上一面。正因为如此，我才得以一次次逃离精神失常的纳粹首都。圣诞节前夕，布兰奇又开始找我，她开口闭口说的都是"日记出书的事"。

当初我有所不知，布兰奇·克诺夫和阿尔弗雷德·克诺夫一旦走出办公室，他们就像两个陌路人。不过我知道——而且很快就知道了——布兰奇刚一提出支付一万美元预付款

（1941 年，这可是一笔大数目）购买我的日记，阿尔弗雷德当即就全盘否定了。他说，唯有英国著名小说家赫伯特·乔治·威尔斯得到过那么大一笔预付款，我不过是个记者，连作家都算不上。然而，布兰奇最终胜出。签署合同后，我拿到了第一笔预付款，计有 2500 美元。《纽约时报》的费迪南德·库恩是我的朋友，我租下了他在纽约州查帕夸的一所房子，我用那笔钱付了租金和生活开销。我在那边安顿下来，利用手里的众多日记本，外加剪刀和胶水，开始制作书籍。

两个月即将过去时，我把完成一半的手稿寄给了克诺夫出版社。布兰奇喜欢已经完成的部分，阿尔弗雷德却未置可否。4 月上旬，假期即将结束，我带着后半部手稿来到了纽约。当天我必须离开纽约，外出参加哥伦比亚广播公司组织的为期两周的地方电台演说活动。我并不看好那个活动。另外，我对自己的作品顾虑重重。那些日记看起来一点都不扣人心弦。那一时期，已经有两三部关于二战的书籍出版发行，其中包括《走出黑夜》，该书作者是一个匿名的德国流亡者。大多数评论家称那本书很感人，充满了冒险、暴力、悬念，读来非常刺激。但我对那本书所涉内容的真实性表示怀疑。与此形成鲜明对照的是，我写的书显得乏味、无聊，并不十分有趣。

克诺夫出版社坐落在曼哈顿麦迪逊大道上，正好在哥伦比亚广播公司对面的大楼里。我抱着手稿上楼时，心情非常郁闷。按合同规定，我提交完整的手稿时，阿尔弗雷德·克诺夫必须当场支付 2500 美元。付钱的时候，他的心情很可能比我还要郁闷。

结果证明，我高估了他的心情。他端坐在一张大桌子的首席，除了布兰奇，另外还有三四个编辑和销售人员分别坐在他左边和右边。我走到他对面的位置上，把装有手稿的纸盒往他那边推去。他根本没拿正眼看我的手稿，直接将纸盒往桌子边上推，他的动作要多野蛮有多野蛮。有那么几秒钟，我以为纸盒会掉到地上，黄色的稿纸会散落一地。

他开口说话了："比尔，这么干不行。这事我已经想了很久——"

我打断他，说："你读过手稿吗？"

"这事我已经想了很久，"他自顾自说，"我还得告诉你，比尔，根本不能用日记形式写书。"

"那塞缪尔·佩皮斯怎么解释？"我再次打断了他的话，"还有安德烈·纪德①呢？我记得，后一本书还是你出版的呢。"

"我说，有这么比的吗！"阿尔弗雷德的口气明显带着愠怒，我不光提到了伟人，居然还敢拿自己与他们相比。他接着说："用日记形式出书，从来都卖不好，这几乎从来都没改变过。"

"为什么？"我再次打断了他。让我生气的是，他看都没看稿子，就开始做出判断。数周前，我把手稿的前半部交给了他，我怀疑他连那一部分都没看。

"我这就告诉你为什么！日记做的书没有开始，没有展开，更没有结尾。比尔，好书一定会有个开始，也有发展，还要有个结尾。"

说完，他伸手抓住几乎要掉落的纸盒，把纸盒从桌面上往

---

① 塞缪尔·佩皮斯，17 世纪英国作家和政治家，他的日记《佩皮斯日记》给后人提供了英国 17 世纪社会的生动描写。安德烈·纪德，法国著名作家，1947 年诺贝尔文学奖得主，他也有日记出版。

我这边推过来。

他说："把这个拿回去拆了，然后给我写一本像样的书回来——要有开始、展开，还要有个结尾。"

"有关德国，或者苏联，或者这场战争的像样的书，"我顿了一下，"已经泛滥到满大街都是了。每个回国的记者都在忙着推书！"我越说越激愤。"这部用日记写成的书，"说到这里，我停下来想了想应当如何措辞，"纯粹是原创的，阿尔弗雷德。你在其他书里根本见不着和这本书一样的东西。"

对我这番话，阿尔弗雷德显然不为所动。我心里清楚，至少在某一点上，我能牵动他的神经：在我离开董事会会议室前，他必须给我一张写有 2500 美元的支票。我转念想了想，我最不愿意的是和出版商把关系搞僵，尤其是，这次的事关系到我的第一本书。因而我勉强做出一副笑脸。

我接着说："另外还有，阿尔弗雷德，我和哥伦比亚广播公司请的三个月假实际上已经到期。如果让我为你写一部像样的书，我需要花上六个月时间，说不定需要一年。我没那么多时间，我必须返回公司播音。希望你理解。那边竞争激烈。"

阿尔弗雷德对我的这一回应还是无动于衷，他好像根本没听见我说话，自顾自说："告诉你接下来我要做什么。"说到这里，他调转头，往窗外第 52 大街对面的哥伦比亚广播公司大楼望去。他接着说："我要给那边的老朋友威廉·佩利打个电话，让他给你续假。我知道你肚子里有一部好书，比尔。你得找时间把它写出来。"

"对不起，"说到这里，我重新将打字机打出来的手稿往阿尔弗雷德面前推去，"按合同规定，我交给你的应该是日记，我是按合同做的。我知道，你也会执行合同。"

　　我敢肯定，签好的支票早就揣在阿尔弗雷德的外衣口袋里了。

　　"那好吧，"阿尔弗雷德说着向我走来，递给我一张支票，"你肯定会后悔。"说完，他头也不回，径直走出了会议室。

　　我完全是碰了一鼻子灰的感觉。我对第一本书寄予的希望彻底破灭了。否定我的不是别人，恰恰是我的出版人。他甚至都没看过我的手稿。我穿过第52大街，往哥伦比亚广播公司大楼走去，到达17层后，走进自己的小办公室。从纽约州查帕夸回来时，我带了一个大箱子，事先将它留在了办公室里。当天晚上，我必须穿过哈得孙河，到河对岸新泽西州某小镇做首次演讲。那年头，出席活动的演讲者必须身穿晚礼服。我关上办公室的门，打开了箱子，从箱子里拿出一件无尾晚礼服、一件衬衣、一条黑领带，然后开始换装。其他房间的同事们过来了，他们都想和我说话（我离开了三个月，他们是在欢迎我回来）。不过，我没工夫理他们，我不记得自己曾经对什么人有过如此恶劣的态度。我拎着一个大提包，来到楼下的麦迪逊大道，伸手拦了辆出租车，往码头赶去。到达河对岸后，我又坐出租车直接去了演讲大厅。时间还早，我扫了一眼破败不堪的大街，发现大街一头有个酒吧。我把提包放在演讲大厅，闲逛到了酒吧。我要了一杯爱尔兰威士忌，然后又要了第二杯、第三杯。感觉渐好，我吃了一份三明治。时间终于到了晚上8点，我返回了演讲大厅。从头到尾完成一次演讲真不是件容易事，幸亏我事先准备了详细的笔记。按合同规定，我不能念稿，实际上，我差不多一直在念笔记。问答阶段过后，我完全不记得自己怎么就来到了纽瓦克火车站，我要从那里搭乘火车前往芝加哥。等候列车进站期间，我喝了一杯苏格兰威士忌。

如今再次回想那次巡回演讲，大多数事情和当时去过的许多城市如今也回忆不起来了。那不过是一次噩梦般的历程，一路走去，沮丧一直陪伴着我。有那么两三次，我差点给阿尔弗雷德发电报，我想让他放弃用日记写成的书。我想把手稿要回来，另寻一家出版社。不过，好在我一直没腾出时间。四处演讲比我事先想象的艰苦许多。一周过后，我已经疲乏到了极点。在某些场合，我确实还能振奋一点。我在堪萨斯城时，哥伦比亚广播公司在当地的电台组织了一场热闹的宣传活动，他们租下了城里最大的礼堂，邀请了 6500 人出席活动。我记得，刚一走上讲台，看见那么大一群观众，我当时都吓蒙了。由于现场音响系统超级棒，我拼尽全力，才得以保持头脑清醒，战战兢兢地完成了整场演讲。

最后一场演讲的时间是 4 月 25 日，在田纳西州孟菲斯市。等候接待方派人接我前往演讲现场时——感谢上帝，那是最后一场演讲了——我在皮尔逊饭店的酒吧里吃着三明治，喝着苏格兰威士忌。当时，一个服务员给我送来一份电报。我刚要展开电报，立刻打消了念头。人们走背字时，倒霉事往往会接踵而至。我敢肯定，电报是特斯发来的，无非告诉我，一辆大巴车从女儿艾琳·因加身上碾了过去，要么就是她自己被大巴车撞了。我暗自思忖着，完成可恨的演讲，返回这个酒吧，吃饱喝足之后，我再打开这份电报吧。前往演讲现场的路上，我们被横穿大街的消防软管挡住了去路。为通知演讲现场我们中途受阻，一位接待人员下车打电话。我坐在车里等候，未知的电报内容让我心神不宁。我从口袋里掏出电报，想当场知道电报里是什么坏消息，大不了取消那次演讲。我撕开封套，车子正好停在一盏路灯下方，光线的亮度刚好让我看清电报上的字迹。

电报是阿尔弗雷德·克诺夫发来的，足有两页之多。电文说，如他所料，"每月读书俱乐部"把我的书选为 7 月推荐书。事情进展太快，从他收到手稿算起不过三天时间，读书俱乐部已经做出决定。这件事太不同寻常了，因为俱乐部选中的书一向会热卖。但这次"每月读书俱乐部"仅仅看过打印稿便做出了决定。阿尔弗雷德第一次向我表示衷心的祝贺，他说这是一本了不起的书，等等。

我在最后一场演讲中乘风破浪。刚回到饭店酒吧，我支开了接待员，给特斯打了个电话。那次出远门以来，正是在那天晚上，我第一次睡了个惬意的觉。第二天一早，我已经面貌一新，精神十足了。我搭乘第一班火车往纽约赶去。照此看来，虽然我的第一本书是剪刀加糨糊制作出来的，但它无论如何也不会时运不济了！阿尔弗雷德说过，"每月读书俱乐部"选中的书不仅回报优厚，还可以确保市场销路。这可真是天遂人愿，我正需要这笔钱呢。我们已经濒临破产，哥伦比亚广播公司停发了我的工资，至今我仍未听说公司里还有没有我的位置。不过，书评家会有什么样的反应呢？我不无担心。我会不会碰到痛打落水狗的遭遇？书评家会不会也有阿尔弗雷德当初那种想法——书理应有个开始、发展和结尾？据我所知，许多作家宣称他们从来不看对自己作品的评论，甚至完全不理睬书评家都写了些什么。这主要是因为，书评家都是些可怜虫，他们无知，没有文化，妒意横生。但这是我的第一次，所以我不得不承认，我非常在乎他们的评论。《纽约时报》和《纽约先驱论坛报》周日书评版的恶评能够毁掉一本书——同时毁掉该书的作者，对此我曾经有所耳闻。

书评家对我还算宽容，编辑们对我更加宽宏大量，他们在有限的空间里给了那本书足够的版面。全美国两个最有影响力的文学评论刊物《纽约先驱论坛报》周日书评版以及《纽约时报》书评都用头版评论我的书。纽约城市大学亨特学院院长乔治·M. 舒斯特是德国问题权威，我听说，他要给《纽约时报》书评写一篇文章。我没敢奢望他为我说好话。我知道，他对老德国以及德国人民深为同情。我在柏林期间曾经听说，他对希特勒以及第三帝国的罪行认识得稍微晚了点。一开始他竟然请求公众对这两者给予"更多的理解"！此外，美国学院派历史学家一向不会把写历史的美国记者放在眼里。不过，舒斯特博士出人意料地对我和我的书赞不绝口——他甚至赞扬了报道战争的记者们。

"夏伊勒和他的记者朋友早就看穿了纳粹的宣传鼓噪，而训练有素的外交家往往什么都看不见，"他写道，"纵观人类历史，相对来说，未经专业训练的新闻从业者却具备看穿希特勒的能力，再没有比这更奇怪的了！与此同时，政治家以及社论主笔们一直被希特勒牵着鼻子走。"

《纽约先驱论坛报》刊登的是约瑟夫·巴恩斯的文章。他是二战亲历者，因而他的文章充满了理解，也充满了溢美之词。放下我们之间的友谊不说，巴恩斯这人一向比较客观，那次也如是。

《午报》是拉尔夫·英格索尔当年刚刚创办的纽约地方日报，它的资助人是美国百货公司巨擘马歇尔·菲尔德（他出资的好处是，那份报纸不刊登任何广告）。1941 年 6 月 20 日，那份报纸将头版的绝大部分版面给了我，似乎出版我那本书是当天的重大消息。以前，《时代》对我的播音一向百般挑剔，那次却异常宽宏大量。它刊登的文章是这样开篇的："这部日记作品是关于战时德国最完整的新闻报道。"

各种评论文章的评语差不多是一面倒。我必须指出，并非所有评论文章均如此。我老家爱荷华州贝尔维市发行的著名刊物《先驱报》刊登了一篇鞭挞我的社论，标题为《夏伊勒在这里已经名誉扫地》。以下为该社论的部分内容：

> 今年以前，威康·夏伊勒在柏林用短波直播新闻时，人们可以原谅他的亲希特勒倾向，因为，那时他身在希特勒的魔窟，他必须按照纳粹宣传机器的指令播音。不过，所谓的头号记者夏伊勒先生如今已经身在美国，他那孤立主义的宣传却在播音和出版两个领域继续着。《柏林日记》是一本充满纳粹毒素的书，如今却铺天盖地占据着书店大大小小的货架。更可悲的是，夏伊勒如今已经变得远近闻名，听他广播的人数以万计。他返回美国实在是一件可悲的事，像他那样的纳粹同情者理应待在德国。

在我的记忆里，无论是从前还是那天，我从未遭遇过错至如此彻头彻尾的误判，无论在哪个国家，哪种文字里，从未出现过那种事。唯有小地方的井底之蛙才会将那种事做到极致。

反犹信函如洪水猛兽般向我涌来，夜阑人静时，狂暴的反犹人士给我打来许多骚扰电话，我迫不得已将号码换成了不予公开的新号。大多数信函和电话来自新泽西州。我相信，亲纳粹同盟势力在那里正如日中天。

《纽约先驱论坛报》书评版 1941 年 7 月 20 日曾经出现针

对我的反犹攻击。那是用铅笔手写体写在《柏林日记》销售广告上的一段话，笔调比前面算是温和。一位匿名记者将它邮寄给了我。

> 德国人真可怜！让我不明白的是，对于像你这样的犹太小人，他们居然容忍了两年之久！换了我，经历过这样的事之后，我再也不会说他们毫无宽容心了。德国人太有耐心了，居然会包容像你这样的间谍那么长时间！因而，他们宽宏大量地放你回国，也是意料之中的事。

有件事让我始终不得其解：在眼下谈论的这本书，以及后续出版的两本书（包括《第三帝国的兴亡》）中，我都表达了对纳粹德国人和希特勒的愤怒。包括犹太人在内，许多美国人顺理成章地认为，我肯定是个犹太人。直到如今，让我一直惊讶不已的是，居然会有这么多美国人认定，能够把第三帝国以及那帮暴徒的领袖们描述成那样的人，必定是个犹太人。这件事的确让人不安。

每个人都认为，我为《柏林日记》一书起了个好名字。实际上，那个书名是我们在最后关头灵机一动想出来的。在那之前，我们定的名字是《这里是柏林》。在德国首都，我每次播音的开场白正是这几个字。后来我们得知，爱德华·默罗即将出版的书偏巧要用《这里是伦敦》作为书名，他用这五个字作播音的开场，让这五个字成了名言。他把其中的"这里"两个字说得特别响亮（他运用这五个字的方法独一无二，我在柏林播音时，只好把我的开场白"这里是柏林"中的"柏林"两个字说得特别响亮。不过，无论我怎么做，我都无法达到默罗那样的效果，因为我在播音时缺少他那样的演绎天赋）。克诺夫夫妇把我叫到出版社的会议室，我们都认为必须换个书名。那时所有版面已经排好，只差书名。我们三人绞尽脑汁，我突然冒出一句"柏林日记"。我并没感觉那是个好名字，克诺夫夫妇也没觉得它有什么好，但我们没有其他出路。我暗想，反正阿尔弗雷德无论如何都不喜欢那本书，起什么名字不都一样？克诺夫出版社的签约作家保罗·加利科是我的老朋友，就这一问题我请教过他。

"给书起什么名字本来没那么重要，"保罗·加利科说，"如果书卖得好，人们会以为书名起得好。如果书卖不好，人们根本不会拿它说事。"

当年秋季，伦敦出版的各种刊物对那本书同样给予了高度评价，让我既高兴又意外——当时我收获了一连串意外！20世纪20年代末，我曾经在伦敦工作了好几个夏天。我以为，英国书评家对美国作者表示谦恭，明显缺乏真诚。英国人勇敢地扛住了可怕的狂轰滥炸，或许他们以主子身份看待美国人的态度因为二战部分地削弱了。不管怎么说，英国人对《柏林日记》的评论既温和又充满理解。令人肃然起敬和严肃有余的《泰晤士报》文学评论副刊（当初英国的评论文章从来不署名）发表过一篇评论文章：

> 在所有涉及二战的书里，夏伊勒先生的《柏林日记》独树一帜……首先，涉及那段历史的作家几乎没人有过他那样的经历：在特殊的历史时期，居住欧洲那么长时间。其次，他的早期身份是驻外记者，后来他成了哥伦比亚广播公司常驻柏林记者，他的特殊身份让他有机会进行采

访。再次，夏伊勒身上具备他人鲜有的素质，虽然他不能始终如一讲真话（在盖世太保主宰新闻审查的第三帝国，谁都不能指望做到这一点），但毫无疑问他做到了始终如一真情流露，坚守信念。这些都在他日复一日记录的重大历史事件（"动荡年代发生在这片伟大土地上的深层次事件"）中勇敢地表现出来，让人印象深刻。这是一部充满人性的作品，更是一部具有历史意义的作品……每一篇日记都扣人心弦，不仅因为它记录了历史事件，更因为它记录历史事件的方式。

对于第一次正式出书的作者而言，这样的评价会让人头脑发热，因而我提醒自己，不要把它太当回事。评论家从我的日记里看出了许多我自己都没有意识到的事情。

评论文章里的一些说法激起了我对记者职业的骄傲，至少有两篇文章如是，一篇刊登在英国《新政治家》杂志上，另一篇刊登在《观察家》杂志上。文章指出，在两次世界大战之间，美国造就了一批独一无二的驻外记者，需要对这些记者怀揣感恩之心的不仅有美国人，还有英国人。《新政治家》杂志是这样表述的：

> 有那么一批人，我们应当怀揣特殊的感恩之心，夏伊勒是其中的典型。他们是常驻欧洲的美国职业记者。他们的报道非常客观，他们在技术层面非常称职，他们无所畏惧，特别敬业。

F. A. 沃伊特曾经是英国驻外记者，他在《观察家》杂志上表达过相同的看法。他在文章中称："英国应当特别感谢这些先生和女士。"我以为，英国人这是在赞许我们当中的许多人，包括约翰·君特、吉米·希恩、多萝西·汤普森、西格丽德·舒尔茨、沃尔特·杜兰蒂、尼克博克、爱德华·默罗、莫勒兄弟，等等。

在陌生的环境里默默无闻地工作了很长时间以后，突然处在转瞬即逝的万众瞩目中，谁都会感到飘飘然，他人对此通常会给予理解。我最喜欢的是某些特殊人物对那本书的感想。我在保留下来的文件夹中翻出了一些文字记录。

其中一份是康奈尔大学历史学家卡尔·贝克尔写给阿尔弗雷德·克诺夫的信。前者说，他正在为《耶鲁评论》就《柏林日记》一书撰写评论文章。

> 出版的作品不仅成了大作，而且成了畅销书，那么，该书作者肯定会感到相当知足。[1]这本书为什么会成为好书，我在评论中已经做出解释。对作者超群的智慧以及人品，我也表达了赞许。仅仅通过阅读一本书就开始崇拜它的作者，这对我来说还是第一次。

我与罗斯福总统之间有过一段非同寻常的交往。《柏林日记》第一版第一次印刷成书时，克诺夫送了一本书给总统。数周以后的一天，我收到了总统回寄给我的书，他还在书上签了名。当时我十分疑惑，难道总统是在指责我？后来，我收到总统新闻发言人斯蒂芬·厄尔利的来信，他就此事进行了澄清。也许我当时的想法太幼稚。厄尔利在信里解释道，他是应总统的"请求"把书寄给我的。以下内容摘自那封信：

入主白宫八年来，总统收到的书数以千计。据我所知，这是第一本应总统要求回寄给作者的书。

不过，这仍然不足以消除我的疑虑。厄尔利在信里进一步解释道：

把书回寄给你，意在请你签个名，这是第一。另外，我还认为，如果你能在签名处写个赠言，回寄给你这本书的目的就完全达到了。

我并没有将原书寄回，因为在邮寄过程中原书已经有些破损。我另找了一本书，为总统写了赠言。阿尔弗雷德·克诺夫带着书去了华盛顿，亲自把书送进了白宫。从那时开始，阿尔弗雷德对《柏林日记》已经相当满意。

在邮寄给我的第二封信里，厄尔利描述了阿尔弗雷德送书一事。

昨天阿尔弗雷德·克诺夫来了，他带来一本第一版第一次印刷的《柏林日记》，上面有你的赠言。总统非常高兴——他对这次交换非常满意。让他稍感遗憾的是，我寄给你的书送达你手里时竟然有点破损。

克诺夫非常热心地告诉我，《柏林日记》的销量很好。

我祝你因此成为百万富翁！

因此我留下了富兰克林·罗斯福签过名的那本书。在我出版的所有书籍里，这成了唯一有总统亲笔为我签名的书。

　　对那本书最煽情的赞誉来自爱德华·默罗。7月里的一天傍晚，我和特斯开车前往丹尼斯，那里正在举办夏季戏剧演出，我们去那里的目的是观看《晚餐的约定》，著名戏剧家莫斯·哈特在其中出演一个角色，那是他第一次作为演员登台表演。当时我们已经到了马萨诸塞州南部的科德角，我们打开了车载收音机，以便收听哥伦比亚广播公司的晚间新闻。默罗发自伦敦的播音冒了出来，当晚没有狂轰滥炸，没有战争消息可报道，因此他说，他将利用那个播音时段说说《柏林日记》一书。默罗所说非常感人，他谈到了那本书，谈到了我，谈到了我们两人的友谊，还谈到了我们两人在欧洲一起工作的那些事。

　　特斯和我将车子开到路边，我们停了车，让车子熄了火，以便听得清楚些。越过大西洋的广播信号总会夹杂静电干扰。听完默罗的一席话，我和特斯两人都坠入了巨大的感情波动。我们静静地在路边坐了许久，既不想动，也不想说话。语言完全无法描述当时我们头脑里的想法。

　　正式出版的第一本书获得了巨大成功，我感到欣喜若狂；我原来的工作能否保住，哥伦比亚广播公司尚未做出任何表示，那让我很失望。两件事就这么扯平了。我曾经明确表示，我不能返回柏林，无论是威廉·佩利，还是保罗·怀特，或者总公司的所有副总裁，谁都没有把我的话太当真，没有人给我提过其他选择。我必须开始考虑到别的地方工作了。

　　我和特斯前往科德角的前一天，我就此事与雷蒙德·格拉姆·斯温交流过。他是一战时期的驻外记者，也是我在欧洲时期的老朋友，现在成了美国最炙手可热的时事评论员。每晚10点钟，他开始播音时，所有美国人会放下手头的事收听他的节目。他建议我前往一些小地方的广播电台找份工作，"以便获取经验"。他的说法让人惊讶，也让人失望。我没有雷蒙德那么高的声望，不过我以为，在欧洲从事三年播音后，尤其在战争初期那一年半里，我已经获得足够的经验和声誉。我猜测，没准我可以前往美国全国广播公司，我认识阿贝·希尔特，像保罗·怀特一样，他主管该公司的新闻部。不过我觉得，那么做可能对不起哥伦比亚广播公司（当年，幼稚的我对忠于公司之类的说教顾虑重重）。

到达科德角以后，我很快把那件烦人的事忘到了脑后。对我的新书，评论文章如雨后春笋般大量出现，让我和特斯欣喜若狂。另外，三年以来，那还是我第一次与特斯和艾琳一起在科德角附近的查塔姆开心地度假。我们放松地斜躺在沙滩上，我们游泳，乘船出海，在海边漫步，在科德角开车兜风，随时随地坐下来野餐，在普罗温斯敦尽享天伦之乐。我甚至临时起意，打了一场高尔夫球。有时候，冷不丁会冒出个波士顿某报社或某电台的记者或评论员，与我们闲扯几句，或者为我们拍几张家庭生活的欢乐照。有时候，特斯和我会忙里偷闲看两场夏季戏剧演出。我早就想看美国戏剧表演了，以往在伦敦、巴黎、维也纳、柏林期间，我看过许多演出。1925 年夏季，前往蒙特利尔搭乘远赴欧洲的运牛船途中，我曾经在纽约稍做停留，其间我看了一场《光荣的代价》。从那往后，除了在伦敦期间看过不多几场美国戏，我再也没有看过其他美国戏剧了。

在科德角的一个月度假眼看就要结束了，我再次开始忧虑工作的事。特斯认为，公众如此认可《柏林日记》，哥伦比亚广播公司也许有兴趣考虑继续雇用我——如若不成，我可以去全国广播公司。然而，两家公司都没有给我任何反馈。也许经营电台的人从来不读书！

后来，在假期最后一周头两天的某个上午，保罗·怀特突然出现在我们租住的平房里。他随车带来好几本《柏林日记》。他说，他需要我为这些书签上名，以便送给哥伦比亚广播公司的"客户"。我们请他一起吃了早餐，聊了会儿天。后来，应他的提议，我们一起前往附近的一个高尔夫球场打了一轮高尔夫。我记得，我们两人把球推进第八洞之后，保罗提议暂时休息一下。下一洞的发球点附近有个条椅，我们在条椅上坐下来。保罗的话从我的书开始说起。

"对《柏林日记》的成功，所有在485号[2]上班的人都觉得非常高兴，比尔，"说到这里保罗顿了一下，"总部的每个人都在聊这本书。这本书不仅给你带来了声誉，也给我们带来了声誉。早就想和你联系，不过我们更想让你享受假期，好好休息一下。你千万别以为我们没惦记你。我们一直惦记你。实际上，我们想让你回公司上班。"说到这里，他从衣服内侧的口袋里掏出一个信封，接着说："我带来了一份让你签字的合同。"

当天进晚餐时，我们再次谈起了合同。我的工资稍有提升，另外，公司纽约站将要开辟一档由我主持的周日节目。保罗还说，公司一定会给这档节目找个赞助商。

"也就是说，也许每周会超过1000美元。"说到这里，保罗笑了笑，他自始至终都没提返回柏林一事。

我终于松了口气。我喜欢做播音，希望返回播音岗位。或许，有朝一日我会转向写书。当时我已经37岁，可我依然无法确定，自己是否真的具备写好书的能力。《柏林日记》主要是将我过去的报道剪裁一下，重新组装而已。不过那本书确实内含我的写作能力，仅此一点显然也会让人想入非非。16 年前，我刚到巴黎的最初几年，我曾经非常渴望成为作家。当时巴黎确实存在那样一种氛围。斯科特·菲茨杰拉德就是那时成名的，海明威随后出版了《太阳照常升起》，凯·博伊尔、朱娜·巴恩斯、阿齐博尔德·麦克利什、埃利奥特·保罗，还有其他人，都在那时开始进入了大众的视野。当时我也试着写了一些诗，写了小说，然而都不成功。1927 年，在巴黎版《芝加哥论坛报》工作一段时间后，我成了他们的驻外记者，当时我已经确定方向：我的未来是当个如实记录历史的记者。如今我依然持这种观点。

我渐渐对播音产生了浓厚的兴趣，另外，与报纸相比，这个行业对公众的影响力似乎更大。虽然如此，我无论如何也放不下写东西发表的念头。从 1942 年开始，我每周为《纽约先驱论坛报》写一篇专栏文章，这让我有机会回到写作的道路上。那个专栏由大约 50 份大报共享，我的收入大为增加。实际上，有了那份收入，加上售书，外加由赞助商资助的新的每周日的广播节目，我很快发现将要到手的钱肯定会超过以往的想象。那年，我已经在海外工作 15 年，我的收入却从未超过每周 150 美元左右。1925 年刚入行时，我为巴黎版《芝加哥论坛报》工作，每周薪水只有 15 美元。成为驻外记者后，我的足迹踏遍了世界各地，那时的工资才增加到每周 50 美元。1937 年，我开始为哥伦比亚广播公司工作，每周也不过 150 美元。三年后我从柏林回到国内，每周的薪水只增加了 4.25 美元。或许这 4.25 美元是对我报道战争的津贴吧。

显而易见的是，为美国报纸或广播网拼死拼活工作的记者根本成不了有钱人。我估计，记者里的大多数人对这种事不怎么上心。这或许是因为，我们根本没时间想这件事。要么就是，我们容易上当受骗。

《柏林日记》出版一年后，克诺夫出版社召开了一次新闻发布会，公布了 12 个月以来的销售情况。整体情况还算不错。出版社方面的销量为 298490 册，"每月读书俱乐部"的销量不详。不过，出版社公布俱乐部的印刷量为 296490 册。克诺夫出版社说，"保守估计"，俱乐部印数的绝大多数已经售出。克诺夫出版社自己印刷了 19 个印次，总印数为 308185。两个印数相加后的总印数为 604675，其中 595000 已经售出。[3]

最后，即使我挣到的钱不足 100 万美元，对我来说，到手的数目怎么看也像天文数字——比我想象的还多。不过，如果那笔钱里的大部分都给我，政府不会答应。税务官把我从天上拉回了地面，很快击碎了我的梦想。我满心以为，正式出版的第一本书让我交了好运，会让我在经济上完全独立，但第一年销售收入的联邦税和州级税高达 82%，出版代理拿走了另外 10%。到头来，真正落到我手里的仅有 8%！

一旦出版的书成为畅销书，谁都会梦想经济上完全独立。我以为，这样的事普遍存在于作家群体中，也普遍存在于记者出身的作家群体中。我有许多理由可以解释，实际情况和大多数人的想象不一样。如果世上真有那样的好运，那意味着，一旦成为畅销书作家，即可将全副身心和时间投入写作，再也不必依靠固定工作维持生计，例如从事耗费大量时间和精力的新闻、广告、教育和其他行业。另外，被辞退和解雇的风险也将不复存在。

《柏林日记》的经历让我明白了，在美国，无论书卖得多好，通过出书发财是不可能的。仅一项收入税就把大部分版税抽走了。对作家们而言，世上根本不存在"避税天堂"，那是给富裕的投资人、银行家、商人预留的。

海明威从古巴首都哈瓦那给我写了封信，力促我把这一问题推向法院，使其成为作家为争取税赋公平而奋斗的司法案例。美国国税局不愿意承认如下现实：作家长期没有收入为常态，发一笔小财为偶然——然后再次陷入连年没有收入的常态。好年景和坏年景应当扯平才对，这样才显得公平。然而，国税局、财政部、国会、白宫都对此视若无睹。[4]

我的夙愿是从经济上独立于报纸和广播公司。从我为《芝加哥论坛报》工作的经历中，我早就认识到了这一点：老板们可以轻率地将他人一脚踹出门外。直到最近，我一直想当然地以为，只要出版一部畅销书，即可保证自己在经济上获得独立。有一次，辛克莱·刘易斯对我说，他的第一本成名作《大街》让他做到了经济独立。如果我记得不错，他还说过，那本书他仅仅交了 6% 的收入税。

如今我有了资格成为美国作家协会的一员。作家协会也敦促我当个出头鸟，将版税问题推向法院。我告诉海明威和作家协会，尽管我私下认为，联邦政府和州政府无视作家的收入问题有失公允，但我不会将此事推向法院，甚至不会公开站出来说这件事。因为我的书出版六个月以后，也就是 1941 年 12 月，珍珠港事件以及希特勒对美宣战已经把美国拖进战争。上千万美国人将应征入伍，还会冒着生命危险参加战斗——他们实际上得不到任何报酬。眼下因税务问题与政府发生争执，肯定不是时候。

尾　注

[1] 这封信的落款日期为 1941 年 8 月 7 日。我相信，当时《柏林日记》在《纽约时报》和《纽约先驱论坛报》畅销书排行榜上已经排在首位。

[2] 哥伦比亚广播公司的地址为纽约市曼哈顿麦迪逊大道 485 号。

[3] 本书在书店的零售价为 3.00 美元，作者得到的版税如后：5000 册以内为 10%，5000 册以上为 12.5%，10000 册以上为 15%。如果我记得不错，"每月读书俱乐部"的版税为每册 25 美分，由出版社和作者平分。

[4] 后来情况有了一定程度的改善。为平衡收入税，政府允许作家以五年为一个报税期，然而，报税期最终被缩短至三年。另外，按年度计算，大年的封顶税率为 50%，这对作家们是一种宽慰。但对作家来说，夹在小年中的大年毕竟是极少数，而且相隔甚远。在美国，仅有极少数作家可以依靠版税维持生计，从而全副身心投入写作。为维持生计，多数作家只能另寻出路。

第七章

反共升温

1946年底，我已经在纽约稳定下来，成了哥伦比亚广播公司总部的广播评论员。另外，作为专栏作家，我每周要为报业集团工作一天。我还偶尔为杂志社撰稿，应邀开讲座，进行演讲。

工作的事让我一直很忙。我惊讶地发现，在美国，只要参加上述公开活动，坏名声和好名声会纷至沓来。而我几乎没时间顾及这些。这正好帮助我避开了不适当的自我膨胀，避开了自我欣赏。回首往昔，有时候，我确实会感到自我满足，我喜欢处于光环中，我会全然忘却，在美国，好名声和坏名声均会转瞬即逝，尤其在广播领域和报刊领域。堆积到我身上的阿谀奉承确实让人尴尬，我必须时刻提醒自己，这种事太浅薄，毫无意义，仅仅是表面浮华，如果人们真的相信这种事，即使只是暂时相信，弄不好也会中毒。如今的时代是报刊花边新闻专栏作家最吃香的时代。令人称奇的是，大多数公众对富人和名人的逸闻趣事喜闻乐见，反观富人和名人，他们在很大程度上对小报记者的造势十分享受。我在纳粹德国以及二战时期的一些播音节目引起部分人的关注，以及第一本书出版以来，我的名字经常出现在全国性报业集团的专栏里。我不仅成了诸如沃尔特·温切尔以及伦纳德·莱昂斯等花边新闻专栏作家——在全国范围内，他们每个人都拥有上千万读者（温切尔甚至还有个每周日晚间的播音节目，那一节目连续数年入选全美十佳播音节目）——笔下的人物，而且成了书评家、时事评论员、娱乐编辑笔下的人物。

对于在事业方面长期默默无闻的人来说，这种事的确会让人头脑发热。无论我怎样告诫自己不该这样——由于广播、出书、报纸专栏、公开演讲等，我第一次成了公众瞩目的人物——但实际情况是，我感觉这种场面很让人受用。注意到自己出现在专栏文章里，看见每天会有报纸援引我的播音、文字、演讲，我感到热血沸腾。1945 年 1 月 2 日，在纽约曼哈顿麦迪逊广场公园的一次大规模集会上，我代表西班牙第二共和国讲话，还有更早前参与哥伦比亚广播公司地方台组织的活动，例如在堪萨斯城人头攒动的会议大厅里现身，以及在爱荷华州首府得梅因壮观的圣殿礼堂里现身，讲述亲历的战争，我承认——至少在 40 年后的今天——我获得了极大的满足。虽然初次登上万众瞩目的讲坛让我一时不知所措，好几秒钟内说不出话，但我感到一种前所未有的振奋。仅用自己的语言和情绪就能带动和感动好几千人，通过神奇的交流即可带动和感动好几千人，对我来说，那是一种全新的体验。过去 20 年，我跑遍了全世界，我一直在报道他人做这样的事。如今这样的事发生在了我身上。

在华尔道夫酒店的一次晚宴上，我应邀向德国大作家托马斯·曼致辞，庆贺他 70 岁大寿。我必须承认，对此我同样喜不自胜（托马斯·曼和我成了挚友，在鼓动我从事写作的作家里，最积极的人非他莫属）。我在各种各样的宴会上代表某政党或某机构做简要发言，应邀致祝酒词，例如欢迎戴高乐将军的宴会，欢迎圣雄甘地的宴会，等等，我同样会感到无上光荣。

回首往昔那些年的日程安排，我还真有点说不清，我哪来那么多时间和精力，我居然做了那么多事！我还年轻，刚满 42 岁，我或许堕入了美国人的一种习惯——把自己逼到极限。这让我的生活既丰富又充实。

对流行于美国人中的另一种习惯，我没有随波逐流，我指的是凭借一腔激情加入各种各样的俱乐部和社团组织。我从来不掺和那一类事。不过我确实成了"世纪协会"以及"对外关系委员会"的成员。人们说，不久的将来，这两个组织必将成为美国两个最具"官方色彩"的集团。我完全不是出于这一原因才加入这两个组织的，而是因为"世纪协会"里的大多数成员似乎与我志趣相同——许多人是作家和艺术家。因为这个，外加相对便宜的饭菜和上乘的葡萄酒，让那处地方成了会员们喜欢一起进午餐的场所。

把我拉进对外关系委员会的人是美国《外交事务》杂志主编汉密尔顿·菲什·阿姆斯特朗。与今天相比，当年这一组织的规模非常小。后来我才认识到，在制定美国外交政策方面，以及影响政策制定者方面——尤其在选择政策制定者方面，这一组织的影响力日渐强大。对我来说，除了有机会与来访的外国政治家一起吃饭和闲聊，委员会还提供相当多的机会——联合国落户纽约后，这样的机会越来越多。与来访的首相、外长以及其他政要见面，这样的事每周都会有一两次。如果前往这些人所在的国家采访他们，花费的时间和遇到的麻烦是可想而知的。

若想了解美国政府究竟在做些什么，委员会可以向其成员提供内情。各部的部长、副部长，以及驻外大使们经常会与我们交谈。

无线电广播在二战时进入了成熟期，其受欢迎程度在战后头几年达到了顶峰。考虑到无线电广播是个全新的事物，在报道欧洲走向战争方面，从 1938 年春季在奥地利报道德奥合并算起，到 1939 年 9 月 1 日那个重大的历史节点，即希特勒派军队入侵波兰，发动第二次世界大战，无线电广播一直干得相当漂亮。无线电将有关战争的新闻直接输送到美国人的起居室里，同时让人们直接聆听政治家们煽情的宣教，那些人包括罗斯福、希特勒、丘吉尔、墨索里尼、斯大林以及其他人物。无线电可以提供即时报道，而印刷的报纸做不到这一点。晨报可以向读者介绍有关希特勒演讲的内容，甚至提供演讲的文稿，以及希特勒入侵行动的最新进展。不过，希特勒发表演说的现场情况，包括他的尖叫和他的毒化作用，以及现场德国听众疯狂的反响，都可以通过无线电直接传送到 2000 万美国家庭里。远在美国的听众因而得以置身其间，其感觉犹如亲历者。

无线电像个神话，尽管如此，它未能很好地报道战争。那主要是因为，广播公司有一项奇怪的自我约束的规定：播报节目时禁止使用录音。每一次播报轰炸情况和战斗情况，记者必须做**实况报道**。使用录音作背景音，让听众感受现场真实的声音，以及疯狂的现代闪电战的声音，都在禁止之列。这个愚蠢的规定束缚了我们的手脚。我们很快意识到，对现代战争进行实况播报，根本就不可能。即便商业广播在第一次世界大战时期就已存在，记者们也不可能蛰伏在战壕里进行现场报道。拉一根电话线冲到前线，从前线进行报道，如今同样不可能。何况第二次世界大战的大多数时段根本不存在"前线"，军队使用有轮交通工具，沿着主干道高速推进和撤退。记者们唯一能做的就是随身带个手提录音机。记者的确可以拉一根电话线到建筑物顶层，在那里采集大轰炸的声音。不过，设定好的播音时段到来时，常常赶上战事间歇期，即，没有爆炸，没有声音，正好赶上战争时期少有的寂静时段。

默罗在伦敦时期就有过这样的经历。在报道 1940 年伦敦遭遇骇人的大轰炸方面，他是个天才。当年聆听他播音的人，极少有人忘记他。但由于禁止使用录音机，默罗极感失望。世界上还不曾有其他城市遭遇过如此可怕的大轰炸，夜复一夜，每到默罗的播音时段，总会出现短暂的平静。如果允许使用录音机，刚刚还有的那些可怕的声音，都可以通过录音进行如实采集，例如炸弹的爆炸声、高射炮密集的射击声、救火车和救护车穿梭在实施灯火管制的街道上的警笛声，那些声音都可以混合进他的播音里。

我在柏林时从未遇到过同样的麻烦。接近午夜播音时段，有时候的确会遇上空袭，但纳粹当局禁止我报道正在发生的空袭，甚至提都不能提。有一次，英国炸弹爆炸的声音和不远处高射炮回击的声音传进了播音室，通过麦克风传到了纽约主持人埃尔默·戴维斯那里，声音既清晰又响亮，导致他脱口而出：从声音可以判断，在我说话的同时，柏林正在遭受大规模轰炸。根据德国宣传部的指示，工程师们为我安装了一个唇式麦克风，距我嘴唇一英尺以外的声音，麦克风根本捕捉不到。

但我仍然有许多机会播报来自现代战争前线的声音和怒吼，例如 1939 年 9 月德国进攻波兰以后，以及第二年春季在西部战线，有的是机会。那年 5 月，德国进攻比利时和法国初期，德国军队渡过默兹河，近抵比利时小镇迪南以西的盟军重点防线，那一带发生了一场大规模坦克遭遇战。大约一万辆德国坦克和法国坦克进行了一场到那时为止史上规模最大的坦克战。那种声音和怒吼，根本无法用文字描述，录音没准可以让人们找到一点点感觉。那一战场不允许外国记者靠近，不管怎么说，任何人都不可能拉一根电话线冲进战火纷飞的战场，更何况，在尘土飞扬中，以及硝烟弥漫中，交火点不停地变换位置。德国随军记者对战况进行了录音，德国军方甚至给了我一份录音。根据当时的情况，我强烈要求哥伦比亚广播公司纽约总部破一次例，抛弃那愚蠢的禁用录音规定。我的要求被拒绝了。

实际上，几个月后，也就是法国被征服以后，除了发生在英国上空的空战，战争已经处于间歇期。我在柏林收到了保罗·怀特发来的一封电报，电文如后："在播音中使用录音属违规行为……"他是在提醒我，好像我忘了这条规矩似的。法国战役结束后，我获得了一次罕见的采访独家新闻的机会：前往法国贡比涅播报法德两国签署停战协定。在那节著名的火车厢里商谈停战协定时，谈判双方究竟谈了些什么内容，德国人秘密进行了全程录音。如果我播音时使用德国人的录音，效果将何其震撼啊！其中有希特勒的原话，有德国人傲慢的私语，还有法国人的唯唯诺诺。德国人对那一具有历史意义的事件进行录音期间，我正好在录音车外，因而听见了全部谈话内容。

第二次世界大战刚一结束——在丧失掉所有机会之后——美国各广播公司就抛弃了禁用录音的规定。那已经太晚了！我立刻注意到了那一决定。我在日记里找到了当时的记录，时间为 1945 年 10 月 13 日，在星期日的伦敦：

我做播音至今已经这么长时间了，哥伦比亚广播公司终于允许我制作前期录音了，理由是以应对现场直播时的意外。

播报节目时禁止使用录音，另一个灾难性后果是无法应付意外。由于大气的变化、光照的差异，利用短波从欧洲向美国传输无线电广播信号，效果时好时坏（中波无线电传输器的传输距离无法跨越大西洋）。例如，我们对美广播时，如果欧洲是白天，美国也是白天，其效果好于欧洲时间的晚间和美国时间的白天，而我们大部分直播节目是在后一种情况下进行的。默罗和我曾经请求哥伦比亚广播公司纽约总部允许我们制作前期录音，以应付那种情况。我们做直播时，如果传输信号中断，前期制作的录音即可派上用场。然而这样看似合理的要求对身在曼哈顿麦迪逊大道的哥伦比亚广播公司大佬们来说并非如此。

战后我回到国内的第一年，联合国初创，且尚未完全稳定，我花费了大量时间去报道它。不论前景是好是坏，它终于在纽约扎了根。创建初期，全世界都希望它早日扎根。包括我在内，大多数人认为，联合国与其前身国联不一样，它在维护世界和平方面一定会成功。

一年前，在旧金山初创联合国时，南非陆军元帅扬·克里斯蒂安·史末资给我留下了深刻印象。在创建联合国的政治家里，他是唯一曾经于一战结束后在凡尔赛宫参与创建国联的重量级人物。他不断地告诫人们，这次我们不能再失败了。他竭尽全力为这一世界组织谋取更大的权限，他对联合国的目标有着明确的看法，用他的话说是："在我们一生中，战争已经两度给人类带来了悔恨，我们要为子孙后代铲除战争祸害。"在他的坚持下，这番话终于写进了《联合国宪章》的前言。

1946年4月18日，日内瓦报时台报响夜半12点，老国联在那个时间点正式寿终正寝。其实，在那之前很久，国联早已死亡。

尽管老国联带给人们的幻灭挥之不去，但我对刚刚成立的联合国仍然信心满满。1946 年 12 月 15 日，在周日播音节目中，我在开场白里为听众描绘了它的瑰丽前景：

> 在美国滨海城市召开的联合国大会第一次历史性会议即将结束……就算这次大会仅仅让世界在普遍裁军上走出第一步——包括宣布使用原子弹为非法，它仍然称得上一次重要的大会。

如果是那样该有多好！为推动包括废除原子弹在内的普遍裁军，为防止瞒报而建立现场监督机制，一天前召开的联合国大会上，与会各国全票——54 票赞成，0 票反对——通过了决议。那次投票给我留下了不切实际的印象。毫无疑问的是，当时唯有美国拥有原子弹，因而美国愿意放弃垄断，将原子弹置于联合国监督下。如果人们当年的设想得以实现，如今人类面临的如此严峻的拥核前景根本不可能出现。

原子弹在全美范围掀起了非常愚蠢的——也是非常危险的——与苏联交战的话题。由于不明就里，普通老百姓说说那种事倒也罢了。然而，分明知道真相的政府高官也在谈论那种事，包括一位前总统，这就不可原谅了。尤其是后者，当时他竟然成了与苏联开战的鼓动者。那个时候，在战场上与德国人和日本人厮杀的声音以及轰炸的声音尚未绝尘远去。当时的情况是，前总统赫伯特·胡佛对德国的短暂访问刚刚结束，即将返回美国，他准备向时任总统杜鲁门提议，废除在波茨坦联合签署的针对战败国德国的协定，恢复德国的重工业。战争期间，德国重工业成了帮助阿道夫·希特勒打赢战争的王牌。我曾经在非正式场合听胡佛说，为了对付苏联，我们需要一个恢复元气的德国。出于同样的原因，有些人也希望帮助俯首听命的日本恢复元气。

华盛顿是美国精英的聚居地，精英们心知肚明，在首都高谈阔论与苏联人开战是一种极其不负责的行为。我仍然记得，有一次汉密尔顿·菲什·阿姆斯特朗宴请两位最高法院大法官罗伯特·H. 杰克逊和费利克斯·法兰克福特共进晚餐。许多名人当时也在场，包括罗斯福总统的战争部部长亨利·刘易斯·史汀生、从莫斯科离任后赶到华盛顿上任的英国驻美国大使英弗查佩尔勋爵（克拉克–克尔）、同时拥有《时代》《财富》《生活》等杂志的巨擘亨利·卢斯，以及美国钢铁公司前巨头迈伦·泰勒，他刚从美国驻梵蒂冈观察员岗位上离任。在纽伦堡审判战犯期间，罗伯特·杰克逊大法官是美国检方代表团团长，他向在场的人们介绍了处理纳粹战犯的经过。迈伦·泰勒表态说，他对起诉纳粹战犯持完全反对的态度。他还说，美国应当集中精力准备与苏联人打仗。谈论这一话题时，迈伦·泰勒的态度极为偏执，约翰·君特忍无可忍，隔着桌子对他喊道，他的说法"让人吃惊"。

当时我想，全美国发行量最大的报纸《纽约每日新闻报》的一位以冷战为题材的专栏作家也是这种论调。就此问题，我在 1946 年 3 月 17 日的播音节目中说了如下一段话：

眼下华盛顿最热门的小道消息，4 月或 5 月肯定会爆发第三次世界大战，因为苏联军队将要开进土耳其，而英国军队将要奔赴那里与土耳其并肩作战。

专栏作家约瑟夫·艾尔索普和斯图尔特·艾尔索普两兄弟的文章在报界广为转载，他们在文章中称，"人们不希望打仗的唯一原因是"，若想阻止布尔什维克，必将导致"有史以来最为暴力的危急时刻"。

甚至连一向沉稳的《纽约时报》也按捺不住了，该报在头版刊登了如下通栏标题：

美国提请注意：大批苏军在伊朗向西调动，目标可能是土耳其或伊拉克

3月12日晚8点，时间已经非常晚了，美国国务院一反常态，将记者召集起来，向他们通报说："伊朗境内的苏联军队正在向西边的土耳其和伊拉克方向推进。"

紧接着，国务院失去了追踪苏军的线索。对那一不祥的军事威胁，我不停地打电话四处打探消息，最终一无所获。布尔什维克军队去了哪里？他们推进到伊拉克了吗？他们进而推进到土耳其了吗？无论是国务院，还是华盛顿的其他机构，没有人对此予以置评！与华盛顿军事专家对布尔什维克的态度相比，伦敦的军事专家远没有那么歇斯底里。他们的最终说法为，从伊朗大不里士向西通往伊拉克和土耳其的公路近日一直被大雪覆盖，也许苏联军队被大雪困住了。要么就是，他们至今尚未启程？国务院对此一直保持沉默。国务院公布完苏联军队的消息后，一切都僵在了原地。

对于将要和苏联人打仗一说，埃迪·吉尔摩颇感失望。他是美联社驻莫斯科的资深记者，对布尔什维克从不抱任何幻想。他回国休假数月后返回了工作岗位，并且发回了一封急电，电文表达了他的疑虑和关切。在美国驻欧洲的所有记者中，吉尔摩是最不感情用事和最实事求是的少数几个人之一。

> 在苏联，人们极少谈论战争，或者完全不触及这一话题。恰恰相反，谈论和平的人反倒很多。反美情绪在莫斯科同样很少见。的确有一些批评美国的文章……美国报纸杂志和广播节目中的反苏情绪是这里的反美情绪三到五倍，如果我不这么说，我岂不成了信口开河的记者。我在莫斯科从未听到想和美国开战的说法……对于我在华盛顿听到的说法，我不想妄加评论。

美国人民显然没有轻信华盛顿关于战争的宣传。1946 年秋季，丹佛大学的民意调查显示，大约 73% 的美国人认为，没必要通过战争解决当时美苏之间的困难。代表绝大多数美国新教派别的美国联邦基督教联合会公开了一项与苏联达成和平的计划。该计划的要点为："即使美国对自己的基本诉求不做让步，与苏联的战争也可避免，而且必须避免。"

不过，尤其在美国首都，关于战争的说法仍然在持续发酵。我注意到，1946 年底，更多话题已经转向对苏联间谍的恐惧。一时间，起诉风潮席卷全美国，一些最著名的政治家成了莫斯科的间谍，成了共产主义阴谋的参与者。某些政客甚至在煽动更大的恐惧：别看美国共产主义者在各州选举中连最底层官员都选不上，但他们眼看要把共和国拿下了。

很久以前，我还在纳粹德国时，我的确听过如此白痴的说法。

二战即将结束时，主要是托约翰·E. 兰金（密西西比州民主党众议员）的福，差一点销声匿迹的众议院非美活动委员会①被人从奄奄一息状态中拯救回来。从本质上说，这个委员会一度成了某种类型的笑话（谁能说得清，应当由什么人以什么标准判定什么是"非美"）。随着针对共产主义和苏联的歇斯底里逐渐升温，这一委员会获得了新生，获得了极大的权力，国会议员几乎没人敢顶撞它，甚至不敢批评它。媒体也不敢作声。

约翰·兰金是那种思想狭隘到不可思议的人。不过，他为我提供了许多有用的说法，我将它们用在了周日的播音节目里，以及报刊的专栏文章里。就编造千奇百怪的说法而言，兰金是个少有的天才。他把"美国公平就业事务委员会"称为"美国绝对不希望梦想成真的共产主义独裁体系的初级阶段"！他还说，共产主义"在救世主降临人间传教时追捕他，迫害他，直接导致了救世主受难，还在他垂死挣扎时嘲笑他，最后还在十字架前用他的衣服赌输赢"。约翰·兰金推出过一个提案，其核心内容为，如果为人师表的教师们敢于"在情绪中表现出对……共产主义思潮的同情"，应当判处他们十年有期徒刑。

二战结束时，英国工党在投票选举中掌控了政府。而英国工党的领军人物是哈罗德·拉斯基，伦敦大学的著名经济学家，出版过许多著作，他还是两位美国最高法院大法官（霍

---

① 非美活动委员会（Un - American Activities Committee），1938 年美国众议院设立的一个调查委员会。起初是调查国内公民涉嫌私通纳粹的案件，后以调查公民、公职人员和机构涉及共产党的案件著称。

姆斯和费利克斯·法兰克福特）以及许多美国名人的私交。有一次，约翰·兰金向非美活动委员会总干事厄尼·亚当森打听哈罗德·拉斯基是何许人。从约翰·兰金的口气判断，他好像从未听说过哈罗德·拉斯基！

约翰·兰金问总干事："拉斯基先生是谁？"

厄尼·亚当森答道："据我所知，拉斯基先生是英国共产主义运动的领袖之一。"

约翰·兰金接着又问："他是美国人吗？"

亚当森先生给美国某退伍军人组织写过一封奇怪的信：

> 我注意到，你们曾经多次提到民主。我怀疑你们对美国历史是否足够熟悉，知不知道这个国家的组织方式并不是民主的？

这一说法让退伍兵们丈二和尚摸不着头脑，显然他们以为，民主是他们奋起保卫的几个东西之一。

话说到这里，连我都摸不着头脑了。在当年的美国，诸如此类的荒唐说法甚嚣尘上，把持私有企业以及政府部门许多重要岗位的成年男女对这样的说法深信不疑。哈罗德·维尔德（伊利诺伊州共和党众议员）宣称："苏联间谍像吉卜赛飞蛾一样在全国到处繁衍。"罗伯特·里奇（宾夕法尼亚州共和党众议员）控告美国副国务卿迪安·艾奇逊在斯大林那里领取工资。我以为，乔治·C.马歇尔将军是我们这一代美国人里最伟大的人之一，而詹纳（印第安纳州共和党参议员）将他称为"叛国者的急先锋，与十恶不赦的叛国者群体以及共产主义倡导者们沆瀣一气的大骗子，在杜鲁门和艾奇逊长期熏陶下，正一步步出卖美国"。

在美国参议院，杜鲁门总统被斥为"让人极其反感的假冒开明人士"之一，那帮人可怜的哀鸣将"共产主义者和同性恋者奉为神圣不可侵犯"，正是那帮人将"中国出卖给了无神论的奴隶制度"。这些字斟句酌的说法特指"国务院那些与莫斯科党沆瀣一气的跳梁小丑"，他们"张口闭口都是克里姆林宫那套沾了毒药的诽谤"。与此同时，"满口涎水的红色分子迪安·艾奇逊依偎在莫斯科主子的脚边，嘴里不停地哀鸣着，低吟着，奉承着"。

回国后的最初几年，我一直试图通过播音和专栏文章号准美国前进的脉搏，我差点以为，我所热爱的国家正在变成疯人院。在纳粹德国的数年，我曾经度过了噩梦般的长夜，难道这些年美国也会步其后尘？

第三篇

扫地出门，
广播生涯终止：
1947

第八章

旧友反目

1947年3月10日，星期一，公司的一位副总裁打电话通知我：节目组不要我了。该副总裁负责赞助商与哥伦比亚广播公司周日下午5点45分播音节目的安排事宜。他告诉我的理由是，生产剃须膏以及其他剃须产品的厂家对节目收听率很满意，不过，厂家眼下希望推出一档针对年轻一代的节目——或许他们会推出一档完全不同的、有爵士乐队伴奏的节目，以取代我每周一次的时事评论。

对这样的解释，我深表怀疑。在没有任何事先警告的情况下，节目组突然抛弃了我，对此我深感震惊和沮丧。更让我吃惊的是，哥伦比亚广播公司对此没有做任何表态。事到如今，我对广播行业的规矩可谓心知肚明，我非常清楚，尽管各广播公司（尤其是哥伦比亚广播公司）口口声声宣称，决定播音员和播音内容的权利不在商业资助人，而在广播公司，实际上，为节目定调和做决定基本上是广告商说了算。

不过我以为，就我的情况而言，哥伦比亚广播公司可能会破例对待。过去六年来，我已经把每周日下午5点45分的节目打造成"胡珀受众评估公司"收听率（Hooper rating）最高的周日节目，我的资助人因此收益颇丰。不过，资助人与收听率毫无关系。另外，我的经纪公司最近与广播公司打过招呼：对公司而言，我绝对物超所值，我的节目在哥伦比亚广播公司每周日下午的商业广播中成本最低，收听率则排在首位。我的经纪公司还说，实际上，另有好几家公司正排着队等候资助我的播音节目。哥伦比亚广播公司完全不必担心我的节目会给公司带来经济损失。

让我困惑的是，剃须膏公司竟然会突然放弃收听率很高的节目。一般而言，资助人放弃节目的原因无非收听率过低，与花费相比不成比例。我开始怀疑，尽管我的收听率让人满意，难道是资助人不喜欢我较为开放的新闻观？

其实，美国公众早已有所察觉，冷战的紧张气氛已经无处不在，忍无可忍的情绪已经四处蔓延。为了与大公司和政府的保守观点保持一致，尤其是针对思想较为独立和开放的记者，来自社会的压力越来越大。

一年前，全国广播公司已经将该公司仅剩的两位思想开放的时事评论员扫地出门，他们是约翰·范德库克和鲍伯·圣约翰。前不久，某赞助商买下了哥伦比亚广播公司每天下午6点原属于昆西·豪的播音时段，将其交给了埃里克·塞瓦赖德，后者是哥伦比亚广播公司华盛顿地区新来的负责人。麦卡锡时代即将来临，但美国全国各地已有预兆。我理应更为关注政治气候的变化，我却没把它太当回事。那一切我早已领教过——在纳粹德国的日子里。

最近我开始留意到右翼势力对我广播的批判声音。纽约红衣主教弗兰西斯·斯佩尔曼并不喜欢我在广播里说的一些话。他这种批判的观点也得到其他保守分子的支持。甚至剃须膏广告代理商的副总也暗示我实在"过于开放了"。他自己在康涅狄格州共和党的圈子里正开始崭露头角。

琢磨赞助商抛弃我这件事的来龙去脉，我突然意识到，既然这么做并非由于收听率低，这一行动就肯定是出于其他原因，比方说让我不再发声。

如果事情真是那样，我就不明白了，哥伦比亚广播公司的实权派怎么可能容忍赞助商做出那一举动？我以为，我与公司两位最重要的人物的关系特别牢固，其一为公司大老板和董事长威廉·佩利，其二为副总裁兼新闻部和公关部主任爱德华·默罗。

加入哥伦比亚广播公司十年来，但凡有需要，我总是可以直接联络威廉·佩利。他始终像好朋友一样对待我，遇事还为我出主意。每当我们意见相左，他也会听从我的建议。在社交场合，他对我与对待默罗别无二致，他会邀请我到他在城里和乡间的住处。他极少那样优待公司的其他员工，包括公司的管理层。

那一阶段，身在纽约的爱德华·默罗是我的顶头上司，就像过去我们在欧洲时一样。读完这部自传前两卷的读者肯定会有所了解，默罗是我最好的朋友之一。在海外为哥伦比亚广播公司新闻部打拼期间，我们两人白手起家，一起经历了太多太多。我们之间有一种少有的朋友加同事关系，至少对我来说如此。我对默罗在工作方面取得的成就钦佩至极——他是所有美国播音员里的佼佼者。由于他的人格魅力，我尊敬他，喜欢他。像所有朋友和同事一样，我们之间也会有分歧，不过，分歧永远无法撼动我对他的情谊，就我对他的了解而言，他对我也是一样。

既然我有如此充分的信心，我直接把电话打到了默罗那里。我告诉他，尽管我的节目收听率很高，赞助商却仍然决定抛弃我，不过，另有几个广告商正排着队等候买断我每周日的播音时段。我希望他亲口告诉我，那一节目究竟是我说了算还是赞助商说了算。直说吧——过去遇到类似问题时，我们总会如此——难道他和佩利会允许赞助商终止我的节目？

让人惊讶的是，从某种程度上说，默罗和我说话越来越像打官腔。他说他会答复我——一两天内。

我又给佩利打了个电话。他不苟言笑，一本正经。他说周日的播音节目由默罗说了算，因为是他负责公司的新闻部。

一个星期过去了，默罗那头没有任何回音。他的沉默让我惊讶不已。因而我在3月19日给他写了封信，询问他是否做出了决定。剃须膏公司已经用书面形式通知我，3月30日的周日播音结束后，我即可走人。我希望默罗履行承诺，正式通知我，哥伦比亚广播公司是否也做出了同样的决定。最后我还补充了一句："最初我以为，最终决定权在剃须膏公司手里，而佩利先生告诉我，情况并非如此，决定权在你手里。"

时间又过去一两天，默罗终于给我回了电话。他说得很明确，很冷静——与十年以来我所认识的默罗大相径庭。他说决定已经做出，另一位时事评论员将接替我，接手每周日下午的节目。对此他未做任何解释。

在接下来的那个周日，即3月23日，在节目即将结束时，我说了如后一席话："下个星期日，是我最后一次主持这一节目。我已经收到赞助商和哥伦比亚广播公司的正式通知，这是最终决定。"这一声明来之不易，我和默罗在电话上经过几番激烈争吵才把它争取到手。最开始，默罗试图让我接受现实，一言不发地离开。我坚持说，至少我得做出点表示。

那个周日下午6点钟，我的结束语刚刚播出，一场风暴平地而起。

我和默罗决裂，我被哥伦比亚广播公司赶走，这两件事彻底毁了我的播音事业，也差点毁了我。随后，各种相关信息出现在诸多报纸杂志上，稍晚又出现在诸多书籍上，其中混杂着大量虚假的、误导性的、单方面的说辞。如今我将首次公开我对这件事的整体看法，即我亲眼所见的事实和我的理解。其实，很早以前我就想公开说出这一切。

毁掉一个人的事业，对当事人来说，其残酷自不待言，而我公开说出真相，并非由于我认为发生在我身上的事对公众同样重要，而是因为，对美国的广播事业来说，这件事的内幕值得人们认真思考，过去如此，今天依然如此。默罗脱离哥伦比亚广播公司广播事业前，他在各种演讲和采访节目中也谈到了这些事。这些事能够解答广播公司雇员的命运由谁主宰，播音内容由谁决定，哪些节目可以由普通听众主宰，而非广播网、电台、广告商主宰。借助广播事业，后三者每年可获取上百亿美元收益。

我们现在所说，主要是指新闻和评论节目。难道说，剃须膏公司或其他在广播中打广告的公司能够决定由谁向公众播报新闻和评论？这样就可以确保公众如他们所愿地听到狭隘、保守的内容了？或者，决定权原本属于广播公司？另外，尤其在整个国家处于不稳定，以及政治迫害和歇斯底里横行时期，例如即将进入 1947 年时——广播公司彼时究竟该不该扛住来自广告公司的压力，扛住来自政府、企业、工会、教会、退伍军人组织，以及其他形形色色的社会团体的压力？

那年 1 月，我被公司赶走的三个月前，《纽约时报》在一篇标题为《有偿新闻》的社论中提出了相同的问题。谈到"新闻节目和评论节目与赞助商之间的关系"时，社论鲜明地指出："广播公司允许广告商决定什么样的新闻可以播出，由谁播出。而任何一家报纸绝不会容忍其新闻和观点如此受制于人。"

爱德华·默罗立即进行了反驳。我相信，是佩利授意他那么做的。他代表哥伦比亚广播公司立即给《纽约时报》回了一封信，对社论的观点进行谴责。就公司新闻部多数职员对默罗的了解，生性率直的默罗几乎不可能写出那样一封信。我们认为，那封信的笔调有点浮夸，有点自以为是，根本没有触及事实，其实我们大家和默罗都清楚这一点。自从他选择（我认为这是一个愚蠢的选择）离开播音事业成为新闻部主任以来，与他共事的人都说不清他究竟是怎么了。

"无论赞助商开出的条件多么优惠，"默罗在信里说，"广播公司不会出售新闻时段，也不会允许其选择广播公司完全无法接受的播音员，更不会任其影响播音内容。"

我们认为，默罗那么说多少有点言过其实。金钱确实在起作用。从哥伦比亚广播公司全体职员中任意选择自己想要的播音员和评论员，来头大的广告商不仅有能力那么做，实际上也正是那么做的。那样的做法在广播领域早已是不争的事实，默罗对此再清楚不过了。《纽约时报》广播节目评论员杰克·古尔德在回复给默罗的信里说，这就好比"允许广告商从报社全体职员里任意挑选由谁执笔或者禁止谁撰写某篇社论"。他还在信里提醒默罗注意昆西·豪的遭遇。古尔德问道，如果哥伦比亚广播公司认为，失去赞助的昆西·豪是那一新闻时段的最佳播音员，"在没有找到与公司意见一致的赞助商之前，公司为什么没有让他留在原来的时段"？答案是，赞助商选择了另一个人，而最终结果正中赞助商下怀。默罗对那件事的前后经过了如指掌，他是新闻部主任，对昆西·豪的去留他负有直接责任。

默罗当然也知道那一时期发生在箭牌口香糖老板菲尔·里格利身上的一桩事。他是口香糖大王，我相信，他是哥伦比亚广播公司第一大广告商。他坚持让我前往芝加哥主持一档新闻和评论节目，由他担当该节目的赞助商。实际上，佩利下了死命令，让我服从——按照佩利的说法，"惹恼"里格利，他会吃不了兜着走——然而我拒绝了。我不想把家安在芝加哥，我也不想让别人知道我为菲尔·里格利和他的口香糖公司工作。很久以后，论及我在哥伦比亚广播公司失宠一事，大卫·哈伯斯塔姆在《媒介与权势》一书里做出了如下结论：我在那件事上无视佩利的请求，为我最终离场埋下了伏笔——任何人都不该"惹恼"自己的董事长。

我承认，《纽约时报》和默罗的回信掀起的论战没有引起我的注意。我理应注意那件事，不过，那年头，即使我没有表现出目空一切，至少也会表现得相当自信。也许我对古希腊人称之为"狂妄自大"的态度多少会感到一点自责，这足以解释，打击到来时，我为什么会觉得它好像过于严酷、不公平、毫无道理。

在所有那些纷繁扰攘的背后，有件事直接关乎我个人：一段久经考验的友谊毁于一旦。1937年，我失业时，正是爱德华·默罗雇用了我，他派我去了柏林，我对此非常感激。十年来，在开拓广播新闻事业领域，我们两人一直配合默契，那是一段让人迷恋的、激动人心的历程。默罗是个心直口快的人，和他一起工作，让人感到充满乐趣，兴趣盎然。

事实也证明，默罗是个可以推心置腹的可靠朋友。我很少谈论人际关系之类的事，然而，我在日记里不止一次记述过我和默罗的友谊。1941年出版的《柏林日记》最后一节就有对默罗的记述。

1940年12月初，我和默罗在里斯本一起度过了四天。那是一次美好的聚会，每晚我们都会聊到黎明。

　　1940 年 12 月 13 日午夜，于"艾克斯坎宾号"。

　　由于即将分手，我们两人一整天都闷闷不乐。过去三年来，欧洲战乱不休，我和默罗在工作中一直相当默契，我们之间形成了一种非常真实的相互依存的关系，就是那种每个人一生中不可多得的关系。当时我们两人在一定程度上都有一种预感，拜战争所赐，或者拜一枚小炸弹之类所赐，这次聚会说不定是我们之间的最后一次。毫无疑问，这非常荒诞，或许也非常感性……[1]

　　暮色中的光线越来越暗，等候轮船启航期间，我们在码头上来回溜达着……没过多久，天空已是一片漆黑，船员们开始收拢跳板，我赶紧上了船，默罗则消失在夜色中。

　　默罗的来信常常带给我许多宽慰。我仍然记得，1941 年 7 月 27 日，他从伦敦给我写了封信。当时，德国空军对英国的轰炸已经结束，德国人正集中精力忙于对付苏联。五个星期前，德国人开始进攻苏联，他们腾不出几架飞机对付伦敦。默罗那时正要回国休长假。正是在那一时间段，他收到了我邮寄给他的一本《柏林日记》，那本书 6 月底刚刚出版。

　　7 月 27 日……

　　亲爱的比尔……只想告诉你，我特别喜欢你的书……写出这样的东西可真不是件易事，字里行间透着你的诚实、善良、宽容、幽默，文如其人……你所说的有关我的那些事，我感到非常骄傲……实际上，对我们在工作中一起取得的成就，我比你想象的更骄傲。你离开以后，工作还是老样子，可我总觉得缺了许多……

默罗在信里接着说，他把我给他的书借给了哈罗德·拉斯基以及其他人。那些人都"非常振奋……你的书在这里出版时，他们都想写评论……真想把我所有的钱都拿出来买你的书送朋友，和他们说……瞧，这是我同事和朋友写的"。他希望他的假期结束时，我和他一起返回伦敦。

也许3月初我们可以返回这里重新开始一起工作……你最好赶紧给我回个信……别忘了，一个人在这里工作会有多么寂寞和孤独……

我从一开始就注意到，默罗身上有阴暗面，唯有和他走得非常近的人才能看出这一点。有时候，他会非常郁闷、压抑、绝望、伤感。他从来都感觉不到生活里的情趣，他对人类几乎不抱什么幻想。我喜欢并且尊重默罗所具有的某些悲观，因为，他在那封信里表达的对人生的否定看法，我有同感。在写给我的所有信里，以及我们的闲聊中，他差不多总是如此。

我感到特别灰心……苏联人参战以来，从前那种失望情绪重新回到了英国。……至于我，如今我感到特别低落……有压力的时候，人们没有太多时间思考，如今人们总会想到未来。上帝啊，看看未来的样子……饿殍遍地，瘟疫横行，民不聊生……整个经济体系已做好启动准备，而权贵们对和平的恐惧胜过对战事持续下去的恐惧。每每谈到和平，这里的大多数人给我的感觉是，好像这是最后的和平……在欧洲国家影子政府里效力的一些官员让人觉得可笑……也让人觉得可悲……

默罗在伦敦期间播音做得如此之好，他因而获得了至高无上的荣誉，英国从未给过其他美国记者如此高的荣誉。二战结束后，默罗放弃播音，从伦敦回到纽约，成了哥伦比亚广播公司副总裁，主管新闻和公共关系。相对于默罗的才干，我认为，他担任那一职务纯属浪费。

我猜测，应该是佩利迫使默罗接受了那份工作——那件事背离了默罗的初衷——佩利的说辞是，二战期间，哥伦比亚广播公司在播报新闻方面坐上了头把交椅，在很大程度上，那是默罗的功劳。在广播向电视跨越进程中，哥伦比亚广播公司若想保持领先地位，默罗绝对负有不可推卸的责任。我以为，促使默罗最终下决心的是，那种跨越超出了他的想象，对他形成了挑战。除此之外，那一时期的默罗对佩利岂止是崇拜，他更有一种言听计从的忠诚——他们之间是彼此彼此——因而他没有任何理由拒绝佩利。

电视时代已经近在眼前。佩利在战时多次赴欧洲参会，其间，他经常与默罗和我谈到电视的前景。未来如何通过电视播报新闻，佩利敦促我们立即开始思考这一问题。这必定是一种新的挑战——与收音机相比，电视对人类的冲击更大，也会更加激动人心。

默罗对此不敢认同。电影无法传播新闻，电视能好到哪里，他对此持怀疑态度。不过他一直在认真思考这一问题。回国后的第一年，我们经常在一起探讨这一问题。

和我希望的见面次数相比，当年我和默罗见面的机会少了许多。我意识到，他一直忙于和专注于他的新工作。或许他并不真的喜欢当时的工作。公司里流传着一些闲言碎语，比方说，我不过是个由赞助商资助的新闻播报员，而我挣的钱比当副总裁的默罗还多，他有可能对此心怀不满。但我从不相信那类说法，那完全不是默罗的做派。在我看来，他好像从来也不比我更在乎钱。我翻出了他在 1941 年 9 月 4 日从伦敦写给我的一封信。

"实话实说，我对挣大钱没那么大兴趣，"这是他那封信里的内容，"我当然希望有个温馨的小房子，以便我回国定居时不必为安身立命奔波。"

3 月 23 日那个周日下午，我在简短的声明中说，哥伦比亚广播公司和赞助商已经做出决定，下个星期日是我最后一次主持这一节目。我的话音刚落，哥伦比亚广播公司总机室的外线指示灯亮了起来。五分钟后，所有线路严重堵塞了。上万听众打电话给公司，或试图给公司打电话，询问为什么停止我的节目，也有仅仅为表达不满和抗议而打电话的。上万封表达愤怒的信函蜂拥到了哥伦比亚广播公司和赞助商的办公室里。

我念完声明后的星期二，高举抗议牌的示威者排着队在哥伦比亚广播公司大门口来回游行。一个主要由牧师组成的委员会就我的问题直接与董事长展开了对话。美国产业工会联合会政治行动委员会主任发表了一篇声明，谴责哥伦比亚广播公司停播我的节目，并且要求美国联邦通信委员会对此事进行调查。

"哥伦比亚广播公司的行动似乎是一个庞大计划的一部分，"声明说，"该计划意在铲除所有持进步观点的评论员，或者与赞助商看法不一致的评论员。"

好几位著名作家对上述说法表示赞同。一份纽约地方报纸《午报》这样表述道："政治界、文学界、演艺界、电影界的著名人物已经团结在哥伦比亚广播公司评论员威廉·夏伊勒身后，大家都在努力阻止他的节目停播……"

"自由之声委员会"主席多萝西·帕克的职责是监管广播行业的言论自由，她直接给佩利发了一封电报：

> 哥伦比亚广播公司停播威廉·夏伊勒每周日下午的评论节目，对相信广播行业言论自由的人是个意外打击。
>
> 夏伊勒为人正直，在每一件事上，他对真理孜孜以求，这让他的评论节目成为有史以来收听率最高的节目之一。《时代》曾推介他为"让每一位美国人感到骄傲的美国人"。
>
> 他的节目在胡珀受众评估公司的收听率调查中获得了6.9的高分，是哥伦比亚广播公司周日下午得分最高的节目之一。那么，停播他的节目，原因是什么？
>
> 如果广告商对夏伊勒的一些观点不满，那好，我们请求你不必理睬广告商，以免人们说，美国人民想听谁播音——或者不想听谁播音——都由广告商做主。
>
> 长期以来，让哥伦比亚广播公司引以为豪的——按理说应当如此——是其领先的政治观点。千万不要让夏伊勒这件事成为破坏纪录的第一个污点。

当时我还不认识多萝西·帕克，不过，她的名字于我早已如雷贯耳。长期以来，她用尖刻的笔锋在其短篇小说和评论文章中展示的机智让我钦羡不已。在抗议电报上联合署名的有数十位著名作家和演员，包括影帝格雷高里·派克，记者约翰·君特、吉米·希恩、刘易斯·甘尼特，作家林·拉德纳，剧作家阿瑟·米勒，影星爱德华·G.罗宾逊，女影星朱迪·霍利德，演艺名人乔斯·费雷，话剧女演员玛格丽特·韦伯斯特，等等。

也有以个人名义加入抗议行列的，例如罗斯福总统的心腹、著名剧作家罗伯特·E.舍伍德，他在发给佩利的电文中称："停止威廉·夏伊勒的播音，对哥伦比亚广播公司来说是一大悲剧。"诗人阿奇博尔德·麦克利什也是罗斯福总统的密友，还是默罗的知交，他在发给默罗的电文中称，哥伦比亚广播公司这一举措"会被广泛看作……面对广告商的压力，广播公司又一次做出了让步"。他在电文里还说，他坚信默罗"在阻止这件事方面已经尽了一切努力"。这次麦克利什是大错特错了。

拉尔夫·英格索尔是《午报》的前老板，也是卢斯手下数家杂志的编辑，同时是默罗的朋友。他对老朋友默罗的做法深表怀疑，他写道：

亲爱的埃德：

我刚刚读到一条让人震惊的消息，哥伦比亚广播公司抛弃了威廉·夏伊勒。我想告诉你，我对此有多么惊讶！你从英国回来后，他们怎么你了，你怎么没站出来为夏伊勒据理力争呢？

　　我也经常问自己同样的问题：19楼那帮人究竟在默罗身上做了什么，为什么从公司的19个副总裁里选中了他？默罗发表声明不仅正式宣布终止我的周日播音，还试图毁掉我的播音员资格。他用亦真亦假的事实、纯粹的谎言、闪烁的词汇为他的声明进行了最不可思议的包装。最终结果证明，在混淆公众视听、遣散抗议行动、让我在哥伦比亚广播公司无立足之地等方面，他圆滑到了无以复加的程度。最让我震惊的是他罔顾事实的做法。我从来没想过，默罗的城府居然会有那么深。我一直想不明白的是，他为公司的利益撒谎——有那个必要吗——他那么做值得吗？为了佩利，他值得那么做吗？

　　庆幸的是，默罗的声明实在不够光明磊落，而且过于自相矛盾，所以报纸杂志的评论文章都在谴责默罗。他的说法既没有骗过媒体，也没有骗过公众。实际上，人们对哥伦比亚广播公司、对默罗和佩利的谴责是一致的。然而，他们确实骗到了一些作家，他们后来在杂志上发表文章，采用了公司的说辞。

　　围绕剃须膏公司和哥伦比亚广播公司抛弃我一事，争论一浪高过一浪。剃须膏公司由于受不了上万封抗议信函和电报对其行为的愤怒谴责，该公司总裁亲自到我纽约的住处登门拜访，希望重新雇用我。他好像非常着急。他说，只要能阻止像雪崩一样的谴责，让他做什么都行。他还补充说，公司无法承受公众的如此敌视。上万封信函和电报表达的愤怒必然会使其公司业务蒙受损失，因而公司希望不惜任何代价避开那样的公开争论。

　　我承认，总裁的来访以及他希望重新雇用我的诚意让我特别受鼓舞。看来我终于要回归原来的工作了。

我对总裁说，我会把那一好消息转告佩利董事长，然后于当晚给他个回话。不巧的是，我必须马上出门与民调专家兼哥伦比亚广播公司的顾问埃尔莫·罗珀共进午餐，他是我和佩利共同的朋友。罗珀事先与我约好，我们一起到曼哈顿洛克菲勒大厦顶层的彩虹厅共进午餐，他想了解一下，在我和公司的摩擦中，他能否助我一臂之力。我告诉他，赞助公司的总裁到我家来过。像我一样，罗珀也认为，说不定这件事因此会迎刃而解。对于那个出乎意料的转折，罗珀不仅松了口气，还显得挺高兴。在等候午餐期间，罗珀催促我赶紧到附近找个付费电话，把那一好消息告诉佩利。他断定佩利也会特别高兴。

然而，威廉·佩利并没有为此感到高兴。他说话的声音和态度都极其冷淡。他说，资助人不能恢复我周日下午时段的节目。哥伦比亚广播公司停播我的节目是出于其他原因。那一时段的事与我无关，毫无疑问我已经出局了。

佩利最后说："感谢你的来电。"然后挂断了电话。埃尔莫·罗珀根本不相信会有那样的事，而我已经开始相信了。我逐渐认识到，我已然得罪佩利，他不可能原谅我。大公司董事长是任何人都不能得罪的。佩利或许犹豫过一两天，以观察默罗究竟会忠于他和公司，还是会偏袒老朋友。既然默罗已经清楚地表明他站在哪一边，佩利就没必要犹豫了，他当然会让我领教不听话的代价。

与《芝加哥论坛报》蛮横的老板罗伯特·麦考密克上校15年前的所作所为一样，佩利也会把我忘得一干二净。其实，全美国所有大亨都这样。员工多年来为公司奉献的一切，为获取消息和报道战况，驻外记者必须冒各种风险，缺少正常的个人生活和家庭生活，长时间在煎熬中度过每周七个工作日，日复一日，月复一月，长年如此，因工作出色为公司争到了荣誉，在工作中表现出忠诚和奉献，等等，所有这些，佩利都会置之脑后。许多同事和他们可敬的媒体老板之间也发生过同样的事，以前跟随麦考密克上校期间，我已经领教过，因而我早就见怪不怪了。威廉·佩利不过是老板群体中的一员。当然，默罗应该另当别论，我始终无法理解他的所作所为。

佩利和默罗朝我泼脏水，说我挑起了那些喧嚣。他们知道，停播我周日下午时段的节目所引发的反应与我无关，可他们仍然对我愤怒不已。我从未请任何个人或组织帮忙，所有事情都是自发的。那些事不仅出乎董事长和新任新闻部负责人的意料，让他们不高兴，也出乎我的意料。

他们的不高兴很快变成了愤怒，不久后，他们就表达出来。让佩利不胜其烦的是，游行队伍一直徘徊在哥伦比亚广播公司大楼底层门口。那样的事从未出现过，它让哥伦比亚广播公司的名字蒙垢，责任理应由我承担。有人告诉我，让佩利极为气愤的是，他必须出面接待一个由著名人士组成的委员会，该委员会点名让他出面，以抗议停播我的节目，该委员会还敦促他重新考虑我的事。对哥伦比亚广播公司来说，那样的事也是前所未有，佩利因而断定，让董事长如此难堪，背后的主谋必然是我。

当我、默罗和佩利在办公室会面时，佩利的愤怒突然爆发了。他恶狠狠地对我说，我"对哥伦比亚广播公司的用途"已经耗尽。默罗一言不发，我认为他的沉默足以说明一切。实际上，他们两人后来均否认老板说过那样的话。他们改口说，对我的安排是因为公司的一项新政，即我并没有被"辞退"，他们两人都真诚地希望我继续留在哥伦比亚广播公司——然而不是留在原来那个拥有500万听众的周日节目时段。我的老板和我最要好的朋友同样说道：他们想告诉公众的是，用另一个人的节目取代我原来的周日节目，为的是"改进哥伦比亚广播公司新闻节目和时事评论节目的服务质量"，也就是说，我已经不能胜任，因而必须把我换下来。他们希望公众接受这一难以接受的决定，因为他们也特别希望我留在哥伦比亚广播公司，在"另一时段"继续从事播音工作。默罗在一份公开声明中第一次提到了那一说法：

> 如果我们有意审查和打压夏伊勒先生的言论，那么继续让他担任时事评论员的职务就是傻到了家……我们原来打算让夏伊勒先生在公司的另一时段继续从事播音工作。

佩利和默罗两人一直在强调，他们为我"另外规划了一个时段"。但恰如他们发布过的许多内容虚假的声明一样，那也是个假消息。默罗一度确实说过，哥伦比亚广播公司会在周六下午（在听众希望听体育消息，而不是时事评论时）为我开辟一个播音时段，然而佩利把那一提议否决了。后来默罗又含糊其词地表示，让我在晚上11点到11点半之间某个时段播音（此时大多数听众早已上床睡觉），但那个提议也未能成为最终的决定。赞助商决定将我从周日时段换下之后，公司从未向我提出过明确的播音时段。默罗曾多次就我的问题向新闻界发表声明，他在声明中坚称，哥伦比亚广播公司只不过在安排上"做了调整"，就像报刊会根据专家意见将某专栏作家的栏目调换到另一个版面那样。最后他还不忘补充说："实际上，在过去几年里，哥伦比亚广播公司曾多次调整夏伊勒先生的播音时间。"

这一说法也与事实不符。自六年前开播以来，我的周日播音节目从未调整过时间。其实默罗心里很清楚，一个享有资助的时事评论员经多年努力积累起超高人气后，将其调整到没有资助和较少听众的新闻时段，其间的区别非常大。

默罗代表哥伦比亚广播公司发表过无数声明，最让我生气的是这一条：

> 本着改进周日下午时段时事评论节目服务质量的想法，在调整夏伊勒先生的工作安排方面，哥伦比亚广播公司做出了明确的编辑方面和管理方面的判断。这并非一项临时出台的决定，而是基于长期以来对该节目认真的、专业的分析。

恰如默罗所料，上述声明中的第一句话使我为哥伦比亚广播公司继续工作一事化成了泡影。当年《纽约时报》将詹姆斯·赖斯顿赶出专栏版时曾经向读者解释，采取那一措施是为了"改进"专栏版的质量。

上述声明中的第二句话纯属一派胡言。真实情况为，它的确是一项临时出台的决定，佩利在接见抗议者组成的委员会时曾经直白地脱口而出，那个决定是顺应赞助商不再雇用我而出台的。对节目进行"分析"——认真、专业，或者其他什么，那样的事从未存在过。所有理由都是无中生有。公司把我扫地出门后我查证过此事，公司内部没人听说过有所谓的"分析"。佩利和默罗两人一直与我关系密切，他们都没有说过对我节目不满的话。尽管上帝知道我的节目远非完美，但实际上，他们直到最后一刻（赞助商采取行动前）还在不停地赞扬我的节目。他们还说，我的节目为哥伦比亚广播公司的新闻类节目增光添彩，显然比全国广播公司的节目强得多，他们尤其喜欢那个节目超高的收听率。在新闻广播里，为投资带来回报的节目并不多见。

3月25日，即赞助商（不是哥伦比亚广播公司）选定的我最后一次周日节目的五天前，默罗向新闻界宣布了替换我的计划。接替者为约瑟夫·C.哈施，他是《基督教科学箴言报》驻华盛顿的老牌记者，也兼职为哥伦比亚广播公司做播音。他是我的老朋友，二战初期，《基督教科学箴言报》将他派到了柏林，当时我雇用他为哥伦比亚广播公司的兼职播音员。他不是那种外表光鲜或喜欢卖弄的人，是个称职的记者。他还是个正派且可敬的人，他立即从华盛顿给我打来了电话。他说，除非我同意，否则他绝不接受替换我的事。我告诉他我同意。

趁着宣布替换我的方案，默罗借题发挥说："哈施先生有长期在华盛顿以及海外工作的经验，加上他在华盛顿有可靠的消息来源，我们相信，他一定能提高哥伦比亚广播公司这一时段的时事评论质量。"

约瑟夫·哈施取代我成为周日下午时段的播音员。不久后，他也被排挤走了。[2] 多年来，这一时段一直为我的新闻和评论节目所有，后来就让位给了一个纯粹的娱乐节目。佩利和默罗很快就对"改进周日下午时段时事评论节目服务质量"失去了热情。

我在整件事里成了别有用心的人用来投石问路的石子，成了谎言的诱因，可我当时不能公开说出真相。我只能冷眼旁观他人进行评说。数家市属报刊的好几位广播节目编辑和专栏作家很快就揭穿了佩利和默罗的伪善。出乎人们意料的是，另一个渠道对我的支持让哥伦比亚广播公司颜面尽失——也让两位行政主管陷入了尴尬。

1947年3月30日，那是复活节前的最后一个星期日，也是我最后一次播音的日子。当天，纽约哥伦比亚广播公司录音室和控制室里发生的怪事简直让人无法相信。那天让我想起了纳粹时期我在柏林播音的情景。

星期六上午，我给默罗打电话，和他商议在告别节目中该说些什么，当时他的情绪低到了极点。恰如我们讨论前一周那次播音一样，最初默罗坚持我什么都不说，不过我表示反对。既然听众人数高达500万，我认为我起码得说几句告别辞。一句告别的话都不说，会让人觉得我这人太懦弱。默罗和我一起琢磨出了一份声明。虽然我不喜欢那份声明——大多数让步是我做出的——但最终我只好接受，因为，那是我在哥伦比亚广播公司当时的管理体制下所能得到的最理想的结果。

后来，星期六晚间，新闻部好几个朋友打电话告诉我，谣言四起，大家都说我会在播音结束前抨击哥伦比亚广播公司。星期日上午，我给默罗打了电话，本想安慰他。

"你个王八蛋！今天你要敢说出格的话……"这是默罗的答复，"你最好照稿念——不然走着瞧！"他是在警告我。

"悉听尊便，埃德，"我说，"你想想，在柏林时，我不都是照稿念的，还记得吧？"

　　过去我经常和默罗说，在柏林播音期间，总会有个纳粹下级官员坐在我对面，眼睛紧盯着我的文字稿副本，逐字逐句地看稿子，只要我有一个字脱稿，对方即随手关掉面前的开关。当时，我唯有运用语调的变化，方能传达心中所想。

　　我用发生在第三帝国首都的事向默罗暗示，简直就是对牛弹琴。

　　"实话告诉你，"他的口气非常严肃，"我已经做好万无一失的准备，下一秒钟我们就可以切断你的播音。"

　　"就像柏林的做法一样。"我脱口而出。

　　那一天，哥伦比亚广播公司的做法和我在柏林时期纳粹的做法一模一样。我的小办公室离播音室只有15英尺远。我一如既往来到办公室，准备最后一次播音的文字稿——无非从各通讯社的最新消息里挑出自己想说的事，为当晚的播音组一篇稿子。我完成文字稿的时间比平时早——通常情况下，下午5点45分播音时间到来前几分钟，我仍然在赶稿子。主编特德·丘奇和值班编辑达拉斯·汤森都是我的好友，他们对整件事的变化惊讶不已。他们告诉我，默罗强迫他们逐字逐句认真审阅我的文字稿。因而，播音开始前十分钟，他们来到播音室，坐到我两侧，将我的文字稿仔细梳了一遍——他们的样子像是在寻找定时炸弹。

　　经过与公司、佩利、默罗的一番搏斗，我已经疲乏至极，几近崩溃。约翰·君特是我的老朋友，当年我们驻欧洲时都为芝加哥的报刊工作，他主动提出到播音室陪我度过最后的播音时段。不过我意识到，他也是默罗的朋友，后者常常为他提供播音机会，让他的名字为公众熟知。

　　两位编辑终于审查完了我的文字稿。我抬头看了一眼挂钟，离播音还差十秒钟。我扭头往控制室看去，老同事亨利已经就位。他是多年的音控师，负责控制各种开关，向我们发出各种提示。作为问候，亨利挥了一下手，然后向我做出笑脸。两三个我不认识的男人站在亨利背后，显然他们是默罗的喽啰，来监督亨利，以免收到掐断信号的指令时，他会出于怜悯而拒不执行。我后来听说，当时默罗正在 19 楼的办公室指挥行动。我曾经希望他屈尊下楼，在我最后一次播音时亲临现场，坐到我对面。丘奇和汤森也出现在了控制室里。和我在柏林时相对照，这一屋子的监督班子比柏林的都要庞大。这一切那么眼熟，我从未想过这样的事会出现在美国。满屋子的人都弓着背，聚精会神地盯住我用复写纸拓出的副本——这帮人看起来特别像拙劣影片中的侦探——我感到一丝反感，同时觉得非常好笑。

如我所料，13 分半钟的照本宣科完成得非常顺利，其中包括我对情绪的控制，我早都想好了，我必须不带任何情绪。当时我已经翻到文字稿的最后一页。我顿了一下，然后尽可能不动声色地念完了下边的文字：

今天是我最后一次主持这个节目。

导致今天成为最后一次播音的原因——据我目前所知——非常重要，不过我以为，现在就追究其原因，时间及场合均不合适。其实我心里清楚，眼下正在收听广播的听众有意通过今天的节目了解内情。

在临别之际，我想对大家说：1941 年以来，你们每周日下午都在关注这一节目——我们一起经历了战争年代，迎来了和平曙光——谢谢你们长期以来的关注。

播音结束后，我在播音室门口遇见一群守候的记者。前一天，我已经准备好一份简要声明：由于佩利和默罗多次在公开声明中明确表示我对哥伦比亚广播公司的用途已经耗尽，我正在准备辞职。

这可能是一次战术失误。佩利和默罗立即抓住了话柄，用以"证明"我不是被辞退的。难道不是我主动辞职的吗？30年后，埃里克·塞瓦赖德在《新共和》周刊发表的一篇文章也这么说。文中援引他当年在华盛顿新闻工作者中心大门外说的一番话："爱德华·默罗辞退了威廉·夏伊勒，原因是夏伊勒政治上太开放，这事肯定是虚构的。夏伊勒根本不是被辞退的……"[3]

塞瓦赖德对哥伦比亚广播公司忠心耿耿，这显然导致他对公司辞退员工的方式视而不见，尤其对媒体公司的做法视而不见。从技术层面说，公司很少"辞退"员工。一般的做法为，公司会设法让员工感到无法继续混下去，以此强迫员工主动辞职。这是惯用手法。为了避免佩利和默罗继续羞辱我，我当然无意在哥伦比亚广播公司继续待下去了。

我的节目被取代后没过几天，有媒体报道，我将因为"对新闻进行了出色的报道和诠释"，获得当时广播界的最高奖——乔治·福斯特·皮博迪奖。第七届年度颁奖大会将于4月17日在位于纽约的罗斯福饭店举行。

我前往饭店参加了午餐会暨颁奖大会，我决心已定，绝不能因为这次获奖得意忘形，尽管我感谢这次获奖，尤其是在这一特殊的时期。从主席台往下，我看见了人群中的默罗，他和哥伦比亚广播公司的一帮人围坐在一张大圆桌旁。默罗好像特别紧张。他怒容满面地注视着我，好像他料定我会站起来指责他，利用获奖之机谴责他。其实他根本没必要担惊受怕。

《大西洋月刊》编辑兼皮博迪奖评委会主席爱德华·威克斯站起来宣读我的获奖致辞：

> 最伟大的新闻采集者团队之一……来自哥伦比亚广播公司……威廉·夏伊勒赢得了美国听众的喜爱，因为他在1938年到1941年间顶住了新闻审查压力，向美国人民讲述了真实的希特勒和德国。另外美国人民还需要感谢他，作为时事评论员，最近以来，他一直在告诫人们关注中欧，那里正麻烦不断。

爱德华·威克斯说到这里停了下来，他满脸绽放着笑容。他扫了一眼主席台下不远处的默罗，然后转头看向站在演讲台旁的我，接着说：

"祝贺夏伊勒先生……希望再次从收音机里听到他的播音！……由于对新闻进行了杰出的诠释，他荣膺1946年度皮博迪奖。"

我必须承认，对我来说，这是个甜蜜的时刻。威克斯在致辞里说到我获奖时，全世界从事播音的男男女女好像反应平平，大家反而对他适时提到有可能再次听到我的播音反响热烈。对这一说法，现场听众立即给予了经久不息的掌声，威克斯只好停下来，静候掌声平息，才能继续完成整篇致辞。

第二天发行的《纽约先驱论坛报》对颁奖活动进行报道时，专门就爆发掌声一事进行了评论：

夏伊勒先生站起来接受了铜质奖章，只说了句："对评委会授予我这一奖项以及他们良好的祝愿，我谨表诚挚的谢意。"说完他就坐下了。

透过眼角的余光，我看见默罗如释重负般舒了一口气。数天前，在美国海外新闻俱乐部演讲时，就授予我皮博迪奖一事，他进行过一番虚伪的调侃。他说，三年前的1944年他就获得了该奖，"当时我早就没有进行最佳播音了"。他的意思很明显。但他在公开场合说出这种话，与大家所熟知的默罗极其不符。

截至那时，默罗每天都在公开场合口沫四溅地表达公司和他对我的坏印象，好像赞助商抛弃我一事唤醒了他身上由来已久的、此前不为人知的敌意。1947年3月30日是我最后一次播音的日子，几天后，即佩利和默罗迫使我辞职那天，作为临别赠言，默罗发表了一篇公开声明：

用另一个时事评论节目取代迄今为止由夏伊勒先生占用的播音时段，做出这一决定的是哥伦比亚广播公司，而非其他人。夏伊勒先生对此不满。此即全部事实。

他这番话如此冷漠，如此自视清高，如此精心地意图误导。在发生了那么多事之后，当时我仍然不肯相信，这样的话竟然出自默罗之口！可悲的是……这番话的确出自默罗之口。

佩利和默罗对我的工作成绩竭尽全力地诋毁，对我公开地羞辱，在这段高压的日子里，皮博迪奖对我的播音工作是恰逢其时的肯定，这也并非唯一的肯定。同年 6 月，《公告牌》进行第十六轮年度调查期间，大约 100 位报纸和电台编辑推举我为"播音领域最让人感兴趣的时事评论员"，当时媒体对此进行了充分的报道。3 月 10 日，即赞助商正式下通知终止我播音当天，"阿尔弗雷德一世·杜邦播音奖基金会"干事长给我寄来一封信，评审委员会提名我"入围 1946 年度杰出贡献奖候选人"。虽然当年的奖项最终授予了播音员埃尔默·戴维斯，但干事长在信里解释道："评审委员会要求我对你进行告知，由于你在工作中做出的杰出贡献符合本基金会的宗旨，我们向你致以诚挚的谢意。对你已然取得的成就，我们向你致以良好的祝愿……"

尾 注

[1] 两天前，默罗收到来自伦敦的电报通知，他的新办公室被德国炸弹直接命中，彻底被毁。而他原先的办公室几个月前刚刚被炸毁。

[2] 哈施给我的一封信写道："我早就料到会出事。如果第一次打击没把我怎么样，哥伦比亚广播公司早晚也会把我赶走。说不定他们觉得，我是个累赘，难伺候。最让我生气的是，他们把周日节目从我手里收回的理由是，我没有招来任何赞助商。实际上，是他们故意限设，不出售这一时段……随后他们宣称我是个滞销货……还是本本分分重新做我诚实的记者好。"

[3] 塞瓦赖德也是我的老朋友。临近二战时我认识了他。当时他为巴黎版《芝加哥论坛报》工作，同时在万国邮政联盟驻巴黎办事处工作。当时我强烈要求默罗雇他为公司的驻巴黎记者，默罗同意了。最后一次播音的一天后，塞瓦赖德寄来一封信，重申他看重"朋友关系"，希望我一切都好，然而他必须站在公

司一边。他谴责我不该错怪公司。他认为我从未被"不公平地对待"，也不能同意与我一起"谴责哥伦比亚广播公司"。三个月后，他又给我寄来一封信："从你所做所说来看，你真是个疯狂的混蛋。我认为是你错了……"

亚历山大·肯德里克是我的老同事，他在哥伦比亚广播公司国际部工作。创作和出版传记《黄金时代——爱德华·默罗的一生》时，他仍然是该公司的雇员。和塞瓦赖德一样，他也误导了公众。他和默罗两人均宣称，我的赞助商"明确地表达了不满，原因是剃须膏销量并未增加"。鉴于我的节目处在胡珀受众评估公司收听率的高位，这一责难不是真的，也不可能是真的。赞助商和默罗从未对收听率表达过不满。至于我离开哥伦比亚广播公司一事，肯德里克在书里解释："默罗一直尽力挽留他（夏伊勒）……此外默罗始终坚信，夏伊勒很快会另找一家赞助商，因此默罗希望夏伊勒继续从事播音工作。"这一说法与事实相距何止千里！

第九章

最后的重聚

毫无疑问，在接下来的数个星期、数个月，甚至一两年时间里，我一直在自怨自艾。我从事新闻报道和评论已有22年，已经小有成就，可一夜之间，我被扫地出门了——当年前往欧洲投身这一事业时，我刚满21岁，刚刚走出大学校门。

我相信，我的出局标志着哥伦比亚广播公司一项新政策的开始，它屈服在人们所说的时代的疯狂面前。让我感到伤心的是，默罗居然卷入其中，成了推波助澜的人。不久后，麦卡锡参议员开始登台表演，对美国的共产主义和共产主义者，他成了最大的揭露者。实际上，哥伦比亚广播公司追随麦卡锡，对自己的员工进行了忠诚度调查，调查重点是新闻部的员工。调查结束后，公司强迫所有员工签署忠诚宣誓书。做那种事的美国广播公司仅此一家。无论默罗心里当时做何感想，他和公司穿的是一条裤子，没有任何记录显示他曾经公开谴责那一丢人现眼的调查。他率先签署了有辱人格的忠诚宣誓书，还动员同事依样画葫芦。其时他已经放弃新闻部主任的行政职务，心情轻松地回到了播音岗位。那时，他已经成为公司的一名董事会成员。肯德里克不愧是最富有同情心的传记作家，他在书里是这样表示的："在起草忠诚宣誓书和参与黑名单的决策过程中，刚刚成为哥伦比亚广播公司董事会成员的默罗起到重要作用……"

那时我已经不想弄明白老朋友默罗到底是怎么了。我已经离开公司，离开播音行业，从那往后，我再也没见过曾经雇用我、随后又辞退我的那个人。不过默罗为什么会在1947年春季那么凶狠地对待我，离开公司以后，我的确进行过几次调查，其他人也这么做过，但都无果而终。

上述往事尘封 32 年后，《媒介与权势》一书出版，作者大卫·哈伯斯塔姆在书里推论，尽管默罗和我是好朋友，但我们两人一直是"他人无从察觉的竞争对手"。

> 作为播音员，默罗精明，有绅士风度，是个传递情绪和情感的超级天才；而夏伊勒更擅长写作，更有头脑，在剖析思想和剖析问题方面是个更有洞察力的记者。他们之间的友谊并非没有龃龉，但超越一切的共同经历让他们两人相互依存，并且最大限度地唤醒了对方的潜质。事情远不止如此，在公众的印象里，他们成了难解难分的整体，因为在第二次世界大战初期最黑暗的日子里，默罗和夏伊勒两人的声音成了全体美国民众高度关注的声音：只要听见一个人的播音，听众必然会想起另一个人。[1]

对他人的说法，我不想妄加评论，但别人说我是默罗的竞争对手，我从来没有这种感觉。我反而认为，我们的天分是互补的。在播音方面，默罗无人可比，通过收音机传递信息，他一瞬间就能找准感觉，这只能用天才来解释。他知晓播音的方式，拥有适合播音的嗓音，这些都是我不具备的。我带给新闻广播事业的不过是新闻记者丰富的驻外经验。无论是在国内还是在国外，默罗从未接受过新闻工作训练，他是以教员身份加入哥伦比亚广播公司的。我到哥伦比亚广播公司之前为报纸做过 12 年记者，曾经在所有欧洲大国首都长驻，也曾经前往大多数亚洲国家进行短期采访。我了解欧洲，包括那里的语言、文化、历史、国与国之间的对立。我相信，默罗雇用我的首要原因也在于此。

诚如哈伯斯塔姆所说，我和默罗之间的友谊并非没有龃龉。我们确实有过许多分歧。战争爆发前，默罗曾经异常严厉地指责我对身在纽约的新闻部主任保罗·怀特更加言听计从。我原先以为，我们两人都是怀特的部下，后来我才意识到，虽然默罗以主任身份领导的欧洲部只有他和我两人，但他对怀特仅仅是表面服从，心里却很不服气。默罗对他人确实存有一点妒忌心。

哥伦比亚广播公司的一些人认为，默罗对我 1941 年出版的第一本书《柏林日记》的成功心怀妒意。那本书的出版时间稍晚于他的第一本书《这里是伦敦》，其销售风头很快盖过了他的书，并且上升到了畅销书排行榜首位。不过，我没有轻信他人的说法，纵观所有赞誉的来信，默罗的来信是最感人、最不吝笔墨的。[2] 正如人们所见，在公开场合，最不吝口舌赞誉我那本书的人也是默罗。

还有人告诉我，1940 年末，离开柏林后，我没有前往伦敦与默罗共事，那才是他恨我的原因。我事先向默罗解释过，我离开美国时间太久——相比他的三年，我在欧洲足足待了 15 年之久——我至少需要在国内生活和工作一个时期。随着法国的陷落以及希特勒放弃入侵英国，战争已经进入间歇期，对我来说，15 年以来，那是我第一次有机会与一些家人团聚，也是我熟悉国内情况的大好时机。战争间歇期一过，尤其在美国参战的情况下，我肯定会返回欧洲。那一时期，伦敦的新闻报道差不多进入了稳定运行状态，默罗本人正好也要回国休长假。在当时的伦敦，默罗已经成为传奇，而我去了很可能一事无成，我在纽约可能反而会干得更好。军国主义和具有侵略本性的独裁政权当时已经征服大部分欧洲，不仅对英国和苏联构成了威胁，也对美国构成了威胁，人们对此必须有所了解和认识，善良的美国人民却视而不见。具备我这样经历和背景的播音员，哥伦比亚广播公司在纽约没有第二人，其他播音员没有一个人直接感受过纳粹德国以及其他欧洲国家。佩利和新闻部主任保罗·怀特两人均认为，在当时的情况下，纽约对我最合适。在伦敦期间，我把这些都告诉了默罗。

默罗告诉我，虽然他对我的决定感到遗憾，但他尊重我的决定，也能理解我。二战结束后，对于我未能在战时前往伦敦，他好像仍然耿耿于怀，虽然我在战时两度去了欧洲。第一次是 1943 年参与报道美国空军第八联队，该联队的基地分散于英国各地，当时该联队刚刚启动针对德国的大规模轰炸。第二次是 1944 年前往欧洲大陆参与报道美国陆军，当时美国陆军刚刚登陆欧洲，正在向德国本土推进。

二战结束后不久，默罗和我一起从纽约前往欧洲，我们搭乘的是老旧的运兵船"玛丽皇后号"邮轮，当时它仍然由军队征用。一天晚上，默罗突然毫无来由地对我爆发了一通。在英国南安普敦上岸后，乘车前往伦敦期间，默罗突然靠近我，他一边破口大骂，一边挥动拳头试图揍我。当晚他喝酒喝多了——其实我们两人都喝多了——不管怎么说，他的反常举止让我惊诧不已。当时他语无伦次，我无法确定他一反常态的原因，后来我渐渐意识到，这多少与他口口声声说我让他大为失望有关，因为我离开柏林后在国内住了下来。在伦敦期间，我住的公寓是他安排的，第二天，他来到我住的地方向我道了歉。之后我没有把那件事放在心上。接二连三碰上不顺心的事之后，默罗有时候会小小地发泄一通，我其他好朋友也会如此，例如我最亲密的老朋友吉米·希恩。

那年春季，默罗和我分道扬镳了。事后分析我们分手的原因，我首先想到的是，柏林的任务结束后，我没有前往伦敦和他一起工作，因而他大发脾气。随后又发生了一件类似的事：战后默罗放弃播音，成了新闻部和公关部主任，我拒绝成为他的副手。当时我对他说，我在行政方面的能力远不如他，我真的以为他当时完全理解我。

如今我仍然能想起来的事还有一桩，那是默罗搬到公司总部19层之后发生的。"美国广播职员联合会"以全体会员、演员和播音员的名义向各广播公司发出了罢工威胁。默罗召集我们这些时事评论员，告诉我们，如果真的出现罢工，我们必须填补空缺——如果有必要，只好24小时连轴转——我们必须不停地播报新闻，评论新闻。当时我明白无误地对默罗说，我不会与工会的罢工要求作对，我尊重他们的罢工行动。对我的表态，默罗当然不高兴了。

或许正因为如此，在我完全不知情的情况下，各种针对我的不满在默罗的头脑里日渐积累，经过长时间的发酵，恰好遇上我的赞助商抛弃我，默罗便借题发挥了。我必须承认，让我惊诧不已的是，默罗在那方面可谓用心良苦！同样让我吃惊的是，他对公司和老板竟然那样忠心耿耿。他根本没必要表现成那样，因为他在公司的地位和他在佩利心目中的位置是有保障的。

我以为，至少在相当长一段时间内，默罗不会期待在公司里爬得更高。对于已然爬到顶尖的人来说，谁还会继续往上爬呢？在接下来的数年里，从纽约发声的默罗在播音领域取得了更为眼花缭乱的新成就，远远超越了在伦敦的时候。不过，正如我经历过的那样，他的好日子眼看要到头了。我永久性退出播音舞台之前一两天，我和默罗有过多次交谈，我在交谈中警告过他。数年以后，他肯定会想起我当时对他说过的话。

"以前我为《芝加哥论坛报》打工时，"我对他说，"我早就领教过这一套了。只要干的时间足够长，所有干新闻的人都有机会领教。眼下你无法理解我的话，埃德，有朝一日你会领教的。我现在的经历，迟早有一天你也会领教。"

默罗排挤我的热情如此之高，有件事让我始终不得其解。默罗既敏感，又博学，当时社会上正在发生的事，他心里都清楚。他知道美国正在步入越来越排斥异己、越来越歇斯底里的时期，即政治迫害和乱扣红色帽子的时期——他整个成年时期最反感的正是那些。尽管默罗针对我发表过一些疯狂的和误导性的声明，其实他心里清楚，歇斯底里的反动势力正在逐渐掌控美国，在那一时期，无论是他还是哥伦比亚广播公司，都不应该向那股势力屈服。暂时抛开默罗和我的友谊不说，正是借助了那股势力，认为我思想过于开放的剃须膏公司和位于曼哈顿麦迪逊大道上的广告公司才得以把我排挤出广播界。我无疑成了第一批殉难者，但默罗心里肯定清楚，还会有人随我而来。我相信，默罗最终有可能遭遇像我一样的命运，我也认为，默罗对此没有丝毫察觉。

无论如何，一些迹象已经显露苗头。

去年秋天，1946年11月的国会选举对民主党来说可谓一场灾难。18年来，共和党第一次同时在国会参众两院赢得了胜利。共和党候选人以清除华盛顿政府部门的共产主义者为号召，最终赢得了参众两院的多数席位，他们锁定的"共产主义者"目标不仅有最坚定的爱国人士，还包括乔治·马歇尔将军、副国务卿迪安·艾奇逊，甚至包括杜鲁门总统本人。那样的国会只能是极为反动的国会。共和党内多数人甚至叫嚣，他们不仅要把共产主义者清除出华盛顿，还要把罗斯福总统新政以来通过的所有社会及福利法案废除。即使无法将时钟大幅度拨回威廉·麦金莱时代，至少也要拨回到卡尔文·柯立芝时代。

1946 年秋季，通过选举进入参议院的人包括一位鲜为人知的地方法官——来自威斯康星州的约瑟夫·麦卡锡，进入众议院的人包括一位更加名不见经传的地方政客——来自加利福尼亚州的理查德·尼克松。此二人不仅把对手称作共产主义同情者，并且声称对手得到了"共产主义者"的支持。选民们相信了他们的说法，美国选民通常如此轻信。

共和党人指责政府对共产主义软弱，为避开共和党的锋芒，杜鲁门总统亲自下令让联邦政府的所有雇员签署忠诚宣誓书，但凡有嫌疑的人都遭到了解雇，为解雇嫌疑人召开的听证会最终都成了闹剧。更有人借机火上浇油，司法部部长汤姆·C. 克拉克发布了一份名单，名单上列出了 90 个受司法部怀疑的组织——那些组织进入名单的主要原因是，它们被扣上了"共产主义急先锋"的帽子。每过一个月左右，克拉克会扩大一次名单，最终导致上百个组织蒙受不白之冤。其结果为，受雇于那些组织的每一位政府雇员，向那些组织捐款的每一位人士，对那些组织表示同情的每一个人，均有可能被怀疑对美国不忠诚，并因此遭到解雇。政治迫害开始了，令人尊敬的职业一个接一个被毁。众议院非美活动调查委员会跳了出来，联邦调查局趁机与该委员会以及麦卡锡参议员狼狈为奸，带头对成千上万被怀疑为危险分子的人进行调查。不久后，在揭露隐藏于政府里的"共产主义者"方面，麦卡锡俨然成了领军人物。

上述歇斯底里会把国家引向何方，默罗最后总算认识清楚了。在一次令人难忘的电视节目中，他向来自威斯康星州的卑鄙的参议员开了火，他揭露，麦卡锡本质上是个江湖骗子，那的确加速了后者的覆灭。然而，对某些人来说，默罗的行动为时已晚。为写作《媒介与权势》一书，在搜集材料阶段，大卫·哈伯斯塔姆注意到了这一点。他认为，"默罗过了这么久才利用媒体向麦卡锡开火，但那么做是必要的"。

麦卡锡一直逍遥法外，"他（默罗）却一直未采取行动。麦卡锡第一次发表演说是在1950年3月，那一年随之过去了，随后是1951年，再往后是1952年，接下来是1953年。其实，从1952年起，朋友们就开始询问默罗和弗兰德利，向麦卡锡开火还要等待何时"。

哈伯斯塔姆认为，默罗逐渐变得"特别烦躁不安，原因是，公司和他未能更早地揭露麦卡锡……默罗自己未能更早地采取行动，这成了新闻同行的话题。谴责麦卡锡的节目确实出现得太晚，后来他常常在心里自责"。

亡羊补牢，为时未晚。到那时为止，甚至在那以后，尚未出现第二家媒体公司允许其评论员向麦卡锡开火。在默罗主持的电视节目《现在看》里，乱扣红色帽子的威斯康星州参议员被揭了老底，从那往后，他便一蹶不振了。

因为那件事，默罗在哥伦比亚广播公司从辉煌走向了没落，那仅仅是开始。公司管理层以及董事会的好几个成员对他特别不满。弗兰克·斯坦顿是公司总裁，也是佩利的左右手。佩利从中西部出差刚刚回到公司，就立刻把弗雷德·弗兰德利叫到了办公室。在《现在看》节目组里，弗兰德利是默罗的合作者。斯坦顿对弗兰德利说，公司好几家下级机构里的人认为，节目的播出对公司业务不利。有些人说得更可怕，他们认为，默罗攻击麦卡锡"可能会导致公司的广播业务停止"。

当初终止我在哥伦比亚广播公司播音事业的诱因是赞助商，不久后，同样的问题在默罗身上重演了。由于多次公开辩论，导致美国铝业公司业务大受影响，该公司决定第二年不再赞助《现在看》。尽管它已经成为最受欢迎的公共事件节目，并因此声名远播，佩利却依然决定逐步取消该节目，整个经过与佩利和默罗两人当初对付我一模一样。《现在看》很快便销声匿迹了，取而代之的是一档糟糕的节目，由另一个人（弗兰德利）担任制作。默罗终于尝到了遭到冷落的滋味。

把我挤出公司数个月后，默罗重新回到了广播领域，他首先做的是播音，然后是电视，他重新走向了辉煌，是这一领域的佼佼者。正如当初在广播新闻领域拓荒那样，他在电视新闻领域也是勇敢的开创者。他做出了许多贡献，其中最为重要的是，他创造了一套利用电视向公众提供新闻、播报公共事件的基本模式，包括报道战争。人们通过调查发现，如今大多数美国人通过电视接受每天的信息。面对电视的无知和贪婪，尤其是默罗自己的无知和贪婪，他在事业上无法更进一步，这伤了他的心，最终也毁了他。

电视刚刚普及的那几年，人们激动不已，观众足不出户即可听见声音，看见影像，有远方城市的声音、战场的声音，还有事发现场的画面。默罗因而更加出名了，他那棱角分明、若有所思的面庞在美国家喻户晓。[3] 据说他当时的收入已达百万美元。虽然商业腐败和媒介泛滥为他带来了大量回报，最终却让他厌倦，并啃噬着他的内心。1958 年 10 月 15 日，在芝加哥对媒体人的一次演说中，虽然为时稍晚，但已经成为百万富翁的默罗终于向那些喧嚣叫卖的媒体主播开火了，他公开谴责他们所在的电台和公司，谴责行业的空虚、胆怯、贪婪、毫无责任心。

佩利永远无法原谅默罗的演说。从那一刻开始，他们之间绝无仅有的关系开始冷却和疏远。一切可能从几个月前就开始了。默罗开拓性的电视节目《现在看》经过七年上演，已经成为最佳公共事务节目，佩利却抛弃了它。

我听说，默罗从这件事中看到了自己的"结局"，所以不胜苦闷。战争期间，他在伦敦雇用了查尔斯·科林伍德，后者成了他的追随者。他曾经对后者袒露心声："对公司来说，有使用价值的人才是重要的……雇员的使用价值一旦耗尽，公司会不假思索地将其抛弃。"[4]

默罗休了个长假，花费了一年时间思前想后。他潇洒地游遍了世界。再次返回哥伦比亚广播公司时，他才意识到，公司和他算是彻底分手了，他的最后一档节目彻底停播了。他原来以为新节目《哥伦比亚广播》会交由他领导，但该节目交给了他在《现在看》的搭档弗雷德·弗兰德利。在老婆和儿子的陪伴下，经过整整一年周游世界，默罗的身体和精神状况未见好转。哥伦比亚广播公司的朋友说，他疲态尽显，心灰意冷，只好为自己寻找一条体面的退路。

1960年12月，一个寒冷的日子，天空昏暗，我在纽约曼哈顿麦迪逊大道巧遇默罗。当时《第三帝国的兴亡》出版未久，为了那部书，我没日没夜工作了十年。那一时期我从未见过默罗，我们也从未和解。我从双方的朋友那里了解到，默罗希望和好，然而我从未希望过，也从未尝试过。在我的记忆里，对于 13 年前发生的一切，我早已渐渐淡忘，但永远不会释怀。

看样子，默罗很悠闲，也很忧郁，他让我想起了过去，当年我们都年轻，都有追求，一起共事。默罗的样子让我非常惊讶。他面部清瘦，脸上沟壑纵横，身材消瘦，整个人好像缩小了一圈。他叼着一支烟，不停地咳嗽。

他首先祝贺我写第三帝国的新书被社会认可，那部作品已经登上畅销书排行榜首位，各类书评家普遍给予了它好评。自从我离开哥伦比亚广播公司以来，那部作品让我第一次有了足以维持数年的稳定收入。

"这是个了不起的成就，"默罗说，"远远超过了我们在广播领域的所有建树。你有理由为自己感到骄傲。"

我告诉默罗，我曾经非常关注他在电视领域的辉煌建树，他向我表示感谢，他的脸色随之变得阴沉了。

"我在哥伦比亚广播公司玩完了，"他忧郁地说，"被蹬了。"

我说这消息让人难以置信，因为他把一生都给了佩利和广播事业。

"到头来，你的话应验了，"默罗说，"我记得你和我说过，迟早我也会领教。我早该料到才对。"

他一反常态地恨着哥伦比亚广播公司。他简单地告诉了我他受排挤的经过。幸运的是，候任总统肯尼迪提名他担任美国新闻署署长，而他已经接受。在哥伦比亚广播公司工作 27 年后，他已经做好辞职准备。他已经 53 岁，健康堪忧——他的同事都认为，那主要是他长年加班加点地工作和抽烟过多所致。

　　将近四年后，1964 年 8 月的一天，天气温暖宜人，默罗的夫人珍妮特·默罗从纽约州波灵市郊的住所打来电话，与我夫人说了一通话。我们一家与她——她是我们二女儿琳达的教母——关系非常好。她说，默罗特别想见我。她问我们，第二天能否开车去他们那里一起吃顿午餐。我们住在康涅狄格州，离他们那里大约一小时车程。

　　我听说，默罗由于罹患癌症，已经时日无多。肯尼迪总统遇刺后，尽管约翰逊总统强烈要求他留任新闻署署长，他却执意请辞。他曾经住院，某一侧肺叶被整体切除。对珍妮特·默罗的邀请，我们当即应允了。

　　第二天，开车前往波灵市的路上——那年夏季，那天是天气最好的日子之一，温度非常宜人，空气干燥，阳光明媚——我对特斯说，近期有人说过默罗有心与我和解，尽管如此，我不会与他讨论当初分手的事，也不会给他机会重提那件事。

　　默罗的样子让我和特斯大吃一惊。我们一起在欧洲度过了青年时代和黄金年华，而我们所认识的那个人如今只剩下了空壳。他的身子又清减了一圈，更瘦了。他面色苍白，毫无血色，两颊深陷，抬头纹和两眼周围的纹路也比以前更深，那双眼睛仍然炯炯有神。虽然他不再抽烟，却咳嗽不断，而且他呼吸好像很困难。我觉得，那可能和他仅有一个肺叶有关。也许和癌症也脱不了干系。

　　农场的房子虽然老旧，却也雅致。吃午餐时，我们谈了许多，默罗似乎有些焦虑。他充满感情地谈起了我们四人一起在欧洲的那些年，当时我们都年轻，对生活充满了向往。我们曾经在柏林、日内瓦、维也纳、伦敦度过多年，随后返回纽约，共度了战后的头一年。每当回忆起那些美好时光，大家一起做的荒唐事，我们总会沉浸在欢声笑语里。

午餐过后，默罗说，他想开吉普车带我四处转转，让我看看他的农场。我们两个"城市油子"交换了经营农场的得失，我位于康涅狄格州的农场有 600 多亩，我所做的不过是种点鲜花，砍点柴火；默罗的农场比我大一倍，他是真的在经营农场，他用牧草饲养了好几百头纯种好牛，他还有好几片长满牧草的草场。

我对默罗说，开吉普车在崎岖坎坷的土路上转悠，他的身子骨可能吃不消，他看起来太虚弱，太劳累。另外，我还担心，他那么做无非想躲开珍妮特和特斯，以便和我开诚布公地谈谈过去。不过他坚持如此。默罗在驾驶座上就座后，我们上路了。那一路非常颠簸，默罗很快就大汗淋漓，他却勇敢地开着车继续往前。每当开到坡顶，我们就可一览无余地环顾四周。有两次，他把车子停在了坡顶，坐直身子喘上一阵，用手比画着周围的景色，回顾我们过去的时光。每当此时，我都会很迅速得体地引导他说一些别的话题。

然后我们陷入沉默。最后，默罗开车回到了家里，两位夫人正在喝茶，我们也加入。稍晚，我们告别时，默罗夫妇一直把我们送到外边。我们都认为，那是一次美好的重聚。

"时间隔得太久了！"说这话时，默罗脸上闪现出一阵转瞬即逝的兴奋。他呼吸困难，整个人状态极其不好。

默罗一直没有提到他患病的事，不过他用开玩笑的口吻说，整个成年时期，他是个烟不离口的大烟鬼，如今他唯有放弃。正如他勇敢地面对生活，此时他正勇敢地面对死亡。他的勇敢有目共睹，在战时的伦敦，炸弹一直在他身边不停地爆炸，他却毫无惧色地在大街上继续采访。有一次，他还随英国

皇家空军的轰炸机前往柏林执行任务，最终仅有半数飞机安全
返回。

那是我最后一次和他见面。第二年春季，1965 年 4 月 27
日，默罗死于脑瘤。

尾　注

［1］ David Halberstam, *The Powers That Be*. New York, 1979, p. 132.
［2］ *The Powers That Be*, p. 98.
［3］ 1952 年 1 月，虽然广播行业的年度广告收入仍然多于电视行业，
但每晚在用的电视机总量已经首次超过收音机。
［4］ Halberstam, op. cit. , p. 150.

第四篇

潦倒的麦卡锡
年代，为生计
拼搏，写书出版：
1948—1959

第十章

闲云野鹤

说来真的好像有点冒险，哥伦比亚广播公司抛弃我以后，我和特斯首先做了一件大事：在康涅狄格州西北部的丘陵地带买了个农场，以便贴近几个最要好的朋友：瑟伯一家、甘尼特一家、范多伦一家和巴恩斯一家。

花费并不高——总共才 9500 美元，土地面积有 600 多亩，还有一座漂亮的 18 世纪风格的盐盒式老房子①，一个红色的大谷仓。我们付的是现金。有点出乎意料的是，无论是全国广播公司还是美国广播公司，都没有立刻雇用我。好在我的经纪人向我保证过，这方面不会有任何问题，很快我就能返回播音岗位。

"去休个长假吧，"经纪人说，"你早该休假了。"

改造农场老房子的方案众多，从中选定最终方案后，我们一家人直奔纽约州普拉西德湖，到那边消夏去了。我在湖边完成了第二部日记形式的书，名为《柏林日记终曲》。与此同时，改造老房子的事交由当地一个开发商负责。基于以前改造老房子的经历，每个老朋友都向我们大吐苦水，还向我们提了一堆好建议。除此之外，我们对房子的改造情况一无所知。那房子的总体情况相当不错，当然也有不足：没有安装上下水，没有铺设供电线路，没有中央供暖系统。不久后，我们被告知，盐盒式结构的房屋用烟囱作整个建筑的承重柱，因而存在重大火灾隐患，整个烟囱必须从地下室往上拆除，然后重建。另外，房子的屋顶多处漏水，必须整体更换。我们计划拆掉一面墙，扩大起居室面积——这一点遭到露丝·甘尼特的强烈反

---

①　一种不对称双坡顶房屋。

对，她是 18 世纪原生态住宅的拥趸——安装两扇大型落地窗，以便更好地欣赏利奇菲尔德山区的景色。开发商完成施工后，我们欠他的钱已经高达买下这座房子以及 600 多亩土地开销的四倍！

不过，那笔钱花得值。在接下来的岁月里，我们进入了困难时期，那里成了我们的避难所。无论世事如何变幻，我们至少还有个家，还有足够的土地种植我们需要的粮食。

农场成了我们的世外桃源，我们可以在那里生活、工作、休息，可以返璞归真接触大自然，可以感觉到和闻到树林以及土壤的芬芳，可以看到季节的变换和展开，可以了解播种和收获究竟是怎么回事。那个农场拥有一片大菜地、一个小果园、一片不大不小的莓子地、一两片可以收割牧草的草场。

从那往后，在 20 年里，我的日记里满是有感而发的对美的赞叹，感触来自那个偏远地区的所见所闻：1 月的夜晚，寒气逼人，万里无云，一轮几乎满弦的圆月照亮了大雪覆盖的原野；春天来了，随着耕耘和翻培，荒芜的大地重新复苏，空气里荡漾着阵阵芳香，树枝开始发芽，鲜花开始怒放，嫩绿的树叶随后爬满了树梢，小鸟开始欢叫，每到夜间，低处的水塘里会响起呱呱的蛙鸣。

夏季也会有许多让人开心的事。我们在地里割草，刚割下来的草在干燥过程中散发出香甜的、让人难忘的气味；我们摘水果，捡莓子，收蔬菜，用小车把当天的收获推回家，将无法马上吃掉的东西冷冻起来。9 月末，结霜期到来前，我们还要摘葡萄，把正在开花的植物搬进屋里。

每年 10 月都是色彩丰富的月份，每到这时，枫树叶渐渐开始变成各种浅红色和深红色，而山杨、白杨，以及其他树木的叶片渐渐开始变黄。秋季是新英格兰地区最瑰丽的季节。11月，萧瑟的氛围开始笼罩自然界，感恩节到来时，各种各样的树木只剩下光秃秃的树枝，放眼望去，树林里唯有松树和铁杉依旧挺立。

飘雪的季节很快就会到来，不妨这样说，若不是有时候寒风过于刺骨，过于凛冽，我们最喜欢的恰恰是农场的冬季。为了避免每周七天都痛苦地挣扎在城里，远赴乡下的部分原因在于此：我们只能在周末和圣诞假期前往农场，那里是康涅狄格州西北部，正处于漫长的、严酷的、多风的、寒冷的冬季。

说实话，我们喜欢砍倒大树，将整棵树劈成柴火，点燃位于厨房里和起居室里的两个巨型壁炉。厨房的壁炉特别巨大，高度与我的身高相等——壁炉一侧有个古老的荷兰式烤炉，因而壁炉和烤炉占满了厨房内侧整整一面墙。早年，人们的生活相对简单，住在那里的人们不仅利用壁炉烤制面包，还利用它做饭。

从感恩节到复活节，有时候，两节之间会飘几场雪，因而地面会形成厚厚的积雪。农场里到处是斜坡，我们经常会在农场里四处滑雪——两个孩子正是在那里学会了滑雪。从房前到公路那段车道一路下坡，我们常常沿着车道滑降，直到脸冻成青色才罢休。车道的宽度足够两辆雪橇并排行驶——通往公路的路段有 100 码长，往下继续滑降 200 码，即可到达水塘边。有时候，我们会在水塘上滑冰。随着 3 月的到来，积雪终于开始融化，到了孩子们熬制枫树糖的时间。从前，那地方主要是个枫树糖农场——农场的房子附近有几十棵枫树。孩子们喜欢敲击树身和熬制树浆，我却会抱怨连天，为了她们的喜好，我必须把堆积如山的柴火搬运到炉子前。在我眼里，每熬制一夸脱枫糖浆，必须消耗一大捆柴火。

对我的两个女儿来说，农场是她们的仙境，她们热爱农场。无论气候多么严酷，无论冬雪下得多么猛烈，每到周五下午，只要学校一放学，她们总会嚷着立刻开车离开纽约。每到周日下午，我们两口子总是需要花费很多口舌，才能让两个女儿离开农场，仅开车回城的路途就需要三个半小时。除了暑期长假，她们还坚决要求，所有短假期也在农场度过，尤其是圣诞节和复活节。

两个女儿小时候的最大愿望莫过于在乡下过圣诞节，她们喜欢在雪地里玩耍，喜欢滑雪，喜欢坐雪橇，如果一圈玩下来还没感到累，她们会接着去堆雪人，堆城堡。赶上夏季，她们会忘我地在园子里除草（一旦开始除草，多数孩子会忘记自我，说实在的，许多成年人也如是），收蔬菜，捡莓子，冷冻蔬菜和水果；每到冬季，让她们搬劈柴，帮忙做家务——条件是让她们在雪地里玩个够——她们也不抱怨。两个女儿长大以后对我们说过，每年圣诞节前一天做的那些事，她们一辈子都忘不了：往往一清早她们就得从床上爬起来，前往林子里寻找一棵松树或云杉树，将其砍倒，然后踏着积雪，拉着雪橇，把砍倒的树拖回屋里，然后伴着壁炉里熊熊燃烧的火焰，将拖进屋的大树直立在客厅里，最后还要往树枝上挂饰品。

平安夜那天，下午4点刚过，天色渐黑。每到那时，我们一家人会带上礼品拜访附近的邻居们。晚餐过后，全家人会围在火堆旁交换礼物，一起唱圣诞颂歌，轮流朗读狄更斯的经典作品，或圣诞精品故事集里的小故事。那时，房子外边往往会寒风呼啸，雪花会一片接一片贴到玻璃窗上。

这就是在康涅狄格州山区的飞雪中过平安夜的场景！它让

我们全家幸福美满，也让我们全家人的心紧紧地贴在一起。

因加和琳达常说，生活在农场那些年——她们只是在大学期间和结婚以后才很长时间不来农场——她们得到了许多东西，例如：健康的身体，幸福家庭的感觉，对大自然以及对土地的眷恋，种养东西的热情，尤其是种鲜花的热情。她们认为，这一切不仅深化了她们的生活，也丰富了她们的生活。

作为家长，我们得到的东西和孩子们一样多，甚至比她们得到的还要多。农场不仅是我们的避难所，也是我们工作和生活的地方。不久以后，我开始了写作，我大部分写作是在农场完成的——夏天在谷仓内部搭建的一个书房里，冬天在书房和卧室兼用的一个房间里。每到夏季，特斯常常在林中搭建的工作室里作画。光阴荏苒，随着我们的财富日渐缩水，为了抵消城市生活带给我们的紧张，为了得到平静和安宁，在乡下拥有一处让人开心的地方，它的重要性日益显现。

1947 年秋季，我返回了纽约。和经纪人想象的不一样，全国广播公司和美国广播公司对雇用我一事都没有积极表态。实际上，我们没有收到它们的任何消息。经纪人说，他一直在追问情况，然而从未得到答复。

美国广播公司向我发出过邀请，不过，不是让我去工作，而是让我主持一档周日节目，赞助方是美国电气、无线电和机器工人联合会。在当时的美国，该联合会已经成为由共产主义者领导的唯一有影响力的工会，会员达到了 50 万人。因而对我来说，那成了问题。我能够肯定的是，我被迫离开哥伦比亚广播公司的部分原因是，我不仅被贴上了"太开放"的标签——对那样的说法（尽管我从未主动给自己贴过任何标签）

我确实感到骄傲——而且被某些反动团体斥为"共产主义同情分子"，甚至有可能被称为（这太可怕了）地下"共党"（Commie）。我早已意料到，如果我的节目由该联合会资助，疯狂的反动势力必定会兴高采烈地跳出来宣称，对我的斥责由此即可得到证实：我是个为"共党"做播音的时事评论员。

我和艾伯特·菲茨杰拉德以及朱利叶斯·埃姆斯帕克探讨了那一问题。前者是该联合会主席，后者是联合会的财务部部长，我估计后者才是该组织真正的核心人物。我相信菲茨杰拉德不是共产主义者，而埃姆斯帕克丝毫不掩饰他的共产主义信仰。后来我知道，联合会的另一位活跃分子、组织部部长詹姆斯·B. 曼特斯也信仰共产主义。我告诉菲茨杰拉德和埃姆斯帕克，对他们出手协助我返回播音岗位，我深为感谢，但由于此事涉及哥伦比亚广播公司抛弃我的问题，我无法接受他们的好意。我向他们提议，将那份工作交给利兰·斯托——我的一个老朋友，我们过去在欧洲一起当记者。由于斯托当时处于失业状态，他当即接受了那份工作。斯托是个坚定的自由主义者，该联合会赞助他长达一两年时间，他的节目一直做得非常棒。与其他企业赞助商不一样，该联合会赋予斯托充分的言论自由。毫无疑问的是，斯托的许多观点肯定让该组织内部占主导地位的共产主义者相当痛苦。

斯托的幻想最终破灭了，因为他的自由主义思想落了地——或者说，他的思想始终无法让他落地。后来他在密歇根大学讲授新闻学，他在这方面成就卓著，其间他还兼做《读者文摘》的巡回记者。通过他的文章可以看出，他的思想向这份杂志靠拢，渐趋保守。

离开哥伦比亚广播公司整整八个月后，即 11 月 30 日，我重新走上了播音岗位。一家生产衬衣的中型企业的总裁提出，由我主持一档在相互广播公司播出的15分钟新闻评论节目。那位行政主管是个老派的自由主义者，他希望我重返播音领域。我相信，他当然也希望通过此举扩大业务，将他的衬衣推向全国市场。

尽管相互广播公司的电台不在少数，但与三大广播公司不同的是，该公司缺少名气，也毫不掩饰它缺少能够与三大广播公司竞争的新闻采编机构。与其他广播公司不一样的是，那家公司是一个合作性企业，管理层主要由电台拥有量最多的成员机构掌控，比如位于纽约的纽约电台，以及《芝加哥论坛报》旗下位于芝加哥的芝加哥电台。那家公司拥有许多优秀的评论员，但采编队伍非常小。采编海外播音内容则主要依靠境外的特约记者。我没有像从前在哥伦比亚广播公司那样成为该公司的正式雇员。就是缺兵少将的采编团队和他们采回的报道，我也没有权利使用。我只能自掏腰包，使用合众社的新闻。

我的播音时间最终敲定在每周日下午1点——若想赢得大批忠实听众，这不是最好的时间段。应该说，没有几个美国人喜欢在周日这个时候听新闻和评论，人们更有兴趣——我可不是在指责什么人——收听当天的体育新闻，或者前往公园和乡下呼吸新鲜空气，做些运动。或许人们更愿意利用这个时间悠闲地准备周日的丰盛晚餐，要么就是慢慢消化头一天的晚餐。与此不同的是，我在哥伦比亚广播公司的周日节目是在下午5点45分，正好赶上下午即将结束，许多人想知道当天有没有什么新闻——实际上，每周日整整一个白天都没有新闻节目。

能否很快达到我以前的收听率，我不抱任何幻想。不过我特别想在这一岗位上做一番拼搏，也许它最终会为我搭建一条通向全国广播公司或美国广播公司的桥梁。

至于相互广播公司本身，我喜欢它的一个理由是，它给予我充分的话语权，包括充分表达观点的自由。这一点与哥伦比亚广播公司大不一样。哥伦比亚广播公司禁止我们在播音时掺入自己的观点。默罗和我经常破坏规矩，因而，公司要求我们让步的压力日渐加重。

那年9月，默罗终于放弃哥伦比亚广播公司副总裁职务，重新走上播音岗位后，他改变了以往的路子。第一次播音时，他向听众保证，从那往后，他不会在节目中掺杂个人观点。他在节目中朗读了合同中的部分内容，合同禁止他那么做：

> 新闻节目的宗旨是，通过播报"让听众了解事实真相，即所有经证实的消息，也就是不偏不倚地说明、陈述、阐述事实以及事发现场，以便听众自己做出分析和判断"。

> 以上说法也许过于绕口——因为律师们喜欢用这样的文字表达想法。对此，我的解释如后：在本节目中，所有经证实的消息都不应掺杂个人观点。我们将尽最大努力说明每一条消息的来源，避免麦克风被别有用心的人据为己有，当作挑动听众情绪的平台。

听了他复出后的首次播音，我无法理解，他竟然如此郑重其事地附和公司限制他表达自由的规定。他把表达个人观点与"挑动听众情绪"画等号，显然是个误导。通过广播表达个人观点等于号召人们采取行动，怎么会有这种事？在战时的伦敦，每一次彪炳史册的播音都充满了默罗的个人观点。和我在柏林期间的播音一样，默罗的播音毫无"客观"可言。[1]

哈丽雅特·范霍恩女士是《世界电讯报》的评论员，她在评论默罗返回播音岗位的一篇文章里谈到了那一点。让她无法理解的是，默罗为什么要强调合同禁止他表达个人观点。

回想默罗先生在伦敦遭遇大轰炸期间引起轰动的那些播音，每次播音都充满了热情洋溢的非客观性，夏伊勒先生在柏林播音时也毫不掩饰他同情哪一方。

不管怎么说，我在相互广播公司可以自由地表达自己的观点，且不受任何约束，我在 1947 年 11 月 30 日第一次播音时就此事做了说明：

……在播音时，时事评论员是否有权直抒己见，对这一问题的争论和误解数不胜数。有人力主不应当允许评论员表达看法——应当由听众自己形成看法。

但在我看来，这一立论本身十分荒谬。

毫无疑问，听取不同的人发表的不同看法，之后，美国公众会形成自己的观点——观点越针锋相对，说明民主越充分——观点不受对与错、多与寡的制约。有人说，听到没有观点的说法，或者不敢表达观点的说法，或者不允许附带观点的说法，美国人民照样会形成自己的观点，对此我深表怀疑。

我进而说道，每一位播音员的广播均有可能被上千万听众听到，我理所当然意识到自己肩负着重大的责任，我将竭尽全力避免滥用播音权，避免失职。

我绝不会把自己的观点强加给听众，另外，我也绝不会像伪君子那样隐瞒自己的观点，因为我知道，我和大家一样，是人类中的一员，有自己的观点，所以我经常也会犯错。

因此，在每周日的播音节目中，我会根据当时掌握的情况向大家播报全部事实，以及构成事实的所有细节。我在其中表达的观点绝不带有强加于人的色彩。如果人们对所有事情的看法总是一致，民主离死亡也就不远了。

另外，每一位听众都有权知道，在所有播音节目中，节目所传达的诸多观点仅代表我自己，而不代表其他人——其中既包括广播公司、广播电台、赞助商、政党、强力集团，也包括政府。

一年多以后，就相互广播公司给予我充分话语权一事，我觉得有必要进行一次重申。头一年秋季，大选期间，我收到好几封信，寄信人对此提出了质疑，其中一封信干脆说："你当然不可能向听众提供全部事实了，广播公司和赞助商不会允许你这么做。"因而，在1949年1月2日的播音节目里，我做了如下陈述：

借新年之际说清这个问题再好不过了。无论是相互广播公司还是赞助商……从未审查过我周日播音节目的文字稿，也从未拐弯抹角或直截了当向我提出过修改文字的要求。我始终享有自主决定向听众提供事实的自由——当然是提供全部事实了。另外，这家广播公司还给予我充分表达真实观点的自由，包括不受欢迎的观点，以及事后证明是错误的观点。

我在相互广播公司的周日播音节目持续了一年半时间，一直持续到 1949 年 4 月中旬，停播的原因是，衬衣制造商停止了资助。在不理想的时间段播音，每周仅仅播音一次，对于在全国范围推广产品起不了多大促进作用。给默罗写传记的一位作家暗示，赞助商抛弃我的原因是"节目收听率持续下滑"。当年哥伦比亚广播公司周日节目赞助商抛弃我的时候，一些人正是这么解释的。很难说那样的解释与事实相符。我的经纪人说，胡珀受众评估公司对我在相互广播公司的收听率进行了调查，结果"好得出奇"，初次调查为 3.9，很快上升到了 4.8。考虑到播出时间不理想，得到那样的结果已经很不错了。

二战期间，资深记者雷蒙德·格拉姆·斯温在相互广播公司的晚间时事评论节目有着超高的收听率。继我之后，他也开始犯愁，原因是，为美国广播公司周日下午 1 点 15 分的播音节目找赞助商成了大问题。1948 年 1 月 25 日，在告别节目中，他对此进行了深入探讨。那天下午，我收听了他最后一次播音，他的告别词以及他的说法让我颇感悲凉，因为我们成为朋友已有 15 年之久，而且我特别崇拜他。最初他是一名记者，后来他成了《国家》杂志的编辑，再后来他才成了播音员。他在美国从事新闻工作眼看就满 41 年了。正如他自己所说，随着那天最后一次播音，他"为美国广播事业持续不断地做贡献超过 12 年，终于走到了尽头"。

没有人愿意赞助这一周日播音节目……我完全无法确
定本节目能否再持续一年……目前还没有人要求我……

奇怪吧——或许这原本并不奇怪？——美国公众竟然如此
善变，如此健忘。那天下午，我一直在想，二战期间，斯温的
晚间播音节目曾经在上千万美国人的生活中占据极其特殊的位
置，每晚 10 点，人们都会停下手里的活，收听他的广播。[2]

斯温后来在"美国之音"继续从事播音工作，不久后，
他与右翼极端分子发生了冲突，那些人不停地攻击他所秉持的
守旧的、不偏不倚的自由主义观点。我听说，哥伦比亚广播公
司在 1953 年曾经考虑让他主持一档新闻节目，但因为他"得
不到广播行业认可"，按行话解释即"上了黑名单"，那件事
因而没有了下文。

默罗及时向斯温伸出援手，将其拉进了他的晚间节目组。
不久后，每当默罗报道完重大新闻，总会有"内幕评论"跟
进，那些评论都出自斯温的手笔。斯温做出的贡献都是匿名
的，因而在听众的印象里，那些都是默罗自己的手笔。我清楚
地记得，了不起的资深播音员斯温在默罗的节目上仅仅做过一
次播报，但他一句抱怨的话都没说过。

相互广播公司与我的因缘结束时，我为《纽约先驱论坛
报》周日版撰写专栏文章的事也成了历史，我为该报撰写的
文章通过报业集团在全国各地转载。当时整个美国已经越来越
趋于保守——至少控制报业和无线电广播行业的权势人物如
此。《纽约先驱论坛报》亦如此，该报在奥格登·里德和海
伦·里德夫妇的长期管理下，一直肩扛共和党的自由大旗

（该党于 1940 年独立完成了温德尔·威尔基竞选美国总统的提名），如今该报的实际经营权已经传给他们的大儿子怀特洛·里德，开始向右翼倾斜。我那些文章的基调显然与报纸的期望不符，很久以前，我已经意识到那一点。

我和新闻行业算是彻底告别了。无论在广播界还是报界，我都是不能受雇的人。长达 24 年，美国新闻行业给予了我一段好日子，一段让人兴趣盎然的生活。我认为，至少我已经在美国新闻行业留下一笔。不过，报界的编辑和广播领域的行政主管显然不这么认为。我通过小道消息得知，那些人认为我彻底完蛋了，是个曾经的人物——虽然我当时年仅 44 岁。如果我不是那些中的一个，可能还有更糟糕的在等待我——我是个"近朱者"（pink），甚至有可能是个"赤色分子"（Red），无法和好样的、传统的、爱国的美国本位主义步调一致。

冷战已经来到美国人面前，人们在华盛顿——其实不仅仅在华盛顿——能听到令人震惊的叫嚣：不惜与苏联一战，以便永久性消灭布尔什维克。[3]《生活》杂志拥有广大的读者群和巨大的影响力，不久后该杂志发表了一篇整版社论，要求彻底摧毁"苏联和苏联共产主义"。甚至精通苏联问题的乔治·凯南也于 1947 年在美国《外交事务》杂志上发表文章（署名为"X"），号召美国将苏联和苏联共产主义遏制在其境内，"遏制在每一个显示出渐进式入侵的点上"——这一政策受到杜鲁门行政当局、大多数报纸杂志，以及美国公众的热烈追捧。不过，专栏作家沃尔特·李普曼则将其斥为"战略怪物"（a strategic monstrosity）。

我觉得，1946 年，斯大林对党内官员的强硬讲话至少部分地激怒了乔治·凯南。在那次讲话中，斯大林抨击了与西方共存的观念，同时重申了推进世界革命的决心。

1948 年 2 月，夺取捷克斯洛伐克后，斯大林从 6 月开始封锁柏林。他错误地以为，通过那一行动，他能够从盟国占领的城市将美国人赶走。为维持城里 250 万人的生计，美方的回答是启动"空运"，从西德向柏林运送足够的食物、衣物、燃料等。

在好几个月时间里，两个超级大国像是注定要开战的样子。开始封锁的那年秋季，我乘飞机进入了柏林。为避免柏林人忍饥挨冻，主要由美国 C - 54 型飞机构成的机群往柏林城里输送了足够的物资。美国占领区的人们的最大担忧是，说不定某个苏联疯子会击落一架美国飞机，从而引发战争。当时，面无表情的卢修斯·克莱将军是美国驻德国高级专员，我和将军一起在紧张不安中度过了在柏林的那一夜。让他担忧的是，苏联人随时可能挑起一场争端，从而引发战争。11 个月后，苏联人终于放弃了——或许是因为，他们终于意识到，如果真的发生军事冲突，其结果是，我们手里有原子弹，而他们没有，至少一两年内他们不会拥有。不过，身在柏林的人们感到的既有惊，也有险。

冷战仍然在持续。抛开其他的不说，如果说斯大林给苏联带来了巨大的压抑，那么冷战带来的偏狭在美国同样四处蔓延开来。1946 年，由杜鲁门总统发起的"忠诚度调查"首先针对的是联邦雇员，它很快扩大到了私人企业的雇员。[4] 极端保守主义者甚至将杜鲁门总统、艾奇逊国务卿以及马歇尔将军称为叛国者、莫斯科布尔什维克特务。美国参议院开始了一场"将共产主义者赶出国务院"的运动。诺贝尔文学奖获得者赛珍珠甚至被禁止在一所华盛顿高中的毕业典礼上发言——其原因是她反共不力，尤其在中国问题上。她在那个国家度过了大半生，她非常熟悉那个国家。1949 年时，她眼看共产党要把那个国家夺走了，虽然她并不喜欢共产党。

在美国，麦卡锡主义及其"非美"帽子横飞的恐怖统治已经渐成气候。

尾　注

[1] 这是二战期间默罗从伦敦写给父母的一封信里的内容："记得你们曾经希望我当牧师，当时我除了对自己有信仰，对什么都没信仰。如今我却站在一个影响力巨大的讲坛上布道……每次讲话，我都把自己想象成牧师。"（William Manchester，*The Glory and the Dream*，p. 514.）

[2] 斯温在英国人的生活中同样占据着特殊位置。英国广播公司 1940 年的民意调查显示，成年人口中有 30% 的人（也就是超过 900 万的人）按时收听斯温每周一次的对英广播。1940 年 12 月 14 日发行的《星期六晚邮报》刊发了一篇详细介绍斯温的长文，其中有这样的评语："在全世界的广播节目中，拥有最多听众的人是斯温。"八年后，斯温在美国居然因找不到赞助商而被抛弃！

[3] 华盛顿叫嚣不惜与苏联一战让阿尔伯特·爱因斯坦深陷忧虑。哈佛大学天文学家哈罗·沙普利对各种战争叫嚣也深为担忧，他把爱因斯坦寄给他的一封信有关内容转给了我。爱因斯坦的原话如后："我可以肯定的是，华盛顿那帮掌权者如今正在系统地推进预防性打击。"

[4] 极少有人意识到，几乎不大可能通过"忠诚度调查"查出共产主义者，或阻止共产主义者，因为他们可以毫不犹豫地发誓，自己如今不是、从来也不是共产党员。

1941 年，作者与大女儿艾琳·因加在马萨诸塞州的科德角

1941 年，纽约布朗克斯维尔，作者与家人在一起。（从左至右）因加、作者、特斯和琳达

与因加和琳达在一起的自豪的父亲

1931 年，特斯结婚
之际

约翰·君特

1945年，爱德华·默罗与作者在"玛丽皇后号"上

二战后，作者与默罗在一起工作

作者与埃尔默·戴维斯、雷克斯·斯托特观看洋基队的棒球比赛

1978 年，作者与凯·博伊尔在康涅狄格州的斯坦福德

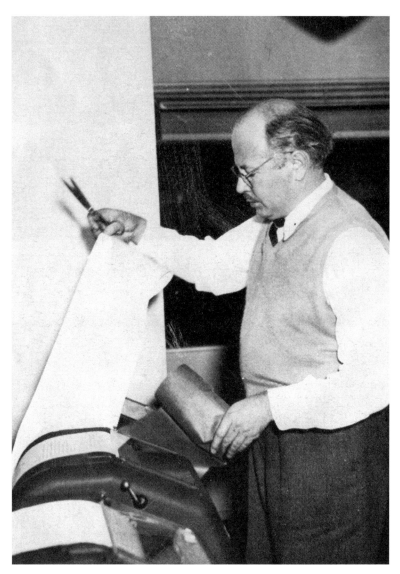

作者在哥伦比亚广播公司剪辑新闻电报

作者在相互广播公司播音

作者在纽约布朗克斯维尔的家中工作

第十一章

我的首部小说

我最想做的事情是写书，很久以来，我一直将这一想法深埋心底。由于无法在报社或广播公司找到工作，我开始考虑，有无必要做这件事。我曾经于1941年出版了《柏林日记》，1947年出版了《柏林日记终曲》。虽说那两本早先出版的书有着良好的市场表现，并且拥有大批读者，尤其是前一本书，克诺夫出版社和"每月读书俱乐部"两个版本总计售出了将近100万册，但也许——甚至真的存在这种可能性——我没有写书的天赋。我在本书此前的章节中说过，不管怎么说，那两本书主要归功于剪刀和糨糊。无论如何，我必须设法写一本"真正的"书，即阿尔弗雷德·克诺夫对我说的：像样的书要有个开始，有个展开，还要有个结尾。

我首先写的是小说。

很久以来，开拓新领域的想法在我脑海里渐渐萌芽。说不清是怎么回事，反正我逐渐悟出了一个道理：与纪实作品相比，通过小说，人们反而能够更加贴近我们时代的真实生活。我注意到，我对19世纪俄国、法国、英国的认识主要不是来自历史书和传记——虽然这类书籍我确实读过不少——而是来自小说：认识俄国是通过托尔斯泰、陀思妥耶夫斯基、屠格涅夫、契诃夫（他的短篇小说和剧本）、高尔基等人的作品；认识法国是通过巴尔扎克、司汤达、左拉（认识世纪之交时期的法国则是通过普鲁斯特）等人的作品；认识英国是通过狄更斯、乔治·艾略特、简·奥斯汀、勃朗特三姐妹、萨克雷、哈代等人的作品。这些作品启发了我对那个世纪的认识，那个时代的真实生活通过这些作品给我留下了永不磨灭的印象，还让我认识了人类在一生中体验的各种悲喜剧，各种起伏跌宕，各种无常，各种难解之谜。除此之外，小说家往往能把事情说得十分精彩。

当然，我没有必要装作有朝一日能够企及上述文学巨匠的水平，我还差得太远。我缺少那样的天赋，更不要说他们那种超凡的能力了。不过我以为，如果碰上合适的机会，也许我可以在力所能及的范围内尝试写一套系列小说，将我在 20 世纪那些动荡不休的年月里经历的人生融入其中。

后来我得知，一位从欧洲战场回国的记者与我的想法完全一致。一天晚上，我遇见了约翰·赫西，我们两人应邀在纽约卡耐基音乐厅做些无关痛痒的发言。事后我们一起去了不远处的一家酒吧。我们两人都问了对方类似的问题：既然战争已经结束，将来打算做些什么？结果我们两人的答案惊人地一致。赫西用坚定的口吻说，他以后再也不写任何纪实作品了，他打算写小说。他的说法多少让我有些吃惊，因为《纽约客》杂志刚刚发表了他那让人过目不忘的关于广岛的报道，即人类第一颗原子弹在那个城市爆炸以后，发生在当地的那些事。那是一篇辉耀历史的新闻报道。

我不解地问："你是说《广岛》一文发表以后，你打算写小说？"

他答道："我希望专门写小说。"

赫西做那样的决定比我有底气。战争期间，他早已写成并且出版了一部非常好看的小说——《钟归阿达诺》，故事依据他在西西里岛当战地记者的一些经历。回想 1933 年，在西班牙度假时，我也写过一本小说，书里描写的是我在印度的两年，以及我与甘地的友谊。不过，那本书写得非常糟糕，因而我没有将其正式出版。我与赫西在西班牙互道珍重后分别，那之后，他立即投身于实现他的宏图大志，而我像大多数记者通常做的那样，选择了等待，因为当时我有两份工作——播音和写专栏，那是我一生中第一次有了稳定的收入。如今，1949年夏季到来之时，我失去了那两份工作，现实迫使我必须写书。

实际上，离开哥伦比亚广播公司以后，我一直在利用业余时间写小说。一开始，我沿着写剧本的思路进行创作。我认为，那么做有利于丰富书里的角色和故事情节，以便最终在其基础上形成小说。除此之外，我还想通过多种形式验证一下故事中主要角色的行为方式，探究他们的行为动机。

那是个虚构的故事，讲述的是柏林广播领域的几个英美叛国者，那一小批男男女女在二战时期背叛自己的国家，成了希特勒的话筒（我在前文介绍过他们）。在剧本和小说里，尤其在小说里，如果我能做到，如果有可能，我想深入探讨一个与人类历史几乎同样悠久的现象——背叛。世间的男男女女为什么要背叛？为了金钱？为了爱情？出于说不清的原因？出于对祖国的仇恨？或是某种新的意识形态迷惑了他们——比如纳粹主义和种族主义？和卖淫行为一样，背叛也是一种持续时间最久的人类行为。为什么会有背叛？

唯有记述自己所熟悉的人和事，写书的人才能找到行云流水的感觉，因而我的作品描写的都是我在柏林期间的熟人，都是广播领域的叛国者。我对广播领域的多数叛国者有一定程度的了解，其中两个人我特别熟悉，一个是英国人威廉·乔伊斯（"哈哈勋爵"），一个是美国人罗伯特·贝斯特。我对后者尤其熟悉。

1948 年 3 月，罗伯特·贝斯特因为叛国在波士顿受审期间，我曾经接受传唤，出庭作证。[1]

贝斯特为什么会犯叛国罪，他在波士顿庭审期间没有说清楚，其他人也说不清楚。贝斯特以为，陪审团肯定会相信他为自己准备的辩护词，因为他用了一个老生常谈的理由。通常情况下，美国公众会相信那一理由，即他在柏林期间的播音完全是为了抗击"无神论共产主义"。借用他的话，那对他来说已经成了"神圣的事业"。陪审团没有因他纳粹式的老生常谈而动容，4月16日，陪审团认定起诉书里的所有12项叛国罪成立。那一天是贝斯特52周岁生日。

贝斯特被判无期徒刑，服刑地点在堪萨斯州莱文沃思堡联邦监狱。后来，由于他多次脑出血发作，狱方将他转移到了密苏里州斯普林菲尔德的美国联邦囚犯医疗中心。他于1952年12月15日死于又一次脑出血发作。

五天以后的12月20日，《纽约时报》用如下标题报道了他的死讯：

> 叛徒罗伯特·贝斯特
> 被判无期徒刑的记者
> 在二战时期的德国
> 充当了纳粹的喉舌
> 死于重罪监护病房

当时，我与妻子和孩子们在农场，准备庆祝圣诞节。当晚，我在日记里记道：

> ……可叹可悲，我认识的一个人就这样结束了一

生……他受审期间，作为公诉方的证人，我被传唤出庭作证。虽然我的证词起不了多大作用，但我还是作了证。我在证人席上那段时间，他极力避免往我这边看，不过，我长时间地注视着他，我在维也纳时期熟悉的、那个永远衣冠楚楚的人，如今几乎让人认不出来了。他有着——要么就是装出来的——一双狂热的眼睛，除此之外，他整个人已经瘦得不成形，这恰如其分地反映出发生在他身上的事情。无论他的所作所为是善是恶……眼看一个老朋友处在被告席上，因叛国罪（在美国历史上，因叛国罪受审的人屈指可数）出庭受审，而他的生命已危在旦夕，这绝不是一件让人开心的事。

10 个月以前，巴尔的摩的一位前新闻记者在波士顿同一家联邦法院出庭受审，当时给他定的是叛国罪，终审判决为无期徒刑。此人是道格拉斯·钱德勒，他在柏林期间利用假名保罗·里维尔为希特勒从事宣传。在马萨诸塞州被判犯有叛国罪，他是第一人。他也是利用无线电播音手段反对祖国、被判犯有叛国罪的第一个美国人。贝斯特排在第二。[2]

另外几个以同样罪名被公诉的美国人没费吹灰之力便逃脱了惩罚。二战时期，著名诗人埃兹拉·庞德成了墨索里尼的喉舌，1945 年，他被定性为精神错乱，因为精神问题不宜接受审判，被判在华盛顿圣伊丽莎白联邦医院关押。他于 1958 年获释后，返回了意大利。

在柏林期间，唐纳德·戴每次播音都用如下说法作开场白："我是《芝加哥论坛报》派驻北欧 20 年的记者唐纳德·戴。"他从未被提起公诉，官方也从未给出理由。在柏林被美国军方关押九个月之后，根据美国司法部的指示，他于1946年平安夜获释。

媒体刊发过如下消息：由于专横跋扈的《芝加哥论坛报》所有者罗伯特·麦考密克上校向杜鲁门政府施压，政府才放过了唐纳德·戴。考虑到上校对杜鲁门总统的偏见，尤其是对其前任的偏见，这一说法似乎不太可能。后来戴再也没有回到美国。在西德的巴特特尔茨，他一直生活到1962年，然后他移居到芬兰赫尔辛基，四年后，他死在了那里。1962年，麦考密克上校死后不久，《芝加哥论坛报》雇用戴为驻赫尔辛基特派记者，最初他每月工资为25美元，后来涨到了50美元。

司法界为什么用不同的方式对待二战期间为希特勒充当喉舌的美国人——一些人被当作叛国者，另一些人却平安无事——对我来说，这永远是个谜。我的看法是，从古到今，司法一向如此：无定数，不公平。

别忘了，由于充当过希特勒的喉舌，威廉·乔伊斯和约翰·埃默里在英国双双被处以绞刑。

我在日记里对第一部小说《叛国者》的创作情况做过简单记述：

> 1948年8月6日，农场。剧本《叛国者》第一稿完成。好与不好唯有上帝能说清。我感觉这一稿没达到预期……有些东西根本没表现出来。

我那一阶段的创作仍然以剧本为主，不过我已经越来越偏向于构思小说。"……正在规划系列小说一事，全套作品的副标题为'世界大战年代的思考'。"

1948年夏季，我好像浑身都燃烧着疯狂的创作欲，在农场期间，那是我第一次有这样的感觉，也是15年前在西班牙尝试写小说以来，我第一次有机会日复一日沉浸在写作中。

1949年9月1日，农场……美好的夏季。小说已经写出十万词，离返回纽约还有三周时间。这是我记忆中第一次连续写作将近三个月，不必分心考虑生计问题：播音，写专栏，写新闻稿，等等。这正是我希望在余生中做的事。不过生计问题怎么解决？怎样才能填饱肚子？当然还要考虑如下现实：我已经写出十万词，但并不代表写出的东西真的好。

我处在无需扬鞭自奋蹄的状态。

1950年2月23日，纽约。我的生日，我46岁了……中午时分完成了小说《叛国者》最后一章。整本书还需要做许多修改，如果我悟性好，前100页应当推翻重写……突然想到这两年的大好时光都用来写书了。然而写出来的东西并不称心如意……上午迅速把结尾浏览了一遍，终于知道应当如何收尾了，我得赶紧把想法落实到文字，以免忘掉……

终于：

1950年4月4日，纽约。今天与法勒＆斯特劳斯出版社签订了出版协议。虽然还不意味着成功，但好歹把最近几周郁结在心中的压抑一扫而光。比如说，哈珀出版社负责人卡斯·坎菲尔德是我的朋友，我把手稿给了他——正是他缠着我，让我把以前的经历写成书，完成之后将手稿交给他——他把稿子退给我的时候说，这种书"卖不出去"……而我以前的出版人（克诺夫出版社）拒绝得更干脆，（布兰奇·克诺夫）在写给我的便笺中说，这还称不上是"完稿"，另外这"根本称不上是小说"。因而我心灰意冷。

让我苦恼的是，无论是坎菲尔德还是克诺夫夫妇，他们都不和我探讨我写的书。坎菲尔德是朋友，而克诺夫夫妇为我出版过两部市场反响良好的日记。坎菲尔德给我的简短回复一本正经，冷若冰霜，好像我的手稿是通过正式的渠道投给了哈珀出版社。布兰奇回信的口吻和坎菲尔德一模一样，阿尔弗雷德·克诺夫则根本没有表态。以前克诺夫也没喜欢过《柏林日记》，但正是《柏林日记》帮助他顺利渡过了财务困境。我特别想知道，克诺夫保持沉默，是否因为他对我抱有情绪，因而对我的小说也抱有情绪。克诺夫把我的小说直接转给了《纽约先驱论坛报》周日书评版的编辑艾丽塔·范多伦。艾丽塔曾经将约翰·赫西的《围墙》交给我写评论，克诺夫对此表示了强烈不满。他曾经对艾丽塔说，我从不看小说，对小说毫无兴趣，所以我根本没有资格评论小说——尤其是赫西名下这么重要的一部小说。那件事让我惊讶不已，因为克诺夫知道我对文学类书籍充满了浓厚的兴趣，我在文学方面的阅读量相当大。在克诺夫位于纽约州帕切斯市郊的家里度周末时，我曾经多次与他和其他作家一起闲聊各种各样的小说。有一次，获得过诺贝尔文学奖的挪威女作家西格里德·温塞特也在场，还有一次，我崇拜的美国女作家薇拉·凯瑟也在场。两位作家的书都在克诺夫出版社出版。

我在日记里记述了我那时的想法：

> 我一心扑在作品上整整两年，到头来竹篮打水一场空……我转向写小说的宏伟规划……已经开始成为一场可悲的失败。我已经 46 岁，如果在这一年龄还写不出让出版商认可的小说，我就彻底失败了——失败在对自己不了解，对自己的作品不了解，缺乏正确的判断。

后来，我的经纪人保罗·雷诺兹将我的手稿送到一家从未来往过的出版社——法勒 & 斯特劳斯出版社。约翰·法勒和刚刚加盟该出版社的斯坦利·扬看了我的手稿，他们很喜欢，尤其是斯坦利·扬，他们主动提出将其出版成书。

那本书的发行时间是 1950 年 11 月。虽然总的来说各种评论相当不错，它却没有掀起全国范围的波澜。它上了畅销书排行榜，然而它的销售情况一直不温不火，完全无法与我以前的日记书相提并论。至于连载我的新书，没有一家杂志感兴趣。《星期六晚邮报》某编辑的一篇评论颇具代表性，她说："《星期六晚邮报》同事们的一致看法是，总体上说，这本书的主题实在太老朽太陈腐。"叛国无疑是个古老的主题，不过，探索人们为什么会叛国，怎么会"实在太老朽太陈腐"呢？而且还是以最新形式出现的！在战争时期为敌人播音，因而被提起公诉，被处以绞刑和无期徒刑，以前有过此种先例吗？

由于评论褒贬不一，我很困惑，以前我从未意识到，评论家对同一本书的评价竟然会如此迥异。一些人认为，根本不能将《叛国者》归类为小说，书里的人物太呆板，我应当继续写纪实文学。其他人的看法正相反。约瑟夫·亨利·杰克逊是我特别崇拜的书评家（他是美国绝无仅有的几位最好的书评家之一），他在《旧金山纪事报》撰文称，我的作品是"一部高效的、内涵丰富的、可读性极强的小说"，"不仅意味深长，而且叙事非常生动"。劳埃德·莫里斯也是我崇拜的书评家，他在《纽约先驱论坛报》书评版撰文称，我"冒险涉水文学类书籍，创作的第一部小说非常震撼，引人入胜，非常刺激……让读者的紧张心情一直保持到整部作品的最后一页"。

对我来说，意义最重大的评论来自伟大的德国小说家托马斯·曼。他的住宅位于好莱坞附近的太平洋天堂花园，我在太平洋沿岸开办系列讲座途中，应邀前往他家与他和他的家人共进午餐。我在日记里记述了当时的情景：

> 1950 年 11 月 28 日，好莱坞……托马斯·曼对我第一部小说《叛国者》的赞美让我受宠若惊。谁都能估计到，在相同情况下，主人会说一大堆客气话。不过，让我高兴的是，他们全家显然都读过这本书，或读过本书的大部分内容，而且在一定程度上还讨论过书里的人物和情节。（他的妻子卡蒂娅和女儿埃丽卡均在场。）
>
> 老先生说，他无法相信这是我第一次写小说。他还说，他认为我的成功在于创造了一些好角色，让他吃惊的是，我竟然能把德国和德国人描写得如此到位。
>
> 他想知道我创作这本书花了多长时间。我告诉他，实

实在在的写作过程为两年。我伏案写作之前，另外花费两年时间进行过反复思考，还做了大量笔记。对此他给予了充分肯定。

"做得对，"他说，"两年时间，写小说就得花这么长时间。不过确实有好多人不想花这么长时间。"

……他和我谈到他依据中世纪的一首诗创作的新小说刚刚完稿。小说里的某个角色和自己的母亲结了婚，其中涉及家族谋杀……

我们还谈道，好莱坞从未根据他的长篇小说或短篇小说拍摄过电影。[3]

他开心地大笑起来。然后他耸了耸肩，说："我猜，我写的东西没有一样适合拍电影。实际上，我自己都想象不出，我的哪个故事可以拍出动态的电影。不过我喜欢电影。"他好像担心我可能误解这句话的意思，因而他赶紧补充说："电影对现代小说的影响非常大，例如倒叙，这一写作手法来自电影，而你在《叛国者》一书里应用倒叙非常到位。"

这一话题勾起他和我探讨我在小说里对美国场景的描写。他说，他感觉我的描述特别有意思。由于我大部分时间远离美国，心中会郁结某种幽幽的乡愁。他还说，他最初以为，我会构思出过于诗意的场景。后来他发现，我描述的场景既深刻又写实——他说："非常好。"

所以，尽管我从前的出版人和哈珀出版社拒绝了我的新作，而且那本书出版以后销量平平，但我对自己第一部小说的社会认可度已经相当满意。尽管多数评论家有所保留，但他们总体上给了那本书正面的评价。那本书很可能不会备受追捧——毫无疑问不如我预期的好。不过，那仅仅是个开始，对我来说，那本书让 1950 年成了值得永远铭记的一年。实际上，那一年最终成了值得我铭记终生的年份，我在那一年遇上的人生危机让我断断续续痛苦了十年，有时候，我甚至会在寂寞中感到绝望。

1950 年新年那天，在农场里，我在日记里记述了（也许这件事我整整早做了一年）20 世纪前半叶的逝去。人类生活中的变化实在太大了！20 世纪来临时，人类仍然处于依靠马拉大车出行的时代，如今人类一跃进入了原子时代，掌握了在一两个小时内将全人类从这个行星上彻底消灭的方法。这称得上进步吗？

> 1950 年，新年，农场。20 世纪前半叶逝去了。后半叶会是什么样？我肯定会死。这是眼下唯一能确定的事……
> 昨天夜里，20 世纪史诗般的前半叶在我们平静的守望中隐去。伴着满天的繁星，一轮满月升了起来，把绿色的山峦照得通明，我们一直盼望白雪覆盖四野，但这一愿望落空了。夜里 11 点 10 分，在 20 世纪前半叶最后一小时里，我们（我、特斯、艾琳、狗）一起往下边的水塘走去。在冷峻的月光下，冰面闪闪发亮。我们在冰面上滑行着，狗咆哮着，艾琳扯着嗓子大叫了一声，高耸的铁杉树投下巨大的黑影。我们回到屋里，我们要守望新年，守望 20 世纪后半叶的来临。我们答应过琳达，到时候会叫醒她，因而我上楼把她喊醒，拉着她来到楼下。夜半 12

点，钟声终于响了，我们举起盛着香槟的酒杯，为未来干杯……

我在想，自己近半个世纪的生命（46年）眼看要过完了，如今我在广播行业和新闻行业黯然失色（名声被人败坏之后），正在从事的写作（包括写小说以及其他特别想写的东西）最终能否弄出点名堂……

在世上混了将近半个世纪，谁还敢夸口说，真的接近于（解开）生命之谜，以及生命的意义？另外还有，生命的目的？

对此我深表怀疑。

我唯一认识清楚的是，每个人的幸福竟然是一件如此相对和如此朦胧的事，而且肯定是一种内在的体验——它来自深思熟虑，来自爱，来自对自己的真诚，来自对追求举世功名的鄙视，来自对命运的顺从，来自对生命无知无觉的顺从，对生命之荒蛮无常的顺从。

1950年2月23日，纽约。我的生日，我46岁了，并没有感觉特别想庆贺一番……并不想琢磨这件事。为什么？难道我害怕时间流逝过快？准确地说，不是害怕，而是一旦与自己渴望完成的事业联系起来，确实感到时间流逝过快。时间太少，想做的事太多，这么多时间已然逝去，完成的事却这么少！

我接着记述，我并没有因为缺少"成功"而感到焦虑。

人们称之为"成功"的东西实际上比声名狼藉好不了多少。随着第一本书的出版……随着参与广播事业……我有了一点点……然而这些都不是我有意为之。如今我也没有往这方面想。那我究竟想要什么？想要有一种能过上体面生活的谋生手段，以便有时间继续从事写作。我不希望像过去三年那样，在真空里写作。所有用笔进行创作的人都希望某种程度的认可。

那年，我的日记经常涉及人类开始进入原子时代这一问题。

或许原子会主宰 20 世纪后半叶（我在新年那天的日记里提过这一点）。半个世纪在时间的绵延中不过是一瞬间，可以想见，这段时间可能会见证世界（被原子弹）毁灭。一次原子弹大战足矣……

此前一年，1949 年，苏联依靠自己的力量造出了原子弹。

1949 年 9 月 24 日，纽约……昨天是历史性的一天！杜鲁门总统正式宣布："有证据表明，最近几周内，苏维埃社会主义共和国联盟试爆了一颗原子弹。"

全世界的力量平衡顷刻间被打破了。1945 年广岛原子弹爆炸以来，唯有美国拥有原子弹。从那时迄今——五年间——美国可以用原子弹将苏联毁灭。我敢肯定，斯大林放弃愚蠢的围困柏林政策，主要原因在于此。不过，如今美国已经丧失——或者很快会丧失——原本就不明显的优势。作为对手的两个超级大国如今必须设法达成某种一致，要么在原子时代共存，要么发生冲突，炸毁这一星球。

我认为，杜鲁门立刻就认识到了这一点。让人特别惊讶的是，如今他仍然是美国总统。1948年大选前夜，几乎没人看好他。当时我协助相互广播公司对那次奇怪的大选进行了报道。我在日记里记述了大选的高潮：

> 1948年11月2日，星期二，纽约……今天是总统大选日，杜威和杜鲁门对决，没人看好杜鲁门，所有民意调查和报刊认为，杜威可以轻松获胜……
>
> 我长大成人达到法定投票年龄以来，这是我第一次在总统大选期间身在国内，然而我无法参加投票。四年前，我在欧洲西部前线，八年前，我在柏林。这次选民登记期间，我临时出差去了欧洲，因而失去了投票机会。[4]

那件事让我很生气，以前我被剥夺过一次投票权，那是1942年美国中期选举期间发生的事。二战初期，我曾经返回国内。我前往纽约州塔卡霍进行选民登记时，一位民主党监督员故意刁难我，他怀疑我不识字。看到我的长相，他竟然揣测我是共和党人，实际上我准备投民主党的票。我必须承认，当时发生的事让我非常吃惊——因为我刚刚出版了第二本书《柏林日记终曲》。另外，我还认为，我做的是播音工作，至少说明我能读会写。然而，选民登记委员会坚持认为，我必须参加读写考试——那些委员竟然没人听说过我写的书，看来他们都不读书！他们还告诉我，那天是考试的最后一天，考试地点离那里有几英里，既然我无法及时赶到那里，他们就不允许我进行选民登记。我和他们发生了长时间的争执。当时我 44 岁，我原本以为，身在祖国的我理应有个投票机会。

好在我至少可以参与那次选举的新闻报道。

（这是我 11 月 2 日在日记结尾处记述的内容）为播报选举结果，也许这一夜大部分时间我需要熬夜。不过，多数人认为，选举会在午夜前完全结束，也就是说，午夜到来前，最终结果早已宣布（例如，杜威赢得胜利）。

和其他记者、编辑、评论员、专栏作家一样，在整个大选期间，我随大流默认了社会的惯性思维：杜威肯定会以压倒性的选票优势胜出。民意调查把大家都骗了！早在 9 月 9 日，即大选开锣前将近两个月，公众最认可的民意调查专家之一埃尔莫·罗珀宣称，杜威领先于杜鲁门的优势将其置于不败之地，民调结果为 44% 比 31%。罗珀甚至说，由此可以断定，他不必再发布民调结果了。随着秋季竞选的进展，有报道说，杜鲁门拉走了大批狂热的选民，尽管如此，民调结果依然显示，杜威必定是最终赢家。大选前夜，各民调机构发布了最终调查结果，盖洛普民意调查显示，杜威获得了 49.5% 的支持率，杜鲁门为 44.5%，其余选民分别支持美国进步党候选人华莱士和美国南部民主党人 J. 斯特罗姆·瑟蒙德。其实，罗珀一直在继续他的预测，他给了杜威大幅领先的多数——52.2%，杜鲁门仅为 37.1%。"我的预言没错，"罗珀说道，"杜威已经赢了。"

在大选最后几天，民意调查毫无疑问牵住了报刊大腕们的鼻子，专家们都认为，杜威的胜利已经是板上钉钉，对此我深感震惊。我承认，我并不怀疑他们的智慧，说实在的，我在周日播音中经常引用他们的话。当时我也没按常规不辞辛苦下乡亲自核实消息。正因为如此，在投票开始一周前的 10 月 26日，我注意到，美国首届一指的专栏作家沃尔特·李普曼在一篇文章中称："东西方关系总体上会受杜威行政当局决策的严重影响……"像所有人一样，李普曼毫不怀疑杜威很快会入主白宫。约瑟夫·艾尔索普和斯图尔特·艾尔索普兄弟大约于投票四周前的 10 月 16 日，在《星期六晚邮报》发表了一篇题为《杜威会成为什么样的总统？》的文章，其中有这样的内容："杜威已经准备好扼住华盛顿九头鸟的上千个要害了。"全国各地的媒体广泛引用了兄弟二人 10 月 27 日的专栏文章，该文在开篇处称："托马斯·E. 杜威很快将被置于美国总统的位置上，着手处理堆积如山的问题……"甚至思想开放的马克斯·勒纳也在《纽约邮报》发表了一篇专栏文章，标题为《杜威和他上任前的过渡期》。他已经在考虑杜威当选之后和执政之前的 78 天该如何度过了。记者莱奥·伊根在《纽约时报》撰文称："托马斯·杜威当选总统早已在人们意料之中。"《生活》杂志为杜威的照片配的文字说明为"美国下一任总统"。投票前夜，《时代》预计，杜威肯定会在 20 个州里收获 345 张选举人票，而杜鲁门仅能从 11 个州里收获 105 张选举人票。传记作家欧内斯特·K. 林德利在《新闻周刊》发表文章称："民主党已经乱了阵脚。"最后还有，李普曼赶在投票之前发出了如下警告："事情的进程势不可挡，一直会延续到三个月之后杜威先生宣誓就职……"

　　投票第二天发表的报刊专栏文章必须在投票当天完稿，而第二天将公布实际投票结果，专栏作家们在投票当天仍然信心十足，他们毫不犹豫地将杜威称作候任总统。因而有了11月3日上午艾尔索普兄弟发表在许多报刊文章里的内容。"总统大选后的第一个问题是，"他们在文章中称，"政府将如何度过继之而来的十周时间……事情不等人，人们不会耐心等候托马斯·杜威正式接管哈里·杜鲁门政府，然后再去办事。"专栏作家德鲁·皮尔逊的描述也出现在宣布大选结果的报刊上："从今天算起，托马斯·杜威将于86天后接管白宫。"

然而托马斯·杜威没有接管白宫。白宫的下一位住户仍然是政策总是前后不一的哈里·杜鲁门。

11月3日，星期三，我在日记里写道：

> 的确发生了不可思议的事！杜鲁门在选举中赢了！今天将近中午时分，杜威终于承认了败选……民意调查、报刊文章、广播评论员，包括我在内，大家都错了。

> 相互广播公司的报道组设在丽思卡尔顿酒店的舞厅里，我们的报道一直持续到清晨6点……杜鲁门从一开始就领先，最初没有人严肃对待此事。罗斯福饭店的共和党竞选总部刚刚汇总完来自四面八方的第一批信息，杜威竞选班子的负责人布劳内尔立刻出现在了媒体面前，他不无得意地宣称，预料中的共和党席卷选票已经开始，杜威已经在三分之二的州领先。

> 晚上10点前后，我发表了不同看法，我当时说，虽然传回来的信息非常零碎，但结果已经相当出乎意料。与此前的所有预言相反，竞争双方得票率旗鼓相当。一些人（相互广播公司的大佬）对我的说法非常不屑，他们把这归答于我对国内情况的无知。在接下来的一小时里，再也

没有人像平常那样邀请我对投票趋势发表评论。

由于我会德语和法语，我经常被分流去应付德国广播公司和法国广播公司的采访，与这两家公司的记者讨论投票进展情况。相互广播公司的老板们显然不在乎我是否会误导德国人和法国人，只要我不误导美国公众即可。不过，午夜来临，

所有人都清醒地意识到，投票结果并不像预测的那样偏向共和党。布劳内尔的职务是华尔街律师，甚至直言不讳的他也不再抛头露面，不再做出愚蠢的预测。有传言说，《芝加哥论坛报》已经开始上街叫卖刚刚印刷好的最新版报纸，其头版头条为《杜威击败了杜鲁门》。

几乎在同一时间，相互广播公司设在芝加哥的电台（东家为《芝加哥论坛报》，自诩为"全世界最伟大的报纸"）对外报道说，杜鲁门在伊利诺伊州的得票率领先于杜威。

像其他地处中西部农业带的州一样，伊利诺伊州在总统选举中举足轻重，信心十足的杜威原本希望将该州轻松拿下。许多评论员一再坚称，人们必须等待伊利诺伊州南部以及其他偏远地区的投票结果，在这方面，最坚决的人是相互广播公司的右翼播音员小富尔顿·刘易斯，另一人是美国全国广播公司的播音员汉斯·卡尔滕伯恩。他们以为，"等待"会化解杜鲁门的领先优势，让杜威得以超越。

然而，午夜刚过不久，投票形势已经明朗，偏远地区的情况同样没有偏向杜威。情况恰恰相反。我的老家爱荷

华州共和党势力强大，杜鲁门在那里同样处在领先地位。

尽管如此，通过电传机传来的大量数据几乎没人相信，连我都不相信。对我来说，那些数字好得让人难以相信。直到末了，相互广播公司的所有人仍然坚信，杜威说不定可以勉强过关。

清晨6点，疲乏至极的我们终于停止了播音，相互广播公司的广播随之结束。到家以后，我直接倒在床上睡了。一切都要等待伊利诺伊州、俄亥俄州、加利福尼亚州的最终计票结果。或许（我在昏昏欲睡时想到）杜威最终会勉强当选。

上午11点左右，我醒了过来。我立刻拧开收音机，让人高兴的是，一切都结束了。几分钟后——上午11点10分——传来了杜威承认败选的消息。

所有人都以为不可能成功的小个子最终却成功了，因为他既有胆量又有信心解决问题。反观杜威，他过于依赖民意调查所说他必定会轻松战胜对手，导致他满嘴花言巧语，同时拒绝与他人探讨实质性问题。人难免会犯错，尽管如此，杜威的错误却是他自己一手造成的。他必须吞下这一苦果，谁让他在接受提名那一刻就以为自己理所当然会在1月20日入主白宫……

一开始，公众确实没有分清谁是自作聪明，谁是油嘴滑舌。也许这些事例足以说明，美国有钱人通过控制传播信息的媒体——例如报纸、杂志、广播电台——糊弄老百姓为反动和贪婪投票已经成为过去。

通过以上事例，再回首里根总统当政的 20 世纪 80 年代，我意识到，当年的我真的很天真。

尾　注

[1] 有关罗伯特·贝斯特在二战时期的所作所为，请参阅本卷第四章。

[2] 他们在波士顿受审的原因是，他们从德国回国时遇上了坏天气，目的地为华盛顿的航班临时改变航线，迫降到了波士顿机场。我记得，他们两人在华盛顿被提起公诉，政府原打算在那里审判他们，而他们的辩护律师翻出一个老掉牙的法条，该法条规定，因叛国罪被提起公诉的境外归国者必须在入境口岸接受审判。

[3] 不久后，我见到了一部根据他的中篇小说《魂断威尼斯》拍摄的电影，我记得，那是欧洲某国拍摄的一部电影。

[4] 那一时期，至少在我投票的两个州——最初在纽约州，后来在康涅狄格州——尚未出现永久性选民登记。每次参加总统大选，人们必须重新进行选民登记。我从 1925 年起一直在欧洲工作，那一时期还没有选举人缺席选票。

第十二章

影坛处子秀

我前脚刚失去为《纽约先驱论坛报》撰写专栏文章的工作，后脚又失去了主持相互广播公司周日播音的工作。如何养家糊口，成了我必须正视的问题——必须挣到足够的钱支撑四口之家。1950年，随着时间的流逝，我们家差不多每个月都必须变卖原本不多的家产，以便支付各种各样的账单。全家人都意识到，除非《叛国者》一书的销售好于经纪人和出版人的预期，按这样的速度坐吃山空，我们原本不多的存货支撑不了多长时间。我必须往其他方向寻求突破，以维持收支平衡。多开讲座也许是个好办法，然而，那样做会挤占大量写作时间。

那一时期，随着夏季的到来，两个好莱坞制片人找上了门，他们邀请我在一部有关希特勒的电影里担任顾问，还让我出演一个小角色——一个纳粹德国的驻外记者。拍摄地点在维也纳。我的经纪人对两个制片人不大放心，不过，他最终还是和两人达成了协议，主要内容包括：对方负担特斯和我往返维也纳的机票，负担我们在维也纳期间的开销，负担我们前往巴黎的开销一次，以及一笔百分比很低的分成。如果电影大卖，我们会得到一笔可观的收入。就当时的情况看，那份工作让特斯有机会返回她生长的城市，让她有机会回家看望父母——特斯的弟弟应征参加了德国军队，并且在战争即将结束时身负重伤，两年后不治身亡——同时让我有机会在拍摄结束后前往巴黎、波恩、伦敦等地，为我长期以来酝酿的书《世纪中叶之旅》做些铺垫（对于我的影坛处子秀我不抱任何希望）。由于参与那部电影，秋季结束前，我们会一直有事情做。我们外出期间，我姐姐会来农场为我们看孩子。

　　我们希望赴欧洲，其实也另有目的：由于朝鲜捆住了美国的手脚，许多人担心，苏联会利用当时的有利时机推进到欧洲腹地，因而我们想亲眼看看欧洲的实际情况。一旦出现那种情况，必然会导致美国及其盟国与苏联在欧洲爆发战争。毫无疑问的是，苏联及其卫星国拥有足够的地面部队迅速向西推进，不过，美国拥有原子弹，可以进行报复（莫斯科没有足够的时间——一年之内——与我们的原子弹库存以及投掷能力相抗衡）。苏联红军有可能推进到欧洲，身在纽约和华盛顿的人们对此相当恐慌。我们乘坐的是纽约飞往伦敦的航班，飞机上仅有十多个人，原因是绝大多数人取消了行程。布尔什维克张着大嘴往前推进，美国人不想成为对方的鱼肉。我的感觉是，出于对原子弹的恐惧，斯大林不敢贸然行动。不过，谁都无法准确揣摩斯大林和苏联人。我仍然清楚地记得，1939 年 8 月的那个夜晚让人铭记终生，当时我们在柏林获悉了一条令人难以相信的消息，伟大的反法西斯英雄、苏联统治者竟然与希特勒签署了一纸协议，让后者几天之后不可避免地发动了第二次世界大战。

　　在维也纳等候开机的数个星期里，我的信念更加坚定了：苏联人不会贸然行动，这是情报人员的一致判断。在维也纳以东数英里，盟军情报机构正在前线——这么说没错——与苏联部队在一起。没有任何迹象表明，苏联红军正在准备军事打击。

　　我到达维也纳的时间稍微晚了点，错过了说服电影导演的机会。我到达前一天，导演已经极其秘密地飞到巴黎。他从巴黎给我们发了个电报，他（和身在好莱坞的妻子）在电文中称，他们确信，苏联人即将进攻，他们首先会迅速摧毁维也纳，因而，他要搭乘第一架航班尽快赶回美国。那件事导致电影的开机时间往后推迟，与此同时，六神无主的制片人开始四处寻找接替的导演。那样一来，特斯和我有了充分的时间在维也纳探访以前常去的一些地方。

这座城市仍然在治疗战争创伤，不过，它正在恢复，正在无序地重建。好在大多数巴洛克风格的魅力得以保留。在维也纳人的性格和生活里，巴洛克是永远的亮点。

（我曾经写道）在维也纳，至少人们可以从精神层面和物质层面立刻感受到这座城市特有的生活景观。这座城市让和谐与梦幻具有形态，让天堂和人间走在一起，让生活和梦想之间、真实与虚幻之间的界限得以消除，还让人们感觉对立的东西得到了统一，例如痛苦与欢乐，生存与死亡，自然与人类，信仰与学问，凡此种种；巴洛克风格是一种具有活力的东西，充满了真情和色情，它不仅吸纳人类的渴望，更吸纳人类内心深处的孱弱和创作冲动。总而言之，巴洛克是一种对梦想的呼唤。

数世纪以来，维也纳人一直沉醉在梦想里，那里是不断扩大的哈布斯堡王朝至高无上的中心，人们整日整夜沉浸在华尔兹舞曲和觥筹交错中，沉浸在咖啡馆内温馨的闲聊中，沉浸在观看亦真亦幻的戏剧、歌剧、轻歌剧中，沉浸在调情做爱中。为了维持所有那一切，帝国必须有人管理，陆军和海军必须有人值守，商业交易必须有人进行，工作必须有人完成。不过，那里的人们总会想方设法投入最少的精力和体力去做乏味的事。在逝去的岁月里，在真实世界的生活里，维也纳人总会伴着享乐、愉悦、梦想开始每一天。

后来一系列残酷的现实让维也纳从梦中醒来。首先，经过四年艰苦卓绝的战争，历史悠久的哈布斯堡王朝于 1918 年 11 月战败，随之彻底崩溃了，那座城市金色的年华和独特的生活方式也随之结束——像古老的帝国首都柏林和圣彼得堡一样——自那时以来从未再现辉煌。实际上，在随后 30 年里，那些生性快乐和引人注目的城市居民尝遍了当代西方世界独一无二的磨难：革命，封锁，饥饿，寒冷，对工人、妇女、孩子血腥的扫射，法西斯主义的镇压和纳粹的残暴，飞机轰炸和铺天盖地的炮轰，最后是苏联人的占领。1950 年，我和特斯走在维也纳的大街上，我们注意到，生存下来的人们重新过上了精彩的生活：他们恢复了向上的精神状态，经历过难以想象的困境和悲伤之后，他们对生活的向往仍然强烈得让人艳羡。在我的记忆里，像他们那样的经历，我们这些身在美国的人从来没有过。我无法想象，同样的事如果发生在美国人身上，我们会如何面对。人的多数特质是在磨难中形成的，而我们美国人经历的磨难太少。美国从未被征服过——从 1812 年英国人火烧华盛顿以来——也从未被占领过。

乍一看，二战结束以来，维也纳的城市生活似乎恢复了正常。吃的东西非常丰盛，在遭遇飞机轰炸和铺天盖地的炮轰留下的废墟上，重建城市的工作正在有条不紊地进行。

有一次，特斯和我站在商业中心克尔特纳大街和维也纳环城大道交叉路口观看工人重建维也纳国家歌剧院，那座建筑是维也纳人的骄傲。奥地利朋友们和我们讲述过 1945 年 3 月 12 日夜间发生的事，那天是希特勒占领奥地利七周年纪念日。美国重型轰炸机从意大利成群结队飞来，将城市变成了燃烧的地狱。上百座燃烧的建筑倒塌，公交车、电车以及其他车辆都停了下来，人们都挤进了防空设施。后来，一个传言四处传播开来，那是奥地利人都不愿意相信的传言。

"歌剧院被击中了！"

市民冒着燃烧的大火从四面八方聚集到环城大道路口，他们完全不在乎大火有可能吞噬他们的房子，也不在乎飞机投掷的炸弹有可能把他们炸死，掉下来的高射炮弹有可能把他们砸死，倾圮的墙壁有可能把他们压死。整整一个晚上，以及第二天上午，市民与消防员并肩作战，竭尽全力参与抢救庄严的音乐圣殿，因为那对他们来说意味着太多太多。然而，一切都无济于事，四颗美国高爆炸弹直接命中并摧毁了国家歌剧院。后来我们得知，维也纳上万市民慢慢地、极不情愿地离开现场时，烟火已经把他们的脸熏得黢黑，他们带着满脸的哀怨、愤怒，更多的则是悲痛。他们可以容忍外人把他们的房子、办公室以及其他至高无上的国家殿堂炸成齑粉，唯独不能容忍外人毁坏那处音乐殿堂——那是惨无人道的行为。

巨大的脚手架围住了国家歌剧院大部分外墙，特斯和我在街口站立了几分钟，我们在观察那些隐身在脚手架后边干活的男男女女，他们像蚂蚁一样不停地忙活着。他们已经在拆除歌剧院正门面向环城大道的脚手架了，因而我们可以看清刚刚涂装一新、颜色鲜明的立柱和廊柱。一群路人用掌声向干活的工人致敬。为了尽快复原维也纳人所热爱的国家歌剧院，那些善良的工人必须做出牺牲，在临时搭建的住处多住些时日。

等候制片人寻找接替导演期间，特斯和我利用周末去了趟萨尔茨堡市，正好赶上萨尔茨堡年度音乐节。如今回想起来，那时候为了前往萨尔茨堡，特斯和我好像经常偷偷溜出剧组。

战争开始以来，当地一直没有举办过音乐节，音乐节刚刚恢复。

萨尔茨堡市位于奥地利西部，当时仍然是美军占领区。接待方安排特斯和我住在郊外美军指挥官征用的一个王宫里，指挥官的一位下属为我们弄到了歌剧票。开车送我们前往剧院的年轻人是个讨厌的美军中尉，由于错过了星期六晚上在王宫举办的军官舞会，他一直满腹牢骚。我们尾随他走进了为美军指挥官预留的包间，以前那是哈布斯堡王室的御用包间。我们走进去时，一位服务员用德语悄悄告诉我们，奥地利经济部部长和夫人此刻正坐在美军将领的包间里。我们把这事告诉了中尉，不知为什么，他显得特别愤怒。其实包间里有许多空座位。

他大声喊道："把他们赶出去！"

服务员明显几乎不懂英语，而且显然中尉也几乎不会说德语。

后来他用德语喊道："出！出！"他至少知道这个德语单字！

服务员用德语解释："是萨尔茨堡州州长安排他们来包厢的。"

"他刚才说什么？"中尉问话时满脸通红，两颗眼珠子好像要掉出来，说完，他把脸偏向了我们这边。特斯觉得那场面很尴尬，不过她还是把对方的话翻译成了英语。

"告诉他，我不管谁安排他们进来的，告诉他，他们没权利待在将军的包间里。让他们滚！"

特斯和我赶紧往包厢外边走。

"等一下！"中尉喊道，"你们得帮我，我不会说他妈的德语。告诉那家伙，我不管他是谁，让他赶快滚出将军的包间。"

"这种话你得自己去说，中尉。不过我觉得，你真是傻到了家，"我实在忍不下去，这才开了口，"这包厢里有的是空位子，你干吗不冷静点？"

中尉一下子蒙了，张口结舌，不知该说什么了。与此同时，特斯用德语把年轻的美国军官说过的话告诉了服务员。那时，我们已经走到包厢后部，从那里可以将楼下 1500 位观众尽收眼底，也可以清楚地听见他们说话的声音，他们正仰着头往我们这边看。服务员往内阁部长和夫人身边走去，他俯下身子，对他们悄悄说了几句话。部长和夫人早就听到了喧哗声，但显然不清楚究竟发生了什么事。服务员说话时，他们明显感觉特别尴尬，但他们还是尽可能摆出一副很得体的样子，慢慢从座位上站起来，然后离开了。

他们经过我们身边时，特斯用德语小声说："实在是太抱歉了。"

"可以理解。"那位夫人小声回答。我不禁想到，无论如何，美国人在这里已经五年，奥地利人早已习惯美国人的德行。

歌剧院的灯光开始暗下来，我们赶紧在椅子上坐好。我的感觉是，当天晚上，唯有贝多芬（或莫扎特——他是萨尔茨堡本地人，当地的音乐节正是为演奏他的作品而设立的）以及他伟大的歌剧能够让我们的心情复归平静。当晚我们欣赏的是他的唯一一部歌剧。

看完歌剧返回王宫，我们与一些美军军官一起喝酒。周六当晚举办的每周一次的舞会正值高潮。我与一位上校说了在歌剧院发生的事。我还没来得及说我感觉很丢人，对方便说道：

"干得好！对那些人就得那样！"

我再次感觉自己太没面子了！

我们返回维也纳之后，电影终于开机了。饰演希特勒的卢瑟·阿德勒是个好演员。让我颇为不解的是，疯狂、残酷、野蛮、反犹的纳粹独裁者差一点将欧洲的犹太人斩尽杀绝，身为美国犹太人的阿德勒为什么要扮演他呢？或许他感兴趣的是那部电影的讽刺意味。他对我说，很久以来，他一直特别渴望饰演那一角色。他以极大的热情投入演出，他的言谈举止很快就接近了当年我在柏林时期认识的精神错乱的元首了。

8月8日，维也纳。我初次扮演角色！昨晚7点到10点，我们和金发美女帕特里夏·奈特在维也纳一家饭店的房间（房间是在摄影棚里搭建的）里进行拍摄，帕特里夏是电影的女一号。这一切对我来说是全新的，也特别好玩。场景是导演和演员在拍摄地一起动手搭建的，没时间做得像剧院的道具那样精致。虽然我没有太紧张，但在正式拍摄前，每个镜头总要反复演练十多遍，这花费了大量时间，让我有些不耐烦。

今天一早，我出现在第一个镜头里，地点在一座建筑的废墟上，那里被当作位于柏林的希特勒地堡入口，实际拍摄地点位于维也纳杰奎恩大街一座被炸毁的建筑废墟，当年我滑雪受伤后，曾经在这里居住。摄影师和灯光师调试设备期间，为寻找当年我们住过的公寓，我到大街上遛了一圈。当年的那座建筑仍然矗立在原地，不过建筑内部已经损毁，所有窗户用砖头封了起来。

那部电影叫《魔火》，无论用好莱坞哪一种标准衡量，它肯定都算不上杰作。不过，它的票房表现不俗，后来还在电视台反复播放。不知为什么，制片人从未按照承诺向我兑现占比很低的利润分成。我还听说，卢瑟·阿德勒和帕特里夏·奈特与我的境遇相同，他们议定的分成比例更高。我第一次意识到制片人对钱吝啬是在8月底，因为我们抵达巴黎时，制片方没有按照合同规定向我们兑现等值于1000美元的法郎。数周后在伦敦，他们也没有向我们按期兑付等值于1000美元的英镑。我们在那两个国家的首都陷入了困境，好在我们的纽约经纪人迅速行动，用预付款为我们解了围。

那年夏季，除了在维也纳拍电影，以及亲眼见证苏联人有无可能趁着美国人被困朝鲜战争推进到西欧，我那次欧洲之旅还有一个目的。时值20世纪中叶，如有可能，我想借机了解一下西欧各国的立场。准确地说，我想深入研究法国、西德、英国的状况。即那些国家（包括意大利，那个国家也试图从战争的废墟上重新崛起）能否恢复从前的国力，有无可能恢复西欧从前的辉煌？长期以来，那里曾经是西方文明的中心。如果运气好，搜集的材料又确实经得起推敲，这次我们的世纪中叶之行说不定会成就一本新书，一切顺利的话，书名应当是《世纪中叶之旅》。

我已经在脑子里酝酿那本书了。除了每天在日记里记述当天的事情和想法，我已经开始逐日记录"写书要点"。

1950年，8月，巴黎。写书。再来一本日记形式的书？叫《欧洲故地重游》？整体构架是这次到欧洲的日记。甚至可以用《在飞行途中的随想》那篇日记……然后进一步展现过去 25 年间发生在欧洲的那些事——英、法、德、奥……两篇剪报——均有可能成书（其中一篇是关于戴高乐将军说的"随时准备着"，另一篇是法国《世界报》社论，探讨如今的美国为什么不像欧洲国家以及从前的美国那样把知识精英——例如作家、艺术家、知识分子——派往国外替美国说话）……欧洲共产主义媒体让人难以置信的谎言……

9 月 10 日，西德，法兰克福。写书。嵌入：对 1925 年第一次赴欧洲的美国人而言，他们定会感到美国在欧洲人心目中的位置——美国是一片与世隔绝的陆地，那个国家的领导人几乎不了解世界……伦敦和巴黎对战争债务的解决方案怨声载道（1927 年，美国游客乘坐的大巴车在巴黎遭到石块袭击）。在德国，人们把美国当作有钱的吸血鬼，美国的投资会重新装备德国工业，让德国工业实现现代化（确实实现了），而且有可能不必追回债款，德国人也不会偿还。

1950 年，前往欧洲旅游的美国人会惊讶于情况的彻头彻尾的转变。包括德国的所有欧洲国家天天盼着美国的援助和建议，尤其是德国。欧洲国家都认可了德国在西方世界无可争辩的领导地位，也知道它犯过错误，正在摸索前行，不过欧洲国家还意识到，德国的前途在很大程度上由美国主宰。

9 月 20 日，伦敦。日记和写书。文章：《访问英国下院》。

头一天在英国下院的访问是我经历过的最有意思的访问之一。由于工党政府决心继续推行钢铁行业的国有化，是否应当据此对工党政府实施倒阁，议员们在议会大厅进行了将近八小时的激辩。对我来说，那是一次特别有意思的会议。首先参与辩论的反对党领军人物是保守党的温斯顿·丘吉尔；其次，负责行业国有化的工党内阁大臣拉塞尔·斯特劳斯是我在英国最要好的朋友，那次他代表政府做主要发言。结果证明，那次辩论成了我在英国议会见过的最难解难分的辩论。大多数政治评论家认为，辩论的结果极有可能是工党政府惨败，议会解散并重选。然而，工党以306票赞成和300票反对侥幸过关。丘吉尔那天的状态不算最好，不过相当不错。自二战结束他不再担任首相以来，我一直没有在议会听过他的发言。拉塞尔·斯特劳斯（还有一位我年轻时在伦敦结识的工党老朋友奈·贝文，他是最让丘吉尔头疼的人）在口才方面根本不是丘吉尔的对手，然而，在捍卫工党推行国有化的发言中，他表现得相当不错。斯特劳斯继承了一份包括金属企业在内的家族产业，那一时期，虽然他与奈·贝文、珍妮·李（贝文的夫人）以及其他一些人组成了党内极左翼，他却是工党议员中为数不多对资本主义经营之道有所了解的人。[1]

那年夏季，事实证明，我在一件事上出现了判断失误，或许在另一件事上也出现了不好的兆头。第一件事与戴高乐将军有关。

8月18日我在巴黎的日记：

> 戴高乐发表了一篇爆炸性的超长声明，他警告人们法国当下面临的危险——这已经成了他的典型特征——并且

声称，他将重新掌权。他的讲话从头到尾充斥着怪诞的伪极权主义术语。我觉得，多数法国人根本没有认真看待他的声明。

自二战开战以来，我一直是这位脾气古怪的将军的拥趸。两位法国最有名望的军界人物贝当元帅和魏刚将军与德国签订停战协定后，唯有他勇敢地站出来进行了高调的谴责。我为此而欢呼。他首先在伦敦，而后在阿尔及利亚领导了"自由法国"运动——阿尔及利亚从前是法国在非洲的一个省，由英美联军解放。在盟军领导人里，丘吉尔是戴高乐的主要支持者，然而，戴高乐经常与丘吉尔意见相左，美国总统罗斯福经常激烈地反对戴高乐，因为罗斯福认为，戴高乐没有权利代表被占的法国。战争期间，我曾经站在"自由法国"运动的立场写文章，从事播音，四处演讲。不过，对戴高乐的专横跋扈，对他追求权力的欲望，以及他某种程度上我行我素的行动纲领，我总是替他感到惋惜。我不喜欢他痴迷于领导权的行为准则——在这一点上，他和希特勒是半斤八两。他围绕这一主题撰写的一些东西常常让我想起《我的奋斗》一书。"人们需要领袖，"这是他的原话，"领袖高高在上，因为权威必须拥有威望，而威望要与民众保持距离……基于对判断的自信，对实力的认知，领袖不必故作姿态讨好……他所追求的无非获得授权……"

"除非事情往坏的方向急剧发展，"8月24日，我在巴黎写下了这段日记，"我认为，戴高乐不会重新掌权。形势变得危急，他才会掌权。"

结果出现了后一种情况。1958年，由于法国试图保住海外领地阿尔及利亚和印度支那，由于好战派闹事，法国政府无法确保起码的国内和平与秩序，羽翼未丰的第四共和国的根基动摇了。作为临时总统，戴高乐曾经于 1946 年下台。1958年，为恢复国内平静，恢复法国从前的一些威望，他将作为第五共和国总统卷土重来，不过，再铸法国的辉煌已经不可能了。由于戴高乐所具有的世界观，以及他的局限性，我对他的看法有了改变。我崇敬他，然而，我的崇敬里多了些怀疑。毫无疑问，他是个独裁者，是个右翼人士，不过，他没有像许多人怀疑的那样取消法国的多党制，他一直在新宪法框架内采取行动，而新宪法保障了法国人所崇尚的自由。

　　虽然戴高乐沉浸于壮丽辉煌的理想中，为恢复法国从前的国力和至高无上的地位，他夜以继日地劳作。但我可以清楚地看出，他不可能完全成功。像英国一样，两次世界大战已经把法国消耗得离死亡不远了。与英国不同的是，法国被德国占领过四年，在此期间，占领者掠夺和盗窃了法国的大部分财富。法国有一点与英国一样，它正在失去广袤的海外领地，它失去了位于北非的摩洛哥、突尼斯、阿尔及利亚，以及远东的印度支那。

　　二战的后果是，世界的领导权从西欧转移到了两个大国手里——苏维埃社会主义共和国联盟和美利坚合众国。戴高乐思维敏捷，深谙历史，他意识到了那一点。他不喜欢那样，然而他适应了这不可避免的事实。英国也是如此，不过觉悟比法国稍微迟缓一些。20 世纪中叶置身于巴黎和伦敦的人都会有一种感觉，对于长期以来一直处于高位的国家而言，让它的国民承认，黄金岁月已经成为历史，永世不会再来，做到这一点，真的是难上加难。

至于德国，如今人们可以清楚地看出，它已经不再是世界大国之一。这不仅是因为它又一次战败。1918 年，德国已经输过一次。在希特勒领导下，德国仅仅用了两个十年便卷土重来，试图统治整个欧洲大陆，但它再一次输掉了战争。

让其他欧洲国家聊以自慰的是，那种事再也不会发生了，因为德国如今被一分为二。只要这种情况长期维持，德国的任何一半都不会强大到企图对外扩张，去征服苏联及其他欧洲国家。在我看来，对许多德国人而言，被分割为两个国家显然是一件非常痛苦的事，不过，其他欧洲国家因此更加心安理得，它们希望这种情况永久延续下去。

这是因为欧洲人觉得，德国人并没有真正改变多少。对德国人进行的民意调查显示，多数德国人仍然认为，纳粹主义是个好想法，只不过它在实践中背离了初衷。我回国前不久，对德国人进行的一次民意调查中有个提问："您认为德国人能够对自己实施民主管理吗？"对此，仅有不到半数德国人给予了肯定的回答。访问法兰克福、波恩、柏林期间，我在日记里写道，从前那帮匪徒又回来控制德国经济了。那些人里的大多数是工业巨头，正是他们让希特勒的统治成为可能。如今他们已经成了美国人和英国人的宠儿，后两者帮助他们重新得到了曾经拥有的东西。

盟国在第一次世界大战中征服了德国，1918 年以后，获胜的盟国曾经重建德国，主要参与者是美国人。人们曾经希望，德国会安于和平，然而情况并非如此。如今人们正怀着同样的期待重建德国。1950 年，我离开西德时，我对人们在这方面的成功深表怀疑。我曾经先后参与报道魏玛共和国时期以及希特勒时期的德国。对于天赋极高但难于安分守己的德国人民的未来，我很难怀有信心。

这一次我又错了。由于一些出众的领导人，例如第一任西德总理康拉德·阿登纳，后来的西德总理维利·勃兰特、赫尔穆特·施密特以及其他少数人，德国人有史以来第一次让民主在德国发挥作用（在魏玛共和国时期，民主第一次落地德国，结果却不尽如人意，随后出现的希特勒彻底葬送了民主）。联邦共和国（西德）最终成功了，它很快成了欧洲大陆上最繁荣昌盛、经济上最强大的国家。

英国成了这次行程中最有意思的国家。它的变化比其他国家更深刻。不知为什么，如今我开始喜欢上伦敦了。两次世界大战之间我长驻巴黎和维也纳，我喜欢那两座城市。在其中三年，有好几次，我突然被抽调到毫无生气的英国首都，去接替长驻那里的《芝加哥论坛报》记者，以便他们能休假两到三个月。我很快就开始讨厌那座城市、那个国家、那里的人和生活。我以为，英国人完全没有必要对美国人谦恭。伦敦王公贵戚的趋炎附势和他们穷凶极恶的本性让我惊诧。在伦敦，吃的东西非常糟糕。一战时英国通过了一些严苛的法规，那些法规当时确实有其积极意义，然而没有被废止，致使因工作滞留伦敦的我深感生活在水深火热中。每到安息日，人们能够想到的所有地方——交通设施、饭馆、剧院、酒吧都关门谢客，当然教堂除外。有一年，我的匈牙利女友佐拉从维也纳来到伦敦陪伴我，伦敦苏豪区一些价格不算贵的法国餐厅成了让我们获得些许安慰的唯一场所。上帝作证，那些地方根本算不上美食家的福地，不过它们确实比英国餐馆强得多，因为英国餐馆仅提供冰冷的羊肉，煮得根本嚼不烂的布鲁塞尔豆芽菜，以及毫无味道、黏糊糊的甜点。正是在苏豪区那些不大不小的法国餐厅里，我首次结识了年轻的工党议员（1929 年当选）奈·贝文、珍妮·李，以及到访伦敦的一些美国艺术家，例如保罗·罗伯逊——他在美国国内是个"赤色"嫌犯，然而，他在音乐剧《演艺船》里的演唱风靡了整个伦敦。

战争期间，英国人变了，他们遭受了德国人的狂轰滥炸，可怕的打击似乎敲掉了英国人身上的一些自负和势利。他们突然间对美国人友好起来，甚至客气起来。在社交方面，美国记者从来不受待见，如今美国记者一夜之间被淹没在各种晚宴和伦敦城外的周末活动邀请中。我记得我惊讶地发现，我在 1944 年到达伦敦一周后，通过出席各种午餐、午茶、晚餐活动，差不多与所有英国内阁大臣、政治家、作家、剧作家、男演员、女演员见了一面。那些活动对我非常有用，也非常愉快。

1950 年，英国发生了一场规模宏大的社会变革，那场变革并没有颠覆英国的社会等级，却实实在在动摇了英国的社会结构，它改变了英国的经济构架和社会构架。在五年时间里，英国工党政府在下述企业和领域实现了国有化：英格兰银行、电气业、天然气业、采矿业、运输业、民航业、国际通信业，当时轮到钢铁行业实施变革了。那样的社会变革让联合王国拥有了世界上最广泛的医疗保障体系。

在美国国内，以美国医学会为首的一些人对英国的医疗体制持批评态度，他们曾经嘲笑英国的"公费医疗"不可能实现，也不符合社会需求。然而，他们的看法与英国的国情不符，那一制度受到英国所有阶层和所有政党的热烈追捧。我在英国期间，为来年大选做准备的英国保守党甚至在集会的条幅上写出了"保守党全心全意支持覆盖全国人口的国家医疗服务体系"。

英国是否有机会恢复以往的强盛？我曾经利用数个晚上与工党、自由党、保守党的朋友和熟人探讨这一问题。英国再次经历了一场毁灭一切的战争和重创，在二战结束五年后的1950年，多数英国人比较一致地默认了英国的角色：顶多是个中等国家。大家似乎都认为，英国不大可能再次成为1914年一战爆发初期的英国，甚至也不可能成为1939年二战爆发初期的英国。曾经让英国成为超级国家的国力和财富完全没有了根基。在两次世界大战以及战后的岁月里，英国的根基已经被摧毁殆尽。大英帝国的宝钻印度也在两年前脱离了英联邦。

当然，历史长河中的其他帝国也饱尝过英国的悲壮命运。让今天的旁观者感触良多的是，发生在英国的事竟然如此迅速，一切都发生在一代人的生命周期内，历史对古罗马和古希腊的评价无论多么悲壮，生活在当今的人都可以毫不夸张地说：我亲眼见证了一个超级帝国的倾覆，见证了一个伟大的民族从巅峰跌落。

正如人们以前所说，英国会与世长存，这一海岛民族不屈不挠的精神会世代传承。然而，离开英国时，我不禁想到，我再也见不到从前的英国了。早在第二个四分之一世纪刚刚开始的1925年，我第一次踏上了英国的土地，我从那里开始了海外之旅，五年后，我在印度亲眼见证了大英帝国的显赫——以及海外掠夺——在当时的印度，英国的统治仍然至高无上，不可撼动。现如今，大英帝国的显赫地位、王权、国力、财富等，都一去不复返了。

尾　注

[1] 数年后，工党政府下台，斯特劳斯有更多时间关注自己的企业了。他出差去了趟美国匹兹堡市，与一帮美国钢铁巨头进行商谈，那些人渴望向他的公司下更大的订单。担任工党左翼大臣期间，斯特劳斯曾经接管和管理国有化的英国钢铁行业，美国人并没有将他与那位大臣当作同一个人。在整个会谈期间，斯特劳斯一直洗耳恭听美国人辱骂那个英国大臣，辱骂他的社会主义政党，那些人强烈要求斯特劳斯帮助保守党（当时的执政党）将英国钢铁行业重新私有化。斯特劳斯从未向他们泄露自己的身份，他后来告诉我们，听到外人竟然那样攻击他，他感到从未有过的开心。他还说，他特别想在会谈结束前告诉美国大亨，他们说的那个英国人正是他。不过，他唯恐那么做会引发一系列中风，甚至更严重的情况，因而他克制住了冲动。

第十三章

《赤色频道》

回国途中，飞机穿越北大西洋上空时，我忽然想起来，一直没有挤出时间在日记里记述一条不起眼的消息。在德国法兰克福期间，我在欧洲版《纽约时报》上看见美国剧作家和演员霍华德·林赛的一封信，抗议《赤色频道》将我和其他几位作家的名字囊括其中。我从未听说过这个出版物。我们显然被指与共产主义者或共产主义有某种关系，要么就是与两者均有关系。怎么说呢，一些人想入非非，几乎要把每个美国人都指控为"赤色分子"。我想起来了，2月，之前名不见经传的威斯康星州共和党参议员约瑟夫·麦卡锡控告美国国务院隐瞒了 205 个"持证的"共产主义分子。他声称，他手里握有那些人的名单。我出国前不久，少数不学无术的反动分子在一片叫嚣中兴风作浪，声援那个参议员。我以为，泰丁斯参议员领导的参议院委员会已经把麦卡锡拉下马。该委员会对麦卡锡进行相关调查后认为，他那套说法"仅有一半基于事实，甚至完全基于谎言，在共和党历史上构成了最邪恶的一幕"。

飞机飞临美国海岸时，我迷迷糊糊睡着了，渐渐忘掉了《赤色频道》这回事。

不过，那种状况没有维持太久。

回国后没几天，我在日记里记述道："小别之后回国，对这个国家的感觉真是错综复杂。"

我以为，美国在朝鲜阻止共产主义力量渗透的举措让人肃然起敬。我曾经用文字表示，如果当初美国对希特勒的入侵行动也采取如此断然的干涉措施，或许第二次世界大战根本不会爆发。

不过，换个角度看，我发现，

（我们的国家）已经陷入我有生以来最糟糕的不宽容状态。让我这种亲历过德国纳粹时期的人非常寒心的是，假冒的和伪装的"超级爱国者"正试图打着反对共产主义的旗号在美国建立一种思想控制体系。那些控制着美国工商业的懦夫，那些控制着通信手段、报纸、杂志，尤其是无线电广播的广告商，他们竟然如此卑躬屈膝，如此彻底地向偏执狂缴械投降了。我们美国人一向自诩反对极权主义的生活方式，如果我们不小心，我们很快就会犯下一些最可怕的极权主义错误。

上个星期，刚回到国内时，我已然认识到，我已经成了国内形势的受害者。

我回忆起自己登上《赤色频道》以后的经历。回到国内最初两三天，我没有把那件事太当回事。我在纽约城里四处走访，重点去了广告商云集的曼哈顿麦迪逊大道，哥伦比亚广播公司也在这条街上。结果让我万分惊讶，另外还有150人像我一样被列入了那本无名出版物，由于那些人与共产主义和共产主义者扯上了关系，等于上了黑名单，就被广播界和娱乐界以及整个新闻行业拒之门外。太让人难以置信了！那本廉价刊物已经被广告商以及广电行业奉为圣经了！一旦某人的名字上了那个刊物，没有哪个广告公司——当年广告公司创造了大多数的热门节目——和广播公司的管理人员敢于雇用此人。此人注定会成为自己所属行业的失业者——没有机会解释，也没有机会申辩。

从我当年记述的日记里可以看出，回国后第一周，我很快悟出了许多道理。人们谴责《赤色频道》的伪善

并没有挡住广播行业——例如广播公司、广告公司、通过广播打广告的各大公司——将《赤色频道》当作不容反驳的黑名单。哥伦比亚广播公司的一位高管告诉我，上了名单的人从此再也没有机会在广播行业找工作了。

实际上，列入黑名单的效果已经开始显现。

美国通用食品公司是一家拥有数十亿美元资产的大公司，而美国全国广播公司是广播行业的龙头老大之一。我听说，这两家公司将一位女演员扮演的角色从节目中拿掉了，实际上，节目推迟了播出时间，因为有 20 个——20个！——电话抗议该女演员的名字出现在演职员表里，而她的名字早已上了《赤色频道》。[1]

上星期，我打开信箱收取信件时，有一份取消节目的通知书。为配合我第一部小说正式发行，原定 11 月 3 日由主持人玛莎·迪恩对我进行采访。该节目取消了。玛莎当然没有在通知书里明说是因为我上了黑名单，那样的话，她极有可能惹上一场官司。她只是编了个借口。

越来越明显的是，《赤色频道》和它的出版方《反击》周刊将哥伦比亚广播公司作为其主要攻击对象。《反击》曾经发出如下指控："所有广播公司让共产主义分子和共产主义领导人在他们的节目中现身，其中最为恶劣的是哥伦比亚广播公

司。"哥伦比亚广播公司做出的回应让许多人十分震惊。公司竟然雇用攻击它的那个下流刊物对自己的雇员进行忠诚度调查！哥伦比亚广播公司居然向歇斯底里的假冒调查员屈服了。

那个《赤色频道》竟然凌驾于广告公司、广播公司、电影公司的权势人物之上发号施令，还能够决定哪些公司不能雇用哪些人。那份杂志是什么来头？

《赤色频道》是三个联邦调查局前雇员的作品，三个人分别是西奥多·C.柯克帕特里克、约翰·G.基南、肯尼思·M.比尔利。他们于战后不久辞去了调查局的职务，并于1947年初成立了一家"美国商业顾问公司"，注册资金为1.5万美元。富裕的进口商阿尔弗雷德·科尔伯格提供了大部分注册资金。科尔伯格是"中国游说集团"的头目，该集团谴责美国国务院将中国"输"给了"赤色分子"。科尔伯格是蒋介石的坚定支持者，也是麦卡锡参议员的支持者。

成立美国商业顾问公司的目的是打击美国的共产主义，经过一番运筹，该公司出版了一份时事周刊，名为《反击》，该刊宣称，它刊载的文章含有"打击共产主义的事实"。那一刊物的攻击对象包括联合国第一任秘书长特里格韦·赖伊，称其为"斯大林的选择"；联合国本身；美国劳工联合会领导人威廉·L.格林；美国产业工会联合会领导人菲利普·穆雷；布拉茨啤酒公司由于在其赞助的一个节目里资助了一位"伴游"女演员，也成了攻击目标；还有《纽约时报》和《纽约先驱论坛报》的书评版；耶鲁大学法学院——因其在教职员队伍里窝藏"赤色分子"；美联社——媒体名单的长度看不见尽头，包括《纽约客》《时代》《生活》《展望》《大西洋月刊》；

甚至美国钢铁公司也上了名单。

《反击》一夜成名，让三个联邦调查局前雇员过上了好日子。随着广告公司、节目赞助商、广播公司相继注意到那三人发出的"赤色分子"正在破坏娱乐业，尤其是广播领域的警告，三人的权力日益膨胀起来。

为了增加利润，扩大名声，1950 年 6 月，美国商业顾问公司以杂志形式推出了《赤色频道》，副标题为《关于共产主义者在广播和电视行业影响力的报告》，该刊封面上画着一只红色印记的大手，手里握着一支麦克风。该刊罗列了 151 个人名，每个名字后边标注着此人"据说"工作过或服务过的机构。被怀疑对象"据说"发表过的言论也一一罗列其中。出版人手里的名单显然来自众议院非美活动委员会（该委员会得到了联邦调查局的帮助）、加州坦尼委员会和美国《工人日报》——美国共产党的机关报。[2]

为避免因诽谤遭遇起诉，几个出版人还刊登了一份免责声明，大意为他们并没有指控名单里的人是共产主义者，甚至没有指控那些人是共产主义同情分子。[3]他们公开发表了如下声明：在筛选名单过程中，他们必然会竭尽全力不伤及无辜。不过，他们并没有提到是否将其落实到了行动中。显然他们没有那么做，因为，没有一个名单上的人——这是我后来才知道的——经过了他们的调查与核实。更让人觉得不可思议的是，20 世纪 50 年代初，歇斯底里乱扣红色帽子时期，一些法院竟然认定上述虚伪的免责声明是真诚的。

《赤色频道》对我的三项"指控"如下：

一、我担任过"西班牙共和之友"的会长；

二、我出席过"自由之声委员会"举办的晚宴并受到该委员会的支持；

三、我曾经因"好莱坞十君子案"[1] 在向最高法院递交的《法庭之友[2]报告书》上签字。

上述第一项和第三项"指控"属实，第二项仅有一半属实。但等一下！

第一项"指控"称，我曾经担任"西班牙共和之友"的领导人，为此我感到骄傲。那是个没有发挥过什么作用的组织，那一组织曾经致力于拯救西班牙共和国，防止反叛的佛朗哥将民主共和的西班牙变为意大利和德国那样的法西斯国家，不过，我们的帮助没有起到什么作用。佛朗哥叛乱前，我在西班牙生活过一年。阿方索国王退位和逃亡后，为建立民主，西班牙共和国曾经在磕磕绊绊中前行，努力建立民主制度，我对此很欣赏。我们那个不起眼的组织和共产主义毫无关系，《赤色频道》没有在附录中的"挂名"组织名单里列出那一组织的名称，司法部部长掌握的"具有危害性的"组织名单里也没有那一组织的名称。

第二项"指控"所列的"自由之声委员会"也不在上述名单里。实事求是地说，我确实参加过该组织的一次会议。1947 年 5 月，我被哥伦比亚广播公司抛弃后不久，该委员会

① 1947 年，美国众议院非美活动委员会发起了针对好莱坞左翼导演和编剧的迫害。他们传召了 45 人出席在华盛顿的公开审判，其中有十人当庭指出委员会违宪，被控藐视法庭，缉捕入狱。称为"好莱坞十君子案"。

② "法庭之友"（amicus curiae）为英美法系国家的一种诉讼制度，指在诉讼案件中，没有直接涉及法律利益的私人或团体主动向法院提出书面报告，以协助法院更公正地做出裁决的一种制度。

宣称将召开一次公开会议，讨论我和广播公司的争议。该组织说，爱德华·默罗将代表哥伦比亚广播公司出席会议，美国联邦通信委员会也要派一位代表出席会议，该委员会对广播公司和广播电台具有行政管辖权。自由之声委员会邀请我出席会议并发言。

我出席了会议，委员长克利福德·J. 杜尔代表联邦通信委员会出席了会议，爱德华·默罗没有露面。杜尔和我站在各自的立场做了发言。会议期间，我得出一种印象，自由之声委员会主要是在利用我炒作他们自己。我开始有了疑心，该组织弄不好是个挂名组织！那是我和该组织最后一次扯上关系。

针对我的第三项"指控"最站得住脚：由于"好莱坞十君子案"，我在递交给最高法院的《法庭之友报告书》上签了名。我确实签了名。

大约一年前的某天上午，我接到哈佛大学法学院教授扎卡赖亚·查菲打来的电话。我听说过他的大名，不过，我从未和他直接打过交道。他对我说，他和一些同事根据宪法的某些条款起草了一份《法庭之友报告书》，旨在迫使联邦最高法院就"好莱坞十君子"的上诉申请召开一次公正的听证会，众议院非美活动委员会调查他们的共产主义者身份时，他们拒绝回答提问，因而被判藐视法庭罪。查菲说，他已经让十多位名声极好的非共产主义者名流签字，后来他意识到，那些人都是共和党人，他需要几位民主党人签字，以便事情有个圆满结局。最后他还补充说，两位纽约出版商已经同意签名，一位是哈珀出版社负责人卡斯·坎菲尔德，另一位是兰登书屋老板本内特·瑟夫。他问我是否同意加入签名行列。

我告诉查菲，我对庭审"好莱坞十君子"的消息关注不够，因而我对他们知之甚少。如果他能给我念一遍起诉书内容，我会考虑签字——卡斯·坎菲尔德是我的老朋友，我需要事先从他那里了解一下情况。起诉书内容似乎没有问题，其中心思想不过是要求召开一次公正的听证会。我给坎菲尔德打了个电话，他坚决主张我和他一起签名。我听了他的话。坎菲尔德了解的情况比我多得多，据他说，即便"好莱坞十君子"并非个个都是共产主义者，他们当中的多数人也无疑是共产主义者，或者，曾经是共产主义者。不过，他认为，鉴于当时歇斯底里的反"赤色"氛围，非共产主义者站出来说话非常重要，以便提醒摇摆不定的法庭，共产主义者也是公民，也有权根据宪法得到公正的审判。我对他的说辞心服口服。

虽然我没有密切关注审判十君子的进程，但我的确怀疑被控的剧作家在众议院非美活动委员会的听证会上没有受到公平对待。我是美国作家联盟的会员，回想 1947 年 12 月，众议院非美活动委员会援引十君子藐视法庭为例说事，作家联盟就此提出过抗议。作家联盟强调指出，非美活动委员会调查员拒认好莱坞作家有权在辩护时传唤辩方证人，拒绝控辩双方证人当庭对质，十君子里的多数人作证前未被允许发表书面声明。

那十位好莱坞作家，我一个都不认识。我极少进电影院，20 世纪 30 年代大部分时间我一直在纳粹德国当记者，美国电影在柏林是禁映的，因此写剧本的都是些什么人，我完全不了解。那十个名字里，我只知道两个，一个是小林·拉德纳，因为我是他父亲的热心读者，另一个是约翰·霍华德·劳森，我读过他的剧本，我相信，他绝不是那种忌讳承认自己是共产主义者的人。询问另外八个人的情况时，我被告知，他们都是好莱坞的知名编剧，分别是：阿尔伯特·马尔茨、阿尔瓦·贝茜、阿德里安娜·斯科特、爱德华·德米特里克、达尔顿·特朗勃、塞缪尔·奥尼茨、莱斯特·科尔、赫伯特·比伯曼。由于我对电影和好莱坞的无知，那些名字对我来说不过是名字而已，我根本不知道他们都写过什么。

以上是我在《法庭之友报告书》上为"好莱坞十君子"签名的经过。后来我听说，在全国范围内，还有许多类似的报告书递交到了最高法院。与我同在报告书上签名的其他十四五位共和党人多是保守派，签字一事让我在随后十年里付出了无法涉足美国新闻行业的代价，包括无法涉足播音和文字两个领域。广播公司、广告公司和赞助商，甚至包括杂志社的编辑——仅有一两个例外——无论我把手稿交给什么人，所有人都避之不及。

这就好像我对国家犯了某种不可饶恕的罪行，未经司法程序被判了刑。这让我非常诧异。我现在不是，以前也不是共产主义者，连最歇斯底里的迫害狂都不曾揭发我是共产主义者。我的政治观点在上百份新闻稿、广播稿、文章、日记里表达得清清楚楚。我近年出版的《柏林日记》所表达的自由论点就是最好的证明，那本书有上百万读者，我从不隐瞒自己的观点。没有一家对共产主义者和共产主义抱有偏见的政府机构传唤和调查过我，包括臭名昭著的众议院非美活动委员会以及它的死对头美国参议院国内安全附属委员会等国会下设机构，没有任何一个机构那么做过。

那么，受害者怎么做才能保护自己呢？我打算请我的律师控告《赤色频道》。我担心的不是损失问题，尽管看来损失是不可避免了，除非我能迫使《赤色频道》公开发表一份撤销声明，将我的名字从黑名单上除去。

莫里斯·厄恩斯特是我的律师，也是我的朋友，在捍卫公民权利方面，他是全美国最勇敢的斗士之一。"美国公民自由联盟"在捍卫公民权利方面名声在外，长期以来，作为该组织的律师，厄恩斯特扮演着重要的知名角色。他是罗斯福总统、最高法院大法官费利克斯·法兰克福特以及华盛顿许多名人的朋友。他是罗斯福新政的强力支持者，曾经鼎力支持许多自由事业，最重要的是，他是所有美国人都享有公民权利的强力支持者。[4]我丝毫不怀疑，他会像以往一样投入全部热情和经验，为我的事向《赤色频道》提起公诉。

让我惊讶的是，莫里斯·厄恩斯特拒绝了。

"我不会收你的钱的。"说完他向我解释道，依他的看法，对提供黑名单的人提出诽谤指控，几乎没有胜算。

我告诉他，即便如此，我也要试试。我请他重新考虑我的请求，他说他会写信向我详细解释。[5]

1951 年 5 月 16 日，他给我来了信：

> 亲爱的比尔，正如我以前所说……即使你不吝破费提起诽谤诉讼，我也找不出任何坚实的支撑点……最为重要的是，时间会拖得很长，代价会非常高昂……顺便说一句，我还没听说有人研究出了什么社会机制与《反击》发起的那样的运动相抗衡……

我不明白他所谓的"社会机制"与我的事有多少关系，其实什么关系都没有，那原本是个法律问题。我与厄恩斯特的几个合伙人聊了我的事，让他们替我说动厄恩斯特。厄恩斯特回了我一封信，还是同样的陈词滥调：

亲爱的比尔：

　　考虑到你在写给哈丽雅特·皮尔派尔（厄恩斯特的合伙人之一）的信里表达的意见，我可否这样说，无论是你、我，或是其他什么人，谁都没有琢磨出让人满意的方法抗衡《赤色频道》，对此我同样感到遗憾。正如此前我对你说的，我不愿意提起诽谤诉讼，其原因不仅是时间和金钱两方面负担过重，还有更为重要的——通过司法途径解决诽谤问题，没有出路……

　　　　　　　　　　　　　　　　　1951 年 10 月 30 日

不过，我仍然认为，法院是人们"解决诽谤问题"的归宿。我知道，像其他大多数机构一样，法院当时也受到反赤色歇斯底里的制约。不管怎么说，我仍然希望硬碰硬上法院试试。厄恩斯特根本不听我的。

　　（他继续写道）我不要你的钱，不支持你提起诽谤诉讼，不要为此生我的气。另外还有，尽管你的要求如此强烈，我也不会因为有机会与《赤色频道》打交道而窃喜。我不会窃喜是因为，我知道那些曾经尝试的人不仅没有得到好处，反而个个碰得鼻青脸肿……

奇怪的是，厄恩斯特的行为与他在信里写下的最后两句话自相矛盾。几个星期后，他给我打了个电话，约我前往纽约"二十一"俱乐部餐厅与他和《赤色频道》的出版人共进午餐，谈谈我的问题。我愤怒地拒绝了，对此，他好像感到非常意外。

我从未低估向《赤色频道》提起诉讼会有多么困难。在麦卡锡势力如日中天的时期，司法系统并不比其他机构更有魄力与其抗衡。伴随约瑟夫·朱利安案件的庭审进程，我更加无法释怀了。朱利安以诽谤罪将《赤色频道》诉至纽约州高级法院，在庭审过程中，该刊的出版人尚未开始辩护，法官即宣布驳回上诉。[6]主审法官在成为法官之前当过检察官，因参与庭审共产主义者功成名就，闻名遐迩，他在法庭上说——他的说法让旁听席上的许多人惊诧不已——《赤色频道》的出版人在名单之前附有详细说明，他们无意指控名单里的人是共产主义者，甚至也无意指控他们是共产主义同情分子。法官相信该说明的字面意思，不仅如此，他还引用名单制定者的声明为其辩护，即在筛选名单过程中，他们必然会竭尽全力不伤及无辜。法官竟然会把那样的说法当真，确实让我感到惊讶。

莫里斯·厄恩斯特没有接受我的钱，没有向《赤色频道》提起诉讼，朱利安案件似乎证明了他的正确。后来，1962年，约翰·亨利·福克向《知晓》杂志提起诽谤诉讼，此案件证明，人们能够打赢那一类官司。像《赤色频道》一样，《知晓》杂志也是黑名单出版物。约翰·福克是哥伦比亚广播公司谈话类节目主持人，他得到了200万美元补偿——这一数字后来被纽约上诉法院压缩为50万美元。无论如何，那是一场彪炳史册的胜利，因为那一案件有助于终结一个时代，即制作黑名单以及黑名单在广播、电影、新闻行业的某些领域被媒体权威认领的时代。一位聪明过人、能言善辩的纽约律师路易斯·奈泽顶着种种压力为约翰·福克辩护，最终打赢了那场官司。

我要求莫里斯·厄恩斯特提起诉讼的事延续了好几年，20世纪50年代后期，我才最终放弃了提起诉讼。厄恩斯特拒绝推进那件事，一直让我百思不得其解。

30 年过后，一些文件披露，当年厄恩斯特与联邦调查局及其局长约翰·埃德加·胡佛关系非同一般，因而我以为，他拒绝为我向《赤色频道》提起诉讼终于有了一部分解释。一开始，厄恩斯特与调查局的关系让我震惊之余，也让我无从相信，但许多证据摆在那里，不由人不信。

莫里斯·厄恩斯特是个骁勇善战的人权卫士，数十年来，他一直是美国公民自由联盟的强势人物，也是该联盟的法律顾问。为放宽出版物审查制度，放开作家们的表达自由，他曾经多次作为律师在法庭辩论中大放异彩，为言论自由代言人做辩护，那些人遭受了疯狂的右翼分子的攻击，包括《纽约世界报》著名专栏作家和美国报业协会创始人海伍德·布龙，还有爱德华·默罗、雷蒙德·格拉姆·斯温。作为《人权法案》的正统捍卫者，厄恩斯特竟然会与约翰·埃德加·胡佛沆瀣一气?! 后者与厄恩斯特所珍视的几乎所有人为敌，[7] 另外，后者多年来一直在协助实施政治迫害的那些人和组织，例如麦卡锡参议员、众议院非美活动委员会、参议院麦卡伦附属委员会，还有诸如联邦调查局三个前雇员创立的《赤色频道》，那些人和那些组织试图玷污和毁誉的人正是厄恩斯特公开交往的朋友，以及他公开代表和支持的人，厄恩斯特竟然会和那样的警察臭味相投?!

以上内容最近才公之于众。由于《美国信息自由法》，威斯康星州马凯特大学的阿兰·西奥纳里斯教授与《纽约时报》前记者和前编辑哈里森·E. 索尔兹伯里获得了上述信息。索尔兹伯里特别倚重西奥纳里斯以及其他消息人士。

一开始，我完全无法相信以上信息的真实性。

索尔兹伯里的报道以《莫里斯·厄恩斯特和约翰·埃德加·胡佛奇怪的书信往来——1930年到1964年》为题刊登在1984年12月1日发行的《国家》杂志上。当时我没有阅读《国家》杂志，我仅仅做了个记录，提醒自己抽空读一下那篇文章（我是从《时代》的报道中得知那篇文章的），同时联系一下索尔兹伯里。他是我的朋友，他家位于马萨诸塞州西部和康涅狄格州交界处的伯克希尔，离我家不远。我和索尔兹伯里相识于第二次世界大战期间，在海外。自那时以来，我一直崇拜他。我敬重他的正直，喜欢他自由奔放的处事风格。当时我认为，他做得有些过火，其实，从事记者工作的人或早或晚都会做过火的事。直到1986年秋季，我才找到那篇文章，读过文章后的一天晚上，我和索尔兹伯里进行了一次长谈，那时我才打消了所有怀疑，他的确披露了一些关于厄恩斯特的实情。我既是厄恩斯特的朋友，又是他的客户，像我这样的人从未对厄恩斯特心存任何怀疑。

索尔兹伯里的揭秘文章主要基于那两个人的书信往来，他们是两类截然不同的人。他们之间那么多电话往来和面对面交流鲜有文字记录。不过，那两个人在超过25年时间里通过书信构建的奇怪交往足以让人对厄恩斯特产生某种新看法：就我的事来说，让我更为不解的是，既然厄恩斯特知道十年的痛苦几乎会把我毁掉，他为什么对我见死不救。

在那些书信里，最让我感觉扎眼的是，厄恩斯特对联邦调查局局长极尽谄媚之能事，一副十足的奴才相。1948年1月，厄恩斯特给胡佛写信："当然许多人认为我不过是你的马前卒，对此我却觉得不胜荣幸。我愿意鼎力相助之人，在这世上少之又少。"从那时起，直到1952年，厄恩斯特在许多文章、演说、书籍里——不过我必须承认，以前我没注意过那些东西——对联邦调查局赞誉有加。如今看来，只要厄恩斯特撰写涉及共产主义的东西，他都会得到联邦调查局的大力协助，他还查阅过联邦调查局的档案。他懂得知恩图报。

"你是个了不起的家伙，我和你是一伙的。"这句话摘自厄恩斯特在 1948 年 11 月 29 日写给胡佛的信。一年后他对胡佛说："我因为总是处理与联邦调查局有关的案子，很快成了处理这类案件的名人。"

在写给胡佛的所有信函里，厄恩斯特重复最多的一句话是："需要我帮忙吗？帮忙做什么？" 1949 年 12 月，厄恩斯特前往欧洲时，他在写给局长的信里说，需要我"为你和你的人"做点什么吗？厄恩斯特经常在信里提到"你的人"。1950年，胡佛接受英国国王颁发的勋章后，厄恩斯特给他发了个贺电，内容如后："恭喜尊敬的骑士。明天周四，我将前往华盛顿，若你和你的人需面见卑微的信徒，别忘了提前告诉我。"

也许对一个讨厌的警察示好和谄媚无伤大雅，但对于像我这样崇拜和尊敬厄恩斯特的人来说，那些话听上去非常刺耳。

我认为，在厄恩斯特和胡佛的往来中，厄恩斯特要被谴责的是，他给联邦调查局局长寄去了写给他（厄恩斯特）的许多私人信件或复印件，全然不顾寄信人的意愿。只能用一个词描述他的这一行为——他成了联邦调查局的"密探"。

诚如索尔兹伯里所说："让人不寒而栗的景象是，厄恩斯特——民权卫士先生——与胡佛分享了这么多私人材料中的隐私。"在同事们全然不知的情况下，这位律师擅自做主，将能够反映美国公民自由联盟实情的大量内部材料转给了联邦调查局，包括报告、回忆录、详细的会议记录、领导人之间的书信往来复印件，甚至包括长期担任联盟秘书长的伟人罗杰·鲍德温老人的书信。正如索尔兹伯里所言——如果美国公民自由联盟内部和外部的男士和女士（包括阿瑟·加菲尔德·海斯，他和厄恩斯特共同担任该联盟的律师；罗杰·鲍德温；韦恩·莫尔斯参议员；《国家》杂志和《新共和》周刊的编辑们以及其他许多人）知道厄恩斯特曾经偷偷摸摸地将他们的书信交给联邦调查局局长，他们究竟会做何感想？

对我来说，更为糟糕的是厄恩斯特肆无忌惮的行为方式。在他们的通信中，有好几个实例披露了这一点。有一次，厄恩斯特把威廉·雷明顿的四个同事的名字交给了胡佛。雷明顿是政府公务员，他被判刑的原因是，他否认自己向共产主义者提供机密文件。他被判在宾夕法尼亚州刘易斯堡服刑三年，与罗斯福总统的顾问阿尔杰·希斯在同一个地点。服刑期间，雷明顿被狱友杀害。

1948年9月7日，厄恩斯特写信给联邦调查局局长求见，面谈"一个女人的事"。厄恩斯特在信里说，那女人的弟弟是个重要的共产党官员。厄恩斯特最后补充："如果你能拨冗见我，我会向你介绍我所知道的有关这位女士的信息。"1953年，杜鲁门总统考虑任命某人为劳工部部长期间，厄恩斯特曾试图向调查局局长提供有关此人的信息。厄恩斯特报告说，此人的夫人20年前曾经是共产主义者。（因婚姻获罪？）

有时候，厄恩斯特也会碰上利益冲突，不过他总能自己摆平。胡佛曾经向厄恩斯特抱怨，默罗在播音节目中对联邦调查局的批评越来越多。厄恩斯特是默罗的律师，他告诉胡佛，他会要求默罗停止批评。据默罗的传记作者记录，1951年，厄恩斯特"出售"给默罗一个构思，在《现在看》上制作一期关于联邦调查局的节目。后来，他又向默罗透露，哥伦比亚广播公司雇用了一位前联邦调查局人员在审查他们的档案。[8]

在厄恩斯特和胡佛的书信往来中，无论今后再爆出多么惊人的消息，我都不会惊讶了。例如，在选择客户时，作为律师的厄恩斯特曾多次咨询联邦调查局。1944 年 5 月 17 日，接受一个有签证问题的潜在德国客户前，厄恩斯特征求过胡佛的意见。标注日期为 1953 年 11 月 12 日的一份联邦调查局备忘录记录：局里要求厄恩斯特的事务所为卷入阿尔杰·希斯案件的一位男士辩护，"事务所收到有关此案的详细材料后，厄恩斯特可能会给我们来电话"。这句话的言外之意不言而喻，厄恩斯特接受这个客户前，需要得到联邦调查局批准。标注日期为 1950 年 6 月 1 日的另一份备忘录显示，接手哈里·戈尔德的案子前，厄恩斯特咨询过局里的意见。戈尔德承认自己是苏联间谍，他卷入了著名的克劳斯·福克斯案和罗森堡夫妇案。福克斯承认将原子弹秘密情报交给了苏联人，不过，罗森堡夫妇拒不承认，因而他们被强行定罪，判了死刑。有一个时期，厄恩斯特曾经涉足罗森堡夫妇案件，为此案与调查局联系时，他曾经告诉胡佛办公室，朱利叶斯·罗森堡的妹妹曾经请求他竭尽全力保住她哥哥的性命。

厄恩斯特对联邦调查局说，他的确有办法救罗森堡一命：让他认罪，让他揭露在美国盗取原子弹信息的苏联间谍网，以行动换取免除死刑。他告诉局长的得力助手路易斯·B. 尼科尔斯，如果朱利叶斯·罗森堡"披露并说出他所知道的一切，必定会成为轰动性新闻，或许会让调查局厥功至伟"。厄恩斯特没忘补充，如果接手此案会给联邦调查局"带来好处"，他会接手这个案子。他请求局里，可否在罗森堡夫妇一案审理期间尽可能多地为他提供一些信息。

大多数人肯定会同意——我毫无疑问同意——莫里斯·厄恩斯特在非公开场合以及公开场合说过上千遍的一席话：根据法律，人不分高低贵贱，不分信仰，无论犯了什么事，每一位被告都有权为自己进行最充分的辩护。我相信这是美国体现司法公正的信条。然而，正如索尔兹伯里提出的疑问：律师们在决定是否接受客户之前向警察进行咨询，这样的事正常吗？这样的事——我的确也如此认为——符合常理吗？

到目前为止，没有任何联邦调查局的文字记录显示，在我试图起诉《赤色频道》期间，莫里斯·厄恩斯特是否就我的事咨询过胡佛。有记录显示，厄恩斯特曾经因为该不该接手许多客户的案子求教于联邦调查局，甚至签证一类的小问题亦如此。然而，在他们两人眼里，我的问题似乎并不重要，提不上他们的日程。对此，我唯一能说的是，如果当年我知道厄恩斯特与胡佛以及调查局的关系如此热络，我肯定会舍弃厄恩斯特，另找一位律师——也许我会找路易斯·奈泽，我和他很熟——接手我的案子。不过，对我来说，莫里斯·厄恩斯特不仅是律师，更是我的朋友，我一直认为他是个伟大的民权斗士，即便他如此对待我的案子。

哈里森·索尔兹伯里披露的事实让我感到困惑和悲哀。为了宪法赋予人们的自由，厄恩斯特曾经英勇奋斗。我敢肯定，他把这当作他一生的最伟大业绩。然而，交友不慎毁了他一世英名，他那位友人即约翰·埃德加·胡佛——索尔兹伯里曾经告诫人们，胡佛这人最终会"被揭穿，他骨子里是个种族主义者，他给好几位总统下过套，他敲诈过许多政客，他还是麦卡锡的同情者"。厄恩斯特肯定早就知道，其实每一位记者和国会议员都知道，胡佛一直在利用联邦调查局的所有资源协助政治迫害狂，尤其是麦卡锡参议员、麦卡伦参议员以及众议院非美活动委员会。厄恩斯特还知道，《赤色频道》的三个出版人均为胡佛手下的联邦调查局前雇员，有报道说，联邦调查局帮助他们编纂了书中的名单。

厄恩斯特曾经反复对我说，他已经尽力，不过他始终没琢磨出"对付"《赤色频道》的方法。难道他咨询过他的朋友胡佛？如今我确实会往这方面想。

多年以后，如今我终于认识到，在当年那种情势下，厄恩斯特拒绝对《赤色频道》采取法律行动，对我来说是个挫折，也让我付出了不可承受的代价，但在整件事情里，主要过错不应当让犹豫不决的律师承担，也不应当让采用流氓手段制作黑名单的那几个出版人承担，那些人不过是借助歇斯底里的反共行动投机发财而已。理应承担主要责任的是那些利用黑名单造成伤害的权势人物，例如，广播公司和电视公司的管理者、广告公司的管理者、赞助广播节目的公司的管理者、好莱坞的权势人物，以及某些杂志的编辑。

那些人都是卑鄙的胆小鬼。他们当中哪怕有一个人拿出一点点勇气，具备一点点风度，站出来说一句，我会根据能力择优录用，而不是根据此人的名字是否在《赤色频道》里，那么黑名单的作用将消失得无影无踪。然而，没有人敢于站出来，一个都没有。

在那些悲惨的日子里，也出现过一些有胆有识的人。其中一位是《纽约时报》广播电视节目评论员杰克·古尔德。他一直在谴责《赤色频道》，以及在其掩护下满腹空空和胆小如鼠的那些人，还有人们的**贪婪**！用古尔德的话说，面对人们认定的共产主义威胁，那些人的所作所为并非出于狂热的爱国主义。

> ……占主导地位的是商业短视，规避一切争议，生怕赞助商推销的产品消费者不买账。
>
> 根本没人真的关心《赤色频道》收录的人是无辜的还是有罪的，不管是无辜的还是有罪的，一旦上了那个册子，就成了"有争议的"……[9]
>
> 在广播和电视处于有史以来最低潮时，由于《赤色频道》，广播业界甚至连做人的资格都不要了。[10]

在精神错乱的麦卡锡年代，仅有少数几个人公开发表过不合时宜的言论。让我印象特别深刻和钦佩的是联邦法官勒尼德·汉德。我和他还有些交情。他是美国司法界最杰出的精英之一——许多律师认为，他的水平高过联邦最高法院的所有大法官。当时，勒尼德·汉德认为，美国社会已经"处于危险中"。

> 我认为，如果全体国民都以为自己的邻居可能是敌人，如果人们普遍接受的政治和宗教信条开始被背叛，如果人们谴责他人时都信口开河罔顾事实，如果人们用传统思维打压言论自由，如果人们胆小怕事，对理智为先的最高原则毫无信心，不敢公开站出来说黑是黑白是白，这个国家离解体也就不远了。如此这般的恐惧心态……很可能引领美国走向人们所担忧的最邪恶和最疯狂的专制国家……

无论风险多大，我宁愿眼睁睁地看到一些叛国者躲过审查，也不愿看到普遍的怀疑和不信任泛滥，不愿看到谣言和小道消息替代邻里之间的相互信任与共处。

伟大的历史学家和美国宪法权威亨利·斯蒂尔·康马杰对当年美国的国内形势持悲观态度。他说："美国如今正处于镇压和打压运动中，比历史上任何一次都更为粗暴残忍，更不计后果，涉及面更广，尤其是更险象环生。"他号召纠结于反赤色动乱中的美国人民回归理性。

为反击右翼分子指控其"对共产主义太软弱"，哈里·杜鲁门总统曾经觉得有责任让联邦政府公务员签署忠诚宣誓书，如今他也站出来说话了。他说，人们曾经为保卫自己反对共产主义，可如今我们面临着另外一种进攻，

（一些人正在）利用诽谤、毫无根据的指控以及一派胡言制造恐慌和怀疑……这些谣言贩子正试图让人们变得极为歇斯底里，由于害怕自己被指控为共产主义分子，没人敢站出来反抗他们。

杜鲁门还痛斥"性格杀手，以及社会关系连坐罪"，痛斥"诽谤和谎言，这些东西威胁到了每一位美国公民……什么过错都没有的美国人，哪怕仅有一个人因为恐惧不敢诉说自己的真实想法，不敢畅所欲言，那么，全体美国人民将处于危险中"。杜鲁门在美国退伍军人协会说这番话时没有一丝胆怯。

但凡碰到这类讲话和声明，我都会做个记录。这类讲话和

声明给了我一线希望，荒谬的境况早晚会过去。

芝加哥大学校长罗伯特·M. 哈钦斯在第 237 次学校会议上说了如下一席话：

> 在这个国家，每天都会有一些男人和女人由于未经证实的指控被剥夺赖以生存的权利，至少是被玷污了名誉……我们没有将这些人投入监狱……却让他们失去了工作。

脾气乖戾的历史学家伯纳德·德渥托是那种说话总是前后不一的老头子，他总是与我观点相左，但他发表在《哈珀斯杂志》上的文章让我心里充满了暖意。他公开宣称，他再也不和联邦调查局或其他调查机构的人说"有关任何人的任何事"了，他还说：

> 我喜欢这样的国家，人们无论阅读什么杂志，脑袋里装着怎样的想法，其他人绝不能干涉……我喜欢这样的国家……人们说过的话绝不会被记录在联邦调查局的档案里，即使在加利福尼亚可能有个二老婆，也不会留下案底。我喜欢这样的国家，受过大学教育的平脚板们绝不会大老远搜集他人的隐私，这种人居然还受法律保护！在这样的国度里，向政府官员打小报告的人必须承担相应的责任。我们的国家不久前是这样，我要让其恢复成这样。人们曾经远不像今天这么恐惧。

1950 年 5 月 21 日，那天我在农场，我在日记里引用了杰拉尔德·W. 约翰逊意味深长的一席话。老先生是《巴尔的摩太阳报》的核心成员之一,《纽约先驱论坛报》周日书评版刊登了他对美国总统托马斯·杰斐逊文集第一卷的评论。他在文章里引用了杰斐逊于 1780 年 9 月 23 日写给本杰明·拉什的那封著名信件里的如下一句话:"我已经在上帝的圣坛上发誓,我将与凌驾于人们思想之上的任何形式的暴政永世为敌。"

在约翰逊看来,

> 这是杰斐逊最了不起的一句话。想想这句话对生活在 1950 年的美国人的影响。我们的国家曾几何时有过……如此众多的人冠冕堂皇地以为,自己有权凭借暴政将想法强加于人,有权强迫他人追随自己的想法、说法,追随自己去投票,接受自己的社交圈子。这种人口口声声说,这一切都是为了最完美的理想世界,如果有人胆敢提出质疑,即便能躲过法律的严惩,也躲不过道德的诋毁。

那篇日记后边还附了一篇剪报,是《华盛顿邮报》的一篇社论,开篇如下:

> 数周来,国会大厦一直被恐惧笼罩、震撼……这种东西竟然会出现,会来到世上,究竟是为什么?
>
> 甚嚣尘上的互不信任,疯狂喧闹的以邻为壑,美国人之间穷凶极恶的窝里斗,对学术自由的无情攻击,对不同观点的不能容忍——在本报看来,这一切躁动不安都深深地植根于整个民族纠结的思想状况里。

所以，我们身边仍然存在着一些有胆有识的美国人——甚至有一些报纸——他们关心人们的自由，他们意识到，在那个忍无可忍的年代，人们遭受了多么严重的威胁。在那些让人心灰意冷的日子里，我需要他人提醒我，世上仍然有这样的存在。我需要提醒自己，还有其他美国人——包括我的两个朋友——他们的遭遇比我更加悲惨。他们也被剥夺了工作，除此之外，他们还在公开场合被羞辱、被摧残。

一个是约翰·卡特·文森特，另一个是约瑟夫·弗兰肯斯坦。两人都是著名的外交家——资深外交家约翰·文森特在外交领域服务了 29 年，大部分时间在中国；弗兰肯斯坦相对来说是个新手，他在二战初期从出生地奥地利来到了美国。

他们两人忠诚地为国家服务，而国家是怎样回报他们的，至今仍然让我汗颜——卑鄙、可耻、令人无法原谅。

弗兰肯斯坦的夫人凯·博伊尔是我们的老朋友，20 世纪 20 年代，我们在巴黎期间就相互认识了。1954 年 4 月 27 日，她给我写信诉说有关她丈夫的事：

亲爱的比尔：

情绪特别低落时，我本不该给你写信，今天就是这样，但我还是要这么做。上周六，国务院通知弗兰肯斯坦，出于安全方面的考虑，他被禁止从事外交工作。对他的新指控将于 30 日内送达，为此还要在华盛顿举行一次听证会。这样的疯狂什么时候才是头？

那一时期，弗兰肯斯坦在康涅狄格州罗维顿市一所私立学校教书。由于对他提出了指控，他在等候进一步调查，而外交

机构也因此给他放了"长假"。对他的所有指控首先指向 1952
年，当时他在美国驻德国"对德信息服务中心"担任负责人，
美国占领区中，由美国资助的报刊受该中心监管。然而这些指
控非常模糊，最主要的指控显然指的是他对夫人的忠诚颠覆了
他对国家的忠诚，而他夫人被指是共产主义者，抑或共产主义
同情者。正所谓因婚获罪！美国领事局是听证会的召集方，该
局一致同意免除对弗兰肯斯坦的所有指控。不过，在那样的日
子里，麦卡锡参议员才是在美国说话算数的人物。他的两个手
下——麦卡锡委员会的理事罗伊·科恩和他的朋友 G. 大卫·
沙因开始介入，赴欧洲搜寻美国海外军官中的共产主义分子。
两人对涉外事务一窍不通，记者将他们称作"公费秘密调查
员"（junketeering gumshoes）。于是弗兰肯斯坦还将继续等候
华盛顿对其忠诚度的更多质询。

　　我记得，看到凯·博伊尔在信里描述的内容，我怒不可
遏。战争期间，弗兰肯斯坦曾经冒着被逮捕、被当作间谍审
判、被判死刑等危险，自愿被空投到敌后。我当时在想，像他
那样有胆量的美国人，这世上能有几个？我肯定不敢那么做，
疯狂指控他的那些人肯定也不敢那么做。事实上，麦卡锡和科
恩强烈抗议沙因被突然招募进了军队，他们指责，一定是美军
中的共产主义分子干的，军队即将成为他们下一步行动的牺
牲品。

　　因而约瑟夫·弗兰肯斯坦当时根本找不到工作，他夫人亦
如是。《纽约客》周刊原本任命凯·博伊尔为驻德国记者，她
丈夫刚刚出事，周刊立刻收回了成命——因为那件事，凯·博
伊尔永远都不会原谅《纽约客》杂志和它的主编威廉·肖恩。

　　在接下来的几年里，博伊尔和弗兰肯斯坦将他们的所有业

余时间和全部财力花在了搜集材料和文件方面，为的是证明弗兰肯斯坦移民美国后对国家的忠心，同时证明他根本不是共产主义者！认识弗兰肯斯坦的人都知道，对他的指控完全没有道理，因为他来自奥地利阿尔卑斯山脉蒂罗尔地区一个古老和保守的天主教家族，他的堂兄弟乔治·弗兰肯斯坦曾经是奥地利驻英国大使，1938 年纳粹夺取了维也纳，他兄弟立即辞去了大使职务。为表彰他的正直，英国政府授予他骑士头衔——这是罕有的荣誉。

我佩服夫妇两人的热情和执着，为了给弗兰肯斯坦辩护，他们年复一年扩大着本已庞大的卷宗。他们锲而不舍地坚持，至少是为了一件事：证明弗兰肯斯坦是个一向忠于国家的公民和官员。这是关乎个人荣誉的事。我一直看不惯华盛顿那帮胆小怕事的政府官员，他们毫无来由地害怕麦卡锡（在相当长一段时间内，甚至艾森豪威尔总统都感到害怕）。我认为，在公开听证会上，他们的律师应当勇敢地站出来质疑——正如我曾经质疑自己——有谁能像弗兰肯斯坦那样甘冒失去生命的危险（他可是真的差一点失去生命），在场的人有谁能比他更忠于自己的国家？

为恢复丈夫的名誉，博伊尔和丈夫经历了九年磨难。两位律师对他们的帮助功不可没——均未收取任何报酬。在美国帮忙的是爱德华·戈林鲍姆律师，在德国帮忙的是本杰明·弗伦茨律师。1962 年，对约瑟夫·弗兰肯斯坦的所有指控终于被撤销。他长期遭受折磨，国务院难辞其咎，因而国务院向他道歉，并且恢复了他的职务……然而，派他前往的地方毫无疑问不是人们认为的肥缺——伊朗德黑兰，在那里任文化专员。也许他洗清了罪名，不过，国务院并不真的欢迎他归队。人们认为，去德黑兰任职等于前往一个遥远的、原始的地方，携带家属前往那里的使馆人员极少。对于一个长期为荣誉而战、健康严重受损的人来说，这不啻残酷的流放。弗兰肯斯坦前往德黑兰六个月后，博伊尔和儿子伊恩前往那里与他团聚了。不过，他们见到的弗兰肯斯坦已经成了垂死的人，人们用飞机把他送到了德国的美军医院，给他做了脑瘤手术，随后又将他送往位于华盛顿的沃尔特里德陆军医院，在那家医院，他又被查出患了肺癌。

弗兰肯斯坦再也不会康复了。为了养家，博伊尔四处寻找工作，最后，她在旧金山州立学院找到一份担任英语教授（其实她自己还未获得过学位证书）的职位。1963 年9 月，他们全家一起飞到了西海岸——博伊尔去那里是为了刚找到的工作，弗兰肯斯坦去那里是为了前往位于旧金山普雷西迪奥的军队医院。几个星期后，他死在了那家医院，享年 53 岁。

约翰·卡特·文森特的大部分海外职业生涯是在中国度过的。不过，特斯和我认识他是在 1939 年的日内瓦。当年，文森特去那里是为出席国际劳工组织大会的美国代表团工作。当年的国际劳工组织主席是美国新罕布什尔州前州长约翰·怀南特，他是个典型的林肯式的人物。在我看来，约翰·文森特的观念和本质更像杰斐逊，说话带有美国南方人那种和风细雨的腔调，做事带有老派的美国传统自由主义风格。他的妻子贝蒂是个活泼好动的漂亮女人，我们很快成了朋友。

1940 年底，我从德国回国不久，听说约翰·文森特已经离开日内瓦，再次回到了中国。在战争后期的大部分时间，他是美国驻重庆大使馆的参赞，成了当年美国制定对华政策的关键人物。当时中国由国民党当政（罗斯福总统和赫尔国务卿的对华政策总是相左）。回美国后，文森特成了美国国务院远东事务办公室主任，然后成了驻瑞士公使，最后是驻摩洛哥港口城市丹吉尔公使。

1952 年 12 月 15 日夜，在驻丹吉尔的任上，文森特收到国务卿发给他的一封电报，大意为公务员任职委员会忠诚度审查小组已经找到"正当理由怀疑"他对美国不忠。该小组建议终止他的职务，因而国务院很快会这么做。

这已经不是文森特第一次陷入此等麻烦了。二战刚结束时，他遭受过右翼共和党人的攻击，那些人通过报界的支持者和中国游说集团攻击他，说他帮着把中国"输"给了共产主义者。那一指控真可谓傻到了家——因为"赢"得中国或"输"掉中国原本就超出了美国的能力——让人奇怪的是，相当多有影响力的美国人相信那一指控。1947 年，参议院共和党议员将约翰·文森特驻瑞士公使的任命延后了六个月。1950年，麦卡锡公开给文森特扣上了"共产主义者间谍"帽子，还秘密派遣特工前往欧洲搜集相关证据。

战后那些年，由于相同的命运，约翰·文森特和我走得越来越近。我们成了麦卡锡主义和席卷美国的反共浪潮的受害者。没过多久，我开始意识到，我朋友的处境比我糟糕多了。政治迫害狂正在竭尽全力毁掉他的事业，剥夺他的职务，怀疑他对国家的忠诚，以此羞辱他，最终彻底摧残他，全然不顾他对国家做过的卓越贡献。

这个勇敢、正派的爱国者身上究竟发生了什么，我怀着一颗悲伤的心，于 1972 年 12 月 6 日给《纽约时报》写了一封信，进行了扼要说明，那封信于当年 12 月 14 日发表：

致编辑：

约翰·卡特·文森特于本周在波士顿剑桥地区辞世，这标志着一小批杰出的外交官里的最后一人离我们而去了。他们代表国家，在中国度过了大部分职业生涯。在约瑟夫·麦卡锡参议员和约翰·福斯特·杜勒斯国务卿横行的时期，由于文森特等人曾经告诉政府那个复杂国家里的真相，他们被灰溜溜地逐出了政府部门，理由是，他们对国家不忠，可能是共产主义者。

实际上，文森特是个相当守旧和传统的杰斐逊式的南方民主党人，属于伍德罗·威尔逊派。我们认识他很长时间了，对我们来说，麦卡锡参议员和麦卡伦参议员指责他是共产主义者，指责他"对美国不忠"，这样的指责显得非常荒谬。

最让文森特伤感的是，公务员任职委员会忠诚度审查小组以投票方式，并且仅以三比二的微弱多数指控他对国家不忠。他曾经把全副身心奉献给了国家，在国内和国外十多个岗位上，他度过了他的韶华人生。

让文森特伤心，也尤其让我愤怒的是，杜勒斯国务卿辞退他的借口愚蠢至极：文森特已经"达不到外交官的基本要求"。众所周知，文森特是这一领域最杰出的人才之一。

其实，杜勒斯国务卿也清楚这一点。1953 年，以"不胜任"辞退文森特不久后，他曾经请求文森特原谅他……并邀请文森特悄悄前往他家，以便商议帮助他摆脱他称之为"中国迷局"的方法。

包括我在内，文森特的朋友们都劝他不要去见国务卿。出于对国家的一贯忠诚，另外也有可能因为他坚信自己对中国的判断无误（他曾经预言，二战结束后，蒋氏很快会垮台），他忍气吞声地接受了国务卿提出的帮忙邀请。

文森特在外交领域服务 28 年后，忘恩负义的国家炒了他的鱿鱼，每年给他的补偿仅为区区 6200 美元！在我看来，这是最为极端的侮辱（被开除的将军们得到的补偿比这高得多，而且是税后）。

约翰·文森特对发生在他身上的事百思不得其解。不过，他并没有痛不欲生，尽管这个国家毁掉了他的事业，败坏了他作为好公民的声誉。在生命的最后 19 年里，他在波士顿剑桥地区花园街的家里种花养草，与孙辈同享天伦之乐，继续从事有关中国的学术研究，在哈佛大学和拉德克利夫学院做一点兼职，还试图更为深入地了解自己的国家——正是这个国家的政府把他抛到了门外。他是一位聪慧、博学、宽容、知书达理的绅士，有两点他至死都没有改变：第一，他说话略带佐治亚州口音；第二，他一直矢志不渝坚持做一个正直的人。

威廉·夏伊勒

1972 年 12 月 6 日于马萨诸塞州莱诺克斯

尾　注

[1] 我相信，当年这段日记记述的是琼·缪尔的经历。美国通用食

品公司赞助的《奥尔德里奇一家》是一部白天热播的连续剧，
她被该剧除了名。

[2]《赤色频道》里还列有我从前在哥伦比亚广播公司的同事霍华
德·史密斯，后来他接替爱德华·默罗成了哥伦比亚广播公司
驻伦敦办事处负责人；作家和剧作家有阿瑟·米勒、莉莲·赫
尔曼、阿贝·伯罗斯、欧文·肖；《纽约时报》音乐评论员奥
林·唐斯；音乐家伦纳德·伯恩斯坦、艾伦·科普兰；演员爱
德华·G. 罗宾逊、奥逊·威尔斯、吉普赛·罗斯·李、黑兹
尔·斯科特、朱迪·霍利德、伯尔·艾夫斯、里·J. 科布。

[3] 著名夫妻演员弗雷德里克·马奇和弗洛伦丝·马奇起诉《反
击》给他们贴上了共产主义者标签，最终他们与几位出版人庭
外和解。

[4] 他曾经非常激烈地反对出版物审查制度。其中一个完胜的案例
为，他曾经逆转了政府禁令，将詹姆斯·乔伊斯的《尤利西
斯》引进美国，那一里程碑式的案例标志着美国对出版物的审
查开始放松。另一个成功的案例为，他迫使政府放弃了对玛
丽·斯特普所著《婚后爱情》的打压。作为美国作家联盟、美
国剧作家协会、美国报业协会的律师，他打赢了许多美国作家
和剧作家的维权官司，他还为新闻从业人员组织工会和其他事
情打赢了许多官司。

[5] 我曾经在日记里记述道："厄恩斯特完全没有意识到这其中隐
含的滔天罪恶，以及此种疯狂对美国自由的真正威胁，另外，
如此阴险的手段也会吓跑那些主宰美国经济的生意人。"

[6] 这是欧文·塞普尔大法官在哥伦比亚广播公司广播剧演员约瑟
夫·朱利安诉讼《赤色频道》出版人案件中的作为。A. M. 斯
佩贝尔是默罗的传记作家，为朱利安做辩护时，他受到法官的
反复刁难。"庭审简直是一场灾难，主审法官欧文·塞普
尔……甚至连假装公平的表面文章都不做……几乎不接受任何
传唤证据，不断地提出反对，实际上达到了阻碍对黑名单进行
举证的效果，他还经常从法官的立场与辩护律师串通一气，操
纵控辩双方的对质。"（A. M. Sperber：*Murrow*：*His Life and
Times.* ）

[7] 他们两人都对共产主义心怀仇恨。

[8] A. M. Sperber：*Murrow*：*His Life and Times*, pp. 371, 364.

[9]《赤色频道》的一些始作俑者最终选择了离开，他们在一些名

字入册的人身上做起了恢复其名誉的（收费）生意。联邦调查局前雇员肯尼思·比尔利从事了好几份挣钱的工作，其中之一是为哥伦比亚影业公司的人恢复名誉。他最出彩的案例是女星朱迪·霍利德的案子。他对媒体说："谁都可以肯定，霍利德小姐根本不是共产主义者，其实，（《赤色频道》里）好多人都不是。"

有一次，肯尼思·比尔利这样解释："他们（列入《赤色频道》的 151 个人）是不是共产主义者原本没有那么重要……首先，连我们都不知道谁是共产主义者；其次，就算我们询问过本人，我们也没法判断他们是不是……"

[10] *The New York Times*, June 6, 1954.

第十四章

惨淡的写作生涯

整个 20 世纪 50 年代，为了生计，我一直在拼命。过去 25 年里，我把自己的生命奉献给了单一的广播职业，但现在若想继续受雇于那一职业，几乎没有了可能，我只好接受现实。我没有祈盼会时来运转。我每天工作十小时，不停地写作。我写的书都正式出版了，然而这无法解决我的生计问题。我需要的钱不多，从过去到现在，我和家人一直过着一种比上不足，比下有余的生活。我们必须支付的纽约的房租微不足道，其他开支无非农场的税费，两个女儿减免一半的学费，还有穿衣、吃饭、饮用水的费用。

我们全家照旧在农场度过了 1951 年的新年，我照旧回顾了刚刚过去的一年。那一年的美国外交被朝鲜战争主宰，我支持那场战争。就我的个人生活而言，值得一提的是，我的第一部小说《叛国者》于去年 11 月 3 日正式出版了。

　　这本书卖得相当好……但显然我不能依靠写小说生活……另外我必须承认，在 47 岁（下个月我就满 47 岁了）这个年龄，我仍然没有解决好生计问题……播音能解决问题……不过黑名单把我挡在门外。我想，我曾经在新闻记者行业留下了浓重的一笔，不久前我差点被捧到巅峰，让人惊讶的是，即便如此也于事无补（我想到了吉米·希恩，他一直抱怨做这行让他走上了穷途末路，还有老牌报纸《世界报》的招牌记者多施－弗勒罗，如今他已经在马德里寅吃卯粮了[1]）。

今天，在新的一年开始的日子里，我唯一的出路仍然是拼命多开讲座，多为杂志写文章，睁大眼睛盯住广播电

台和电视台的大门，最重要的是，继续不停地写、写、
写……

2 月 23 日是我的生日。那天我前往剑桥地区的哈佛大学
法学院开讲座。

今天我 47 了！……快 50 了，快成老头了，仍然没有
实质性的成就。也许是，大器晚成？！

1951 年夏末，农场，我对今年以来小结如下：

8 月 31 日，农场。夏天过去了。第一批枫叶开始变
色……还没做出什么事，我把夏天就这样轻易放走了。
《世纪中叶之旅》写出了一半，每周播音三次，纯属为了
养家糊口。

上述播音是为戈登·麦克伦登创办的短命的"自由广播
电台"做的。同年夏季，另外两位思想开放的广播评论员雷
蒙德·斯温和约翰·范德库克也在那家电台播音。我感觉，
"自由主义"一词太大，任何人都承受不起。如今我已经想不
起来斯温和范德库克为什么那么快就离开了那家电台。夏季结
束时，约翰·弗林在那家电台取代了我的位置。在我以前记述
的日记里，我把弗林描述成了"一个伪法西斯主义者……亲
日、亲纳粹的人"。因而，经过一个夏季的缓冲期，秋季到来
时，我再次陷入了"现金流"麻烦。

今天天色阴沉，有雨，冷。我在琢磨怎样才能解决今年的生计问题，然而我唯有失望。后来我开始读约瑟夫·康拉德的作品，深受鼓舞……康拉德的几部小说主要探讨了人如何面对逆境。唯有厄运当头，人才会证明自我的品性或价值。"人们把生活当作悲剧时，"这是康拉德的原话，"生活才刚刚开始……"

当年，我经常会写一些便笺，以提醒自己哪些"项目"有可能解决收入问题。例如：

1951 年 8 月 27 日：

钱……播音没了，必须另寻出路。

一、电视能解决问题，然而我指望不上。

二、广播。希望不大……《赤色频道》还在。

三、写书。《世纪中叶之旅》即将完稿，不过写书解决不了生计问题。

四、为杂志写文章。我不喜欢做这事，也没有过硬的关系。

五、剧本。完成了"diplo"，上演可能遥遥无期。

六、好一些，写希特勒的戏。

七、就旅人迟归写个剧本，查笔记，"游子回家""游子回归""旅人迟归"。

八、拍电影……也没有熟人关系。

九、开讲座。好。可惜无法解决生计问题。

十、写"专栏"。我喜欢做这个，仅次于写书。可机会不多，这一行人满为患。

当年，我经常骚扰文学方面的经纪人保罗·R.雷诺兹，我给了他一些备忘录，上面写满了为杂志撰写各种文章的构想，为电影和电视编故事的想法，为晚间电视新闻综述做构思的想法，凡此种种。我不停地麻烦他，让他把我的书推销到海外，在国内出版平装本，拍成电影。我的想法何止万千！

我甚至写起了剧本——长期以来，写剧本一直是我的弱项。三年前创作《叛国者》时，我已经意识到，把想写的东西首先写成剧本，能够把塑造角色和开发情节做到极致。我在媒体上介绍过这一点，结果，某天晚上进餐时，美国戏剧协会副会长阿米娜·马歇尔提到了那件事。再后来她给我写来一封信，让我备感振奋：

尊敬的夏伊勒先生：

还记得几个月前我们共进晚餐时谈到的话题吗……当时你告诉我，你要写个剧本，而且向我们保证过，你会首先拿给我们看，还记得吗？进展如何，可否让我们先睹为快？

顺致良好的祝愿，

阿米娜·马歇尔

美国戏剧协会

1948 年 7 月 31 日

那封信让我备受鼓舞，因为阿米娜·马歇尔是劳伦斯·兰纳导演的妻子，而兰纳导演是戏剧协会导演特里萨·赫尔本的合作者。当年，戏剧协会刚刚开始推广美国最伟大的剧作家尤金·奥尼尔的作品，让美国戏剧重新充满了生机。

我翻出了剧本的初稿，虽然稿子很粗糙，但我还是于 8 月底用打字机把它打了出来，然后将其寄给了阿米娜·马歇尔。1948 年 9 月 22 日，她不吝笔墨给我写了一封回信：

> 我和兰纳先生都喜欢你的本子《叛国者》，我们两人都认为你做了件了不起的事。从本子的结构、悬念、技巧等方面看，它达到了专业级别，还清楚地证明你对舞台剧很了解。

> 他们也指出，还存在大量不足，最要紧的是，对主要角色的塑造远不够丰满。

> 剧本里的内容已经足够丰富，把它定义为情节剧还是舞台剧，主要靠的是对角色细致入微的刻画，我们认为，这是尤其需要改进的地方。

> 我们还认为，如果不加修改，它也足以用于演出，因为它无疑已经具备轰动效应和观赏效应。不过，如果你觉得有必要把它重新加工一下，我们希望你能给我们机会欣赏改过的本子。

对抱负远大的剧作家来说，兰纳夫妇的说法尽显客套和老到，即便如此，他们给我回信本身已经成了我那一时期在生活中少有的亮点之一。当时我为什么没有接受他们的鼓励，为什么没有修改那个剧本，如今我已经想不起来。那个剧本确实需要修改。也许我当时挤不出时间，因为小说的交稿日期已经迫近。另外，为了挣钱，我手头的事情太多。若想当时让我认识到，我没有写小说的天赋，或许还为时过早。20 世纪 50 年代，我创作和出版的几部小说都有剧本同时跟进，其中一个本子甚至在一个州级城市的小剧院里进行过半专业的演出。

下决心放弃写小说后，我再次携手广播节目和电视节目经纪人。当时电视还没有发展到有定时播出的新闻类节目。我迈出了第一步，当时我策划了一档每周日播出的一周电视新闻 30 分钟回顾，那花费了我数月时间。那个节目站住脚以后，我又策划了一档每晚播出的新闻综述节目，那个节目一直没有下文。还好，从前与我合作的那家经纪公司没有对我采取敷衍做法。在我曾经炙手可热的年代，那家经纪公司的赫布·罗森塔尔是我的代理。我询问他可否再次做我的代理时，他开门见山地说："眼下公司认为，做你的代理得不到什么好处。"

然而，多数人对我的态度恰恰是敷衍。随着电视渐渐融入人们的生活，我曾经浪费了两三年时间与一个老朋友磨嘴皮子谈想法。那人曾经是哥伦比亚广播公司副总裁，他应聘到全国广播公司后也担任了副总裁。他永远是一副客气的、感兴趣的样子。他说他喜欢我的主意，他想尽快把我弄到全国广播公司，让我放手去干。我说电视是传播新闻的未来媒体，他对此表示赞同。他还说，我需要耐心等待，因为公司在这方面一直处于探索阶段。在两三年时间里，我和此人谈了许多想法，直到有一天，在全国广播公司工作的另一位朋友把我拉到一边，他直言不讳地告诉我，我是在白费口舌，因为那位副总裁朋友根本不会帮忙，原因是《赤色频道》。他本人当然不会这么说，害怕嘛。

随着 1952 年的临近，我开始直面现实了。我把那一过程写进了一篇日记。1951 年春季的一天，我和一个著名广电节目经纪人共进午餐，他非常中肯地建议我集中精力做其他事——"譬如说，写作"——这是他的原话，以便养家糊口。我和文学方面的经纪人也共进了一次午餐，共商我如何以作家身份起死回生。

1951 年 4 月 10 日，纽约……本周两次午餐的作用是再次让我感到了心灰意冷……

我知道自己想做什么，我想继续写作。然而我有……一家人要养活……当我静下心来思考怎样解决未来六个月的生计问题时——一直要撑到秋天的讲座季开始——我完全陷入了困惑。我想，这还是我成年以来第一次如此困惑。

如果朋友们都认为你走在了下坡路上，尚未出局已是不幸中之万幸——我觉得，大多数认识我的人以及知道我的人已经抛弃我[2]——他们会纷纷离开……这种事如今让我赶上了。离开的不仅仅是泛泛的朋友，更有三四个来往最密切的朋友，甚至君特夫妇都对我们拉长了脸，还躲着我们。我记得，六个月以来，我只见过他们两口子一次。

特斯说，等哪天你有一本书大卖了，那些人都会专程过来看你。

开办讲座，算是我找到的一条出路。那些乱扣红色帽子的人当然也侵蚀到讲座领域，他们把站在麦卡锡左边的人都当作左翼分子看待，他们正在想方设法将那些人一个不留地扫地出门。在右翼分子的压力下，相当一部分晚餐讲座俱乐部以及类似的社会组织取消了讲座。在麦卡锡等人横行的日子里，幸亏社会上有大专院校，他们更有气魄，主办了绝大多数讲座，而企业赞助商、广告公司、广播公司、电影公司一个个都退缩了。在麦卡锡时代，大专院校成了言论自由的堡垒，也是唯一的堡垒。

我保留了一些有关取消讲座的书信，书信中的一些内容会让今天的人们觉得啼笑皆非。印第安纳州南本德市"刀叉俱乐部"项目委员会原定让我于 1951 年 10 月 16 日前去开办讲座，该委员会主席是个名叫马歇尔·I. 休伊特的医学博士，他于 5 月给我写了一封急信，让我读一下《反击》周刊攻击我的文章。其他内容暂且不说，该文指责我于 1948 年在"亲共《传教士》"主办的晚餐上做过正式发言。那次我确实发了言。《传教士》主办那次晚餐是为了欢迎艾森豪威尔将军，当时艾森豪威尔将军本人也出席了晚餐。

"为南本德市刀叉俱乐部筛选主讲人时，"休伊特博士在来信中称，"我们一直以来都非常小心谨慎，我们一直试图挡住那些有左翼倾向的人，甚至要挡住涉嫌左翼倾向的人。直说吧，我们不想邀请任何背景有问题的人。"

我给好心的医生回了封信，我在信中说，我的背景是公开的，是建立在无数书籍、报刊文章、电台播音、公开演讲、公开讲座之上的，即便我想隐瞒，也没有这种可能。不过，考虑到他的疑心，我取消了原定的讲座。我向医生提议，最好把我们往来的书信向媒体公开，他在回信中称，他"无权这么做"。

好几年以后，我应邀为达拉斯世界事务理事会做报告，一些社会活动分子发出威胁，要阻止我，要设立纠察线，该理事会立刻慌了手脚。在写给我的一封信里，吓破胆的常务理事长请求我做报告时千万不要提及"世界政府"（World Government）一词。他在信里还说，他不想审查我的发言稿，他解释说，目前理事会正"面临非常特殊的形势……一帮狂热分子组织了一小群人，他们不停地高呼口号，试图营造对'世界政府'的强烈不满"。眼看报告日期仅剩一周时间了，可怜的理事长快要崩溃了，他给我的演讲经纪人打电话，要求取消那次报告。他说，如果我在达拉斯现身，肯定会带来"灾难性"后果。已经有人在理事会办公场所设立纠察线，理事长唯恐出现特别严重的情况——显然他指的是流血冲突。至此，我取消了原定安排，其他的一些主讲人则因为流感取消了约定。

令人尊敬的达拉斯世界事务理事会完全没必要如此胆小怕事。我前往达拉斯演讲，通常都会受到干扰，然而，每次的麻烦最终都会迎刃而解。有一次，我在南卫理公会大学开讲座，第一排坐着一位满头白发的老年达拉斯右翼妇女，我演讲时，她一直喋喋不休地提问。我把麦克风的音量调高，继续演讲。大厅里几乎没人听到她的满口胡言。然而，她在最后一刻上演了一幕滑稽戏。我即将结束演讲时，已届高龄的老妇人跨上了主席台，一手抓住麦克风，另一只手抓住了我的晚礼服翻领（像以往一样，出发上路前，我夫人在我的晚礼服翻领上别了一枚镶着红丝带的法国荣誉军团勋章，那是二战结束前夕法国政府颁发给我的）。

"这个镶着红丝带的是什么东西？"可爱的质疑者对着麦克风大声问，她揪住我翻领的手力大无比，我差点喘不过气来。已经老成那样的女人居然那么有劲，着实让我惊讶不已。

"怎么啦，女士？"我回答，"这是列宁勋章呀！"

"你们听见了吗？"老妇人面对听众喊道，"我一直和你们说，他是个共产主义流氓，现在他亲口承认了。他还承认我现在抓住的这个镶着红丝带的东西"——说到这里，她试图把勋章揪掉——"是个列宁勋章。"

老妇人说完往旁边挪了一步，她在等待所有真正的爱国者对她报以热烈的掌声。出乎意料的是，听众爆发出一阵哄堂大笑。

20世纪50年代，达拉斯到处是狂热的保守分子，那可是真的，其中多数人要么没头脑，要么真疯狂，而且，他们非常有钱。尽管美国主流思想丰富多彩，主流思想却影响不到那些人，他们对历史同样没什么感觉。因而地地道道的达拉斯市民中的一位——如果我没记错，应该是位女士——往参选美国总统的阿德莱·史蒂文森身上吐痰一事没有让我感到丝毫意外。不过，我还真的挺喜欢我每次讲话时那种乱哄哄的场面。也许我比较幸运，因为没有人往我身上吐过痰，我也从未被当作不受欢迎的人被驱赶到城外。

最初几年，我相当喜欢外出演讲。美中不足的是，外出演讲占用了大量写作的时间。对一个在海外漂泊了很长时间的人来说，那么做的好处是，我第一次有机会走访全国各地许多地方。四处演讲那些年，我差不多跑遍了美国各地的大专院校和大大小小的城镇。我开始熟悉美国南部的"异域他乡"，还有西部，我喜欢上了那里。另外，还有我生于斯长于斯的中西部地区，我重新恢复了与那一地区的联系。二战以后，新英格兰地区成了我安家立命的地方，在那一地区，我尚未涉足的地方已经为数不多。霍华德·史密斯取代爱德华·默罗成了哥伦比亚广播公司驻伦敦办事处主任。1949 年 12 月 27 日，我给前者写了封信，总结了周游四方的第一印象：

> 我刚刚从南方最遥远的地方出差回来，一路上，每晚一场演讲。长期不在国内，这次借机重新熟悉了国内的情况，非常有意思。不过，演讲本身怎么说都算不上闲适的生活，回家后浑身像散了架一样。演讲确实有它好的一面……至少有一点，你大可以畅所欲言，在国内，如今这已经成了非常奢侈的事。

一年以后，我在一篇日记里记述道：

> 1950 年 12 月 10 日，星期日，农场。终于完成了前往西部和西南部的六周巡回演讲，有点累……用这种方法养家可谓艰辛……希望明年不再干这个，但愿写作能解决更多生计问题——要么返回广播领域，兼职做这事——因为我不会放弃写作……

有时候，我会在日记里记述一些奔波于全国各地的场景。每当我看见熟悉的地方，思乡之情总会油然而生。

> 1950 年 10 月 29 日，星期日。在美国联合太平洋铁路公司往返芝加哥和波特兰的火车上。
> 沿途那么多熟悉的景点，勾起我太多的回忆。时针指

向下午3点，列车驶进了内布拉斯加州悉尼市，大学时代的某个夏季，我曾经在附近的农田里收庄稼。昨晚"纽约中央号"开进芝加哥时，列车曾经在伍德朗和第63大街临时停车。有那么一会儿，我一动不动地呆坐着，我在想，就是在这个地点，我出生了，在这里成长到九岁。昨晚这里看起来完全是一副怪怪的样子，好像这地方和我毫无关系。我在想，人生会遇到多少变化和颠沛流离。比如说我，八岁时，父亲还活着，那时他还年轻，他的法律事业正在发展，我们深深地植根于这座城市，无论是我还是他，我们都没想过，我们会远远地离开这地方，随着时间的流逝，这地方会消失得无影无踪。多年后，离开的人再次经过这里时，竟然会认不出出生地和自己的关系，唯一还在的是残存在记忆里那段冰冷的回忆。

头天夜里，大约午夜过后，列车经过了爱荷华州锡达拉皮兹，我曾经在那里长大，列车经过那里时，我却睡着了……我母亲就葬在那里——还有我父亲——那里是我九岁到二十一岁时的家，后来我离开那里远赴法国巴黎。

在列车运行过程中，马克·吐温的书让我的思绪回到了生活在锡达拉皮兹那些年：

有件事我百思不得其解，马克·吐温在写给威廉·迪安·豪威尔斯的一封信里的一段话让我开了窍：每次返回锡达拉皮兹，我总会觉得那里的一切——包括我们居住过的两个家、一些公园、商业中心、大学校园、最大的饭店，也包括整座城市，都显得格外小……比我年轻时所认识的一切小得多。马克·吐温是这样说的："每当人们回头看童年时期居住的老房子，矗立眼前的房子总会显得缩了水，完全没有记忆里和想象中的那么大。"[3]

对孩童时期往来的那些人，以及绝妙的故土，人们的印象同样如此。

1950 年 12 月 10 日，农场……回顾上星期的巡回演讲，亚利桑那州图森市的太阳……女画家弗朗西丝·奥布赖恩为我画肖像，她把我画成了叶芝的样子，而我和叶芝毫无相似之处。我们聊起她从墨西哥回国后的事，谈到了弗洛伊德、荣格、天主教（她想劝我改信天主教）……还有美墨边境小镇诺加莱斯街头的女性都长着和麦当娜一样的面庞……以及新当选的亚利桑那州候任州长霍华德·派尔在菲尼克斯市某饭店的大堂里，一群小人物簇拥在他身边，那些人个个一副贪婪和自私的模样……我提到一位帕森斯夫人，她从机场开车送我进城，用她的话说，有必要弹劾"那个最高法院的犹太人法兰克福特"……她还说，广播评论员霍华德·派尔不那么强势，看起来像个很和善、很感性的家伙。她还和我说，霍华德·派尔身边的人争权夺利，这让他失望，他本来就长着一副失望的面孔……

得克萨斯州阿马里洛市的风强劲有力，刮个不停，和我在世界其他地方见过的风完全不一样……女演员塔卢拉·班克黑德以讲师身份在达拉斯第一次走上讲台，她讲话时不停地抽烟，一支接一支地抽……乘坐大巴车从得克萨斯州敖德萨市到亚利桑那州阿尔派恩市的车程为五个小时，沿途全是不毛之地……明晃晃的太阳，疲乏的身子，好在沿途的景色看起来很美，眼前耸立的群山尤其出人意料，我乘坐的车子开始爬山了……

"美国人生活在一个如此充满神奇的国度里，"1950 年 11 月 12 日，星期日，洛杉矶，我在日记里记述道，"横贯两大洋之间这片国土上的每个人都会注意到这一点。"

美国人民都是好人，他们头脑清醒，心地善良，慷慨大方，言谈中满是善意的幽默。然而，可憎的歇斯底里和相互猜忌正在毁掉美国人民，还有试图控制人们的意识。

在之前的周二，到达加利福尼亚州奥克兰市时，我已经获悉全美国中期选举的结果。在加利福尼亚州，国会议员理查德·尼克松击败了女国会议员海伦·嘉哈根·道格拉斯。用当地报界人士的话说，那次竞选是这个伟大的州有史以来最龌龊的竞选之一。尼克松在众议院是有名的"乱扣红色帽子的人"，他说道格拉斯夫人是"共产主义者"，在当年歇斯底里的氛围里，那一招十分灵验。那种事不仅发生在加利福尼亚州。譬如俄亥俄州的参选人塔夫脱和伊利诺伊州的参选人德克森，在竞选参议员时，那两个共和党人借助"共产主义"因素击败了民主党人。他们和尼克松、麦卡锡，以及印第安纳州的凯普哈特、詹纳等人，希望第一步夺取参议院，然后进一步夺取整个美国。那些人是否相信他们所鼓噪的一切，例如共产主义者将要夺取整个美国？什么共产主义者？美国共产主义者的数量远不足以让人们选出个捕狗人（dogcatcher），更不要说国会议员了。

在加利福尼亚州演讲时，我与剧作家和电影编剧鲍勃·阿德里以及他的夫人住在一起。

> 阿德里夫妇向我描述了一幅令人几乎无法相信的景象：所有当地人面临着必须统一思想的压力，人们疯狂地、不计后果地给所有思想开放的人贴上共产主义者标牌。他们说，以前支持自由事业的那些著名演员如今都吓得半死……那些电影制片人和导演……同样战战兢兢于有可能被贴上"共党"标签……

根据我一点点不成熟的经验判断，四年过后，好莱坞的情况仍然未见好转。据我所知，一位好莱坞制片人打算用我的作品《游子归来》拍电影，一开始他异常热情，后来改了主意。第一遍读那本书的时候，也许他完全没注意，书里会有一些"极度危险"的内容。实际情况并非如此，我的好莱坞经纪人向我的纽约经纪人解释如下：

> 制片人雷·戴维斯和导演汤姆·格里斯今天下午来了。眼下戴维斯觉得，他对夏伊勒的《游子归来》有点过于冲动。他想再找一些组织了解一下情况，例如美国退伍军人协会，看看他们会不会强烈抵制这样的电影。

开办讲座从未成为一个彻底的谋生手段，然而，在歇斯底里的 20 世纪 50 年代，开办讲座支撑了我的大部分生活开销。

讲座经纪人是一群特别贪婪的人，他们为主讲人预订讲座，安排交通，并因此从主讲人的报酬里抽走 50%。主讲人必须自行支付开销的大头，即食宿费。报酬尚未到手，即已损失50%，对这种养家方式，我居然还抱有奇怪的幻想！这么说吧，经纪人每周会为我预订五场讲座（分别位于五个城市），每场讲座的报酬为 500 美元，如此算下来，我每周会有 2500美元进账，这对我来说看起来是很多钱。如果每个讲座季以六周计算，最后的乘积为 1.5 万美元——这差不多能抵我一年的开销了。我尽量不去想，最终我只能拿到这笔钱的半数，即7500 美元，另外还要从中去掉 2000 美元食宿费，因而纯收入就不是一个大数了。联邦收入税和州收入税还要从中扣掉一大部分，这个我也尽量不去想。即使将春季和秋季两个讲座季加在一起，我的纯收入——税后收入——也不足以将我们一家的收入水平维持在官方设定的贫困线以上。

有一次，那是个千载难逢的机缘，我得到了一笔天文数字般的酬金！

事情的起因是，有一次，我在最后时刻成了取代埃莉诺·罗斯福夫人的主讲人。初冬的一天傍晚，当时我正好在纽约，罗斯福夫人给我打了个电话。她患了严重的喉炎，因而她让秘书向我解释，原定第二天中午她应当前往纽约州布法罗市参加"哈达萨犹太女性问题中心"的午餐会，并发表演说。她想知道我能否替她演说。当天没有飞往布法罗的夜间航班，天上正飘着雪花，第二天清晨能否找到中午之前赶到布法罗的航班也很难说。当天最后一趟夜班火车一小时内即将启程，我赶紧装好了箱子。我等了很长时间，终于招停了一辆出租车。好在我及时赶到了纽约中央车站，在列车启动前，我登上了火车。

布法罗那家饭店的舞厅里坐着"哈达萨犹太女性问题中心"的 1500 位女士，我跟随该组织的官员从一个侧面的房间走进大厅，坐上了发言席。那些好心的女士发现到场的不是罗斯福夫人，而当时确实没时间向现场听众解释那一临时变更。我环视了整个大厅，众多人脸像一片大海。我这辈子还从未见过那么复杂的表情，有惊愕，有失望，有沮丧，甚至有痛苦。不过，那些女士总体上还算开心，她们听完了我的整场演说，我知道，她们感到勉为其难，可是依然对我报以热烈的掌声。为了让组织者宽心，我主动提出只收罗斯福夫人 2500 美元酬金的半数。即便如此，那笔钱比我通常得到的酬金高出一倍还多。当然，那笔钱会变得更少，因为其中 50% 必须分给讲座经纪人。

一天一场演说总是让人觉得沉闷和失望，好在不定什么时候会有不速之客意外地出现在某场演说的观众席上，让我多少感受到一些补偿。我记下了一件事：

　　那天是 1957 年 4 月 26 日，前总统杜鲁门和夫人出现在密苏里州独立城旋转门俱乐部组织的一次地方会议上，听我演讲。演讲结束后，我们进行了一次长谈（如果我没记错，地点应该是他们家，我们谈话的同时还有饮料），话题是我刚才的演讲主题——外交。另外我们还谈到了杜鲁门图书馆……该图书馆将于 7 月正式开馆。

第二天上午，前总统杜鲁门先生亲自带领我到图书馆转了一圈，他对图书馆特别自豪。他对我的溢美之词实在有些过分，我不过是个记者，可他说，对世界上正在发生的事，过去他常常依靠我获取信息。眼看着我的光环日渐销蚀，更为严重的是，我从职场上被人赶了出来，他认为，当天的参观肯定会让我振作。在某件事上，杜鲁门先生实在做得有些太过分。事情发生在芝加哥，他在美国书商协会年会上说，二战之前那些年——尤其是战时那些年——他定期阅读我的新闻稿，定时收听我的广播，他常常觉得，我的东西比国务院提交给他的内部通报更有用。那显然有夸大之嫌，听到他那样说，我感到难为情。

拿我当朋友看待的人还有乔治·马歇尔将军。以前我不认识将军，有一次，我在北卡罗来纳州派恩赫斯特市为某社团组织举办讲座，将军也到了现场。听讲座的人差不多都是退役军官，他们的观念一向非常保守和僵化，多数人在一些外交问题上与我的观点大相径庭。在讲座结束前的问答阶段，讨论非常热烈。马歇尔将军的座位在第一排，在某个节点上，将军从座位上站起来为我辩护。讲座结束后，将军和我找了个地方，我们一边喝饮料一边聊了些私人话题。将军表扬我敢讲真话，由于麦卡锡及其追随者让恐怖氛围在整个国家大行其道，他对国家的状况忧心忡忡。来自威斯康星州的迫害狂参议员曾经斥责马歇尔"叛国"，进而宣称将军与斯大林曾经有共谋。二战期间，将军曾担任美军参谋长，是当时在任总统艾森豪威尔的上司和恩师。在一次讲话中，由于惧怕麦卡锡，艾森豪威尔甚至删去了为将军辩护的语句。在我看来，曾经担任国务卿和国防部部长、获得1953年诺贝尔和平奖的马歇尔将军是我们这代美国人里最伟大的人之一，处于美国历史黑暗时期的他不仅是个爱国者，也是个一身正气之人，而当时管理美国的那些人缺乏的正是这些品质。

我常常对开讲座感到厌倦和沮丧，每逢这种时刻，我总会勉励自己，比我更有地位的一些作家也像我一样依赖讲座解决部分生计问题。这样做的人很多，包括爱默生、马克·吐温，还有和我同时代的了不起的抒情诗人埃德娜·圣文森特·米莱。

然而，我一直视讲座为包袱。1953 年，我们在农场度过了新年。对刚刚过去的一年做年度总结时，我必须直面那一问题。截至劳动节那天，我的新小说已经完成 6 万词，不过由于讲座从 10 月上旬一直延续到 12 月中旬，我的写作速度一直停滞不前。

> 掣肘的正是该死的讲座，讲座中止了写作的连贯性、节奏、从容……对居住在纽约的作家和记者来说，每隔一个时期，出远门四处走走看看，总会让人获益匪浅。不过，我已经走遍整个美国的所有角落，向数万人发表过讲话。开讲座在很大程度上让我厌倦，让我特别沮丧，因为开讲座让持续不断的写作不再可能。

我逐渐意识到，开讲座确实存在某种隐患。早在数年前，莫里斯·厄恩斯特警告过我：得到的是一片溢美之词，危险的是会迷失自我。讲座上不存在能够提升智慧、抑制自我、让头脑不至于灌满糨糊的真正辩论。在实际生活中，日复一日重复同样的讲座，只会让人变得越来越笨。

时至今日，美国思想史学家弗农·路易斯·帕灵顿在很大程度上仍未得到认可，他曾经向约翰·费斯克指出开讲座的危害。后者是哲学家和历史学家，年纪轻轻即已成为 19 世纪少数几个最有头脑的美国人之一，作为年轻人，他行事过于激进、大胆、时髦，在哈佛大学教职员队伍里，他并不像自己希望的那样一开始就被大家看好。

　　迫于生计，必须另寻出路，他只好转向开讲座……由此导致他终其一生痛苦不堪，因为他具有一颗富于创造力的头脑，精力过于旺盛，他却只能做毫无成果的凡事。他甘愿在女性俱乐部里扮演服务生角色，应归咎于某种讨巧的利己主义。他喜欢对专注的听众讲话，一旦登上讲坛，他会变得活力四射。不可避免的结果是，他早年承诺的美好前景最终没能实现。他的风格变得累赘冗长，手头的材料变得华而不实，见解也变得毫无生气。他的大部分重要著述是在40岁以前完成的。

开讲座对美国政治家威廉·詹宁斯·布赖恩有过同样的影响。高中时期，我在肖托夸集会打工时亲眼见证过那一切。在许多年里，布赖恩日复一日地面对一群群发狂的听众发表演说，因为他是个非常煽情的演说家。我在回忆录的第一卷里这样描述过他：

　　美国最有影响力的政治人物之一——三次成为民主党的总统候选人，曾在威尔逊总统任期内担任国务卿……他曾经是上千万人的偶像，我也是他的崇拜者……

但在我看来，25年的讲座生涯让他变成了"一副空壳，一个空虚的和愚蠢的老头，一个油嘴滑舌地说着陈词滥调的凡夫"。开讲座把他彻底毁了。

世界的变化在继续，而开讲座钝化和削弱了他的头脑，使他不再接受新想法。他日复一日、年复一年地重复着同样的演讲，听众们掌声之热烈依然如暴风骤雨，他的虚荣心得到了满足，他的头脑却被掏空和榨干了。他没有可以磨砺自己的对手，他的雄辩依然故我，他站在讲坛上的吸引力一如当年。尽管他的雄辩千篇一律，但他仍然能煽起听众们的情绪，他脱离现实已经越来越远。肖托夸集会的帐篷让他长年见不到风雨，或许他对自己的陈词滥调与平庸全然不知。

1953 年 1 月 1 日，身在农场的我再次思考着如何应对当时的局面，我在日记里写下了一段话："无论如何，只有极少数作家……能够单纯依靠写作生存下去。"

……过去一年里，除了为数不多几次作为嘉宾出镜，我在广播和电视领域一直找不到工作。那几次当嘉宾，主要和《世纪中叶之旅》一书的出版有关。哥伦比亚广播公司原计划让我参加两三次他们的节目，最终却取消了。

显而易见的是，我（依然）在被禁止之列……犹如希特勒治下的德国和斯大林治下的苏联官方名单，《赤色频道》仍然在起作用，这种事在"自由的"美国非常活跃。无论是广播界还是广告界的管理人员，谁都不敢雇用上了黑名单的人……这是美国广播和电视的铁规矩……这一规矩堵住了我的路子，让我无法像从前那样依靠传媒谋生。我觉得，这一规矩也让我几乎不可能在重要杂志上发表文章，《纽约先驱论坛报》的所有者对我的态度冷若冰霜肯定与此有关，从前我定期向这份报纸供稿时，他们是何等的热情和友好……

这样的事在我的职业生涯中已经销声匿迹，因为……疯狂的时代让我震惊，也让我担忧……我必须奋起抗争——内心——保证自己不被疯狂击倒。

我还没有感到自己被击倒。

重要的是……绝不屈服，绝不投降，即使有过某种闪念，也绝不从战斗中退缩……

与此同时，人们在生活中仍然可以获得某种幸福，人们可以继续营造个人生活空间。我从写书中收获颇丰……还有音乐，还有乡野情趣：大自然、耕地、林子、鲜花、作物、树木以及变换的四季。在过去数年里，这些对我都很重要。

当然还有我的家人，这是我私生活的中心。

还有一些患难之交，为数不多，也不算少。随着年龄的增长，生活中的许多悲剧会悄然降临到熟悉的人们身上，因而人们有时候会想，自己还算幸运。

昨天夜里，我们在瑟伯夫妇家过除夕夜。我们开车赴约的路上，当年的第一场冬雪开始飘落；回家路上，雪停了，天空放晴，一轮满月从云里钻了出来，照亮了披上白雪的乡间。那景色相当美。

瑟伯双目失明，脾气相当暴躁，不过我尽可能往好的方面想他，我对他充满了敬意，因为他一直坚持写作，产出颇丰，残疾并没有成为他的障碍——他下半生不得不生活在完全的、可怕的持续黑暗中。他是个幽默作家——说他是美国最伟大的幽默作家也不为过——不过他坚定地认为，这个世界已经变成地狱，这个国家已经被难以置信的偏执裹挟，这个国家的希望已经非常渺茫。我们两人的新年谈话相当悲观，不过，我有一种感觉，无论是他还是我，我们都不像嘴上说的那么悲观。所有幽默作家都是内在的悲观主义者，对吧？马克·吐温应该算一个吧？弗朗索瓦·拉伯雷也算一个吧？

那些年，我写了那么多日记，并非每篇记录的都是我对努力生存的思考。我也记述参加聚会、欢度年节、结交新朋友、看望老朋友，还记述我认识或崇拜甚或既认识又崇拜的作家们，记述他们取得的巨大成功、他们遭遇的重大挫折，以及他们的亡故，还有伟人们的弱点和罪恶、国内和国际时事、养家糊口的快乐和忧伤、纽约激动人心的生活、农场安静祥和的生活，等等。不定什么时候，也会有幸运降临到我头上。我们一家子还从未有人经历过无所事事。我有过担忧，不过我从未体味过无聊。

一天晚上，我还遇见了葛丽泰·嘉宝。和上千万其他男人一样，我一直崇拜她在银幕上的形象，即使她算不上最神秘莫测和最难以捉摸的女人，她肯定也称得上世界上最美丽和最迷人的女人。"1950 年 4 月 15 日，纽约，昨晚去了君特夫妇家……葛丽泰·嘉宝也在……"亲眼见到的葛丽泰·嘉宝和银幕上的形象一样美丽。然而，我在日记里记述道，由于"幻想破灭"我"极度失望"。她是个不容易交往的人，她开怀大笑时，我的神经很受刺激。

我的日记里有如下一段描述：当天稍早在曼哈顿麦迪逊广场公园时，我感觉更为开心，我和艾琳以及她同校的四个朋友一起。

比我想象的更开心。我看到一个男人用一根手指倒立（在一个玻璃球上找平衡），还有一个西班牙女孩，她用双脚勾住吊在屋顶的一个普通秋千的踏板，她松开了双手，在空中来回荡悠，我替她捏了把汗。与之相比，也许对我震动最大的是旁观几个年轻人嬉戏。

五个 12 岁大的孩子的欢乐，以及他们的大呼小叫——和他们一起前往马戏团的情景，至今仍然留存在我的记忆里。

我讨厌广播界，广播界也讨厌我，尽管如此，我仍然会在日记里记述一些他们可笑、怪异，甚至相当滑稽的事。翻看日记时，我想起一个非常好笑的场景：1952 年 9 月 11 日晚，热门电视栏目"作家对决评论家"将要播出一档基于《世纪中叶之旅》一书的节目，这本书于当天出版。那一节目的模式为，嘉宾分为两方，一方为那本书辩护，另一方对那本书批判。辩护方的代表是华盛顿第一批女记者和专栏作家之一，可爱的多丽丝·弗利森。批判方，或者说原定批判方的代表是亨利·J. 泰勒。他是个极端保守分子，经常攻击我的观点，我们互相没有任何好感。节目开播前 15 分钟，泰勒悄然而至，让制片人和导演措手不及的是，他宣称他不会批判那本书，因为他非常喜欢那本书，也赞成书里的大多数观点。他表示他在节目里也会那么说。制片人和导演苦苦相劝，根本无法让他转变立场。制片人和导演说，节目组雇用他，为的是让他批判那本书，弗利森小姐会为那本书辩护。如果没有争吵，没有辩论，当天的节目必将失败。让所有人吃惊的是，泰勒是一块针扎不进的顽石。最终他和弗利森小姐一起赞赏了那本书。制片人和导演对此束手无策，其中一人紧张得让人看了害怕，我甚至担心，弄不好他会中风。

我当天记述的日记对那一节目有一段评论：

> 典型的电视人和广播人做派，两个节目制作人都没有费神读过这本书。

那本书记述的是我在二战以后走访了奥地利、德国、法国、英国，对这些国家的大事的反思。书最后增加了一章美国受麦卡锡风潮控制的内容。然而，节目制片人和导演在写给多丽丝·弗利森的信中称，那是一本关于"马歇尔计划"的书。节目组还忘了给弗利森邮寄样书。弗利森在华盛顿逛了数家书店，才在最后关头找到了一本。为了计划中的节目，弗利森临阵磨枪，在前往纽约的火车上通读了全书，那时她才意识到，书里的内容与她耳闻的风马牛不相及。

几天以后，我在日记里写道：

> 1952 年 9 月 18 日，纽约。因本书采访我的电视人和广播人差不多都没有读过本书，不仅如此，他们甚至连书名弄错了。南希·克雷格在星期四的电视中将其称为《旅途中》（"Mid-Journey"）。昨晚，美国广播公司的乔治·库姆斯开口就将其称为《世纪中叶的日志》（"Mid-century Journal"）。当然无伤大雅，但能看出如今的电视人和广播人有多么马虎。

两天前还有：

今天，美国全国广播公司出了一档非常逗乐和典型的事故。我和该公司的一位图书节目制作人（他是访谈节目部的一位导演）以及另外一两位公司大佬一起坐等一位主持人。原定他采访我，并提前录制一期星期六播出的节目。半小时过去了，那人仍未到场，他们开始打电话寻人，最后联系到那人家里。据他说，他没有来录节目的原因很简单：公司一周前已经解雇他！

我的日记也时常会变换主题：

1950 年 5 月 5 日，星期五。今天我们为艾琳量了身高，我们这才发现，她的身高已经超过她妈妈！

虽然身处浑噩的世界让我困顿不已，但有时候也会有一些意外之喜让我喘息。

1952 年 1 月 13 日，星期日，纽约。《世纪中叶之旅》终于完成了，压在心头的一副重担终于卸掉了。每完成一本书，我总是感到抑郁，因为我总是疑惑，为此付出那么多努力、时间，经历那么多磨难，牺牲了自己的生活是否值得。我也吃不准这本书最终能否出版，读者是否认为它值得阅读。这可能是我迄今为止写得最好的书，经过了最深刻的思索，写得最仔细。然而还是没有达到预期。

为完成这本书，我在农场拼命地工作，包括节假日……每天从一大早就开始，忙完白天还要……到厨房里忙，在附有荷兰式烤炉的大壁炉里燃起木柴，让明火持续燃烧到清晨三四点钟。

现在只等出版商放话了。我已经将预付款花光……

4月14日，纽约。出版商罗杰·斯特劳斯今早打来电话，他说："我觉得你听到这消息也会冒汗。"

我不解地问："干吗要冒汗？"

他这才引爆了手里的小炸弹……据他说，美国文学协会突然决定……考虑将《世纪中叶之旅》作为重点推荐书目。

"我可不信，"我说，"千万别拿这种事逗我玩啊！"

斯特劳斯说："我可没逗你，千真万确。"

4月17日，纽约。收到一封斯特劳斯的来信，他在信里让我多为自己祈福。如今他只能让装订线停工等待，等待协会的最终决定。21日星期一那天，他会设法打探协会的决定……我真希望他从未将消息透露给我！不去想这种事根本不可能！如果这事成真，家里的许多问题会迎刃而解。当然，就目前的情况看，这种事真的遥不可及……必须不去想这件事；必须将这件事忘个一干二净……

4月22日，纽约。今天一早，斯特劳斯从佐治亚州奥古斯塔打来电话，他声音里满是悲哀。

文学协会已决定不推荐这本书……

今晚出席了对外关系委员会为切斯特·威尔莫特举办的晚餐会。他刚刚出版了杰作《争夺欧洲》……会后，与哈珀出版社负责人卡斯·坎菲尔德、历史学家康马杰以及威尔莫特一起到纽约广场喝啤酒，继续探讨威尔莫特的新书。这让我忘记了自己的书和它带来的失望。

4月23日，纽约。我必须静下心来，想想未来六个月该怎么过。我原来的设想是，利用夏季待在农场里写小说……整整一天我都在和自己较劲，必须鼓起勇气……后天我还得前往剑桥城，去哈佛大学演讲。总感觉魂不守舍。

4月24日，纽约。下午大约4点半，我从华尔道夫理发回来……拉开大门后，我看见刚从学校回家的小女儿琳达在屋里蹦高，一脸兴奋，嘴里还不停地念叨书啊好消息啊什么的。实际上我根本没注意她在念叨什么，因为年幼的她这些日子总那么激动。她已经十岁半了……

我刚走到楼上，特斯迎着我跑了过来，她说话几乎语无伦次了，不过她很快将事情说清楚了：过去一小时里，斯特劳斯和经纪人雷诺兹不停地打电话过来……电话都打爆了。他们说，文学协会改了主意，最终选定《世纪中叶之旅》为推荐书目。

我的日记里偶尔也会出现回顾某位我所熟悉的作家的内容。

1951年1月11日，星期四，纽约。报纸报道了作家辛克莱·刘易斯昨天死于罗马的消息。2月7日，他就满66周岁了。文章说他死时孤身一人，身边没有朋友和亲人，唯有几个医生和护士。我估计，他已经孤独很长时间了……对如此热衷于社交的人来说，这是一种莫大的讽刺……或许他的女伴玛塞勒离他而去，嫁给一个比他年龄小的男人，最终导致了他孤身独处。同样讽刺的是，作为纯正的美国人，自从上次世界大战以来，刘易斯越来越多地在欧洲常住。我估计，尽管他的名字享誉世界（他获得过诺贝尔文学奖和其他多种奖项），但他在欧洲仍然是孤身一人，因为他好像没有和欧洲的作家建立什么往来。

我记得在维也纳，那时他和多萝西·汤普森还是两口子……那肯定是 1932 年的事。当时我已然察觉出他的孤独。如今回想起来，那时候，有一段时间，他独自一人在奥地利塞默灵的一处别墅里住了好几个月。那时是冬季，积雪很深，他几乎不出门。

我还记得，当年我和他一起消磨了一整天，他一直拼命地喝酒……（因为他感到压抑，他和多萝西的婚姻即将终结，多萝西长期居住在维也纳的公寓里。）他的生活似乎一团糟。据他说，为消磨时光，他把陶尼特出版社出版的所有英文小说（该社出版英文平装书，在整个欧洲大陆销售）买回了家，他把那些书都读完了。

那天，他还谈到了他的宏伟计划，不幸的是，他从未将其转化为成果。他计划写一部历史小说，从美国诞生写起……就此题目而言，他正是能够完成如此鸿篇巨制的作家——尽管他的风格、他细致入微的描写已然落后于当前的美式写作手法。

我曾经很疑惑为什么他没能写出这本计划中的书。

至少有一件事妨碍了他，即饮酒过量。后来，二战期间（以及战后），我在美国见过他好几次，多数时候他正处于戒酒期间。那时他非常憔悴，清瘦的脸上满是凹坑。不过，当然还有比饮酒更碍事的，许多事让他萎靡不振，例如他对玛塞勒的痴情，他为玛塞勒量身写了许多剧本，还和她一起参演剧目。

那天在塞默灵，我们聊了很长时间，聊的是我最爱议论的题目，即为什么美国作家一到中年就辍笔（要么就写不出什么好作品，或写不出有影响力的作品），这与欧洲人形成了鲜明对比，后者在 45 岁或 50 岁刚刚开始步入辉煌。刘易斯研究出了一些理论，不过他当时没想起来，我也没想起来。就刘易斯而言，即使他的写作天赋在他生命的最后 15 年里似乎已然耗尽，但他仍然笔耕不辍，精力充沛地写作。

尽管他喜欢（无论他是喜欢还是不喜欢）享誉世界，他必然也经历过跌入人生谷底的时刻，即公众似乎把他遗忘，批评家和评论家以傲慢的态度把他打入冷宫的时刻……

我相信他说尽了这辈子想说的话，即便如此，他的死仍是一大损失。我怀疑他这辈子究竟有多幸福。

我 1957 年的日记大多数已经不知去向。那年 5 月 3 日，报纸上出现关于约瑟夫·麦卡锡参议员已于头一天死亡的文章，我当时的评论也就找不到了。他的下坡路起始于 1954 年，他把手伸向了军队，在参议院专门委员会的数次听证会上面对电视镜头公然撒谎。几个月后，参议院投票对他进行谴责。从那之后，他的影响力迅速消散，原本好酒的他变得酗酒成性。不过，由他点燃和培育的仇恨、恐惧、偏狭在美国继续苟延残喘至 50 年代末期，直到美国人终于再次变得有了理智，直到广播界、电视界、电影界那些吓破胆的胆小鬼，以及媒体界和国会里那些更胆小的人再次变得有了理智，那一切才结束。

我的日记也悄然记述了一个人死亡的可怕消息，在我们的时代，他是个重要的角色，也是个凶狠的角色。

1954 年，新年，农场……1953 年的一个重大事件：斯大林死了。不过他在苏联建立的社会并没有因此发生变化。马林科夫显然是他的继任者，斯大林尸骨未寒，马林科夫已经在陷害他的头号对手，并在圣诞前夜枪毙了他。[4] 斯大林在历史上该被如何定位？对美国人来说，他是个让人讨厌的暴君，但他的死可能会成为一件大事。他把苏联建成了世界上仅存的两个大国之一。

具有讽刺意味的是，斯大林之死把我挡在了苏联境外。斯大林死于 1953 年 3 月 6 日，当时我正在芬兰，苏联驻华盛顿使馆通知我，我的签证已经获批，我第一次访问苏联可以成行了（之前我接连好几年遭遇拒签）。然而，斯大林死后，靠近芬兰的苏联边境关闭了好几天。经过长期等待，直到 20 世纪 80 年代，我才得以进入苏联。

在当初那个年代，若不是因为及时赶到了家，和家人一起在农场过圣诞节和新年，漫长的秋季演讲之旅过后，生活的重压简直让我不堪重负。每到新年，我总会在日记里记述全家人如何除旧迎新，以及刚刚过去的一年都发生了哪些事。

1954 年 1 月 1 日，农场。为告别 1953 年，昨晚我们去了罗斯·阿尔格兰特家，当时在场的有：詹姆斯·瑟伯和海伦·瑟伯、刘易斯·甘尼特夫妇、马克·范多伦、多萝西·汤普森，还有在这种场合总是一起聚会的其他人，包括后起之秀们。斯特拉·阿达米克是和甘尼特夫妇一起来的，此前我从未见过她，不过我觉得，我通过她丈夫（路易斯·阿达米克的书）早已认识了她。她丈夫几年前自杀身亡，显然是因为无法继续忍受现世的存在。从 1933 年大萧条初期开始，由于几部有关美国移民（主要是他自己）的书，阿达米克成了大名人。不过我以为，他强烈的自由主义倾向正好成了政治迫害狂将其等同于共产主义者的口实，二战结束后，他因此变得越来越孤僻。斯特拉·阿达米克是个可爱的姑娘，她肤色黝黑，非常敏感，十分纯朴，充满睿智。

与以往的新年相比，詹姆斯·瑟伯今天显得圆滑多了。也就是大约一年前，他还特别好斗，晚间聚会结束时（往往是一通争吵之后）他总会挺胸抬头离开聚会场所（我从不责怪他，因为我知道，由于失明，他的愤懑和失望积郁已久，他需要将其宣泄出来。上帝见证，在那么困难的情况下，他一直坚持创作）。詹姆斯的言论都围绕写作和作家，尤其是幽默作家，以及幽默在文学中的地位。他说："幽默是一个谜，任何人都无法参透它。幽默剑指真理，有时候它会接近真理。"凡此种种。今天，他还长篇大论地谈到了作家们怕死（我注意到，我也比以往任何时候更留意《纽约时报》的讣告栏）。

诗人马克·范多伦长期居住在不远处他自己的农场里，他正处于安息日的休假期间，他看起来年轻了，一副短小精干的样子……他和我聊起最招他恨的一封出版商的信。几年前，他把完稿的小说邮寄给了出版商塞耶·霍布森，手稿很快被退了回来，夹了个便条："我不会出版这东西，希望你不要把这东西拿给其他出版商看，这是为你好。"……

今年我将要满 50 岁了！

在刚刚过去的一年里，我大部分时间都在直面这个不可回避的事实……据说，50 岁以后，作家的创造性开始退化。如果我认为自己开窍（成熟）很晚，从事写书很晚（《柏林日记》出版于 1941 年，当年我已经 37 岁），所以我最好的十年或许在 50 岁到 60 岁之间，这样的想法是不是太天真了？

就养家糊口来说，这肯定称不上我这辈子最好的十年。20世纪 50 年代悄然滑过了中间点，我们一家人的经济状况仍然在持续恶化。我的日记记录如下：

1955 年 6 月 1 日，纽约——5 月 23 日，我那本关于斯堪的纳维亚的书发行了，截止到今天，《纽约时报》……完全禁止提及这本书……我必须不情愿地面对写书无法养家糊口的事实，即使中等水平的生活也无法满足……全家主要依靠我四处演讲为生，而演讲收入也日渐微薄，所以我必须转向其他领域的写作。在如今的美国，仅有极少数作家依靠写作维持生计。几乎所有作家都兼做其他事：当记者、做广告、开讲座、从事教学，等等。我的问题是，我需要找个事情做，同时还要留出足够的时间和精力写作。

是否可以再次尝试，例如写剧本。

再看看可否为电视剧写剧本。

我仍然在黑名单上，广播和电视拒绝让我参与。即使不情愿，我也得承认，大多数热门杂志仍然将我拒之门外。

但我必须克制，以正确的态度面对失败。经历过这种磨难的作家不在少数！我想起了美国作家亨利·詹姆斯和公众失去联系时的失望情绪。上个星期，我阅读了奥地利著名作家斯蒂芬·茨威格的作品，那时我才知道，德国作家克莱斯特和哲学家尼采两人的杰作……无法问世和出版时，他们是何其失望啊。

那年夏季，农场的生活很惬意。我在奋力写一部新小说，那是我有生以来第一次尝试创作非自传体小说，我已经开始对那部小说寄予厚望了。在农田里和巨大的花园里干活，为储备冬天的烧柴而锯树和劈木头，和两个姑娘一起游泳，让我的身体一直处于良好状态。我还不断记下一些挣钱的想法，把想到的主意告诉经纪人，有时候直接告诉相识的编辑和出版商。结果总是一样，如石沉大海。收入的钱不见增加，支出的钱从来未断。我们一家必须生存，从 6 月中旬开始，我们一家人吃的大部分蔬菜已经采摘自农场的菜园。

1955 年 9 月 18 日，农场。又一个夏季结束了。明天将返回纽约……

我在这里完成了五本书的大部分篇幅（1950 年和 1953 年夏季的大部分时间在欧洲度过，另外，1951 年我一直住在纽约，那时我在"自由广播电台"从事播音）：

1. 《叛国者》（小说）

2. 《世纪中叶之旅》

3. 《游子归来》（小说）

4. 《斯堪的纳维亚的挑战》

5. 《帕旺科尔》（刚刚完成的小说的暂定名）[5]

写作是我最想做的事——我一直在做。不过有两个问题！

1. 这些书是否足够好？

2. 继续写书是否不至于破产？

迄今为止，唯有讲座可以解决收入问题——不过，每年我们都需要动用一部分储蓄——这不是长久之计。

想办法在今年解决这一问题。

然而，这一问题始终得不到解决。在十年时间里，年复一年，每到下半年，情况总会变糟。

1957 年 2 月 16 日，纽约。下周六（2 月 23 日）我就 53 岁了，我已经陷入前所未有的经济困境……特斯处在恐慌中，失眠，一周前她病了，正躺在床上……

从哥伦比亚广播公司抛弃我算起，时间已经过去十年。其间我的财富已经大大缩水。我曾经以为依托写作，外加开办讲座，过日子应该不成问题。然而，生活每况愈下——我们的储蓄本来不多，至今已花掉 4.5 万美元，储蓄已经消耗殆尽。眼前的危机始于今年的讲座，没有任何先兆，讲座突然间全部消失。每年开讲座可有大约 2 万美元毛收入（扣除经纪人的佣金后约为 1 万美元）……

显然，生活难以为继了。同样显然的是，从过去十年的写作经历中，我得出结论，我从事的这类写作根本不足以维持我们试图维持的生活方式。我必须做个决断，要么改变写作方式，写一些能让我们过上体面生活的东西……要么就找个工作——开讲座以外的工作——以便我能够继续踏踏实实地写东西，要么就找个全日制工作，暂时完全放弃写作……

究竟该做什么？不该做什么？不能慌！……

2 月，在某个阴冷的日子里，我的日记上附有三个便笺，其中一半内容为手写，另一半为打字机打印。

1957 年 2 月 16 日。

出路

总体设想：

必须想办法度过 5 月到 12 月的过渡期，因为手头的书 12 月才能完稿。

1. 寻求基金会帮助，未来八个月需要 8000 美元。

2. 如果实现不了，必须暂时放弃写书，找份工作。

（1）什么样的工作？广播电视。全国广播公司？美国广播公司？杜蒙特？卢斯？德威特·华莱士？迈克·考尔斯?[6]

3. 1957—1958 年讲座季，预估收入 7000 美元。

如果无法很快找到工作，预估收入如下：

3 月 1 日	720.00 美元	（西蒙与舒斯特出版社）
	472.00 美元	（英国）
3 月 25 日	525.00 美元	（地方讲座）
4 月 10 日	236.00 美元	（英国）
	1200.00 美元	（讲座：剔除佣金和各项开支的纯收入）
4 月 26 日	250.00 美元	（讲座）
	280.00 美元	（讲座）
5 月 10 日	236.00 美元	（英国）
	200.00 美元	（讲座）
	500.00 美元	（希尔曼陪审团酬金）

总共：4539.00 美元

在另一个便笺上，我小结了一下 1957 年的预估开支。房租、保险、税费、伙食费、两个女儿上大学和上高中的学费，总开销为 11750 美元。其中一项 1080 美元的开支为小时工的工资。特斯和我为此吵过嘴，她坚持说，她不能没有保姆。在我们十年拮据生活的大部分时间，特斯一直坚持雇用一个全日制保姆，还为两个孩子雇了个全日制的瑞士家庭女教师，后者一直工作到孩子们的岁数早都超过雇用家庭教师的年龄。

由于家庭收入日渐减少，特斯和我开始因为钱引发的各种问题而吵嘴。也由于情况一直朝坏方向发展，我却没有能力挣到足够的钱，没有能力让一家人过上舒适的、无忧无虑的生活，特斯总是颇有微词。她总是说，养家糊口是做丈夫的义务。最近，我建议她找个临时工作，以便支撑这个家，直到我完成一直以来寄予厚望的一部全新的著作，她因此大为生气。她具有那么多天赋，既有艺术方面的，也有语言方面的：她会说好几门外语——我对她说，她找份工作肯定相当容易。我们结婚20年了，她从来没有为挣钱而工作过。我向她指出，眼下我们面临的形势相当严峻。

像世界各地许许多多夫妻一样，我们两人也为钱的事吵架，准确地说，因为钱不够花而吵架，这种事已经开始侵蚀我们之间长久且相当稳固的婚姻关系。

我暗自希望，在接下来的1958年，情况应该会好转。或许新出的小说《领事的妻子》会卖得很好——我认为那是迄今为止我写得最好的小说。也许我可以将那个故事卖给好莱坞，我催促经纪人加倍努力促成那件事。也许某些杂志会买下我正在奋力创作的新书的部分章节。

然而好运气没有眷顾我。

1958年1月2日，纽约。又一年过去了……我仍然在走下坡路……存款已经消耗殆尽……过去十年来……我确实没挣到足够的钱，以维持开销不大的支出。

农场的供暖锅炉爆裂了，我们没有钱买新锅炉。尽管如此，特斯和我以及瑟伯夫妇，还有居住在康沃尔市的其他朋友，大家都在新年前夜赶到了农场。我们在起居室的壁炉里生火，在厨房的炉子里也生了火，多少驱散了屋里的寒意。

我们发现，詹姆斯·瑟伯的精神相当不错。

　　如今詹姆斯已经完全瞎了……他告诉我，与他能看见东西时相比，自从失明以来，他出版了更多的书。这是对他勇气的回馈。

　　1月10日，纽约。保罗·雷诺兹（文学经纪人）送来了过去一年我在写作方面（书籍和杂志文章）的收入记录（以便我上报收入税）。总共是6640.79美元……不过其中三分之二为预付款……钱是收到了，不过真的不应计入已经赚得的收入。

　　15年前，当我依靠写作（为报刊写文章、出版《柏林日记》、从事播音工作）挣得盆满钵满时，我记得，那时我想过：如此看来，无论将来碰到什么困难，在我一生中（当时我还以为会有做不完的工作），至少我已经解决养家糊口问题……

　　挣到足够的钱养家糊口，如今……已经成了大问题，而且成了一家人提心吊胆过日子的主要原因……

　　2月15日，星期二。真奇怪，这些日记都在说我的财务问题。很久以来，我没有为钱发过愁。上个星期，我刚刚注销了经纪人那边的账户……我的流动资金（枯竭了）。11年前，那笔资金曾经达到四万至五万美元。……从现在开始，我必须想办法平衡收支。

　　手头的书已经写出235000词……

很长时间以来，我一直时断时续地在写作一部卷帙浩繁和难度极大的作品，过去一年半以来，我差不多每天在上面全副身心地倾注 14 个小时。但凡知道的人都说，这件事值得如此投入，然而所有人又都认为，那个作品不会有人买。人们总会用奇怪的眼神看我，然后摇摇头，他们似乎在说：什么时候他才会从天马行空的状态回归脚踏实地啊，写一些能够养家糊口的东西不好吗？写这么大部头的书只会让他的债务雪上加霜。

我知道别人心里都在想什么，不过我依然坚持。

我坚信自己找到了一个写作主题，这一主题对当代史来说可能相当重要。我的工作让我在第二次世界大战前几年处在了任何历史学家都无福进入的特殊环境，我比任何人都有资格来书写这段历史。

当然，我不是"职业历史学家"，学者们一定也会这么说。在他们看来，人们必须先"教授"历史，才能成为"历史专家"。其实我比他们更明白，世界上一些最伟大的历史学家从来没有进入学术圈——希罗多德、修昔底德、爱德华·吉本，我首先想到的就是这三个人。

对于能否被归为"职业历史学家"，我一点都不在乎。是否被称为"历史学家"并不重要，重要的是能否写好历史，而这一领域是向所有人开放的，依我看，这一领域对曾经的记者尤为开放。作为记者，我亲眼见证了甘地如何开始反抗英国人，如何在印度创造历史；我在德国见证了希特勒如何掌权；我在大英帝国和法国见证了西方民主如何开始走下坡路；我还在意大利见证了墨索里尼如何骄横跋扈。

二战结束后，我在报道纽伦堡审判期间获悉，德国纳粹时期的秘密存档几乎尽数落到了盟军手里，其中包括德国外交部的文件，德国陆军、海军以及纳粹党的文件。让同时代的历史作家分享如此巨大的财富，此前还没有先例。就我的情况而言，我有幸亲身经历了第三帝国最黑暗的时期，当时的记忆仍然鲜活地存在于我的头脑、血液和骨子里。学者对我的经历或许会嗤之以鼻。不过我仍然记得，世界上最早的历史学家，或许也是西方世界最伟大的历史学家之一的修昔底德就写作《伯罗奔尼撒战争史》向读者说过其正当性：他经历了整场战争。他还补充说："当时的年纪可以理解发生的事件，并可以投入我的全部关注去理解事件背后的真相。"

整个 20 世纪 50 年代，我一直都在堆积如山的德文文件里辛勤劳作，对它们归类、翻译、做笔记。1955 年的某个时候，我开始了写作——最初是停下手里的活，挤出时间写，然后是全天候写，也就是说，不分昼夜地写。朋友们事后告诉我，那些年，我好像生活和工作在一种恍惚状态，与真实世界若即若离。

我对那些毫不知情。我只不过意识到，我被燃烧的欲望吞噬了，我渴望吃透数量巨大的资料（数千万字的文献），把它们组织好，把书写出来，我一定要在有生之年把这部著作完成。绝大多数朋友和熟人以及经纪人认为，我或多或少有点疯了。

我的出版商甚至拒绝考虑出版和发行这本书！

关于斯堪的纳维亚的书即将出版之际，我利用周末时间与斯坦利·萨蒙在农场和波士顿之间的斯特布里奇市见了一面。萨蒙是利特尔＆布朗出版社副总裁兼主编，我们见面是要讨论书稿的校对和其他一些编辑问题，更重要的是，探讨我的下一步计划。萨蒙知道我正在创作一部小说，并且急于完稿。

萨蒙说："我最感兴趣的是你完成那本书以后的事。你下一步打算做什么？你最近说，你脑子里正在酝酿一个大部头。"

我对他说："斯坦利，我终于知道我这辈子究竟该做什么了。这件事我已经断断续续做了好些年，我甚至想好了书名，不管你说什么，这次我都不会改主意了。"

斯堪的纳维亚那本书他就是这么干的。他说服我放弃了原定的颇有诗意的书名，换成了现在这个相当不起眼的名字。

"斯坦利，"我接着说，"这将是我写过的最长的和最重要的书——"

他打断我："关于什么的？你起了什么书名？"

"《第三帝国的兴亡》。一部关于纳粹德国的历史书，根据缴获的秘密文件以及希特勒时代我在柏林的亲身经历来写的。这是一生仅有一次的机会，斯坦利。如果运气好，这将是一本非常有分量的书。"

斯坦利耐心地倾听我的叙述，出乎意料的是，他的脸色越来越难看。我本来以为，听到我刚刚披露的消息，他会极其兴奋地从桌子旁边蹦起来。然而他皱起了眉头。

"亲爱的比尔，"他做出一副难以启齿的表情说，"你可千万别指望一部名为《第三帝国的兴亡》的书由利特尔 & 布朗出版社出版。真的！我们对这样的书根本没兴趣！"

我目瞪口呆，无法相信他的话。

我不由问道："你是开玩笑吧？"

他一脸严肃地说："我真是这么想的。"

我仍然无法相信："那你能白纸黑字给我写下来吗？"

"下星期我首先给你出一份正式公函。"

尾　注

[1] 吉米·希恩是我在《芝加哥论坛报》工作期间的同事，也是我一辈子的朋友，他是我们这代人里声名最显赫的记者之一，他出版了好几本堪称经典的著作，其中包括自传《私人历史》。我在这套三卷本回忆录的第一卷里介绍过他。关于多施 - 弗勒罗，我也做过介绍，正是他给我机会，让我在 1934 年返回了柏林，在第三帝国重新开始了记者生涯。

[2] 那一时期的《新闻周刊》开辟了一个专栏——"昔日名人今何在?"，每篇文章都被冠以同样的大标题。每周一篇的文章总会选取曾经在某一领域如日中天、随后长期销声匿迹的几个人品评一番。文章在风格和内容方面均无恶意，不过，正如前述标题所指，每篇文章都在暗讽被品评的人已然江郎才尽，即使算不上失败者，过气的帽子肯定是摘不掉的。没人知道这些人今何在。他们怎么了? 他们躲到哪里去了? 1957 年 11 月 25 日发行的《新闻周刊》选中了两个人，大标题还套了红。其中一人是笔调辛辣的著名作家埃尔默·戴维斯，以前我在哥伦比亚广播公司工作期间，他是我的同事，也是公司战争信息部主任，他是个好人;另一人是我。因身体欠佳，戴维斯早已从广播界退休，他和夫人一直在华盛顿安享晚年。

有关我的部分内容写道:"由于第二次世界大战期间在柏林播报晚间新闻和出版《柏林日记》一书，威廉·夏伊勒声名远播，而今他离开广播界已有十年之久，如今他从事的职业是作家和兼职讲师。"文章还说，目前我"正在写书"，还提到了书名。

新闻媒体介绍销声匿迹的名人，惯用的手法不正是如此吗? 我真的是"正在写书"吗? 这不正是给"过气的"人保留面子的一种说法吗?

让人欣慰的是我和埃尔默·戴维斯结成了一对，"入选"了那一专栏，这让我由衷地骄傲。

[3] 在这部三卷本回忆录的第一卷里，我曾经提到马塞尔·普鲁斯

特试图在《追忆逝水年华》中找回过去，安德烈·莫洛亚受此启发，做过相似的观察："回到我们曾经爱恋的地方是徒劳的，我们永远也不会再见到它们了，因为它们不是处于空间中，而是在时间中；那个用想象给回忆添枝加叶的人也不再是当年的儿童或少年了。"

［4］此人是贝利亚，一个阴险的秘密警察头目。马林科夫很快去职，不过他并没有被枪毙，在这一点上莫斯科进入了一个新时代。

［5］正式出版书名为《领事的妻子》。

［6］这些人分别是《时代》《生活》《读者文摘》《展望》的老板和出版人。

第五篇

《第三帝国的兴亡》，
人生拐点：
1954—1960

第十五章

浩如烟海的档案

1954 年 1 月底，我在日记本的封皮里夹了一张纸条，那是我从放在桌面的台历上撕下来的一页日历：

1954 年 1 月 24 日。

计划

一部书，叫"第三帝国的兴亡"。

当时，我正处于整日忙碌，四处开讲座、不停赶稿子的过程中，竟然把写过纸条的事完全忘了。在农场过了六个月后，在一张黄色的誊写纸上，我工工整整地再次写下了同样几行字：

1954 年 6 月，农场。

计划

一本书，《第三帝国的兴亡》。

至少我已经为这本书起好了名字。

实际上，将近九年前的 1945 年深秋，那还是我在纽伦堡参与报道审判纳粹重要战犯期间，从那时起，我脑子里一直就有写这样一本书的念头。1941 年出版的《柏林日记》不过是 1934 年到 1940 年期间日复一日的记录，不过是我作为美国驻柏林记者，目睹纳粹征服德国和大部分西欧的一管之见。但在极权主义体制下，人们不可能透过表面到达事实的深处，作为记者的我们仅能看到和讲述如下事实：希特勒于 1935 年撕毁《凡尔赛和约》，公然违反条约规定，宣布了大规模征兵和组建新军计划；希特勒违反另一个条约，于第二年占领了莱茵兰地区；纳粹于1938年入侵并占领了奥地利，第二年春季又入侵并占领了捷克斯洛伐克——这是1939年9月1日希特勒入侵波兰和发动第二次世界大战的序曲。

作为记者，我报道过上述事件。然而，我完全不知情的是——记者和外交官都不知情——在策划纳粹入侵行动的秘密会议上，以及私下会见时，希特勒和他的将军、密友们究竟做了些什么；我同样不知情的是，欧洲五国首脑希特勒、墨索里尼、张伯伦、达拉第、斯大林在外交会见中都做了哪些秘密交易。在很大程度上，正是那些秘密交易决定了在那样动荡不安和充满欺诈的时代里发生的事情。随后，人类见证了犹太人遭到追捕，遭到迫害，他们的财物和存款被收归国有，人们还见证了犹太人被装上卡车运往集中营。不过，人们无法跟随犹太人，见证他们如何遭受野蛮的迫害；1940年末，我离开柏林时，人们也无从得知德国高层如何做出了"最终解决方案"的决定，将犹太人运送到灭绝营进行杀戮。直到时间过去很久，人们才知道，在那个古老的基督教国家，正是当时深受欢迎的政府下达命令，对集中营里的犹太人进行了集体屠杀。

其实，当时人们已经意识到，世人并不知情的事情还有很多。

1945年5月，二战结束时，记录纳粹德国政府、纳粹党、军事机构、政府部门、各级领导言行的上千万份秘密存档文件都落入了胜利方同盟国手中。

1945年末，我离开纽伦堡时，我的露营袋里满满地塞着第一批公开的纳粹秘密文件，足有数十万词之多。当时我就想到，有了那些资料，很快会有人写出一部资料翔实的纳粹德国史书，那些材料是那样惊人，世人一定难以相信。单看其中一份文件，就可以知道历史学家将在这些资料中找到什么。那是一个名叫鲁道夫·霍斯的纳粹杀手的口供。我从未听说过那个人。他骄傲地宣称，他在奥斯威辛亲自监督用焚化炉对200多万犹太人进行了灭绝。其他原始资料包括一些详细的绝密会议记录，正是那些会议导致希特勒做出了极其重要的走向战争的决策。

虽然文件刚刚披露，但历史学家们第一次——有史以来第一次——在极短的时间内即可写出一个伟大的国家从崛起走向灭亡的确切历史。

我是否应当参与此事？许多事件发生时，我是亲历者，与不在场的人相比，我具有一定的优势。不过，我也有我的紧迫问题。

我刚刚回国时，工作占据了全部时间：一份是为哥伦比亚广播公司播音，另一份是为《纽约先驱论坛报》写专栏。我怎么可能挤出时间呢？当时我想，或许有朝一日我能攒够钱，那时我就请一两年假，将这本关于德国的书写出来。

随着这两份工作离我而去，写书的事成了泡影。丢了工作，外加上了黑名单，为勉强维持生计，我必须年复一年努力挣扎，我已经没有多余的钱可以积攒。我可以写一些篇幅较小的书，寄希望其中一本书有朝一日可以大卖。然而，我怎么有时间查阅巨量的纳粹秘密文件，安心创作这个大部头的著作呢？做这些事需要花费数年时间。我是否具备应有的素质和技巧去创作一部题材如此重大、所需资料如此巨量的历史著作？

直到1956年春季，我仍然心存疑虑。当时我已经深入研究那些纳粹资料了。

1956 年 4 月 25 日，星期二，纽约……这本书超越了我的能力。我驾驭得了它吗？我有能力充分利用这史无前例的丰富资料，以及我在第三帝国工作和生活的经验写出这本书吗？……等着瞧吧。虽然我对自身的不足有些忧虑，但也有一定程度的信心……

许多具有教授身份的历史学家可以轻松地找到时间来干这件事。每隔几年，他们总会有一次用于写书的年假；在课堂教学之外，他们还会有各种其他名目的假期。为获得离岗资助，他们从各基金会和各拨款项目获得资金似乎也没那么难。不仅如此，他们当中的许多人早已出版一些历史著作。他们知道历史应当如何书写。

考虑到上述情况以及我面临的种种不确定性，我决定等一等。新材料像雪崩一样出现，我要看看历史学家们是否会因此投入那一工作，从而写出一部庄严的纳粹德国史。我毫不怀疑会有人挺身而出，他们面对的是独一无二的机遇。其他时代的历史学家从未有过——亘古迄今从未有过——如此巨大的发现。将这样的机会留给历史学家，我心里相当知足。

我等待着，继续等待着，但始终没有人站出来。曾经有为数不多的几个美国学院派历史学家围绕这一题目浅尝辄止，其中一位还是我认识的人。我一向尊重他，他以希特勒的御用出版帝国——埃耶出版社为题材写了数篇精彩的文章，还写了一部让人读起来饶有兴味的专著，他因此成了百万富翁。一位英国历史学家以纳粹德国的崛起和衰落为主题写了一本精彩的小书——这么说恰如其分，那本书仅有 300 多页，以这样的厚度，不可能达到什么深度，也不可能涵盖如此大的主题，更不可能包含足以支撑它的巨量的历史资料。

在英国，阿兰·布洛克写的希特勒传记于 1952 年出版，那本书很精彩，不过，没有人将其归类于讲述第三帝国历史的书籍。约翰·W. 惠勒－本内特的巨著《复仇者的力量》重点讲述了希特勒对绝对权力的成功攫取，那本书于 1953 年问世。

或许有人认为，为希特勒领导的国家书写一部历史巨著，理应由德国人牵头。然而，德国人像躲瘟疫一样躲避这一主题。让德国人书写这段历史的时机或许远未到来。或许，德国历史学家首先必须弄清楚，整个德国何以投身于如此野蛮的暴行，历史学家要在其中负什么责任。

二战结束和希特勒倒台九年后，我决定亲自操刀——因为当时尚未有人进行过尝试。我不会围绕这一主题进行写作，我必须直奔主题。我将尝试第一次基于翔实的史料，书写第三帝国从崛起到衰落的完整历史。在养家的同时，我会想方设法挤出时间做这件事。[1]

与我合作的出版商直言不讳地拒绝了出版这样一本书的想法。既然如此，我首先要找到对本书有兴趣的出版商。[2] 我需要一笔数目可观的预付款，以便度过未来数年。找一家对本书有足够兴趣，又乐意预支稿费的出版商，比我想象的困难许多。

哈珀出版社的卡斯·坎菲尔德是我的老朋友，他对出版这样的书没兴趣。我暗自思忖，小出版社没准更愿意在我身上冒一次险。我邀请了一位老朋友共进午餐，他是维京出版社创建初期的负责人哈罗德·金兹伯格。二战期间，我们在英国经常见面，当时他的职务是哥伦比亚广播公司战争信息部驻海外主任，有次我应他电话之邀帮他解决过一个棘手的问题。那一餐，饭菜很可口，配的是勃艮第中度干白葡萄酒。进餐时，金兹伯格对我的想法做出了积极回应，他认为，创作那样一本书的想法非常激动人心。后来，当谈话涉及我需要一笔数目相对较高的预付款时——我当时说，至少需要一万美元——金兹伯格的脸色一下变白了，并且我觉得后来又开始变绿。显然我让他很不舒服。

"比尔，"他当时说，"我喜欢这本书的想法。特别喜欢。我真的特别感兴趣。可我无法给你一大笔预付款，实际上这么做太冒险，我根本无法给你任何预付款。不过我希望，完成以后你让我第一个看看手稿。"

对我来说，那样的要求太不近情理，不过我还是勉强给了他一副笑脸。那件事只能到此为止了。

那次的经历让我坚定了信念，唯有投靠大出版商，才能得到一笔可观的订金。我只好转向另一个我非常钦佩的朋友——纽约双日出版社总编辑肯·麦考密克。该社是全美最大的商务出版社。麦考密克是那种讨人喜欢、举止优雅、古道热肠的人，但凡和他交往过的作家都特别尊敬他。他也很喜欢我的想法，他甚至说，他会想方设法弄到一万美元预付款。不过他严肃地提醒我，当时出版行业的日子不好过，或许他那么做会有难度。几天后，他给我来了电话，一通道歉之后，他告诉我，双日出版社最多可以拿出7500美元。

双日出版社规模大，营收情况好，居然会为区区2500美元和我计较，多少有点出乎我的意料——尤其在总编辑对这本书如此感兴趣的情况下。

几天以后，麦考密克给我寄来一封信："我对《第三帝国的兴亡》怀有极大的兴趣。"

但你需要的钱我无法弄到，如果你因此转投他人，我会理解。我认为这是个了不起的想法，而你正是实现它的不二人选。

最后我只好转向最要好的朋友之一，作为朋友，实际上我早就向他提过这本书——约瑟夫·巴恩斯。他早已离开《纽约先驱论坛报》，前往命运多舛的《纽约明星报》当了编辑，那份报纸倒台后，他又进军出版界，最后在西蒙与舒斯特出版社干起了编辑。在我们两人闲聊期间，他打电话叫来了出版社的骨干杰克·古德曼。某天晚上，在我家一边喝酒一边聊天时，我们三人达成了协议。西蒙与舒斯特出版社同意支付一万美元预付款（扣除经纪人的佣金后，我能得到9000美元）。他们两人说，由于这类书一向销路不好，他们说服我做出了我从未做出的几项让步：让他们拥有10%的海外版权和电影版权。既然他们如此确信这本书不会有好的销路，而好莱坞几乎从不购买纪实类作品，在海外出版发行这样的书似乎根本赚不到钱，让我做这样的让步，我觉得好像有种怪怪的感觉。但如果真有上述好事，我也损失不了什么，因而我答应了。

我招来了我的经纪人保罗·雷诺兹，让他和对方敲定其余细节。我此前出版的五本书都是他一手操办的，他从那五本书里得到的佣金很可能无法与他的开销持平。这还是他第一次看见我得到这么大一笔预付款，对他意味着1000美元佣金。然而，我得出的印象是，他心里正在思忖，这将是他最后一次从这样的书里获取报酬。我觉得，和认识我的其他人一样，他似乎也在琢磨，我什么时候才能摆脱这样的书，安心写一本有销路的东西，以摆脱困窘，过一种体面的生活。如果我埋头写书，这本书什么时候才能出版，他没有答案，我也没有，其他人就更没有了。我向雷诺兹和出版社保证，我会在两年内把书写出来，因为合同是这样规定的。然而，我们都无法预测未来！

我在日记里写道：

> 1956 年 4 月 24 日，星期二，纽约……我已经签了合同，为西蒙与舒斯特出版社写一本书，《第三帝国的兴亡》，这本书……这一想法让我顿时清醒了——我生命中未来一年半到两年时间注定要被占用了。以我现在的年龄——52 岁——这件事值得认真考虑。其实眼下也没有其他我更愿意做的事，肯定没有。不过，在我埋头写书期间，养活家庭的确是个问题，迄今我仍然没法解决。

> 由于拥有数百吨（数千万词）缴获的德国文件，写书的材料可谓堆积如山。我能驾驭这一切吗？……等着瞧吧……

> 西蒙与舒斯特出版社将每月支付我 900 美元（这是扣除 10% 经纪人佣金之后的数字）。在未来 11 个月里，这笔钱足以支撑我的基本生活……

> 这笔钱至少能支撑一年。谁有胆量预测往后的事呢？

> 1956 年 10 月 1 日，纽约。开始潜心写书——第三帝国……

整整一个夏季，我一头扎进了资料堆。8 月，某次前往华盛顿期间，我结交了一个非常有用的关系户。我找到了一位国会图书馆的学究，他总能带我直奔我需要的资料。由于当时没有资料索引，这样的关系成了无价之宝。更可贵的是，他的研究领域正好是中欧的文化和政治。

此人是国会图书馆斯拉夫和中欧部的弗里茨·T. 爱泼斯坦博士。他是捷克人和德国人的后裔，还是个著名的语言学家。他在历史领域造诣颇深，成了研究缴获的德国文件的权威。在他眼里，我似乎不太像潜心钻研巨量的第三帝国文献然后为其书写历史的人。虽然如此，从第一天开始，他就把我当成了朋友。在接下来的三年里，对于我的要求，他总是有求必应，他付出了大量时间和精力带领我穿梭于茂密的文献森林，协助我找出对我特别重要的文件。爱泼斯坦享有美国空军大学人力资源研究院的资助，他整理了缴获的德国文件，编辑了一个指南，虽然他的指南远远比不上资料索引，但实践证明，唯一的指南特别管用。

纽伦堡审判刚一结束，同盟国就正式出版了两套根据审判材料编撰的丛书。第一套为 42 卷本的《二战重要战犯审判纪实》，其中 23 卷为庭审证词，其余 19 卷为法庭认可的文字证据，均用原文印刷，多数为德文。第二套为附属材料，包括庭审期间留存的审讯记录、誓词，那些材料都仓促地翻译成英文（多数质量极差），并且归入了正式出版的 10 卷本《纳粹阴谋与侵略》。两套丛书均没有索引，若想找到需要的材料，必须耗费不少时间和精力。

对主要战犯的审判结束后，美国军事法庭在纽伦堡接着进行了 12 次后续审判，随后又出版了一套厚厚的 15 卷丛书，书名为《纽伦堡军事法庭审判战犯纪实》。那套厚厚的丛书仅有十分之一的材料来自庭审，同样没有索引。

　　为了写书，我查阅文献资料时，上述所有丛书均可随时弄到手，人们可以将它们搬回家随时查阅。不过，那几套丛书仅仅包含纽伦堡审判期间的公开资料，大量纳粹文件并没有在庭审期间出现。多年来，位于弗吉尼亚州亚历山大市的一个地方集中存放着大量纳粹文件，那是美国空军的一个库房。对于拆开数百个纸箱，看看里边是否保存着具有历史意义的东西，伟大的美国政府从未表示过丝毫兴趣。直到 1955 年，收缴文件十年后，也即我签署写书合同的一年前，美国历史学会才第一次派人前去审阅存放于亚历山大的文献。做那件事的学会成员几乎没有得到政府的帮助，他们是一批学者，用的是业余时间，有限的经费来自几个基金会。他们好不容易才接触到那些文献，然后开始了筛查。有个阶段，空军方面借调给那批学者几位摄影师，他们试图将那些文献制作成缩微胶卷。那批勇敢的学者由格哈德·温伯格博士率领，筛查进展很慢。美国政府已经允诺将存放于亚历山大的文件归还德国，不再等待复制备份。受到美国政府的威胁，学者们深受刺激，加快了行动。对学者的工作，美国国务卿约翰·福斯特·杜勒斯似乎毫无兴趣，他在公开场合不断地向西德总理康拉德·阿登纳保证，他个人倾向于将存放在亚历山大的文件归还德国，毫不拖延，没有理由着急，也没有理由久拖不办。让美国学者忧心的是，一旦缴获的文件归还德国，在相当长一段时间内，他们不再有机会接触那些文件——也可能是永远。第一次世界大战结束后，虽然接替德国霍亨索伦王朝的魏玛共和国政府非常开放，但仅仅公开了一部分绝密文件，从而导致书写德国皇帝威廉二世末日以及第一次世界大战历史的学者根本无从下手。

　　我从 1956 年秋季着手写书，同时仍然需要投入大量时间在研究上，长时间，一天接着一天。我在华盛顿常常进出的机构包括国会图书馆、国家档案馆、国务院历史处、陆军军史部部长办公室。我成了那些学术机构讨厌的人，不过，我掌握了丰富的史料。[3] 我曾经两次飞往加利福尼亚州帕洛阿尔托市，一头扎进斯坦福大学的胡佛图书馆，那里不仅有许多宝贵资料，更有让人胆寒的纳粹盖世太保头目和德国最大的犹太杀手之一海因里希·希姆莱的档案。

我整天泡在对外关系委员会的图书馆和纽约公共图书馆里。幸运的是，我可以在家里埋头完成大量研究工作，因为我手头有 67 卷纽伦堡审判文件，以及 10 卷德国外交部秘密文件（由美英两国政府联合出版）——作为驻柏林记者，我曾经花费数不清的时间在德国外交部所在地威廉大街报道，因此那套秘密文件对我来说是一笔巨大的财富——那些文件都是爱泼斯坦博士和其他人费尽千辛万苦从各种渠道为我搜集来的，这里说的其他人包括纽伦堡第十二审判庭首席检察官特尔福德·泰勒。

对我的各种疑问，国内外的历史学家总会非常耐心地给予解答。然而，挤占研究时间和写作时间，分心处理外联事宜，总会让我很心烦。我如果有个秘书就能得到许多帮助，可惜我负担不起。有一次，我必须请求德国前陆军总参谋长帮忙——这一职位在德国历史中极尽荣耀，人们总会想到，陆军元帅冯·毛奇伯爵，1870 年，他在法国色当接受了拿破仑三世投降；毛奇伯爵的侄子赫尔穆特·冯·毛奇，他指挥德军横扫法国，若不是 1914 年第一次世界大战爆发初期德军从法国马恩河撤退，德军差一点打进巴黎；还有德国陆军元帅保罗·冯·兴登堡，他于 1916 年接受了这一职位。我要找的人是弗朗茨·哈尔德将军，他于 1939 年 8 月 14 日，即希特勒发动第二次世界大战两周之前担任德国陆军总参谋长，他任职结束时间为 1942 年 9 月 24 日，当时，苏联人已经开始打破德军历来战无不胜的命运。与纳粹时期大多数德国将军不同的是，哈尔德从未被授予陆军元帅军衔，希特勒从未喜欢过他，也从未完全信任过他。哈尔德对待领袖的态度亦如是。[4] 我在柏林工作期间，哈尔德给我留下了深刻的印象，他与其他军官截然不同，内省而有教养。他担任总参谋长一职也打破了常规，因为他是第一位担任这一职务的巴伐利亚人和罗马天主教教徒，这打破了德军沿袭已久的普鲁士及新教教徒军官任职的规则。

我给哈尔德将军写了封信，因为我始终无法明白，法国战役达到巅峰时，德国武装力量已经把英法两国军队合围在英吉利海峡法国一侧的敦刻尔克，为什么希特勒却在 1940 年 5 月 24 日下令停止进攻。当时英国远征军正在法国北部和比利时两地作战，那次停滞导致英国把大部分远征军撤回了英国本土，还导致数千个法国军队漏网。我从哈尔德将军的日记里得知，他对那一决定也是大惑不解，我希望了解更多情况，以便弄清希特勒为什么下达那一至关重要的命令。陆军元帅冯·伦德施泰特事后将那一决定称为"战争中的几个重大转折点之一"。

哈尔德立刻给我写了封详细的回信。

哈尔德的日记用传统的加贝尔斯贝格速记法记录，他不仅每天写日记，关键时刻他每小时都做记录。对我来说，他的日记成了独一无二的信息来源，因为，做出重大决定的关键时刻，他总会和希特勒以及其他将军和高官在一起。

另一个重要信息来源是希特勒的工作日志，那是一个美国士兵从位于柏林的总理府地堡废墟里捡来的，战败的独裁者正是在那个地方自杀的。美国人到达那里之前，苏联人已经控制那个被炸毁的建筑好几个星期之久。那一日志让我知道了希特勒的准确行踪，希特勒某时某刻究竟在什么地方，见过什么人，面临什么局面，所有争议均因那一日志不攻自破。

除了哈尔德将军的日记，还有其他包含有用信息的日记存世。让我惊讶的是，保留日记的纳粹大人物相当多。特别喜欢写日记的将军并非哈尔德一人。德国国防军最高统帅部作战局局长阿尔弗雷德·约德尔每天都在重大事件的事发现场随手写日记。德军最高统帅部每天把当天发生的事以日记形式记录在案，德国海军司令部亦如是。说实话，我发现了盟军在德国巴伐利亚科堡市附近的坦巴赫宫缴获的大约六万份德国海军档案馆卷宗，那是一次斩获颇丰的发现。实际上，那些卷宗包括德国海军的所有航海日志、备忘录、通知、日记，时间可上溯至德国现代海军1868年成立之时，截止于缴获它们的时间，即1945年4月。

纳粹宣传部部长约瑟夫·戈培尔的日记也留存下来，还有希特勒当政时期一直担任德国财政部部长的什未林·冯·克罗西克伯爵的日记。后者是个享有牛津大学罗德奖学金的学者，尽管如此，他却是忠心耿耿地为希特勒效力的最糊涂的德国贵族。他的日记充分显示了他的弱点，不过，日记提供了大量纳粹造假的证据，尤其是摇摇欲坠的纳粹政权在垂死挣扎的最后数个月的造假证据。

在整个调研期间，我常常会意外地发现一些文件，为我解开第三帝国一些费解的谜团提供部分线索。最典型的实例为，赫尔曼·戈林在德国航空部秘密设立了一个部门，那一部门将纳粹领袖们的通话录音整理成了文字，而那些文字被发掘出来。那一部门不仅把戈林希望了解的官员的谈话录了音，有一次甚至将空军元帅本人的通话也整理成了文字。那是 1938 年 3 月 11 日德奥合并前一天的下午和晚上，当时，希特勒迫使奥地利总理辞职，并派遣德国军队前去接管他的祖国。戈林领导的德国航空部把他从柏林打给维也纳纳粹代理的 27 次至关重要的通话做了录音，整理成了文字。来自柏林的电话如何决定了奥地利的命运，那些文字为人们展现了一个有形的过程。若不是德奥合并的结果如此富于悲剧性，戈林在电话中说的一些话会显得特别好笑。

例如，有一次，奥地利叛徒阿图尔·赛斯－英夸特从维也纳打电话汇报，他无法让顽固的奥地利第一共和国总统威廉·米克拉斯任命他为新总理，戈林亲自通过电话做了回应。

> 戈林说：这个嘛，那可不行……总统必须将总理的权力移交给你……告诉他，没时间开玩笑。

戈林还补充，如果米克拉斯不让步，德国军队会开过去。然而，总理辞职后，顽固的奥地利总统依旧拒绝任命纳粹党人继任，他还拒绝辞去总统职务。那些情况通过德国驻奥地利武官沃尔夫冈·穆夫将军汇报给了戈林。

听完汇报的戈林不相信地问："这样施压他都不让步？"

将军说："他不会向强权让步。"

"也就是说，他想让人把他推翻？"

"对，"穆夫将军顿了顿，接着说，"他要坚持到底。"

"哦，男人如果养了 14 个孩子，"戈林笑出声来，"他肯定会坚持到底。不管他了，告诉赛斯－英夸特，去夺他的权。"

希特勒则希望刚刚成立的奥地利纳粹内阁从维也纳给他发个电报，请求他派遣德国军队前去"平息叛乱"和"防止流血事件"，以此为他的入侵正名。然而，维也纳没有叛乱，也没有流血事件，我可以为此作证（奥地利当地的纳粹分子以非常和平的手段拿下了维也纳），赛斯－英夸特一直未能发出这样的电报。希特勒非常生气，他让戈林想办法弄出点动静。肥胖的空军元帅受命给维也纳打电话，他亲自口授了奥地利新纳粹政权发给柏林的电报内容。接电话的德国代理人保证，他会立即带着这份"电报"去见赛斯－英夸特。

"还有，"戈林补充说，"他用不着真的发出这份电报，他需要做的只是表示'同意'。"

因此出现了下述情况。第二天，我途经柏林前往伦敦，对希特勒夺取奥地利一事做不加审查的报道时，我发现，德国的晨报都打出了醒目的大标题——《德国拯救奥地利于混乱！》戈培尔编造了大量让人难以置信的故事，用于描述"赤色叛乱"，例如维也纳的主要街道充斥着斗殴、枪击、抢劫，等等。不出所料，每份报纸都在头版用黑体字刊登了前述从维也纳发给希特勒的"电报"，吁请元首派遣军队前去解救处于流血冲突中的奥地利。电报内容与此前一天戈林从柏林口授的电文一致。为了给希特勒的入侵正名，德国外交部随后还向各外国政府引述了那份假电报。

七年后，在纽伦堡审判战犯期间，那天晚上戈林电话中的话成了不利于他的证据。

戈林的秘密录音部门竟然敢录下希特勒最机密的通话内

容，着实让我惊诧不已。例如，我发现了一份长长的通话记录，内容是希特勒打给德国黑森的菲利普王子的电话。希特勒于 3 月 10 日派飞机将后者送到了罗马，让他拜见墨索里尼，并带去自己的亲笔信。那封信满是令人厌恶的谎言，希特勒在信里还通知墨索里尼，他即将派兵入侵奥地利，希望得到意大利领袖的理解。四年前，纳粹在维也纳谋杀奥地利总理陶尔斐斯，并发出入侵奥地利的威胁时，墨索里尼将四个师的兵力送到了布伦纳山口，以便吓退希特勒的入侵。如今是四年后的 3 月 11 日夜晚，希特勒的军队已然部署完毕，做好了越过奥地利边境的准备，希特勒在越来越强烈的焦虑中等待着意大利独裁者的回应。按文字记录的说法，晚上 10 点 25 分，菲利普王子直接从罗马打电话到柏林的总理府，希特勒亲自接起了电话。王子报告，意大利领袖"已经以友好的方式全盘接受整个事情"。

希特勒：那么，请转告墨索里尼，由于这件事，我会永远记住他！

王子：是，先生。

希特勒：无论世事怎么变，永远，永远，永远记住他！……

王子：是，先生。你刚说的话已经转告他了。

希特勒：奥地利的事一旦解决，我会和他同舟共济——渡过一切难关。

王子：是，尊敬的元首。

希特勒：听着！……你这么和他说，我从内心深处感谢他。我永远，永远不会忘记这事……

谁都可以理解，上述这类材料，当年我们这些身处事发现场的新闻从业者根本无从得到。唯有缴获的文字材料能够披露神奇的第三帝国内部究竟发生了什么。资料堆积如山，我开始写作以来，在继续查阅资料过程中，每个星期我都会有新发现。为此我激动不已，我希望将这种激动融入笔锋，留驻到字里行间。让我高兴的是，我接手了这项让人肃然起敬的工作。我开始想入非非，如果我能坚持下去，在某种程度上保证一家人的生活得以延续，我肯定会写出一部好作品，或许它会成为首次披露第三帝国内幕的作品。这个帝国曾经使它的人民、历史和文化蒙受耻辱，也给这个世界带来了巨大的痛苦。

今天的人们终于可以准确还原阿道夫·希特勒做出重大决策的准确时机和场合了，诸如发动战争，战争的实际进程，有史以来最惨烈的军事冲突，最终导致大半个世界以及人类所在星球的所有大国如数卷入其中。关于重新强大的德国发动战争的必要性，作为纳粹主义煽动者，希特勒在其早年的政治生涯中早已进行过阐述。他曾经说，为重新占领莱茵兰地区，为夺取其出生地奥地利，为铲除捷克斯洛伐克，为报复1918年德国战败而进攻法国，然后进攻并消灭波兰和苏联，战争无疑是必要的，因为那些地方有德国需要的"生存空间"。

1923年，希特勒在慕尼黑啤酒馆发动暴动惨败，而后他开始写作《我的奋斗》，上述那些笼统想法都是他在那一时期形成的，许多德国人根本没有把他的话太当真。当希特勒成了德国的主子，大权在握，他立即置《凡尔赛和约》于不顾，开始重整军备。当时人们渴望知道，希特勒在军事方面的许多野心究竟发生了哪些变化？更具体了？抑或更不显山露水了？

想当初，作为驻柏林记者，我们无法了解希特勒的变化。

我们知道的是，1936 年，他连哄带吓重新占领了莱茵兰地区，如果法国人有意，他们轻而易举即可阻止希特勒。想弄清纳粹独裁者的下一个进攻目标并不难——他的出生地奥地利，因为他已经在那里弄出大动静。然后会轮到捷克斯洛伐克。奥地利落入希特勒手里以后，捷克斯洛伐克会处于三面包围中，而且在劫难逃。

不过，上述每一步行动都会导致战争，希特勒做好冒险准备了吗？大多数记者认为，他还没有做好准备，至少当时还没有。主要是因为，尽管德国人正在狂热地重整军备，但如果战争爆发，形势似乎很可能会扩大发展，德国当时并没有强大到和世界上的主要大国——例如英、法、苏——作对。那年是1937 年，当年不会再次发生纳粹入侵事件了。记者们基本上可以肯定那一点。

缴获的纳粹文件证明，记者们都错了。文件显示，正是在1937 年，希特勒做出了至关重要的发动战争的决定。文件的登记日期为：1937 年 11 月 5 日。

那个深秋的下午，阿道夫·希特勒将六个人召进了位于柏林的帝国总理府，他们分别是战争部部长兼武装部队总司令、陆军元帅维尔纳·冯·勃洛姆堡，陆军总司令、陆军上将维尔纳·冯·弗里奇男爵，海军总司令、海军上将埃里希·雷德尔博士，空军总司令赫尔曼·戈林上校，外交部部长康斯坦丁·冯·诺伊拉特男爵，元首的军事副官弗雷德里希·霍斯巴赫上校。霍斯巴赫上校这个名字我并未听说过，不过，那天他扮演了一个重要角色，他把希特勒当天说的话做了记录，五天以后，他把那段话录入了一个高度机密的备忘录，第三帝国时期一个至关重要的转折点因而录入了历史篇章。元首本人把那段讲话看得很重——他说，那些都是他"基于从政四年半以来的经验，经过深思熟虑"总结的成果——他解释说，如果他不幸身亡，那番话应该被当作他的最终遗嘱和遗愿。上校的详细记录成了纽伦堡庭审时的证据。20多年后，我坐在农场的谷仓里埋头写作时，我的书桌上放着一份该备忘录的副本，以及另外一份缴获的文件，那份文件记述了导致希特勒做出上述决定的原因。

大约六个月前的 6 月 24 日，希特勒命令陆军元帅维尔纳·冯·勃洛姆堡向三军总司令下达了一条"绝密"指令，让他们做好准备，接受在 11 月元首将要制定的不可逆转的目标。令人费解的是，那条指令在开篇处信誓旦旦地向各位将军保证，当时的政治形势为，德国"根本不必考虑来自他国的进攻"。那条指令说，无论是西方大国，还是苏联，都没有打仗的意愿，也没有为打仗做任何准备。无论如何，德国武装力量必须做好准备，充分利用"政治上的有利时机，机会来临时，绝不容许错过。必须准备应对……1937 年到 1938 年战争动员期内可能爆发的战争。望各位切记"。也即，做好立刻开战的准备。

德国根本不必担心"来自他国的进攻"，这是什么样的战争呢？对此，勃洛姆堡说得很清楚，会有好几场战争。一场两条战线的战争，在西边和法国，在东边和捷克斯洛伐克，波兰和英国或许会卷入其中。德国可能会突袭捷克斯洛伐克——按照指令中的说法，"必须迅速在初期将其消灭"。随后各位将军还必须做好"武装干涉"奥地利和西班牙的准备。

因而，德国的最高将领提前得知了元首的一些想法。1937年 11 月 5 日下午，在位于柏林的总理府开会期间，他们不过是亲耳聆听希特勒将其详细解释了一通而已。会议开始时间为下午 4 点 15 分，他们聆听主子讲话的时间长达四小时。按照会议记录，会议结束时间为 8 点 30 分。他们听到的内容肯定不少。

希特勒说，德国必须拥有更大的生存空间，他指的是欧洲，而非遥远的非洲殖民地。"德国的问题唯有通过武力才能解决。"他解释说，唯一"需要决定的是时间和地点"。1943 年，德国庞大的军备会逐渐变得陈旧。在此期间，包括法国、英国、苏联在内的敌对国家将会开始重整军备。他说，因此他决心已定，不必等到 1943 年至 1945 年再解决"德国的生存空间问题"。如果有利时机突然降临，例如法国因内讧而陷于瘫痪，或者忙于和意大利打仗，他会刻不容缓地进攻奥地利和捷克斯洛伐克——他说，"最早于 1938 年"，也就剩下两个月了。征服"捷克斯洛伐克必须用闪电般的速度"。他向将军们保证，英国、法国、苏联不会和他作对。

因而 1937 年秋季的那天，在夜幕笼罩下的柏林，那些德国将军以及德国外交部部长终于明白了，希特勒已经跨过他的"卢比孔河"。[①] 德国将走向战争，如果有必要，战争将于下一年度开始，最迟不会迟于 1943 年。

按照霍斯巴赫详细的会议记录所示，那一不成熟的决定让在场的人惊诧不已。事情是明摆着的，那些人感到惊讶，并非因为德国侵略邻国会让他们受到良心的谴责，而是因为他们知道，尽管德国正在加紧备战，但并未做好全部的准备。勃洛姆

---

① "跨过卢比孔河"（cross the Rubicon）是西方一句谚语，源于恺撒渡过了卢比孔河，开启了对庞贝的内战。意为采取了没有退路、破釜沉舟的决定。

堡、弗里奇、诺伊拉特大胆地对希特勒的决定提出了反对意见。他们理所当然地认为，他们代表的是强大的反对阵营：军方和外交部。在德国境内，正是他们那批人最后一次当面反驳纳粹独裁者。不出三个月，上述三人都被解除了职务。

人们当即知道了那三人被解职的事，因为消息是公开的。而记者不知道的是——我认为外交官也一样——导致两位高级将领倒台的那次会议。人们更加一无所知的是，希特勒已经下定决心，义无反顾地走向战争。如果人们当时知道了此事，历史的结局将会大不一样！

帝国秘密档案最终披露的陆军元帅冯·勃洛姆堡以及冯·弗里奇将军——后者是普鲁士军官的典范——被解职的过程让人难以置信，即便是对我们这些第三帝国的老记者来说。我把那些材料都写进了我的书里，以便读者了解，希特勒和他那些精神错乱的纳粹党密友在1938年是如何作为的。当时，他们执掌那个伟大国家不过五年时间。

两位高级将领被逐出军队的经过竟然和性丑闻有关——半真半假。我相信，那种事从未在德国出现过。刻板的普鲁士人仍然是德国军队的中坚，德国军队仍然因其严厉的个人操守形成的守旧传统引以为豪。每一位军官必须是绅士，言谈举止也必须像绅士。德国军队有个不成文的规定，军官不能娶自己的下属为妻。

陆军元帅冯·勃洛姆堡对那一规定心知肚明。1932年，他年仅24岁的发妻去世，六年后，他迎娶了自己的秘书，一个名叫埃尔娜·格鲁恩的女人。那一举动在守旧的军官团里引发了非议。没有哪个普鲁士军官，尤其是陆军元帅会娶自己的秘书，一个平民。希特勒出生于奥地利，他对信守教条的军官团没什么好感。他觉得，有着贵族做派的军官团从未完全接纳过他，他不过是普通士兵中的一介平民、第一次世界大战中的一位下士。希特勒愉快地批准了那桩婚事，为表示他的批准是出于真心，在戈林陪同下，他以主证婚人身份出席了1938年1月12日举行的婚礼。在新婚伉俪出发前往意大利度蜜月时，他还祝福他们旅途愉快。戈林对陆军元帅更是鼎力相助。人们发现，那位军方首领居然有一位情敌，那人深爱着格鲁恩小姐，他可能会惹麻烦，甚至有阻挠那桩婚事的企图。戈林将那人送上了前往南美洲的航船，并警告他永世不得返回德国。

对陆军元帅和他的平民新娘来说，一切似乎都很顺利。然而，那种顺境并没有延续下去。各种谣言很快在柏林四处传播，内容都是格鲁恩小姐的过去非同一般——她根本不配做德国陆军总司令的夫人。警察局的初步调查结果归入了一个标有"埃尔娜·格鲁恩"的卷宗，调查结果显示，她以前当过妓女。她在其母亲开设的一家按摩院长大，无论是柏林还是其他地方，按摩院不过是妓院的幌子。

警察局局长将上述卷宗交给了戈林，后者立即带着卷宗见了希特勒。仔细看完卷宗后，希特勒勃然大怒，尤其让他愤怒的是，他是婚礼的主证婚人，如果消息变得尽人皆知，他几乎无法避免像陆军元帅那样成为人们的笑柄。希特勒召回了勃洛姆堡，对其妻子的那些诋毁，后者根本不相信，不过他当即提出与其离婚。然而希特勒告诉他，那么做已经于事无补。希特勒说，军官团要求他解除陆军元帅的职务。参谋长路德维希·贝克将军已经把话说得非常直白："谁都无法容忍军队级别最高的军人娶个妓女。"因而希特勒解除了陆军元帅的职务——知道新娘过去的经历后，无论勃洛姆堡感到多么意外，他仍然全副身心地希望早点奔赴卡普里岛与新娘团聚，继续他们的蜜月之旅。

接替勃洛姆堡的不二人选是陆军总司令冯·弗里奇将军，他是个有天赋的、固执的老派军官——用海军上将雷德尔的话说，是"典型的陆军参谋人选"。由于他反对希特勒11月5日做出的走向战争的决策，希特勒一直没有原谅他。我可以断定，独裁者根本不知道弗里奇对纳粹主义以及纳粹领袖身边密友的鄙视。实际上，将军毫不掩饰他对纳粹的态度。有一次，在萨尔布吕肯市——德国占领萨尔当天——观礼台上的人们等候希特勒亲临现场时，我正好站在弗里奇身边。当时他根本不认识我，只知道我是美国驻柏林记者中的一员，但他喋喋不休地挖苦着纳粹大人物，上自希特勒，他谁都敢挖苦。他最为鄙视的是党卫军首领和盖世太保头目海因里希·希姆莱。正是此人后来陷害他，把他的一生毁于一旦。

柏林警察局提供了陆军元帅冯·勃洛姆堡的新娘的材料。1938年1月27日，戈林将前述材料交给希特勒，他还给希特勒带去了特别不利于冯·弗里奇将军的材料。材料是希姆莱提供的。该材料指控陆军司令违反刑法第175条，犯了同性恋罪。为了让一个前罪犯对此事保持沉默，将军两年来一直向其支付勒索费。那件事传开以后，弗里奇的军官同事坚决要求希特勒接见弗里奇，给他一个申辩的机会。

希特勒同意了军官们的请求，他在总理府召见了受到指控的将军。让背景与弗里奇相同的军官们完全无法想象的一幕出现在了总理府里。不过我相信，纳粹歹徒掌控第三帝国期间，同样的事已经成了家常便饭。召见一开始，一切尚属正常，弗里奇以军官名誉向元首保证，所有指控都是不真实的。然而，希特勒不肯相信。在节骨眼上，希姆莱从总理府的一个侧门放进一个步履蹒跚和表情落魄的家伙——让弗里奇完全无法想象的是，竟然有人将样子如此不堪的小人带进了帝国总理府，实属历史罕见！那家伙自报家门为汉斯·施密特，他承认自己从小就在少管所留下了犯罪记录，多年来，他从事的主要行当是四处打听同性恋行为，然后进行敲诈勒索。他看了弗里奇将军一眼，然后说，他认识眼前的军官，有一次，将军正在柏林波茨坦火车站附近一条黑暗小巷里从事同性恋行为，让他和道上的"巴伐利亚小乔"（Bavarian Joe）抓了个现行。施密特转身面对纳粹德国最有权势的三个人物——希特勒、戈林、希姆莱，接着说，为了封住他的嘴，那位军官多年来一直向他提供勒索费。

冯·弗里奇将军的愤怒无以复加。眼见德国的国家首脑出于那样的目的在那样的庄严场合带来了如此下作的罪犯，将军无言以对，希特勒则据此认为，将军已经认栽，因此他要求将军立即辞职。弗里奇愤愤不平地拒绝了，他要求荣誉法庭进行公开审判，然而希特勒不想做任何让步。他命令弗里奇无限期休假，那意味着，作为军方首脑，弗里奇被架空了。

高级将领当中的一些人开始谈论组织一次军事叛乱，以铲除希特勒——不过，那仅仅停留在口头上。有那么一阵，军官团认为，胜利已经在望，弗里奇即将官复原职，希姆莱很快会倒台。因为，由军方和司法部联合实施的初步调查很快锁定了如下事实：冯·弗里奇将军是希姆莱授意盖世太保进行诬陷的受害者。调查显示，犯有前科的施密特确实在柏林波茨坦火车站附近一条黑暗的小巷里将正在从事同性恋行为的某军官抓了现行，而且他多年来一直成功地敲诈着对方。不过，那人的名字不是弗里奇，而是弗里希，那人是个卧床不起的退役骑兵军官，军官花名册上登记的名字为骑兵上尉冯·弗里希。盖世太保知道所有内情，逮捕施密特以后，盖世太保对其进行死亡威胁，迫使其当面指认军方首领。为防止重病缠身的骑兵上尉饶舌，盖世太保将他也拘捕了。不过，军方最终从盖世太保手里抓获了那两个人，将他们藏匿起来，以便他们在荣誉法庭召开听证会期间出庭作证。元首最终同意由荣誉法庭处理此案。

如同元首做出的许多承诺一样，上述承诺从未兑现，希特勒从未批准荣誉法庭就此案开庭。军队的领导权问题也在1938年2月4日一下子解决了，希特勒当天宣布，由他亲自担任武装力量总指挥，同时解除了16位高级将领的指挥权，另外还提拔了44位高级将领。至于勃洛姆堡和弗里奇两人，希特勒宣布他们"出于健康原因"辞去了职务。

上述几个人倒台的真实原因一直是最高机密，从未对外透露过。直到缴获的德国文件公开之日，真相才大白于天下。

尾 注

[1] 英国历史学家爱德华·H.卡尔的抱怨让我深受鼓舞。1951年，他出版了一本描述两次世界大战之间苏德关系的杰作。他在书中写道："迄今为止，尚未有人对书写希特勒治下的德国历史进行过严肃的尝试。"

[2] 1955年初，斯坦利·萨蒙突然辞去了利特尔&布朗出版社主编的职务。但对于出版这样一本书，萨蒙的继任者以及该公司的其他人仍然毫无兴趣。

[3] 让我惊讶的是——必须承认，我也松了一口气——美国历史学家几乎没有碰过那笔巨大的历史财富。看到有人居然对国会图

书馆里独一无二的馆藏感兴趣，一批高级图书管理员的兴奋之情溢于言表。一天，他们用推车推来满满一车希特勒的私人文件。让我诧异的是，从未有人拆开过那些分类打包的东西。我们小心翼翼地解开了打包的丝带，滑落出来的东西对我来说都是无价之宝：其他的暂且不说，那些东西里居然有数十张铅笔画和油画，都是青年时代的希特勒在维也纳流浪时期所作。

[4] 按照哈尔德将军的记述，希特勒于 1938 年差点裹挟德国攻打捷克斯洛伐克期间，他领导了一场推翻希特勒的阴谋。德国将军们心知肚明，德国尚未做好战争准备，他们担心那场战争会引发一场欧洲大战，导致帝国再次战败。哈尔德说，由于英国首相张伯伦同意前往慕尼黑说服疯狂的元首，他们才放弃了逮捕独裁者的计划。张伯伦的慕尼黑之行意味着，那场战争打不起来了——至少一个时期内打不起来了。

第十六章

艰难的出版

眼下我手头有了如此巨量的资料，摆在我面前的问题是，如何穿越这片森林而不至于迷失其中。迷失其中的诱惑不断来袭：长期以来，人们一直困惑不解的许多事件，抑或人们完全不知情的那些事，如今全部展现在眼前了。在纳粹德国生活过和工作过的人必然会不知疲倦地翻阅那些文件，而且会陶醉其中。没过多久，我就意识到，在希特勒时期的德国，对幕后发生的事情，我们这些记者实际上知之甚少。

我开始了写作——我的写作速度比此前任何时候都快！

一年后的 1957 年秋天，我完成的篇幅达到了 500 页，大约为 15 万词。对我来说，那可是一项纪录，从前我一向写得很慢，很痛苦。那一时期——我自己都觉得惊诧不已——我真的有了文思泉涌的感觉！在某些日子里，我根本就停不下笔！1958 年春季，我把完成的 805 页手稿交给了西蒙与舒斯特出版社的编辑约瑟夫·巴恩斯。

我写得好吗？对此我信心十足。不过，作者对自己的作品很难做出正确的判断。巴恩斯是老朋友，不过正如我此前介绍的，他对我的作品一向是横挑鼻子竖挑眼。我试探性地打听了他的看法。他的农场位于康涅狄格州西北部，离我的农场不远。一天，他从农场给我寄来了写给西蒙与舒斯特出版社老板马克斯·舒斯特的两份备忘录。那两份备忘录的内容出乎我的意料，也成了让我勇往直前的助推器。

第一份备忘录标注的日期为 1957 年 9 月 26 日。

尊敬的马克斯·舒斯特：

如你所知，今天我对你说的话，放在平常我根本不会说。尽管正确地评判夏伊勒的《第三帝国的兴亡》为时尚早，但我觉得有必要让你知道，我已经彻底改变看法。我始终认为，这肯定会是一本很好的和有用的书。不过，通读了第一稿的前 500 页——大约半本书的内容，如今我有了一种久违的读书的感觉，我都不知道该如何措辞了。

我现在的感受是，夏伊勒眼下真正具备了创作一部伟大作品的能力。这一作品的伟大是多方面的，主要体现在两方面——学术性和可读性……这本书字里行间充分展示了他的兴趣所在和热情所在……可以这样说，很久以来我都没有读过如此让人振奋的书了！

我给编辑巴恩斯寄去更多手稿后，他的兴奋之情依然没有减退。七个月后的 1958 年 4 月 11 日，巴恩斯又给马克斯·舒斯特寄去一份备忘录。按照备忘录的说法，他已经读完 805 页内容。

本书的内容让我的兴奋之情与日俱增。在我看来，这是一种独家报道和学术研究超乎寻常和超越正统的结合……有意思的是，本书的可读性在很大程度上似乎不是来自独家报道，而是来自研究探索。让我比以往任何时候都更为震撼的事实是，这是有史以来第一部完全基于文件记录的有关德国的著作。无论无条件投降的德国对世界有过何种影响，通过本书，历史学家们可以从中看到一个政权从建立到覆灭的最详细的记录，而夏伊勒采掘出的材料都源自第三帝国内部……

头一年秋季，在第一份备忘录中，巴恩斯提到还有半本书有待完成时，他曾经向西蒙与舒斯特出版社提议，应当想个办法协助我完成本书。

> 如果我们能卖出连载版权，帮助他拿到一笔预付款，就可让他摆脱四处演讲和为杂志写文章的累赘，以提高他的写作速度。不过，到目前为止，我还没有取得进展……我觉得，他的想法是，既然我们已经给过他一笔预付款，他就不该向我们要更多钱了。

这是我第一次听说有人在为我争取更多预付款，我当然非常乐意！巴恩斯是个心细如丝的家伙，我知道他是在用兴奋之情向舒斯特暗示，西蒙与舒斯特出版社理应体谅我，理应再付给我一万美元，以便我全副身心将后半本书写完。身为出版商的舒斯特必定会顾虑重重，不管怎么说，面对巴恩斯的溢美之词，他不为所动，他没有冒险在我的书上进行更多投入。人们以为，从某种程度上说，出版商也是赌徒。我可不信这套说法，出版商只不过很少拿自己的钱垫底进行冒险。像其他人一样，出版商只愿意做有把握的事。

如我在前边所说，到1957年，由于一万美元预付款已经花光，我的财务状况再次变得岌岌可危。有一次，我的确冲破了《赤色频道》的禁锢，卖出了两篇杂志文章：一篇以2000美元卖给了《好管家》杂志，另一篇以1000美元卖给了《美国周报》杂志。

那两篇文章挽救了我，因为年度演讲场次已经趋于减少。经纪人曾经提醒我，以阿道夫·希特勒和第三帝国为题开讲座眼看无以为继了。他说，在美国市场上，那两个题目已经风光不再。

如此说来，为写作一部第三帝国的历史，浪费生命中四到五年光阴，让自己处于破产边缘，而且，那本书注定会包括一部希特勒传记，我那是何必呢？这一问题越来越频繁地出现在我的脑海里。那年2月，当我越来越接近53岁生日时，我完全看不见走出财务困境路在何方。我的日记内容也日渐悲观。

在我感到绝望之际，我转向几家基金会寻求帮助。第一家是古根海姆纪念基金会。我的许多朋友和熟人接受过他们的资助，因而我认为拿到资助几乎不会遇到困难。宣传册上印刷的该基金会的主要宗旨是"为促进研究探索和艺术创作提供资助"。该基金会的申请表上印有如下内容：

> 已经崭露非凡创造性学术能力的……男性和女性均可获得本基金会的资助……具有非凡研究能力的个人，只要通过正常途径证明其已经发表的作品确实对知识有促进作用，资格审查委员会即可将其列入候选名单……

我原来以为，我已经出版的那些作品，我正在创作的关于第三帝国的书，以及为此进行的研究，所有这些足以让我有资格获得一笔资助。还有，我认识该基金会的负责人——或者说，我自以为认识他——亨利·艾伦·莫。我们是同一家俱乐部的会员，我们一起喝过酒，聊过天，我还直接给他写过信。我有几位朋友获得过该基金会的资助，我还动员这些朋友给他写信，以帮助我拿到一笔资助。然而，亨利·莫一直搪塞我。他于1957年6月27日给我写来的信即典型的例证。

尊敬的夏伊勒先生：

很久以来，我一直希望我们两人在此之前见个面，可惜一直没机会。而我明天又必须出发赴南美出差五个星期……

其实，那位可敬的先生以前也给我回过信，并且流露了他的本意。

尊敬的夏伊勒先生：

因为手头的事太多，我已经忙得四脚朝天……为基金会的事，今夜我必须到外地出差，回来后我会给你打电话。未能及时给你回信，务请体谅。

1957 年 2 月 20 日

我从未接到过他的电话。因而我也从未获得过古根海姆基金会的资助。

有人提议，我不妨试试福特基金会，也许运气会好些。无巧不成书，我认识该基金会的一个负责人——谢泼德·斯通。他在《纽约时报》当编辑时我就认识他。几年前，他在美国驻德国高级专员约翰·J. 麦克洛伊手下当副手负责新闻事务时，我们在德国经常见面。在德国期间，斯通经常帮我的忙。

联系上斯通后，我向他描述了我正在做的事。我对他说，为完成手头的书，我需要大约一万美元。早在 1957 年 4 月，斯通就给我回了信，他说他和同事们商量过我的事，他们"好歹表示出兴趣"。随后不久，该基金会表示出更大的兴趣，斯通到我家来了两三趟，他是来见证到那时为止我已经完成的写作情况，同时亲自了解我正在利用的海量文献究竟是怎么回事。

从某种程度上说，斯通是个性情中人，对我的项目，他的兴趣与日俱增。有一天，他干脆到我们在纽约的公寓来了一趟。

"妈的，比尔，"他开门见山地说，"我没法给你弄一万美元这么个小数！福特基金会根本不经手这么小的数！不过我觉得，我能给你弄到100万美元。"

100万美元！我目瞪口呆。

"斯通，"缓过神之后，我才开口说话，"我既不想要，也不需要100万美元。"

"你没明白我的意思，"他解释道，"我想让你做的是完成一项大工程。到几个大学里找十几个有学术成就的历史学家，你带上他们，把你的研究接着做下去。你说弗吉尼亚州亚历山大一个老破的军队库房里有数百箱封存的德国文献，可以让这些人把所有文件梳理一遍。只要你带上这么一帮人，我感觉，我能为你搞到100万美元。至于一万美元嘛，没有一点可能。"

让十几个大学教授听命于我，我无法想象那样一个场景。我是个非学术领域的作家，那些人肯定不愿意在我手下工作，何况我这个作家不过是个"记者"！我知道自己需要什么样的文件，也知道去哪里寻找想要的文件，我一个人能把工作做到极致。我需要的不过是摆脱四处演讲，摆脱为杂志写文章，腾出足够的时间完成研究，写完手头的书。只要今年拿到一万美元，顶多明年再追加一万美元，事情就成了。

可是，对福特基金会那帮人来说，那一数字太小，不足以引起他们的注意。到头来我一分钱也没拿到。

我只好回过头再次投靠杂志。时至 1958 年夏季，我完成的书稿已经积累足够的篇幅，此前从未公开的秘密文件可以作为素材向杂志社供稿。其中包括：希特勒以瞒天过海的手段——借助一系列谎言和欺骗——夺取了奥地利、捷克斯洛伐克、波兰；如今昭然若揭的希特勒和斯大林签署的秘密协议，两个意识形态互相对立的大国如何瓜分了波兰；希特勒决定不攻打英国的原因；希特勒对苏联开战以及将美国拖下水的原因。"走向战争之路"是这本书某一部分的标题，我认为，这一部分可以作为上好的素材提供给杂志连载。经过多年努力，我终于详细地道出了疯狂的元首如何秘密地、处心积虑地走上了战争之路。当时，这一切尚不为世人所知。

在好几个月的时间里，《生活》杂志似乎有意买下上述那一部分的内容。有一次，该杂志好几位编辑甚至提议为此付给我一万美元。不过，他们最终还是放弃了。

《星期六晚邮报》的态度最为不恭——我觉得他们是狗眼看人低。该报的一位编辑罗伯特·墨菲于 1958 年 4 月 9 日给我的经纪人写了一封信：

> 随信如数奉还你前些天寄给我的威廉·夏伊勒书稿的所有章节。恕我直言，我们无法引用其中的任何内容，因为值得引用的无非文献资料的"翻新"，其他都了无新意。

我认为自己的作品充满新意、原创以及首次披露的内幕，然而，对《星期六晚邮报》来说，除了新的文献资料，我的作品不过是一部"翻新"之作！

在稍早前的 1 月，《星期六晚邮报》的另一位编辑理查德·斯鲁奥森拒绝我的手稿时，他对我的经纪人说的理由与此截然不同：

> 我社的人均认为，夏伊勒的这些材料注定会让他创作出一部非常好的作品（仅凭其中一章即可做出这样的判断）。不过这些材料不适合《星期六晚邮报》作素材。对社论版而言，这些材料更像是新闻报道；对普通版而言，这些材料又过分纠缠于历史。

虽然我和罗杰·斯特劳斯的出版社已经分道扬镳，但我和他个人依然保持着朋友关系。他向我提议，由《读者文摘》预付我一笔可观的款项，独家买断本书向第三方即杂志方的授权。我的经纪人保罗·雷诺兹和《读者文摘》的编辑们关系特别好，《柏林日记》热销期间，我也经常和《读者文摘》的老板德威特·华莱士和他的夫人莱拉·艾奇逊见面。最终，我们从《读者文摘》得到的无非以下承诺：以 1500 美元到 2000 美元购买篇幅有限的一个片段，前提是"文笔令人满意"。

既然基金会和杂志社都指望不上，我能否完成手头的书，前景已经变得越来越黯淡。我很快陷入了困境，似乎命中注定我只能把写书的事放到一边，我必须先找个差事做，以便一家人能够活口。1958 年，我的日记充斥着大量奇思妙想，我总觉得能想出个什么好主意，以便继续写作下去——其实我已经接近于完成整部书。我已经在那件事上投入那么多年时间，如果完不成它，实在不可理喻。不把它完成，我死不瞑目。

在那整整一年里，我每天做研究和埋头写作的时间长达 12 到 14 小时，同时我还得分心，想方设法寻找出路。一定会有出路的！我曾经向《国家》杂志的一些人——都是老朋友——毛遂自荐，让他们雇我当个驻外编辑。该杂志的那一岗位已经空缺好几年，始终没人补缺。我写过一篇日记，记述我当时酝酿的一个宏伟规划，我希望携手约瑟夫·巴恩斯合伙把那件事干起来。

1958 年 3 月 3 日

找巴恩斯商量

在出版方面搞个项目

想法：在国内成立一家小公司，利用海外关系网，在欧洲文学领域和书讯期刊领域跟踪新作品、新作家，在国内组织团队阅读和评判有前景的外国图书。

接着，我在日记里又记述了一些想法：美国出版商不"具备"梳理外国新作家和新书的能力，不"具备"寻找新作家和新书的能力。主要原因是，他们不懂外语。他们依靠外国代理提建议，不过，那些建议总是没有什么新意。因此，美国出版的欧洲作品无非一些欧洲知名作家的作品，而那些正在崛起的、年轻的、不知名的外国作家总是不受待见。我们成立公司的目的，就是向美国出版商推销后一类作家的作品。

巴恩斯和我都有能力筛选英国、法国、德国的作家和作品——巴恩斯还多了一手，他可以筛选俄国的作家和作品。

我还提到了一些朋友，他们熟悉欧洲其他地区，包括斯堪的纳维亚地区的各个国家和各种语言。

巴恩斯认为我的主意不错，不过，成立那样一家公司，需要实实在在准备许多年。他说，在此期间，我必须先把手头的书写完。我需要一笔预付款，以便渡过难关，他正在煞费苦心寻找有此意愿的杂志。他说，他对《展望》杂志的希望还没有完全破灭。

《外交事务》杂志的主编汉密尔顿·菲什·阿姆斯特朗是我的老朋友，我的书迟迟未能完成，他也跟着着急，因为他一直在全力帮助我。美国对外关系委员会是《外交事务》杂志的东家，他介绍该委员会与我合作，利用其藏品丰富的图书馆协助我做研究。1958 年夏末，我告诉阿姆斯特朗，我必须把写书的事暂时放一放，我得赶紧找个工作，因为我无法确保一家人能挨过当年冬季。听我那么说，他建议我尝试让该委员会任命我为"历史研究员"，说不定该委员会能帮我一把。我正式递交了一份申请，显然该委员会没有那个职位，因而此事没有了下文。

为寻找工作，我开始四面出击。相互广播公司的一个朋友向我透露，该公司正在物色一个全职广播评论员，也许《赤色频道》的作用已经失效。我做了几次试播，然而，公司的某个副总裁不怎么喜欢我的声音，他对我的播音方式更为不屑。用他的话说，我的语速太慢，思考时间太长。不过，那一职位接连好几个星期一直空缺，看来我很有可能把那一职位拿下。

我给汉密尔顿·阿姆斯特朗打了个电话。我告诉他，我已经身无分文，我很有可能会在相互广播公司谋到个我不怎么喜欢的职位。那意味着，我必须把写书的事放到一边——至少暂时必须那么做。

"你怎么能那么干!"阿姆斯特朗的口气十分严厉,"你必须先把书写完。"

"我必须先把肚子填饱,"我解释说,"我老婆和孩子们也得有饭吃啊。"

"你那书还差多少才完?"

我告诉他:"还需要一年时间。"

"你需要多少钱才能度过这一年?"

我回答:"一万美元就行。"

"就这,这也不算什么大数啊。肯定有什么法子弄到一万美元,"他顿了顿,然后问,"你找过那些小基金会吗?"

"没有。古根海姆基金会和福特基金会够大吧,都拒绝资助。后来就没找了。"

阿姆斯特朗问:"你认识弗兰克·阿特休尔吗?"

"认识。不过不太熟。"

"我知道,他在管理一种小型的、针对家庭的基金。我给他打个电话,然后给你回话。"

我知道阿特休尔做生意发了一笔大财,如今已经退休,不过,他多数时间待在理事会,因为他在那里任总裁。我在该理事会见过他。阿姆斯特朗很快有了阿特休尔的确切消息,后者管理着一个中等规模的家庭基金,正式名称为"欧沃布鲁克基金会"。在阿姆斯特朗的力荐下,阿特休尔同意基金会立即预付我 5000 美元,半年以后,如果我能证明写作取得了进展,再有半年左右时间即可完成作品,基金会将另行支付我 5000 美元。

那一措施拯救了我们一家人的生活,拯救了我的作品。我们很快还清了欠下的生活费，两个姑娘的学业也有了保障——大女儿因加在拉德克利夫学院已经念到大三，小女儿琳达已经是纽约多尔顿学校高中毕业班的学生——而我则安于每天14小时埋头写作。那时，我的写作已经进展到一个关键的节点——战场态势已经发生变化，战无不胜的德国军队如今在苏联和北非已经转入退却态势。我很快就要停下对战事的描述，展开一个骇人的长卷，描述希特勒野蛮的所谓"欧洲新秩序"，包括杀害犹太人的"最终解决方案"。纳粹秘密文件的大量披露不仅揭示出希特勒在被占领土上都做了什么，还揭示出他更凶残的一面——一些令人震惊的他想做的事。像我这么了解他的人都觉得，他的想法难以置信。他计划把包括苏联在内的整个欧洲变成由德国主导的奴隶制大陆；犹太人必须斩尽杀绝；斯拉夫人将成为第三帝国的苦役，为便于管理，不能让他们填饱肚子。俄罗斯民族的命运已经定性，用纳粹的语言来说，它将不复存在。

基于多年的所见所闻，我眼前呈现的景象比人类星球以往任何时候的景象都更为黯淡，也让我长期处于一种压抑状态。随着1942年的来临，希特勒第一次在军事上遭遇了逆转，人们开始有了希望，人类终于能够从灾难中获得拯救了。1943年，德国在斯大林格勒遭遇致命的惨败，这在德国军事史上堪称最惨痛的灾难；随着英美联军将德国人清除出北非，随着盟军在意大利多处抢滩登陆，"欧洲新秩序"注定要完蛋了。不管怎么说，在人类历史上，这些都是恐怖的一幕，必须有人将其记录在案。1944年，英美联军在法国抢滩登陆，随后横扫法兰西全境，越过巴黎，直抵德国边境。在苏联人那边，他们眼看就要挺进到德国以前的东部边境了。战争的终结已经在望。1945 年 5 月 7 日子夜 2 点 41 分，在法国北部城市兰斯某学校一座红色的小房子里，德国向盟国无条件投降了，几天之后，投降仪式在柏林重演了一次。

那次对德战争是欧洲有史以来破坏性最大的、最为野蛮的战事，如今它终于结束了。写到这里，我的书实际上已经画上句号。多年来，我亲眼见证了第三帝国的崛起，部分地见证了它的覆灭。希特勒曾经大言不惭地说，第三帝国将延续千年。十二年四个月零八天以后，第三帝国却彻底消亡了。然而，对于承受过第三帝国暴行的人们来说，它漫长得宛如一个时代，犹如"黑暗的中世纪"一般。给人类带来如此多罪恶的"优等种族"面临的是徐徐降下的凄冷的长夜。

1958 年整整一个秋季，我一直写个不停，1958 年至 1959 年的冬季和春季，以及随之而来的夏季亦如是。很久以后，我的家人以及朋友们都说，当年我好像粘在了打字机上，我始终沉浸于打字机的嗒嗒声里。那一时期，我第一次没有在日记本上写东西。如今为了写这部回忆录，我第一次翻出以前的东西核对，由于没找到 1959 年的文字材料，我在那一年的条目上注了个"尚未找到"。后来我才意识到，那一年，我很可能根本没写过日记。1960 年 4 月 12 日的日记里有一句话足以解释那一现象："近几年很少写日记了。五年多来，我的大部分时间和精力都花在了调研和写作那部第三帝国的书上……"

我完成作品那天也没有写日记。幸亏我后来写过两封信，一封写给凯·博伊尔，另一封写给汉密尔顿·阿姆斯特朗。这两封信描述了当时我的感受以及完成作品的准确时间。那两封信是 1959 年 8 月 31 日星期一在农场写的，信中提到写完全书最后一页的时间是一周前的 8 月 24 日。其中一封信是这样的：

亲爱的凯：

……上星期一晚上，准确时间是 7 点刚过，一口气写了 12 小时后，我终于完成了最后一页的最后一行！孩子们……疯跑到杂货店买来一瓶香槟。最后一页的页码为1795，不难想象，那是一段什么样的日子啊。还需要做些润色和删减，不过我觉得，负担已经从我的肩膀上和脑子里卸掉了。那是震撼的一刻，五年来与我日复一日相互依存的东西终于离开了……

写给阿姆斯特朗的信与写给凯的信相似，不过是在信的结尾处追加了以下内容：

连我自己都以为这该死的东西可能无法完成时，是你的鼓励支撑我挺过了这些年，所以我赶紧把这消息告诉你。另外，如果你能把这消息转告弗兰克·阿特休尔，我将不胜感激，由于他的资助，我才渡过了刚刚过去的最艰难的一年。

终于完成了整部作品，我感到疲乏至极，却也兴奋无比。我对那本书寄予厚望，我非常有把握的是，那是我迄今为止写过的最好的书。毫无疑问，它涵盖的历史容量也是最有野心的。它的篇幅也是最长的。我觉得，那本书可能会引起很多人的兴趣，不仅因为书里披露的内容都基于秘密文件，更因为我书写那本书的方式：我书写那段历史，用的是文学创作方式，而不是众多学院派历史学家那种枯燥的方式。

不过，对那本书的销路，我不抱任何幻想。与那本书有关的人——包括出版商、经纪人、编辑，以及居住在西康沃尔市周边的好朋友，例如詹姆斯·瑟伯、马克·范多伦、刘易斯·甘尼特等人——众口一词，那本书不会有销路。我没有理由怀疑他们的说法。

说实话，完成写作之后，在写给凯·博伊尔的信里，对于告别一种多年来的既定生活大发感慨之余，我还表示了如下意向：

> 如果有可能，我必须回过头来赚点小钱，我得应付两个女儿今年都在拉德克利夫学院上学的事（头一年秋季，琳达也在那个学校上学了）。

那是因为，那年夏末，我不仅把书写完了，还把欧沃布鲁克基金会给我的一万美元花完了。那笔钱让我为写书付出的五年辛劳画上了圆满的句号。其间，伦敦的塞克与沃伯格出版社为那本书在英国的版权付给我 5000 美元预付款，那笔钱足够我们支撑到年末。然后我该怎么办？

西蒙与舒斯特出版社为那本书确定的发行期是 1960 年春季。然而，那本书的版税收益首先必须用于偿还出版商预付我的一万美元，然后出版商才会付给我版税。所有知情人都说，若能如数收回预付款，出版商就算很幸运了。我渐渐意识到，很快我还会陷入十多年来所处的窘境：拼命想维持收支平衡，结果总是捉襟见肘。刚完成写作那几天感受到的美满心境渐渐烟消云散了。

幸运再次垂顾了我。

回首 1957 年，约瑟夫·巴恩斯通读了我第一次交给他的

500 页手稿，随后他对本书进行了再评估。他在写给马克斯·舒斯特的备忘录里提到，他"希望比尔·阿特伍德、莱奥·罗斯滕、迈克·考尔斯三人能对本书产生极大的兴趣"。多年来，巴恩斯显然一直在以委婉的方式与那些人周旋，他一直没有放弃努力。其间我与《展望》杂志的出版商和老板迈克·考尔斯见过两三次面，我和他提到过我当时正在进行的创作。我和他不算太熟，不过，我年轻时在爱荷华州待过，那时，我和考尔斯家族的人见过面，他的家族当时正在努力将《得梅因纪事报》打造成爱荷华州首屈一指的日报。由于那层关系，我为考尔斯家族的杂志写过几篇文章，当时那个杂志还处于初创阶段，销路也不怎么好。

1959 年夏初，我和经纪人给《展望》杂志寄去了一摞标题为《走向战争之路》的手稿（即遭到《生活》杂志拒绝的那部分内容）。当时我正忙于埋头写作，因为写作已经到了冲刺阶段。我隐约记得，由于赶上了希特勒发动第二次世界大战 20 周年纪念日，《展望》杂志的人买下了书里的部分内容，并且火急火燎地赶着排印。文章刊印在 1959 年 9 月 1 日——元首的军队进军波兰，然后将世界拖入战争整整 20 年后——发行的那期杂志上。那是连载文章中的第一篇，标题为《第二次世界大战不为人知的故事》，副标题为《希特勒如何发动了第二次世界大战》，该期封面上刊登了一幅希特勒的照片。

那幅照片让发行部经理既愤怒又丧气。那天，我正在《展望》杂志大楼一层的咖啡厅里与迈克·考尔斯，还有两三位负责我的手稿的编辑一起商量事，发行部经理手里挥舞着一册提前发行的《生活》杂志和一册《展望》杂志，怒气冲冲地闯了进来。

"嗨，老板，"他毫不客气地对考尔斯嚷嚷道，"我们的封面上有个这样的东西，和《生活》杂志比比看，你让我怎么做这个发行？"说罢，他把杂志在我们面前晃了晃。只见封面上有个一脸严肃的希特勒，他身边还有个表情冷酷、紧抿着两片薄嘴唇的德国将军。我认出那人是陆军元帅瓦尔特·冯·布劳希奇。

"看在上帝的份上，好好看看对手给人们提供的是什么。"说到这里，经理把《生活》杂志的封面举了起来，封面上是个年轻美貌的女人，她身穿一件到那时为止我所见过的最迷人的泳衣。那泳衣是特别养眼的海蓝色。

"老板，你说吧，"那位经理面对考尔斯铆足劲喊起来，"和那个可爱的出浴美人比比，你说我该怎么发行希特勒这兔崽子？你倒是给我个话啊，老板！"

"你就等着瞧好了。"考尔斯说完做了个灿烂的笑脸。从他的表情看，好像他知道什么我们不知道的内幕似的。

我不记得经纪人是否和我说过，他从《展望》杂志究竟拿了多少钱。我的写作已经到了攻坚阶段，也许经纪人不想分散我的注意力。肯定不是《生活》杂志一开始和我们说的一万美元，也许是 2500 美元——对我们来说，那笔钱数目虽小，来的却是时候。

又有更多好运气——从那期《展望》杂志开始——接踵而至。如我的讲座经纪人所说，美国人对希特勒和纳粹德国的兴趣已然过去，基于此，《展望》杂志从我的书里买下部分内容一事，遭到杂志社一些编辑某种程度的反对。作为具有敏锐洞察力的记者，迈克·考尔斯不为所动。他后来告诉我，由于他事先做过一些调查，他有了完全不同的看法。1959 年 9 月 1

日那期《展望》杂志的市场反应印证了他的看法。显然那期杂志比《生活》杂志卖得更好。那对我来说是个好消息。也许我把生命中的五年奉献给撰写纳粹德国历史没有白白浪费。总而言之，人们对希特勒仍然有兴趣。

我用打字机打出来的手稿全部完成后，没过几天，迈克·考尔斯取走了我承诺他的一份。他把手稿分成五份，让杂志社的五位主编每人带回家一份，利用周末分别读一遍各自那一部分，然后星期一上午向他汇报，手稿里是否仍有适合《展望》杂志进一步刊登的内容。几位好好先生的周末就这样被毁了，我为此感到遗憾，不过我暗自希望着，好消息会由此而生。希望是有的，然而，我信心不足。西蒙与舒斯特出版社的出版商、编辑、我的经纪人，他们和我有同感。

9月24日，即完成写作整整一个月后，我来到了《展望》杂志位于曼哈顿麦迪逊大道的办公地点。那地方在我工作过很长时间的哥伦比亚广播公司大楼对面。我签下了一份合同，按合同规定，我必须基于那本书的内容写一篇有关希特勒生平的文章，字数约为2.5万，12月底交稿。《展望》杂志还计划从我的文字稿里摘录三篇文章，每篇文章的报酬为5000美元，杂志社保留以相同价位刊登第四篇文章的权利。目睹大笔进账，已经是很久以前黄金岁月那些年的事了，那时，我仍然在从事播音，还出版了《柏林日记》。经过了漫长的干旱期，我们终于再次进入了水草丰茂期！我当时感到的解脱是难以形容的，从那往后，一连好几天，我在纽约蓝天白云下的大街上漫无目的地闲逛起来。

当然了，转过年的春季，发行本书一事，以及本书的社会认可度等，都是让人揪心的事。我以为，读者对《展望》杂志有兴趣，那一迹象令人鼓舞，或许本书最终会有个好的市场表现。不过，我很快意识到，西蒙与舒斯特出版社的一些人却不那么认为。

至少有一点，本书篇幅过大。包括注释和索引，本书排完版以后的篇幅会超过1200页。约瑟夫·巴恩斯给我寄来牛津大学英国历史学家 A. J. P. 泰勒的一封信的复印件，泰勒在信里嘲笑西蒙与舒斯特出版社交给他品评的马克斯·勒纳所著的一本书太厚。泰勒一向不把美国同仁放在眼里，他写道：

> ……作者的勤勉、博学、涉猎实在令人震撼，我花费一辈子时间都无法企及作者的体力付出。不过最能说明问题的是结果：无论如何，对旧大陆的长者来说，这本书太长了，太厚了！当我把这本书捧在手里时，我立刻就感到了不舒服，我怎么会阅读它呢？
>
> 我有一颗敬仰之心，然而造出如此厚重书籍的美国作家和出版商可别指望从我这里得到赞誉，我所能给予的唯有谴责。你们这是在糟蹋文字。不过，当然了，你们是大尺码的国家，这样的书对你们来说或许正好。我们英国人早已放弃这种篇幅的项目。我们稳扎稳打地享受每一天——包括厚度适中的书籍——直到你们美国人和苏联人按下核按钮。[1]

一些美国书评家宣称，他们不会阅读任何标有大量注释的书籍。我的天，我不禁想，我的书里少说也有上千条注释！书里的每一个事实都有史料为凭，我给每一个事实都做了注脚。

后来，我和约瑟夫·巴恩斯爆发了我们之间唯一的一次争吵。我们的友情始自二战前夕，在柏林我们成了亲密的朋友。一天，巴恩斯和夫人贝蒂路过我们的农场，他们顺道过来喝一杯。巴恩斯需要和我商量一些编辑方面的事，因而我们两人来到楼上我的小书房里。突然巴恩斯劈头盖脸把我骂了一通，他谴责我和《展望》杂志签合同，让该杂志连续刊登本书的三篇文章。

"我知道，很长时间以来，你一直很困难，需要那笔钱。不过该死的，你把我们的销路毁了。《展望》杂志再登三四篇文章，以后谁还买书？"

巴恩斯是真生气了。他把我的火也点燃了。他骂我的贪婪是短视行为，西蒙与舒斯特出版社对我恩重如山，他骂我忘恩负义。

巴恩斯何以如此愤怒，我突然想明白了。肯定是西蒙与舒斯特出版社的大人物们忘了告诉他，正是他们鼓励我和经纪人与《展望》杂志进行谈判，合同也是经他们批准才签署的。他们认为，在发行量巨大的杂志上登几篇摘自本书的文章，由此引起上千万读者注意，对发行会有巨大的促进作用。巴恩斯认为，我的说法很难让人相信。用他的话说，他的老板们竟然会故意毁掉本书的销路，他根本无法相信。因而他变得更加愤怒，我也变得怒不可遏，若不是两位太太及时赶到，我们差点动手打起来。听见我们在楼上大喊大叫，贝蒂和特斯冲上楼，赶紧把我们拉开了。我们四个人一起前往林子里遛了一圈，以便巴恩斯和我冷静下来。然后我们回到屋里喝了一杯，夜幕降临前，我和巴恩斯又恢复了老朋友关系。

眼看《展望》杂志对本书有了兴趣，以及由此可能引发广泛的、各个层面的关注，大家固然深受鼓舞，而西蒙与舒斯特出版社依然决定将首印数限制在两万册。那样的起步已经很不错了，不过我以为，那也体现了出版商对本书缺乏信心。

英国出版商则更为谨慎。为了和我商量本书在英国的出版事宜，一天，伦敦塞克与沃伯格出版社负责人弗雷德·沃伯格来到我在纽约的家里，与我共进午餐。他说，那是一部鸿篇巨制，出版那本书，让他感到骄傲，不过……话到嘴边，他却不说了。

我不禁问道："不过什么？"

"和许多了不起的书一样，"沃伯格接着说了下去，"我担心这书卖不动。你得明白，这书太厚，而且满是注释。"说到这里，他再次停下来。然后他接着说："这么说吧，比尔，我告诉你我们的计划。我们不打算在英国开机印刷。我们直接从西蒙与舒斯特出版社买书。"

"可英国的印刷成本还不及美国的一半啊。"我表示了不同看法。"另外还有，"我的说法未免显得有些傻，"西蒙与舒斯特出版社的首印数只有两万，他们没有多余的给你啊。"

"这个，他们已经卖了 7500 册给我。"沃伯格说这话时，我感觉他显得有些得意。

"那样的话，西蒙与舒斯特出版社只剩下 12500 册了！"现在看来，我过于幼稚了。

沃伯格立刻接过了话茬："没错。"

没等特斯端上甜点，我就想对沃伯格下逐客令了。他对我说，由于西蒙与舒斯特出版社报给他的书价太高，他必须依样画葫芦，每本书加价 10 美元。让我尤其无法容忍的是，他当着我的面说那些话，等于往我的伤口上撒盐。我反对他那么做，我说，那么做意味着书价超过了英国大多数买家的购买力。西蒙与舒斯特出版社在美国市场上每本书加价 10 美元，实际上只能保障一个很小的销量。有人告诉过我，价位那么高，没有任何书籍能有好的销量。我向沃伯格指出，如果他在英国印刷本书，书价即可降至一半。不过他根本听不进我的话，因而我尽快把他赶出了家门。他离开以后，为了让自己冷静下来，我花了很长时间在曼哈顿第五大道散心。喷着黑烟的卡车一辆接一辆从我身边呼啸而过，我的情绪未见好转。我暗自琢磨着，《展望》杂志付给我的钱花光以后，我必须找一份长期工作。我坚持写作已经长达 12 年，实际上，整个成年时期，我一直在坚持写作。当记者那些年，我尚能养家糊口，写作反而不能养家。我绝不会放弃写作，不过，我必须放弃依靠写作养家糊口的观念。话说有多少作家能做到养家糊口呢？少得可怜。按照美国作家协会的调查，也许仅有几百人，每一万个作家里也就数百人而已。

当时，西蒙与舒斯特出版社将那本书的最终发行日期定在了 1960 年 6 月。4 月 1 日是个星期五，那天是愚人节，我把过节的事完全忘了。那天，我一个人在农场收拾东西，我打算回纽约住几天。此前一个星期，我一直在园子里耕地、耙地，我种了些生菜、豆子、葱头，还为草莓树剪了枝。我喜欢室外工作，做这种事让我有时间思考。我必须利用夏季找个稳定的工作，或许我可以回归播音工作，电视已经开始普及，如何将电视作为传播新闻的媒介，我有一些具体想法。也许我应当从事教学，由于不具备硕士学位，我这辈子无法在大专院校担任历史学教授，不过，美国的大学已经开始招收资深记者到新闻学院担任教师。也许我能在哥伦比亚大学新闻学院找个工作。那可是美国最好的新闻学院之一。如果美梦成真，我就可以在纽约长期住下去，还可以保住康涅狄格州的农场。

上述念头在我脑子里转悠时，我的手也没闲着。为返回纽约住些日子，我正在往箱子里装东西。正当此时，电话铃响了，是约瑟夫·巴恩斯打来的，他的声音有些激动。

"比尔，有个好消息告诉你。'每月读书俱乐部'选上了《第三帝国的兴亡》。祝贺你！"

我不知道该说什么了。

我无法相信那是真的，我终于磕磕巴巴开口了："这个……哦……那……哦，是个好消息。"

那一刻，我突然意识到那天是什么日子。

"别这样，巴恩斯，"我恢复了正常的表达能力，"别和我玩愚人节的把戏，眼下我可没情绪！"

巴恩斯口气严肃地说："向上帝保证，是真的。"

"那好，那我谢谢你的好消息。"说完我挂断了电话。

我立即给经纪人打了个电话，他还没听说此事。对此他也深为怀疑。

"我当然希望这是真的，"他解释说，"但如果是真的，'每月读书俱乐部'或西蒙与舒斯特出版社肯定会打电话通知我啊。"

我把电话打到西蒙与舒斯特出版社，接通了巴恩斯。对我的怀疑，他有点不耐烦。"你干吗不给艾丽塔打个电话问问？"他说，"也许她的话你会相信。"艾丽塔·范多伦是《纽约先驱论坛报》周日书评版的编辑，也是我的老朋友。

"是真的。"我给艾丽塔打通了电话，她首先肯定了那消息。她接着说："我正要给你打电话呢。我正在为你组织个小型聚会，就今天下午——在我家。你6点钟前后能赶到纽约吗？"

我回答："我尽量吧。"

我的经纪人打来了电话，他终于有了确切的消息。他还抖落出一些更详细的信息。

"首先我得告诉你，"经纪人一本正经地说，"你有了一笔两万美元保证金。更重要的是，作为'每月读书俱乐部'的推荐书目，这意味着，西蒙与舒斯特出版社的销量比以往任何时候预计的都大得多。本书还会有个盛大的首发式。因而发行日期只能往后推。西蒙与舒斯特出版社刚给我来了电话，发行日期要从 6 月推迟到 10 月，或 11 月。"

因此，很长时间以来，我们全家第一次——多亏了《展望》杂志和"每月读书俱乐部"——可以安心享受美好的夏季了。至少几年之内，我们没有必要为钱的事犯愁了。我回到了飘飘然的放松状态，我必须小心谨慎，返回纽约的车程为三个小时，千万不能把车开进路边的沟里。当晚，我在艾丽塔家喝高了。

尾　注

[1] 尽管这位牛津先生厌恶厚重的书籍，但这并不妨碍他写了一部《英国历史：1914—1945》。该书于 1965 年出版，共 708 页。

第十七章

舆论风暴

1960 年 10 月 17 日，我的书终于正式发行了。尽管"每月读书俱乐部"已经把本书定为推荐书目，《展望》杂志也为本书做足了宣传，但西蒙与舒斯特出版社仍然坚守着最初的印数：12500 册（出售给沃伯格 7500 册以后的余数）。我想知道，出版商为什么那么做，不过，我也看出来了，出版商肯定有自己的考虑。眼下我最关注的是市场对本书的认可。许多作家公开说，他们从来不看对他们作品的评论，但我不仅要看有关评论，对评论家们会如何评论本书，我更是抱有恐惧心态。我从小道消息得知，《纽约时报》周日书评版将本书交给了颇负盛名的牛津大学历史学家 H. R. 特雷弗－罗珀，让他写书评。我对罗珀何止是尊敬，我还从他非凡的作品《希特勒末日记》里引用了不少内容呢！不过就我的书，他会写一篇什么样的书评，我的确担心得要命。那一时期，英国书评家对美国作家非常苛刻，特雷弗－罗珀在牛津大学的同事和竞争对手 A. J. P. 泰勒即很好的例证。在我看来，由于美国取代英国成了西方首屈一指的世界大国，英国书评家对美国作品和作家横挑鼻子竖挑眼，借机发泄满腔积怨，对涉及历史的美国作品和作家尤其如此。我也清楚，学院派历史学家尤其鄙视像我这样当过记者、半路出家、改行撰写历史的人。在美国，这种事像毒瘤一样存在，在英国，情况还不至于那么糟。不过，就事论事而言……一个美国记者竟然成了第一个用翔实的资料书写第三帝国全史的人，身为牛津大学著名历史学家和研究纳粹德国的权威，他可能以宽容之心和理解之心对待我吗？

我记得，当时我一直在心里犯嘀咕，管它呢，反正《纽约时报》对我一向没有好感。由于我向它的竞争对手《纽约

先驱论坛报》供稿，《纽约时报》对我一向不厚道。苏兹贝格
家族拥有《纽约时报》，如今阿瑟·海斯·苏兹贝格是该报的
出版商，我和他有过书信往来，火药味十足。对我近几年出版
的两三本书，《纽约时报》从未做过评论，如今这家报纸让一
位英国绅士和大学教授评论我的书，这对我或许意味着双重打
击，而这一作品恰恰是我最看重的。

1960 年 10 月 16 日出版的《纽约时报》周日书评版刊登
了特雷弗－罗珀对《第三帝国的兴亡》的评论文章，该文占
据了报纸头版整整一个版面。该文让我大吃一惊，我简直不敢
相信自己的眼睛了！报社编辑为该文加的大字标题足以说明这
一点：

照亮 20 世纪最黑暗时期的一抹亮光
希特勒德国的可怕故事
动人的笔法　大师级的研究

牛津大学历史学家问道：人们如何才能客观地看待第三
帝国？

这是 20 世纪头等重要和最为恐怖的现象……历史刚
刚翻篇，仅过去半代人时间，情感和历史文献交错在一起
时，居然有人书写了那段历史！通常情况下，这样的事根
本不可能成为现实。不过，凡是与第三帝国有关的事，用
常规思维是无法解释的，包括它的覆灭……在彻底的灰飞
烟灭中，希特勒统治时期的所有秘密暴露在了光天化日之
下，所有档案文献被收缴了，它们的真实性在庭审中得

到了证实，档案内容全部被公开。

如今，仍然健在的历史事件亲历者竟然有机会与真实的历史事件对质，这种事有史以来从未发生过。这就需要一位伟大的历史学家将其记录下来——威廉·夏伊勒。

也许我该在这里停下来了，这样的赞誉于我实在是盛名难副！

1934 年到 1941 年期间，他一直生活在德国——因而有了《柏林日记》一书。由于希特勒彻底战败，人们得以接触到巨量的档案文献。战争结束后，他一直在研究这些文件。如今，他把亲身经历和研究成果融入了一部不朽的作品，一部史料翔实的 1200 页的书，该书涵盖了希特勒第三帝国时期的全部历史。

"当然，这本书也会受到批评，这是每个作者躲不开的宿命。"特雷弗－罗珀的评论文章由此展开了他个人的批评。

"但是与他取得的伟大成就相比，这些批评微不足道，"特雷弗－罗珀的评论文章在此笔锋一转，"这部著作叙事客观，论证严谨，结论必然，它堪称一部杰出的学术著作。"

阅读《纽约时报》书评时，我感到有点飘飘然，对特雷弗－罗珀，我更是充满了感激。接着，我翻开了《纽约先驱论坛报》周日版书评。我不认识《纽约时报》周日版书评的编辑，不过《纽约时报》书评编辑竞争对手、《纽约先驱论坛报》书评版的编辑艾丽塔·范多伦是我最要好的朋友之一。她也把针对我的书评排在了报纸的头版，文章也占据了整整一个版面，书评由普林斯顿大学历史学教授戈登·A. 克雷格执笔。后者出版过好几本关于德国的书，发表过许多关于德国的文章，是个著名作家。

我很快便清楚地意识到，克雷格教授和特雷弗－罗珀教授的观点相左，他并不认同《第三帝国的兴亡》一书把我塑造成了历史学家。不存在这种可能！他认同的是，我的确创作了"一部老少咸宜的作品"。然而，他认为，这还不至于将这本书称为历史书。至少有一点，这本书太厚了。克雷格教授认为，我理应把整本书压缩一下，"在多数情况下"，诸如绝密的发言记录、外交文件、军事指令，甚至绝无仅有的墨索里尼和希特勒两人间的往来信函之类，以及数量众多的文献，均可重新删减和改写。

他还认为，本书的编排"有失衡之嫌"。他认为，本书应当用更多的篇幅描述纳粹在魏玛共和国时期以及掌权初期的作为。

克雷格教授认为，尽管我的书引用了堆积如山的史料，我却遗漏了一些重要文献。有个德国历史学家专门研究魏玛时期的历史，令他惋惜的是，我竟然没有读过那人的作品（其实我读过那位历史学家的书，不过我忘了将其列入参考书目）。让克雷格觉得"遗憾"的是，我没有更多地引用近期在德国出版的材料，尤其是《现代史季刊》（*Vierteljahrheft für Zeitgeschichte*）上刊登的资料。我认为，那个刊物不怎么客观（那一刊物后来专门出版了一期批判本书的专刊，该刊承认，利用整本刊物专门批判一本书的事从未发生过）。

艾丽塔很快给我来了一封信，她在信中称，克雷格的书评对她来说"犹如一场大不幸"。不过，理所当然的是，就像我有权表达我的看法一样，对方也有权就我的书自由地表达看法，她必须尊重对方的权利。从艾丽塔为该文加的标题看，读者几乎看不出该文的内容：

夏伊勒鲜活的、里程碑式的纳粹德国编年史

至于克雷格在评论文章中具体写了什么，我无所谓，也没必要计较。[1]

让我颇感意外的是，《芝加哥论坛报》也给予我好评。回首 1932 年，那时我是该报驻维也纳记者，喜欢摆架子的老板罗伯特·麦考密克把我从报社扫地出门。这中间已经过去很长时间，也许他把这事忘了。（他忘过我一回。把我扫地出门后没几天，他给我写过一封信，他在信里问道，怎么一直没看见我的名字出现在《芝加哥论坛报》上。）

恰如上述两家纽约大报的周日版一样，周日版的《芝加哥论坛报》也将其副刊"书评杂志"头版的整个版面给了我的作品。该报的大标题是《夏伊勒用卓越的历史写作问鼎职业高峰》。该文作者是学院派历史学家 S. 威廉·霍尔珀林，他是《近代史杂志》的编辑。尽管教授先生批评我的书"鲜见全新和原创的内容"（我原来以为，此前没有哪个作品如此大量地采用从未公开的文献资料，因而我的作品充满了全新的披露和独到的见解），但他仍然对本书给予了充分的赞誉。他认为，我"创作了一部内容全面、洞察力强、非常好读的史书……"

本书作者的博学非但不让人反感，还让人感到印象深

刻。他对心理的洞悉更是超群。与当代新闻报道文章横向比较，作者对各种形势以及各种事件的描述更显出其超凡。正出于这些原因，《第三帝国的兴亡》或可被誉为夏伊勒杰出事业的巅峰成就。

诸如此类的评论累积到某一时刻，我渐渐找不着北了，它们让我失去了方向感。如果再多看一两篇同类文章，我很可能会把自己太当回事。《时代》发表的评论把我拉回了地面。正如那一高调的新闻周刊通常所为，该文指出，为纳粹时代书写历史，"所需要的"人不是我，而是专业人士，例如"诗人但丁或音乐家瓦格纳"那样的人。毋庸置疑，如此一来，我注定被排除到了门外——无论从哪方面看，我根本无法与但丁或瓦格纳相比。所以……

> 夏伊勒在其作品里展示了他多数不多的写作天赋，但他有一个优势足以遮掩这本书的所有不足：他的文献实在让人过目难忘。在文学性和新见解方面，这本书或许乏善可陈，然而它的的确确能俘获读者的阅读兴趣，让人捧书在手，欲罢不能。

《时代》的结论是："用轻快的新闻报道手法写出的《第三帝国的兴亡》是攻读更好的、更详细的纳粹主义专著的替代品。"我真的非常想知道——也许相当一部分读者也想知道——那些"更好的专著"的书名，但书评人对此只字未提。

《时代》的对手《新闻周刊》还算比较客气。该刊的评论文章没有署名，该文认为，我"写了一部让人印象深刻和激动人心的历史书"，我把"大量的研究成果戏剧性地展现给了世人"。

如此厚重和昂贵的一本书居然出自我的手笔，居然还成了畅销书！数个月后，1961 年 1 月 23 日出版的《新闻周刊》就此发表了一篇文章，回顾了我被"抛弃"的岁月[2]：

> 三年前，夏伊勒离人们关注的焦点已然如此遥远，以致《新闻周刊》每周一篇的专题文章将其归入了"昔日名人今何在？"专栏，他成了消失的名人。事实证明，原来夏伊勒当年……正在低调地奋笔疾书其承诺的一本书！

总体上说，各家日报的评论文章比我预想的好得多。奥维尔·普雷斯科特是《纽约时报》每日书评版的编辑，以前他从未高看过我的作品，令人意外的是，他对《第三帝国的兴亡》赞誉有加。他还专门提到，我的作品和英国历史学家爱德华·吉本的《罗马帝国衰亡史》篇幅几乎相当，另外，我的写作手法有别于 18 世纪正规典雅的传统。

"不过本书确实写得好，流畅和明晰自不待言，娓娓道来，让读者不觉乏味。"

溢美之词在普雷斯科特的文章中不断涌现，他在文章结尾处称："《第三帝国的兴亡》是我们这个时代最重要的历史著作之一。"

普雷斯科特的同行、《纽约先驱论坛报》每日书评版编辑约翰·K. 赫琴斯将本书称为"大师手笔"。

日报上当然也有批评的声音，这种声音主要来自学院派历史学家。一些人甚至对我群起而攻，把我的书斥为另类。

历史学教授沃尔特·赫布罗纳在晚报《里士满要闻》刊文称："这本书根本没披露什么新内幕。"他不喜欢我在书里"突然蹦出一段牵强的表态"。比如，德军大举进攻比利时和法国期间，我描述了一些被俘的英军士兵，我对他们糟糕的身体状况深为震惊，并由此猜测，这是英国在两次世界大战之间忽视本国青年所致。教授认为，这就是典型的"牵强的表态"。

在我看来，多数学院派评论文章都带有上述特征。我觉得，教授们总会刻意从我的书里寻找一两个瑕疵，对其吹毛求疵，借此卖弄学问。然而，对本书的实质、跨度或本书所涉及的内容，他们没有向读者提供任何有益的见解。本书的核心和重中之重是纳粹横行时期震撼德国、欧洲以及全世界的一系列重大历史事件，他们对那些只字不提。

我觉得，乔治·L. 莫斯就是个典型。他是我敬重的人，我从他的一些著述里获益匪浅。他在我一度喜欢的《进步》杂志上发表了评论。他认为，我把事情归因于德国人"对国家奴性的顺从和不擅外交"，这"歪曲了"，而且"不能很好地解释"纳粹主义。他还说，我似乎"忘了一位著名教授的论断：'对德国人来说，国家社会主义再次让他们的生活有了意义。'"

实际上，就这一主题，我花费过不少笔墨。我还是过于天真，没有认识到许多评论家仅能从书里看见他们想看的东西，对于不想看的东西，他们会视而不见。

我越读莫斯教授的评论越有兴味。

"德国更重视国家，而非个人，"他在文章中称，"这么说是不恰当的。纳粹意识形态认为，纳粹主义自身是个人价值的终极实现。"

在国家社会主义时期，德国对个人实施极为可怕的管控，亲身经历过那一时期的过来人居然会说出这种话，实在让人震惊——而且，此番言论出自一位在德国问题论著领域一言九鼎的学界人物。不仅如此，莫斯接下来的言论让人更为咋舌：

> 当年横扫欧洲的恐怖根本不是发疯，许多美国人像夏伊勒一样对此感到难以理解……在两次世界大战之间，整个欧洲仅有极少数人支持代议制政府。

极少数人？我不知道莫斯教授当年身在何处，那一时期我恰好在欧洲工作——在德国以外的意大利，在波罗的海沿岸的一些小国以及巴尔干地区的一些小国，两次大战之间的最后阶段，我恰好在法国——而且，当年我已然发现，那些国家的绝大多数人支持民主议会制。大英帝国自不待言，在斯堪的纳维亚诸国以及捷克斯洛伐克、比利时、荷兰、瑞士，还有德国和意大利帮助佛朗哥推翻共和政府之前的西班牙，以及德国征服者和他们的傀儡发动战争打败并摧毁其民主议会制之前的法国。我认为，教授先生的主张不只是极不准确，他对希特勒恐怖行径的解释也完全站不住脚。我可以非常肯定地说，席卷欧洲的恐怖不仅是发疯，而且疯狂主要源自柏林，因为柏林正处于一个疯子统治下。

美国学院派历史学家们对我的敌视态度让我很震惊。他们的欧洲同行从来没有，更不会用同样的偏见对待我。英国学院派历史学家待我非常宽容，充满理解。例如约翰·惠勒－本内特，他不仅是研究魏玛共和国和纳粹主义崛起的最高权威，更是研究德国军事以及《布列斯特－立托夫斯克和约》的最高权威。

在法国，情况亦如是，不仅大学里的历史学家，我们时代的一些重要政治人物，例如法国前总理保罗·雷诺和爱德华·达拉第两人，他们也对我为这个时代的历史所做的贡献表示认同。达拉第在二战前夕的最后数年担任法国总理，他在巴黎出版的日报《老实人》刊文称，假如他当年知道我在书里披露的一些内情，他肯定会采取完全不同的行动。

> 对威廉·夏伊勒在其所著……第三帝国史里披露的那些文件，当时（1938 年）我们并不知情，例如：8 月 18 日，参谋长路德维希·贝克将军辞职，在希特勒密令威逼下，这件事严格保密；8 月 10 日，冯·维特斯海姆向希特勒效忠；还有西部战线总司令亚当将军向希特勒汇报，防御工程（指齐格菲防线[3]）8 月底之前无法竣工，他没有足够的兵力守住防线等。
>
> 我们同样不知情的还有夏伊勒在书中披露的一个阴谋（假如希特勒下令进攻捷克斯洛伐克，他们就利用军队将其推翻——这是由贝克将军的继任者哈尔德将军领导的一个阴谋）。

在一次交谈中，达拉第告诉我，德国的阴谋家当年对英国政府十分信任，英国政府却从未向他透露过这件事，对此他十分恼火。

当年，英法两国相关政治家以及学院派历史学家均以严肃的态度对待我的书，理所当然的是，他们对书里的部分内容会有非议。然而，一部历史著作居然成了"畅销书"，他们绝不会因此对其产生怀疑。我在美国学术圈里也有朋友，其中一位朋友提醒我，他的多数美国同行却不这么认为。美国历史学会每年召开一次年会，那年的年会于圣诞节那一周在华盛顿举行。一天晚上，那位朋友从年会给我来了电话。

"幸亏你不在！"朋友大声叫嚷，"教授们对你口诛笔伐！"

"现在还这样？"我不解地问，"他们又对什么不满了？"

"他们无法原谅你，因为你的书上了畅销书排行榜，"朋友说到这里犹豫了一下，他接着说，"他们无法原谅你，另外还有原因。"

"什么原因？"

"因为，该死的，他们谁都没想起做这事的时候，你他妈的已经把整个第三帝国的历史写出来了！他们都说，这事理应留给他们做。"

"我试过这么做啊，"我辩解道，"我一而再，再而三地等过他们啊。"

"这我清楚，所以他们才想不开。他们也意识到，这么长时间了，他们一直在袖手旁观，对那些堆积如山的纳粹文件，他们懒得碰，不敢碰，更别提整理出来写书了。"

先不说教授们的偏见多么孩子气，出乎我意料的是，他们对这本书的反应竟然如此千奇百怪！总之，畅所欲言、固执己见、观点对立，这些都是美国民主生活的发酵剂。

尽管我能力有限，但我一直试图把叙事史当作文学来写，我更希望看到我在这方面已经取得一定的成功。（《时代》之类的刊物对此很不屑，有些刊物则与我观点相同。例如，奥尔登·S. 伍德在《波士顿先驱报》发表了一篇文章，该文在结论中称，我做出的贡献"在历史和文学两方面都具有重大意义"。厄恩斯特·S. 皮斯科在《基督教科学箴言报》刊文称，本书确立了作者"在当代历史学家里的领先地位"。）一直以来，有件事让我放不下心：相当多的美国学院派历史学家好像从不把历史和文学联系在一起。让人痛心的是，他们当中许多人的著述显然都是这样，他们置英语语言中的美感、细腻、韵律于不顾，更不要说去感知这些语言中的特质了。在我看来，差不多所有得以流传的叙事史——尤其是为社会公众书写的叙事史，自古希腊历史学家希罗多德和修昔底德以来均如是——也都是流芳百世的文学作品。

与学院派评论家相比，作家同行对我显得客气多了。许多小说家给我写过信，最善意的几封信之一出自一位小说家。长期以来，我一直崇拜那位作家，可惜我不认识他本人。

是你让我八天来手不释卷，在此期间，除了读书，我什么都不想做。是你给了我这种独特的快感，所以我必须向你致以最诚挚的谢意！整个阅读期间，我心里一直很清楚，我是在间接感受你所做的海量的工作，更有你不懈的付出。刚刚过去的一夜，是《第三帝国的兴亡》陪伴我度过的，以上印象依然驻足在我的脑海里。

你从研究文献中得出的结论固然让人痛心（近乎让人痛苦），却饶有兴致。如果说，我在某些问题上感到与你意见相左（但凡心智健全的人总会有与他人意见相左的时候），实际上这样的概率也非常低，而最终改变观点的总是我，差不多每次情况均如此。由于你超凡的成就，我也体验了不一般的享受。再次向你表示感谢。

> 谨此
>
> C. S. 福里斯特

二战后，《曼彻斯特卫报》派驻德国的记者是特伦斯·普里蒂，他在 1960 年 12 月发行的《大西洋月刊》发表了一篇书评。他的结论是：我在书里"记录的历史归根结底可能会在德国最大限度地发挥作用。因为那个国家尚未有人写出能够与之相提并论的书。论及什么样的人最适合阅读《第三帝国的兴亡》，首先应当是德国人自己"。

然而，本书在德国并没有发挥什么作用。一年后，德文版《第三帝国的兴亡》历经磨难才得以在德国发行。[4] 盟国彻底铲除纳粹（铲除纳粹的是盟国，而不是德国人）16 年后，德国人仍然无法面对这一残酷的现实。对希特勒禽兽般的统治，大多数德国人曾经给予支持，往往还是超乎寻常的热情。我曾经生活和工作在德国人中间，我可以看到这一点。在盟国的大力协助下，多数遭受过狂轰滥炸以及饱和炮击的德国城乡地区已经从瓦砾和废墟中得到重建。德国人正在恢复自信，正在忘掉过去，至少西德人如此。他们的生活在新建的家园中重新变得繁荣昌盛。一旦有人让他们想起可怕的过去，他们会生出一肚子怨恨，因而他们说，《第三帝国的兴亡》正是这样的引子，所以德国的报纸和杂志对我的书痛加挞伐，甚至德国总理和德国政府亦如此。他们的愤怒和疯狂应当引起世人的警觉，而我并没有对此感到特别意外。

对我群起而攻之的发起方是一个名为《明星》的德文刊

物，那是一本发行量巨大的、公认具有自由倾向的插图杂志。该杂志刊登了一篇冗长的评论，还刊登了一篇更长的专题报道，文章里充满了高调的谩骂和极度煽情的人身攻击。另有一家保守的德文周刊《时事》杂志连续两期划出部分版面对我进行痛批，并且提议，由于这本书反纳粹，应当授予我列宁勋章。另一个德文周刊《明镜》也加入了批判阵营，该杂志的体例源自《时代》，他们痛批我是"业余历史学家"，身边围了一帮"搭顺风车的评论家和业余历史学家"。这些人中的领头人，《明镜》称为"犹太人评论家埃利亚胡·本·霍林"，随后的是《纽约时报》。《明星》杂志的歪曲评论堪称登峰造极，我相信，文中的一些内容纯属凭空捏造："对美国人威廉·夏伊勒来说，反对德国的战争仍然在继续。"（实际上，随着第二次世界大战的结束，以及纳粹第三帝国的覆灭，我的书已经结尾。）该文接着评论道："他手里任意挥舞着一件危险的武器——把故事重复 100 万遍的一本书，使其成了一段历史。许多人已经把这本书奉为描述纳粹时期的经典史书。"

德文刊物谩骂我的文章种类繁多，以上是那些文章的主要论调——让那些人愤恨的原因是，我的书在美国卖出了 100 万册，就德国人和德国历史而言，本书误导了太多的美国人！还有一个显然对德国人更为重要的论调，因为那一论调不仅反复出现在德文刊物上，连德国总理和政府官员都常常将其挂在嘴边，《明星》杂志称，正是这一点使其痛苦不堪——我这本书在美国和英国再次掀起了全社会的反德情绪。

《明星》里的歪曲内容数不胜数：

这本书宣称，始自马丁·路德，德国人已经成了犯罪分子，在希特勒领导下，德国人成了更加纯熟的犯罪分子，长此以往，德国人会永远如此。作者在序言中坦承，他憎恨德国人。作者的仇恨如今是否依然如故，他未做任何表态。

《明星》杂志提到，我在书里引用了歌德的如下说法："每当想到德国人民，我总会感到分外伤悲；作为个人，德国人值得尊重；作为民族，德国人实在可怜。"该杂志接着对我进行了一番挖苦："如今人们终于可以见识一部难得一见、细节上漏洞百出、总体上毫无建树的历史著作了。"

接下来，《明星》杂志对我的美国驻柏林记者身份进行了一番评论，并且说，在柏林工作的美国同事曾经谴责我，说我在纳粹德国对外报道中不讲真话。

尤其与众不同的是，在柏林工作的两位夏伊勒的同事声称："夏伊勒仇恨德国人。"……夏伊勒的书证明，他憎恨所有德国人。有人就此问过他，他回答，他最要好的一些朋友恰好是德国人。他的作品其实就是关于纳粹的胡编乱造。

1940 年 6 月，《法德停战协定》在法国贡比涅签署。该文接下来对我是否真的参与了报道提出质疑：签署协议的地点是著名的福煦元帅车厢，德国人在车厢里向法国人提条件时，我怎么能说我知道车厢里发生的事呢？"其他所有美国记者宣称，为防范外国记者过分靠近列车车厢并听到里边的声音，车厢周围里三层外三层站满了德国军人。在这种情况下，夏伊勒却宣称，他是唯一听到车厢里对话的记者。"《明星》杂志提出，既然我找不到证人，我在《柏林日记》里的说法就值得怀疑。

当时究竟发生了什么，没有任何秘密可言。德军的一辆通信车正在通过隐藏在福煕元帅车厢里的麦克风进行录音，通信车恰好停在我准备进行现场直播的位置附近。我不过是站在通信车旁边，一边听车里的声音，一边做笔记。然而，《明星》杂志觉得我的说法靠不住。

"这位夏伊勒可真是个幸运的家伙，"《明星》杂志说，"他可真是个亡命徒。"顺便说一句，对美国记者"发誓"所说的内容，《明星》杂志若不是瞎编，就是误解了。其他美国记者当天都不在贡比涅，那天，希特勒派飞机将他们都送回了柏林。我故意使了点儿手段，才成了希特勒的漏网之鱼。

《明星》杂志刊登抨击我的长篇大论之前，曾经在早前的某一期上对我进行猛烈抨击。那期杂志把整个封面给了我，给了我笔下几部"邪恶的"反德作品。对此我觉得很有面子，在那之前，世界上还没有任何杂志将我置于封面，在那之后也没有过。我的形象处于封面的一侧，那是战时我在柏林进行播音的场景。封面另一侧是个大标题，标题一半为白色，另一半为黄色，衬底为黑色。

纽约上空的万字符
给美国读者的寡廉鲜耻故事集
编造者威廉·夏伊勒

标题下方是一本《展望》杂志的封面，上面的标题是：

如果希特勒赢了第二次世界大战
作者：威廉·夏伊勒

《展望》杂志有一系列以"如果"为主题的历史文章，这是他们向我约的那篇。麦金利·坎特也发表过类似的文章，例如《如果南方赢了内战》。可惜的是，《明星》杂志的编辑和记者对那一组文章的中心思想视而不见，不惜笔墨和篇幅对我痛加挞伐，谴责我重新掀起了对德国人和德国的仇恨。

我猜想的基础是希特勒对欧洲被占国实际实施的暴行，以及缴获的纳粹文件披露的秘密计划，即德国占领英国后将采取的措施。希特勒曾经以为，占领英国是迟早的事。这类幻想是历史迷常常爱干的事，不过，就我这篇文章而言——或许这篇在那一组"如果"文章中尤为突出——我的论据非常扎实，不是那些不幸被占的国家真实发生的事，就是如果我们被占一定会发生的事。我在书里也记录了这些事实，而那篇文章是从我的书里摘选出来的。

第二次世界大战刚刚爆发时，德国对波兰发起了进攻，身为秘密反纳粹人士的德军军事情报局局长威廉·卡纳里斯海军上将在标注为 1939 年 9 月 12 日的日记里写道："已经制订针对波兰的大规模处决计划，尤其必须斩尽杀绝的是波兰贵族和神职人员。"卡纳里斯向希特勒提出了反对意见，而独裁者的答复都体现在一个秘密指令里：

……波兰上层必须不复存在。另外，所有波兰知识界精英也必须斩尽杀绝。听起来很残忍，不过，这正是生活的法则。

这一"生活的法则"接下来也应用到了苏联。1942 年，德国占领苏联西部大片领土后，希特勒概括了他的诸多想法：

> 今后斯拉夫人要服务于德国人。一旦他们对德国人没用了，可以让他们去死……让斯拉夫人接受教育是危险的，让他们数清楚 100 以内的数就可以了……每一个受过教育的人都是德国未来的敌人……至于食物，维持在最低限度，只要他们能存活即可。一切由德国人说了算。

恰如希特勒在其规划的苏联蓝图中所描绘的，实际上，上千万苏联人甚至不能如数得到赖以生存的食物。对此，赫尔曼·戈林说得非常露骨。侵入苏联一个月后，戈林禁止军队采取任何措施"缓解"四处弥漫的饥荒。他曾经预言，由于德国的军事行动，这种事毫无疑问会发生。"毫无疑问的是，"戈林在一份秘密备忘录中说，"如果德国把需要的东西都从这个国家带走，其结果是，数千万人注定会饿死。"戈林说德国肯定会把东西都带走："大家必须清醒地、明确地认识这一点。"

1941 年秋季，德国武装部队排成纵列滚滚涌向列宁格勒、莫斯科以及富庶的乌克兰之际，戈林对意大利外交部部长齐亚诺伯爵说："苏联今年会有 2000 万到 3000 万人饿死。也许那样更好，有些国家的人必须大量死掉。"

经过三个月作战，希特勒的军队已经靠近上述两座城市。1941 年 9 月 18 日，元首签署了一道严厉的命令："即使列宁格勒或莫斯科提出有条件投降，我们也不接受。"在 9 月 29 日签发给部队指挥官的命令中，希特勒清楚地交代了自己对待当地人的想法。根据那天的形势判断，列宁格勒会首先陷落。

> 　　元首已经决定将列宁格勒从地球表面抹掉。推翻苏维
> 埃俄国后，这座大城市应否继续存在，人们的兴趣会随之
> 消失……
> 　　目标是合围该城，用地面炮火和持续不断的空袭将整
> 座城市夷为平地……
> 　　城市人口如何生存，如何向其提供食物，这类问题，
> 德国无法解决，也不该由德国解决。因而必须制止所有夺
> 取城市的请求。德国在为生存而战，应否部分地保留这座
> 大城市的人口，对此我们毫无兴趣。

我曾经提出如下问题：人们凭什么相信，希特勒对美国会
比对苏联好一些？希特勒对苏联有某种程度的敬意，尤其对那
个国家的统治者斯大林。但对美国和美国人，希特勒持有的不
过是蔑视。他对英国的看法稍微还好些，不过，那也无法让英
国幸免于难。从占领英国后将要实施的秘密计划中，人们即可
看出这一点。1940 年 6 月，法国沦陷后，至少在希特勒眼里，
占领英国已经迫在眉睫。必须立即逮捕共计 2300 人，包括温
斯顿·丘吉尔首相本人，以及他领导的内阁成员、议会议员、
神职人员，还有著名作家，等等。正如发生在波兰和苏联的情
况一样，如此恐怖的行动，全部由党卫军实施。承担主要任务
的是六个党卫军特别行动队，他们在苏联的作为博得了元首的
欢心。根据特别行动队的汇报，他们在那里总共杀害了 70 多
万人（阿道夫·艾希曼将这一数字说成了 200 万，他喜欢在
这类事上吹牛）。

在波兰和苏联境内，德国陆军似乎巴不得把那种肮脏的工作交给党卫军。在英国，陆军军队却没有想过让他人分担什么。在缴获的纳粹文件里，有一份由陆军总司令瓦尔特·冯·布劳希奇元帅签署的内部命令，日期为 1940 年 9 月 9 日，那时，德军大部队已经做好越过海峡征服英国的准备。按照该命令，必须抓起所有体格健壮且年龄介于 17 岁和 45 岁之间的英国男性，运出英国，运往欧洲大陆德占区。这意味着，那些人会成为苦役。陆军元帅明确指出，张贴反德标语，以及 24 小时内没有上交枪支和收音机的英国人，或将成为人质，或将处以死刑。

以上是德国人在被占领土上的实际行为，也是他们为英国做的计划。我引用这些实例，无非想说明，假如希特勒打赢了战争，占领了美国，哪些事在美国注定会发生。与《第三帝国的兴亡》一书完全相同的是，我那篇文章根本没有涉及战后的德国和德国人。恰如批判我的书那样，《明星》杂志连篇累牍地谴责我个人：从我那骇人的文章来看，我显然对德国以及德国人的仇恨之心不死，我这人不适合撰写纳粹时期的德国历史。

虽然《明星》杂志没有在我的文章里发现任何好笑的内容，但他们还是建议："威廉·夏伊勒的这篇文章和其他作品都应当严格地被归类为漫画"——如果我没译错德文词语"Groschenschmoker"的话。

带头在各家德国日报上抨击我的人是保罗·泽特，一位德国历史学家，同时是汉堡出版的一份独立日报《世界报》的编辑。然而，他的长篇评论刊登在《时代周报》上。由于泽特博士文笔好，又是负有盛名的历史学家，《夏伊勒半真半假的事实》（"Shirer's Half‑Truths"）一文在德国产生了非常大的影响。与那份周报以及多数日报刊登的其他文章不同，这篇文章并不歇斯底里。实际上，那位历史学家对文章的结论似乎非常犹豫。因为，他在文章开篇处说，夏伊勒"创作的这部作品是多年来最为重要的作品之一……这部作品彰显出勤奋、耐心，让人印象深刻的是，其中充满了海量的细节，而且创作这样一部作品之前必定要对数不胜数的第一手资料进行广泛的研究和搜索"。然而，作为德国爱国者，作者在此好像突然意识到了自己的义务，他拔剑出鞘，对我"半真半假的事实"和歪曲的言论以及我在文章中表现出的邪恶用心一通猛批。我认为，泽特的文章才充斥着歪曲的言论，一位美国历史学家曾经就此向《时代周报》提出抗议。

　　《世界报》的另一位编辑瓦尔特·格利茨也是一位专攻军事史的著名历史学家。他在该报刊登了一篇文章批判我的书，标题为《为什么有人不适合写历史》。泽特说我的书充满了错误，格利茨更是认为，书里的错误之多数不胜数，若想列举清楚，必须写一本厚书。他写道："研究德国历史，夏伊勒不是称职的学者。他告诉世人的东西不过是盟国在两次世界大战宣传攻势中的老生常谈。"

　　犹如大合唱一般，声称我的书里充满"错误"之后，那些人总会补充一句：我的书里充斥着老生常谈。赫尔曼·艾希在《杜塞尔多夫新闻报》刊文坚称："德国人性格中的弱点，无论是想象中的还是真实的，都被这位美国作家无一遗漏地广告天下了。"

　　一些人在评论文章中规劝读者不要把我的书太当真，因为本书作者不是历史学家，不过是个记者："那个人是写新闻的，不是写历史的。"

为我说好话的德国评论文章为数不多，多数出现在亲社会民主党的媒体上。那些文章指出，大量的负面评论对于本书到底涉及哪些领域、时间跨度都没有说清。在引述一些德国评论文章片段时——包括正面的和负面的——《时代周报》的一位编辑曾经指出这一点。他不同意泽特博士的批评，他们两人的文章刊登在同一份刊物上。

夏伊勒的书遇到了"喝彩"与"喝斥"冰火两重天的对待；在德国以外是"喝彩"，在德国以内是"喝斥"（少有例外）。除了书名，德国人对这本书的内容知之甚少，实际上，德国人对这本书究竟是如何诞生的毫不知情。大多数评论家一再强调作者的职业，好像作者是谁、做何职业对文字工作很重要似的。评价这个当然要比评价一本书的质量容易得多。

也有少数德国评论家敢于逆潮流而动。米夏埃尔·弗罗因德在波恩出版的《政治评论》刊文称："每一个德国人都应当好好阅读这本书，它讲述的是 1933 年到 1945 年的德国历史。"

一些评论家提出了质疑：德国有那么多历史学家，竟然没有人写第三帝国的历史。不管怎么说，德国是德国人的国家啊。以下这番话摘自贝恩德·内尔森（他不喜欢我的书）在《时代周报》发表的文章："被逼无奈也罢，德国人必须答复。对这一主题，德国作家怎么会无动于衷呢？他们理应比夏伊勒更积极主动才对。"

平心而论，不能因为缺少伟大的德国历史学家参与竞争，人们即可信口开河指责夏伊勒的书不好。如果有人能找出一本主题相同、出自德国学术权威或名家手笔的史书，人们才有资格意气用事，贬低夏伊勒的书为烂书。

……夏伊勒的书赢得了名望，迫使德国历史学家直面如今的现实。因而夏伊勒以德国为题材写成的书不应引起公愤。应当引起公愤的是，有那么多德国历史学家，怎么就没人勇敢地站出来迎接这一伟大的挑战……

一位笔名为"CH"的评论家对我的书多少抱有一些好感，该评论家在慕尼黑出版的日报《南德意志报》刊文谈到了同样的问题：

真让人颜面扫地。这么重大的德国现代史题材，德国人竟然……听任外国人占了先机。当"外国人看德国"来到世人面前时，德国人才醒过来，而且义正词严地说，那个作者缺乏必要的洞察力……这不难理解，（夏伊勒的书）让人咽不下这口气。咽不下这口气主要是因为，德国人连做相同事情的愿望都没有。没有一个德国人用笔创作过能够与之抗衡的鸿篇巨制……

作为记者，夏伊勒完全清楚这件事该怎么做，他勤勤恳恳地翻遍了堆积如山的文献。他大量利用了这些文献，因而没人能驳倒他……

在德国，这样的评论文章不仅数量稀少，而且很长时间才出现一篇。大多数评论家指责我是仇视德国人的魔头，我的书妖魔化了 12 年纳粹梦魇时期的德国，是对德国国家和德国人民的侮辱。那些评论家都罔顾如下事实：本书所涉及的仅仅是希特勒治下的德国人民和德国国家。那些评论家都把我描绘成了这样的人：似乎我正在攻击如今的德国和德国人民。而德国西部和那里的人民如今正在创建民主，这是德国人有史以来第一次这么做。

让我震惊的是对我的书以及我个人的愤怒似乎是个统一体，好像有个中心在协调和指挥。所有批评都如此雷同：这本书错误百出，作者根本不了解德国人和德国历史；作者居心不良，对德国人民以及德国人世代相传的行为方式充满了仇恨。

美国历史学家欧内斯特·G. 冯特海姆博士在安娜堡市工作，他也注意到德国书评家众口一词的现象。就我的书在德国的发行情况，《泰晤士报》驻波恩记者写了一篇文章[5]，冯特海姆博士根据那篇文章写了一封信，他的信刊登在 1962 年 4 月 8 日出版的《纽约时报》书评上：

> 对于经常阅读德国报纸的人来说，西德尼·格鲁森的文章《对读过的书，德国人并非全部喜欢》一点都不出人意料……比方说，汉堡《时代周报》一向以沉稳著称，该报却刊登了德国历史学家保罗·泽特（就夏伊勒的书）撰写的评论。一封致《时代周报》编辑的信指责和驳斥说，这篇评论夏伊勒作品的文章通篇都在严重歪曲事实。该杂志拒绝刊登这封来信，其理由是，泽特的评论文章已经发表两个多月了，这封信才寄到杂志社。
>
> 相比《时代周报》，德国插图杂志《明星》则更为放肆，它刊登了一篇对夏伊勒进行恶毒人身攻击的文章……

指责夏伊勒的早期作品《柏林日记》都是谎言（当然是毫无根据的指责）。

　　如果对夏伊勒的书进行严肃的、公正的评价，同时给出正面的和负面的评语，社会上肯定不会出现反对的声音。不过，当一个国家的所有媒体众口一词地歪曲事实，对作者进行不公正的人身攻击，其目的不外乎彻底毁掉一本书，这就值得人们探其究竟了⋯⋯

而正当我好奇之时，有人很快就揭开了谜底。实际上，早在 1961 年 12 月 3 日，也就是我的书在德国出版后不久，《纽约先驱论坛报》驻波恩记者加斯顿·科布伦茨发回报社一条消息：

　　西德政府已经采取非常措施，利用波恩的一个官方刊物炮轰威廉·夏伊勒的畅销书《第三帝国的兴亡》。

　　采取非常措施的起因是，德国出现了夏伊勒先生介绍纳粹主义的德文版著作⋯⋯

　　本书在美国大获成功，德国政府对此一直十分恼火。德国政府认为，在美国民众中唤起对过去令人不快的回忆，本书起到了重要作用。

　　为声讨夏伊勒先生的反德偏见，这一刊物大量援引德国书评家和外国书评家对本书的评论文章，然后汇编成册进行印刷。

我手头也有一本上述小册子，那还是后来由康拉德·阿登纳总理于 1962 年 3 月在瑞士印刷，然后由柏林驻伯尔尼使馆分发的。实际上，小册子本身并没有直接抨击我的书，也未加任何评语，它不过收录了几篇德国方面的评论。德文版小册子增加了一篇由著名历史学家戈洛·曼执笔的序言，他是作家托马斯·曼的儿子。小册子还节选了我为《第三帝国的兴亡》写的前言。不过，小册子全文收录了那篇最著名的文章——保罗·泽特的《夏伊勒半真半假的事实》，还有内尔森那篇。为一碗水端平，小册子还收录了另外两篇文章，其中一篇为我的书说了不少好话。我的出版商认为，德国政府肯定将这本 24 页的英文版小册子邮寄给了上千位美国报纸编辑和书评家。

阿登纳总理毫不讳言自己的观点，他甚至在电视节目里抨击我。人们告诉我，尤其在访美期间，他逢人必谈我的书，逢人必谈我，说的都是坏话。访问纽约时，有一次，他把迈克·考尔斯召到他的住地纽约华尔道夫酒店的套间里，怒气冲冲地谴责他连载我的书，还强迫《展望》杂志停止继续刊登书里的内容。考尔斯天生一副桀骜不驯的性子，他不会屈就于愤怒的德国总理。考尔斯后来告诉我，他是这样对那个德国人说的："先生，你是否在说，夏伊勒的书不真实？如果是那样，《展望》杂志会发一篇撤销声明。"

"考尔斯先生，"考尔斯骂骂咧咧地告诉了我德国总理当时的话，"你没明白我的意思。重点不在于夏伊勒的书真实与否。我说的是，事实越来越清楚，这本书对德美关系非常有害。它正在美国挑动人们憎恨德国人。夏伊勒先生是个与德国为敌的人，一个誓与德国为敌的人！你绝不能继续发表他的胡言乱语了。"

"是否继续发表将由我们决定，总理先生，"考尔斯告诉我他当时这么说，"如我刚才所说，只要您拿出证据，证明谎言和失实，我会进行更正，但我们还是会按计划刊登剩下的节选。我们坚信，书里的内容都是基于白纸黑字记录的事实。顺便说一句，总理先生，书里可都是希特勒时期的事，而不是今天的德国，不知您注意没有？"

在华盛顿那边，人们总是小心翼翼地把康拉德·阿登纳当作座上宾对待，他是国务院的贵客，也是联邦政府部门的贵客。迈克·考尔斯则是个另类。阿登纳的愤怒和恫吓没有把他吓倒。

听着考尔斯的讲述，想着我的书在德国的境遇，我想起了最近在文学杂志《偶遇》上读到的几段话。那篇文章出自德国哲学家卡尔·雅斯贝斯的手笔。由于我把生活在野蛮的纳粹时期的德国人写进了书里，我饱受德国总理和德国媒体的诽谤。不过，以下内容是20世纪60年代刚刚开始时，一位德国哲学家笔下的德国人：

> "正直"是德国拥有全新自由之前提，作为德国人，我们尚需努力方能做到正直……健忘让德国人失去了两样东西：真诚和政治教育。
>
> ……我们德国人的政治自由并非自己争取来的……这种自由是征服者的恩赐……唯有顺从战胜者的意愿，才有机会得到民主。这并非从自由之战中获得的民主，而是一群幸存者在茫然无措时，作为法令颁布给德国人的。
>
> 那么，德国人是否知道自由的本意？欧洲人的政治自由是通过斗争获得的。美国的情况（也是如此）……如今德国人享受的是当初那些政治事件的成果。德国人能够成为真正的民主人士吗？时至今日，德国和民主的关系仅

仅停留在纸上。

在美国，我已经有点开始感受"成功"的滋味。我永远无法忘怀的是，想当初，我带着早期完成的手稿前往《读者文摘》时，编辑根本不把我的手稿放在眼里。由于急需一笔支撑我完成作品的预付款，我宁愿出让所有可以向杂志出让的独家授权，《读者文摘》却拒绝了我。正如我此前所说，《读者文摘》最多只想购买篇幅有限的一个片段，前提是"文笔令人满意"。

《读者文摘》是否购买了上述版权，我已经记不清。[6]至今我依然清楚地记得，1960年末，我的书上了畅销书排行榜，而后迅速上升到首位，《读者文摘》的编辑这才改了主意，买下了本书节略本的版权。在本书出版发行一年半以后，《读者文摘》于1962年3月、4月、5月分三期连续刊出了本书的节略。我相信，《读者文摘》此前从未将任何一本书分那么多期连载，还专门在封面增加了一页介绍。我的书正式出版之前，《读者文摘》对本书那么冷淡，如今热情高涨得有点离谱。他们为节略本第一期加的导语有点儿过头。不过，时值1962年春季，我刚遭受了德国人的痛批，对此我没什么可抱怨的。

导语写道：

> 过去一年里，在非虚构类图书排行榜上，《第三帝国的兴亡》一直榜上有名。本书的成名绝非偶然，因为本书的写作堪称大师级别，记述的是有史以来最扣人心弦的故事之一……是一个人、一个国家、整个世界相继疯狂的

故事……

关于这一难以置信的人类纪元，（夏伊勒）这本书必将作为确凿的记录长期存在……纳粹日常活动中的秘密决定、阴谋诡计、幕后策划等，如今第一次大白于天下。夏伊勒以记者的视角，将令人震惊的奇人逸事以及生活中的细枝末节复活，再加上他本人厚重的学术底蕴，最终成就了这部作品。

我的经纪人从《读者文摘》那里拿到了一大笔钱，对我来说，那似乎是个天文数字，再加上从《展望》杂志拿到的收益，以及《第三帝国的兴亡》的销售收入。尽管一多半收入必须交给税务官，按常规还需要分给经纪人10%，但这些收入意味着，至少在一段时间内，在我一生中我终于第一次获得了经济上的完全独立。因而我不必为讨生活分出一半时间做其他事了，我终于可以继续专注于写作了。我完全放弃了开讲座，放弃了为杂志写文章，我还把重返广播界的想法完全抛到了脑后。这些都是曾经长期困扰我的问题。无论如何，我好像终于实现了以往的追求，我终于可以依托写作撑起家庭了！我感觉，肩上的重担已经卸下，未来生活无论变成什么样，我对未来都充满了期盼，我甚至不在乎下一个十字路口是我进入老年的拐点。我甚至开始琢磨，虽然曙光乍现，但未来几年或许会成为我一生中最美好的年华。

"我们一家人在农场度过了记忆中最美满的圣诞假期之一！"这是我1961年1月1日的日记里的一句话，也是我的书在美国第一次发行几个月之后的事。由于农场的炉子彻底坏了，我们没钱买新炉子，我们已经两三年无法在农场过圣诞节了。那天的日记写道：

> 白雪皑皑，空气清冷，一轮满月，孩子们从剑桥城回来，我和她们一起尽情滑雪，拉雪橇。
>
> 屋子里有了暖气！因为我们有了新炉子！

尾 注

[1] 小说家凯·博伊尔是艾丽塔·范多伦的朋友，她在写给《纽约先驱论坛报》的一封信里抨击了克雷格的观点（她在《纽约邮报》就我的作品发表过一篇书评）。那封信的部分内容如下：

> 戈登·克雷格就威廉·夏伊勒所著《第三帝国的兴亡》发表了评论，就其本质而言，他的评论如小人泼脏水一般诋毁了夏伊勒不朽的建树。
>
> 该文所展示的居高临下的态度，以及克雷格先生列表提请夏伊勒先生阅读的报刊、文献作品等，在旁人眼里未免显得好笑至极，因为夏伊勒先生的作品恰如他本人所做的奉献一样，是对当今世界历史所做的极其重要的贡献……

对克雷格"贬低"本书不过是"值得赞誉的研究工作"，博伊尔小姐同样持反对态度。她认为，本书理所当然远不止如此。

[2] 参见本卷第十四章。

[3] 据认为，德国的齐格菲防线与著名的法国马其诺防线齐名。1936 年，德国重新占领莱茵兰地区后，德国人开始在其西部边境修筑齐格菲防线，这一工程从未完工。不过，希特勒以此恫吓法国和英国，使这两个国家相信，这是一道无法逾越的防线。

[4] 《柏林日记》从未在德国出版发行，没有一个德国出版商敢于做这件事。

［5］"在德国发行 16 个月后……"驻波恩记者西德尼·格鲁森在发给《泰晤士报》的电文中称，"威廉·夏伊勒所著《第三帝国的兴亡》至今在西德仍处于风口浪尖。"

虽然争议集中在作品的历史价值和文学价值方面，争议的核心却是夏伊勒为什么写这本书，这本书在美国为什么如此热销。

在今天的德国，这本书实际上被人们当作政治文件看待……德国人把这本书看作美国境内新兴的反德运动的原因和表象……人们通常尖锐地把反德势力称为"某些社会团体"……

自战争结束以来，具有像本书这么大影响力的正式出版物，人们恐怕找不出第二个，何况这本书的发行量相对这么小，德文版仅仅销售了 1.4 万册，然而，各种书评、批判文章、读者来信、答读者来信等，时至今日从未平息过。

各种各样的说法都有一个共同的主题——夏伊勒似乎是在暗示，希特勒的崛起和统治不可避免，是德国人的性格使然，以此在纳粹和德国人之间画上了等号。将此番不满进一步引申即可形成如下看法：永远不能相信德国人，德国人根本没法改造。

［6］写完上述段落后不久，我翻阅日记时，在 1961 年 1 月 1 日的日记里，我发现了如下说法：《读者文摘》买下了版权，却从未刊登我的文章。

让 我 们 一 起 追 寻

［美］**威廉·夏伊勒** 著

卢欣渝 —— 译

人生与时代的

20th CENTURY 二十世纪

JOURNEY 之旅

Volume 3

A Memoir of a Life and the Times

回忆 （第三卷）

「下」

WILLIAM L. SHIRER

旅人迟归

1945—1988

A NATIVE'S RETURN: 1945-1988

社会科学文献出版社

SOCIAL SCIENCES ACADEMIC PRESS (CHINA)

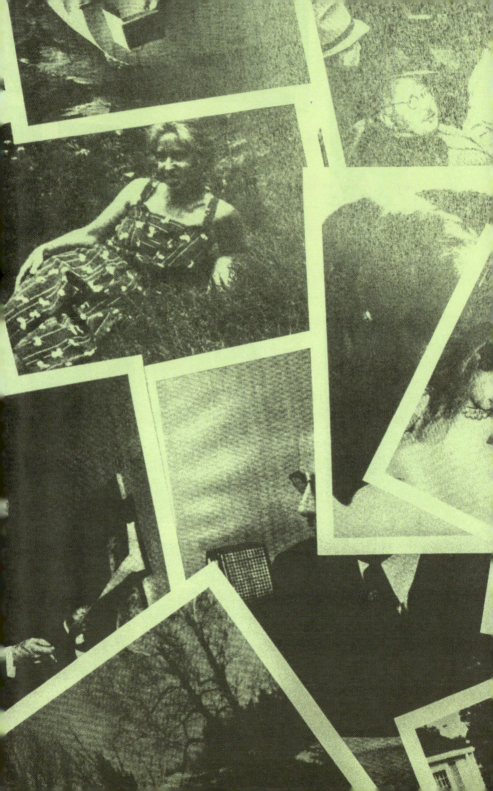

目　录

第六篇

时日无多：
1960—1975

第十八章

一段旧日恋情

1960 年，《第三帝国的兴亡》第一次出版时，我已经 56 岁。无论国内还是国外，这本书的出版均引起了喧嚣，待喧嚣复归平静，我已经 58 岁。我终于可以转向其他事情了。我主要想说的是，我可以转向下一本书，可以好好考虑一下工作，考虑一下个人生活了。我这么说是因为，经过如此漫长的干旱期，财富终于垂顾我们一家人了。

对作家来说，65 岁还谈不到退休——尽管有些人这么认为——不过，对人生而言，65 岁确实是个里程碑，它离我越来越近了。我们银行里多了存款，再也不用担心房租、日常开销和两个女儿的大学学费了。

我几乎无法适应如今的好运气，它来得太突然，太出乎意料——与所有人的预言相左。适应好运气，过程令人愉悦，然而，适应它的确需要花费时日。经过年复一年的高速运转，把速度降下来，也需要费些时日。为帮助我降速，有一天，兰登书屋老板本内特·瑟夫给我打了个电话，建议我为兰登书屋青少年读物"人生向导丛书"写几本书，那是一套为 10 岁到 14 岁的孩子编写的丛书。我可以先写个儿童版的阿道夫·希特勒传记投石问路。

瑟夫向我保证，做那件事挺容易。其实不然。我今生第一次遭遇了文思枯竭，一连好几天，面对打字机的我一行字都写不出来。为年轻人写东西，别人是怎么写的？作家应当尊重年轻人，不应该顺从他们。不过，为便于他们理解，写出来的东西必须尽可能简单。我找来几本朋友们写的"人生向导丛书"，一本接一本读起来，想弄清他们是怎么写的。约翰·君特写了一本亚历山大大帝传记、一本恺撒大帝传记，赛珍珠写了一本马丁·路德传记。不过，这些人都是真英雄，都是年轻人膜拜的历史人物。我不想让孩子们高看希特勒，不想让孩子们把他当英雄。希特勒是个天才，然而他是个邪恶的天才。最后我终于找到了切入点，完成了那本书。借着那阵东风，我以非常放松的心态又写了一本书——写的是"俾斯麦号"战列舰被击沉的事。为了写《第三帝国的兴亡》，我积累了一些相关资料，一直苦于没找到利用它们的机会。

接下来，由于经不住诱惑，在不太长的一段时间内，我投入了好莱坞的怀抱。

我在 1961 年 1 月 1 日的日记里回顾了过去一年的好运气，我说："看来很有可能卖出电影版权呢。"

直到那时，我的经纪人一直劝我，那种事不太现实。"那帮人几乎从来不买非虚构类作品，"他说，"所以我不指望他们会买你的书。"

不过，"他们"确实买过。

后来，我的经纪人还故作悲戚地说："不幸的是，卖不了几个钱。"大大出乎经纪人意料的是，好莱坞有那么多电影公司，出面向我购买版权的竟然是著名的米高梅公司，因而经纪人一口答应了对方开出的条件。用他的话说，他答应得太着急，"有点丢人"。由于我连续多年颗粒无收，当时看来，对方的条件——我已经忘了准确数字——对我来说已经很慷慨了。当时我以为，好莱坞如何将这么宽泛和这么骇人的主题改编成电影，如若有机会见证一下，肯定相当有意思。

"他们会做大量修改，"一些朋友告诉我，"尤其是米高梅公司，等他们改完本子，作者根本就找不到原作的影子。"

不过我认为，我还算有些保障。担任制片人和导演的两个人都是我的朋友，他们两人对待那种事非常严肃。在戏剧领域，他们两人已经小有成就，其中一人在电影制作方面已经有一些口碑。制片人是约翰·豪斯曼，他是舞台剧方面的老手，那两年他一直担任美国莎士比亚剧院一把手，该剧院位于康涅狄格州斯特拉特福市。他已经执导过好几部电影。导演是乔治·罗伊·希尔，那一时期，他在纽约百老汇执导了著名剧作家田纳西·威廉斯担任编剧的两个舞台剧，他已经成了戏剧界的"后起之秀"。我认为，到那时为止，他尚未在电影制作方面练过手，因而他非常希望在这方面试一把。

有豪斯曼和希尔两人主事，至少可以用我的书拍出一部严肃的电影，对此我有相当的把握。和电影公司的"头头"第一次见面时，我们得知，到那时为止，米高梅公司从未拍摄过纪录片。和我们见面的人正在试图取代著名的米高梅公司创始人路易斯·B.梅耶。那是我第一次和好莱坞权贵打交道，那人的办公室足有谷仓那么大，内墙是绚丽的粉色。那人让我们等待的时间不长不短，恰到好处，我猜测，他以为他那么做会给我们留下深刻印象。那人和我们握手时非常热情，他是个热情外露的人。

他开门见山地说："尊敬的夏伊勒先生，你让我一连三个晚上没法入睡，不信你可以问我太太。和你说，我一连三夜都干坐着，读《第三帝国的兴亡》。我根本放不下，书太长了，让我完全没时间睡觉。那什么……"

突然，电话铃响了，那人转过身子，伸手拿起了电话听筒。

约翰·豪斯曼紧挨着我坐，他探过身子，悄悄对我说：

"他说的话一个字都不能信。这王八蛋根本不识字！"

大人物对着电话听筒简单交代了几句话，然后转回身子，重新面对我们，接着刚才的话说了下去："没错，先生，这是一部大作。如果让我说，我认为，这是一部杰作。米高梅公司为买下一部这么好的作品感到骄傲……"

那人接着说："这么说吧，夏伊勒先生，你有高手和你合作。约翰·豪斯曼已经为米高梅公司拍过几部好片子了。"然后他调转头，面对导演，接着说："欢迎你加入好莱坞，希尔先生。我们早就听说了你在戏剧方面的大手笔。"

说到这里，那人换上了一副严肃的表情。

他接着说："说实在的，夏伊勒先生，我必须说清楚，米高梅公司从未拍摄过纪录片。我们拍摄过一些伟大的片子，不过，那些都不是纪录片。可你的杰作必须是一部纪录片。所以，让我高兴的是，有这样的高手和你一起合作。约翰·豪斯曼和乔治·希尔是能够拍出高水平纪录片的人，除了他们，还真找不出更合适的人呢。"

"非常感谢你们来见我。"那人说着站了起来，那意味着，我们应该告辞了。豪斯曼事先和我说过，那人已经签字批准一笔100万美元的启动资金。剧本由我负责撰写。为拍摄那部新片子，再过几天，我们就得前往华盛顿和欧洲检索档案了，我相信，那两个地方存放着大量从未示人的档案材料。

在接下来的几天里，我进入了一种好莱坞的熟悉场景。我、导演、制片人，我们三人常常出现在某个游泳池旁边，多数时候在我暂住的那家奢华的饭店里。我们围桌而坐，一起讨论计划中的片子，以及我将要动手写的本子。我们常常在下午行将结束时转移到约翰·豪斯曼位于马利布海滩的住处。随着讨论的深入，消耗的酒水也会增加。那么做让人很开心，至于写本子，时间都在愉悦中白白流失了。到末了，我搬到了位于加州棕榈泉的一家汽车旅馆里，以便真正动手写作。约翰·豪斯曼和乔治·希尔则乘飞机去了华盛顿，他们去那边调研人们究竟希望看什么样的片子。

后来，再次返回好莱坞期间，我经常会在各种晚会遇见一些当代名流，时而也在拍片的片场。20 年来，由于我一直身在欧洲，而欧洲很少上映美国电影，还由于我一直特别忙，对电影没什么兴趣，所以回国后，我没看过几部电影。令人悲哀的是，我对"明星们"以及他们饰演的角色知之甚少。有时候，那的确让人有点尴尬。常常会有人为我介绍一些显然非常重要的男女演员，而我可能仅仅听说过他们的名字，却从未在银幕上见过他们。比方说，我从未在银幕上见过朱迪·嘉兰①，也几乎没听说过她的名字。有一天，我前往位于环球影城的《纽伦堡大审判》拍片现场，旁观斯坦利·克雷默的拍摄，朱迪·嘉兰正好坐在证人席上。她饰演的角色是个柏林妓女，我认识"质询"她的男演员，那人是理查德·威德马克，饰演的是纽伦堡审判的检察官。拍摄结束后，威德马克为我和朱迪·嘉兰做了介绍，朱迪说，她想和我聊一聊。当时我不知道该说些什么，因为我不会玩好莱坞那套百试不爽的说辞："你在某某电影里演得太棒了。"我只好等候朱迪先开口，而她一点也不见外，我发现，她非常随和，非常自然。她想知道柏林的妓女是什么样子。她们怎样穿衣打扮？怎样走路？怎么说话？诸如此类的事。实际上，我完全不记得那些事了。

---

① 著名美国演员和歌唱家。

那部电影采用了全明星阵容，探班那天，我和好几位显然是电影界名流的人分别说了几句话。斯宾塞·屈塞在那部片子里饰演一位纽伦堡法庭的法官，他想了解德国那边的真法官们如何穿衣打扮，他们的言谈举止以及他们的形体动作。我一下子就喜欢上了他。因为拍摄进度缓慢，伯特·兰卡斯特曾经小小地发了一通脾气，他想知道，纽伦堡法庭的实际审判进度真有那么慢吗？他对斯坦利·克雷默大喊道："我都烦死啦！"

100万美元如数划拨完之后，米高梅公司反而放弃了以《第三帝国的兴亡》为题材拍电影的计划。约翰·豪斯曼和乔治·希尔两人另谋高就去了。末了，米高梅公司将电影版权卖给了大卫·沃尔珀，后者用我的书拍了一部非常好的纪录片。将纳粹德国的历史压缩到长度仅为两小时的电影里，实际上是不可能完成的任务。然而，沃尔珀奇迹般地做到了，那部电影至今仍然在美国各大专院校放映，时不时还会出现在电视屏幕上。

后来，我再也没有为电影界写过东西。我和好莱坞无缘，那里太不真实。我无法和他们交流。

我从幻想的乐园回归，渴望动手写一本新书。写什么呢？当时纽约双日出版社一直和我保持着联系，希望我写一本我在印度期间与甘地交往的书。我耽溺于写欧洲的事已经过于长久，改变一下应该是件好事。很久以来，为甘地写书的想法一直在我脑海深处处于蓄势待发状态。实际上，离开西班牙时，我写过一本以印度为背景的自传体小说，从那时开始，我一直在打腹稿。但那本书——我的第一本书并没有完成，而且写得很糟。1934年，我重拾新闻工作以后，把那本书彻底抛到了脑后。而今已是 1961 年，投入多年心血创作《第三帝国的兴亡》已经成为往事，我感觉，我可以接受出版社的渴求了，因而我签下了双日出版社的合同，那本书将记述我和甘地在一起的经历，以及他领导的那场给印度带来独立的革命。然而，认真看完手头的材料后，我意识到，我尚欠一些准备，我还需要多做些思考。圣雄对我的影响之巨非同一般，当时我尚且无法用文字说清那一切。我必须另外找个主题。

当时我还认识到，我必须正视自己的个人生活。由于我年复一年长期扑在关于德国的书上，我的生活似乎完全陷入了停滞。我和特斯之间出现过关系紧张，我当时以为，那主要是因为钱，照直说，是因为缺钱。但到了那一时期，钱已经不能作为我们关系紧张的借口，我们再也不必为钱担心，不必为寻找下一顿饭钱的事争吵。我们本可以放宽心享受生活了。

1959 年 9 月，我刚刚完成关于德国的书，小女儿琳达也和姐姐到拉德克利夫学院上学了。我和特斯结婚 21 年来，我们家第一次没有了孩子们的身影。我和特斯再次步入了孤独的境地，我们谁都没有认真想过的问题突然摆在了我们面前。

第二年 6 月，因加大学毕业，并且结了婚。我在日记中记道：

> 1960 年 8 月 3 日，星期三，农场。艾琳·因加于 6 月 15 日从拉德克利夫学院毕业，三天后，她结婚了……在纽约的圣马克大教堂……
>
> 为艾琳主持婚礼的牧师是教区牧师迈克尔·艾伦，他是杰和露丝夫妇的儿子，当他还是孩子时（在欧洲），我和特斯就认识他了。为了当牧师，他放弃了记者职业……

　　圣马克大教堂是一座古老的、破败的教堂，在纽约年代最悠久的教堂里它排位第二。几年前，因加在这个教堂做社区服务时，喜欢上了这座教堂的外观……

　　那座教堂由彼得·施托伊弗桑特修建。我相信，曾经用强硬手腕统治新阿姆斯特丹①的独腿荷兰老爷子就安葬在那里。

　　我在日记里记述道，结婚仪式进行得非常顺利。当时有五六个宿醉的流浪汉在教堂门口的过道里酣睡，艾伦牧师和我，以及新娘新郎双方邀请来的几个哈佛大学的壮小伙将那些人清理出教堂后，新婚队伍才得以进入教堂。我们做得很人性化，我给那些人每人派发了几美元，打发他们到十字路口的店里买啤酒和三明治去了。

　　这样一来，一个关系密切的四口之家，如今只剩了三口……一切似乎恍如昨日，想当初，因加还是个孩子，她带着比她还小的妹妹在各个房间跑进跑出。很快——不出三年时间——琳达也会大学毕业，说不定她也会嫁人。人生的一个轮回不久将落幕，每个人都用成年时期的大部分时间书写自己的人生轮回。我和特斯将要回归两个人的世界，就像刚结婚时一样。然后我们会变成外祖父母——隔代的又一个轮回也会由此诞生——那之后用不了多久，我们会离开。人生在世似乎太短了。对于 56 岁的我来说，除了那些忙忙碌碌的年月，生活似乎还没有完全开始。我还想做许多事情，然而，时间所剩无多，我这才意识到，

① 纽约的旧称。

已经着手做的一些事，多数根本无法完成。

譬如学习俄语，那时我才认识到，或许我永远都无法学会那个精准的、美妙的语言了。我在爱荷华州上高中时，我第一次阅读了俄国 19 世纪伟大的小说家的英译作品，有果戈理、陀思妥耶夫斯基、托尔斯泰、屠格涅夫（还有普希金的诗歌，契诃夫的短篇小说和剧作），那时我就立意学习俄语。二战初期，乔治·凯南曾经在美国驻柏林使馆工作，他告诉我，唯有直接阅读原著，人们才能真正读懂那些伟大的俄国作品。因而，我和一个在索邦神学院学习的漂亮俄国女人进行交换，我教她学英语，她教我学俄语，那是我在巴黎期间的事，当时我只有 20 多岁。然而，当时我大部分业余时间必须用来学习法语。尔后，我的记者生涯把我带离了巴黎，带离了那位老师。在随后那些癫狂的岁月里，作为巡游记者，我既没有时间，也没有机会再找一位老师。

还有比学俄语更重要的事情，我还想写好多书：在印度与甘地的交往；法国 1940 年的陷落；第二次世界大战；欧洲的未来（当时欧洲仍然处于战后的萧瑟状态，正处于恢复进程中）；最后还有，关于我的国家（我回国时间已经足够长，我已经感受到它的一些东西）。另外，虽然我在写小说方面毫无建树，但我仍想回过头写几部小说；虽然我此前创作的三四部剧本比想象的糟糕了许多，但我仍然想再写几部。如果有闲暇，也许我可以写一些诗。在巴黎期间，我曾经写诗写到手发软，最终也没写出什么好诗。

我仍然想把婚姻维系下去，这需要克服近些年遇到的许多困难，除了贫困以外，还有工作和战争导致的两地分居，以及我自己偶然的越轨行为。[1]

二战第一阶段进入了尾声，我从柏林返回了美国，蒂莉·洛施开始走进我的生活。1941 年夏末，我的家人仍然在科德角时，我孤身一人返回了纽约，重新开始了播音工作。8 月的一个夜晚，温度宜人，哥伦比亚广播公司晚间 11 点的播音节目开始前，我正在小如鸽笼的办公室，约翰·君特、托拉·利特瓦克、弗兰克·卡普拉突然出现在我面前，后两人是著名电影导演。他们提出，他们要去播音室看我播出新闻，然后带我找个地方喝一杯。和他们在一起的还有一位女性，40 岁左右，极为漂亮。他们做完介绍后，那女人一开口，我就从她轻柔的嗓音、淡淡的口音里听出来，她是个维也纳人。那女人正是蒂莉·洛施。

1929 年，我刚到维也纳工作期间，蒂莉·洛施已经是当地的传奇人物。人们都说，她是庄严的国家歌剧院几十年里难得一遇的首席芭蕾舞演员，一个活力四射的舞者，还是个大美人。我到达维也纳之前不久，她已经提前"退休"去了伦敦，嫁给了一个有钱的美籍英国人。她在伦敦重返舞台，参演的是通俗音乐剧。对她而言，那是个新职业，也是第二职业，不过她照样取得了巨大的成功。

1929 年夏，我离开维也纳，在伦敦待了很长时间，我的工作性质决定我必须那么做。我在奥地利首都认识了匈牙利女友佐拉，随后她也来到英国和我一起工作。她到伦敦不久，我们一起去看洛施小姐出演流行音乐家诺埃尔·考沃德的音乐剧《荣耀之年》。一战结束后不久，佐拉在维也纳看过蒂莉·洛施的表演，她对后者赞不绝口。

佐拉对我说："你一定要去看她演出！"不过没必要着急，我到维也纳的第一个冬天，听说了许多关于蒂莉·洛施的事。

演出效果证明，蒂莉·洛施是考沃德创作的舞剧里的明星。考沃德后来在其自传里披露，实际上，蒂莉·洛施拯救了他的舞剧！他是这样表述的：她是自伊莎多拉·邓肯以来自己见过的最有激情的舞蹈家，而她比前者貌美许多。我们观看的那场演出结束时，佐拉感觉到了我的激动，她提议我们两人到后台见见洛施小姐。

佐拉挪揄道："如果你和她说，你对她崇拜得五体投地，她肯定高兴得要命。"不过，我压根儿没有胆量前往后台。几天后，某周刊发表了一篇相当长的文章，还配了许多漂亮的照片，文章介绍了洛施小姐和她的舞蹈事业。不知为什么，对那个迷人的女性，我竟然会滋生出崇拜英雄般的情结。我剪下了那篇文章。回想当年，那时我25岁，正在和佐拉缠绵，我却疯狂地恋上了一个从未交往过的人，也许我这辈子都不会和那个人交往。当年的疯狂至今还影响着我。

而今，1941年8月，在一个燠热的夜晚，突然之间，在从未预料到的情况下，有如平地一声雷响，有人在纽约介绍我和蒂莉第一次相见了！我感觉自己坠进爱河不过是一瞬间的事。

那几个人听了我的播音。然后我们一起前往纽约"二十一"俱乐部餐厅，去喝几杯，顺便还吃了些东西。我被蒂莉彻底迷住了！她和我坐在桌子同一侧，由于说话投机，我们两人忘了其他人的存在。约翰·君特似乎很生气，他突然对我们喊了一嗓子，询问我们还听不听他说话，那时我才意识到，自己有些过分了——约翰·君特说，他要告诉我们一件人人都想知道的事。

对我来说，那次见面犹如让人心醉的佳酿。在接下来的一周里，蒂莉与我有过几次非常正式的书信往来。特斯从科德角回来后，蒂莉邀请我们夫妇和她一起喝茶。本来我以为，两个维也纳女人会相处得很好，结果恰恰相反。当然，我把那种事想得太简单了。对那种事，特斯比我精明许多，她显然立刻察觉出蒂莉与我擦出了火花。她生气了，开始反对我们三人继续往来。

如此一来，蒂莉和我开始了交往，我们很快变得不分你我。两年后，美国空军第八军开始在日间轰炸柏林，为报道那件事，我前往英国待了一段时间。那时候，我和蒂莉已经开始谈论结婚。她告诉我，她正打算和第二任丈夫离婚，那人是个英国勋爵。她让我在伦敦催促她的律师加快办理手续。尽管我真的很爱蒂莉，可我不愿意因为爱她而毁掉我已有的家，那时琳达还不满两岁，因加不过才五岁。尽管特斯和我的分歧不断加深，但在过去的很长一段时间内，她一直鼎力支持我。我仍然记得，之前两年，我在《柏林日记》一书里的献词是这样表述的：

献给同甘共苦的特斯

蒂莉不喜欢我的做法，她说，如果她不能拥有全部，就宁愿什么都不要。我们之间的问题渐渐显现出来，我宁愿维持现状，顺其自然，结果导致和我关系最密切的两个女人都不满意。我愚蠢地认为，她们两人都不可理喻。当时我一门心思想保住自己的家庭，却又舍不得放弃与蒂莉的交往。有时候，蒂莉似乎要和我分手，问题随后也就一了百了了。然而分手过后，我们又总会和好如初。我们的关系就那样维系了好几年。我们三个人，每个人都因为那件事伤得不轻。随着时间的推移，特斯的愤怒有增无减，我的家庭生活变得越来越困难。如我此前所说，当时我正忙于创作《第三帝国的兴亡》一书，家庭财政引起的争吵导致问题雪上加霜。或者说，由于试图将那个作品写出来，我压力倍增，问题也就更加严重了。

完成写作后不久，我终于和蒂莉彻底分手了。对我来说，那是一次可怕的变故。不过我认为，那是我维系婚姻的唯一方法。可以肯定的是，就当时的情况看，分手对蒂莉算不上严重打击。尽管她的私生活永远特别神秘，但我有种感觉，她和另外几个男士的关系也越来越近。由于我在那件事上优柔寡断，我对她没什么可抱怨的。我依然爱她，不过事情明摆着，我们两人根本走不到一起。她已经厌倦继续等待。

多年来，我和蒂莉之间没有了任何往来。我们都从对方的生活中消失了。后来，1975 年初的一天，我收到蒂莉发来的一封电报。电文如后："给我来电话。情况紧急。"

当时我住在马萨诸塞州西部的伯克希尔，我立即搭乘最先出发的航班往纽约赶去。蒂莉似乎特别绝望。医生查出她患了癌症，但她说她不太相信那医生，她想让我帮她另找个医生。我给朋友们打了一圈电话，真的找到一位。

蒂莉已经大变，她的激情已然消耗殆尽。她的脸看起来惨白如纸，不过，在我眼里，她依旧美丽。无论她一生有多少男性相伴，她似乎非常孤独。自我们分手以来，我们都不曾有弥合分歧的意愿，我们同样不曾有反悔过去的意愿。我们聊起过去，有意避开那些伤心时刻，我们都还记得那些美好时光。

蒂莉伤感地说："好像是很久以前的事了。"

我感慨："确实是。"

"有时候，我们真的挺傻的。"说到这里，蒂莉脸上掠过一抹略显苦涩的笑意。

"也许是因为那时是在恋爱。"

"是啊。"蒂莉感慨的声音很低，犹如耳语。

接下来是一阵沉默。蒂莉似乎陷入了沉思。

"长期以来，我经常想不明白，"蒂莉说到这里顿了顿，"为什么我们没成为夫妻呢。"

"我们差点就成了。"说到这里，我觉得这个话题应该到此为止了。其实她知道原因，也许她不记得了。也许她就是想触及这个话题。

蒂莉·洛施死于 1975 年平安夜，死在纽约。第二天一早，为庆祝节日，我们全家人在位于近郊的一个女儿家聚会，特斯向我披露了蒂莉的死讯。她递给我一份《纽约时报》，报纸的讣告版对折在里边。蒂莉的死讯和生平在大标题下占了整整三个栏目。标题是：

异国舞者蒂莉·洛施去世

人们已然忘却，蒂莉·洛施的事业不仅让她声名远播，也让旁观者眼花缭乱——她不仅是舞蹈家，还是演员、编导、画家。《纽约时报》回顾了她的一生：在维也纳，她是首席芭蕾舞演员；在萨尔茨堡，她参演了马克斯·赖因哈特的歌舞剧《凡尘凡人》（Everyman）；她是马克斯·赖因哈特的歌舞剧《仲夏夜之梦》的编舞；她还参演了德国作曲家库尔特·魏尔和德国戏剧家贝尔托·布莱希特创作的歌舞剧《七宗罪》，1934 年，该剧在巴黎上演时，舞蹈大师乔治·巴兰钦任该剧的编舞。

在离开维也纳之后的年月里，蒂莉·洛施曾经在柏林国家歌剧院和著名舞蹈家哈罗德·克罗伊茨贝格联袂演出。她也参演通俗剧目，歌舞剧《龙国香车》（The Band Wagon）在纽约百老汇上演期间，她和弗雷德·阿斯泰尔、阿黛尔·阿斯泰尔联袂演出。《龙国香车》曾经深深地打动了《纽约时报》戏剧评论家布鲁克斯·阿特金森，他在评论中说："蒂莉·洛施让音乐剧中的舞蹈升华至精美的艺术。"

在一种怅然若失的状态下，我断断续续看完了《纽约时报》的讣告。虽然蒂莉和我已经分手多年，1975 年我们才恢复往来——但仅仅是一种时断时续的往来——但我仍然感到一种巨大的悲痛，其中也有懊悔。1975 年，我和一个朋友去了欧洲，夏季的大部分时间，我是在欧洲度过的。回国后，我没有给蒂莉打过电话，没有关心她的病情。我知道她已经被癌症击倒，既然如此，我那么做实在是太恶劣了。我给她推荐的医生确诊了她的癌症。那年秋季，我也没有给她打电话，因为我的个人生活当时已经陷入一片混乱，我不想见任何人。圣诞节之前半个月，我给蒂莉寄过一张贺卡，还夹寄了一封信，我在信里提议，我们尽早见个面。圣诞节前几天，我给她纽约的住处打过电话，电话无人接听。随后，我给纽约一家鲜花店打电话，为她预订了送上门的鲜花。我完全没有想到，她已经住进医院，进入临终状态。

人们将蒂莉·洛施安葬在她最喜爱的奥地利城市萨尔茨堡的一个公园里。我家起居室的壁炉台上摆放着一张照片，内容是蒂莉的墓碑，是一个朋友拍摄的。墓碑上镌刻着蒂莉早年画的一个舞者的轮廓，舞者旁边的铭文如下：

蒂莉·洛施

1903 年 11 月 15 日—1975 年 12 月 24 日

舞蹈家、演员、艺术家

铭文是英文，并非萨尔茨堡的文字，即她的母语德文。我敢肯定，这铭文是她自己起草的。

我是在蒂莉去世 15 年前和她彻底分手的，和她分手并没有带给我希望中的家庭和睦。也许一切来得太晚了。

尾 注

[1] 还有其他一些原因，那些原因导致的结果太私密，也许我永远无法向外界披露。我总是试图用萧伯纳的一段话安慰自己："天底下最恶的人莫过于在有生之年将自己的秘密告白于天下，这必然导致将自己的家人、朋友、同事的秘密告白于天下，尤其是这里面将牵连自己的配偶。"

第十九章

玛莎·多德的故事

无论世事如何扰攘，人必须奋斗。我终于认准了想写的书，一头扎进了写作。

第一次想到写那样一本书，是 21 年前的事。那还是 1940 年 6 月，我以美国记者身份跟随德国军队开进了被占的巴黎，亲眼见证了法国可悲的沦陷，其悲壮场面让人过目难忘。

那年春夏之交，天气出奇地好，当时所有在法国的人都说，自一战结束以来，天气从未那么好过。仅仅六周时间里，那一伟大的民主国家，或许也是最文明的国家，世界排位第二的帝国——法国突然间轰然倒塌了。其军队被认为拥有世界上最精良的装备。曾经骄横一时的法国国民一下子陷入了愕然，随之彻底堕落了。

一位法国历史学家的结论是："这是历史长河中我们国家命运最可怕的崩盘。"6 月 17 日，在沦陷的法国首都，我写下日记：

> 从我们在这里的所见所闻分析，我感觉，整个法国社会彻底分崩离析了——军队树倒猢狲散，政府成了没头苍蝇，人们的斗志完全涣散。变化之巨，谁都无法相信。

巴黎以南，在塞纳河、卢瓦尔河之间的公路以及两条河流域以外的公路上，拥挤着大约 800 万惊慌失措的难民，他们在逃避德国人的魔爪，为的是保全自己的性命。上岁数的人都记得，上次世界大战期间，但凡落在老对手手里的人，都遭到了野蛮的虐待，当时有数千法国人质遭到枪杀。[1] 巴黎有 500 万居民，我到达那里时，留守城里的人口仅有 70 万。当地警察说，其他人都逃难去了。

当时记者都报道，难民数量那么庞大，食物、饮水、住宿等后勤根本没人管。入夜以后，没有汽车的人只好睡在公路旁边的农田里。难民们白天乞讨，实在绝望就抢劫，许多人为争夺饮水大打出手。只有少数农民在路边出售食物，甚至出售饮水——而价格水涨船高。但那种方式也仅能解决少数人的问题。

那时候，傲慢的法国军队的军力所剩无几。德国人冲破法军防线，利用成群的坦克将法军包围起来，100万人成了战俘。法军残部向南方退却，多数已溃不成军。在拥挤的干线公路上，士气低落的士兵混杂在逃难的民众里，为避免被当作战俘送往德国，许多士兵脱掉了军装，扔掉了武器。一些高级将领已经开始向政府施压，要求政府放弃抵抗，祈求和平。陆军司令部几乎每晚向南方转移一次，司令部已经乱成一团，与溃散的军队几乎没有联系。

像法军最高统帅部一样，法国政府也乱套了。离开巴黎以后，法国政府已经完全无法运转。6月11日，政府各部门到达卢瓦尔河沿岸，然后分散到图尔地区各城堡里。那么做显然是为了确保中央政府不至于在一次小规模轰炸中被完全消灭。然而，法国内阁成员之间，内阁与军队之间，政府与国际社会之间的所有联系几乎都中断了。想想也是，怎么可能有联系呢？

在那一地区，多数城堡仅有一部老掉牙的电话。通常情况下，电话安装在城堡底层的盥洗室里，不仅通话质量欠佳，而且线路往往只通向紧邻的村庄，村里的接线员每逢午餐时间必定关机两小时，每到下午6点，接线员即彻底关机。

逃亡期间，法国外交部仅有一个外部消息来源，即一个便携式收音机。幸好英国驻法大使没有忘记，才随身带上了那个收音机。显然，在整个法国外交部，没有一个人想到应当随身携带那么个东西。外交部副部长前往某城堡拜见共和国总统时，他发现，国家最高领导"完全与世隔绝，与总理失去了联系，与最高权力机构失去了联系，而且垂头丧气，如丧家之犬。他一无所知"。这是该副部长后来向外界披露的。

法国议会理应帮助摇摆不定的政府，鼓励政府继续战斗，即使议会分散到北非各殖民地，也应当如此，可问题是，在仓皇逃亡过程中，议会根本无法召集会议。许多议员匆匆逃到了法国境内的波尔多地区，6月14日，德国军队开进巴黎时，法国政府和法军最高统帅部也到达了该地区。

法国总理保罗·雷诺打算将政府搬到北非，在那里继续抵抗，两天后，他却辞职了。随后，法军总司令马克西姆·魏刚将军和亨利·贝当元帅（凡尔登战役的英雄）掌握了法国内阁。此两人强烈要求政府祈求停战。6月17日上午，即此两人掌权后第二天上午，他们就提出了停战。那时，贝当已经成了总理，魏刚将军则当上了国防部部长。

第二天我才得到上述消息。其时，德军工程师们已经在宽阔的巴黎协和广场架好高音喇叭，消息是通过大喇叭播报的。

6月18日，巴黎——贝当元帅祈求停战！（我在日记里记述道）巴黎市民们早已被眼前发生的一切搞得晕头转向了，根本无法相信这一消息。……听到消息时……我正和一大群男男女女在一起。那些人几乎吓呆了……贝当竟然投降了，怎么会呢？似乎没有人真的想知道答案。

　　法国的命运终结得太快了。我在日记里记述了接下来发生的事：

　　　　6月19日，巴黎。停战协议将要在贡比涅签署！在福煦元帅车厢里！正是那列列车于1918年11月11日见证了另一份停战协议的签署，地点在贡比涅郊外的树林里。

　　当天下午，我去了贡比涅。在那边，我看见德军工程师们正兴高采烈地拆除博物馆的一面墙，博物馆里保存着签署协议的那节车厢。我离开之前，德军已经把墙体拆除，正在一点一点将那节车厢挪到博物馆外边，挪到它原来所在的侧轨上。

　　　　6月22日（午夜），巴黎。停战协议已经签署！

　　法国已经让自己置之度外，如今仅剩下大不列颠反抗希特勒了。

　　停战协议签署后不到三周时间，由于受到德国人以及法国新任领导贝当、魏刚、皮埃尔·赖伐尔的裹挟，法国国民议会于1940年7月10日以投票方式将自己解散了，还宣布了法兰西第三共和国的寿终正寝。取而代之的是一个独裁政体，一个可怜巴巴地模仿征服者的体制建立的政体，给予支持的法国人数量之多令人震惊。

　　那时候，准确地说，时间是7月19日，我带着沉重的心情返回了柏林的工作岗位。既然法国退出了战争，短期内就不会有什么军事行动了。我终于有时间静下心来思索法国的沦陷了。我想弄明白，那一切是怎么发生的？怎么会如此迅速？怎么可能呢？那个伟大的国家及其天赋极高的人民竟然被拖进了如此悲惨可怜的境地，他们究竟错在哪里？法国军队上一次足足抵抗了德国人四年，在英国人以及随后而来的美国人的帮助下，他们最终战胜了德国人，这一次他们究竟出了什么问题？法国人这次真的像1914年到1918年那样奋起反抗过吗？我几乎没有亲眼见证过那样的迹象。德国装甲纵队几乎是驰骋般横穿了法国国土，进军速度之快，让人追都追不上。

法国军队和法国政府垮台如此迅速，究竟什么人应当承担责任？由于备战和调动部队的能力太差，法国军队的责任应当由将军们承担？维希的法西斯分子们开始把矛头指向政客们，因为政客们没有向军队提供必要的装备，即飞机和坦克，德国人正是利用这些东西神奇地获得了胜利，因而政客们应当负责？或者，恰如右翼失败主义分子所称，法国人民在"无神论"共和政体下已经变得心慈手软，所以大量责任应当由法国人民自己承担？那么右翼分子呢，由于他们与共和以及民主为敌，同情专制集权政体，所以应当由他们负责？或者说，由于厚颜无耻地追随克里姆林宫的指导，即使在1939年8月签署《苏德互不侵犯条约》时，左翼共产主义者仍然坚定地站到了法国切身利益的对立面，因而左翼共产主义者们应当负责？难道是，正如皮埃尔·赖伐尔及其追随者所说，法国的沦陷证实民主是死路一条，民主根本无法与独裁抗衡？难道西方式民主失败了？难道真的像安妮·林德伯格为其著作起的名字以及她所相信的那样，纳粹主义是"未来的潮流"？

我感觉，法国的沦陷或许真的不可避免。那个国家为1918年的胜利付出了太高的代价——死在战场的人有将近150万——德国人口更多，工业化程度更高，在短期内，法国不足以恢复到与德国平起平坐的地位，更不要说与之抗衡了。或许，如果英国对法国的贡献像第一次大战那样多，结果会有所不同。如果美国人像1917年那样及时介入，结果可能也会有所不同。

对我来说，1940年夏末是一个让人心碎的时期，我在柏林无所事事呆坐的时候，常常会思索上述问题。我在法国生活和工作过多年，我已经爱上那个国家，那是我的第二故乡。[2] 我一直在学习那个国家的语言，吸收了它的一部分文化，研究了那个国家的历史，作为美国记者，我曾经每天报道那里发生的事。1925年，我到达法国时，它是欧洲大陆最强大的国家。1914年至1918年承受住德军冲击的法国军队在整个欧洲没有敌手——甚至在整个世界都没有敌手。法国军队镇守在莱茵河河畔，守护着法国在欧洲的霸权地位。被摧毁的乡镇、城市、道路、铁路等都已得到重建，法国经济正处于恢复期。作为法国的老对手，德国于1871年和1914年两度侵犯法国，如今德国已经臣服。对法国人来说，未来看似一片光明。

1929年，因工作调动，我第一次离开法国时，以上正是那个国家当年的真实写照。不过，在随后的年月里，我会经常返回巴黎。1934年，我大部分时间在巴黎度过。那一年，法国已经彻底变样——变得更糟了。法国人之间总是相互倾轧，无论在大街上、媒体上、议会里，情况均如此，那个国家已经四分五裂，到处弥漫着旧恨与新仇。

1938年，英法两国在慕尼黑合伙出卖捷克斯洛伐克后，我再次到了巴黎。让我不寒而栗的是，对那一可悲的出卖，大多数法国人却持欢迎态度。他们的说辞是，那么做让他们避开了又一次可怕的战争。在我看来，那时的法国人似乎毫无希望，为了换取和平，他们不惜任何代价。1940年9月，当战争真的到来时，我仍然坚信，为保卫国家，法国人会像以往那样战斗到最后一刻。在半个多世纪的时间里，德国人竟然第三次侵犯法国，法国人肯定会义愤填膺。然而，那种情况根本没有出现。

那年 8 月，德国人以为，入侵英国的行动即将开始，德国人把我们这些记者带到英吉利海峡附近参与报道，我对法国的思考因而中断。对英国的入侵实际上永远不会发生，在等候期间，我开始考虑，眼下这场战争一旦结束，我该做些什么。当时我想，如果能够从文献和档案中发掘出什么见解，我应当以法国沦陷为题材写一本书。那是世界上最富戏剧性的题材之一，对我来说，那也是 20 世纪最大的悲剧之一。除此之外，我还应该再写一本书，以第三帝国的兴亡为题材写一本书。当时看来，能够囊括进书里的内容或许仅限于那本书的前半部，因为纳粹德国尚未垮台，实际上，当时人们好像完全看不到德国垮台的迹象，因为德国已经成为旧大陆大部分领土的主人——其领地从挪威北角延伸到了位于法国和西班牙边境的比利牛斯山，从法国濒临大西洋的海岸线横贯了欧洲，直抵波兰境内的维斯瓦河。法国彻底完蛋了，至少当时如此。但德国人正处在其国家实力的巅峰期。

虽然我一直沉浸于不断地书写刚刚过去的岁月，但为了生存，我也密切关注着世界上正在发生的一些事，通常我会把事情的进展记述到日记里，把报刊上的文章剪下来做好归类，我还坚持通过收听广播和收看电视关注新闻，我会随着事件的进展嬉笑怒骂或者时时追踪。近四分之一世纪的时间里我不间断地报道第一手新闻事件，我已经历练成较为冷静的观察家。不过，我跟踪新闻的热情一直延续下来，这或多或少与我的一个朋友有关。

我指的是玛莎·多德，我在柏林那些年，她成了我的好朋友。她父亲威廉·E. 多德教授是芝加哥大学的著名历史学家，时任美国驻德国大使。我和这家人混得特别熟，我也特别喜欢这家人，我们的关系坚如磐石，而且往来特别密切。老多德是南方人，他身上带有南方人那种不苟言笑的气质，他是个头脑清醒的历史学家，秉承着豁达的人生观，因而他成了富兰克林·罗斯福的良师益友，他在柏林的公职是后者任命的。多德并不讳言他反对阿道夫·希特勒，这让我对他敬佩有加。他一向支持我，令我不胜感激。当时他儿子比尔·多德正在柏林大学刻苦攻读哲学博士学位。他女儿玛莎刚刚念完大学，为我的老东家《芝加哥论坛报》工作不久，她是这家人的活宝。玛莎长得漂亮，性格开朗，是个博学、志向高远的作家，因而她成了柏林的公众人物。她朋友极多，人脉极广，这为她父亲及其担任的职务带来了便利。

后来的历史证明，和玛莎关系最密切的朋友里有两个人成了著名的纳粹分子：一个是希特勒纳粹党对外宣传秘书普希·汉夫施滕格尔，另一个是臭名昭著的普鲁士秘密警察头目罗尔夫·迪尔斯。玛莎还有个关系密切的朋友厄恩斯特·乌德特上校，他是个飞行员，第一次世界大战期间获得过许多勋章，1933 年以后，他成了戈林的部下，成了建立德国空军的得力干将。不得不提的还有路易·斐迪南亲王，他是普鲁士家族的长子和王位继承人，玛莎在后来出版的作品里这样描述道："他是我后来在德国认识的最有意思的人之一，也是和我关系最密切的朋友之一……"[3]

理所当然的是，玛莎认识许多不喜欢希特勒的德国人——

美国大使经常招待那些人。正是在大使家里，我认识了他们当中的一些人。玛莎自己也承认，刚刚离开芝加哥来到柏林的她显得既青涩又没有经验，当时她认为，她对纳粹主义持开放态度，因而她在政治方面显得有些天真，虽然如此，她很快就成熟了。总体上说，在柏林那四年，她崇尚自由开放，她对纳粹主义的恐惧和仇视与日俱增，这些都和她父亲相像。我不记得她对共产主义有什么好感，即使在她访问苏联以后也没有，即使在她和苏联使馆的外交官成为朋友以后也没有。大多数在柏林工作的美国记者特别喜欢那个苏联外交官，不过，大家都抵制住了他诱人的意识形态说教。多年以后，即战争结束以后，我和玛莎时隔不久总会在纽约或康涅狄格州遇见一次，我不记得她谈起过共产主义话题，她丈夫阿尔弗雷德·斯特恩从来不谈这一话题。她丈夫从前在芝加哥做生意，玛莎回国后嫁给了他。他们两人有兴趣谈论他们喜欢的自由事业。斯特恩好像对政治毫无兴趣，他对市场的兴趣、对经济的兴趣远胜于对政治的兴趣。他的职业有一部分和公共住房有关。

　　鉴于以上这些，以下发生的事让我震惊之余仍然悸动不已。

　　1953 年，一个寒意料峭的夜晚，在纽约百老汇某场演出的中场休息时段，我和特斯遇见了玛莎两口子。我们有一段时间没见过他们了，因而我们约定，散场以后一起到附近的餐馆喝点饮料吃点东西，聊聊各自的近况。实际上，我们一起进餐时，他们几乎没提到近期的情况。我们主要聊的是早年在柏林的那些事。由于斯特恩那时不在德国，他几乎插不上话，他好像有什么心事。我当时觉得，玛莎还和从前一样，活泼、热情、吸引眼球，也非常放松，直到半夜我们才分手。像往常一样，我们互相约定，不久的将来再聚一次。

几天后的某个清晨，孩子们的校车到达之前，我在与孩子们一起吃早餐和闲聊天，其间我瞄了一眼《纽约时报》的头版，头条新闻的大标题让我目瞪口呆。消息说，玛莎·多德和阿尔弗雷德·斯特恩被控为苏联从事间谍活动，他们已经逃离美国——估计已经逃往墨西哥。

我简直无法相信！我把孩子们送上校车，返身回到屋里，正准备重新阅读有关老朋友那令人震惊的消息，此时门铃响了。门外站着两个年轻的男子，在我的质询下，他们向我亮明了联邦调查局的徽章以及身份证件。他们说，必须和我谈谈。我领着他们来到二楼的起居室，窗外是东河。

其中一位迫不及待地开口了："你认识玛莎·多德吗？"

"非常熟悉。"

"能告诉我们，究竟有多熟悉吗？"

"我已经说过了，非常熟悉。她父母，尤其是她父亲，是著名历史学家，我在柏林时，他是我国驻柏林大使，他们都是我的老朋友，玛莎也是。我非常喜欢玛莎·多德。"

"你非常喜欢玛莎·多德？"

"非常喜欢。"

"她和她丈夫为苏联当间谍，你知道他们已经受到指控了吗？"

"你们两位按门铃时，我正在看《纽约时报》上的消息。我很震惊，我根本无法相信！"

"你根本没法相信？"提问的那位看样子很惊讶，"为什么？"

"因为，在我看来，说她做什么我都信，唯独这个我不信。"

"她是个共党，对吧？"

"这我还真不知道。"

"你不知道她是个共党？"

"不知道，从没听说过。"

那两个人里的一位从衣服口袋里掏出个快散架的小本子，一页一页迅速翻起来。每页纸上好像都有一张女人照片。

那人开口说："先生，如果能帮上忙，我想让你辨认一下玛莎·多德。看到她的照片时，就对我喊停。"那人说完飞快地翻动着页码，那些照片一张接一张翻转过去。

"两位先生，"我说，"别演戏了，我已经说过，我非常熟悉玛莎·多德。"说完，我伸手抓住那个相册，姑且把那东西称作相册吧。我翻动着照片，翻到有玛莎照片那一页，将本子递还给他们。

他们惊讶地问："你说这个人是她？"

"对，这就是她。"

接下来是一阵沉默。然后，其中一个突然转身正对我，目不转睛地注视着我，他那对眼睛渐渐眯成了两条缝。

他问道："最近你见过斯特恩两口子吗？"

"说实话，见过。"

"什么时候？在哪儿？"

那时候，我已经意识到，那一时期，联邦调查局肯定在跟踪玛莎和斯特恩。不管怎么说，他们的案子肯定是重案。国会刚刚通过了法律，对间谍罪可动用死刑。正因为被控犯有间谍罪——为苏联充当间谍——罗森堡夫妇在纽约新新监狱被送上了电椅。最近我和两位朋友见面的时间和地点，那两个调查员肯定心中有数。

"真的别演戏好不好？"我又重复了一遍，接着说，"我敢肯定你们早就知道问题的答案了。不过我再说一遍也无妨。两三天前的晚上，我和我太太在纽约的剧院里碰到过玛莎和她丈夫。中场休息时，我们和他们在休息厅里聊了会儿。我们很久没见面了，因而我们约定，散场后到附近的餐厅一起吃个便饭，喝点饮料什么的。"

"哪个餐厅？"

看完演出后，我和特斯经常光顾那个餐厅，尽管如此，我还是想不起那家餐厅的名字了。

"是叫蓝带餐厅吧？"

"我觉得，应该是这个名字吧。我是说，就是百老汇往东，第 44 大街那个。"

"就是说，你们四个人去了那个餐厅。你们在餐厅干什么了？"

他们的提问越来越趋近于白痴。

"吃东西啊。"

"还有呢？"

"还有，喝了……啤酒啊。"

"就这些？"

"我们还聊天。"

"都聊些什么？"

我随口说："随便聊呗……比如天气……"

其中一人打断了我，他说："老老实实告诉我们你们都聊了什么。"

"具体的我记不清了，"我有些不耐烦了，"我想，主要聊的是很早以前在柏林的事吧。"

"在柏林？你们在柏林干了什么？"

"二位先生，我们做什么可都是公开的！我在那边可不是去当间谍，和当间谍毫不相干。"

这两个家伙显然没读过我的书，两个文盲！

因而我接着说："在柏林时，我是美国驻外记者。"

"这么说，你是在柏林认识玛莎·多德和她丈夫的？"

"我在那边认识了玛莎与她爸妈和她哥哥。刚才我和你们说过，她父亲是我国驻柏林大使。"

两个笨蛋！难道他们连这层关系都弄不明白？

"在柏林时我还不认识阿尔弗雷德·斯特恩。"

"那时候你不认识她丈夫？"

"不认识，那时候他不在柏林，我敢肯定，玛莎回美国后，他们才结的婚。而且，联邦调查局毫无疑问知道一切——包括许多我不知道的事。"

"现在是我们提问！"一个笨蛋说，故意做出一副声色俱厉的样子，我想。

"你早就知道阿尔弗雷德·斯特恩是个共党，对不对？"

"不对。我只知道他早前是个生意人，也许现在还是。我和他不熟。不过我敢肯定，他不是共党。"

"你声称，你不知道玛莎·多德是个共党？"

"先生们，我可没声称什么。我和你们说的都是我知道什么，不知道什么。我想，咱们已经说得够多了。如果你们还有严肃的问题，赶快问。不然的话，就到此为止，我得赶紧做我该做的事了。"

那两个人终于走了。让我不明白的是——这个问题我已经想过好多次了——联邦调查局第一任局长约翰·胡佛招兵买马时干吗不招几个稍微有点见识的人？难道原因是，或许他根本就不想这么做？

我把以上情况告诉特斯以后，她也无法相信那些会是真的。她和多德一家也非常熟。由于特斯具有维也纳人的特质和美丽，多德一家特别喜欢她。

我向特斯提了这么个问题："我们在柏林的时候，还有，我们回国后和玛莎他们为数不多几次见面也算，你有没有察觉，哪怕一点点怀疑也算，玛莎可能是她被指控的那样吗？"

特斯说："从没有过这种感觉。"

可能由于害怕引渡，玛莎和她丈夫很快从墨西哥去了古巴，然后从那里去了布拉格。我听说，后来他们去了苏联。显然他们不喜欢苏联，因为他们返回布拉格安了家。我们在剧场偶遇，他们两口子逃离美国，然后好几年过去了，后来，身在布拉格的玛莎开始给我写信。他们返回古巴的七年中——1963年至1970年——我们之间的通信处于中断状态，他们再次返回布拉格永久定居后，我们又恢复了时断时续的联络。多年以来，玛莎寄给我的信件——看一眼信封即可看出来——总会由捷克斯洛伐克和美国双方的检查人员拆开检查，因而我推断，我寄给她的信件也会遭遇同样的对待。我竟然和受到如此严厉指控（正式向法院提交起诉书的时间是1957年）的人通信，因而我猜测，联邦调查局的人肯定对我没有好感。不过我认为，如果无法证明玛莎有罪，她就是无辜的——这符合我们国家的法律。

从我对玛莎的了解来说，我无法想象她会为苏联从事间谍活动。她和阿尔弗雷德·斯特恩怎么可能知道苏联人感兴趣的东西呢？他们似乎一直过着平静的生活。后来我了解到更多相关的起诉内容，斯特恩夫妇主要被指控在美国境内为苏联间谍充当情报员，让苏联情报人员利用他们位于康涅狄格州利奇菲尔德市的房子做接头场所。

在写给我的信里，玛莎从来不探讨她受指控的事，实际上，她从未在信里提到这件事。她也没有抱怨过在铁幕之下的流亡生活。我猜测，随着时间的流逝，他们的生活变得越来越孤独。我也猜得出，玛莎特别渴望访问西方国家——例如西柏林，她多么熟悉那个地方，还有维也纳、罗马、巴黎、伦敦。但由于害怕引渡，他们只能在匈牙利、南斯拉夫，以及其他巴尔干国家旅游，也许还可以去波兰——除了匈牙利，这些国家根本没有什么吸引人的地方。以我的判断，即使处于孤独的流亡生活状态，他们肯定也想利用有生之年多做些事。关于德国那些年，玛莎出版过书籍，通过她的书，人们即可看出，她是个天才作家。不过，无论是在布拉格还是在哈瓦那，玛莎的天分显然没有得到利用。她在信里说，他们从古巴回到捷克斯洛伐克那些年，对于做个家庭主妇，她相当知足。这完全不像她！

一个美国女人和一个美国男人，斯特恩夫妇过着一种没有祖国的日子。

玛莎和斯特恩匆匆离开美国 25 年后的 1979 年春季，他们再次成了《纽约时报》头版新闻人物。美国政府正式宣布撤销间谍指控，收回针对他们的起诉书，因为，几个最重要的证人已经离开人世。

玛莎从布拉格给我写来一封信，信里洋溢着喜悦。他们离开的时间已经太久，因而她问我，依我的判断，他们回国是否安全，如今美国的生活究竟如何，尤其是，纽约的生活究竟如何。他们立刻去了一趟巴黎和伦敦，不过，他们没有回到生养他们的地方。"我们年龄太大了，"她在来信中感叹道，"回去太难了。"

流亡 33 年后，身患癌症的阿尔弗雷德·斯特恩于 1986 年 7 月 24 日客死在布拉格，享年 88 岁。他对自己所处的困境没有留下任何公开言论。玛莎在来信里说，她永远无法从那一损失中完全恢复，他们结婚已近半个世纪，如今她一直在赎罪："在异国他乡，在一个连语言都学不会的地方，我们忠实地恪守婚约已经相当长久了。"

1985 年，有一次，玛莎给我写了封长信，那封信或许透露了一点点她的不幸遭遇。她在信里说，那一时期，她一直在处理"30 年代发生在我生活中那个浪漫的大悲剧"。她平静地叙述道，那事与她和苏联驻柏林使馆第一秘书那段经历有关，在上文里我提到过。那个苏联人名叫鲍里斯·维诺格拉多夫，他是个极其聪明、有魅力的人，在当时的柏林，一些最保守的美国记者也把他当成朋友。其实大家都知道，他是个忠诚的共产党员，对苏联的伟大坚信不疑。他从柏林前往苏联驻华沙使馆接任了临时代办一职。我记得，他的美国记者朋友之一从莫斯科回国途中专门在华沙短暂逗留，前去看望他，告诫他千万不能返回苏联，因为斯大林刚刚开始了他的"大清洗"，行刑队枪杀了成千上万忠诚的党内人士。不过，那位年轻的外交官对布尔什维克死心塌地，根本没把那样的威胁放在心上。用他的话说，继续革命比任何人的生命都可贵，包括他的生命。后来他回国了。战后，我们了解到，他被斯大林清洗了。

在信的结尾处，玛莎是这样说的，"和传言恰恰相反"，她在柏林和年轻的苏联外交官那段恋情"与后来的事以及信仰无关，而是由于仇恨纳粹，仇恨西班牙内战，以及对苏联的崇高敬仰，当时苏联是希特勒最大的对手。我相信你能理解我"。

说到仇恨纳粹，同情共和国时期的西班牙，我能理解她的感受。西班牙被佛朗哥出卖，然后被法西斯意大利和纳粹德国的武装干涉摧毁。但说到她对苏联的崇高敬仰，苏联是希特勒最大的对手，我能理解吗？

恰恰是苏联和纳粹德国于 1939 年 8 月签订了臭名昭著的条约，使希特勒能够在两周后发动第二次世界大战，对吧？就当时的情况看，苏联有愧于"希特勒最大的对手"这一说法，对吧？与事实恰恰相反，苏联成了纳粹暴君最大的同盟和帮凶。只不过在 1941 年 6 月 22 日，纳粹德国掉头侵犯了苏联，苏联才成了"希特勒最大的对手"。除了自卫，苏联当时已经没有其他活路。只不过在当时，苏联自身的生存已经岌岌可危，它才成了"希特勒最大的对手"。

因此，我怎么可能理解呢——既然历史事实如此，这可能吗？我无法理解的原因远不止这些，至今我仍然不清楚玛莎和她丈夫逃离美国的原因，以及他们在共产主义国家流亡生活中孤独地度过余生的原因。难道他们以为，由于麦卡锡时代的歇斯底里，他们无法得到公正的审判？难道他们想避免阿尔杰·希斯那样的命运，或者罗森堡夫妇那种更加悲惨的命运？据我所知，指控他们为苏联从事间谍活动，对此，他们两口子从未像希斯那样公开站出来否认过。有一次，媒体引用了斯特恩在布拉格的发言，他说，那些指控"不可思议"且"超乎常规"。那些指控毫无疑问不可思议和超乎常规，不过，还不至于伪造吧？抑或确有其事？政府从未将他们的案子提交法院。88 岁的阿尔弗雷德·斯特恩去世时将他的秘密带进了坟墓。如今唯有玛莎可以揭开这一秘密了。

尾　注

[1] 第二次世界大战期间，德国人处死了总数高达 29660 人的法国人质。

[2] 美国第三任总统托马斯·杰斐逊留下了一句名言："法国是每个人的第二故乡。"

[3] Martha Dodd, *Through Embassy Eyes*, p. 69. 此书详细记述了她在德国的四年时光。

第二十章

政客离世

20 世纪 60 年代，光阴如梭，我整日忙忙碌碌，有做不完的事，操不完的心——操心国内，还操心国外——操心生活改变太快，过于戏剧性。正如 1960 年美国大选所示，一代新人正在掌控我们的国家，年仅 43 岁的约翰·肯尼迪当选总统。那一代人由 20 世纪出生的男男女女构成。更加年轻的一代人如今已经进入大专院校，他们已经在伺机反叛。年轻一代已经在校园里躁动，引得政府机构里的"老帮菜们"（fuddyduds）感到害怕和不满，深刻影响几代美国人生活的各种变化正在让老辈人靠边站。

例如，20 世纪 50 年代，在广播电视领域，人类见证了电视机取代收音机，电视不仅成了传输娱乐节目，也成了传输新闻节目和体育节目的主要渠道。20 世纪 50 年代初，全美国仅有300 万台电视机；60 年代第一年，仅新增的电视机就达到了 700万台。20 世纪 60 年代初，全美国电视机的保有量已达 4000 万，几乎每个美国家庭都有了一台电视机。无论人们愿意与否，电视已经开始填充和主宰大多数美国人的生活。人们每天专注于电视屏幕的时间长达五六个小时，人们的大部分娱乐活动有赖于电视机。20 世纪 70 年代，电视成了人们的主要消息来源，对许多人来说，这也是唯一的消息来源——这样的进步让我觉得近乎目不暇接。这还不是唯一的例子。家庭成员的眼睛都紧盯着电视屏幕，人和人之间没有了语言交流，面对可怕的方盒子，人们几个小时一言不发地坐着不动。这种情况不仅发生在家庭成员之间，也发生在朋友之间。对许多人来说，晚间的社交生活不过是与他人聚在一起观看两到三个喜欢的电视节目。每晚这个时间段，主人和客人几乎没有什么语言交流。

在我看来，商业电视台的大多数节目都是垃圾。需要指出的是，电视台需要讨好尽可能多的人，这无可厚非，错误在于，美国三大商业广播公司喜欢垄断广播电视，它们唯一的兴趣是赚钱。数量庞大的少数派也希望从电视节目中有所收获，电视台对这样的偏好要么照顾极少，要么置之不理。如果有人说，广播公司白天播放的肥皂剧和晚间播放的情景剧对美国的文明和启蒙贡献不小，我绝对不信。我也不信这类节目对愉悦成年人会有贡献。后来出现的有线电视让人们看到了往好的方向变化的前景，实践结果却令人失望，至少我这么认为。

公共电视台亦如是。除了新闻节目和体育节目，我多数时候收看收听公共电视台的节目。公共电视台转播的纽约大都会歌剧院和纽约爱乐乐团的节目的确不错，可惜节目总是不连贯。人们仍然记得，从前，广播电台每到周末总会广播那样的节目。公共电视台也播放有意思的关于动物生活的节目，以及地球上其他生命体的来源和进化的节目。不过，有人愿意一晚接一晚观看有关动物生活的节目吗？电视节目的总体安排实在有欠均衡！商业电视台有意回避争论，为的是不吓跑广告赞助商，可是，公共电视台也在有意回避争论。我猜测，由于国会提供了部分资金，公共电视台那么做是为了不惹恼国会，也是为了不惹恼企业的"支持者们"，后者的赞助越来越多。

我每天看商业台的晚间新闻节目，周末看商业台的体育节目，看公共台的歌剧节目或交响乐节目的时间总是不确定。其实，真正的消息在每晚的新闻节目里体现得并不多——人们没时间做得更深入，只好做表面文章——不过，从那些节目里，我可以知道什么人在什么地方有了事。为获得消息，我必须看报纸。我生活在美国东北部，因而我看的是《纽约时报》。看报纸让我有大量的阅读时间。我感觉，在我们国家，恰如电视节目取代了社会交往，盯住电视屏幕取代了阅读，全民阅读已经不多，至少读书的人已经不多了。接下来会发生什么，其实也不难预料：一群群目不识丁的人傻乎乎地围着电视机而坐，犹如远古时期的山顶洞人围着篝火而坐，人们不会交流，话也说不完整，由于浅薄，人们会否变呆变傻呢？

1962 年秋季发生的一件事让美国清醒了，迫使美国面对一个残酷的现实：美国的灭亡已经不是个问题了。美国和苏联之间在千钧一发之际避免了一场核战争。在一场以核武器的互相攻击为后果的严重威胁面前，美国人那一次总算苏醒了。

当时我正在农场劳作，正在做秋季必须做的一些零碎的事，听到消息时，我扔下手里的活儿，端坐到了电视机面前。1962 年 10 月 23 日，星期二，我在日记里写道：

> 可能会爆发一场核战争，然后是世界末日。昨晚肯尼迪总统通过广播通报了消息，苏联正在古巴修建导弹基地，具备了将核弹头投送到毗邻的美国以及拉美国家的能力。总统已要求苏联拆除目标为美国的基地，同时开始执行一项行动，他将其称为"隔离"——实际上是从海面和空中封锁——古巴，封锁所有进攻性武器。假如真的发生美国海军舰只拦截苏联船只的事，会有什么结果？
>
> 对我来说，事情似乎是明摆着的，苏联人修建数分钟内即可摧毁美国的导弹基地时，没有哪个美国总统敢于坐视不管。如果不奋起反抗，往少说也是玩忽职守罪……
>
> 事情远不止如此，虽然苏联和美国双方都不想走得太

远，但在这种形势下，如果双方都拒绝让步，一点小事都可能引起连锁反应，导致核战争爆发，地球毁灭。这是主要危险……

10 月 26 日，星期五，纽约。刚从宾夕法尼亚州回来，周三周四两晚在大学演讲。遭遇灭顶之灾的可能性压在了美国人民心头，这是有史以来第一次。昨晚我在萨斯奎汉纳大学开始演讲前，校长和某学院院长提前和我打了个招呼，他们说，学生们正处于恐慌状态，整周都无法安心学习，让他们恐惧的是，核战争即将爆发，美国人即将被灭掉……校长和院长请求我在演讲中安抚学生，然而，我不可能这么做，整整一周以来，我自己也感受着巨大的压抑。不过我（在演讲过程中）尽力向听众指出……苏联首脑赫鲁晓夫误判了美国人，最大的危险来自误判。因而我寄希望于一种假设，赫鲁晓夫先生或许会意识到他的误判，随后做出让步——因为他也不想眼睁睁看着苏联被摧毁。

10 月 28 日，星期日，农场。——大约中午时分，当时我正在前院扫树叶，特斯隔着起居室的窗户朝我喊道，终于破局了，好像是和平了。我赶紧跑回屋里。特斯刚刚收听到一则广播，说是赫鲁晓夫先生让步了，他同意拆除苏联设在古巴的导弹基地……显然苏联人在核战争边缘后退了……

两天以后，美国国防部宣布，空中照相侦察显示，苏联正在迅速拆除导弹基地。世界避免了第一次核毁灭威胁。人类那次的经历可谓千钧一发，不过下次人类还会那么幸运吗？

接下来的一年，即 1963 年，美国再次遭受了极大的惊吓。那一次美国人感受的不仅有悲哀，更有绝望。年轻的总统在达拉斯遇刺了。

那是 11 月末的一个星期五，为了在乡下度周末，我提前一天赶了过去。为储备足够的柴火过圣诞节，我必须砍几棵树，劈些柴火。大约中午 1 点钟，我停下活儿，回到屋里吃点东西，当作午餐。我快要吃完时，离我们不远的一个农场的女主人给我打了个电话，说是刚刚看到电视上播出了一条消息，她只看到了后半部，消息显然说的是总统中弹了。我立刻打开电视机，哥伦比亚广播公司节目主持人沃尔特·克朗凯特吓得不轻，已经语无伦次，他正在播报的内容是，总统已经被紧急送往达拉斯的医院，不过，尚不清楚受伤是否严重。所以仍然有希望，我抱定了希望。整整一下午，包括整整一晚上，我一直怅然若失地坐在电视机面前没动窝。对现实中发生的事，一开始我不愿意接受，随后又必须面对现实。直到第二天，我的理性才恢复正常，我可以正常写日记了。

> 1963 年 11 月 23 日，星期六，农场。昨天，肯尼迪总统在得克萨斯州达拉斯市被枪手杀死了。
> 这是我第一次因为一位总统或公众人物亡故感到痛心——1945 年 4 月，我们这代人都敬重的人物富兰克林·罗斯福突然去世，我都没有这么痛心，当时我正在爱荷华州锡达拉皮兹休假……

我从未与肯尼迪单独交流过，只不过数年前在纽约和他握过一次手而已。当时他已经是参议员，还是一本名为《当仁不让》的畅销书的作者，他在"年度图书奖"颁奖大会上做了主旨发言。我确信他得了那年的奖项……非虚构类奖……

我对肯尼迪总统任职三年来的政绩持保留态度（选总统时我把选票投给了他），虽然如此，后罗斯福时代入主白宫的几个人里，让我充满信心，充满希望，甚而激发了我的情感，他是第一位……他不仅形象好，他发自内心的幽默感也为他的形象增光添彩。他遇刺前一小时左右在沃思堡市早餐会上的演讲成了他最后一次公开亮相，那是一次光彩照人的亮相。由于电视的存在，世人看到了他的亮相——他突然亡故后，那次亮相上了电视。那一次，他让人们见识了他近乎完美的亮相，以及随之而来的死亡，一前一后两件事，让人们感到，悲痛更加不可承受。

我面对电视机而坐，目不转睛地盯着小屏幕，脑子里却在想，肯尼迪之死明白无误地证明，不仅人类的生命毫无意义，所有宗教人士宣扬的统治宇宙万物的唯有公正的上帝云云，都是一派胡言。如果真有上帝，而上帝竟然允许他人如此疯狂地、愚蠢地剥夺生命的存在，那么，基督徒、犹太人、穆斯林、佛教徒所宣扬和所认为的神肯定不存在。大弥撒、各种纪念活动从昨晚到今天一直在进行——电视还转播了其中一些活动——从某种程度上说，在这一体面位置上任职的年轻人被谋杀一事似乎是公正审判的一部分，这一点我们地球人无法参透。而我也不敢苟同。

夜幕降临，电视镜头都聚焦到了华盛顿。

　　总统专机停靠在达拉斯机场，副总统林登·约翰逊在专机上宣誓继任总统职务——官方显然害怕他在公开场合露面可能会遭遇不测——在华盛顿机场，肯尼迪夫人陪护丈夫的遗体离开后，新总统做了简短发言。飞机发动机声音太吵，人们几乎听不清总统说了什么……他说的不过是如下几句话："我将竭尽全力，我能做的不过如此。我恳请大家协助——也恳请上帝协助。"

　　詹姆斯·赖斯顿在那天上午发行的《纽约时报》头版刊发了一篇精彩的文章：

　　今夜美国大恸；哀哉，总统正当年；哀哉，美国人的家园。静观举国悲痛之成因，系因这个国家的最坏盖过了最好……问题积重难返，疯狂和暴力已明目张胆，美国人为之骄傲的法律和秩序遭遇了灭顶之灾。

　　正是电视让人们于11月那个晦气的周末实时见证了刺杀总统的人被杀的经过。

　　11月24日，星期日，农场……午后不久，正当我全神贯注于电视屏幕上播放的达拉斯市监狱地下室的画面时，走廊里的一个人走出，射杀了被控谋杀总统的那个人。他在一英尺开外朝那人腹部开了一枪。此杀人犯好像也是个见不得人的角色，他的大名是杰克·鲁比，别名为鲁宾斯坦，他在达拉斯经营着一家脱衣舞夜总会，警方手里有此人的犯罪记录。

后来，大约一小时后，在肯尼迪于星期五去世的同一个地方——同一家医院，两处地点相距不过三米——刺杀肯尼迪的人也死了。那人的名字是李·哈维·奥斯瓦尔德，他才 24 岁。

总统中弹后不过数小时，达拉斯警方已经锁定奥斯瓦尔德，他最初的罪名是杀害警察。当天将近午夜时分，他因为杀害肯尼迪总统正式被提起公诉。那个周日，具体时间为正午之前，他从城里被押送到了某县监狱。

奥斯瓦尔德是个性格孤僻的流浪汉，当过海军陆战队队员。后来他去了苏联，在那个国家的一家工厂工作了将近三年，娶了个苏联女人，还申请加入苏联国籍。他的申请被拒绝了。不久后，他厌倦了在苏联的生活，重新申请了美国护照，然后返回了美国。显然他是个思想非常混乱的年轻人，他杀害总统的动机至今不明，至少相关信息从未被公开过，既然他也被杀，他的动机似乎成了永久的谜。因而怀疑论四起，且从未消停。通过电视目睹他被杀当天，我已经把相关内容记述到日记里。他经过监狱地下走廊时，押送他的达拉斯警察怎么说也有 70 人，没有一个警察做出任何反应，没有人上前阻止那次谋杀，更不要说掏枪了。人们不禁要问，鲁比怎么会出现在那种场合？公众被剥夺了知情权。唯有记者们可以前往现场一看究竟。而且，达拉斯警方对鲁比的情况早已心中有数。

难道那是一次掩盖行动？我当时的日记记述了那样的怀疑，也记下了达拉斯警方让人疑窦丛生的行为。经过长期调查听证，美国最高法院首席法官厄尔·沃伦领导的总统委员会已经确认，奥斯瓦尔德从得克萨斯州教材仓库大楼六楼打出致命的几枪是一次孤立事件，因为他是那里的雇员。尽管如此，一些美国人多年来一直对此提出质疑。11月24日，星期日，我当天的日记是这样结尾的：

> 近两天，似乎我们已经向全世界和所有美国公众表明，美国人多么野蛮，不守规矩，无法无天。

刺杀年轻的总统，然后把枪手除掉，人们一下子看不懂这一切究竟是怎么回事。全国广播公司主持人大卫·布林克利是这么说的：

> 这些天发生的事相互之间没有任何关联，人们根本无法将它们关联起来，这些事已经超出我们这代人的理智范畴。事情太大、太突然、太惊悚，且过于深奥。唯有将它们分类和细化，常人才可理解。

许多在我心中非常有分量的人成了古人，有些是朋友，有些是名人，还有一些既是朋友，又是名人。第二次世界大战前以及战争期间重组世界版图的那些伟人都成了古人，最后一位也于1965年初驾鹤西去。第二次世界大战最后一年，即1945年，希特勒、墨索里尼、罗斯福的生命相继走向了终结，斯大林于1953年故去，最后是温斯顿·丘吉尔。在反击纳粹德国征服时，正是后者的胆略、善辩以及泰山压顶不动摇的决心，让英国坚持下来，坚持到盟军取得最终胜利。丘吉尔于1月

24 日死在伦敦，享年 90 岁。

第一次世界大战的结束，标志着一个纪元的结束，二战则标志着另一个纪元的结束，两个纪元丘吉尔都熬过来了。从某种程度上看，尤其是从丘吉尔的世界观，以及他演说写作中应用的英语语言文字两方面看，他是个来自 18 世纪的人物。或许正因为如此，他看待世界事务总会有盲区，英国给予印度独立一事遭到他不容分说的反对。他满脑子都是 18 世纪的浪漫想法——部分原因或许与他年轻时在印度服兵役有关——大多数印度人喜欢让英国人统治他们，如果给他们自由，种类繁多的种族和宗教群体立刻会爆发对立冲突，且必欲置对方于死地，作为国家的印度因而会垮掉。丘吉尔流传最为广泛的荒唐言论有：印度"好战的种族"喜欢效忠于英国的统治。丘吉尔是个伟大的政治家，尽管如此，他对于印度政治家们强烈要求的国家自治却嗤之以鼻。他最看不起的人是甘地，他从来不理解甘地，也不想理解甘地。

我记得，1931 年，我报道印度革命时，由于英国允许甘地与印度总督平起平坐进行谈判，丘吉尔在英国下院大吐苦水——甘地最初的谈判对手是欧文勋爵，后来是哈利法克斯勋爵。丘吉尔称，一想到这样的场景，他就恶心。

对于丘吉尔的攻击，甘地总是抱着一副良好的心态。我记得，那还是 1931 年的事，甘地的副手给他念消息，念到丘吉尔在英国下院大肆攻击他，他竟然笑出声来。甘地一直在会见英国驻德里总督，他试图以和平手段解决问题。瘦小的印度领袖在总督府门前的台阶上步履蹒跚地拾级而上的身影每天都在重复。

对这样的场景，丘吉尔却看不下去。在英国下院，他昂首挺胸表达了他的不屑："曾经的内殿法学院律师（甘地）如今成了具有煽动性的僧人，半裸着身子爬上总督府的台阶，他竟然要与大英帝国国王陛下的代表平等议事和谈判，想起来都让人觉得丢脸恶心！"

丘吉尔对印度的看法远远落后于时代，与此形成鲜明对照的是，他对纳粹德国的威胁却认识得非常清楚，也非常早。正因为如此，他在自己的政党保守党内成了贱民，在一片疯狂的喊打声中，他成了孤家寡人。在内维尔·张伯伦的领导下，他的党盲目地选择了在国内裁军，在国外与希特勒媾和。

也是在那一时期，具体时间为 1938 年，我和丘吉尔有过一次非常滑稽的接触。我在阅读讣告和追忆文章时想起了那件事，文章追溯了那位伟人对全世界所做的贡献。当时我从维也纳飞到了伦敦，目的是对德奥合并做不加审查的报道。当时我是哥伦比亚广播公司驻欧洲记者，我到达后一两天，公司让我联系丘吉尔，请他就那次危机做个播音节目，不过，公司只想付给他 50 美元报酬。我给下院的丘吉尔打了个电话，他同意做播音，不过他的要价高于 50 美元，而且高得有点离谱。从他的口气判断，我敢断定，他可以接受的价码为 500 美元。不过，哥伦比亚广播公司老板威廉·佩利是个顽固派，他最多只想付 50 美元，因而我们错失了那次机会。

1940 年 5 月 10 日，德国人进攻西方时，倒霉的张伯伦被英国人抛弃了，丘吉尔成了英国首相，而且时间恰到好处，他终于实现了终生追求的宏伟目标！因为，在最艰难的几个月里，唯有他预判了法国的沦陷，预判了德国对英国的狂轰滥炸，预判了纳粹的入侵威胁，也是他让英国团结成一个国家，同仇敌忾抗击了希特勒。在苏联和美国于第二年卷入战争前，若不是他不屈不挠的精神，英国很可能早已战败。他与富兰克林·罗斯福携手合作，他也是英美在西部战线合力战胜希特勒的总规划师。

根据我的观察，丘吉尔是我们时代最伟大的演说家。我在纳粹德国期间，即 1934 年至 1940 年底期间，我几乎聆听过希特勒的所有主要演说。至少对德国人来说，希特勒的演说煽动性极强。我还聆听过墨索里尼在意大利的演说，以及他在德国的一次演说。我聆听过金嗓子演说家阿里斯蒂德·白里安以及约瑟夫·保罗－邦库尔的演说，当然我还通过收音机收听过罗斯福总统的许多演说。不过，我以为，在所有这些人里，丘吉尔是最棒的大场面演说家。不仅因为他有个好嗓子，还包括其他许多因素。他对时间的掌控永远恰到好处。说到他的雄辩，不仅因为他能够准确地表达自己的想法，更因为他用词精准到位——他的许多说法让听到的人永远记忆犹新。

时年 5 月，大举西进的德国人开始横扫荷兰、比利时、法国，丘吉尔掌控了英国政府。但凡实时听过他在议会发表演说的人，或者事后从报纸上读过其内容的人，肯定对他说过的话铭记终生。

> 我辈面对的是人生所能经历的最为痛苦的一类磨难；我辈面对的是漫漫数月的抗争和牺牲……议员们，我说的都是心里话：我能奉献的唯有热血、辛勤、眼泪和汗水。

数周之后，也就是德国人征服法国，征服荷兰、比利时、卢森堡等低地国家，将英国远征军的余部赶出欧洲大陆以后那个更为黑暗的时期，丘吉尔在下院发表了更为煽情的演说。那时，英国成了扬扬得意的希特勒的唯一对手，希特勒已经下令德国空军轰炸机轰炸英国，然后攻入英国，英国已经陷入其悠久历史上的至暗时刻之一。丘吉尔在下院挺身而出说道：

> 我们绝不会认输，绝不会失败，我们一定要战斗到最后一刻；我们一定会在法国开辟战场；我们一定会在大海上、大洋上开辟战场；我们一定会在空中开辟战场。以更坚定的信心、更强大的实力投入战斗；我们一定会不惜一切保卫英伦。我们一定会在旷野里战斗、在街巷里战斗、在大山深处战斗；我们绝不投降。我从不相信英伦本土会被占领，即使一部分或大部分英国被占领，人们开始忍饥挨饿，大英帝国的海外领地……仍会继续战斗到上帝认为时机成熟，我们一定会伴着新世界的能量和能力推进，拯救和解放旧世界。

在有史以来最为惨烈的空中战斗中，英国皇家空军阻挡住了德国空军，丘吉尔对战斗机飞行员的赞誉如后："历史终于有机会见证少数人的滴水之恩会赢得如此多国民的涌泉相报。"他的另一个说法在世界上常被引用：俄国是"包裹在谜团中的神秘物质的未解之谜"。

在大庭广众中演说，丘吉尔总会显得驾轻就熟，实际情况是，他把准备工作做到了家。即使有人见过他手拿讲稿照本宣科，那样的场合也实属罕见。大多数美国政客却离不开讲稿（我以为，英国下院禁止照本宣科）。丘吉尔喜欢大量记笔记，每次发言之前，他对需要讲的内容早已烂熟于心。

丘吉尔曾经告诫我们这些记者："对想说的内容完全有把握时——即便如此，也要做好笔记，以防万一，有充分把握时再开口说话。"

丘吉尔的一些同事却认为，他做得有些过分。我记得，那还是1943年我在伦敦时的事情，当时二战已经历时过半，时任英国外交大臣的安东尼·艾登抱怨说，为前往下院演说，首相一连三天闭门准备他的讲稿。艾登最终取代丘吉尔成了英国首相。

"他从人们的视野里消失了！"艾登抱怨说，"他不允许任何人见他，许多重要事只能等他露面后再说。"

为战胜希特勒，丘吉尔长期不辞辛劳。在欢庆胜利的时刻，英国选民在全国选举中抛弃了他，反而把选票投给了工党政府，让他万分诧异。

几个月后，因反对英国工党钢铁行业国有化提案，丘吉尔在下院代表反对党保守党发言，我再次聆听了他的演说（负责国有化的拉塞尔·斯特劳斯部长是个富裕的左翼工党党员，是我的老朋友）。丘吉尔似乎老了许多——主要原因可能是，战争年代的英国总是危机不断，导致他负担过重。让人诧异的是，他的背驼了，他话语中的犀利锋芒不见了，他说话显得困难重重。也许话题本身让他兴味索然。

我最后一次看见丘吉尔是在1946年，地点是纽约，他邀请我们几位前记者到华尔道夫酒店他的豪华套间共进早餐。他仍然穿着二战时期常穿的那身行头，他面前的大酒杯里斟满了白兰地。显然他已经注意到，对他在那么早的时间点喝那么烈的酒，一些受邀的客人脸上挂着惊讶的表情。他狡黠地眨了眨眼睛，然后停止了饮酒。正如他有一次所说，他既不想要也不需要白兰地了，然而，若想改变根深蒂固伴随一生的习惯，肯定相当危险。

丘吉尔似乎恢复了精力充沛的老样子，看来他对担任下院反对党领袖一角相当满意。用他的话说，那让他有时间完成战争回忆录，有时间挥笔作画，有充裕的时间在乡间的住所生活。他的乡间住所坐落在查特维尔，他亲自动手参与了那里的建造。不过，我以为，他精神焕发的主要原因是，他前些天的演说不仅在美国引起了争议，甚至在全世界引起了争议，那让他兴奋不已。那次演说的地点是密苏里州富尔顿市的威斯敏斯特学院，那是个规模较小的学院。丘吉尔演说时，陪同他的杜鲁门总统一脸灿烂的笑容。

斯大林的军队正在东欧国家建立共产主义傀儡政权，因而那一时期斯大林在一系列讲话和行动中对西方越来越咄咄逼人。丘吉尔在富尔顿市开启了与斯大林的论战。

丘吉尔那次演说的结束语飘向了世界各地，他用一个具有创新意义的词语定义了欧洲板块划分东方和西方的界线，他是这么说的："从波罗的海的波兰城市斯德丁，到亚得里亚海的意大利城市的里雅斯特，在欧洲大陆上，一个铁幕落下了。"苏联成了"针对基督教文明不断增长的挑战和威胁"。他认为，英语国家唯有团结一心抵御东欧国家，才能阻止苏联人。

丘吉尔的讲话淋漓尽致地体现了杜鲁门政府和美国国会的心声，虽然如此，他的讲话立刻在美国掀起了一片讨伐声。战时英雄被批试图掀起另一次世界大战——这次是与苏联人为敌。包括骨子里憎恨共产主义的人也谴责丘吉尔，说他挑唆美国加入反苏运动，和英国站在一起，不过是为了支撑英国日渐衰落的大国地位。美国专栏作家领军人物沃尔特·李普曼说，丘吉尔的讲话是个"灾难性错误"。他还提醒美国读者，英帝国的利益和美国的根本利益有着本质的区别。

那是我和丘吉尔最后一次见面，我已经记不清我把相关记录夹在了哪个日记本里。不过我依稀记得，就美国人对他的讲话所做的反应，他装出一副吃惊的表情。他说，那根本不是"反苏"讲话，难道美国人看消息时只看头条标题，根本不管他具体说了什么内容？他已经非常清楚地表明，他相信苏联不想要战争——苏联想要的是战争的果实，即霸权的扩张。

如果我的记忆准确无误，那次丘吉尔和我们见面，在谈话结束前，他已经变得郁郁寡欢。让他感到彻骨寒心的是，同盟国曾经团结一心，将希特勒和第三帝国拉下马，然而，和平刚刚到手，同盟国却解体了。我认为，尽管丘吉尔长期与人类的顽固和各种各样的欺骗打交道，但他仍然坚信，同盟国一定会创造一种持久的和平，世界上的国家不分大小，同盟国会一视同仁，为其提供安全保障。可那种局面并未出现——情况恰恰相反，因而他感到寒心。两年后，他完成了回忆录第六卷的创作，他抑制不住冲动，将该卷的主题描述如下：

> 哀哉，伟大的民主国家，
> 一旦胜利
> 即昏头；
> 原有的政策
> 重新抬头，
> 几乎让其付出生命的代价。

我发现，丘吉尔的说法有自相矛盾的地方。他一直在强调，并非胜利的民主国家散了伙——那些国家并没有散伙——是斯大林选择了与同盟国为敌，而同盟国拯救了他的国家。和平必然会带来混乱。我的意思是，西方国家并非无可指摘，西方许多重量级人物已经在大力倡导不久后为世人所熟知的所谓的"冷战"。当时美国是唯一拥有原子弹的世界大国，有些人已经在号召对大国苏联发动一场预防性战争。不信任是相互的。只要斯大林还活着，与苏联改善关系就是不可能的。

二战时期，丘吉尔在英国国内最大的对手是安奈林·贝文，后者是英国工党能言善辩的好斗分子，他死于五年前的1960年，享年62岁。我第一次见到他是在1929年，那年他第一次当选下院议员。他在世期间，我们一直是朋友。我在本回忆录第一卷里曾经扼要介绍了他，下面我将增补一些关于他的内容。

安奈林·贝文来自英国威尔士的煤矿区，后来他成了英国政界举足轻重的人物。他是英国威尔士埃布韦尔选区推选的代表，在他有生之年，该选区一直推举他为议会议员。他的名字"奈"可谓大名鼎鼎。那时他精力过人，路见不平，他肯定会拔刀相助，对于帮助穷人脱困，他尤其卖力气。随着年龄的增长，他变得越来越成熟，他身上的火药味也变得不那么浓重了——变化并不是特别剧烈，不过，在他有生之年，他从未放弃对下层社会弱势群体的关注。

早在1929年，我就有一种感觉，贝文肯定会摔跟头，不过，他会一往无前。他的确摔过跟头，在工党内部，他经常与人争执，他是工党左翼领军人物。1929年，他曾经被开除党籍。1951年，他曾经辞去在工党政府中担任的要职。不过，他总是有机会杀回马枪。他去世的时候已经成为工党副领袖，也是工党最杰出的人物。不过，他未能实现其人生最高目标。他一直追求成为工党领袖和英国首相。若是他没有患上致命的疾病，若是他活得足够长久，也许他真会实现其人生目标。

安奈林·贝文和丘吉尔唇枪舌剑你来我往，为英国下院的辩论平添了许多火爆，他能言善辩，与二战时期的伟大首相相比，两人难分高下，他言辞之尖刻和诙谐不亚于年长的保守党对手。他经常指责丘吉尔是"国家灾难的首席缔造者"！有一次，丘吉尔将贝文斥为"卑鄙的讨厌鬼"，还有一次，他将其称为"一位邪恶的高僧……一位来自威尔士贫民窟的流浪儿"。我相信，那两位爱打嘴仗的人实际上都极为欣赏对手，也极为尊敬对手。

贝文13岁时就在煤矿工作了，他仅仅在伦敦的一所职业学院接受过两年高等教育，不过，他是个嗜书如命的人，对历史、政治、经济尤其感兴趣。他对所有学术问题孜孜以求，为拓宽知识面，他不仅手不释卷，而且喜欢结交新人。我在伦敦期间，那是1943年的事，有一次，他打电话告诉我，听说美国作家约翰·斯坦贝克到了伦敦，他想认识一下对方。我们三人整整一夜待在萨伏伊酒店我的房间里畅聊，有时候，我们会因为一些事面红耳赤地争吵。

贝文是我这辈子遇到过的最爱争吵的朋友。我们之间的一些争论甚至会延续好几年，个别时候，我们甚至会撕破脸皮大吵一番。我们之间最大的分歧之一是征兵制。在希特勒统治下，德国的对外威胁不断增长，我认为，为了扩大军力，英国应当实施征兵制。当年我曾经打算从柏林飞到伦敦，以说服贝文的工党推动此事。不过，此事遭到他强烈的反对。我们的争吵一直持续到战争爆发。

1955 年，安奈林·贝文第二次访问美国期间，英国工党似乎极有可能在短期内重掌政府，而贝文本人似乎极有可能成为下一任英国外交大臣。既然形势如此，约翰·君特和我约好，我们安排安奈林·贝文和阿德莱·史蒂文森在君特家见个面。君特和我认为，艾森豪威尔第二个总统任期结束后，如果美国民主党入主白宫，史蒂文森有可能成为美国国务卿。让人奇怪的是，贝文和史蒂文森似乎合不来。最终结果是，那两个人都没有成为主管各自国家外交事务的人。

安奈林·贝文一生最大的成就是英国国家医疗服务体系，他一直为此全力奔走，并且是主要促成人。他常常为此攻击他人，因而他也常常被斥为特别负面的人物，如今他却爆发了极大的创造力。他在 1945 年到 1951 年间担任英国卫生大臣，随后又身兼劳工大臣和卫生大臣两职，因而他成了负责英国最剧烈的社会变革的责任人。尽管英国国家医疗服务体系因其诸多缺陷饱受诟病，这一体系却成了英国人生活中不容撼动的部分，甚至保守党长期在位期间，这一体系也始终得到保守党的支持和保障，因为它保障了每一位英国公民从出生到终老都能在诊疗、口腔、住院三方面获得免费服务。美国是世界上最富裕的国家，美国也有相同的服务，却是注了水的服务，并且针对的仅仅是老年人。

1929 年，我在伦敦期间，我还认识了珍妮·李。她是苏格兰煤矿工人的女儿，那一年，英国工党第一次推举她进入议会，因而她以 24 岁的年龄成了英国下院最年轻的议员，也是少数女性议员之一，当然也是最漂亮的一位。命中注定她和贝文会结婚，他们果然在 1934 年成了婚。他们成了一对引人注目的夫妻。在工党内部，珍妮的地位不断上升，最终她成了工党政府的一位部长。

特斯和我非常喜欢并尊重珍妮。珍妮力邀我为她出版的第二本书《这个伟大的旅程》撰写序言，我在其中盛赞她是"我们时代杰出的年轻女性之一——我们自己的国家几乎没有像她这样的人物"，我还暗指她是个"爱笑的苏格兰黑美人，有着巨大的魅力。"

1965 年 7 月 14 日下午，阿德莱·史蒂文森在伦敦的大街上倒地身亡，当时他只有 65 岁——我在日记里记述道："只比我大四岁。"

昨天一晚上我都在想，命运将人们玩弄于股掌之中，是多么奇特和具有讽刺意味的事啊！史蒂文森一直想当美国总统，他两次获民主党参选提名，却两次败选，因为他两次参选的对手都是战时英雄艾森豪威尔。他运气实在不佳，如果和其他共和党候选人竞争……他准能当选。艾森豪威尔可能从来没想当总统，或许他对当总统兴趣也不大，结果他却干了两届。约翰逊两年前入主白宫纯属意外，因为肯尼迪之死。

根据我和史蒂文森的多次交谈，我常常认为，其实他更想当国务卿，而非总统。然而，他的这一追求最终也成了竹篮打水。肯尼迪总统没有让史蒂文森当国务卿，原因是，后者曾经在 1960 年民主党全国代表大会上反对总统。约翰逊总统没有任命他，可能是因为对他不了解，反而让与人为善的平庸之辈迪安·腊斯克钻了空子。那一任命很快就让两位总统付出了代价，对约翰逊来说，那不啻一场灾难。两位总统的确给了史蒂文森一项任命，让他担任美国驻联合国大使，后来他们却欺骗了他，至少在肯尼迪任内有过那种事，尤其在"猪湾登陆事件"导致的危机中，总统故意将他引入了歧途。

詹姆斯·赖斯顿在《纽约时报》头版对史蒂文森做了公正的评价，他在文章中称，史蒂文森"是个关注行动的思想家。他与当今世界潮流很合拍，却与美国国内的潮流格格不入"。对伦敦发行的《泰晤士报》而言，阿德莱·史蒂文森是美国历史上的"悲剧人物"，是"出生过早的预言家，得到了荣誉，却没有得到权力"，而且死得"满腹遗憾"。

史蒂文森去世前一两年，他几乎不掩饰自己的失望情绪。参加完爱德华·默罗在纽约的葬礼，我们两人在大街上一起散了会儿步，那是他去世数周前的事。史蒂文森一反常态——说他一反常态是因为，他的常态是活力四射——他好像非常疲乏，看上去非常抑郁。从他那一时期的言谈中，以及朋友们对他的评论中，我了解到，他对美国驻联合国大使的工作感到非常失望。白宫和国务院不仅常常误导他，还经常让他对美国的政策两眼一抹黑。他不喜欢那样，更不喜欢捍卫自己所反对的政策。在华盛顿，他的观点越来越遭到排斥和忽视。不过，参加完默罗的葬礼后，我们一起散步期间，他显然不愿意触及他遇到的麻烦。他好像特别压抑。

去世三天前，史蒂文森在伦敦与哥伦比亚广播公司的埃里克·塞瓦赖德有过一次长谈。史蒂文森承认，他已经厌倦，并且有望于几天内辞去在联合国担任的职务。他说他会离开公众的视野，前往芝加哥和纽约从事一些法律事务，和孙辈们一起出游，那是"他最喜欢做的事"，另外他还喜欢"端一杯葡萄酒，坐在阴凉里欣赏人们跳舞"。

关于阿德莱·史蒂文森的一些事让我始终不得其解。他突然离世后第二天，我在日记里记述了其中的几个：

> 一个不寻常的、自相矛盾的人……他智力超群——在如今的美国，这已经非常罕见。在公开演说中，以及和朋友们闲聊时，他常常会突然蹦出几句幽默的话。他是个知识型的人，一个书呆子——在美国，这种人总会让人疑窦丛生……但他总是优柔寡断，关键时刻，他总是当断不断。知识型的人常常如此——世间原本很少有非黑即白的事——但对担任高级公职的人来说，这是个软肋……

史蒂文森一辈子总是遭遇功败垂成，因而他总是失败者。第一次和艾森豪威尔竞选总统期间，败选当晚，他发表了感言，但凡在电视上收看过那次节目的人，极少有人会忘记他的感慨。恭贺艾森豪威尔将军当选后，他说了如下一席话：

> 刚才我在大街上往这边走的时候，有人问我对败选作何感想，我突然想起咱们的一位老乡常说的话，是亚伯拉罕·林肯的话。别人问他竞选总统失利后的感想，他回答说，那感觉有如小男孩走夜路时踢到了石头，只有自己知道。他说他已经长大，不能哭；不过因为脚趾头太疼，他肯定笑不起来。

第二十一章

文人谢幕

二战结束后那些年，让我的生活变得丰富多彩的许多作家——大多数是诗人和小说家——相继离世。

1946 年夏，英国著名小说家赫伯特·乔治·威尔斯在伦敦去世。有一段时间，他几乎成了我们这代人里的文学泰斗，也曾经是我的偶像。二战时，我在伦敦碰到过他，我感觉，当时他非常痛苦，非常失意，因为世界的进程与他希望的不一样。

有个时期，女作家丽贝卡·韦斯特和我往来特别多，她常常和我说起威尔斯的事。第一次世界大战前，他们两人曾经是恋人，那时候，她还年轻，人也漂亮，我猜测，那时她特别想嫁给威尔斯。不过，当时威尔斯已经成家，他们之间只能打住。后来，威尔斯夫人去世，威尔斯却想娶穆拉·布德贝格为妻。有一次，威尔斯向剧作家萧伯纳发牢骚说："穆拉喜欢和我在一起，一起吃饭，一起睡觉，然而她不想嫁给我！"他的说法让伟大的剧作家觉得特别好笑。将女男爵布德贝格带到维也纳的人正是威尔斯，那一时期，我正好在维也纳长驻。布德贝格是个可爱的俄国女人，她曾经是马克西姆·高尔基的恋人。威尔斯和布德贝格到访维也纳期间，约翰·君特和我常常与他们见面。那时候，威尔斯仍然倾情期盼着一个能给世界带来和平与幸福的世界政府。穆拉·布德贝格经历过俄国革命，她对此深表怀疑。

有件事让我特别着迷：一个女人竟然可以同时成为两位世界级作家的情妇！直到穆拉·布德贝格去世前不久，我和她一直保持着交往。我经历过的最有意思的晚间交往之一发生在二战结束以后，有一次，我和穆拉·布德贝格、丽贝卡·韦斯特在纽约一起进晚餐，她们两人相互猜忌，都说了一些关于威尔斯的事。更让我着迷的事发生在丽贝卡离开以后，我和穆拉·布德贝格在餐厅里坐了一整夜，她向我详细讲述了1936年马克西姆·高尔基在莫斯科郊外乡间别墅死亡的经过。当时她和高尔基在一起，她相信，高尔基是被斯大林派人毒死的，因为高尔基拒绝支持斯大林的统治，斯大林再也无法容忍高尔基了。1917年，布尔什维克革命时，穆拉·布德贝格被困在了彼得格勒。高尔基死后，她再次趁着夜阑人静开始了逃亡。如果能找到她，为封住她的嘴，斯大林肯定会将她置之死地。她设法安全地逃出了俄国。

赫伯特·乔治·威尔斯死得很勇敢，他至死都保持着幽默本色。当时他正在念一大段独白，而且已经念到结尾处，他的一个老朋友总是问这问那，他厌烦地说："别打断我，你没看见我正忙着赴死吗？"

1961年7月，欧内斯特·海明威去世了，他差一点活满62岁。读着报纸上的讣告，以及来自世界各地的赞美，我突发奇想，时间对他的声誉会有什么影响？我个人认为，他无疑是当代最伟大的美国作家，因为他创造了一种新的风格和文体，一种简洁、明快、一往无前的小说风格。我相信，在他生命的后期，他的声誉毁了他。连他自己都相信，他这辈子实至名归，对他来说，这是致命的。不过，对于伟大，他的确很享受，毕竟他将一些最好的文学作品带给了我们这代人。

德国作家托马斯·曼过去常说，美国似乎完全没有认识到，在两次世界大战之间，美国产生了四位西方世界最伟大的小说家——海明威、斯科特·菲茨杰拉德、多斯·帕索斯、威廉·福克纳。

像海明威一样，威廉·福克纳也获得过诺贝尔文学奖，第二年的 7 月 6 日，他也追随前者离世了。"他也许是最伟大的美国作家，"我在他去世第二天的日记里写道，"也是第一次世界大战后最后崛起的美国巨匠之一。"

1970 年 9 月 28 日，约翰·多斯·帕索斯死了，享年 74 岁。在半个世纪时间里，他从极左翼蜕变成了极右翼。他在生命的早期为共产主义者杂志《新群众》撰稿，随后又为反动的《国家评论》杂志撰稿，他曾经鼎力支持共产主义者候选人威廉·Z. 福斯特竞选总统，而后又成了总统候选人巴里·戈德华特的狂热支持者。其实，这些都不重要，至少对我来说，最为重要和最让我伤心的是，1936 年完成《美国》三部曲小说的同一个人，竟然在 1949 年写出了完全不同的另一个三部曲《哥伦比亚特区》。前一个三部曲描述的是美国社会生活的不公正，时间为 20 世纪最初 30 年美国工业化时期，多斯·帕索斯写得既精彩，又有激情；后一个三部曲是件杀人不见血的武器，该作品大肆攻击罗斯福总统及其新政，至少对我来说如是，甚至对大多数富于同情心的评论家亦如是。12 年后，他又出版了大部头的长篇小说《世纪中期》，该书以一面之词大肆攻击美国工会，而多斯·帕索斯本人早年曾经是工会的狂热支持者。一位伟大的作家在其后半生不遗余力地攻击前半生为之摇旗呐喊的那些事，世界上是否还有第二人，我始终想不出来。在蜕变过程中，多斯·帕索斯丧失了魅力，20 世纪 20 年代和 30 年代，他的魅力曾经将他打造成一位了不起的作家。身为作家，他的光彩渐渐退去，他的元气也离他而去。

斯科特·菲茨杰拉德死于 1940 年，享年 44 岁。由于大量饮酒，成名过早，以及后来的失败，人到中年的他透支了自己。托马斯·曼曾经对我说，他认为，菲茨杰拉德是 20 世纪最初 25 年里最优雅的作家。这或许是真的，不过他滥用了自己的天赋，也浪费了自己的天赋。无论如何，在我眼里，他 1925 年出版的《了不起的盖茨比》可以和海明威以及福克纳最好的作品相提并论。

约翰·斯坦贝克也是获得过诺贝尔文学奖的作家，他死于 1968 年，享年 66 岁。我在平安夜把他的死讯记述在日记里，他死于 12 月 20 日。

> 在战时的某个时期，我回国期间，我……和他在纽约附近参加过某项活动，还参加过 1943 年在伦敦的活动。

作为战地记者，当时我和斯坦贝克一起前往伦敦报道美国空军第八军，那时他们刚刚开始大规模轰炸德国。我把斯坦贝克介绍给了当地的一些主要是工党的朋友，不过他对政治没什么兴趣。他几乎不关心政治。他的主要兴趣在于人类当今的社会状况，即穷人和被遗忘的人的困境，正如他在其著名小说《愤怒的葡萄》里反映的一样。

与海明威和菲茨杰拉德一模一样，斯坦贝克在其事业初期即写出了伟大的作品，然后一路下滑。很久以来，我对此始终不得其解。1925 年完成《了不起的盖茨比》后，同样的事发生在了菲茨杰拉德身上；1940 年完成《丧钟为谁而鸣》后，同样的事发生在了海明威身上；1939 年完成《愤怒的葡萄》后，同样的事发生在了斯坦贝克身上。

在我们这代人里，这难道成了美国小说家们绕不开的宿命吗？似乎这渐渐成了一种定式。斯坦贝克勇往直前，笔耕不辍，创作了《罐头厂街》《不称心的客车》《伊甸之东》《甜蜜的星期四》《烦恼的冬天》等。不过，书评家和社会公众并不十分认可他的这些作品，人们认为，他为此很痛苦，很失望。

1962 年，斯坦贝克获得了诺贝尔文学奖，他成了获此殊荣的第六位美国作家。对每一位作家而言，这是最高荣誉，是所有奖项里最让人梦寐以求的。获奖给他带来了许许多多的喝彩，他的文学成就在世界范围得到了认可，让他颇为知足。但在创作能力方面，这同时给他带来了懈怠。

维京出版社老板哈罗德·金兹伯格是斯坦贝克的出版人，他说："对斯坦贝克的文学创作能力而言，这个奖糟糕透了。他非常失望，为打破这一禁锢，他总是无所事事，要么就做一些清闲的事。"

我喜欢的一些诗人之死常常会成为报纸的头版新闻。1950 年，埃德娜·圣文森特·米莱走了，享年 58 岁。她的一些同行对她赞誉有加，虽然如此，将她归入当代最伟大的诗人之列，那些人并不认可。不过我以为，她是最好的诗人之一。我上大学期间，她唤起了我对现代诗的兴趣，她的作用比其他任何人都大。那时我在爱荷华州上学，有一次，她来到我们学校，为我们朗诵她写的诗，后来，在一个招待会上，她还和我们几个学生说了会儿话。她不仅带领我走进了诗的世界，她如诗的表达方式以及她对待生活的示范作用还帮助我从清教徒式的、愚昧的环境中获得了心灵的解放。大学期间，我和几个志趣相投的人经常背诵她的诗，而且从不感到厌倦：

蜡烛两头燃，

难过此夜关；

无论敌和友，

亮光照阑珊！

我以为，她的爱情抒情诗感动了所有美国人。在我眼里，她的十四行诗和英国诗人约翰·济慈的诗一样动人。我对她以及她的天赋佩服得五体投地。我和她在纽约见过三四次面，每次都是时间稍纵即逝。

在其人生的最后阶段，埃德娜·圣文森特·米莱生活在斯蒂普托普，她死在了那里。那地方离我人生最后21年居住的地方只有几英里远，翻过山头即到。每年春季，我都会翻过那座山，前去拜谒她的墓地，倾听她依然在世的一些朋友朗诵她的诗。她妹妹诺尔玛近期才去世，去世前，她年复一年居住在斯蒂普托普美丽的山谷里，每次见到她，我总会和她聊上几句。

我还喜欢卡尔·桑德堡，以及他写的诗。我是在美国中西部长大的，我成长阶段，他是芝加哥特有的一种桂冠诗人，但在我创作本书时（20世纪80年代末），他好像已经不那么受人尊重了。他把芝加哥的嘈杂、生涩、躁动、暴力、腐败、贫穷，以及那座城市的美丽、愿景、刺激等描述得何其动人啊！

他的六卷林肯传记内含许多散文诗，他把传记变成了文学。某些学界人士对其冷嘲热讽，对其在文学方面的伟大，那

些人非但不欣赏，反而挖苦那一作品在学术方面漏洞百出。显
然他们不知道，桑德堡曾经花费生命中的两个十年做调研。我
相信，那一作品会流传下去。

我记得，我年轻时，桑德堡已经成了伟大的吟游诗人。他
来过我上学的学校，他一边弹奏吉他，一边演唱他写的民歌，
朗诵他写的诗句。在我上黑名单和落魄的日子里，他曾经给予
我许多道义上的支持。在那些忍无可忍的年月，他不惧任何
人，当然他也不惧麦卡锡参议员和那些搞政治迫害的人。他死
后，我在日记里伤心地记述了如下内容：

> 1967 年 7 月 23 日，星期日，农场。——卡尔·桑德
> 堡死在北卡罗来纳州他养山羊的农场里。
> 享年 89 岁。漫长的、充实的一生。

T. S. 艾略特在 1965 年初死于伦敦，享年 76 岁。他从美
国移居到了国外，1927 年入了英国国籍。在我们这代人里，
他是英语世界最伟大的诗人之一，毫无疑问，他对 20 世纪的
诗歌和诗人有着巨大的影响。他对我们整整一代人的影响也是
巨大的。我们这代人尤其喜欢背诵和揣摩他于 1922 年出版的
诗集《荒原》，失望和幻灭弥散在他的诗歌里，如实地反映了
当年的世态炎凉：第一次世界大战恐怖的血流成河——这一切
都为了什么——以及所谓的政治家们创造的千疮百孔的战后和
平。人们至今都记得《荒原》那句著名的开篇名言：

> 四月是最冷酷的月份

以及《空心人》一诗里的名句：

> 这就是世界结束的方式……
> 并非砰然，实为呜咽。

长期以来，有传闻说，艾略特的美国朋友埃兹拉·庞德敦促他对《荒原》多加修改，因而拯救了该诗集。最终结果证明，那是真的。庞德在 1972 年死于意大利威尼斯，享年 87 岁，他的一生可谓非同凡响。对庞德的诗，我一向不敢恭维，不过，对他在这一领域的执着追求，以及他鼓舞和帮助其他诗人以及作家之慷慨，我敬佩有加。在 20 世纪 20 年代的巴黎，庞德活跃于各个公众场合，那时候，我已然知道，他慷慨地帮助过詹姆斯·乔伊斯——不知他通过什么手段为乔伊斯弄到一笔政府资助——以及他为海明威鼓劲的事。我还听说，他威逼《诗刊》女主编哈丽雅特·门罗在她的杂志上发表艾略特的第一首长诗《普鲁弗洛克的情歌》，以及他未经罗伯特·弗罗斯特本人允许，擅自将其创作的几首诗送交某杂志发表。另外我也听说了他早前为威廉·卡洛斯·威廉斯以及其他人充当伯乐的事。

以上是庞德做好人的一面，他还有另外一面。早在他前往意大利定居前，在他暂居巴黎时期，我已经留意到，他狂妄自大，追逐自我标榜，渴望名利。还有更糟糕的。数年后，第二次世界大战爆发以后，那时我已经回国，我在纽约哥伦比亚广播公司的小办公室离公司的短波监听站不远，因而我有机会收听庞德站在墨索里尼的立场向他的祖国进行可恶的喊话。那时，他已经变成一个下流的妄想狂，他尽情地往犹太人身上泼脏水，将世界上大多数坏事推到了犹太人身上。希特勒发动了战争，墨索里尼像走狗一样加入了战争，他把战争责任也推到了犹太人身上。他诅咒罗斯福以及罗斯福身边的人们，对墨索里尼反而赞不绝口，对暴君小人墨索里尼的虚假面貌，他竟然视而不见。

庞德在战争时期的所作所为是叛国——背叛自己的国家，为敌对国工作——战后，庞德在意大利被美军俘获。他罪有应得，在华盛顿被提起公诉。不过，据称庞德患有精神病，因而他被关进了位于华盛顿的圣伊丽莎白医院。多年以来，对于是否需要帮助庞德获得赦免，将其从羁押状态释放出来，美国作家们一直争论不休。对我来说，这同样是个棘手的问题。当整个国家为生存而抗击两个法西斯独裁政权时，庞德在为其辩护，为其从事播音，对此我极为反感。然而，他一直以来都像个疯子。也许仅有少数美国人收听过他在罗马从事的短波播音，因而他造成的危害很小。即便如此，我也不能原谅他。尽管他的精神可能有些疯狂，但美国也不应该将一个有影响力的诗人和乐于助人的人关在精神病房里度过余生，对此我感到伤心。好几个像庞德一样罪有应得的美国广播界叛国者遭到了美国政府起诉，而今政府已经撤诉。最终，我选择和其他作家一起为庞德获释尽力。经过长期努力，事情终于成功。1958 年春，政府撤诉，庞德获释，他回到了他热爱的意大利，终老在那里。[1]

没有生命的东西也会死亡，有时候我会记下它们的逝去。例如，一列著名的火车，一份著名的杂志。这些东西在提示人们，世界的变化永不停歇。

1961 年 5 月 29 日，我在当天的日记页上粘贴了一个剪报，那是刊登在《纽约时报》的一篇发自巴黎的路透社电讯。电文开篇如下：

东方快车停运了。

经过 78 年运营，这列火车于今天（28 日）开始了它最后一趟旅程。

头天晚上，列车从巴黎东站发车，驶出了巴黎，途经巴塞尔、苏黎世、因斯布鲁克、萨尔茨堡、维也纳、布达佩斯，终点站为布加勒斯特，行程 60 小时。

读着这篇记述，我想起了许多往事，我写过这样的文字：

我乘坐那列火车的次数数不胜数……从巴黎到伊斯坦布尔，首先要穿过瑞士，到奥地利维也纳，接着穿过多瑙河到布达佩斯，然后折向东南，到布加勒斯特，最后才是伊斯坦布尔——整个行程 67 个小时。通常情况下，整个旅途非常愉快。有时候，列车也会开往意大利和南斯拉夫（甚至会开到希腊）。长驻维也纳时期，我常常乘坐这列火车往返于巴黎和维也纳。

因为工作需要，有时候我会乘坐那列火车前往米兰、威尼斯、罗马，或者前往贝尔格莱德，或者前往雅典。

东方快车是一列非常舒适的全卧铺列车，挂载的餐车供应美味的食物和葡萄酒，列车沿途经停的地方都是如诗如画的自然景观，尤其是从巴塞尔到萨尔茨堡途中，列车要穿越阿尔卑斯山脉，然后穿越多瑙河流域的丘陵地带，经过维也纳，抵达布达佩斯，之后是巴尔干半岛各国的山区、丘陵、峡谷，那里有颇具古风的各色村庄，以及身穿色彩斑斓的民族服装的各色村民。

是什么东西扼杀了东方快车？毫无疑问是飞机，在一定程度上说，也包括所谓的铁幕。乘坐飞机旅行，不仅速度快，费用也低。二战后，穿越巴尔干半岛各共产主义国家边境是一件极其累人和烦人的事。在一些国家的国内旅途中，旅客们甚至深更半夜也会被叫醒，然后被要求打开行李进行检查——乘坐飞机即可避开那样的检查。

阿加莎·克里斯蒂据此写出了脍炙人口的惊悚小说《东方快车谋杀案》。我在日记里写道，我常常觉得，乘坐那列火车的乘客个个长相怪异，"不过我从未亲身经历过任何凶杀案"。列车上有没有恶作剧，肯定会有，但也会有浪漫和风情，至少会有点性事，从某种程度上说，在如此神奇的一列火车上，尽管有传统性的限制，有各种禁忌，在我们这代人风华年少的黄金岁月，老派的守旧传统犹存，然而，什么都阻挡不了年轻人。

1972 年 12 月 9 日，星期六，马萨诸塞州莱诺克斯。

《生活》杂志发行 36 年后，于昨天停刊了！

虽然这份杂志常常错误百出……但作为一份伟大的图画杂志，它在美国新闻史上留下了浓重的一笔。最后一个伟大的全国性周刊或双周刊带着它巨大的广告效应退场了，主要原因是电视，它成了电视的牺牲品。《生活》杂志刊登的静态图片无法与动态的电视画面抗衡。在刚刚过去的数年里，在广告效益上，该杂志也无法与电视竞争。《展望》杂志刊登过我的许多文章……一年前，它已经停刊。在那之前，《星期六晚邮报》和《柯莱尔斯》杂志相继停刊。

或许美国公众连杂志都不愿意读了。他们早就不读书了。他们更喜欢傻呆呆地面对白痴的方匣子——因为看电视免费！

又一份伟大的杂志走了，可悲，但没办法。

数年以后，《生活》杂志以月刊形式再次面世，不过，它已经不是原来的样子。

我在日记里还记述了两个德国人的死讯。那两个人在美国不太知名，不过，我在德国工作和生活期间，一直密切关注着那两个人。

其一是亚尔马·贺拉斯·格里莱·沙赫特博士，他是个身材颀长的银行家，他的脖子更长，因而他经常穿高领衣服。我以为，他是 20 世纪脑子最好使的人之一。无论遭遇多大的挫折，他总能找到出路。实际上，他经历了如今德国人所熟知的每一个政权，包括德国皇帝威廉二世时期、一战后的魏玛共和国时期、希特勒第三帝国时期，以及 20 世纪 50 年代阿登纳任总理时期。他像竹子拔节，步步升高。他像猫一样有九条命，或许他的命比猫的命还多。

20 世纪 20 年代，德国货币贬值到一万亿马克兑换一美元时，沙赫特被委以恢复德国币值的重任。在魏玛共和国时期，他曾经担任德意志帝国银行行长数年。20 世纪 30 年代，我在德国期间，他成了希特勒的战时经济建筑师，他在纳粹手下干得不错。第二次世界大战结束后，纽伦堡法庭认定他并非战犯，随后他重返金融行业。纳粹时期与他共过事的大多数同仁要么被绞死，要么遭遇了牢狱之灾，要么隐姓埋名，他却在继续做大。

二战前，我在德国期间，每隔一段时间，我总能见到沙赫特一次。有时候是在官方活动场所看见他，更多的时候是在美国驻柏林使馆的午餐上或晚餐上。当时，威廉·多德是美国大使。尽管沙赫特身兼德意志帝国银行行长和纳粹德国经济部部长两职，他却真的喜欢摆出一副反纳粹的样子。他常常拿纳粹党上司开玩笑，每隔一段时间，他总会向我提供一个好的新闻素材。战争后期，希特勒解除了他的职务，他遭到逮捕，然后被关进集中营。美国军队将其从集中营里救了出来。我最后一次见到他是在纽伦堡，当时他和赫尔曼·戈林、鲁道夫·赫斯、里宾特洛甫，以及其他纳粹战犯一起坐在被告席上，对美国人和英国人把他和前述纳粹党徒放在一起审判，他表示了极度的不满。法庭不允许我们这些记者与被告交谈，不过，沙赫特通过律师给我们带话说，他感觉盟军胜利之师对待他极不公正。我们知道，他曾经特别反纳粹，不过我很难对他寄予同情。我一直认为，若不是因为他，以及他采取的金融"魔术"，希特勒的第三帝国早在 1939 年就破产了，人类也不会被拖入又一次世界大战。

1938 年 3 月，德奥合并后，我在维也纳见到了沙赫特。我可以肯定，他从柏林赶到那里是为了攫取奥地利的黄金。不过，他不愿意和外国媒体人说话，甚至也不和我们这帮在柏林期间认识的人说话。我知道他去那里的目的，但我不知道的是，如果他认为有必要，他可以对希特勒卑躬屈膝到什么程度。多年以后，为写作那本有关第三帝国的书，在搜集资料阶段，我翻出了一篇报道，内容是沙赫特对奥地利国家银行雇员的讲话，当时他正在把奥地利国家银行及其黄金以及其他资产并入德意志帝国银行。

希特勒用军事手段夺取了奥地利，沙赫特不满外国媒体的报道，他首先对其进行了一番攻击，而后为其辩护说那一行动是"一些与我们为敌的外国势力数不清的背信弃义和禽兽不如的暴行的后果"。这纯属无稽之谈。不过，无与伦比的沙赫特博士越陷越深，以下是他的讲话内容：

> 感谢上帝！……阿道夫·希特勒已经缔造出德国意志和德国思想的统一体……他终于把形于外变成了形于内，即德国和奥地利的统一……
>
> 每个人都能清楚地看出，唯有全心全意跟随阿道夫·希特勒，德国才会有未来……德意志帝国银行永远属于国家社会主义，如若不然，我必会辞去经理职务。

随后，沙赫特博士强迫奥地利员工们发誓"全心全意忠于元首和服从元首"。

"违背誓言的人都是混蛋！"沙赫特大声说，接下来，他率领受他管制的员工们高呼三遍"胜利万岁"。

不死鸟沙赫特终于在1970年6月4日死在了德国慕尼黑，享年93岁。

第二次世界大战初期，弗朗茨·哈尔德将军在不可一世的德国陆军里担任总参谋长。他没有沙赫特那么高寿。1972年8月2日，他死在了德国巴伐利亚，享年87岁。人们普遍认为，他是希特勒的幕后智囊之一，他帮助希特勒取得了一系列早期军事胜利，其中包括 1939 年 9 月用三周时间征服波兰，1940年春夏之交以摧枯拉朽之势在六周内占领法国，1941 年夏秋之交快速挺进到莫斯科城下。我在德国工作期间，一直密切跟踪着他的动向。我写作第三帝国历史期间，正因为他极其慷慨大度的帮助，法国战役中的一些谜团才得以解开。在德国，他身边的所有人对我的书恶意相向，尤其是从前与他共事的将军们，而他公开为我进行辩护。

1942 年春季，希特勒把哈尔德解职了，原因是他对元首计划于当年夏季"终结"苏联的战略批评过多。总参谋长不过是想让元首明白，德国军队根本不具备那样的实力。与其他政府官员以及军方将领相比，独裁者倾听哈尔德将军的批评可能还比较多。但在当时那种严峻的形势下，元首已经忍无可忍，因而哈尔德遭遇了解职。对德军来说，那一措施最终证明是个失误，因为德军很快在斯大林格勒遭遇了有史以来最惨痛的失败，不仅如此，遭遇损失的还有历史学家。哈尔德的日记是世间绝无仅有的简明情报来源，从 1939 年 8 月 14 日开始，到 1942 年 9 月 24 日被解除总参谋长职务，在这两个时间点之间，他一直在写日记。在关键的历史时期，他天天与希特勒以及希特勒身边的政府和军方上层人士打交道。我发现，对撰写纳粹德国历史的人来说，哈尔德的三大本日记是无价之宝。让我不解的是，为什么没有任何美国出版社将其翻译成英文在美国出版。对于深入观察人类历史非常重要的一个阶段而言，他的日记能为美国读者提供一个独特的视角。

哈尔德将军于 1944 年被捕，正好赶上少数军官试图暗杀希特勒的同一个时间点。他被单独关进了一个漆黑的单间长达数个月，随后又被关押进达豪集中营。哈尔德的命运与沙赫特的命运类似，推进到蒂罗尔地区的美国军队于 1945 年 5 月 4 日解救了他。据信，希姆莱曾下令杀掉该集中营里的所有人，包括一开始曾反对希特勒的奥地利前总理许士尼格。

在纽伦堡审判期间，哈尔德将军提交了一份震惊法庭的报告。该报告披露，1938 年，他担任总参谋长不久后，他曾经与一帮军官同仁密谋，假如希特勒进攻捷克斯洛伐克，把德国拖入军方将领们认为无法获胜的战争，他们就逮捕希特勒，并将其罢免。哈尔德坚称，1938 年 9 月 28 日，他们差一点执行了该计划，当时柏林疯传英国首相张伯伦和法国总理达拉第已经同意前往慕尼黑会见希特勒和墨索里尼，那次会面的唯一目的是出卖捷克斯洛伐克。哈尔德说，既然捷克斯洛伐克已经到手，希特勒就不会发动战争了。幸亏英国首相张伯伦促成了那件事，策划者们才放弃了逮捕希特勒的计划。后来，其他多位参与策划的人证实了此事。至少对我来说，这件事看起来很有意思。仅仅因为纳粹领袖威胁要发动一场军方认为无法获胜的战争，那帮人就计划除掉他。我感觉，那帮人理应想出其他更站得住脚的理由才对。

尾　注

[1] 过完 87 岁生日两天后，庞德死了。按照传记里的说法，他的生日聚会"到处是欢乐、蛋糕、香槟、朋友、邻家的孩子"。12 年前，从圣伊丽莎白医院获释后，庞德回到了意大利。在那不勒斯港登岸时，他向前来采访的媒体敬了个纳粹礼，然后他对媒体说："整个美国是个精神病院。"

第二十二章

故人驾鹤

1972 年 12 月 11 日，星期一，那天我日记的结尾是："我最早认识和最亲近的四个朋友……全死了。"

其中之一是诗人马克·范多伦，他于前天在康涅狄格州西康沃尔市去世，享年 78 岁。一周前的 12 月 3 日，约翰·卡特·文森特走了。作为美国外交官，他投入一生的事业被一帮人残忍地毁掉了，那些人包括麦卡锡参议员、麦卡伦参议员，以及追随他们进行政治迫害的人。

那是个糟糕的、痛失朋友的年份。埃德加·斯诺在那年 2 月死在了瑞士，享年 66 岁，他是个伟大的驻外记者，是个中国通；10 月，著名女演员米丽娅姆·霍普金斯死于 70 岁生日前几天；12 月，我在巴黎时期的老同事和老朋友杰·艾伦也走了，他与约翰·君特和吉米·希恩的关系也特别好。

对我来说，由于上述人等的离世，那年的圣诞节注定会成为令人伤感的节日，它最终却变成了恐怖的节日，因为，理查德·尼克松总统和亨利·基辛格国务卿趁着圣诞节发起了对越南河内毁灭性的轰炸。其他的可以不说，必须说的是，河内城里的重点医院也遭到了轰炸，许多患者和医护人员惨遭杀害。一开始，两人试图否认那一点，然而，参与过纽伦堡审判的美国首席检察官特尔福德·泰勒当时恰好在河内，他亲眼见证了那场残杀，虽然他不是记者，但他把所见所闻告诉了《纽约时报》。

那竟然成了圣诞节的消息！

美国人竟然如此野蛮！

在紧随其后的新年除夕夜，我在日记里写了一句话："这件事让人感觉身为美国人罪孽之深重。"在那种情况下，谁都无可避免感到羞于做人。在德国期间，我曾经诅咒希特勒野蛮，那时候，我必须诅咒尼克松和基辛格（他本人在希特勒时代也是个犹太流亡者）野蛮。我心情沉重地忆起了当年，要是过去，我可以从位于康涅狄格州托灵顿地区的农场前往西康沃尔市，与三个最要好的朋友（即我在日记里提到的四个人里的三位）一起对遭遇如此暴行的人们进行凭吊，他们是詹姆斯·瑟伯、刘易斯·甘尼特、马克·范多伦。瑟伯早在1961年就死了；甘尼特死于1966年；当下已是1972年圣诞节假期，范多伦也走了。

瑟伯去世前，在好几年时间里，每到星期六晚，我们四个人总会携夫人一起聚会，一起吃饭、喝酒、聊天，追忆往昔的美好，诅咒伪君子们把当今世界弄得一团糟，为当今世界越来越紧迫的问题支招献策。

瑟伯是我最早认识的朋友，正如我在第一卷介绍的，我们于将近半个世纪前的1925年8月的一个晚上相识，那年，我不过是个刚刚走出爱荷华州大学校园的毛头小伙，我在巴黎版《芝加哥论坛报》编辑部夜班岗报到时，一个身材瘦高，一双眼睛滴溜圆，戴着一副厚片眼镜的男子自我介绍说："我是吉姆·瑟伯。"他工作的隔间紧挨着我的隔间。他的名字没有引起我的注意，1925年，他的名字还鲜为人知。不久后，他告诉我，他正在兼职从事大量写作。那年秋季，他给我看了他写的文章，他不仅写得特别好，还写得非常滑稽——显然他是个天生的幽默作家。不过，他自己觉得，他看不见任何希望，因而他很失望。

那年冬季，他揽了一个有意思的活儿：前往地中海沿岸里维埃拉地区，在那里为《芝加哥论坛报》编写一期搞笑的特刊——他具有充满童趣的幻想，那期刊物的大多数文章出自他的手笔——不过，第二年春季返回巴黎时，他再次陷入了情绪低落状态。后来我们有过几次长谈。

"真是太他妈的了，比尔，"他常常如此感慨，"今年我都32岁了！我成就了什么？"

然后他自己回答说："什么都没有。"

"人必须面对现实，"他继续自说自话，"我都快32岁了，我一定要成为小说家。有一点可以肯定，我成不了菲茨杰拉德，也成不了海明威。看看他们的成就吧，他们还不到30岁！"

当时我们两人都知道，那年，菲茨杰拉德也会成为30岁的人。不过，瑟伯提醒我，菲茨杰拉德24岁时就出版了第一部小说《人间天堂》，他年仅29岁时就出版了伟大的小说《了不起的盖茨比》。海明威出书时年龄更小，虽然到那时为止，他仅仅出版过三本很薄的书，而且都是驻巴黎的美国小报帮着出版的，可大家都知道他已经完成第一部长篇小说《太阳照常升起》。但凡看过那本书的人——包括格特鲁德·斯泰因、斯科特·菲茨杰拉德、约翰·多斯·帕索斯、阿齐博尔德·麦克利什等作家——都说，那是所有新生代作家笔下最好的作品。

瑟伯感叹道："而他只有26岁。显然他写出了一部伟大的小说！"看得出来，瑟伯那么说并非出于嫉妒，而是出于敬佩。

一天晚上，我很烦，因而我反驳瑟伯说："所以，真倒霉！你都快32岁了，而你还没写出伟大的美国小说。大多数伟大的作家都大器晚成。海明威和菲茨杰拉德是例外。他们都少年早成，然而他们可能会黯然失色。至少你已经上路了，而且你会坚持到底。"

瑟伯无论如何都不同意我的观点，以前我从未看见他那么消沉。他说，他和巴黎的缘分完了。也许巴黎仅仅垂顾菲茨杰拉德和海明威以及其他人。巴黎不会带给他任何成就，他必须回家，回纽约。

1926 年 6 月末，心灰意冷、垂头丧气的瑟伯乘船回国。他把夫人留在了巴黎，他必须在纽约那边挣到足够的路费，才能把夫人接过去。后来他告诉我，在纽约上岸时，他兜里只剩下 10 美元。理所当然的是，他没有工作，没有前途。不过，他在纽约西区格林威治村找到了一间配有家具的住房，安顿下来后，他不停地写，然后一次又一次遭遇了退稿。创刊未久的杂志《纽约客》退给他 20 份稿件，那个杂志是头一年才开始发行的。

众所周知，最后瑟伯好歹找了份工作，为神奇的《纽约客》杂志供稿，从而开始了一番辉煌的事业。他很快便成了美国最伟大的幽默作家。他不仅文章写得好，他信手拈来的卡通形象也新奇、古怪和刁钻。不久后，他成了"沃尔特·米蒂""卧室里的海豹""无处不在的独角兽"等角色的缔造者。在他嬉笑怒骂的两性故事中，女人总是最终占上风的那一方。他笔下的动物奇趣非常，往往比人还有人性，伟大的契诃夫也描述不出他画的那种狗。

二战前那些年，我和瑟伯两人都非常忙，虽然隔着大西洋，但我们一直保持着联络。我一直以越来越惊讶、越来越佩服的眼光关注着他的新作，包括他发表在《纽约客》杂志上的文章和卡通作品，以及有稀奇古怪名称的新书。那一时期，他每隔一两年总会有一部新书问世——例如与埃尔文·布鲁克斯·怀特合著的《性是必需的吗?》,还有他的《阁楼的猫头鹰和其他难解之谜》《卧室里的海豹和其他危险》《我的生活和艰难岁月》《欢迎参观我的世界!》,等等。

二战期间,每当我返回纽约,我和瑟伯总会相约相聚。战后,我们都定居到了康涅狄格州西北部的丘陵地带——瑟伯是全天候定居,我和甘尼特以及范多伦两口子一样,我们在城里工作,每逢周末和节假日才前往乡下暂住。那时候,瑟伯的眼睛已经开始失明。瑟伯和我一样,一只眼睛失明,而他的另一只眼睛也开始变糟。到末了,光明永远离开了他。

瑟伯离世前数年前的某天晚上,我们在西康沃尔市他家聚会的情景至今仍然历历在目。那天,我们将星期六晚上的例行聚会安排在了瑟伯家。当时我已经感觉到失明的威胁,而我完全不知道,一旦真的失明,应当如何应对。让我惊讶的是,尽管瑟伯一直对失明咬牙切齿——失明让他的写作速度变慢了,最后他完全不能画画了——他却从未因之变得痛苦,他从不自怨自艾,也从不抱怨一个字。

那天晚上,瑟伯的情绪似乎好得非同寻常。

他把我拉到一边,然后告诉我,他刚刚完成了一本书。他说:"今天晚上我觉得特别开心!"

"比尔,加上这本书,"他接着说,"我失明后写的书已经超过失明以前所写的书。"

那无疑是个伟大的胜利。

1966 年,居住在西康沃尔市的另外两个老朋友去世了,他们是刘易斯·甘尼特和艾丽塔·范多伦。他们是同一份报纸的老前辈。

十年前，64 岁的甘尼特退休，作为每日书评的书评家，他为《纽约先驱论坛报》服务了 27 年。按照他的估算，他在 27 年里写过 6000 个专栏，评论过门类各异的 8000 本书。尽管甘尼特坚持说，他不过是个"办报人"，但他的确博学多才。他虽然博学，但不迂腐——从不迂腐。他总是不太正经，还是大家的开心果。另外，他对身边各种各样的人、人们的生活、世界事务、文学、历史、自然等都抱有浓厚的好奇心。

大家都颇为奇怪的是，甘尼特怎么可能做到那一切。在 27 年里，前 18 年，他每周写五个专栏。这意味着，无论那些书多么厚重，每个工作日他必须读完一本书，还要在一天之内写出书评。那样一来，每逢周末，他会有两天时间休息。依着他的爱好，他会前往康涅狄格州乡下的农场侍弄花草。一天一本书，然后写出书评，这是个不可能完成的任务。1947 年，哥伦比亚广播公司刚刚把我扫地出门时，我亲身体会过这一点。当时《纽约先驱论坛报》的人请我替甘尼特一个月。（由于劳累过度，甘尼特患上了一种神经衰弱症，他必须请三个月病假。约翰·赫西和马尔科姆·考利两人也替过他，每人一个月。）我不仅读书慢，写东西也慢，由于每天必须在规定的时间内完事，不出一个月，我也有点神经衰弱了。我们几个人顶替了三个月后，赫西也筋疲力尽了。事情过去以后，我给海伦·里德打了个电话，当时她已经成为报纸的实际经营者。我对海伦说，报社向甘尼特索取太多，我力请海伦为甘尼特配个助理评论员，她采纳了我的建议。从那往后，甘尼特每周只需写三篇书评即可，结果证明，那样的安排对他的身体健康和精神健康好处多多。

慷慨大度、友善亲和（同时意志坚强）、热情友好、和蔼可亲、心胸开阔、平易近人，这些都是刘易斯·甘尼特的品质，迄今为止，我还没遇见过第二个像他那样的人。他喜欢当伯乐，喜欢鼓励正在发掘的新作家。1932 年，他是每日书评的新手，他说，他为一本小说写了篇专栏文章，而那本书的作者他闻所未闻，书名叫《天堂牧场》。

甘尼特写道："我要向编辑推荐一个人，此人的名字我从未听说过——约翰·斯坦贝克。"

正是甘尼特助推默默无闻的斯坦贝克开创了一番事业，让这位小说家获得了诺贝尔文学奖。因获奖兴奋不已的斯坦贝克停止了与甘尼特的往来。在那之前，甘尼特曾经力捧威廉·福克纳和约翰·多斯·帕索斯。后者在政治上从极左翼蜕变为极右翼以后，甘尼特很伤心，但仍然与其保持着联系。他们两人临近事业尾声时，甘尼特邀请多斯·帕索斯为他编辑的"美国主流丛书"写一本书，而多斯·帕索斯那些年出版的几本书都遭遇了评论员和书评家的冷落。多斯·帕索斯撰写的是美国第三任总统杰斐逊，为了那本书，甘尼特甘当多斯·帕索斯的绿叶。而那本书成了多斯·帕索斯走下坡路以后写得最好的作品。

甘尼特热爱西康沃尔市克里姆山区的农场，他写了许多赞美农场的文章，尤其在《克里姆山：周末农夫的发现》一书里，他描写了各个季节的来临——他最喜欢的月份是 5 月和 10 月，我也喜欢这两个月——描写了他在菜园里懒洋洋地干活的场景。他和夫人露丝一起建成了那一地区最蔚为壮观的野花种植带。甘尼特对他的菜园子也引以为豪，其他的暂且不说，在我们几个老相识里，他种的"金鸡"甜玉米是最好的。

1956 年，退休后的甘尼特在农场度过了生命中的最后十年——全天候的十年。对大多数男人和女人来说，人生的最后数年很难说非常幸福和充实——生活中充满了悲哀、疼痛、痛苦，充满了身体上的各种疾病，还有各种缺陷、失望，以及对失败和永远无法抵近目标的心痛。但甘尼特好像非常幸福，他不仅有时间种植农作物和花草，还有时间思考其他自然界的奇观。他甚至有时间阅读闲书，和老朋友聚会。我从那几年的文件夹里发现了他在 1965 年 11 月 3 日写给特斯的一封信，也就是他去世前整整三个月的时候。那封信让我忆起了他的热情和友谊：

> 上次你和比尔在我家一别，已经过去一个月……前几天收到比尔寄来的一张明信片，说是他已经在巴黎了。真不知道你是否也去了希腊、巴黎，要么还在纽约，或者别的什么地方。

那年 10 月，作为生日礼物，我送给甘尼特一本波斯文版的《第三帝国的兴亡》。关于那件事，他在信里说：

> ……上次在我家说起比尔那本波斯文的书，那成了在我家讨论得最热烈的话题之一。我不是说我正在阅读那本书，不过我确实在翻看它，每个到我家来的人都会翻开它。
>
> ……我感觉你还不至于（很快）来我们这一带。如果你真的过来，一定到我家坐会儿。你们是最受欢迎的客人。

后来，在西康沃尔市的农场里度周末和消夏的两位范多伦先后离开了人世。我的日记写道：

> 1966年12月18日，星期日，农场。今天上午，马克·范多伦从福斯村那边的住处打来电话，他说，艾丽塔刚刚在纽约去世了。

卡尔·范多伦的前妻艾丽塔·范多伦是个美丽、聪颖、热情、优雅、知性的南方女性，她是《纽约先驱论坛报》周日书评版编辑，她前后干了37年——从1926年到1963年，一直干到72岁才退休。与刘易斯·甘尼特相比，她干的时间更长。正是她为《纽约先驱论坛报》亲自选定了第一位每日书评家甘尼特。

艾丽塔对我的帮助千言万语难以尽述。对我来说，她不仅是好朋友，更是良师益友。有时候，她会特别严肃，因为柔弱和婉约掩盖不了她坚强的意志。对待朋友，她永远都能做到两肋插刀，古道热肠。像她的一众朋友一样——在我们一众朋友圈里，她与好多人特别亲近，例如约翰·君特、吉米·希恩、多萝西·汤普森、汉密尔顿·菲什·阿姆斯特朗等——我特别崇拜她。无论我有多忙，每当她求我办事，我绝不会推诿，因而她常常请我为她写书评。正是她坚持让我替甘尼特写了一个月专栏。

她对我说："这样的磨炼对你大有裨益。"她说话时满脸阳光。确实是这样。

我经常在纽约与艾丽塔见面，在西康沃尔市她的农场里见面就更多了。那一时期，温德尔·威尔基常常和艾丽塔在一起。威尔基去世前好几年，他们两人一直形影不离。艾丽塔对威尔基的好让他千言万语难以尽述，正是艾丽塔把威尔基领进了出版界和作家圈，我以为，艾丽塔最终成了威尔基最好的政治顾问。我还以为，正是艾丽塔帮助威尔基撰写了各种演讲稿。在很大程度上，正是艾丽塔（与约瑟夫·巴恩斯一起）保证了威尔基所著《天下一家》一书的质量。那本书是二战初期威尔基在一次环球巡游之后所作，由于写得好，它成了一本畅销书。

艾丽塔的讣告将她和威尔基的亲密关系称作"朋友关系"，实际上，他们不仅是"朋友"，更是情人。他们的恋情是那一时期最不寻常的事情之一，1940 年威尔基竞选总统期间，他的所有政治对手对此守口如瓶，包括他的直接竞争对手富兰克林·罗斯福。那些人都知道这个秘密，然而没有人公开谈论。此事也从未被公开。那一时期，我或多或少见过威尔基夫人几次，她当然不乐见这一事情，然而她似乎还是默认了这一现实，而且她表现得很勇敢。我记得，一天晚上，在纽约的一个会议上，会议结束前，威尔基应邀作为嘉宾做了演讲，威尔基夫人和艾丽塔两人都出席了会议，散会时，威尔基和艾丽塔一起离开了会场。我叫了一辆出租车送威尔基夫人回家。一路上，她一直强忍着才没哭出来，她一直在喃喃自语："我是多么爱那个男人啊！"

1972 年 12 月 14 日，马萨诸塞州莱诺克斯。昨天大家都去了康沃尔市，参加马克·范多伦的追悼会。冬季，天空灰蒙蒙的……好在后来慢慢放晴了……

马克·范多伦是我们康沃尔市"四人帮"里第三个离开人世的，他追随詹姆斯·瑟伯和刘易斯·甘尼特而去。

"很快会轮到我吗？"那天晚上，我在日记里写下了这句话。写作本书时，写那句话已经成了 16 年前的往事。

马克·范多伦死于 12 月 12 日，享年 78 岁。他是个温文尔雅、感觉敏锐、受人爱戴的人，也是个了不起的老师和优秀的诗人。我喜欢他，崇拜他。他对我特别好，尤其在我失意那些年，他总是督促我，让我坚持从事写作。出自范多伦笔下的既有长篇小说，也有短篇小说，还有文学评论。他热爱教学，不过他总是抱怨课堂教学耽误写作。20 世纪 40 年代初，我认识范多伦以来，每到夏季，他总会发誓说，他必须放弃教学，全心全意投入写作。不过他年复一年推迟了计划，他在哥伦比亚大学执教的时间长达 39 年。对学校和学生们来说，那是件好事。实际上，后来成为作家的好几位学生说，由于范多伦他们才走上了作家之路，那些人包括诗人约翰·贝里曼、作家托马斯·默顿、文学评论家莱昂内尔·特里林、诗人艾伦·金斯伯格、诗人路易斯·辛普森、作家杰克·凯鲁亚克等。惠特克·钱伯斯是阿尔杰·希斯的对手，多年来，他一直为苏联充当间谍，是个地下共产主义者。离开哥伦比亚大学好几年后，他返回学校拜访从前的老师范多伦，请老师帮助他重返文坛。为此，范多伦给新闻出版界的许多编辑写信说，钱伯斯文笔好。从那往后，钱伯斯走上了一条全新的人生之路。

追悼会结束后，我们几个人在范多伦的房子周围散了会儿步。那是一座 18 世纪殖民时代的建筑，它坐落在 600 亩土地中央。农场里到处是树木，范多伦和他的两个儿子查尔斯、约翰一起将房子周围的草场修剪得平平整整，我们周六晚间的许多聚会是在那里举行的。如今斯人已去，那里的一切终将成为记忆。

那时候，在康沃尔市居住的人里，还有一位成了故人。我的日记某一页上粘贴着一张标注日期为 1961 年 2 月 15 日的《纽约时报》剪报，内容为斯特拉·阿达米克的死讯，她死时才 51 岁。路易斯·阿达米克死后，斯特拉成了寡妇。阿达米克是南斯拉夫移民，20 世纪 30 年代初，他以《故人归国》一书登上文坛。在《故人归国》里，斯特拉是个迷人的角色。那本书讲述的是阿达米克携年轻的美国夫人斯特拉返回故国，与亲戚们一起生活了一年的故事。阿达米克去世后——斯特拉认为他是自杀，战后政治迫害横行时期，他非常绝望，生怕自己成为迫害对象——斯特拉定居到了康沃尔市。她成了甘尼特夫妇和范多伦夫妇的好朋友。斯特拉的经历和我的某些朋友一模一样，她曾经是个舞蹈演员，后来成了老师，再后来成了图书管理员。为得到硕士学位，她 50 岁返回哥伦比亚大学攻读了图书管理学。

八年多以后，在 1961 年记述的日记页上，除了上述粘贴的《纽约时报》剪报，我又添加了如下内容：

> 1969 年 8 月 22 日，马萨诸塞州莱诺克斯。我仍然记得，在芝加哥飞往西部的航班上，读着《纽约时报》上的消息，我感到震惊和心痛。我爱她。我以为，除了我们两人，没有人知道此事。

在康沃尔市居住的一群老朋友里，如今的我成了最后一个人，很快我也会成为直系亲属里最后一位活在世上的人。1969
年3月，我弟弟约翰因心肌梗死突然去世，享年62岁；1973
年10月，我姐姐约瑟芬由于同样的原因病故，73岁。

我爱他们两人，我常常思索他们的人生。我弟弟脑子好，
人品更好，他这辈子从事的事业比他想象的辉煌许多——作为
经济学家，他在联邦政府的许多行政部门担任过高职，他还在
亚利桑那大学担任过多年令人尊敬的经济学教授——虽然如
此，我却觉得，他对人生感到失望。实际上，他一直想成为作
家。他59岁提前退休，然后安下心来从事长篇小说、短篇小
说、剧本、散文等的创作。不过，他动手晚了，干事业必须尽
早动手。

我姐姐大学毕业后教了一辈子书。她一生最后25年执教
的高中位于哈得孙河河畔，与纽约隔河相望。她教书教得特别
好，她一辈子只做了这么一件事。对此，她相当知足。不过，
我觉得，她这辈子很孤独——她没有丈夫，没有家庭。她倒是
恋爱过两次，两次恋爱之间相隔很长时间。我记得，她在大学
期间热恋过，还订过婚。人到中年的她又热恋过一回，一直持
续到去世。

我弟弟死在加利福尼亚，当时我病得很厉害，无法去参加
他的葬礼。不过，我姐姐的后事都是我一手操办的，家庭成员
去世后，唯一在世的人必须这么做。姐姐的葬礼在新泽西州韦
斯特伍德市举行，我在墓地为她组织了一场非正式的小型追悼
活动，我相信她会喜欢。她的一个教师同行以及她从前的一个
学生用朗朗的嗓音宣读了简短的悼词，他们都说，我姐姐对学
校、对那里的老师和学生是多么重要。我的两个女儿分别为她
朗诵了我认为她喜欢的诗句，一首诗出自英国诗人约翰·邓

恩，另一首诗出自陀思妥耶夫斯基。我为她念诵了古希腊悲剧大师欧里庇得斯的诗句：“一定要生活在阳光灿烂的日子里。”

1973 年 11 月 1 日，星期四，追悼会之后，我在日记上记述道：

> ……星期一整整一个白天和一个晚上暴雨没停，大雨如注，狂风不止。星期二上午，暴雨连着下了几个小时，然后雨退了，风也停了，太阳跟着出来了，接着是一派万里无云的秋日景象，似乎上苍特别垂顾这个告别仪式。

三个依然在世的最要好的朋友也终于离我而去了。其中两人是 20 世纪 20 年代中期我在巴黎认识的，那时候，我们还是满腔热血投身新闻事业的年轻人，第三位是我在柏林工作后期认识的。

第一个离开的是约瑟夫·巴恩斯。1939 年，《纽约先驱论坛报》将他从莫斯科调到柏林，去那里接替另一个巴恩斯——拉尔夫·巴恩斯。后一位巴恩斯也是我在巴黎期间认识的老朋友，他后来去了伦敦。没过多久，战争打响了，他跟随英国皇家空军轰炸机进行采访，英军前去轰炸巴尔干地区的意大利军队，返回途中，飞机中弹，拉尔夫因而身亡。

从莫斯科到柏林，约瑟夫·巴恩斯经历了两种变迁。他非常熟悉苏联，能说一口流利的俄语，他热爱那里的人民和那里的文化。对他来说，德国是全新的，包括德国人和德国文化都是全新的，这让他浮想联翩。仰仗着博学多闻和强烈的好奇心，没过多久，随着希特勒将德国一步步推向战争边缘，巴恩斯开始从柏林发回一些最有见地的电讯。我认为，因为我们有共同的仇恨、共同的兴趣，所以我们两人很快成了最铁的朋友。我们都想探索一些问题：像德国那样的政权何以在那么短时间里产生了那么多恶棍，那个国家的领导人怎么就让德国人成了服从阿道夫·希特勒指令的绵羊，无论多么残忍和野蛮都无所顾忌。

纳粹独裁者于 1939 年 9 月 1 日将世界拖入战争前，在那年夏季的最后几个星期里，到处弥漫着紧张气氛。那一时期，每当我完成当天的播音，巴恩斯发出当天的电讯，我们两人总会在晚间碰一次头。多数时候，我们会前往柏林蒂尔加滕公园散步，在那里，我们不必担忧暗藏的麦克风。一般情况下，我们分手的时间是半夜，地点是一家咖啡馆，那里是美国和英国记者同行下班后闲聊天、交换看法、交换信息的地方。和疯狂的纳粹分子一起生活和工作，会让人神经紧绷，因而那里成了暂时的避风港。

二战爆发后的第一个秋季，巴恩斯离开柏林，返回纽约，成了《纽约先驱论坛报》海外版编辑。美国参战后，他在报社请了长假，到纽约哥伦比亚广播公司战争信息部担任负责人。在纽约期间，只要有机会，我们总会见上一面。1944 年，巴恩斯暂时返回《纽约先驱论坛报》，担当战地记者，其间我们在德国西部美军第一军前线见过面。战争结束后，他再次返回《纽约先驱论坛报》，担任海外版编辑。不过，他于 1948 年离开《纽约先驱论坛报》，到《纽约明星报》当了编辑，该报是马歇尔·菲尔德资助的《午报》的后继刊物。《纽约明星报》赶上了极其恶劣的生存环境，第二年便垮掉了，巴恩斯只好跳槽到出版界，成了西蒙与舒斯特出版社的主要编辑之一。如我此前所说，多亏了巴恩斯，前述出版社对出版《第三帝国的兴亡》才有了兴趣。作为编辑和朋友，为了我的书，他和我密切合作了好多年。

二战后那些年，我们在乡下成了近邻。在康涅狄格州西北部山区，我们要么在他的农场聚会，要么在我的农场聚会。我们的话题包括农场的庄稼，为世界上的问题寻找出路，哀叹麦卡锡时代的偏执——巴恩斯也成了受害人之一——商讨他正着手编辑的我的作品。当时的世界正处于扭曲状态，尽管如此，或许正因为如此，我们一起喝小酒，一起开怀大笑。

约瑟夫·巴恩斯和我一起完成了另一本书，书稿一经下印，他因为癌症卧病不起。1970 年 2 月 28 日，他死在了纽约的家里。他死的时候才 62 岁。

同年 5 月 6 日下午，约瑟夫·巴恩斯的追悼会在纽约举行，我为他致了悼词。大厅里挤满了哀悼的人群，巴恩斯的朋友多，崇拜者更多。在那种场合，无论悼词写得多好，都不足以表达人们的哀思于万一。不过，我尽了力，我回顾了一位让我和其他许多人感动至深的朋友。

致悼词时，我提到了经常思索的一些问题：我以为，许多人像约瑟夫·巴恩斯一样，终其一生都没有得到应有的回报。我们追忆的是一位从事过四种辉煌事业的人，他做过驻外记者、报纸编辑、图书编辑，还是天才的翻译家，尤其在俄语领域。远不止如此……我在悼词中说：

> 对具备多重天赋的人来说，命运的跌宕起伏对其施展才华和大显身手注定是个浩劫。巴恩斯的朋友和崇拜者当中，不少人肯定会以为，他所具备的一些过人的天赋白白浪费了。倘若如此，这是我们国家的损失，更是社会的损

失，这么说一点都不为过。

在巴恩斯所处的时代，我们的国家浪费了——或者说忽视了——许多天才公民为国家做出的奉献。像巴恩斯这样的人必须奉献例如敏锐的洞察、清醒的头脑、出淤泥而不染的品格、与世界交往的广泛经验、透过现象看本质的能力等——但这些品质往往得不到应有的重视。

即使巴恩斯有过生不逢时的想法——我从未听他表达过这样的想法——他也会换一种说法，他会说，一切都是生活所赐。他从不抱怨。他工作，他思索，他教书，他推理，他做了力所能及的一切，不过是为了在黑暗中为人们送去一丁点亮光……

追悼会结束后，我和约翰·君特溜达到了纽约莱克星顿大道上的一个酒馆里，到那里喝点小酒，互相了解一下对方的近况。出于各自的一些原因，我们双方那几年见面不多。另外，我已经长期定居乡下，而他则长期居住在纽约城里。君特刚刚从澳大利亚回国，让我吃惊的是，当时他像个病人。不仅是因为他在澳大利亚工作紧张，体力透支，也不仅是因为回国路上他经历了长途跋涉。他脸上没有了红润，说话气喘吁吁，还夹杂着咳嗽。他说，他已经不抽烟了，但显然他的老毛病肺气肿没有治愈。我们一起喝了几杯，聊了会儿约瑟夫·巴恩斯以及其他许多老朋友、老同事的离别。我们交流了各自的生活状况——我的生活变化最大。他祝贺我新近出版了一部以法国为题材的书。

那一时期特别流行负面评论，因而他补充说："对那些'砖头'（brickbat）没必要往心里去。还记得吗，咱们每个人都没少挨砖。"

接着，君特谈起了澳大利亚的事。多年来，我一直不停地往他耳朵里吹风，敦促他完成"透视"系列的最后一部，毫无疑问，那本书是《澳洲透视》，即丛书需要覆盖的最后一个大陆。君特已经跑遍所有大陆。虽然他身体欠佳——为查明病因，他去过医院，他两只眼睛都做过白内障手术，不过视力问题一直困扰着他——但为了那部反映澳大利亚的作品，他以惯常的热情和无穷的精力投入了调研工作。他跨越澳洲大陆南北东西，不知疲倦地工作了好几个月，然后去了新西兰，最后还去了新几内亚。他从马来西亚首都吉隆坡给我寄来一张明信片，标注日期为 2 月 2 日，说他正在回国途中。那年春季，他已经进入创作阶段。每次投入新"透视"丛书的创作，他总会疲态尽显，但一旦进入实质性创作阶段，他总会全副身心地投入。

"完成（这本书）以后，"说到这里，他提高了嗓门，"我他妈的必须好好休息了。需要征服的大陆已经没了，再也不用写了。"那套丛书已经给他带来足够的名望和财富。

喝完了杯中的酒，说完了该说的话，我们终于分别。对于再次见到君特，我很高兴。20 世纪 30 年代，我们在同一个时期被派驻到维也纳，他为《芝加哥每日新闻报》工作，我为《芝加哥论坛报》工作，我们两家人经常见面。刚返回纽约时，我们仍然经常见面。我们两人的口味几乎没有相似之处，君特喜欢大场面，喜欢邀请许多名人捧场（正是在他家，我遇见了葛丽泰·嘉宝）。我喜欢更安静、更简朴的生活。君特喜欢和朋友出入豪华餐厅，他承认，有领班带着一帮人围着他转，他会感到自己像个大人物，因而他一辈子都无法完全摆脱少年气盛的禀性。我不喜欢豪华餐厅，也不喜欢领班们唯唯诺诺的样子。

我喜欢田园生活，随着年龄的增长，我愈发如此。君特则更喜欢城市生活。他娶了简之后，每年夏季，他们两口子总会前往新罕布什尔州北部简的父母那里住一段时间。不过我以为，君特从来都不太情愿每年夏季在那边或其他农村地区住得太久。时间一长，他会躁动不安，急于返回纽约。多年以来，我们试图——从未成功——诱使君特在康沃尔市买一个农场，在那一带拥有农场的甘尼特和艾丽塔·范多伦也是他的好朋友。

不过，我们之间的共同之处仍然不少。例如我们在欧洲长住获得的经验，我们对历史和文学的挚爱，因新闻写作和著书立说成就的傲人业绩，对众生百态、世态炎凉、世界事务的孜孜探索。还有我们之间持续将近半个世纪之久的友谊。

返回纽约住所的路上，我满脑子都是上述想法，那是一个春光和煦的下午，周围的光线渐渐黯淡下去。22 天后，约翰·君特死了。癌症夺去了他的生命。那天是 5 月 29 日。他走时才 68 岁。

我早年认识的最后一位老朋友和老同事同样死于癌症，我说的是吉米·希恩。1975 年 3 月 15 日，他死在意大利马焦雷湖湖畔的阿诺罗镇，享年 75 岁。与君特不同的是，希恩完全清楚自己将死。头一年秋季，他曾经回到纽约进行治疗，由于治愈无望，他放弃治疗，于新年第一天返回了意大利。我们经常通电话，尽管他身患绝症，各种治疗（其中之一为钴放疗）导致他身体虚弱，但他依然精气神十足。他在纽约期间，我曾经好几次计划到他那里住几天，然而，每次都是临出发碰上其他事，终未成行。后来我非常后悔当初的作为。那年春季前往欧洲期间，我满心以为，和老友重聚的机会来了，然而，一切均已经成为往事。

当初我们在欧洲时，一些人将我们称为"芝加哥娃"。约翰·君特和我出生在芝加哥，吉米·希恩在相距不远的一个城市长大，那个城市和芝加哥同属伊利诺伊州。因为上大学，希恩去了芝加哥，他上大学期间认识了君特。在海外期间，我们三人都为芝加哥的报纸工作。

吉米·希恩大我四岁，他于1922年去了巴黎。他去那里并非出于工作派遣，因为他一半时间为巴黎版《芝加哥论坛报》编辑部工作，另一半时间为《芝加哥论坛报》驻巴黎记者亨利·威尔斯当助手。1925年，我前往巴黎时，他已经成了驻外记者中的传奇，他的名声比老板的还响。那年，他穿越法国和西班牙联军在摩洛哥的前线，采访了叛军领袖阿卜杜勒－克里姆。当时克里姆的军队已经把西班牙军队赶出摩洛哥里夫山区，与法军形成了对峙态势，而法军的统帅不是别人，正是凡尔登战役的大英雄亨利·贝当元帅。曾经有好几次，法国和西班牙联军的炮火和轰炸差点要了希恩的命。阿拉伯人有两次差点把他当间谍处死。希恩和叛军领袖的问答成了媒体争相报道的新闻，他深入分析里夫山区叛军的文章成了世界范围的独家新闻，他一夜之间成了名人。

从里夫山区回到巴黎不久，威尔斯把希恩开除了。开除理由是某天晚上，希恩离岗吃晚餐时间过长——希恩大致上是这么解释的，而且一贯这么解释。

希恩在《私人历史》中说："后来我再也没有受雇于任何

一家报社，何况我也不想这么做。"

不过，那件事并没有终止希恩的记者生涯。从那往后，他的大部分时间和精力都投入著书立说，尽管如此，每当北美报业联盟之类的组织分给他重要的采访任务，他总会欣然接受，他为那一类杂志撰写过数十篇文章。

在其传记《私人历史》中，希恩从未提及他实际上曾受雇于"某一报社"，即巴黎《时报》。那是一种神奇的非报纸类读物。1926年，希恩和一批作家曾经受雇于该报。那个报纸没有新闻来源，因此文章都是作家们凭空杜撰的。在著书立说和采访之余，在空闲时，在没有其他经济来源时，如果想在巴黎混几个月，希恩和作家们即返回那个"报社"工作，这是他们自己的解释。实际上，希恩和我第一次见面的时间恰好是1926年，后来我们成了好朋友。从那往后，虽然我们分别在世界的两端各干各的事，但我们一直保持着联络。二战结束后，我们经常同住在纽约市，因而我们见面的次数更多了。

在我们三个"芝加哥娃"里，我一向认为，希恩写东西最好，文笔最为优雅。有些人认为，希恩或多或少是个贪杯的花花公子，奇怪的是，在我们三个人里，他的学问最多。他在语言方面比我们造诣深，在历史和哲学方面比我们懂得多。但在我们三个人里，没有人认为另外两人是对手，我们也从不互相竞争。毫无疑问，我们各自出版的书也没有竞争关系。君特和我长驻维也纳期间，我们分别为同属芝加哥、互为竞争对手的报社工作，而我们从未感觉对方是对手，也从未有过竞争。如果我们各自报社的编辑们知道此事，他们肯定会不高兴。我以为，我们三个人都感到了命运对我们的垂顾，因为我们早期出版的书籍都上了畅销书排行榜，所以，我们在一段时间内都

享受过经济上的完全独立。希恩的《私人历史》出版于 1935
年，君特的《欧洲透视》出版于 1936 年，我的《柏林日记》
出版于 1941 年。

文森特·希恩是希恩署名用的名字（"文森特"是他的中
间名，他姓"詹姆斯"，朋友们则直呼他的名字"吉米"），他
有一种特异感觉，某些世界级人物即将死亡时，他总会提前知
晓。他最出名的一次表现居然与我有关！1947 年 11 月，某天
上午，当时我们都在纽约，希恩打电话找到我，让我一定去他
那里，和他一起进午餐。

"我手头的书正在收尾，"我回答，"像你一样，这种时候
我不会停下来出门吃午饭。"

"情况万分紧急！"希恩根本不容我分辩，"你必须来，我
必须见你。就今天！午餐时间！"

我只好往他的公寓赶去，一进门，我就开始骂他。

"对不起，"他解释道，"不过我必须见到你。我要和你说
甘地的事。你和他一起愉快地度过了两年，不过他快死了！
很快！"

"你是怎么知道的？"我不解地问。那年秋末，印度的确
陷入了动乱。1947 年 8 月 15 日，印度从英国获得了独立，甘
地终于赢得了革命胜利。不过，让他心碎的是，穆斯林脱离了
印度，组成了巴基斯坦伊斯兰国家。甘地虽然笃信宗教，但他
终生为之奋斗的是统一、世俗、独立的印度。对他来说，更糟
糕的是，如今印度教教徒和穆斯林兄弟正在互相残杀，尤其在
旁遮普和孟加拉地区，到处是混乱景象，到处是大规模屠杀。
甘地正在绝食，为阻止大屠杀，他正在"以命相搏"。为达目
的，甘地经常采用绝食手段，而且每次停止绝食，他都能康复。

他看起来总是那么弱不禁风，然而，他有着钢铁般的筋骨。

希恩没有理睬我的提问，他自顾自说：“我必须赶在甘地死之前见到他。关于生命的内涵、目的、意义，他肯定能给我解释清楚。”

希恩让我给他写两封介绍信，一封信用于引见甘地，另一封信用于引见贾瓦哈拉尔·尼赫鲁，后者当时是印度第一任总理。几天之后，希恩踏上了前往印度的征途。然而，恰如往常一样，他在欧洲、埃及耽搁了一段时间，然后又在巴基斯坦驻留下来——穆斯林对他有着无穷的吸引力。后来他解释说，为了见甘地，他需要时间做好心理准备。他仍然预见甘地将不久于人世，不过他认为，时间还来得及。

结果证明，时间已经无多，至少没有他希望的那么多。

1947年秋季，甘地从加尔各答回到了德里。在刚刚建国的印度首都，没有人能阻止正在互相残杀的印度教教徒和穆斯林。为了让两种不同信仰的人坐到一起，1948年1月13日，甘地重新开始了一轮绝食。在甘地开始绝食的第二天，希恩从巴基斯坦来到了德里，不过，那时甘地已经虚弱得无法接见他。1月17日，甘地的医生发表了一份公告，内容为，如果圣雄不停止绝食，他最多只能存活两三天，他已经78岁高龄，为阻止屠杀，他四处奔走，已经心力交瘁。第二天，印度教领袖和穆斯林领袖签署了和平协议，甘地随即停止了绝食。然而，直到1月27日，甘地的身体才恢复到可以约见希恩，那天是他们第一次见面。第二天他们又见了一面。他们约好30日星期五晚间集体祈祷过后，两人立刻再见一面。

那天，希恩和另一个老同事埃德加·斯诺在一起，他们与大约500位参加集体祈祷的人聚集在博拉别墅的草坪上，人们在等待甘地出现。他们两人站的地方紧挨着平台，那个平台是甘地率众祈祷，然后率众吟唱赞美诗的地方。甘地在两位年轻女性的搀扶下来到祈祷现场，由于绝食，他显得极为虚弱。他向希恩、斯诺以及其他站在平台周边的人一一致意。突然间，传来三声枪响，随着一声"He Ram！"（印地语"噢，上帝！"）甘地向地面倒去，当场死亡（枪手是个印度教疯子，他当场被抓，被判犯有谋杀罪，随后被处以死刑）。

在接下来的两天里，由于震惊，希恩一直没开口说话，他晕晕乎乎地在德里四处游荡。他后来说，他根本不记得那48小时里发生了什么事。后来，他终于非常清晰地回忆起甘地对他的意义，尤其是伟人临终前在德里和他两次见面的意义。再后来，他把那些都栩栩如生地写进了第二年出版的书里，书名为《引路慈光》。《引路慈光》是甘地特别喜爱的基督教赞美诗，早年我在德里期间，在我参加过的集体祈祷仪式上，圣雄总是非常虔诚地和大家一起吟唱那首赞美诗。

"每每想到希恩离世，我总是感到悲伤，"我在日记里记道，"我一生的许多光鲜时刻都有他做伴——他往往通过来信与我联系。其实，在将近50年时间里，我们的通信时断时续。"翻阅一份档案时，我发现了一封寄自罗马的信，日期为1963年11月，我以为，那封信是典型的希恩风格，那封信或多或少可以说明他是什么样的人。我把那封信的内容抄进了当时的日记。希恩以多萝西·汤普森和辛克莱·刘易斯沸沸扬扬的、灾难性的婚姻为题材，创作了《多萝西与刘易斯》一书，为读者讲述了一个精彩的故事。我为那本书写了一篇书评，希恩的来信是对书评的回复。希恩是与多萝西关系最好的朋友之一，他和刘易斯也是朋友。

亲爱的比尔：

……此信专为感谢你在书评中对我的《多萝西与刘易斯》一书表达的善意……我并不是说我赞赏你这篇书评（不过你的书评的确让人赞赏），我要说的是你在书评中表达的善意……

其实你一向如此。我永远都忘不了你在巴黎第一次出现在我们面前的情景，一副营养不良的面容，一双眼睛却明亮得像远方的星星，怀着满腔渴望和激情……

你知道生命和时间的区别吗？我在当前的研究中刚刚从纽约州易洛魁族塞尼卡人那里找到答案。生命是实时的知觉（简单地说，即智慧），其他所有现世的存在不过是时间，一种符号而已。塞尼卡人还引用了一位希腊诗人（已无从考证）的诗句为证。有人认为，此诗出自古希腊剧作家米南德，其他人则认为，此诗出自欧里庇得斯：人类仅存于生命长河瞬间，余者皆为漫漫无涯之时间……

谢谢你去年寄自巴黎的亮丽的明信片，你在明信片里将巴黎称为可人的城市，还记得吗？我还记得呢。

我那天的日记结尾如下：

在我们三个（君特、希恩、我）来自狂野和蒙昧的芝加哥（我的情况有点特殊，我还来自爱荷华州——无论怎么说，两地都属于美国中西部）的人里，我是最后一个于20年代中前期奔赴欧洲的人。我们三人的共同点是先当记者后出书。君特和希恩比我年龄稍大，大四岁到五岁的样子。

如今只剩下我了。

希恩的遗孀黛娜也有同感：

亲爱的比尔：

　　谢谢你发来的电报。所有在世的有成就的人如今只剩下你了。你得给我坚持住，老朋友，千万别想走。

爱你的黛娜

1975 年 4 月 16 日

于阿诺罗镇

坚持住什么？和谁一起坚持？我得翻开六年前的日记。

　　1969 年 2 月 3 日，马萨诸塞州莱诺克斯——下午 1 点 15 分。今天我终于完成了写法国的书，在页码为 1618 的纸上写下了"全书完"三个字……

那时候，我的个人生活已经乱套，我已经搬到一个新住处。特斯和我在结婚 36 年后，分手了。

第七篇

无望无惧，
迟暮之年：
1975—1988

第二十三章

分道扬镳

为人生无奇不有，

任煎熬跌宕起伏，

俱往矣希望无望，

慢我行前途渺茫，

铁鞋破路在脚下。

——欧里庇得斯

1966 年平安夜，我和特斯仍然在乡下过节，屋外下着暴雪，我们两人的日子终于要熬到头了。那天晚上都结束了，因为吉莉。

我第一次遇见吉莉是 34 年前的事，在维也纳。那次相遇 15 年后，战争已结束，我们双方都结束了在欧洲的长期生活，回到了国内。从那往后，我们才成为朋友，而且只是一般意义上的朋友，仅此而已。在上述要命的平安夜之前一年左右，大大出乎我和吉莉意料的是，我们突然恋爱了。我们双方都抗拒过，我不想破坏自己的婚姻，吉莉也不想在其中扮演不好的角色，不过，我们的抗拒最终都失败了。

一开始，没有任何迹象表明，我们的关系会发展成后来那样。吉莉于 1932 年秋季到了维也纳，她去那里是为了写一部小说。作为《芝加哥论坛报》记者，我从 1929 年起一直长驻维也纳。那年圣诞节假期，为欢迎吉莉来到维也纳，约翰·君特和弗朗西丝·君特夫妇举办了一场小型晚会，我在晚会上第一次遇见了吉莉。毫无疑问，她是个非常有魅力的美国女性——高个子，身材匀称，一头深褐色的秀发，一双淡褐色的、水灵灵的眼睛，性格开朗活泼。她说话声音好听，话里话外充满了活力。弗朗西丝和我说过，吉莉前往维也纳不只是为了写书，她还想试探能否嫁给一个波兰王子。男方是她九年前认识的，那时他们都是法国格勒诺布尔大学的学生，当时还订了婚，不过双方的家人都反对那桩婚事。吉莉深感绝望，一气之下嫁给了一位年轻的美国作家，婚后不久两人便分手了。吉莉和波兰王子一直保持着联系，她那次到维也纳也是为了打探消息：假如王子再次求婚，她是否应该嫁给对方，而王子极有可能再次提出婚约。我记得，那次在君特夫妇家，我和吉莉没说几句话。那年的圣诞假期，我自己正忙得不可开交。当时我刚刚被《芝加哥论坛报》扫地出门，世界已经被大萧条拖下了水，特斯成为我妻子还不到一年，我们正在为生计问题发愁。吉莉的人生经历非同凡响，她是个光鲜亮丽的纽约人，而她将要前往死气沉沉、愚昧落后的属于旧时代的波兰农村地区，在那里度过后半生——即使是和迷人的王子住进某个城堡。当年吉莉给我留下的印象不过如此。

几天后的新年除夕夜，王子给吉莉打来了电话，他向吉莉求婚，吉莉再次接受。第二年夏季，他们在伦敦结了婚。从那往后，吉莉跟随新郎去了波兰，过上了王妃生活。后来，她把那段经历写进了 1940 年出版的《波兰人概要》，以及另外一本写得更为详尽的书，书名为《生死问题》。

正如婚姻组成的许多家庭一样，婚后不久的吉莉感到了失望和幻灭。她在上述第二本书里描述，"曾经温暖的家，如今变得冰冷，爱情的火花究竟是在什么时间，因为什么熄灭了"，没有人说得清。不过，她渐渐认识到，"失去丈夫的爱出现在第一个孩子降生以后"。失去爱不一定导致婚姻终结，尤其在古老的、僵化的、笃信天主教的波兰贵族社会。因而，美国王妃和波兰王子的共同生活仍然在波兰继续着。后来，吉莉有了第二个孩子。作为美国女人，吉莉尽力让自己逐渐适应了那个国家上流社会与世隔绝的、思想狭隘的、千篇一律的生活。

吉莉后来说，与他们两口子交往的人群过分与世隔绝。希特勒巩固了对德国的掌控后，开始转向对外征服，战争已经迫在眉睫。除了傻子，人人都能看清那一点，而她身边的人根本视而不见，他们也没有意识到，波兰会成为第一个牺牲品。同样明显的是，波兰根本无力承受同时惹恼德国和苏联两大邻国。除了波兰的特权阶层，其他人都能看清那一点。

吉莉在后来出版的书里记述，她感到幸福的原因是，她不关心政治。像波兰人一样，最初她完全没有意识到，战争的威胁早已悬在中欧国家上空。1938 年 3 月，她前往维也纳看病，一天，她被残酷的现实唤醒，因为她正好赶上希特勒的军队开进奥地利，占领奥地利。她突然意识到，纳粹独裁者想得到的远不止奥地利。当时德国人已经从三面包围捷克斯洛伐克，捷克斯洛伐克是下一个，接着就该轮到波兰了。后知后觉的吉莉终于觉醒了，然而，她返回波兰后，没有人接受她的看法。直到末日降临，波兰人也没看清形势。

1939 年 9 月，空气湿润而温暖，希特勒的军队在三周时间里碾过了波兰全境，末日降临到了吉莉和她的波兰家人头上。吉莉带着两个孩子从位于西里西亚的城堡逃到了罗马尼亚，他们最终逃到了巴黎。波兰被德国和苏联吞并后，吉莉的丈夫也来到巴黎，全家人团聚了。

吉莉离开维也纳成家以后，我从未与她联系过。不管怎么说，我们那次见面仅仅是一次偶遇，后来她忘掉我，也在情理之中。尽管如此，她的姣好，她的魅力，她那聪颖的、见解独到的小脑瓜让我一直难以忘怀。德奥合并后，纳粹占领维也纳当晚，我正好在那里。多年以后，吉莉告诉我，在那个狂热的夜晚，她也在那里，之前我一直不知道此事。

1947 年的一天，我在纽约收到一封来自吉莉的公函，她在信里将我称作"夏伊勒先生"，我成了彻头彻尾的陌生人！当时，吉莉的职务是纽约某出版社公关部经理，她来信的目的是，请我为他们即将出版的一本书写贺词，那是我一个朋友的作品。寄给她贺词的同时，我还寄去了一页附言：

> 1932 年在维也纳时，我在君特夫妇家遇见过一个名叫维尔吉利亚·彼得森的人，当时她正要前往华沙，你和那人是同一个人吗？

"是啊，"吉莉给我回了一封信，"你在君特夫妇家遇见的那个正要前往华沙的女人正是我。"接着她还补充说，最近她在一个晚会上见过我，地点在"纽约广场"。

坚冰打破以后，我们终于在纽约再次见面了，而后我们再次成了一般意义上的熟人。我们时常在晚会上，以及文学界聚会时见面，寒暄的话题无非当时的新闻。她邀请我参与一档热门电视节目《作家对决评论家》后，我们之间更加熟悉了。她从 1952 年开始主持那档节目，并且已经小有名气。由于麦卡锡之流的歇斯底里，即使我那时还没有完全出局，我也只能夹着尾巴做人。那时，我已然意识到，对我们这类深陷漩涡中的人，吉莉深为同情。她顶着许多赞助商的强大压力，坚持为我的一本书制作了一期节目。后来我才获悉，《第三帝国的兴亡》获得 1960 年度美国国家图书奖，很大程度上与吉莉有关。评审小组里有几个她的同事，她疏通了那几个人，让他们为我的书投了票。

那时，吉莉早已和波兰王子离婚，嫁给了杂志编辑和作家格文努尔·波尔丁。后者是我这辈子认识的最彬彬有礼的人之一。特斯和我与他们两口子渐渐熟络起来，后来我们四人成了好朋友。我记得，当年"格文"由于癌症卧床不起，即将告别人世，等待死亡渐渐来临期间，为缓解他的疼痛，吉莉夜以继日将所有时间倾注到了对他的关爱上。吉莉因工作和照顾丈夫而筋疲力尽，几近崩溃。为帮助吉莉缓解压力，特斯安排我带她去我们熟悉的一家充满生机的法式小餐厅放松一下。

数周后的 1965 年 8 月，"格文"死了。包括吉莉、我，以及所有其他人在内，当时没人知道，其实吉莉也只有 16 个月的生命。特斯和我给吉莉寄了一封哀悼信，她回信表示，待"格文"的后事全部料理完，她会暂时离开几个星期，然后再返回纽约，"接受命运为我做出的任何安排"。

我已经记不清，我是否意识到，吉莉和我究竟从什么时间开始，出于什么原因坠入了爱河。我们之间柏拉图式的感情曾经那样绵长和美好。我所知道的是，一切都发生得太突然，大约在 1966 年上半年，我们突然意识到，我们之间有一种已经互相存在 34 年的东西，我们都感到一种前所未有的强大的化学反应，那种反应将我们从老朋友变成了恋人。这看起来相当荒诞，不现实，其实我们自己也无法理解。我们极力压抑过自己的感情，我们不断地发誓说，在感情冷却之前，在理智恢复之前，我们不再相见，等我们头脑清醒了再说。不过，那些都没用，我们开始刻意寻找各种理由，我们不惜编造各种理由和谎言，我们相见越来越频繁。有一对长期居住在纽约的夫妇是我们双方的朋友，他们在康涅狄格州乡下有一处房产，他们很少光顾那里，因而他们将房子交给我们使用。那房子离我的农场不远。不论白天黑夜，只要有机会，我和吉莉总是一起待在那里。

在我们那场伟大的爱情爆发的中途，我们双方都有过极为痛苦的困扰。我的家庭生活陷入了困境，而且越来越糟糕，原因是，我仍然坚守对妻子的承诺，我和特斯婚后已经一起生活那么长时间，我不想放弃——那时，我和特斯一起生活了足足35年。说真的，我们已经不必为孩子们着想，不必勉强待在一起，因为两个女儿因加和琳达已经大学毕业，而且结了婚，过上了自己的生活。那年8月，因加的第一个孩子已经降生，我和特斯第一次当上了外祖父母。

另一方面，我又深深地爱着吉莉，而且希望和她一起共度余生。为了她，我必须终止一段婚姻，她对此感到很伤心。不过，随着时间的流逝，一年后，显然她已经下定决心，无论结果如何，她都要拥有全部的我。也许她把那一想法告诉过我，我却没在意。那年秋季，我最终对她说的却是，我还不想放弃自己的婚姻，不过，我会尽最大努力经常去看她。

"可是，"吉莉不解地问，"当爱已不复存在，你干吗还要维持所谓的婚姻呢？"她的话让我想起她和帅气的王子没有了爱情之后的婚姻关系，她在《生死问题》一书里是这样表述的："当参与双方之间的爱已死，结果只有一个——婚姻绝不可能继续维系。"她对爱的表述是："爱，来也突然，去也突然，像飘忽不定的风……当爱离开时，它就绝不再回来。"

如今我才意识到，那年秋季，我对吉莉的感情太不敏感了。那个秋季，在好几周时间里，我和吉莉见面的次数比以往多了许多，通常是在我们那个朋友的房子里。对我们双方来说，那显然不够，对吉莉来说，那尤其不够。然而，吉莉有着斯巴达式的坚忍性格，因此她没有一句怨言。而我呢，由于粗心大意和自鸣得意，并不完全清楚她的真实需求。在一定程度上，我好像真的没有认识清楚她对我的感情究竟有多深。我从一些朋友那里，以及吉莉临终前几分钟写的最后一封信里知道这一点时，一切为时已晚。吉莉有个关系特别铁的老朋友，她邀请我和吉莉圣诞节假期到她位于西印度群岛的家里做客。12 月 22 日，吉莉给那个老朋友匆匆写了封信。那个老朋友在写给我的信里是这么说的："因为你在写书，你和她无法到我这里来……十天不长吧，她告诉我，她离开你十天都受不了。"

由于我的迟钝，当时我完全没有意识到，吉莉对我的感情已经达到那样的深度。圣诞节前不久，有那么两三天时间，在朋友借给我们的房子里，我和吉莉认真分析了当时的困境。我告诉吉莉，我必须在农场和家人一起过圣诞节，放假期间，孩子们都会前往农场。我答应吉莉，过节那个星期我们肯定会见面，也许新年那天我会和她在一起。她好像很赞成那样的安排，至少当时我感觉如此。当时她还计划和她女儿女婿以及他们幼小的孩子一起过圣诞节，他们在乡间的房子离朋友借给我们的房子不远。圣诞节当天，我会过去看望他们全家。商议完过节计划，我和吉莉告别了，当时我们还交换了礼品。那时我根本不知道，她究竟感觉多么伤心。我们分手道别时，她的确是一脸不高兴。不过，她并没有显示出忧郁，无论如何，我没有感觉出她有不寻常的压抑。

平安夜那天，中午刚过，天上飘起了雪花。夜幕降临时，雪花已经变成暴雪，伴着逐渐增强的风，不断加厚的雪堆变换着各种形状。那天晚上，暴雪让人根本睁不开眼，为了赏雪，为了在厨房门外铲出一块平地，我和家人至少出了两三趟门。那场雪让人感觉有点恐怖，不过也非常壮美。全家人一起吃了晚饭后，围坐在燃烧着炭火的壁炉旁边，一起拆看互赠的礼品。19 年前买下那个农场以来，每年平安夜，我们都这样过节。对孩子们来说，那里至少是寄托感情的家。她们总是说，她们会永远记住每年在乡下度过的那一特殊的夜晚。想当初，作为长驻欧洲和亚洲的巡回记者，我曾经很长时间或多或少过得像个流浪者，没有一个真正意义上的家，至少很长一个时期几乎没有在家住过，因而回国定居和拥有固定住所以后，我非常享受和全家人一起在农场过节。也许我太注重全家人一起过节，然而我没办法改变这一点。和家人一起过节可以让我体会到人间的大部分幸福。这样的幸福，还有其他幸福，真的很弥足珍贵。那天晚上，我确实想到了吉莉，让我着急的是，我无法上楼给她打电话。另外，她女儿那边也没有安装过电话。

不管怎么说，在那个暴雪之夜，我感到相当知足和幸福。交换礼品后，全家人仍然围着壁炉没有散去，大家轮流念诵狄更斯的《圣诞颂歌》。从孩子们孩提时代开始，每年的平安夜，我们都这样过节。接下来，我们开始聊起早年在农场过节那些事，譬如早年我们时有被大雪封堵在家的经历，像这次一样。毫无疑问的是，一家人都动了感情。我暗自思忖着，这又是一个多么美好的平安夜啊。大约半夜 2 点钟，我们终于散了，都睡觉去了。

圣诞节那天傍晚，电话铃响了，吉莉的女儿来电话说，她母亲在雪夜里自杀身亡了。我根本无法相信这消息，等我终于明白过来，我感觉自己的声带瘫痪了。我想询问到底出了什么事，可我一个字都说不出来。吉莉的女儿又开口了："等大家都缓过来以后，我再和你详细说吧。"

谁都说不清的是，那年的平安夜，吉莉和她女儿女婿之间究竟是怎么了。总之，吉莉在某个时间点离开了女儿那里，她顶着暴风雪，穿过漂移的积雪，往两英里外朋友的房子走去。我们无法想象，她是如何在黑暗中踏着厚厚的积雪磕磕绊绊地走了两英里上坡路。出于好心，我们的朋友将房子慷慨地借给了我们。如果他们像往年一样在那里过平安夜该有多好。然而，他们那天留在了纽约。吉莉手里有一把钥匙，她前往那所房子肯定是在躲避什么。如果她仅仅是在躲避什么也好啊，那房子原本就是个避难所。那里有一部电话，她好歹可以给我打个电话啊，我好歹可以和她说说话，好歹可以有个人冒雪开车过去啊。可她没有给任何人打电话。

午夜过后，在某个时间点，暴雪开始减弱。后来，雪停了，风也停了，吉莉的女婿出门往那所房子赶去，他是去看看吉莉是否安好，这些都是他妻子告诉我的。女婿敲了敲门，后来他敲了敲另一扇门。如果吉莉当时答应一声就好了，如果她女婿破门而入就好了。然而，那位女婿当时想的是，丈母娘或许已经睡下，不希望别人打扰。圣诞节当天早上，那位女婿和他妻子再次返回那里。一切为时已晚。他们敲门，仍然无人答应，他们只好到邻居家要来一把钥匙。待他们走进屋里，吉莉已经死在床上。她吞下了整整一瓶安眠药。

让人心情无法平复的是，大家都还记得，吉莉自杀过，而且差一点成功。吉莉在上一本正式出版的书里开诚布公地讲述过此事。那本来应该起到警示作用，我应当将其牢记心头才对。不过，在那本书的最后几页里，吉莉曾经动情地公开发誓，再也不会发生那种事了，从那往后，她会牢记在心，"我的生命不属于我自己，而属于与之有过接触以及经常接触的生命体"。

第一次自杀时，吉莉同样吞下了满满一瓶安眠药，毫无疑问的是，那瓶药在短时间内会置她于死地。好在吞药的同时，吉莉给她当时所爱的人打了电话，那时她的波兰丈夫已经与她渐行渐远，接电话的人立即给她丈夫打了个电话，两人同时穿过纽约城里拥挤的交通，及时赶到她身边，将她送上救护车，送进了医院。

那么，在平安夜，吉莉为什么没给我打电话，也许我永远都无法知道答案。在仓促写给我的留言中，她没有明说。不过，她毕竟说了一些事，以下是她的留言：

> 你肯定会经历一个艰难时期，好在我亲眼见证过你从困难中崛起，而且你还有你所热爱的工作。千万不要以为这是你的错。在我满脑子的荒唐想法里——至少我这么认为——你是我的中心。不过，除了我们所面临的荒诞"局面"，当然还涉及其他许多事。我已经意识到，我并不适合玩三角游戏，我是那种要么全部拥有，要么干脆放弃的人——像歌词里唱的——只有像我这样的人才会有这种让人讨厌的招惹麻烦的行为。正如你所说，这似乎有点过分。不过，我可不像你想象的、希望的，以及要求于我的那么"坚强"，其实你还不知道这一点。

> 我感觉，正由于你在纽约期间没给我打电话，我才意

识到，实际上，我在你的生活中不过是个消耗品。也罢，既然是消耗品，自然而然的是，眼下我已经消耗殆尽……

顺便说一句，这个留言并非"抱怨"。

不管怎么说，我们在一起时总是那么美好。你是个让人难以辨认的物件，你像悲情的勃拉姆斯《第四交响曲》第一乐章一样，你的体贴和撩人实在让人魂牵梦绕……

不过，我是个特别简单的人，我太累了，不想继续了。唯有心存再写一本书的信念，才会让我下决心迎接新的一天到来。不过，我已经没有这样的信念了。其实也无所谓，你是我的太阳，是余晖中的太阳，在你的照耀下，我走了。

这个留言从天到地写满了一整页纸，吉莉只好在纸张边缘潦草地添了一句话："哪怕你有过一次'立刻飞到'我身边也好啊！"

如果她再坚持十个月该有多好！她那微不足道的力量其实也鞭长莫及，等我意识到这一点，已经为时太晚。

1967 年 1 月 3 日清晨，阳光明媚，天气寒冷，追悼吉莉的大弥撒在位于纽约莱克星顿大道的圣让·巴蒂斯特教堂举行。我形单影只地坐在教堂里的一个长椅上，当时我意识到，由于和吉莉这么突然地、彻底地分了手，我一辈子都无法完全恢复。沿着莱克星顿大道往家走的路上，我一直心情沉重，当时我觉得，我已经无法从婚姻里得到拯救，因为我无法拯救自己的婚姻，一切都无可挽回了。吉莉那令人扼腕的、匆匆忙忙的离世，以及我和特斯对这件事的不同反应，已经让我认识到，我觉得，特斯也已经认识到，我们双方再也不能凑合着一起过完剩下的日子了。

对特斯和我来说，早年发生的一些事长期以来一直可以容忍，虽然如此，在过去几年里，同样的事却成了灭顶之灾。在刚刚过去的数年里，我们之间的冲突越来越多，越来越激烈，相安无事的生活已经变得无法继续。如果我们希望自救，分手已经成为必须。尤其在过去两年的夏季，每当我和特斯来到农场，我们的冲突常常会持续通宵，直到双方都筋疲力尽。清晨来临时，我会把有关法国的手稿收拢到一起，还要翻出几本最重要的笔记和档案文件，将所有东西装进一个大箱子，塞进汽车后备厢里，确保所有东西不损坏。之后，我会出门找个避难的地方，例如老旧的小旅店，肮脏的汽车旅馆，或者到树林深处、湖水岸边，找个祥和安静的场所，奋力让自己的呼吸均匀，心情平复，以免精神彻底崩溃。

我终于在 1967 年 11 月 3 日下午在绝望中逃离了，彻底地逃离。我相信，这么做不仅拯救了我的生命，也拯救了我那长期处于水深火热中的妻子。然而，分手本身也是一次可怕的伤害。36 年来，无论处境好与不好，我和特斯一起走遍了世界各地，我们从未分离过。虽然我们曾经陷入困境，那些也主要是因为我的过错，但我一直暗怀着希望，无论终点是远还是近，我都要和特斯一起走向终点。我已经 63 岁，特斯也 57 岁了。如今我终于认识到，我的希望不仅是空中楼阁，而且相当愚蠢。不错，如今我相信，当婚姻中的不幸不断地挑战参与双方，如果任其继续，必将导致一方或双方彻底崩溃，反倒不如找个合适的时间和机会分手，这么做会显得更文明、更体面、更道德。婚姻病入膏肓，毫无希望，并且无可挽回，肯定是人生最可悲的少数几件事之一。当爱情、宽容、敬重已不复存在，反而被刻骨的仇恨取而代之，婚姻即已结束。在我看来，如果听任这样的婚姻继续，莫过于犯罪。

离婚同样给我们带来了极大的伤害。我说的不是通常那种摆不上台面的为了金钱无休止的争吵；也不是律师间无穷无尽的纠缠，年复一年的律师费耗尽了我们原本不多的存款；也不是相互间痛苦不堪的揭丑；甚至不是各种各样的谎言，例如痛苦地分手最初几个月，特斯对孩子们说，我没有为她留下一分钱生活费。实际情况是，我的半数收入都给了她（孩子们为此曾经怒斥我的恶劣行径，并且提议，他们会尽可能用自己的收入进行分担，以保证妈妈有饭吃）。但我这辈子因为好几个女人撒过许多谎，特斯以我之道还治我，我又能向谁诉说呢？

分手程序拖拖沓沓走过了将近三年时间，我和特斯之间的争吵终于走向了终结——婚姻就此结束了。

1970 年 7 月 25 日，星期六，莱诺克斯……双方律师经过两天（星期四一整天，昨天是从下午 1 点半到 6 点）激烈争吵，特斯和我在康涅狄格州纽黑文市终于走到了关键的节点。准备各种文件，前前后后历经两年多时间（需要支付天价的律师费），我们在正式的分手协议上签了字，特斯同意于下周飞往墨西哥正式办理离婚。经过两天折磨，我们两人都筋疲力尽……

我原来以为，终于摆脱了这桩婚姻，我会感到如释重负……我真实的感受反而是压抑和悲哀……

终于和特斯彻底分手了，我感到的是一种痛。我把自己的一些感受写进了给特斯的一封信里，我把信的副本粘贴在了这篇日记上。我们一起经历过充实的、有意义的、满是争执的人生。我感到遗憾的是，她无法（我是这么看的）以宽容的心态让这样的生活继续下去……

在纽黑文这一周，我们双方都没有无情地互相揭丑。只是在最后一刻，特斯看起来好似要崩溃的样子。签署完所有文件后，特斯毫不留情地谴责我的律师不接受她的口头承诺，她是为了尽早在墨西哥办理快速离婚才这么做的……尤其让她生气的是，我们"不相信"她的承诺，这是她的原话……

对我来说，这次分离实在可悲。特斯是挺胸抬头离开的，不过她差点没控制住情绪。由于一场热浪突然来袭，我特别担心她能否把车子平平安安开回家。不过，显而易见的是……如果（我）提议开车送她回家，她肯定不会接受。我们在律师事务所门口道了别，然后她孑然一身离开了，一个被遗弃的、不幸的身影。想到结束竟然是这种样子，我真想放声大哭一场。

以上是我那天记述的日记，或者说，那篇日记里的部分内容。以下是我写给特斯的信：

亲爱的特斯：

我们昨天在丑陋的纽黑文市的炎热中分手了，这事让我觉得非常悲哀。我们一起度过了那么长时间，在那么多大陆上一起经历了那么多风雨，我们的生活意义非凡，激动人心，充满欢乐，这段婚姻的结束无论是因为什么，都会让人深感丧气。

你经常问我，我怎么会忘了这些。其实我真的从未忘记，也不会忘记。如此重要的共同经历，又经过了那么多年，换作天底下最麻木的两个人都不可能忘记……昨天整整一下午我都在想这件事——以及分手到底是怎么产生的——与此同时，两个律师一直在为分配钱财的事争论不休……

临近分手关头还让你感到事情拖沓，实在抱歉……可那一切与我无关……

无论是生活中的残酷，还是人的弱点和犯下的错误，在一对相爱的男女之间导致了什么样的悔恨，我相信，爱绝不会就此终止。我对你的爱绝不会终止，永远不会……尽管我们之间有数不清的问题，今后的岁月无法一起度过，但我们过去的生活之丰富多彩，我们过去的生活之充实，远远超过了世界上绝大多数人的经历和认知。无论世事如何变幻，我们共同的经历都不可能被丢弃，它是其中一方或双方不可分割的组成部分。双方律师臆想出的那一摞文件签署与否，都无法抹掉我们共同的过去。

我希望你安好，希望你幸福。尽管我依照程序于昨天签署了文件，其中用白纸黑字规定了我对你的义务，但我永远会比文件规定更加关注你的情况……这几天，我们共同经历了磨难，尤其是最近两天在纽黑文的磨难，眼下最重要的是，我希望你尽快恢复。

爱你的比尔

1970 年 7 月 25 日

于莱诺克斯

我在 7 月 31 日的日记里记述，我接到了特斯的通知，她说当天将飞往墨西哥，前去办理离婚手续。那天的日记结尾写道："我感到极度空虚，一种内心深处的痛。"

从墨西哥返回不久，8 月 6 日，我和特斯又在农场见面了。

8 月 6 日，星期三①，莱诺克斯……在农场，我和特斯一边喝雪利酒，一边悠闲地聊天，气氛友好。然后我们一起吃了她亲手做的丰盛午餐，其中有脆烤奶油蘑菇扇贝，然后是精美的肉菜和通心粉，这几道菜都是当初我们休假时她在西班牙学的。我又一次感觉和她那么亲近……我一直在琢磨，过去几年中，我们双方一直无法解决我们之间的分歧，这是多么可悲的失败啊。

将近傍晚时分，我才离开，从租车公司租来的工具车里已经装了十多箱文件和书籍。我对分手结局深感遗憾，不过，我感到庆幸的是，今天还可以大方体面地在一起。

8 月 26 日，星期三，莱诺克斯……再次来到农场，协助搬家公司装运剩下的书籍、文件、拖拉机、农机具。特斯说，机器对她没用，她建议我最好都搬走。再次享受了一顿心仪的午餐。

8 月 28 日，星期五，莱诺克斯……到农场和因加以及她的两个女儿过了一整天。我将近三年没见她们了……戴尔德丽如今已经七岁，变化太大了，她已经从小女孩变

---

① 原文如此，当天实际应为星期四。

成漂亮丫头，她特别敏感。凯特琳特别外向，上次见面她还在地上爬，如今她都四岁了，非常好玩，讨人喜欢。我和她们玩得特别开心，后来与特斯和因加一起吃了午饭。说了许多贴心话……

我和农场再见了，以上记述的是我最后一次前往农场。20年来，农场给我的妻子、我的孩子们，以及我本人带来过那么多乐趣和闲暇。那里的土壤、田野、树林等让我重新有了落叶归根的感觉，我出版的大多数书籍的精华部分是在那里成文的。1970年平安夜的日记再次回顾了那一天：

　　那是夏末的一天，我去农场是为了搬运最后一批书籍和文件。我和特斯坐在草地上，一边喝饮料，一边放眼望向四野，我曾经在那里挥汗干活，我多么热爱那里。她准备了精美的午餐，后来我们一起吃午餐，还喝了上等的勃艮第干白葡萄酒。

还有另外一段回忆：

　　10月在纽约重演了同样一幕，我去那里是为了搬运书籍和文件，是为了最后看一眼我们位于纽约东河河畔可爱的住处。又是上等饮料、精美的晚餐和葡萄酒，还说了好多话，有那么一阵子，我在恍惚间想，那一切是怎么发生的——我说的是我的离开，后来那一切好像不那么真切了——第二天一早，我和搬家公司的人到达时，特斯对我说，再这么见一次面，她可受不了……我感觉，像我们这样长期一起生活，然后分手，任何人都无法完全忘掉过去。况且，何必追求忘却呢？

一年后的几篇日记：

1971年2月1日，星期一，莱诺克斯……特斯从纽约打来电话，她问我是否收到寄给我的"一个小东西"。东西还没到。我和她聊了几句才弄清楚，那是为了我们结婚纪念日……如果生活像以前那样延续，昨天我们就结婚40周年了。

2月3日，星期三，莱诺克斯……今天上午收到了结婚纪念礼物，一个箍着银套管的登喜路牌烟嘴，银套管上镂刻着我的名字……我一辈子拥有的最精致的烟嘴……我给正在纽约的特斯打了电话，向她表示感谢。

2月23日，星期二，莱诺克斯……今天我67岁！……昨天收到特斯寄来的一个价格不菲的烟锅（纽约登喜路）。（1月31日结婚周年纪念日，她已经给我寄来一个登喜路烟嘴。）她真是个慷慨的大好人，不过这么做犹如揭开伤口上的结痂。

离婚留下的创伤永远无法彻底痊愈。我会永远记住特斯，主要是她好的方面，那么多难以忘怀的年月，和我一起在欧洲、印度，以及回来以后在国内，我们一起经历了各种跌宕起伏，一起生育了两个漂亮的女儿。我迫不得已长期在外工作期间，她一手将两个女儿从幼儿期带进了青春期，无论我们何时在何地暂居，她总会营造出家的氛围——例如在维也纳，在西班牙海边的村子里，在巴黎、柏林、日内瓦，最后在纽约，在康涅狄格州的农场。特斯是个美丽的女人，她敏感、聪颖、活泼，浑身都是——每当她完全放开——维也纳式的魅力，我认识的所有女人无人能与她相比。我最熟悉她的天赋，她精通五种语言，天生是个语言学家。在纽约美术学生联合会学习一段时间后，她成了大有前途的画家。后来她扔掉画笔，开始潜心钻研古代和现代希腊，后来她涉足希腊考古领域，还因此出了名。

第二十四章

第三共和国的崩溃

由于我当时正深陷于人生的苦难和懊悔中，我咬着牙完成了法国沦陷一书。与《第三帝国的兴亡》一书相比，我用于研究和写作这本书的时间更长。正如见证法国沦陷是一件伤心事，记述这一过程也是一件伤心事。

1940 年夏季的第一个月，气候宜人，德国人突然间迅速地征服了整个法国。众多法国人思想转变之快让人咋舌，他们接受了失败，放弃了曾经让法国成为伟大国家的大多数东西，转而模仿起野蛮的日耳曼征服者。自由民主在法国遭到了废弃，随后建立的是一个没有思想的法国版本的纳粹极权主义政体。一个伟大的民族就这样失去了自我。

二战结束后，法国人渐渐找回了自己。自然而然的是，他们想忘掉可怕的失败，忘掉战败后发生的事。那不过是法国悠久历史的一个片段而已，它让大多数法国人抬不起头，大多数法国人不想提它。可以理解的是，鲜有法国历史学家乐意提笔写下当年究竟发生了什么，以及发生的原因。

"许多事必须假以时日，"法国索邦神学院首席历史学家皮埃尔·勒努万曾对我说，"时间会让创伤愈合。"当年，政府委派他组织和公布与战败相关的档案文件。不过，由于政府、议会、官僚机构不断更迭，他的所有努力最终付诸东流了。1958 年，二战结束 13 年后，他仍然常常抱怨："即使对享有特权的学者们而言，法国档案文献……依然无处可寻。"他私下向我承认，其实没有几个法国学者真的想利用那些文献。他鼓励我竭尽全力把书写出来。因为，他认为，与他的法国同仁相比，作为美国人，我的偏见肯定少得多，因而我可以更客观一些。

完成这样的书绝非一件易事。胜利的盟军差不多完好无损地缴获了纳粹德国政府的档案文献，包括德军最高统帅部、海军、纳粹党的绝密和机密文件，希望书写纳粹德国历史的学者没等多久即可借阅。然而法国的情况有所不同，对涉及自身的文献，法国政府至今仍然遵从着一条臭名昭著的法律——"五十年法"。根据规定，凡涉及国家机密的文件，至少在50年内禁止向学者公开。书写法兰西第三共和国的衰落和垮台，很难找到历史文献作支撑。

而且，即使调阅超过50年的文献，法国政府也是一副畏畏缩缩的样子。在给我的回信里，法国国防部称，"很不幸"，国防部军史部不向学者开放——同一封信还说，"甚至也不向法国军队的将军开放"——1900年以后的任何文献，也就是说，两次世界大战的保密文件都囊括其中了。[1]我向法国外交部提出请求后，外交部为我签发了一份文件，特许向我解密1815年之前某些学术研究领域的档案文件（理所当然包括拿破仑一世在数次战争期间的文件，以及维也纳会议期间的文件），还有一些1848年之前的文件，甚至有一些1896年之前的文件。外交部的文件没有贸然提及涉及20世纪的文献。法国国家档案馆馆长安德烈·尚松是个著名作家，也是闻名遐迩的法兰西学院院士，我相信，以他的身份，他对作家会有同情心，然而，我的愿望在他那里也落了空。我和他有过一次长时间的交谈，后来他给我写来一封信，对我的尴尬处境"深表歉意"。他接着表示，"我们必须严格遵守五十年法的规定，尤其是涉及上次世界大战和被占时期情况的文件"。

一开始，这种局面让人很气馁，我与堆积如山的第三帝国机密文件打过多年交道，因而我感触尤深。不过，随着时间的推移，后来我发现，不必违反相关法律规定，我也可以得到希望得到的大多数法国文献。这里仅举一例，法国前政要和将军通过两种方式奉献了足够的文件，尤其是法国将军：第一种方式是他们的回忆录，第二种方式是他们在审判通敌者过程中向法庭发誓提供的证词。为查清法国何以轻易向德国屈膝投降，法国国民议会成立了专门的"国会调查委员会"，调查1933年到1945年期间发生的一些事。战后，在让人精疲力竭的审讯过程中，为撇清关系，那些人公开了许多文件，最积极的当属亨利·贝当和皮埃尔·赖伐尔当政时期的政要和将军。法国前政府阁僚、政客、外交官、军官、将军都私下藏匿过秘密文件，因而那些人出庭作证时会出现人们司空见惯的场景：他们会带着鼓鼓囊囊的公文包出庭，当庭掏出成摞的秘密文件，为自己辩护，为自己洗清罪名。

一次，我访问一位关键的法国将军。一开始，我和他的交往困难重重，我利用我一开始的调研成果（对于研究课题，我已经掌握相当多信息）打动了他，渐渐赢得了他的信任。那次我在他家和他交谈正欢，他事先没打招呼，突然站起来离开，然后，他陆陆续续拖来三个箱子。他精心保护的箱子里装满了文件，正是我需要的那一重要历史时期的秘密文件，它们刚好补齐了我当时的缺失。

《第三帝国的兴亡》在法国的出版无疑也让我获益匪浅。法国学院派历史学家给予我的某些尊重，连他们的美国同行都从未给过我。出乎意料的是，我进行调研期间，他们当中的大多数人不仅想方设法帮助我，还积极协助我分析造成法国迅速沦陷的复杂成因，帮助过我的人包括法国最杰出的历史学家和一些政治家。法国陷落前几年，爱德华·达拉第和保罗·雷诺两人是法兰西第三共和国的最后两任总理、法国沦陷前最重要的政治家。他们专门腾出时间帮助我。做记者期间，我有过一种非常有价值的想法，我不失时机地将其应用到了与他们的交往中：如果记者能够以对等信息回馈被采访的政治家，在很大程度上，他们会敞开胸怀。正所谓"礼尚往来"。

达拉第对我在《第三帝国的兴亡》里披露的一些信息给予了高度赞誉。他在报刊上撰文说，我的书披露了许多有用信息，如果他当政时期知道书里披露的那些内容，他采取的行动肯定会与当时不同。

两位法国前总理都曾经抱怨说，由于"五十年法"的限制，他们也无法接触其当政时期的政府文件。不过雷诺离任时肯定带走了大量文件，因为他在其自传里大量援引了它们。我在他家与他见面不计其数，他也让我见识过不少文件。我在巴黎做调研数年，雷诺最终成了我最重要的信息来源之一。后来我意识到，与其他政客一样，雷诺向我提供文件别有用心，无非希望通过我肯定他的政绩。因而我援引他的文件时留了个心眼，留足了充分的回旋余地。不过，他提供给我的远不止历史文献，他还为我打开了许多扇门，那些门通向其他政客、军界首脑、历史学家、媒体编辑、外交家。对某些美国人来说，法国人往往难于沟通，不过，他们给予我的帮助和协调比我在其他国家得到的更多，甚至比我在美国国内得到的还多。

这十分值得注意，因为，我深入钻研的是个令法国人不快的课题：我研究的是导致法国沦陷的各种失败、错误、缺陷等。我曾经担忧，法国人可能会以冷眼对待我，可能会建议我把法国陷落之研究留给法国人，让外国人窥探法国的事太不合适了。[2] 然而，在五年调研期间，我和上百位法国人进行过交流，没有一个人持这样的观点。

我常常会整整一上午或整整一下午——可能的话也会整整一天——待在偶然发现的一个非常特殊的图书馆里。我说的是法国当代国际文献图书馆。那是个独一无二的图书馆，如其名称所指，那里收藏的都是当代历史文献，尤其是涉及二战和引发二战事件的文献。当年，图书馆位于巴黎星形广场旁边一座摇摇欲坠的宫殿里（后来它搬到了巴黎西郊楠泰尔的巴黎大学校园里），由于内部空间狭小，装不下所有馆藏，它在首都郊区还有个库房，一位性急的摩托车手整日不停地穿梭于巴黎拥堵的交通，往返于两点之间，为客户运送需要的文献。运用某种神奇的手段，该图书馆可以从法国国家图书馆以及巴黎大学图书馆弄到客户需要的资料，那样获取资料，远比客户亲自前往那两家庄严的学术机构节省许多时间。但凡去过法国国家图书馆的人都知道，那是世界级的大图书馆之一，但那里绝对没有性急的人（至少过去没有），因而，享受当代国际文献图书馆提供的便利，是一件令人快慰的事。当代国际文献图书馆的一位副馆长不愧是长着两条腿的当代历史文献知识百科全书。文史馆还有四位知识渊博且迷人的女性图书管理员，直到25年后的今天，其中一位管理员仍然与我保持着朋友关系，仍然是我的当代法国历史顾问。

可以肯定的是，如果没有当代国际文献图书馆的合作，我根本无法得到必需的材料，当然也无法创作以法国为题材的书了。另外可以肯定的是，如果当代国际文献图书馆没有在十分拥挤的图书管理员办公室为我腾出一张专用办公桌，那本书就不会在那么短的时间里付梓。

前往巴黎开始做调研之前，我一直在想，采访前述两位重要人物爱德华·达拉第和保罗·雷诺，说不定会有麻烦。他们两人是政治上的对手。这两位政客都有情妇，而且两位情妇都在各自男人的事业上扮演过重要角色，雷诺的情况尤为突出。对巴黎的记者和外交官来说，这几乎算不上什么秘密。一般而言，在记述历史过程中，政治家的情妇可能会引起我的兴趣，但除非这类女性对历史事件有重大影响，我才会给予特别关注——所谓影响，指的是通过自己的男人对历史事件产生了影响，或者，完全凭借自己对历史事件产生了影响，或者兼而有之。

口无遮拦的巴黎编辑和专栏作家佩蒂纳（安德烈·热罗）在其所著关于法国沦陷的书里这样表述过："历史少不了要提到她。"他指的就是达拉第的情妇。不过，他在同一本书里将雷诺的情妇描写得更加丰满。对法国来说，让情势变得尤其微妙的是，这两个女人后来成了死对头。一位政府官员说过，战争来临那年春季，在一次乡间周末聚会上，两位淑女"差点动手打起来"。

雷诺从未在其卷帙浩繁的回忆录里提及他关系密切的"朋友"，在战后与我面对面交流时，以及书信往来中，他也没有提及这位"朋友"。显然他认为，这是他的私人事务，他人无权过问。我和达拉第见面时，他对这一问题同样讳莫如深，因而我尊重他们两人的选择。我从来不提他们的这些事。不过，随着研究逐步深入，我发现，这两个女人的角色——尤其是雷诺的情妇——实在是太重要了，这已经不仅仅是他们的私人事务了。那是一段时间不算太长，然而非常重要的历史。一些法国作家已经开始拿德波尔特伯爵夫人（即雷诺的情妇埃杰里娅）与法国国王路易十四当政时期的曼特农侯爵夫人相提并论，甚至拿她与法国国王路易十五当政时期的蓬帕杜侯爵夫人相提并论。人们依然记得，我现在提到的后一位女士实实在在在统治了法国 20 年（1745 年到 1764 年）。德波尔特伯爵夫人从未走那么远——她当雷诺的情妇时间太短——不过，许多人认为，她试图那么做。我后来决定，在创作以法国沦陷为题材的书时，必须辟出一定的篇幅记述她的经历，我也必须在书里多多少少提及她的死对头。像上述两位法国国王的情妇一样，后者也有个响亮的贵族头衔：侯爵夫人。

这两个女人的背景出奇地相同，两人都生长在富裕的资本家家庭，都嫁给了贵族，因而两人都有头衔，都有金钱做后盾，两人追逐政治权力的方法也一样，都是通过与看起来极有可能攀上权力巅峰的政客拉关系。

达拉第的情妇德克吕索尔侯爵夫人的娘家姓名是让娜·贝齐耶，她是法国西部港口城市南斯市一位商人的女儿，她父亲依靠沙丁鱼罐头厂发了一笔财。为了拥有贵族头衔，她嫁给了德克吕索尔侯爵，后者是令人畏惧的于泽公爵夫人的孙子。为追求更有意思的生活，她搬到巴黎居住，在那里认识了达拉第。当时后者的夫人已经去世好几年，他孤身一人居住在一套中档公寓里。他们两人很快热络起来，为助推达拉第的事业，德克吕索尔侯爵夫人将他带进了纸醉金迷的巴黎社交圈。专栏作家佩蒂纳是这样评价的："她是个精力过剩的女人，相当迷人……然而过于恋权、贪婪、专横。"在法国作家安德烈·莫洛亚笔下，她是个"端庄和美丽的女人，然而过于贪权，对经济和政治说教情有独钟"——其实她对那些知之甚少。不管怎么说，两位作家对达拉第的情妇看法相同：与她的政敌不同，她易于满足，甘愿躲在幕后，以藏而不露的手法行使自己的权力。

埃莱娜·德波尔特的父亲勒比费尔是一位富裕的马赛承包商和航运巨头。聪明伶俐、博学多才、精力无穷、野心勃勃的埃莱娜嫁给了德波尔特侯爵和德加达尼公爵夫人的儿子让·德波尔特伯爵，不久后，她成了其父在马赛开设的诸多商业机构之一的雇员。正如《巴黎晚报》杰出的年轻编辑皮埃尔·拉扎雷夫评说的那样，两位有贵族头衔的丈夫"给他们的夫人以充分的自由"。因而伯爵夫人步侯爵夫人的后尘，前往巴黎开始了她的征程。很快，有人将她介绍给了雷诺，当时后者是个走中间道路的保守派，政治上正处于上升阶段。一开始，这两人似乎只是一种调情关系。埃莱娜·德波尔特还成了雷诺夫人的闺中密友。不过，雷诺的仕途变得前途似锦，成为一位重要的政府阁僚时，德波尔特女士也成了他的情妇。随之而来的是正房和情妇之间的残酷倾轧，而且往往呈现在公开场合，让人十分难堪。最终，雷诺只好从家里搬了出来，在巴黎波旁宫找了个单身公寓，后来他一直居住在那里，直到其漫长的生命终结。伯爵夫人正是在那个地方完全占有了雷诺。雷诺才华出众，意志坚强，伯爵夫人究竟是如何将其牢牢地攥在了手心里，我一直未能参透其中的奥秘。与她打交道，仅靠奉承将一无所获。

在法国陷落的关键时刻，英国将军爱德华·斯皮尔斯爵士偶尔见到德波尔特夫人——将军常常受不了她——他对后者的描述如下：

中等身材，皮肤黝黑，还把卷曲的头发往上梳，头发散乱无比……她有一张大嘴，她的嘴巴说出的话总是那么不协调……用男性通常的眼光来看，她似乎没有一点魅力。

拉扎雷夫常常遇到德波尔特女士，他认为，后者"身材有点短粗……一双漂亮的眼睛，一双漂亮的腿，衣着品位不高，头发总是乱蓬蓬的"。他还从后者微微前突的龅牙看出来，她是"那种喜欢权势的人"。

在公众眼里，法国作家安德烈·莫洛亚笔下的女性往往非常高雅和华贵，但就连他都无法隐瞒自己对埃莱娜·德波尔特的看法：

> 她有点狂躁，易怒，手伸得太长，接着发生的一连串事件证明，她是个危险人物……她对人颐指气使，似乎是她的野心使然。雷诺担任财政部部长一职根本满足不了她。她决心不惜一切代价让雷诺当总理。她整天游走于巴黎的各个沙龙之间，四处散布言论说，达拉第是个无能之辈，她让人人都明白一个道理：雷诺应当接替达拉第。

1940 年，时间移至 3 月底，雷诺果真取代达拉第成了法国总理，后者仅仅保留了国防部部长一职。在担任总理四年期间，达拉第一直兼任国防部部长。在这样的职务任免中，德波尔特夫人可能起到过推波助澜作用，但可以肯定的是，这与她的阴谋诡计无关。起主要作用的是国民的感觉，以及议会的感觉，即达拉第对推动战争不够积极。希特勒占领波兰后，德国与西方的"假战"已经持续六个月，有迹象表明，它已经接近终点，英国和法国同盟迟早会与德国爆发军事冲突——法国领土上一直没有任何战斗，即使战争不在法国爆发，也会在斯堪的纳维亚地区爆发。

埃莱娜·德波尔特的情人如今已然成为顶尖人物，社会上开始流传各种各样的说法，其内容为，她如何竭尽全力帮助情人治理政治上四分五裂和弥漫着失败主义的国家，以备战德国的进攻。在某些场合，她甚至亲自出马治理国家。

安德烈·莫洛亚回忆前往总理府拜访新总理的情景：

> 他非常沮丧和紧张。桌子上有三部电话，其中一部直通国防部，第二部用于对外联络，第三部通向德波尔特夫人的房间。后一部电话响个不停。雷诺每次拿起电话听筒，总会静听数秒钟，然后他会非常夸张地嚷嚷："知道了……知道了，那当然……可我已经明白……不过，请让我自己处理……"最后，他不再接听电话。

希特勒征服了挪威，将运气不佳的英法联军赶出了那个国家。雷诺于不久后的 1940 年 4 月 27 日病倒了，医生强制他在巴黎波旁宫的家里卧床休息。皮埃尔·拉扎雷夫有很重要的事找雷诺，他直接打了个电话过去，接电话的是埃莱娜·德波尔特。

她在电话里说："我们实在太忙，亲爱的。不过，你直接过来吧。"拉扎雷夫记述道：

> 我到达时，埃莱娜·德波尔特坐在保罗·雷诺的位置上，将军、高官、议会议员、行政官员围着桌子站成一

圈，俨然是她在主持内阁会议。大部分时间是她在说话，出主意，下达命令。她说话语速快，一副不容分说的口吻。每隔一段时间，她会推开门说："感觉好点了吗，保罗？好好休息，你需要好好休息。我们正在着手解决。"

几个月后，德国坦克长驱直入，横扫法国，没过几天，德国人已经抵达英吉利海峡。从巴黎逃往波尔多地区的法国政府在卢瓦尔河河畔短暂停留期间，英国驻法国联络官斯皮尔斯将军赶巧碰上了雷诺总理那位盛气凌人的情妇。当时法国军队已经溃散，法国政府里和军队里弥漫着失败主义，强烈要求雷诺立即向德国提出停战请求。在法国历史那么关键的时刻，德波尔特夫人站到了失败主义一边，她正在劝说情人接受失败。到那时为止，雷诺一直坚持继续抵抗，首先是在法国西北部布列塔尼地区，其次是在北非，他想把法国政府机构搬迁到北非。6月11日，英国首相丘吉尔飞到了卢瓦尔河河畔，他意在说服法国政府和军方不要放弃抵抗。不可否认的是，当时的形势让人绝望，巴黎的陷落已经近在咫尺。一战英雄贝当元帅固然让人肃然起敬，总司令魏刚将军麾下的法军正在节节败退，他们两人正在联手劝说雷诺放弃抵抗，请求德国人停战。德波尔特夫人正在全力支持他们。

斯皮尔斯将军开车前往卢瓦尔河河畔的池塞城堡拜见总理时，赶巧碰上了德波尔特夫人。他写道：

让人万分惊讶的是，我看见德波尔特夫人站在大门口的台阶上指挥开进院子的汽车。她身上穿着红色的睡衣，睡衣外边罩着便袍。她正在大喊大叫，告诉司机们到什么地方停车。

惊讶的英国将军斯皮尔斯说，"为了避开那位女士"，他自己找了个地方停车，然后走进了楼里。他有好几件事要办，其中之一是寻找伦敦发来的一份"最高机密"电报。有人告诉他，已经安排人给他送去电报了，可他一直没收到。他就此问题询问雷诺的首席外交顾问罗兰·马尔热里，对方告诉他，电报找不着了，不过他们正在四处查找。到末了，终于有人送来了一份皱巴巴的电报。

"嘁！"马尔热里感叹道，"居然是在德波尔特夫人的被子里找到的！"

那位厉害的女士不断出现在雷诺的房间里。斯皮尔斯说："这一次，她穿上了女性的正装，一会儿和这个耳语两句，一会儿和那个耳语两句。"后来，在午餐过程中，英国大使告诉斯皮尔斯："每当有人离开总理的房间，她都会冲进屋里，询问离开的人都说了些什么，她总是不忘高声谴责总理几句。她常说的话有'他刚才说了什么？再继续下去有什么意义？'"

"那是个没有一点吸引力的女人，"斯皮尔斯认真想了想，接着说，"毫无疑问，她不漂亮，更加无疑的是，她总是衣衫不整。"

丘吉尔返回卢瓦尔河河畔，第二次试图全力支持犹豫不决的法国人期间，德波尔特夫人仍然在不停地向总理施压，为的是迫使总理向德国人屈服。按照《小巴黎人报》记者的说法，英法首脑进行密切磋商期间，那位好心的女士在会议室和院子之间跑来跑去，将参加会议的副外长保罗·博杜安一次又一次喊出来，叮嘱对方把她的观点转告雷诺。

"告诉保罗，"这是她的原话，"我们必须放弃，我们必须结束这件事。必须停火。"

雷诺的本意是反对与德国人停火，他一直坚持到了最后。后来，贝当元帅取代他成了总理，并且立即提出了停火要求。一些人认为，坚守波尔多地区的最后几天，面对最严峻的局面，雷诺原本可以更强硬些，他完全可以像军事顾问戴高乐将军以及其他几位内阁成员要求的那样，将法国政府转移到北非的几个殖民地。政府从那里坐镇指挥，法国可能会坚持更长时间。然而，他那固执己见的情妇将他的锐气磨掉了。

在上千页的书里，我仅用三到四页描述了两位法国领袖的两位淑女"朋友"。1940 年 6 月，法国何以那么迅速就彻底崩溃，其原因既繁多又复杂，而且与法国悠久的历史有关。或许法兰西第三共和国从诞生那天起即已注定它的灭亡，因为第三共和国内部从一开始就存在深刻的分歧，而且分歧从未得到解决——绝大多数选举出来的法国国民议会议员想要的不过是改朝换代。第三共和国有过短暂的辉煌和成就，也有让人瞠目的诸多失败，以及凄凄惨惨的终结，伯爵夫人和侯爵夫人两个角色不过是添加进共和故事最后一章里的一点点作料而已。另外，第三共和国还触及一个像历史一样悠久的主题：包括夫人和情妇在内的各种各样的女性对历史进程的影响。纳粹德国缺少这一特性。阿道夫·希特勒一生接触的诸多女性只有开始，没有结尾，他的情妇仅仅是个象征。

我在巴黎做调研期间，有过一次短暂的、令人眩晕的、灰飞烟灭的感觉。那种感觉是 1961 年 7 月 7 日我在雷蒙·阿隆家里与他交谈时产生的，他家坐落在塞纳河河畔的帕西滨河路。阿隆是战后法国学术界、政治界、新闻界的重要人物，是个声名远播的法国保守派，与美国学界和政界评论员关系甚好，对思想极为开放的人亦如是。当年我与他见面时，他在巴黎的学术事业如日中天，他的大部分时间和思想奉献给了由他主笔的法国《费加罗报》头版的固定专栏，该报是法国首都发行的主要保守派日报。无论在法国还是在海外，尤其在美国，阿隆的许多崇拜者将他奉若伟大的哲学圣人。我崇拜阿隆，在法国期间，我也阅读他定期发表的文章。然而，对其他崇拜者的看法，我不敢认同。在我看来，阿隆的保守主义，以及他对政治、经济、世界总体形势的看法过于狭隘。不过，我依然认为，他是那种能让我开阔眼界和获益良多的人。当时我正忙着搜罗各种观点。

我在日记里写道，在我和阿隆畅谈期间，他提出了一个"有意思的（令人愕然的）论点"。后来我把那次谈话的要点记述成文字时，我认真想了想，他当时说的话把我吓了一跳。27 年后的今天，当我认真思考这一问题时，我仍然对他当时的话感到困惑。当年我完全想不到的是，向我提出这一论点的居然会是他。

阿隆当时的想法是，1940 年 6 月，法国在战争初始阶段很快战败，进而向德国乞降，从长远看，法国是赚了。至今他的想法仍然没变。他的论点是，如果法国像 1914 年到 1918 年那样阻止希特勒的军队，进而继续战斗下去，整个国家青壮年中的骨干都会死掉——大约有 150 万人——情况会与第一次世界大战一样。1940 年那次，法国在人力、物力、财力方面损失很小，使其能在 1945 年后迅速恢复，并且重新繁荣。

（我的日记写道）包括阿隆和其他法国人在内，他们似乎都没有意识到，是盟军解救了法国，正是由于那些国家——包括英国、苏联、美国——参与了战争，法国才有了恢复的可能。

有人拯救，总比根本没人拯救好。但如果这个民族能够自救那就更好。由于法国在第一次世界大战中损失惨重，它在二战中因其年轻人的生命免遭涂炭而欣喜若狂，人们会表示理解，也会表示同情。从某种程度上说，法、英两国在第一次世界大战中遭受了令人愕然的生命和财产损失，而且从未真正恢复。不过，假如英国、美国、苏联没有解放法国，会出现什么情况？法国会继续在纳粹德国的铁蹄下苟延残喘。正如希特勒曾经计划将波兰和苏联彻底摧毁一样，德国可能会把作为国家的法国也彻底摧毁。仅仅为了拯救150万年轻人的生命，其他法国人将永远成为纳粹德国的奴隶，这么做有什么可取之处？

在法国，在海外，许多人将阿隆当作哲学家，当作伟大的圣人，但他和与他想法相同的人们从未真正面对过上述问题。我认为，他们也不愿意面对这样的问题。我曾经非常委婉地向阿隆提出这样的问题，他却没有回答。

尾　注

[1] 幸运的是，就历史问题而言，法国政府很久以前正式公布过涉及第一次世界大战的大多数历史文献。

[2] 许多德国人正是以这样的态度对待《第三帝国的兴亡》的。

第二十五章

再掀波澜

1969 年 2 月 3 日，莱诺克斯……下午 1 点 15 分。今天我终于完成了写法国的书，在页码为 1618 的纸上写下了"全书完"三个字。八年的劳作结束了。我感到欣慰的同时，也感到了悲凉。这么多年来，这本书成了我生活的重要组成部分，没有书可写，生活会变得很奇怪。或许这本书会成为我最后一个大部头。这本书和写德国的那本伴随我走过了 15 个年头。虽然我的个人生活很不幸——我离家是一年前的事——但我的工作激动人心，每一天都如是。

过了一会儿，我才想起来，我忘了写"尾声"——忘了写主要角色的结局……一些人被处以死刑，几乎所有人被判监禁。因此，当时间移至午夜，全部手稿已经有了 1620 页！

8 月 7 日，莱诺克斯……论述法国的书定于 11 月 13 日发行。已入选"每月读书俱乐部"1 月份推荐书目。《展望》杂志要在下个月刊登摘要。这本书饱含着八年的艰苦努力，我真想知道它的市场反响。可谁都无法预测。

《纽约时报》的态度就是一个例证。我很惊讶，这份著名的报纸痛批了这本书——不是一次，而是两次。一次是每日书评版，另一次是周日书评版。远不止如此，《纽约时报》新闻部邀请我接受该报一位记者采访，该报还计划派一位摄影师为我进行摆拍，为的是赶在 11 月 13 日我的书发行之前发表一篇文章。最终结果是，文章到 12 月 29 日才发表，那时候，书的发行日期已经过去六周，早已不是新闻。文字记者写的东西没什么问题，然而，摄影记者那方面出了问题。他到我位于莱诺克斯的家里来了，他一进门就抱怨，前一次在纽约卡耐基音乐厅，在他准备为我拍照时，我把他从主席台上挤到了台下——他的说法不像是真的，因为我不记得自己登上过卡耐基音乐厅的主席台，而且我从未在任何地方将任何人挤下过主席台，尤其是那位摄影师的身量比我大了一圈。退一步说，《纽约时报》刊登的他拍摄的照片实在让人不敢恭维。

那篇文章的某个段落肯定会让一些读者感到奇怪。那年12月29日，该文发表那天，整个美国东部已经被几年一遇的一场暴雪掩埋，那一地区正处于呼啸的大雪中。然而，那一段写道："最近的某一天，天气寒冷，天空飘着雨，夏伊勒先生正在书房里工作，他居住在一座木结构的白色房子里……"我阅读那篇文章时，窗外正下着大雪，街对面的建筑隐没在了大雪里。所以，《纽约时报》的人到我这里采访那天"天气寒冷，天空飘着雨"，指的是六周以前秋季的某一天。我居住在伯克希尔，通常，冬季会在12月初到来，整个大地会覆盖上一层积雪。

是否真的像一些出版商和朋友猜测的那样，那是《纽约时报》故意在败坏我这本书？或者，那仅仅是一次巧合？我半信半疑。《纽约时报》驻华盛顿总编辑和专栏作家詹姆斯·赖斯顿是我的老朋友，他在写给我的信里言之凿凿地说："《纽约时报》没有阴谋，没必要对夏伊勒那么野蛮。"他在信里还说，连他都"对那两篇书评感到惊讶，感觉自己也被它们刺伤"。

我不仅感觉自己被刺伤，我还很愤怒。这么好的一份报纸，竟然会有两位书评家向他们的读者刻意歪曲我书里的内容，其中一人的用词还惊人地粗鄙。不管怎么说，对《纽约时报》这么好的报纸来说，这是让人惊讶的。

用词粗鄙的那位是《纽约时报》每日书评栏目的一位评论员，他的名字是莱曼－豪普特。让我惊讶的是，我的书竟然交由他评论。我惊讶的原因是，从他以前写的书评看，我认为，他对历史缺乏基本的了解。

他先表示，夏伊勒是个"通俗历史学家"，进而说，"上帝也认为这无可厚非"。接着，他就什么是"书面历史"向读者说教了一番，尽管他明显对此话题一无所知。他坚称，书面历史是"一种对现实的变形"。然而，他抱怨道，"对于这一点，夏伊勒先生却不买账。他一意孤行，坚持用文字去复制原生态的历史"。

这让他很烦恼。他在文章里称，至少他认为，法国 1940 年的覆灭和第三共和国的崩溃远没有那么重要，我竟然小题大做写了那么冗长、那么详细的一个大部头！他进而说，无论如何，德国于 1870 年把法国打败过一次，同一个德国于 1940 年再次打败了法国，至于那么大惊小怪吗？

我以为，既然此人对历史如此缺乏了解——或许他觉得，人们根本没必要花费心血了解近在咫尺的历史——除了无知的荒唐言论，人们还能指望他说些什么呢？显然他没有理解我在书里引用的一位著名法国历史学家的话，写下这几句话不久，纳粹德国人就把那位历史学家枪决了。我说的是马克·布洛赫，他说，法国那年 6 月的覆灭"是有着悠久历史的法国自诞生以来最为可怕的陷落"。对笃信天主教的法国哲学家雅克·马利坦而言，那次陷落是对一个"伟大的国家前所未有的羞辱"。对我本人来说——我 1940 年 6 月 17 日的日记写道，我当时的感觉是"我们亲眼见证了法国社会的彻底崩溃，包括军队、政府以及人民斗志的崩溃。变化之巨实在让人难以置信"。

该评论员认为，法国那次陷落与 1870 年法国向普鲁士人投降，两件事可以相提并论。然而，这两件事根本没有可比性。我继续阅读文章，文章将我称作"畅销书作家"，他还说，我这部新作像前一部作品一样入选了"每月读书俱乐部"推荐书目，我可以从字里行间感觉出来，他似乎对我有点愤愤然。他把"点睛"之笔留到了最后。他向本文读者推介说，我的书的确有几部分值得阅读，然后笔锋一转，在结尾处表示："其他部分只能撕下来粘贴宠物的窝，或者干别的用。"言外之意是，当作宠物的擦屁股纸用！

这是我第一次见识这位评论员在文章里用词之粗鄙——《纽约时报》竟然全文刊发了——我想，也许用词粗鄙在我漏看的文章里是稀松平常的事，我漏看的文章不在少数。

《纽约时报》周日书评版编辑将我的书交给一位名不见经传的哥伦比亚大学历史教师，让其写书评。我的几位出版商朋友认为，九年前，那位编辑——要么就是该编辑的前任——将我的《第三帝国的兴亡》交给了牛津大学著名历史学家，因为那位编辑确信，一位不知天高地厚的美国记者竟然写出了一部历史书，英国权威肯定会把那本书批判得体无完肤。出乎意料的是，牛津大学现代历史著名教授特雷弗 - 罗珀后来在刊登于头版的文章里给了很高的评价。我的几位出版商朋友相信，由于特雷弗 - 罗珀得罪了《纽约时报》书评的编辑，后者一直没有原谅他。我相信这不是真的。西蒙与舒斯特出版社的几位编辑认为，无论如何，书评这次绝不会再次冒险找著名历史学家了。因而这次干脆在附近的哥伦比亚大学找了个不知名的青年教师。

　　和多数美国学界人物的做派一样，那位先生对我的作品采取了一种屈尊俯就的态度。然而，在刻意扭曲我书里的内容方面，他比大多数人手段更高明。在文章开篇处，他首先向《第三帝国的兴亡》开刀，他说，那本书"利用巨大的篇幅对许多事做了盖棺定论，尽管遭到学者的否定，它却已经成为上千万人的读物"。

　　西蒙与舒斯特出版社编辑彼得·施韦德在写给《纽约时报》书评编辑的信里问道：遭到了哪些学者的否定？施韦德进一步指出，是书评自己将特雷弗－罗珀极力赞颂那本书的评论文章刊登到了头版。他还援引了另外一位学者的评论，即威廉姆斯学院的弗雷德里克·L. 舒曼所做的评论，后者把《第三帝国的兴亡》一书称作"论述纳粹德国的权威作品，内容丰富、意义非凡、史料翔实"。

　　与《纽约时报》每日书评版编辑的做派一样，年轻的哥伦比亚大学教师对我此前出版的《柏林日记》《第三帝国的兴亡》等书成为"畅销书"，成为"每月读书俱乐部"的推荐书目感到愤然。让他更加愤愤不平的是，他接着论述道："《第三共和国的崩溃》如今竟然也成了'每月读书俱乐部'的推荐书目。"对许多情同手足的学界人士来说，如果一本书成了"每月读书俱乐部"的推荐书目，而且市场反响强烈，那么，此书必定是一本坏书。显然，那位年轻的大学教师所持观点与此相同。他的评论文章差不多一直围绕这一主题展开。他低级地指出，我创作本书是"出于商业动机，（记述纳粹德国的书）成为畅销书之后，必然会有一本续集跟进，因而就有了（记述法国的书）"。如果那位年轻人的脑子稍微好使一点，或许他会明白，如果哪位作家一心一意想写出一本畅销书，最终结果必然是，其作品既卖不动，也没人读。无论如何，从我这方面说，我从未有过他所说的"商业动机"。当年，没有人相信《第三帝国的兴亡》卖得出去。实际上，这本写法国的书（在美国）卖得并不好，甚至连预付款都没有收回来。

哥伦比亚大学教师生气，其实另有原因，我在"致谢"里表示，对于像我这样的非学界人士记述历史一事，欧洲教授和美国教授态度有别。他不喜欢我这番表示。我在"致谢"里向数十位在大学里工作的法国著名历史学家表示了感谢，感谢他们对我的帮助和指导，我把他们的名字——列了出来。我还进一步说，他们当中没有一个人"像美国学术界同行那样藐视闯入他们神圣领域的前记者——这种愚蠢的行为在欧洲闻所未闻，在欧洲，没有讲授过历史并不会被当作没有资格书写历史"。年轻的教师认为，我"没必要"发这样的感慨。

年轻的教师做出了如下批判：本书的重大失误之一是没有"重大主题"。似乎第三共和国可怕的陷落，以及第三帝国的兴起和灭亡，这些都算不上什么大题目。由此可以引申到比我层次更高的一些人，英国历史学家爱德华·吉本所著罗马帝国的垮台和覆灭，古希腊历史学家修昔底德所著伯罗奔尼撒战争（战争导致雅典垮台），这些都算不上"重大主题"。

并非所有教授均未看出本书的主题。普林斯顿大学历史学教授埃里克·F. 戈德曼主动给我写了封信："这无疑是传统意义上的历史巨著——其主题之重要不言而喻，为其锦上添花的有大量的研究成果，贯穿全书的、真诚的、人性化的学术观点，虽然其中的学术观点值得商榷。"

哥伦比亚大学的教师在长篇评论的结尾处还有点睛之笔。

尽量这本书中翔实的史料是我花费数年时间在法国搜集来的，与许多最杰出的法国历史学家核对过的，但他向读者指出，总体上说，只要"稍加认真读一下"这本书，人们会发现，它的内容来源于"1940年的地摊文学"。

我在这里费了不少笔墨评论上述两篇《纽约时报》书评，原因有二。其一，正如大多数篇幅巨大的叙事历史作品一样，我记述法国沦陷的书肯定会有这样那样的错误，但凡学识渊博的书评家，应当具备发现错误的能力，如果想对得起书评家称号，必须将错误指出来。对于这样的评论，作者没什么可抱怨的。让作者觉得不可接受的是，评论文章——恰如上述两篇文章所示——刻意回避为读者指出所评作品的主要特点，哪怕一点点都没有指出来，例如本书的视角、跨度、内容、学术性、史料、观点、结论。无论评论家的观点与作者多么针锋相对，指出这些是必须的——此二人反而向读者们描绘了一幅虚假的、扭曲的景象。作者当然不情愿成为偏见和妒忌的牺牲品，即使偏见和妒忌来自学术界。借助评论文章误导读者，说我记述法国的书——即使其中的某一部分——基于"1940年的地摊文学"，不仅是廉价卑劣的噱头，更是一种蓄意的欺骗。

其二，当年，所有美国作家都很在乎《纽约时报》书评是否公正、中肯，尤其在乎周日书评版的评论。因为，1969年前后，在泛纽约地区，但凡涉及评论书籍，那份报纸几乎处于垄断地位。唯一的竞争来自纽约城里某报社的早报和晚报，而那个报社对书评并不重视。从全美国范围看，仅泛纽约地区一地，图书的发行量、销售量、阅读量就超过了美国其他地区的总和。

由于其垄断地位，通过发一篇评论，《纽约时报》可轻而易举将一部新戏——这种事经常发生——置于死地。该报的评论很难将一本新书置于死地，却能够败坏它，尤其在每日书评和周日书评连续出击的情况下更是如此。

从那时往前上溯三年，在《纽约先驱论坛报》可怜巴巴地咽气之前，情况远不是那样。当年，《纽约先驱论坛报》每日书评版由刘易斯·甘尼特开创和主笔，堪称优秀的书评，同样优秀的还有艾丽塔·范多伦主笔的《纽约先驱论坛报》周日书评版，后者堪称与《纽约时报》周日书评版旗鼓相当的对手。无论《纽约时报》的每日书评和周日书评发表什么样的议论，由于《纽约先驱论坛报》的存在，人们尚能在两份报纸之间寻求公正。如今，维持平衡的手段已不复存在。

理所当然的是，对我论述法国的书，全美各报纸杂志的严肃评论褒贬不一。像对待《第三帝国的兴亡》那样，《时代》这次同样表现得居高临下。《时代》对两本书的结论相同：论述如此重大的主题，我尚欠资历。《时代》的同门刊物《生活》杂志的结论恰好相反，该杂志的评论员赞誉本书是以法国陷落为题"记叙得最发人深省的作品"。"最值得赞誉的是，对1940年法国陷落一事，本书解释了它不仅是一次军事上的失败，更是政治制度和整个社会的落败。"

对这本论述法国的书，《大西洋月刊》评论员的批评之声在其评论文章中占了大部分篇幅——例如，本书的风格不是"特别鲜明"，本书对待19世纪的历史有点"写实，没有什么独到的见解，一些概括也是左右逢源"。然而，评论员在文章结尾处称，本书在"涉及人情味方面，涉及真实的人间悲剧方面"，可谓"比它傲人的前作《第三帝国的兴亡》更加动人"。

> 夏伊勒在很大程度上实现了他的预定目标。……他做
> 到了公正，本书在极度的煽情中不失学术风范。阅读过上
> 千页内容后，绝大多数读者对法国人民以及他们过去的苦
> 难会有一种全新的理解。

与此形成对照的是，一位《华盛顿邮报》评论员认为，
法国人为 1918 年的胜利付出了代价，我的书对相关事实一带
而过，论述太少，该评论员在文章中刻意列举了相关事实——
而我以为，他列举的所有事实都源自我在书里对那次胜利所做
的详细记述。与《纽约时报》周日书评版评论员如出一辙，
《华尔街日报》评论员同样是鸡蛋里挑骨头，他指责我在渲染
法国前总理爱德华·达拉第和保罗·雷诺的情妇方面耗费的时
间多于分析第三共和国"在 20 年里形成的甘于欺骗和甘于失
败的社会氛围和社会心态"。人们难免要对这种人的数学能力
表示怀疑，因为我的书对后一问题的论述占了 810 页，对前一
问题的论述加在一起不过三四页。

一些记者出身的评论员的文章触及了如下命题：记者是否
应该将撰写历史留给学院派独享？他们的意见似乎很统一：不
应该。一些人甚至走得更远，他们认为，一些记者已经成了名
副其实的历史学家。例如，一位《堪萨斯城星报》评论员论
述道：

> "第三共和国的崩溃"本是人们热议的话题，然而，
> 使其成为一本书的人是个记者出身的专业历史学家。

这真是高抬了我！

上述评论员坚持认为，应当区别对待记者和历史学家。陶森州立学院的某历史学教授在《巴尔的摩太阳报》发文抬举我：

> 由于生活阅历丰富，作为资深记者和新近被冠以历史学家头衔的威廉·夏伊勒因名获利的同时也在因名遭罪。
>
> 他尚且未能完全适应将这两个矛盾的角色合二为一。可喜可贺的是，有一点必须明确，他把常人能做的做到了极致……

实际上，该教授接下来是这样说的，我"没有将人类划分为英雄和反派两种苍白无力的角色，而是描述了人类在自相矛盾的动机中的挣扎，从而获得了巨大的成功"：

> 即使有朝一日有人写出了关于1939年战争史的最终版本，夏伊勒先生的著作仍然不失为重要的史料来源。在那之前，人们有足够的理由对本书进行争辩，人们也会因为长时间阅读本书有所收获和感到满足。

普林斯顿大学教授埃里克·戈德曼在来信中为我鼓劲，开头写道：

> 昨天夜里，我读完了你写的法国的陷落一书，因而想给你写信。我被这本书吸引，我为它感动……

我在前边摘引过教授来信中的评语。收到他那封信之后，我给他回了封信。我在信里问道，为什么他的大多数同行总是攻击我？他回信说道：

> 如你所知，迄今为止，学术界风气一向如此，许多人总是对写出好书的人穷追猛打。他们不可告人的心理标准是，大凡涉及重要的历史，必定特别乏味。让我担心的是，此种趋势有增无减……

他还认为，这种趋势在书评界同样有增无减，评论家排斥所有"过于成功的"书。

> 对于诽谤，任其自生自灭会显得更人性化。不过，我坚信，像你这样站出来对这些诽谤说"不"绝对正确。你笔下的历史著作之伟大有目共睹，不仅已经广受认可，而且随着时间的推移，必定会——我敢断言——获得更加广泛的认可。这两部作品堪称历史著作的丰碑之作，以龌龊的小人之心根本无法撼动。

英国评论家一如既往摆出一副居高临下的姿态。他们似乎有充分的理由生气：居然蹦出个美国人书写欧洲历史，书写他们居住的拥挤的小岛国，另外，此人居然是个记者。换成英国人，肯定写得更好。

大多数英国评论家对牛津大学著名历史学家和作家A. J. P. 泰勒的说法（他的说法实际上为希特勒开脱了发动二战的责任）亦步亦趋，他们在《伦敦观察家报》刊文称，与探索第二次世界大战根源的所有书籍相比，我这本书堪称最没头脑的书。泰勒声称，我的书没有新内容，英国的饱学之士对书里的内容早已了如指掌。泰勒还说，我"对英文的掌控有瑕疵"，他列举了我引用的一位比利时政治家的话进行说明，这就好比说，我对比利时人的英语好坏负有责任。

仅有一位英国评论家喜欢我的书，此人是伦敦《星期日电讯报》的威廉·麦克尔威。他和泰勒解读的好像是完全不同的两本书。麦克尔威提到，我在副标题里将本书称作"一次探索"，他认为，"《第三共和国的崩溃》在未来许多年里很有可能被人们当作这次探索的权威解答"。

> 考虑到法国档案管理人员对"五十年法"的僵化态度，本书的史料虽有残缺，但已经足够丰富。而且我认为，即使到1990年所有文献解密之日，本书所涉结论鲜有能够被轻易撼动者。
>
> 作为记者的夏伊勒的确侵入了他人的专业领域，然而，他的作为仅仅给经过考证的历史事件增添了鲜活的细节。没有任何必要将这本书当作报告文学，或者当作"当代"历史看待，这是一份非常专业的调研报告。另外，这本厚达921页的书的每一页都能吸引读者的阅读兴趣。

在本书前半部，我利用其中一节对第三共和国的历史做了扼要回顾，泰勒嘲笑其为"对法国历史的断章取义"。然而，同样是这一节，麦克尔威却将其本身称作"宏大历史的缩微版"。

我尤其关注本书的法译本于 1970 年秋末在法国发行以后的反响。如我此前所说，对法国人而言，本书的主题会让他们痛心疾首。由于法国维希政府的下场如此丢人，导致整个法国社会遭遇如此惨痛的失败，如此彻底的崩溃，像这样的事，由外国人说三道四，哪个国家及其国民都会不高兴，更何况沙文主义在法国人里总是很盛行（其实多数国家的国民均如此，美国人和英国人亦如此）。我一直担心，许多法国评论员说不定会质问，他们的伤疤为什么任由外国人揭开。他们说不定还会换一种说法，做出如下论断：外国人怎么可能正确理解法国历史，尤其是远在大洋彼岸的美国人，再者说，那人还是个记者。无论法国评论员说什么，他们肯定会像《纽约时报》那样傲慢地将本书贬得一文不值。

然而，我担心的事并未出现。法国的评论充满了批评之声，我的一些观点和阐释也遭到了批驳，一些文章还指出了书里存在的缺点。不过，法国人将本书看成历史著作，他们的态度和评论很严肃。法国人坚持认为，无论他们的观点与书里的观点相去多远，本书仍然是一部对法国历史有着重大贡献的著作。尽管我在书里表达了一些偏见，但与法国历史学家的实际作为相比，本书可能更为客观。

一些法国书评家自身即大学教授。我是不是学术圈里的人，是不是记者出身的历史学家，法国书评家好像一点都不在乎。他们的评论只针对书里的内容。大学里的一些人甚至说，作为记者的我亲眼见证了第三共和国最后的年月，这样的经历反而为逐年记述的历史增添了色彩和可信度。

对本书最严厉的批评来自勒内·雷蒙教授，他是法国巴黎政治学院调研中心主任，那是个令人仰慕的学术职务。他的评论刊登在当年（也许至今仍然如此）法国最著名的日报——巴黎的《世界报》上，文章占了半个版面。那份报纸的影响力与《纽约时报》和《泰晤士报》旗鼓相当。巴黎出版的主要报刊给了我的书那么大的版面，我的确感激不尽。而且，我对评论本身感到有些惊讶。正是雷蒙教授给了我最重要的帮助，他不仅帮助我做调研，还为我牵线搭桥，与法国最好的历史学家建立了联系，他还和我一起探讨法国陷落的历史。我们曾经数小时海阔天空地聊，在许多问题上，我们的观点不尽相同。不过我以为，总体上说，我们对整件事的看法基本相同——也许他比我稍微保守一些。我知道他是个热心的天主教活动家。在政治上，他似乎是个中间派，不过，我也知道，他是研究法国右翼的权威——在这方面，他出版过一部专著，书名为《法国右翼》。

我必须指出，从雷蒙的文章看，他好像完全变了个人。虽然他在文章里说了些好话，他的批评却势不可挡——他认为，与我当初创作本书的设想比较，我的"失败占了一半"。我认为，他的一些批评无疑是中肯的，另外，他对本书的一些内容进行无端的指责和曲解，我觉得我不会太在意（他的批评甚至指向了我从他那里获得的想法）。不管怎么说，这或许是因为，《世界报》给了他整整半个版面表达对本书的看法——就报纸给了他那么大版面来说——我以为，这本身足以证明，他和这份报纸对本书给予了重视。他在《世界报》上发表的文章在法国掀起了一场大辩论，还招来了许多人给报社写信。这本身是一件好事。

大多数法国评论文章显得很理性，法国人的批评之声铺天盖地，不过他们认为，本书总体上是本好书。以下是几个例证。

《基督教箴言报》刊文称："夏伊勒已经树起一座丰碑，他一向懂得如何将个人记忆与研究成果相结合。因而，每一部历史新作都需要参考他的做法。"让－皮埃尔·里乌发表在《文学杂志》的评论长达三页，质疑我就第三共和国的长处和弱点所做的判断和侧重，不过他补充说，"在夏伊勒之前，极少有哪位作家往一本书里倾注过这么多心血"，使之成为"一部充满活力的旷世之作"。署名"阿卡迪默斯"（Akademois）的人在巴黎的《日志》上刊文称，本书"远不止是个大部头，更是一部伟大的作品"。为帮助美国读者理解本书后半部各个章节，我在英文版的前半部对第三共和国前期历史进行了回顾，本书的法文版将这些信息全部剔除了。而这篇文章的作者特别喜欢英文版的前半部，他认为，这部分内容是个"宏大和吸引人的序曲"。在他眼里，英文版全书"很有教育意义，很公正，全面回顾了那段历史"。他在文章结尾处说："这本书重新定义了历史学家的责任……让真相占据上风。"

如上所述，我在法国饱尝砖块滋味的同时也赢得了鲜花，我饱尝了善意的评论和恶意的评论，饱尝了中肯的批评和无辜的中伤。不过，对我来说，重要的是，尽管法国人阅读本书会戳到他们的痛处，但他们对待本书的确严肃，他们写的评论文章也很严肃。

一些法国退伍军人组织肯定会找我的茬，这早已在我意料之中。因为我清楚，为解释他们灾难性的溃败，我的书捅破了他们精心守护的窗户纸。例如，人们以为，法国人的坦克与德国人的坦克相比，数量上处于劣势，空中力量差距更大。而我的书向人们披露，法国的坦克在数量和质量两方面都占优势，在空中力量方面亦如是，如果将驻守法国的英国皇家空军也算进去，英法两国拥有足够数量的军机给德国人制造大麻烦。我还在书里提到，让人惊讶的是，法国战役结束时，法国人拥有的军机数量比战争开始时还多。我的说法让法军总司令莫里斯·甘末林将军大吃一惊。

然而，我对法德两国坦克和战机数量的解析未能说服法国退伍军人。他们在各种刊物上对我进行批驳，《世界报》刊登的此类文章最多。他们还正式发表声明谴责我的书。我必须指出，法国人在整件事上行事非常文明。他们在声明结尾处这样表示："我们盛情邀请威廉·夏伊勒先生，双方可就此进行切磋。"

也有一些退伍军人站在我一边。例如，为回应老兵的质疑，著名军史专家阿道夫·古塔尔上校发表了一篇长文。他的文章发表后，各种噪声消失了。让我感到欣慰的是，一本书竟然可以在法国引起人们这么大的兴趣。

1970 年深秋，我的书在法国正式发行以后，我有过一段新奇的经历。为促进销售，法国出版商让我参加了一次为期六周的法国全境游——《第三帝国的兴亡》在法国出版后，我都无缘享受到这样的待遇。与美国出版商相比，法国出版商更为刻板，因而他们很少从事此类促销活动。结果证明，那是一次开心且热闹的旅程。

我在美国国内从未享受过法国波尔多给我的待遇。作为新书发布仪式，当地市长为我主办了一场豪华午宴。在美国，没有哪位市长这么干过，我挖空心思也想不出哪位美国市长听说过我的书。不过，把我灌晕之前，波尔多市长给我降了一两度体温。发表致辞时，市长风趣地说，涉及我的一件事让他感到不安，因为，在一次地方电台采访节目中，在赞誉波尔多红葡萄酒的同时，我抱怨波尔多白葡萄酒太甜。与勃艮第地区不同的是，波尔多地区不出产干白葡萄酒。面对地方电视台的镜头，市长装出一副谴责我的样子，他说，为了给大家一个惊喜，他带来了三瓶波尔多干白葡萄酒，他还邀请我实际品尝。我尝遍了三瓶酒，它们的确非常爽口好喝。我公开道了歉。

接下来的几站包括马赛、图卢兹、尼斯，一切进行得非常顺利。恰如我在波尔多地区的经历一样，每到一地，我都会接受媒体采访，然后到地方电视台总部接受电视采访。午餐过后，我会前往一两个书店参加签名售书活动——这些是我在法国受到的全新待遇。我相信，许多法国人前往签售现场不过是为了见识一下美国作家的长相，听听我的法语说得有多好。另一些人不过是为了显摆他们会说英语。

真正的开心时刻出现在古城格勒诺布尔市，那座城市是镶嵌在萨伏依阿尔卑斯山脉的一颗明珠。原定由当地电视台台长亲自采访我，那人以前是巴黎的自由记者，我和他有过一面之交。他曾经在文章里称，他希望亲自采访我。不过，我抵达电视台时，有人告诉我，他刚刚被解除职务，返回巴黎了。解除他职务的显然是当时的共和国总统戴高乐将军。在电视台，有人将我领进一个演播室后，把我一个人留在屋里，当时，离节目播出时间仅剩下数分钟。离节目开播时间大约仅剩下 30 秒钟时，一位年轻人来到演播室，坐到了演播台旁边。他看了看我，然后问道："请问，先生，你是谁？"

"我是这本书的作者。"我回答时指了指带到现场的一本书，然后我抬头看了看挂钟，时间还剩 12 秒。

"那是什么书？我以前没听说过，"那人说道，"有人让我来这里和什么人谈个什么事。"他接着说道："我知道的就这些。请问，你叫什么名字？"我开始回答对方的提问："好的，我叫——"没等我把话说完，我就看见控制室里的工程师正拼命地向我们挥手，对准我的摄像机已经亮起红灯。那个年轻人终于意识到，节目已经开播。

"女士们、先生们，"那人表情轻松地脱口而出，"今天我们邀请到了……"说到这里，他停了下来，接着他又重复了一遍："呃……今天我们邀请到了……呃……"这时我赶紧把书举到他面前。"呃，好了，今天我们邀请到了……"说到这里，那人开始逐字念封面上的文字，然后开口说："呃……美国著名作家……"他再次低头看了看封面："呃……威廉·夏伊勒……"和其他法国人一样，他发不准"威"字的音，因为法语很少用到这一发音。还有，我的姓"夏伊勒"对法国人来说是个外国姓，因而念出来有困难——实际上，他的发音类似于"席伊拉"。

"……他这本书的名字是……"那人说到这里再次低头看了一遍书名，然后接着说，"……书的名字是……呃……《第三共和国的崩溃》。"

接下来是一阵沉默。那个年轻人第一次露出了慌乱。如果主持人事先没有读过正在讨论的书，接下来该怎么主持呢？两分钟前，主持人甚至连书名和作者都没听说过。我感觉，这下轮到我发挥了。在这种情况下，数秒钟的沉默有如一种永恒。

我开口说："我向你简单介绍一下这本书吧。"

"好啊，这样最好，"那人立刻放松了，他接着说，"我相信，电视观众肯定有兴趣。"那家伙接着又说了几句话，我感觉，他可能提到了本书的主题，他还补充说，这本书介绍的是法国最近的历史，因而这本书是法国人特别有兴趣了解的事情之一。他怎么会知道这些？他可是什么都不知道啊！本书封面上的书名显然不会给他任何提示。他进入演播室之前，肯定有人和他说了些情况。

我尽最大努力用当时掌握的法语做了一次演讲。我知道，我的法语带有浓重的美国口音。我在巴黎接受一位女士采访时，她说她喜欢我用她的语言说话的方式。用她的话说"非常好玩儿"。在格勒诺布尔电视台接受采访时，我也遇到过类似的情况。

在法国北部大城市南锡市，我受邀在我见过的最大的书店——那是一座七层的建筑，每一层都摆满了图书——参加签售活动。当时，销售方和出版方发生了某种冲突。我是午餐后到达书店的。当地的市长是法国国民议会副议长之一，他说话很客气，不过他直截了当地表达了憾意。按照他的说法，他为我操办了一次午餐，还从法国北部数所大学特邀了几位法国历史学家，还有好几位政要，我却没有露面。当时的场面非常尴尬，负责公关的女士和出版商忘了将这一安排通知我。

那天下午，我们驱车前往莱茵河河畔的斯特拉斯堡参加采访节目。行进途中，我们遇上了大雾，路程有数个小时，我们只好缓缓前行，因而我们迟到了。我们在演播室门口遇见一位生性快乐的青年男子，他说他要对我进行采访。既然已经错过原定时间，我提议赶紧找一间演播室开始录制节目。

"我已经有了更好的安排，"那人神采飞扬地说，"知道吗，我特别希望在美国电视圈里找个工作。我看过好多美国节目录像带。我喜欢美国电视。特别有创意，特别有想象力。所以，咱们就用美国方式制作这次节目。咱们到公园里，边走边说。公园就在几米外。"说着，他指了指笼罩在大雾中的一个场所。

我不解地问："你们能在这么浓的雾里录节目？"

"那当然，我们有专用摄像机，装红外线的那种，或什么外线那种。它们可以穿透雾气。"

我提议："最好还是找个演播室制作吧。"当时我断定，没有任何摄像机能够穿透那么浓的雾气。但对方不愿意接受我的提议，他特别想用"美国方式"录制节目。为了找工作，他要把那个节目和简历一起邮寄到美国。

我们立即赶往毗邻的公园，那里的雾气比我们在路上的还要浓，两三米开外，什么都看不清。

"咱们沿着公园里游人散心的小路走，"年轻人顿了一下，接着说，"同时聊你那本书。知道吗，非正式的那种。就像你们美国人'在国内'那样。"

录制开始了。我们慢慢往前走着，聊着。在我们前方两米左右，有个人用一根长竿挑着麦克风，另一个人扛着样子非常沉重的摄像机往后倒退着。

还没走出多远，浓雾里突然钻出两个人。一看便知，那两人是那种在巴黎塞纳河沿岸码头上和桥底下睡觉的无家可归者。

"你们好啊，"那两人兴高采烈地问，"这是在干吗呢？"

"请不要干扰我们，"年轻的主持人说，"这还看不出来？我们正在和美国作家录制谈话节目。"

"啊！你是美国作家？"两个人里的一位打断了主持人，他看着我，用夹杂着英语的法语说，"美国人都有钱，对吧？给我 100 法郎吧。"

我答道："我没有 100 法郎。"

年轻的主持人插进来说："请走开！你们在干扰拍摄！"

"行行好吧！"两个流浪汉坚持说，"给我们 100 法郎就行！他说你是美国人，美国人都有钱，特有钱，对吧？给 100 法郎吧！"

最后，包括主持人、两位技术人员、我，我们四个人一共才凑了 50 到 60 法郎。两位流浪者向我们道了谢，消失在了浓雾里。

在录制节目过程中，摄像师一直不停地调整焦距，录音师将整个过程的声音都录了下来。

"太棒了！"亲美的节目主持人用夹杂着法语的英语大发感慨，"我们会把整个过程都编辑进去，像美国人在美国那么干。这样会强化这次采访的效果，对吧？"

当天晚上，该市广播电视台台长在莱茵河河畔一个饭店设了一桌精美的晚宴招待我们。在稍晚的晚间新闻时段，我们即可看到对我进行专访的新闻。然而，晚上大约 10 点钟，总工程师打来电话找台长，台长起身到另一个房间去接听电话了。返回时，他一脸迷茫。

"没必要着急了，"台长顿了顿，接着说，"很抱歉，夏伊勒先生。你的节目没出来。录音部分效果很好。不过，图像部分出不来，全是雾，很浓，灰蒙蒙的雾。"

11 月 9 日，接近中午时分，由于需要为我的书制作一档新的采访节目，我来到里昂市电视中心。那里一派忙乱景象。我暗自思忖，也许刚刚出了什么大事。有人将我领进了一间演播室。看得出来，进出控制室的男男女女都处于一种无序状态。终于，控制室里的一个人走进了我所在的演播室。

"你的节目取消了，"那人开口说，"所有正常节目都取消了。戴高乐将军刚刚死了。"

听到这一消息，我的震惊和那人一样，和广播电视中心大楼里的每个人一样，和法国大多数人一样，不久后也会和世界各地许许多多人一样。1940 年 6 月，戴高乐从法国波尔多地区飞抵伦敦，后来我曾经多次在播音节目中站在他的立场谴责向德国投降的法国。戴高乐和他的朋友保罗·雷诺想法一致，他们都想在北非殖民地继续坚持抵抗。戴高乐曾经从伦敦向法国同胞发表广播讲话，他说，战争并未结束，战争会继续下去，希特勒最终必定遭遇失败。

亨利·贝当和皮埃尔·赖伐尔领导的法国亲纳粹政府在维希宣布，戴高乐是个叛国者。在接下来的战争岁月里，丘吉尔一直都在鼓舞暂居伦敦的戴高乐努力推进"自由法国"运动，使之成为反德力量。不过，丘吉尔也意识到，由于戴高乐专横的个性，加上他的顽固，他是个很难打交道的人。罗斯福总统甚至从未尝试与戴高乐打交道，直到战争结束，他一直对后者充满了敌意——我一向认为，这是罗斯福愚蠢的错误。

1944 年夏季，盟军在法国成功登陆，回到巴黎的戴高乐成了法国临时政府首脑，次年，他被选为法国总统。由于支持他的左翼联盟解体，他于 1946 年辞职。12 年后的 1958 年，由于北非政策失败，法国眼看要分裂，戴高乐应召结束了赋闲状态。他很快恢复了法国的信心，起草了一部新宪法，企图抑制毒害法国政治近百年的令人痛苦的政党纷争，他还被选为法兰西第五共和国总统。新的共和体制赋予法国总统更大的权力，削弱了国民议会的权力。

由于个性使然，戴高乐相当专制。不过，他并不像许多人指控的那样渴望独裁。他认为，强大的民主可以包容强大的总统——实际上，民主的法国需要一位强大的总统。

几天后，回到巴黎期间，我从电视上观看了为戴高乐将军举行的国葬，地点在巴黎圣母院。看电视的时候，我的法国出版方斯托克出版社派人来到我的房间。那人递给我一封戴高乐将军的来信，信是当天上午交给出版社社长的。

随信附有一纸社长的便条，内容如后："这肯定是戴高乐将军生前所写最后几封亲笔信之一，而这封信与你有关。"

那封信标注的日期为1970年11月3日，纸张是私人信笺，因为信头上印有"戴高乐将军专用"几个字。信的内容如下：

先生：

我感到荣幸的是，威廉·夏伊勒的法文版《第三共和国的崩溃》还散发着油墨香，你就让我拥有了一本。

这本非同凡响的书对1940年战败的原因进行了令人感兴趣的探讨。谢谢你让我先睹为快。

实际上，戴高乐早就阅读过本书的英文原著——或者找人为他念过。一年前，本书在纽约发行时，我曾经邮寄了一本给他。1969年11月13日，他给我写过一封信：

先生：

对你费心惦记送我一本《第三共和国的崩溃》，我谨表诚挚的谢意。

我怀着极大的兴趣把它读完了，我尤其赞赏你在书里秉持的客观态度。

第二十六章

六十年代

1970 年，为了我的新书，我在法国进行了六周的巡回演说，那是我在欧洲的最后一次工作。第一次赴欧洲时，我是个初出茅庐的记者，那是近半个世纪以前的事了——准确地说，45 年前的事。当年我刚刚 21 岁，如今我已经 66 岁，已经到了踩刹车的年龄。如果我不主动慢下来，不久后，衰老也会帮着我做这件事。

在关于第三帝国和第三共和国的两本大部头里，我已经表达对欧洲的看法。那两本书出版前，作为记者和播音员，我发表的文章和写成的广播稿足有 100 万字。我至今依然对旧大陆有一种亲切感，对巴黎更是如此。最后一次来到巴黎，以及前往法国的其他地方，到处是欢声笑语。不过，我无意返回欧洲长期生活。战后，在我回到国内 25 年后，欧洲不再是我的生活中心，它已经渐行渐远。

那一年，我及时从法国赶回国内过圣诞节，其时，新英格兰地区已经覆盖上了冬雪。当时我有一种感觉，这辈子剩下的年月——年头肯定不会很久——我会在马萨诸塞州伯克希尔的村子里度过了。我要在那里写作（不过再也不会写需要大量文献的千页大书了），还要读书（我永远没有时间读完所有想读的书了，连书房里的书都读不完），还要试着学点俄语，还要经常前往附近的坦格尔伍德欣赏传统音乐——波士顿交响乐团每年夏季在那里演出八周，还要抽出点时间滑雪和划船，还要在园子里种花养草（最好我能制服园子里的土拨鼠），还要和老朋友们多叙叙旧——如今他们已经所剩无几——再结交一些年轻的新朋友，只要他们能容忍我这个糟老头子，还要多见见两个女儿，看着她们的孩子成长。

如今我喜欢生活在乡下，我热爱伯克希尔绿色的山坡和峡谷，热爱那里的溪流和森林，热爱那里的湖泊和田野，热爱山里的空气、变换的天气、四季的更替。我在城里无法拥有空间，而我需要空间——大到足够安插一个大园子，有可以划船的湖水，有可以漫步的林子，有可以滑雪的山坡。在满是活力的欧洲各大都市、芝加哥、纽约生活了太长时间以后，我喜欢上了乡间的悠闲。我不希望与大城市完全失去联系。我选择马萨诸塞州莱诺克斯居住的原因之一是，纽约和波士顿两地距离我住的地方不过200多千米。为了给自己充电，为了感受大城市的激情，每隔一段时间，我总会进一次城。

随着岁月的流逝，我慢慢步入了老年。大多数时间我是幸福的、活跃的，身体相对也比较健康。我并没有退休，作家很少退休。不过，我开始逐渐降低速度，试着适应眼前的现实，即七老八十的人已经无法像青年和中年时期那样全副身心投入紧张的生活。适应这样的状况，一开始并不容易。起初我顽固地坚持着如下幻想：老年不会降临到我头上。最初我完全忘了戏剧大师萧伯纳给一个朋友的忠告："千万别想长生不老，因为没有人能够长生不老。"

漫长的生命在这个时间段走向终结，是一件相当有意思的事。原因是，许多新鲜的、大胆的、激动人心的事在这个时间段相继发生，不过，这些事也让人压抑，让人心寒。我这么说的原因是，一些人可怕的罪恶、他们的自私、他们的贪婪、他们追逐权力的欲望以及他们肆无忌惮的虐待让许多人的生活变得很悲惨。

从某种程度上说，20世纪60年代，时光如梭，我没有特别关注那一时期发生的事，因为我的注意力都集中到了创作以法国为题材的书上。我仅仅通过报刊和广播电视追踪那些事。不过，那一时期，我的日记大多与我在创作中的困难和我个人生活的起伏有关。

20 世纪 60 年代行将结束时，我不能说我对那个十年发生的事都了如指掌，不过我觉得，像每个人一样，我能感觉出来，那些事都非常喧嚣，非常激烈。

后来，回顾当年的岁月时，一些观察家对那个十年持有一种悲观的看法。《纽约客》驻华盛顿记者理查德·罗维尔认为，20 世纪 60 年代"极其可怕"。对他来说，那十年是"置身于贫民窟的十年"。马萨诸塞州阿默斯特市观点犀利的文学评论家和教师本杰明·德莫特坚信，20 世纪 60 年代为人们带来了"一场文化革命"，美国永远也回不到过去了。历史学家理查德·霍夫斯塔德的观点正好相反，他说："如果让我书写最近这些年的通史，我会把 60 年代那一章称作'垃圾岁月'。"

不过，上述说法忽视了如下事实，即 20 世纪 60 年代同时是反抗的时期：包括年轻人的反抗，尤其是大学生的反抗，以及黑人的反抗，还有女性的反抗。学生们在哥伦比亚大学、加州大学伯克利分校、康奈尔大学，甚至哈佛大学的校园里闹事。黑人们要求"黑人权力"（Black Power）。康奈尔大学的学生占领校内几座建筑时甚至挥舞着武器。"女性解放"也诞生和成长于 60 年代。

在勇敢的、富于想象力的马丁·路德·金率领下，民权运动受到了激励，人们逐渐推倒了阻碍黑人获得宪法自由的樊篱。尤其是 1963 年 8 月，蔚为壮观的游行队伍在暑热中连续好几天向华盛顿进军。要求结束种族不平等的黑人聚集在首都，人数超过 20 万，白人也达到了好几千。美国再也不能对此坐视不管了。由于整个国家都在通过电视关注那件事，美国的良知被唤醒了。演讲人一个接一个走上搭建在林肯纪念堂前的讲台，轮番发表措辞华丽却煽不起人们情绪的演说。直到马丁·路德·金登上讲台时，全美国上千万广播电视听众才与现场听众一起，为他荡气回肠的演说热血沸腾。

马丁·路德·金用带有南方腔调的富于感染力的低沉嗓音发表了"我有一个梦想"的演说。

> 我梦想着美国有朝一日会挺直腰板，践行其建国信条中的真实含义："我们认为，人人生而平等，此为放之四海而皆准的真理之一。"
>
> 我有一个梦想，有朝一日，前奴隶的儿子和前奴隶主的儿子能够在佐治亚州红土覆盖的坡地上像兄弟一样围桌而坐。我有一个梦想……

马丁·路德·金继续着他的演说，他告诉人们，他的梦想是，有朝一日，"甚至密西西比州"也会被改造成"自由和公正的绿洲"，他的四个年幼的孩子"有朝一日会生活在这样一个国度，人们不会凭借他们的肤色，而是凭借他们内在的品格判断他们"。

我在想，当时有上千万人实时聆听了他的演说，他在那天的雄辩中说过的话，极少有人忘记。

给上述事件贴上"垃圾"标签非常不明智，何况还有更多类似的事件，例如：赛尔玛民权大游行，伍德斯托克摇滚音乐节，民主党 1968 年全国代表大会期间理查德·戴利市长利用警察对反战青年使用暴力，诸多反对越南战争的大规模示威游行、愤怒抗议美军在越南美莱村实施暴行，俄亥俄州国民警卫队在肯特州立大学滥杀无辜，等等。让我惊讶的是，著名记者泰迪·怀特在芝加哥亲眼见证了年轻人示威后，一向沉着冷静的他反而谴责了年轻人。同样冷静的著名评论员乔治·凯南竟然也谴责全美国年轻人行事鲁莽。

我为学生的反叛喝彩。我以前经常给20世纪50年代的学生开讲座，在我看来，他们已经被麦卡锡主义弄得缩手缩脚。像所有70年代和80年代在校园里进进出出的人们一样，50年代的学子更愿意安于一隅，例如在商界找份好工作，管住自己，不拥有也不表达任何危险的——或严肃的——想法。

60年代，在群情激昂的反叛活动中，学生或许有好几次走得太远，比如哥伦比亚大学的学生占领柯克校长的办公室，毁掉许多珍贵文献。再比如康奈尔大学的黑人学生动用了武器。不过，总体来说，那么做触动了大专院校保守和麻木的管理体制，或许那些还来得太晚了呢。不管怎么说，我喜欢那样的年轻人，他们追求的是超越工作稳定的东西，面对手持警棍的警察，面对步枪上了刺刀的国民警卫队队员，他们乐于用生命和身躯去冒险和表达。我加入了他们反对越南战争的阵营。

我承认，关于年轻人的一些东西我根本无法理解。例如他们对摇滚乐的痴迷——声音越大，他们越喜欢。比如说，1969年8月，为了听摇滚乐，他们整整一个周末在纽约州伍德斯托克聚会！一开始，主办方希望吸引五万年轻人参加音乐节。结果，现场聚集了40万人，他们阻断了交通，到处是寻找食物、饮料、住处，最终却一无所获的人。找到落脚点之前，他们四处游荡。其间还有两场大暴雨不期而至，让那一带成了一片沼泽。纽约各报社记者预计，那里会有一场灾难。因为，那里有将近50万人，却没有人维持秩序，不用说，他们都是年轻气盛的人。记者说，那里到处充斥着"草根"和酒精。在我看来，《纽约时报》记者们尤其仇视那里的年轻人，那份报纸的数篇社论充斥着对他们的责难。

然而，总体上说，在那么困难的情况下，那些年轻人的举止让人肃然起敬。尽管那里异常拥挤，食物和饮水稀缺，几乎没有卫生设施，但那里既没有惊恐，也没有暴动。最先上场的表演者为音乐节定下了基调。看着肩并肩拥挤在一起的广大人群，那人通过麦克风说："为保证音乐节成功，大家最好记住，每个人身边的人都是咱们的兄弟姐妹。"那一表白成了音乐会的基调，随之又演变成了一种连接同代人的纽带。后来，许多参加过那场音乐节的人总是喜欢高谈"伍德斯托克民族"（Woodstock Nation）。

经历过相当多动荡后，发生在60年代末的一件事将人类的幻想拉回了现实，让全体美国人共同拥有了一件特别值得骄傲的事：1969年7月20日，人类终于在月球表面着陆和漫步了。

飞离地球后，经过三天漫游，"鹰号"月球着陆器与绕月飞行的"阿波罗号"宇宙飞船分离，着陆器由两位美国航天员驾驶，安全降落到了布满岩石的月球表面。两位航天员之一是来自民间的尼尔·奥尔登·阿姆斯特朗，另一位是来自空军的小埃德温·尤金·奥尔德林上校。

人类不停地思考和梦想了上千年的事终于实现了。人类从地球到达了另一颗星球。这是一件大事，大到几乎让人无法相信。不过，它又是板上钉钉的事。全世界有数亿人通过电视看到了那件事，人们看见尼尔·阿姆斯特朗沿着好像要散架的飞行器外挂的梯子慢慢往下走，他把一只脚踏上荒芜的月球表面时说了一句话："这是我个人的一小步，却是人类的一大步。"

像生活在地球上的其他人一样，我停下手头的事，端坐在电视机对面，目不转睛地注视着屏幕。月球着陆是人类精神和人类决心的一次胜利，也是必要技术创新之后难以置信的胜利，更是勇气的胜利——两位勇气可嘉的美国人的胜利。伟大的旅行壮举实现了。不过，两位宇航员能否搭乘看起来像要散架的神奇装置脱离月球表面，安全返回宇宙飞船，继而飞回地球呢？我把这一问题写进了日记，接着又写道："人们为他们顺利回家祈祷。不过，这件事确实让我心里打鼓。返回装置虽然在地面经受过考验，却从未在月球试验过。"如果返回装置不起作用，两个杰出的人在氧气耗尽之后——氧气仅够维持一两天——唯有在那个荒凉的地方等死。

聆听返回装置起飞前的倒计时，是我一生中最折磨人的时刻之一。

1969 年 7 月 21 日，星期一，我写下了日记：

今天，两位宇航员搭乘摇摇欲坠的飞行器成功地从月球表面起飞，和宇宙飞船对接上了。他们在月球表面时，飞船一直在绕月飞行。又是一次让人难以置信的壮举——超出了人们的想象。

1969 年 7 月 24 日，星期四……宇航员今天安全返回了地面，为人类第一次前往月球画了个完美的、精彩的句号。

19 年后的 1988 年 7 月，翻看着当年记述的日记，让我有点惊讶的是，我对那一令人肃然起敬的成就竟然提出过一些质疑。人们通过电视画面看到，月球竟然那么荒凉。

> 花费 350 亿美元，用人的生命去冒险——这么做值得吗？为的不过是到达一处如此荒凉的地方？除了获取科学数据，月球对地球人来说有什么好？没有支撑人类生存的大气，没有空气。也许月球表面不存在有价值的东西。即使有这样的东西，怎样把它带回地球呢？……
>
> 我承认，这是一次前无古人的壮举，特别了不起……也许是人类有史以来最伟大的壮举，哥伦布和麦哲伦的发现与之相比黯然失色。不过，那两个人穿越了未知的海洋，抵达了新大陆，人们可以在新大陆轻松地生存下去。
>
> 我感觉，这是人类典型的行事风格，在美国尤甚，即人类宁愿花费上百亿到达月球，却不愿意花费等量的钱让人类现有的地方更适于生存……减轻上千万穷人的痛苦，让他们吃得饱，住得体面，重建大城市中大多数穷人居住的贫民窟。

我还在日记里列举了伟大的美国更要紧的一些事，例如更好的教育、充分的居住空间、医疗保障。

19 年后的今天，我对自己当初的吹毛求疵行为产生了怀疑。人类取得了如此巨大的成就，人们额手相庆，我挑出的毛病似乎微不足道。我突然意识到，对哥伦布和麦哲伦的远洋探险，抱怨之声在当年的西班牙和葡萄牙很可能也是此起彼伏。将那么多钱花费到目的那么不明确的事情上，如果当初人们的

作者某次回国探望母亲

康涅狄格州托灵顿地区的农场

1966 年，托灵顿，作者与外孙女戴尔德丽在一起

作者在马萨诸塞州莱诺克斯的家

作者与外孙女克里斯蒂娜和外孙亚历山大

作者与女儿琳达和她的孩子们在乡间

1982 年，作者与玛吉·钱皮恩在列宁格勒的冬宫

1982 年，作者在列宁格勒的圣以撒大教堂

1980 年，作者在斯托克布里奇自己的帆船上

作者的第三任妻子伊琳娜·卢戈夫斯卡娅

1991年2月，作者与外孙女凯特琳在一起

反对之声足够高，当年的远征可能根本不会实施，人们至今可能仍未发现美洲，今天的我和其他数亿人可能也不会身在美国。

浏览着 1969 年 7 月 21 日星期一出版的《纽约时报》，看着泛黄的版面上用巨大的字符排出的通栏标题《人类在月球漫步》，我意识到，这家报刊发行机构的观点与我的观点大同小异。

> 人类实现了无法实现的事，因为人类敢于想象无法想象的事……
>
> 当人类超凡的技巧发挥到极致，即也暴露了隐藏其中的讽刺……
>
> 尽管人类在另一颗星球上行走一事壮丽辉煌，但人类仍然是一种可怜的生物。因为人类有能力驾驭外太空，却没有能力控制自身；因为人类有能力征服新世界，却没有能力与旧世界和平共处；因为人类有能力创造科学奇迹，却没有能力为自己的同胞提供足够的住房、服装、食物；因为人类有能力最终征服遥不可及的、不宜生存的环境，反而越来越无法与自己一直以来居住的自然环境共生共存。

对于上述疑难问题，《纽约时报》的结论如下：

> 今天世界各地庆祝这一重大成就，最终能否激励人类实现很久以前有能力实现的几个目标——人类与自然和谐相处，人类与自己的同胞和平共处，人类在目前生活的星

球上实现社会公平，我们拭目以待。

19 年后，我撰写本书时，当年的登月是否激励了人类实现上述目标，至今都很难说。

1972 年 11 月 8 日，星期三，我的日记开始部分是关于头一天理查德·尼克松总统第二任期选举的内容。他以势如破竹的优势击败了乔治·麦戈文。"难以置信！"这是我日记里的用词。"难以置信的是，绝大多数人选择了这个小人。"我的日记还提到了他第一任期内不断增长的腐败。然后我写道：

> 最近，他的下属在民主党全国总部窃听和盗取文件，被抓了现行。正如亨利·康马杰在新近发表的文章里所说，历史上还没有哪一届政府如此不择手段，如此谎话连篇，等等。然而选民们根本不在乎这些。

擅闯位于华盛顿名为水门大厦里的民主党总部一事几乎不大可能演变为一个丑闻。在总统竞选活动最后一个星期里，候选人麦戈文在民意调查中的支持率迅速上升，他的支持者奇迹般募集到足够的资金，为他买下了通过电视发表最后一次演说的时段。麦戈文将大部分演说时间用在了谴责尼克松操纵"水门事件"方面，他预言，这件事最终将成为美国总统竞选史上最大的政治丑闻之一。他的演说给我以及马萨诸塞州的许多人留下了深刻印象，马萨诸塞州是唯一支持他的州。然而，从全美国范围来说，很少有人对他的演说留有印象。报道总统竞选的记者基本上没有注意这件事。全美国报纸的社论版都没有关注这件事。我记得，一位电视记者在威斯康星州采访一位农民的妻子对水门事件的看法，对方的答复是："水门？没听说过。那是什么东西？是个喷泉什么的？"

伟大的美国正在为尼克松第二个四年任期欣喜若狂，还需要等待一段时间，人们才会严肃地看待发生在水门的事。尼克松的新闻秘书将其称作"水门不法行为""一次三流的入室盗窃案"，他拒绝进一步发表评论。按他的说法，那样的事不值一提。然而，由于《华盛顿邮报》记者鲍勃·伍德沃德和卡尔·伯恩斯坦的杰出报道，美国开始认识到那件事的严重性，认识到白宫的尼克松下属可能做错了什么事，再次当选的总统以及他身边的人可能犯了严重的罪行，而且正在试图掩盖罪行。一些让人难以置信的、让人难以启齿的事，经过一年发酵，已经开始成为公众的谈资，小道消息不胫而走：美国总统有可能遭到弹劾。自 1868 年美国众议院投票通过对时任总统安德鲁·约翰逊进行弹劾以来，美国一直没有出现过弹劾总统的事。[1]

1974 年，所有事情达到了高潮，出现了美国有史以来从未经历过的一个结局。在我回国以来的 29 年里，那一年成了最激动人心的年份。以"TRB"为笔名的华盛顿资深记者在《新共和》周刊刊文，为那一年总结如下：

> 在华盛顿从事新闻报道 50 年来，这是我经历的最富于戏剧性的年份。历史学家根本不相信，世界上竟然会有这样的事！对我们这些直接看到事情进展的人来说……同样不敢相信其真实性。

上一年年末，为逃避法律追责，斯皮罗·阿格纽辞去了美国副总统职务。我在日记里将这件事描述为一笔肮脏的交易。和尼克松总统一样，六年来，阿格纽一直在教导美国人如何做正直的人。美国司法部与阿格纽达成妥协，只要他辞职，即不再对他提起公诉——收入税造假除外，而那一罪名仅仅以罚款了事。尼克松任命杰拉尔德·福特接任。福特是个忠诚的、有亲和力的、一步一个脚印走上来的众议院共和党少数派领袖。从接受任命开始，福特一连好几个月对外宣称，尼克松总统是无辜的，他从未参与水门事件及其后续的掩盖行动。他还说，他看过文件，那些文件足以证明，总统与整件事无关。主要文件包括尼克松在白宫与下属谈话的录音带——尼克松自己违反常规立下规矩，将白宫里的谈话都录了音。

头一年夏季，即 1973 年夏季，参议员山姆·欧文领导的参议院特别委员会就水门事件召开了公开听证会，那次听证会有电视转播，水门事件开始露出冰山一角。其他的暂且不说，听证会得以证实，对那些被怀疑泄露了保密文件、对机构安全构成威胁的前政府官员，以及不愿意听命于理查德·尼克松的普通美国人，尼克松专门设立了一个擅闯这些人办公室和住宅的特殊机构。然而，参议院特别委员会没有找到"冒烟的枪口"——确认总统有意妨碍司法公正的证据，即可以对他弹劾的违法行为。身为新泽西州民间律师的彼得·罗迪诺领导的众议院司法委员会也没有找到证据。1974 年，随着时间的流逝，该委员会开始推进对总统进行弹劾。两个委员会坚信，证据肯定在录音带里。尽管有法院签发的传票，尼克松仍然拒绝交出录音带。不过，调查人员继续向其施压。我的日记显示，总统在 1974 年 4 月 29 日的电视谈话节目里向全国观众宣布，他将要公布涉及水门谈话录音的文字稿，长度达到了 1200页——用总统的话说，除了脏话，"所有相关内容包含在内"。

我们很快就会知道这是个谎言。但通过电视收看总统在白宫椭圆形办公室的讲话时，我可以看到，总统身后有一大摞纸。我当时甚至都能感觉到，总统是在制造假象。如果没有什么可隐瞒，他何不直接交出录音带——为什么不交出所有录音带？参议院委员会已经发现，有一盘录音带的内容为，总统和他的左膀右臂 J. R. 霍尔德曼在白宫讨论怎样掩盖水门问题，其中 18 分半钟的内容已经被"擦除"——不是有意为之，这是尼克松的说词。这难道不可疑？法庭已签发交出录音带的传票，这难道不是总统在与法庭抗争，意在阻止将录音带转交给特别检察官和众议院司法委员会？

是否就此提请公诉，很快有了定论。在总结那一难以置信的年份时，我在日记里记录：

> ……（1974 年）7 月 19 日，为弹劾总统，众议院司法委员会首席顾问约翰·多尔推出了一个毁灭性的"特别议案"。不过，委员会内部多数共和党议员认为，目前还没有证据。即使对他们来说，证据也没有很快出现。7月底，最高法院法官一致要求尼克松将特别检察官索要的录音带全部交出来，其中一盘录音带极具毁灭性。总统意识到，他再也拖不下去了，他亲自下令公开了那盘录音带。

就如何防止水门事件的丑闻外泄，尼克松和他的"参谋长"霍尔德曼于 1972 年 6 月 23 日进行了一次谈话，那盘磁带正是那次谈话的录音。尼克松成功地让司法部和中央情报局停止了进一步调查。中情局对此做出解释如后，他们认为，那盘磁带涉及"国家安全"，因而必须受到保护。然而，联邦调查局一意孤行，坚持继续调查。尼克松曾试图让调查局住手，却没有成功。1972 年 6 月 23 日，尼克松与霍尔德曼进行了一次长时间的谈话，见面结束前，他已经对调查局顽固的调查感到愤怒不已，他让霍尔德曼以总统名义将联邦调查局的人叫来，直接告诉他们："不许进一步插手此案。这是命令。"

（我在日记中写道）这正是特别检察官和众议院司法委员会苦苦寻求的总统妨碍司法公正的证据。尼克松总统发表了一份道歉声明，[2] 在请求人们原谅的同时，他认为，以此弹劾他不够严肃。然而，受过尼克松愚弄的委员会内部的共和党议员甚至也不认同他的说法，他们也加入了同意弹劾总统的行列。大局已定。参议院共和党领袖们终于鼓足勇气告诉了总统，他肯定会受到弹劾。如果那样，他将失去总统薪酬，以及其他福利待遇。如果他辞职，他的所有福利待遇将得以保留。

1974 年 8 月 9 日，星期五，莱诺克斯……总统辞职在美国历史上尚属首次。昨晚 9 点刚过，理查德·尼克松在电视上露面，他宣布了辞职。虽然他和身边的马屁精们直到最后关头还坚持说，他不会辞职（他的原话是"我这辈子就没辞过职"），但星期一（8 月 5 日）以来，他的离职已经不可避免。最高法院强迫他交出 1972 年 6 月 23 日与霍尔德曼的谈话录音，他意识到，这件事很快会为外界所知,并且会大白于天下,因而他于星期一将磁带交了出来。这些磁带彻底葬送了他那不光彩的、空洞的外表下仅剩的一点形象。1972 年,美国人民竟然以有史以来最为悬殊的差额选票第二次选择了他! 直到最后一刻,他一直试图否认事实,而这些磁带证明,他一直在试图妨碍司法公正,这是必须受到弹劾的违法行为。……录音内容揭示,总统是个说谎的人。他彻底栽了。

就算他是个无耻之徒,他也无法承受面临的一切。周一和周二整整两天,他一直在苦苦挣扎。不过,周三那天,一帮保守的共和党参议员前去拜访他,他们直言不讳地说,鉴于周一公开的录音内容,参议院就弹劾问题进行表决时,绝大多数议员肯定会认为他有罪(虽然他周一承认了一切,但国会仍然会投票对他进行弹劾),他意识到,挣扎已经无望,因而他决定辞职。今天中午,副总统杰拉尔德·福特将宣誓就任美国第 38 任总统。[3]

……可喜可贺的解脱! 我从一开始对那个人的感觉终于让全体美国人民感觉到了。

1976 年,元旦,莱诺克斯。……一个多事的年份就这样结束了。美国人民第一次没有经过选举拥有了由总统任命,然后经国会批准的一位总统和一位副总统(即福特和洛克菲勒两人)。[4]

让善良的美国人民揪心的事还有一桩,那件事也发生在1974 年,因而人们记住了那个年份。那一年初来乍到时,我在日记里对那件事记述如下:

阿拉伯国家的石油禁运和翻番上涨的石油价格突然间威胁到了西方国家的生存，首当其冲的是美国。因为这些国家的经济结构、社会结构、生活方式有赖于廉价的原油，以保障汽车文明甚至家庭供暖的运转。在我们所处的时代，西方（包括日本）最核心的假想是：我们正处于一个不确定的时期，增长无限制，资源用之不竭……如今人类必须转变观念，直面严酷的生存现实，即资源是有限的，基于人类遐想的资源取之不尽用之不竭都不复存在了。

尾　注

[1] 投票结果显示，双方差距甚微，约翰逊总统有罪议案在参议院未获通过。

[2] "这是一次严重的疏忽，"尼克松在道歉声明中说，"我对此负全责，为此我深表歉意。"

[3] 一个月后，福特赦免了尼克松。笔名为"TRB"的记者刊文称："无论尼克松的罪行已经证实或尚待查实，福特对他的赦免没有预设条件，是'完全的、充分的、最终的'。福特说，他这么做是出于同情。尼克松尚未公开认罪，福特已经赦免他……尼克松欺骗了福特，把他当成了傻瓜。"纵观美国历届总统的历史，尼克松堪称绝无仅有。尽管他蒙垢而退，但他肯定会在某种程度上杀个回马枪。即使人们不会忘记他的罪过、他的谎言，不可思议的是，绝大多数美国人会原谅他，尤其是美国的右翼。难道道德标准、伦理标准、行为标准在美国已经不复存在？

[4] 成为总统的福特任命纳尔逊·洛克菲勒为美国副总统。

第二十七章

写作 《二十世纪之旅》

回望1971年2月23日，我的日记开篇如下：

　　今天我67岁！……我还会写出重要的著作吗？67岁以后，有些人倒是可以……

　　完成以法国为题材的书以后，我曾经下决心写几本回忆录。我在纷乱的20世纪里生活了将近四分之三的时间——从马拉四轮车的时代到原子能和太空时代。在70多年里，地球见证的变化比此前2000年的还多。我有幸亲眼见证了20世纪一些历史性事件和转折关头：印度的革命和甘地的崛起，欧洲旧秩序的分崩离析，共产主义和纳粹主义的出现，西方民主表面的腐朽，英法两大欧洲帝国的衰败，英法两国势力的弱化，德国在残忍的和受追捧的独裁者领导和纳粹意识形态引领下的复活，以及人类有史以来规模最大、流血最多、代价最高昂的世界大战的到来。我以为，我亲眼所见，以及我从中做出的总结或多或少有可能引起美国读者的兴趣。

　　出版商对此可没什么把握。《第三帝国的兴亡》为西蒙与舒斯特出版社赚一笔小的财富，随后出版的以法国陷落为题材的书，回报也说得过去。或许这家出版社认为，再也不会有"大部头"作品——特别卖钱的书——出自我笔下了。这其中的原因或许是，迪克·西蒙和马克斯·舒斯特两人创办的这家有着良好口碑的出版社如今已经被高夫和韦斯顿集团收归旗下，后者仅仅对出版发行有可能带来利润的图书感兴趣——当然，利润越高越好。

　　不管怎么说，对于我要写几部传记的事，西蒙与舒斯特出版社没有表现出很高的热情。对我的想法，新来的编辑似乎也表示怀疑。我是生性固执的人，尽管出版社心存疑虑，我却勇往直前，开始了第一卷回忆录的创作。我希望这部回忆录反映的不是我个人，而是我生活在其中的时代——20 世纪之旅，从一种世界穿越到另一种世界，或者说，在多种不同世界之间穿越。

即便是写回忆录，大量调研工作也是必需的。如果仅凭记忆书写自己的生活，书写自己所处的时代，其结果必然是，回忆录没什么内容——最好的结果不外乎是回忆录成了小说。我有个朋友遇到的正是这样的结局，他是个诗人、评论家，他连日记都没有。

我的家人和朋友常常取笑我从不丢弃老旧的东西。当我一头扎进第一卷回忆录的写作时，我特别庆幸自己没有丢弃它们。我的日记、书信、剪报等是无价之宝——没有这些东西，我的书根本不可能问世。

但我对自己早年的生活知之甚少，因而我踏上了前往芝加哥的旅程。1904 年，我出生在芝加哥。世纪之交时，那座喧嚣的、充满活力的城市究竟是什么样，为摸清情况，我花费十多天时间查阅了旧时代的文献。芝加哥是我的美国根最早扎进土壤的地方。那里也是我成形的地方。

想当初，《芝加哥论坛报》将我扫地出门，后来还在该报头版刊文称，我是个让报社烦恼的驻外记者，让我惊讶的是，如今报社对我既友好又热情。脾气暴戾的老一代出版人麦考密克上校是这家报社的主要所有者，由于其古怪的偏见，他让这份报纸受害严重，如今他已经成了古人。他去世后，《芝加哥论坛报》有了极大的改善。新的执行主编授权我随意调阅报社的档案。利用这些渠道，以及其他信息来源，我逐渐摸清了美国中西部大都市的特色，正因为如此，我顺带也摸清了整个中西部。我是在那里出生和长大的。

我对父亲知之甚少，1913 年，他死于芝加哥时只有 42 岁，当时我只有 9 岁。我对母亲也知之不多，她谈论自己时总是寡言少语。

我弟弟离世以后，父母的一些文件落到了我手里，因而我知道了一些详细信息：我的父亲母亲都在爱荷华州长大，母亲在锡达拉皮兹长大，父亲在拉波特附近的一家农场长大，他们在位于爱荷华州芒特弗农的康奈尔学院上学时相遇，他们结婚时，父亲已经前往芝加哥开拓律师事业。美国独立战争时期，母亲的祖辈是军人，美国内战刚开始，母亲的爸爸便加入了联邦军，当时他只有 17 岁，他参加过葛底斯堡以及其他地方的战斗。父亲的祖辈都是德国人，为了寻找自由，他们于 1840 年前后从德国莱茵兰地区移民到了美国。父亲的爸爸是第一个在美国出生、说英语不带德国口音的祖辈人。他是个农夫，在威斯康星州、伊利诺伊州、爱荷华州干过农活，也饲养过牛。然而，19 世纪 80 年代，为了四个孩子都能上大学，他卖掉了爱荷华州欣欣向荣的农场，搬到了芒特弗农。

以上是我的美国背景。不过，我没有将这些内容写进回忆录的开头部分，我在回忆录开篇处写的是逃离爱荷华州，前往巴黎。1925 年 6 月，我从寇伊学院毕业，那是一所隶属于长老会的小型学术机构。我真正的生活和工作正是从巴黎开始的。那之前的一切，都是为后来做的铺垫，包括义务教育、高中、大学各阶段。

我的三卷回忆录中的第一卷完成于 1975 年初，并于第二年秋季出版。整套回忆录的名称为《二十世纪之旅：人生与时代的回忆》，我把第一卷叫作《世纪初生：1904—1930》。

对该书的评价褒贬不一，总体而言，说好话的占了多数。不过，确实有一些评论家认为，那本书"让人感到一种莫名的失望"。这让我想起来，对待同一件事，每个人的看法总会与他人大相径庭。

我不认识罗伯特·基尔希，但他很早以前就欣赏我，他在《洛杉矶时报》刊文介绍了一些连我都没想到的关于我的事：

> ……夏伊勒的生活和经历成就了他，迫使他超越幻想和俗套。那样的塑造……让这部回忆录的最深层也充满了活力。夏伊勒是个来自中西部小城市的男孩，是个周游列国老于世故的男人，他那激动人心的经历，让所有人物、时间、地点变得鲜活起来……这些……在本书里都能找到……
>
> 他的生活与历史并驾齐驱，在这部叙事的、通俗的、详细的、写实的探索性作品里，他阐述了历史本身。

我也不认识奥尔登·惠特曼，不过，当年他为《纽约时报》工作时，我喜欢他为该报撰写的书评和讣告。他为我的书撰写的评论刊登在《新闻日报》上，他认为，"《二十世纪之旅》属于传统的自传体历史著作"。由于我的书是自传，像其他书评家一样，惠特曼在评论文章中对我是什么样的人进行了揣测。他喜欢我"信守终身的怀疑主义"的生活态度，以及我的"道德激情"，他认为，我把这两者应用到了对普通人的同情上，他们在社会生活中创造产品和服务，却很少从中获得回报。是什么让其（本书描写的 20 世纪前四分之一阶段的美国生活）如此栩栩如生，肯定离不开夏伊勒自由开放、富于人性的观点，还有他对假虔诚和真伪善的无情批判。

如今的时代是理查德·尼克松、罗纳德·里根、乔治·布什及其追随者们将"自由开放"（liberal）一词当作贬义词的时代，他们利用这一词语标识某些贫穷的美国懒汉"不识时务"。无论合适与否，我头上就戴有这样一顶帽子。无论过去与今天，我都为此感到骄傲。虽然尼克松之流、里根之流、布什之流揣着明白装糊涂，但大多数美国人使用这一词语时总会想到杰斐逊、杰克逊、林肯、威尔逊、罗斯福，当然还有沃尔特·惠特曼和梭罗等人。

让我在一定程度上感到意外的是，奥尔登·惠特曼认为，我的书让人感觉我像个"耐心的和特别开朗的学校校长"。

"也许还身穿风衣？"他问道，然而他没有答案。（在欧洲和亚洲工作的大多数记者都身穿风衣，当时唯有那款大衣适合全天候条件。）

我的书还让惠特曼想起了记者林肯·斯蒂芬斯，后者是我青年时代的偶像，他的自传让所有记者获益匪浅。

夏伊勒有着斯蒂芬斯那样的人性光辉。不过，最重要的是，他有让人激动的好奇心。好记者……从不丢弃童真的好奇心。具体到夏伊勒身上，他长期以来一直坚信，他具备将亲身经历真实再现的潜能，当这种能力与好奇心相结合，理所当然会成就一本必读的书。

诸如"必读的书"这类箴言正是我的出版商所喜欢的。他们认为，接踵而至的评论"太棒了"。有些评论的确如此，例如惠特曼和基尔希等评论家的文章。泰德·摩根在文学评论周刊《星期六评论》刊登的文章占了整整四栏版面，我的编辑将该文转寄给了我，他说，这篇文章"超级棒"。摩根在文章里称："威廉·夏伊勒的《二十世纪之旅》如此感人，特别值得阅读，'来自小城市的男孩会写好'故事正是诸多原因之一。"他尤其喜欢本书的开篇，他将其称为"对美国的反思"。

> 夏伊勒必须让全美国自行认识这一点。正因为他在欧洲经受过历练，他才学会了欣赏教育他的那些美好的往事，他才意识到，过去他所丢弃的，并非像他以前认为的那样理应丢弃。

我认为，有些评论家热情吹捧本书，确实有些过誉。卡斯珀·南斯在《华盛顿明星报》发表的长篇评论结尾如下：

> 《二十世纪之旅》是同类书里的杰作。它不仅是某个人自身的纪年史，更是欧洲和美国从 1904 年到 1930 年期间情景交融的历史写照。夏伊勒文笔极好，叙事精准。记者的切身经历让这本书达到了文学巨著的水准。这本书是我们时代少有的可以流芳百世的作品之一。

甚至《华尔街日报》和《国家观察家报》之类报纸也对

这本书表达了善意和理解的声音，尽管如此保守的刊物发出的这种声音似乎让人厌恶。

虽然《华盛顿明星报》评论家将这本书称为"杰作"，该报的竞争对手《华盛顿邮报》评论家则认为，这本书"在很大程度上让人失望"。

> 夏伊勒试图在本书里囊括太多的内容，结果他什么都没有交代清楚……因而这部回忆录在某种程度上成了多余物品。

理查德·J. 马戈利斯也在《新书播报》刊文称，我的第一部回忆录"让人出乎意料地失望"。他不喜欢我借辛克莱·刘易斯之笔将 20 世纪 20 年代的美国贬低为"巴比特大街"式的美国，当时许多记者逃离了美国。他宣称，我们走出去"是为了追求名望和财富"，另外，我们当中"许多人"最想要的"不外乎是让国内老百姓认识自己"。

> 夏伊勒也是斯科特·菲茨杰拉德笔下"一大批疯狂的美国人"中的一员，有那么一小会儿，这些人还真以为自己找到了通向极乐世界之路。

波士顿昆西地区发行的《爱国者纪事报》有一位在编记者马克·格林，他对我真可谓毫不留情。他说，这本书"虚荣"得可以，还"自我炫耀得近乎荒谬"。他认为，我在本书卷首语中援引欧里庇得斯、品达、帕斯卡、马克·吐温以及其他人等，在序言提到威廉·艾伦·怀特、伊莎多拉·邓肯、埃米莉·狄金森、乔治·桑塔亚纳、司汤达（马克·格林竟然将司汤达的名字写错了）等人，恰如其分地证明我在自我炫耀。[1]

> 这位知识渊博的作家在叙事中罗列名人，有助于提高其名人身份，他刻意这么做，恰好说明他这辈子的阅历正是刻意追逐名人。

这一次，《纽约时报》没有像痛批我的前一本书那样痛批我。我的回忆录交由《纽约时报》周日书评版撰写书评，由"失落的一代"资深评论家和编年史作家马尔科姆·考利执笔，当时他正好在巴黎。他在评论中特别不吝美誉。顺理成章的是，他最喜欢回忆录里有关巴黎那几章，不过，他也注意到，我在叙事时注重历史史实。他认为，这本书实际上"并非一部写实的回忆录，而是又一部当代历史"。另外，他还发现，本书提到了那么多人物，唯独少了一个人。"缺少的人物是，"他在文章结尾处给出了答案，"威廉·夏伊勒。"

这一次，针对我的书，《纽约时报》每日书评版的评论文章由某位我不认识的人执笔，那人的名字是莫里斯·卡罗尔，显然他是《纽约时报》的记者。他认为，我的回忆录是"出自好记者笔下的一部好书"。他期待本系列的下一本书尽快问世。不过，他似乎对自己表现得过于激动有些担心。"或许，"他在文章中称，"我不应该表现得如此喜欢这本书。"

资深驻外记者斯坦利·卡诺在《华盛顿邮报》发表的评论文章至少向我提出了一个有意思的问题。他不喜欢我在书里描述的美国在 20 世纪初期的情况，我不过是粗线条地介绍了一下我生长在其中的背景而已（某些评论家却认为，这是本书最精彩的部分）。"所有这些介绍，"卡诺说，"读者已经太熟悉，没必要反复讲。"

这是许多评论家发出的共同声音。我认为，这么说相当愚蠢。对某一段历史盖棺定论，这样的话没有人说过，将来也不会有人说。更深入的新发现总会不断涌现。也许我的论述缺少新发现。不过，对历史的某个阶段设立"禁止入内"标识，然后宣称这个历史阶段"读者已经太熟悉，没必要反复讲"是对过去的漠视，是傲慢与无知的象征。

我的出版商提醒我，每一本新书在美国问世后，第一批评论文章总会刊登在《出版人周刊》和《柯克斯书评》两个刊物上，许多书店会根据第一批评论文章下订单。文章登出来后，《出版人周刊》的文章所持的态度总体上是肯定的，然而，本书编辑在写给我的信里称，《柯克斯书评》的文章很"下流"。在我看来，毫无疑问的是，那篇文章对我的书反应奇特。匿名评论员的结论是："可悲的是"，我这人"居心不良"。他特别惊讶于我"邪恶的攻击性"，在"大约 9 岁时，他就痛打了'脾气暴躁、长相丑陋、年事已高的外婆'，使其求饶。说这件事的时候，他竟然没有感到难堪"。

对上述评论员而言，这个事件似乎成了我书里最重要的事件，而本书实际讲述的是 20 世纪之交我在美国成长的经历，是美国那一时期的基本情况，以及我对 20 世纪 20 年代欧洲历史的评价。该评论员偏偏着重评述了那么不起眼的一件事。我当然从未"痛打"过我外婆，也从未"使其求饶"。我在书里是这么说的：挨她老人家打多年后的一天，我反抗了，从那往后，我再也没挨过打。这不过是成长过程中的一个小插曲，而

《柯克斯书评》将其放大成了一场大战，以证明我"邪恶的攻击性"和"居心不良"。

蹩脚的、不负责任的第一批评论文章发表以后，我的出版商有点担心，书店会因此不太敢销售我的书。不过，人们显然没有把负面评论太当回事。不管怎么说，回忆录第一卷开局良好，还上了"每月读书俱乐部"推荐榜单，最后结局也相当不错。

出版商对我的系列回忆录态度迥异。如果说他们对第一卷的态度不冷不热，对接下来那本甘地回忆录的态度无疑会让人感到浑身发冷。我原计划在第二卷的开篇处首先讲述甘地，因为第一卷结尾部分讲述的内容为，我在维也纳收到《芝加哥论坛报》老板麦考密克上校发来的一封电报："去印度。"

我最终接受了西蒙与舒斯特出版社的意见，甘地这一部分不在第二卷出现，而主要讲述我在纳粹德国的经历。因此我建议，将甘地这一部分摘出来，单独出一本书。在我眼里，甘地是我们时代最伟大的人。认识他，对我来说是难得的人生际遇，1930 年和 1931 年，我正在报道发生在印度的反抗英国统治的革命。写甘地是我的倾心之作，值得出版成书。

西蒙与舒斯特出版社不接受我的建议。我感觉，并入高夫和韦斯顿集团以后，这家出版社已经大为改变。出版社的人告诉我，他们没有兴趣出版我对甘地的回忆。实际上，他们反对出版那样的回忆录。他们希望我将关于甘地的内容从手稿里摘出来，接着写第二卷回忆录，只写我在纳粹德国的经历、第二次世界大战的来临和二战的结果，即大功告成。他们根本不想要回忆录的第三卷。

编辑给我写信："爱读书的美国公众根本不喜欢多部头的自传。两卷已经是极限。将一部传记拆分开，如果超过两卷，无异于自毁前程。"

编辑认为，如果我愿意，一旦完成回忆录第二卷，我可以另起炉灶，接着写个大部头的甘地传。出版社认为，绝不能将其归入回忆录，否则会打破回忆录分上下两卷的常规。

我同意将甘地的内容剔除，但我依然想说服出版社单独出一本关于甘地的书，并将其称为回忆录。我对出版社说，我没有兴趣出版甘地传记。我已经到了岁数，没有能力写那种东西。我已经快 76 岁。基于我在印度和甘地交往经历的回忆录已经完成，只等付印。对任何一位美国记者来说，这都是独一无二的经历。

也许，我不屈不挠的努力感化了出版社，尽管他们特别不情愿，但他们最终同意出版那本书。经过漫长的努力，他们甚至同意在书名里用"回忆录"几个字。那本书的书名最终定为：《甘地：一部回忆录》。

那本书于 1980 年 1 月 14 日正式出版。通常情况下，作者对出版社会有各种抱怨，我感觉，那一次，出版社的所作所为证明所有抱怨都是正当的。6 月，我在写给编辑的信里表示，"让我震惊和大失所望"（我承认，"震惊"一词用得有点过火）的是，那本书未能如约赶在秋季出版，以便赶上圣诞节，因为那一时期售出的图书比其他几个季节要多。6 月初的情况就是证明。我在信里说，一些书店店主已经十分肯定地告诉我，对于图书销售来说，除了 8 月，1 月是全年业绩最差的月份。大多数人已经在圣诞节前购买了图书，来年春季到来之前，人们不会再次购书了。华盛顿一家大书店的老板兼经理专门为此给我写过便条。

"你曾经向我保证在'秋季发行'，"我给编辑写信，"1月不管怎么说都不是秋季——无论谁家的日历都不会这么说。"

"当然有，比尔，比如出版界的日历。"编辑的回信让我吃惊不小。他解释说，对出版商而言，一年只有两季：春季和秋季。后一个季节"始于9月，终于2月"。

因而1月份发行即"秋季发行"！

他继续解释："对出版发行来说，11月确实是鸡肋月。无论你从别人那里听到过什么说法，1月肯定是最好的发行月份之一，远比11月好得多。"他还说，即使那本书圣诞节前在书店里上架，也不会卖得很好。

> 我实话实说，比尔，在我们看来，除了有精神方面的追求以外，正常情况下，《甘地》根本不能作为圣诞礼品送人。

我曾经抱怨那本240页的书价格升得太快。西蒙与舒斯特出版社在秋季的新书目录里将它定为9.95美元。然而正式发行时，价格跳到了12.95美元，每本书上涨3美元，或者说提价23%。我问过公司老板，他回答说，如果我"往四周看看，肯定会看到，'世界性通货膨胀正在四处蔓延'"。我早已往四周看过，和大家一样，我也知道有通胀，然而，1979年底最后三个月，我没有看见哪个地方的通胀率达到了23%。不存在那样的事。

理所当然的是，像所有作者一样，我对出版商在营销方面的不作为颇有微词。出版业的行话说得极是：西蒙与舒斯特出版社只管把书印出来，极少关心把书卖出去。《纽约时报》周日书评版刊登的整版广告导致销售开局良好，随后销量急遽下滑，再往后，那本书完全卖不动了。为推销那本书，我尽了一切努力，例如，十多次接受平面媒体和广播电视访谈节目采访。"每月读书俱乐部"将《甘地》列入了推荐榜单。尽管出现过多次非常抢眼的书评，其中好多次还引发了很大争议，还有几篇对其评价很高，但那本书始终未能进入畅销书排行榜。出版社最终放弃了那本书。后来……数年以后，有传言说，著名导演理查德·阿滕伯勒正在做一件我认为不可能完成的事，他正在拍摄一部有关甘地的电影。再后来，又有传言说，那部电影会成为一部热映的大师级作品。[2]西蒙与舒斯特出版社立即来了兴致，旋即推出了该书的平装本，以期在电影公映的同时推出平装书。

对甘地一书的评价可谓五花八门——赞誉的文章占了大多数，毁誉参半的文章有一些，少数文章完全是敌视态度，充满了呛人的火药味。我以为，其中两三篇文章纯属弱智。罗伯特·基尔希发表在《洛杉矶时报》的评论显示，在高度崇拜甘地的评论员里，他是个典范。他认为，那本书是"对有着钢铁般意志的甘地令人动容的回忆"。

当年派我前往印度的是《芝加哥论坛报》，该报的评论对那本书给予了极大的肯定和理解，这大大出乎我的意料。我在回忆录第一卷里描述《芝加哥论坛报》的"专制君主"罗伯特·麦考密克上校时，对他非常刻薄和毫不留情。如今上校已然故去，无论我把报社的"前任沙皇"描述成什么样的人，现任编辑显然无所谓。米尔顿·维奥斯特是《华盛顿邮报》的老牌记者，《芝加哥论坛报》的评论出自他的手笔。他的文章结论是："夏伊勒笔下的心灵传记更像浮雕式的刻画，但正是这种谦逊让这部作品得以传世，从作品里走出来的是个真实可信的人物。"

那一次，《华盛顿邮报》对我又是痛加挞伐，该报的评论文章出自该报驻外记者之一笔下，据该报说，在之前的近十年里，那人一直长驻东南亚。对我崇拜甘地，那人非常不屑，同时坚称，甘地身上藏着"大量戏法（hokus - pokus）、演员的表演、政客的做作，深知面对国内和国际观众时如何扮演角色"。路易斯·蒙巴顿勋爵是最后一任英国驻印度总督，用他的话说，被如此贬低的这个人，"必将在历史上与佛祖和耶稣齐名"。爱因斯坦则说："极少有人相信，这样一副血肉之躯曾经在地球上匆匆走过。"难道接过我们这一代衣钵的后一代驻外记者试图向世人证明，他们这代人是多么顽强和现实（还有无知）？甘地藏着"戏法"？

我在《纽约时报》的得分达到了50%。在《纽约时报》周日书评上，我也赢得了喝彩。詹姆斯·卡梅伦是著名英国驻外记者，他非常了解印度，他评论《甘地》一书既严肃又中肯。

约翰·伦纳德用他惯常的曼哈顿式的故弄玄虚和自以为是在《纽约时报》的评论文章中取笑《甘地》一书及其作者。毫无疑问的是，我不能指望《纽约时报》的评论员为我说好话。我以为，出自伦纳德笔下的评论在美国的一些书评中特别典型。作为报社评论员，为掩饰他们对所评对象的无知，他们只好在文章中故弄玄虚。当年为《纽约先驱论坛报》撰写每日书评的刘易斯·甘尼特严格遵守着一条规矩：无论评论员是否喜欢所评书籍，无论评论员对书的主题多么无知，他必须尽力帮助读者了解所评书籍的主要内容究竟是什么。伦纳德之流对此不屑一顾。伦纳德在他的评论里不惜笔墨描述甘地的笑容，他武断地说，那种笑容"是甘地神话的核心"。他认为，"夏伊勒毫无疑问对甘地的笑容费了不少心思"。他那篇文章将一多半篇幅用到了这一主题上，全然不顾伟大的印度领袖更为重要的和更有意思的其他方面。他的评论写道：

> 人们强烈要求知晓，甘地的笑容——佛祖的笑容？蒙娜丽莎的笑容？还是柴郡猫的笑容？——背后究竟有没有自虐行为、至善主义、谦卑掩饰的高傲，或是通过自我否定追逐权力的野心？

对《甘地》的各种评论亮相时，我未能及时看到。1980年1月11日发行的《密尔沃基日报》"星期五图书栏"有个注脚解释了其中的原因：

> 星期四，在芒特西奈医疗中心接受开胸心脏手术的夏伊勒状态良好。来自马萨诸塞州莱诺克斯的夏伊勒现年75岁，他星期三接受了八小时手术。医生为他的心脏搭了三个桥。

我再次走运。

那年，我乘飞机去了佛罗里达州萨拉索塔，在那边和朋友一起过圣诞，度新年长假。新年前夜，我像往常一样，在年夜饭过程中吃得过饱，还多喝了几杯酒，我当时的感觉和许多人一样——身体有点不适。

圣诞节前不久，我还在莱诺克斯时，医生查出我患了轻微的心绞痛，我吓了一跳。但当时我做了压力测试，结果合格。检查结果随后被送往波士顿进行深入分析了。心血管医生给了我一份他写的报告单，我看不懂单子上的指标，就把单子揣进兜里，后来就抛之脑后了。

在萨拉索塔时，我居住在朋友家，返回的航班早已预订，回家前一两天，为谨慎起见，那家的主人建议我去见一位心脏病专家。那家的主人是医生，他认识不久前从纽约前往那个城市实习的一位年轻的心脏病科医师。我对主人的建议一笑置之，然而，朋友一再坚持，最终我只好让步。我们去见那位医生的时间是 1980 年 1 月 5 日，某个星期六下午。当时，医生的助手已经下班回家，不过，他仍然同意为我做检查。我把那次见面当成了一次"礼节性"拜访。我和随行的朋友们刚刚在医生的办公室里坐稳，医生问我，是否随身带来了之前在莱诺克斯做过的压力测试报告。我从衣兜里掏出报告，我满心希望，对方或许会向我这个门外汉解释清楚那份报告的内容。医生面无表情地将报告浏览了一遍，然后抬起头说，我需要前往走廊另一端的一个房间，他要为我重新做一次压力测试。朋友们后来告诉我，检查室的门关上之后，医生转身面对他们说："这是我迄今为止见过的第二糟糕的压力测试报告。我担心这个人没几天活头了。"

我未能通过医生的测试。在跑步机上刚刚跑了数分钟，我已经上气不接下气，再也无法坚持。医生建议我立即做个内窥镜检查。医生将一根细小的导管从我的大腿根部沿静脉插入心脏。导管前端有个小摄像头，将心脏和血管的实际影像鲜活地显示在一个屏幕上，简直太神奇了。通常我对那种东西很抵触，但我记得，当时我简直看呆了。检查结果如后：为心脏输血的三根主动脉严重堵塞；其中两根几乎完全堵死——医生说，堵塞达到了99%。

医生解释说，堵塞如此严重，不能再往后推了，他建议立即为我实施开胸手术。他给全国各地数位心外科医生打了电话，最后选定了正在纽约密尔沃基芒特西奈医疗中心行医的达德利·约翰逊医生。我还没弄清那一切究竟是怎么回事，医生已经为我安排好飞往目的地的航班。以上是我在萨拉索塔与吉恩·E. 迈尔斯医生第一次见面的经过。当然，他和约翰逊医生挽救了我的生命。后者成功地为我完成了八小时手术，其间遇上了三四次事先没有预料到的麻烦。

与术前很长时间相比，术后好几年，我感觉好多了。不过，进入80岁以后这些年——这本书写到这里，我84岁了——我意识到，我必须放慢节奏。对大多数心脏病患者来说，生存的秘诀是大量运动和控制饮食。不过，最近以来，我必须稍微压缩前者的量，例如放弃滑雪，放弃重体力的园艺工作，放弃长时间漫步。我可以继续划船，继续每天早上在花园里漫步，进行25分钟锻炼，包括五分钟对空拳击（原来是九分钟），十分钟室内骑车运动。到目前为止，1980年完成的心脏手术已经让我的生命延续八年，健康的八年。

我必须说，对于这八年生命，我是感恩的。与普通美国国民相比，我十分清楚，我对世界上的不公正怨言过多，对生活中的无情、不平等，穷人和无家可归者的困境，富人的贪婪和傲慢，以及其他诸如此类的事，我总会咬牙切齿。虽然如此，一直以来，我对自己的生命有着巨大的渴求，一种狂热的追求。在过去八年里，工作、享受、健康的体魄让我珍爱生命里的每一分钟。

最后我还要说，和其他美国人一样，我经历了罗纳德·里根在白宫执政的八年时光。他是当代政治大现象的一个缩影。在我看来，他把工作做得越糟糕，展示的缺点越多，美国人民反而越欢迎他。他组织工会投他的票，然而他对工会毫不留情。他偏向富人，让富人越来越富，穷人越来越穷，他把穷人的利益一层层地剥走，他让上千万人陷入没有尊严的潦倒，然而，穷人依然投他的票；他让美国的公共债务积累到超过所有前总统公共债务的总和，美国人民却认为，这不该由他负责；他把纳税人的数百亿美元砸进了"星球大战"计划，这一项目最终会被认定为一场骗局，然而，美国人民对他报以掌声。

在里根当政的八年里，美国与他国签订有不直接干涉他国内政的庄严协议，里根却出于个人原因违反协议，发动了反对尼加拉瓜的残酷战争。里根亲自资助、装备、训练"反叛"武装部队，正是为了推翻尼加拉瓜当时的政权，而该国政府是美国正式承认的主权政府，美国还与之保持着正常的外交关系。里根厚颜无耻地将美国暗中支持的雇佣兵称作"自由战士"，雇佣军最高指挥官及其手下曾经是令人厌恶的尼加拉瓜国民警卫队的忠实成员，而该国民警卫队受制于让人憎恨的、腐败的、野蛮的独裁者索莫查。索莫查残酷地压制尼加拉瓜人的自由，像索莫查一样，里根根本不关心尼加拉瓜人的自由。

然而，尼加拉瓜问题让里根很纠结，反政府武装在八年时间里从未夺取过一座重要城市，也从未鼓噪过反对共产主义的地方起义，里根竟然将"反叛"领袖与美国开国元勋相提并论，这不啻对后者的侮辱，也是对他们所建立的伟大共和国的侮辱——当然，这也是对历史极其庸俗的歪曲。"反叛"武装因而杀害了上万人，包括尼加拉瓜妇女和儿童，罗纳德·里根因而发动了小型战争，那场战争最终注定会成为一次失败。令人奇怪的是，数量众多的美国人民支持里根，包括共和党自身，以及许多民主党人。这情景至少和当年的情景一样：在越南战争初始阶段，美国人民曾经支持政府在遥远的地方打一场"反对共产主义"的战争。不过，支持对越南动武的势力很快烟消云散了。虽然美国公民中的大多数——如果民意调查数据可靠——渐渐开始反对那场可悲的尼加拉瓜战争，支持动武的势力却不离不弃地坚守了八年。

虽然共产主义在苏联以及东欧铁幕国家遭遇了挫折，但因其困扰美国人民和美国政府的方式，共产主义在美国赢得了最大的胜利。任何一个守旧且血腥的独裁者，只要卖力地高呼几句"反对共产主义"口号，即可获得美国人的支持。我从来都弄不明白，我们美国人怎么会如此轻易上当。在正常情况下，我们不会如此天真和愚蠢。

1981 年 1 月 7 日，我在日记里回顾了在萨拉索塔的经历，还回顾了之前一年发生的事：心脏手术的初级阶段，渐渐康复的六个月，对未来的展望，等等。我的生命得到了拯救，但我还能活多久？

> ……我不想说我已经做好离开现世的准备。还没有呢。我还想完成回忆录……还有，在莱诺克斯这么让人开心的地方，我还想多活几年，这里有坦格尔伍德的音乐，有可以干活的园子，可以划船，还有"某某"对我的爱……

……过去一年里，我和出版商西蒙与舒斯特出版社之间麻烦不断。自从该出版社并入大企业集团以来，与之打交道变得困难了……他们在《甘地》一书上让我失望。自从我完成第一部作品《柏林日记》以来，我每完成一部手稿，很快都能出版发行，如今出版社第一次拒绝了我的手稿，拒绝了我的第二卷回忆录……[3] 如同作家和出版商之间出现争议时的常规情况一样，没有商量余地。出版社只是说，他们不会出版这本书。

西蒙与舒斯特出版社为我指定的新编辑给我来过一封信，他在信里解释：考虑到**我**的利益以及出版社的利益，我的第二卷回忆录不会出版了。出版社给我来过几次电话，催促我接受这一决定——再一次说，出于**我**的利益以及出版社的利益。拒绝我的时候，出版商竟然如此热切，实在令人感动，竟然还是为了**我**的"利益"！同一位编辑在电话里和我争执了数小时，他说，对《甘地》的作者而言，探讨另一个话题或许更好，他指的是偿还预付款比不偿还预付款更好。

我和西蒙与舒斯特出版社有分歧，出版社方面当然有它的道理。为出版我的第二卷回忆录，出版社已经在协议中列明，该回忆录理应讲述纳粹时期以及战争时期我在德国的经历——始于1934年，终于1945年，而我交给他们的新手稿仅仅把有关甘地的内容摘了出来，时间跨度是1930年到1934年。我对出版商说，我感觉那一时期是我一生以及我们时代的重要时期。

出版社回复我，如果将我的手稿出版成书，"除了对双方造成伤害，不会有任何好处"。编辑不喜欢那本书"消沉"的基调，尤其是我表达的失败论调。"仅从维护你的名誉考虑，将这类论调从整部书里分离出来，等于毁了这本书，从商业角度考虑，这么做也行不通——这样的书仅能卖出几本，确切无疑的是，图书俱乐部不会定购这样的书，出版社更不会重印。"

还是那种教条：在美国，唯一的出路是追求成功，失败没有出路。如果在生活中和事业上遭遇过失败，只能闷在心里。

西蒙与舒斯特出版社反对出版那本书，对此，我做出了两点答复：第一，这本书是对回忆录第一卷逻辑上的承续，而且这本书不错；第二，许多书完成的时候会与作者和出版商当初的设想不一样，所有出版商均会基于经验认识到这一点。书稿有自己的生命轨迹，创作过程会造就许多事先无法预料的奇怪结果。我还指出，我在西蒙与舒斯特出版社的第一部作品《第三帝国的兴亡》与当初的设想就大相径庭。根据协议，西蒙与舒斯特出版社希望我用一两年时间创作一本相对薄点的书，最终结果却是，它成了一部特别厚的书，完成时间也比原计划滞后好几年。尽管结果无法预料，出版社还是勇敢地将其出版了。

然而，这一次我们根本谈不拢。编辑最后做出让步，如果我愿意，我可以拿走完成的手稿，另找出版商。不过，西蒙与舒斯特出版社保留出版该作品续集，即讲述纳粹时期以及战争时期的回忆录的权利。

我无法接受那一点，经过数个月争执，出版社最终同意放我走，条件是退还预付款，我照做了。不过，我们之间仍然瓜葛不断。根据协议，出版社保留从付给我的预付款里"回收"利息的权利。出版社的最终要求是，从我拿到预付款起算，每年索要 12% 的利息。

这一要求让我唏嘘不已，根据我和出版社的协议，20 多年来，出版社一直处于未支付并且占用我版税的状态，那是相当大一笔款项。（因而《第三帝国的兴亡》一书不必按照一次性支付的版税纳税。根据美国国税局的规定，只要作者在合同中列明，每年仅仅接收"有限"数额的美元，即可将税赋摊平。这钱属于作者，因为这是作者的版税收入。然而，这钱由出版商占用，因为钱在出版商手里。）

随后，西蒙与舒斯特出版社接连数年追着我索要上述预付款 12% 的利息。我拒绝了，那件事最终不了了之。

那件事的前因后果对我是个警示。与人们通常的说法相反，实质上，出版商和作者之间是一种对抗关系。我并不想以偏概全，尤其需要考虑的是，有些作者的书总能攀上畅销书排行榜。不过，大多数出版社和作者的关系确实是对抗关系。如果承认这一点，存在于出版社和作者之间的大量误解和反感肯定会有所缓解。我感觉，虽然大多数出版商不愿意公开承认这一点，但他们内心是认同的。反观作者，多数人却不愿意承认。这样的沉默最终会导致分歧，让双方受害。

由于美国作家协会的大力推进，对作家来说，与 75 年前该协会刚成立时相比，如今的图书出版合同已经相当公平（前总统西奥多·罗斯福是最好斗的早期会员之一）。主要是由于作家协会不间断的努力，出版商渐渐接受了双方都认可的合同条款。不过，这是个长期的、艰苦的斗争过程。许多出版商抵制变革，他们会坚守到最后一刻才做出改变。

直到今天，大多数作家仍然会认为，多数出版合同并不公正。作家无法理解，为什么必须把相当于平装书 50% 的版税分给精装书出版商，为什么俱乐部版图书的转让权也要遵从同样的分成方式。平装书出版商和俱乐部版图书经销商选中某一作品，并非看重其印刷质量，而是关注其内在的吸引力。如果精装书出版商确实促进了某一本书的销售，并且在很大程度上帮助其提高了知名度，该出版商毫无疑问应当获得与之对等的回报。25％的分成无疑已经非常公平，不过，出版商几乎无一例外坚持对半分成。我曾经听到一些精装书出版商争辩说，如果放弃五五分成，他们会破产。不过，既然大多数出版商如今都成了超大公司的一部分，这样的说法不足为据。

一些精装书出版商愿意与看中的作家同甘共苦，无论某一本书好卖与否，均将其出版发行。如今，这样的出版商已经不多见，即使有，也不会经常这么做了。如果作家能为出版商赚大钱，出版商就会大量出版发行，一旦作家无法带来收益，出版商肯定会将其抛弃。《柏林日记》出版后，市场表现不俗，拯救了财务危机中的克诺夫出版社，但该出版社拒绝了我接下来的书。《第三帝国的兴亡》为西蒙与舒斯特出版社积累了财富，而该出版社也拒绝了我的一本书。许多作家也有满肚子类似的苦水。就我的情况而言，可以断定的是，只要出版商认定我肚子里有一部大作，已经出版的书卖得动，合作就会持续。出版商不会待见没有油水的人。近一个时期，我渐渐认识到，这种有利则进，见好就收的做法流行于世，主要原因是，从前的私人出版社如今都被大型公司收归旗下，而大公司仅对利润感兴趣，在大公司眼里，一本书不过是个与肥皂无异的商品。我更喜欢从前那种作家与各家老字号出版社的编辑私下是朋友的日子，出版商和编辑愿意与作家荣辱与共。我知道，约翰·君特与哈珀出版社就是这种关系。哈珀出版社的头头卡斯·坎菲尔德是君特最要好的朋友之一。我猜测，威廉·曼彻斯特与利特尔 & 布朗出版社也是这种关系。毫无疑问，还有其他一些类似的例子。不过，这些都是幸福的特例。

我带着改写的回忆录第二卷重新造访利特尔 & 布朗出版社。具有讽刺意味的是，当年我提议就第三帝国的崛起和消亡写一本书出版，正是利特尔 & 布朗出版社当时的主编否定了我的想法，迫使我另找一家出版社。我必须说明，我的回归受到了热烈欢迎，我和对方的数次谈判是我有生以来经历的最愉快的谈判。当时本书的核心内容已经改成那些年我在纳粹德国的长期工作经历，以及在那片备受压抑的土地上的噩梦年代，即与《第三帝国的兴亡》同时期的个人经历。利特尔 & 布朗出版社的人都喜欢那一手稿，尤其是我的编辑罗杰·唐纳德。那本书出版发行后，出版社还进行了大力推介。这一卷的书名为：《噩梦年代：1930—1940》。

我有生以来体验过的最高评价针对的正是这本书。我这么说，并非由于多数文章满篇皆是溢美之词，而是因为，对我当年在德国的作为，其中的许多文章眼光独到，给予了充分的理解。甚至学术界权威期刊《美国学者》刊发的五栏文章也很有见地，富于同情心，当然该文也少不了批评。例如文章作者认为，那本书"描述悲剧的用语"是"我力所不及的"。"而且，"文章说，"对那一时期生活在看不见尽头和提心吊胆状态中的人们的忐忑心态，我想不出其他更好的描述用语。"《美国学者》偏重文学性，仍然健在的最伟大的法国作家如何看待1940年法国向德国投降一事，我在书里也进行了评说，而该文作者是唯一注意到这一点的人：

令人悲哀的是，夏伊勒促使人们忆起了那些依靠文字生活的人在 1940 年都做了什么。如今我们可以清楚地看到，那些光耀的守护者年复一年在我们的文学季刊上不加节制地唱赞歌。法国军队投降前，墙头草贝当元帅即已承诺法国将匍匐在地，没有一个靠文字吃饭的人站出来谴责他，实际情况恰恰相反。

作者接着引述了我在书里对下述人等的描述，他们是保罗·克洛岱尔、弗朗索瓦·莫里亚克、保罗·瓦雷里、安德烈·纪德——这些人都是当代法国文坛巨匠。他们把贝当元帅捧上了天，他们像绵羊一样接受了法国向德国投降，安德烈·纪德甚至认为，这么做对法国来说可能是件好事。

作家娜奥米·布利文在《纽约客》发表的两页评论是我这辈子享受到美誉度最高、用词最有力的文章。《时代》也破天荒第一次喜欢上了我的书。约翰·斯科在其署名文章中将那本书称作"一部令人敬佩的回忆录"。他说："年届 80……他仍然写出了一部好得超乎寻常的书。"《费城问询报》已经用大量篇幅赞誉过回忆录第一卷，该报对第二卷更是赞不绝口，还把我称作"当代的修昔底德"。我当然不是修昔底德。零售书店往往参考《柯克斯书评》下订单，据出版社的人说，该刊发表了"一篇极尽赞美之能事的评论"。与之形成鲜明对照的是，该刊曾刊文攻击回忆录的第一卷。

像以往一样，我老家的报纸锡达拉皮兹《公报》刊发了一篇赞誉那本书的评论文章。大学期间，我为那份报纸短暂工作过一个时期。评论员认为，我"把重头戏放得太靠后"。他对我在阿富汗、乌尔、巴比伦、巴格达、伊斯坦布尔的冒险经历不感兴趣，对我重返维也纳、结婚、被扫地出门也不感兴趣，甚至对我在西班牙休假一年也没有兴趣。当时年轻的西班牙共和国正在遭受法西斯主义蹂躏，很快将落入佛朗哥及其纳粹德国和法西斯意大利支持者的手心。他认为，我到达柏林后，那本书"似乎才开始抓住读者"。

《纽约时报》再次给予我好评。就评价新书而言，该报的影响力在所有报刊里首屈一指。每日书评版的文章由赫伯特·米特冈执笔，他并非报社的在编书评家，他是个文学评论员。他喜欢我"强硬的"看法和观点，他认为，我创作的众多书籍将我"提升"到了"当代历史学家的地位"（读者们很快将会看到，一位学者强烈反对这一提法）。

美国全国广播公司评论员约翰·钱塞勒在《纽约时报》周日书评版为我的书写了一篇评论。他在文中对所有驻外记者给予了中肯的评价，他是战后驻外记者里的一员，他对我们老一代驻外记者表示了敬意。无论从哪方面看，他对那本书的评价都很适度。对他来说，书中涉及的历史内容太多了。他认为，我那本书的写法"有些地方过于重复，有些地方过于仓促"。好在书里"险象环生"，"因而本书特别值得一读"。我原本希望他在书里看到的抓人之处多于"险象"——在柏林的那个噩梦年代仅用"险象"一词不足以概括——而且他的老生常谈结束语"特别值得一读"对一些人来说有些居高临下，不过，这么说应该也无伤大雅。

那一次，学术界没有对我群起而攻之。一些人很可能不喜欢《美国学者》刊发的热情洋溢的文章，不喜欢学界同行在多家报纸上美誉我为历史学家。不过，即使他们不高兴，他们也没有采取行动。

但有个显著的例外，此人是威廉·谢里登·艾伦，他特别痛恨有人将我称作"历史学家"，或者，将我的书称作"史书"，尤其是那部《第三帝国的兴亡》。他的评论刊发在《波士顿星期日环球报》上。长期以来，该报评论员对我创作的大多数作品持否定态度。介绍艾伦的背景时，该报将他称作布法罗纽约州立大学历史学教授，两本关于纳粹主义的书的作者。我知道其中一本，书名为《纳粹夺权之路》，那是他研究德国境内某单一城市的成果。我曾经总结，他的例证太小，不足以解释那么重大和命运攸关的事件，还导致他形成了致命的错误观点：对纳粹主义，德国人民应免于所有责任。艾伦教授对我可谓穷追猛打，他的文章开篇如下：

在此，我想开诚布公地对大家说：职业历史学家对威廉·夏伊勒无尊敬可言。他的历史书在解析历史方面过于肤浅，在援引历史事件方面有失均衡，在调研方面不够深入，在理论方面判断错误。最糟糕的是，他的书竟然卖疯了。他的《第三帝国的兴亡》竟然卖出上千万部。职业历史学家的著作没有一部能接近那一数字。这简直要把人气疯了。

实际上，教授暗地里表现出一种对《噩梦年代》的喜欢。他承认，至少有一点，这本书写得好——"职业历史学家可以从他那里了解到，社会公众喜欢读什么样的书。"

因而他建议：不妨读读这本书。[4]

虽然信息极为错误，但本书栩栩如生地再现了来自美国中西部的年轻人在希特勒地狱国度的切身经历。毫无疑问的是，我不会接受夏伊勒在书里精确描述的任何内容，包括他未经校正的错误想法，当然他亲眼所见的事例除外。

显而易见的是，我的"错误想法"包括我对大屠杀的见解。艾伦严正指出，我说有 100 万犹太人（没有人知道确切数字，以后也不会有人知道）在灭绝营里遭到屠杀，是夸大了数字。他批评道，虽然我"对犹太人遭到迫害感到震惊"，但我"从来都不知道，柏林人民在整个战争期间掩护了 500 位犹太人"。

有 500 个犹太生命在柏林获救——怎能与百万人在柏林遭到杀戮相比！怎能与高达 600 万或 700 万遭遇灭绝的人相比！因为这个，人们可以原谅大屠杀？

艾伦的文章着实让人吃惊。我以为，他的评论和作品提出了一些有意思的观点。其中之一是学术界的纠结，即有关德国的有限信息都是大学里的历史学家于战后搜集来的，而那些人太年轻，没有机会亲自观察纳粹主义，对我这种有过切身经历的人笔下的东西，他们却不屑一顾。毫无疑问，书写历史的人没有必要"亲临事发现场"，不过，众所周知，修昔底德说过，去过现场更好。著名英国历史学家约翰·惠勒-本内特写过几部闻名遐迩、堪称经典的关于德国的作品。他认为，亲身经历是无法替代的，他本人在柏林经历过许多事。

另外，让我担忧的是，艾伦和其他年轻的学院派历史学家习惯从全局里挑选一个小片段做深入研究，从中推导历史结论。这让我想起数年前在哈佛大学参与的一个周末学术会议，参与讨论纳粹德国史的历史学家来自德国、法国、英国、美国。我应邀与会，我相信，我是现场唯一的非学术人士。众多与会者谈论的都是他们对小城镇、大城市的某个城区、某政党或某地区媒体所做的深入研究。几乎所有发言都给人一种不切实际的印象。没有人尝试做全面研究，也没有人深入探讨根本性问题，例如，如此古老、文明、有修养的基督教国家的国民竟然允许他们伟大的国家被野蛮的纳粹党徒糟践和摧毁——甚至鼎力相助，这是为什么？我亲眼见证了这些，我却一直未能进行全面解析。因而我认为，所有历史学家都应当做这样的尝试。虽然一些年轻的学者已经有了很高的知名度，但他们太年轻，他们成年之后即已错过亲身经历纳粹德国的机会，他们对问题总是避重就轻。他们更有兴趣分析数据，例如希特勒上台那年，科隆市某城区的德国人是如何投票的。

讨论会最后一天，一位出席会议的长者来到我身边，他满脸失望和愤怒。他曾经是逃出纳粹德国的难民，与会之前那些年，他已经成为巴黎大学的著名历史学教授。我知道他的大名，之前一天他说过，他赞赏我研究德国的那些作品。

"这些人说得太虚无缥缈了！"老者小声对我说，"咱们何不请求主持人中止一会儿这样的讨论，咱们得告诉这些青年历史学家里的一些人，生活在纳粹德国究竟是怎么回事，那样一场灾难降临到德国人民头上，实际情况究竟是什么样子。咱们可以告诉他们，当时人们究竟都做了些什么，实际情况和干巴巴的数据大不相同。"

经会议主持人同意，老者开始发言，他首先因中止会议议程请求大家谅解，然后他开始解释，在他看来，整个周末的会议相当缺乏现实感——单纯依托文献做研究的学者有时候会脱离现实，因为文献没有生命——与会的人真应该认真听听亲历过纳粹德国噩梦年代的两位历史学家怎么说。他指的是他自己和我。

会议主持人是学院派历史学家，他耐心地倾听着老者的发言。我感觉，他有点不知所措。他说："非常感谢！"接着，连眼睛都没眨，随即按照会议议程邀请下一位演讲人上台发言。

尾　注

[1] 旧版《巴尔的摩太阳报》时期的著名记者兼历史学家和哲人杰拉尔德·约翰逊在《芝加哥太阳时报》刊发了一篇评论，他对序言部分的看法不尽相同。他评论道：

> 这篇序言是一位美国作家历史观的概要，它把一位美国作家花费数年心血总结的最富哲理的表述囊括其中，而且仅用了七页纸。

[2] 我后来看了那部电影，认为它的确是一部佳作。

[3] 我的记忆出了问题，实际情况是，《柏林日记》成书以来，我的第一个出版商克诺夫出版社拒绝过我第二本书的手稿。

[4] 或许艾伦教授过于自以为是，过于不成熟。毫无疑问的是，和大多数作家一样，我一向不知道公众喜欢读什么样的书，也从不考虑这一问题。

第二十八章

苏联见闻

随着年龄的增长，每当总结逝去的一年，或再次赶上过生日，我会越来越频繁地在日记里猜测我还剩多少年月，并且规划想做的事。1982 年 1 月 19 日那天，回顾完 1981 年，我写道：

……到 2 月 23 日，我就满 78 岁了！我感到幸运的是，我还活着，身体健康，写东西写得还算不错，每天都安排得满满当当，包括工作、锻炼、读书、听音乐、见朋友。对许多贫穷、失业、不走运的人来说，生活只是一场骗局，非常不公平。不过对我来说，生活是美好的、有意思的。对 78 岁的我来说，我必须面对如下现实，剩下的年头毫无疑问屈指可数了。即便如此，让我多活几年，我不会有意见。

我希望完成全套回忆录——为此还要工作三到四年。我再次深深地爱上了一个女人，同时也被爱着。读更多的书，真正开始学习俄语，划船，在园子里干活，和孩子们、孙辈们、朋友们见面，和孩子们的妈妈见面——虽然特斯和我越来越疏远。我对生活是否太贪婪了？太自私了？

我回想起自己读过弗吉尼亚·伍尔芙的某种说法——记得是在她临终前的日记里——她曾经希望学会俄语，而她最终意识到，那已经永远不可能了。她的文字里流露出一种哀伤，原因是，她特别喜欢俄国文学，她阅读过大量译成英文的俄国作品，而她特别希望直接阅读原文，将所有读过的作品再读一遍。因为，她意识到译文中失去的东西太多。

我有相同的野心，将近 70 岁时，我开始学习俄语，俄语老师返回欧洲后，我找不到接替的老师，只好放弃。时间迁延至 1982 年，那年我 78 岁，我再次找到一位老师。那是一位俄罗斯女士，她在不远处一所大学里教俄语，我再次捡起了俄语学习。与俄语相关的、埋藏心底很久的野心再次燃烧起来：前往苏联。50 年来，我一直想去那里，然而，布尔什维克一直将我拒之门外。

1930 年，那还是我在阿富汗喀布尔期间，我曾经以为，访苏一事必定大功告成了，因为苏联驻喀布尔大使邀请我于返回维也纳工作岗位途中顺访苏联。自列宁和托洛茨基掌权以来，《芝加哥论坛报》一直攻击布尔什维克，因而，位于莫斯科的苏联外交部谴责该大使向《芝加哥论坛报》记者发出邀请，我的访问最终未能成行。21 年后的 1953 年，苏联驻华盛顿大使馆通知我前往芬兰赫尔辛基领取签证，我再次以为事情终于要成了。然而，我到达苏联在芬兰首都的使馆时，那里的人告诉我，约瑟夫·斯大林死了，边境全部关闭，所有签证暂时无法发放。后来我又申请过两三次，均以失败告终。

我想不明白其中的原因，我笔下有关苏联的东西不多，因为我从未去过那里。我知道，克里姆林宫不喜欢我笔下有关《苏德互不侵犯条约》的描述，因而克里姆林宫仅仅允许我的两部作品在苏联出版——《柏林日记》和《第三帝国的兴亡》。对斯大林签署该协议，我在这两本书里都进行了谴责。相关内容在俄文版里均已被删除（事先未告知我，也未经我允许）。可是，我并不是那种真的仇视布尔什维克的人，第二次世界大战期间，苏联人勇敢地抗击了德国入侵，我曾经为他们高唱赞歌。我在字里行间表示过对俄国文学的热爱，以及我对俄语的痴迷。然而，那么多年过去了，没签证，没解释。不过这很快就无所谓了！

1982 年的一天，玛吉·钱皮恩给我来了个电话。她是我在伯克希尔的邻居，也是我的好友，是个舞蹈家。她说，她正准备随一个名为"芭蕾舞导演和编舞者协会"的代表团前往苏联，其中一个团员病了，我可以取而代之。已经核准的团签有 30 个名额，手续简单，无非在我的护照上盖个签证印章而已。

玛吉在电话里不忘取笑我，她说："你能让自己的举止像个舞蹈家吗？团里大多数人可都是舞蹈演员。"

"这还用说，"我信心满满，"想想我认识多少伟大的舞蹈家吧，伊莎多拉·邓肯、玛丽·维格曼、蒂莉·洛施，还有你。所以，这很容易嘛。"

当然，对于心脏手术后恢复未久，已显老态的男人来说，无论怎么装，样子一定很滑稽。在苏联，肯定没人认识我。虽然如此，因为我的书，克格勃也一定会有我的档案。我猜测，如果我被查出来，可能发生的最糟糕的情况就是被驱逐出境。

我对玛吉说，我要参团。我已经等待半个世纪，无论让我装成什么，我一定要进入苏联。

我在伯克希尔的另一个邻居和老朋友哈里森·索尔兹伯里从前是《纽约时报》驻莫斯科记者，他刚刚率领一个美国作家代表团访问苏联归来。我顶替他人赴苏是否值得，他说不准。他只是说，莫斯科的当权者对美国人怀有一种邪恶心态。他们一直对里根总统口口声声将苏联称作"邪恶帝国"以及其他恶语怀恨在心。

接着，他补充说："如果他们认为你往他们头上泼过脏水，真没准会把你驱逐出境。"

然而，我决心已定。

莫斯科克格勃总部花了两天时间才弄清我是谁。但实际上，代表团刚一降落在莫斯科谢列梅捷沃机场，我和著名的秘密警察机构就建立了某种关系。我从金属探测器旁边经过时，似乎莫斯科的所有报警器都开始铃声大作。一位满腹狐疑的官员命令我掏空所有衣服口袋，再次尝试，结果铃声依旧。反反复复尝试五六遍以后，那位官员叫来了一位上级，那人的样子特别像插画书里的克格勃侦探，特别像我想象中的典型人物，他非常和蔼，特别可亲，显然也特别胜任这一工作。

他用近乎完美的英语问："出了什么事？"

那时候，我已经意识到，我触发警铃响成一片的可能原因是，心脏手术后，我身上仍然埋着数个金属钩，以便胸腔能够愈合。我在美国国内机场也遇到过同样的麻烦。我把原因解释给克格勃官员，对我的解释，对方将信将疑。

他用命令的口吻说："再试一次。"

结果依旧，屡试不爽。到末了，官员一脸失望地摇着头说："太奇怪了！太不寻常了！不过，好吧。我接受你的说法。你可以走了，取行李去吧。"而我的行李恰好侥幸过了一道险关。

那位官员聚精会神地复查我的时候，我眼睁睁地看着一件非常有意思的事在他背后发生了。居住在美国的一位苏联朋友托我捎几样东西给他母亲，他母亲住在莫斯科。其中一样是老式的便携气泵，用于喷射蟑螂。莫斯科的所有公寓都有蟑螂，至少多数公寓如此。我的箱子经过检测仪时，箱子里的内容都显示在监视器的屏幕上，而便携气泵看起来极像炸弹。还好，负责监视屏幕的苏联官员当时正撇着头往旁边看，负责我的克格勃官员则背对屏幕看着我。样子像个骇人炸弹的清晰轮廓很快从屏幕上消失了，我顿时彻底踏实了。朋友在莫斯科的母亲将会得到这件工具，以便向蟑螂们发起进攻。

到达莫斯科第二天傍晚，代表团返回饭店后，苏联国际旅行社的女导游把我拉到一边，她告诉我，她要和我单独说话。她是个非常漂亮的女人，知识特别丰富。从一开始我就觉得，她不仅仅是苏联国旅派来的导游，肯定也是克格勃的高级工作人员，许多人这样议论她们。在纳粹德国那些年，我已经学会了准确辨认秘密警察，尤其善于辨认女性警察。

我的身份已经被确认了，我想。那女人很可能会对我说，做好准备，搭乘第一班航班离开苏联。代表团每一个人都被她彻底迷住了，大家都依照美国习惯直呼她的名字。

"索尼娅，"（我在此隐去了她的真名）我提议说，"咱们可否去酒吧那边，一起喝一杯，我请客。"我认为，在酒吧里一边喝饮料一边说话，至少人们会举止文明一些。她爽快地答应了。

在酒吧里，我们随便聊了几句话，随后，索尼娅对我说："你为什么要这样对待我们？你肯定知道，我们不是傻子。我们对你的情况一清二楚。"

"这么说吧，索尼娅，"我开始解释，"在苏联，竟然有人认识我，我感到很荣幸。"索尼娅的面庞具有真正的美丽、睿智、机敏，她是万人迷类型的人。因而我暗怀希望，她肯定不是那种冷血的人。

她问道："你是舞蹈协会的会员吗？"

"不是。"回答过后，我开始解释随团出访的起因，以及苏联政府出于我无法理解的原因长期拒绝发放签证给我。

"那你这次来是为了写关于我们的书吗？"

"不是。我只是来亲眼看看这个长期以来让我着迷的国家和这里的人，而且，我一直在尝试学俄语。"

索尼娅直言不讳地说："我怀疑你的俄语比你实际表达的还好。"让我不解的是，苏联人的疑心为什么这么重？怀疑一切自始至终伴随着索尼娅。

"不，我真的不会说俄语，"我进一步解释，"我主要是为了阅读学俄语，因而我可以通过原文阅读普希金、托尔斯泰、陀思妥耶夫斯基，还有其他人的作品，包括苏联时期一些作家的原著。"

"祝你好运！"说完，索尼娅真诚地咧嘴笑起来。这时候，我对最后结局终于有点放心了。从索尼娅的表情看，她无疑不会对我说收拾行李之类的话。她呷了一口雪利酒，表情怪怪地看了我一会儿，然后再次莞尔一笑，接下来说道："我们能为你做什么呢？既然你是作家，也许你想单独看些别的东西。"

"索尼娅，"说这话时，我仍然惊魂未定，"太谢谢你了，我已经受宠若惊了。"说完这话，我缄口不语了。我尚未揣摩透这一切意料之外究竟是怎么回事。我接着说："我确实有特别想看的东西。多年来，我一直想写一部关于托尔斯泰的戏。"

"真的吗？这听起来很有趣。"

"场景基本上设在农村，因为托尔斯泰生命里大部分时间在那里度过。所以我特别想前往他的庄园亚斯纳亚·波利亚纳。"那地方在莫斯科以南 135 英里处。

索尼娅说:"我试试给你安排一下。"

"索尼娅,我爱你,"我脱口而出,"你太棒了!"

我的天,第二天我被流感放倒了。我高烧到将近 39 摄氏度,饭店的医生命令我卧床静养。又过了一天,索尼娅来了,她来看我的康复状况。

"一切都为你安排好了,"索尼娅说,"我给你找了个车,还有司机,既然你说你不会说俄语,我还给你找了个翻译。明天一早 6 点出发。"

我对索尼娅表示了千恩万谢。然而,女医生稍后来了一趟,她不同意上述安排。在苏联,汽车的暖气几乎从不工作,她问我是否知道这一情况。当时已经是 10 月末,冬天已经来临,一些地方已经开始下雪,天气越来越冷。通往图拉市的道路十分拥堵,来回一趟亚斯纳亚·波利亚纳需要八个小时,我会在路上冻死,要么,我至少也会因感染肺炎而死。这可不行,她用俄语说:不行,我不同意!

这让我十分失望,但我康复得较快,周末之前,我已经可以在莫斯科四处转悠了。接下来,我们整整一周都在列宁格勒参观。在莫斯科期间,我们住在科斯莫斯酒店,酒店门口有个地铁站。我常常从那一站随便搭乘一趟列车,往前坐几站,然后下车,在车站附近到处转转,然后随便找个人打听一下返回车站的路(主要是为了试试我极其有限的俄语),然后搭乘另一趟列车,下车,在刚到的地方四处逡巡一番。一天,在某个车站,我完全没有了方向感,我不知道如何才能到达红场,我和一个朋友有个约定,说好一起在红场附近的国立饭店共进午餐。我停下脚步，向两位过路的年轻人问路，他们耐心地倾听我用俄语表达意图，后来，他们干脆用几乎不带口音的美式英语和我交谈起来。原来，那两个年轻人是莫斯科大学的老师。他们在高尔基大街的某个车站和我一起下了车。由于午餐之前空闲时间充裕，我们在红场一边散步，一边闲聊。我的感觉未必准确，从那天往后，我开始察觉到苏联人民究竟在想些什么。

在列宁格勒期间，我以极为奇怪的方式和一位大学教授见了一次面。我跟随代表团前往某学院，聆听一些苏联人介绍和平运动。然而，加上翻译过程，演讲又长又臭，还充斥着陈词滥调式的宣传，我心里琢磨着，如何才能溜出演讲现场。正在此时，一位年轻的苏联秘书在我肩膀上轻轻拍了一下，她悄悄对我说，学校的一位教授想和我见个面，正在接待大厅里等我。

秘书小声说："她说她读过你写的所有书籍。"

"不太可能吧。"我随口答道。

不管怎么说，让我高兴的是，我终于有机会逃离现场了。我尾随年轻的女士来到接待大厅。那里有个中年女士正在等候。她说，她是列宁格勒大学的历史学教授。她英语说得非常好。

她迫不及待地说："你所有的书我都读过。"

"我深感荣幸之至，女士。不过，这怎么可能呢？据我所知，除了《柏林日记》和《第三帝国的兴亡》，苏联从未出版过我的其他书，而且发行数量非常有限。"

"学校图书馆里有你的所有美国版书籍。"那女士说话时满脸洋溢着骄傲。她顿了顿，接着说："我把所有的都读了。"

说到这里，她如数家珍般报出了所有书名，其中一些连我都忘了。接着她又说："我还要求班上的学生读你的书。"

那女士非常和蔼、热情、友善。但当我们长篇大论地探讨着我写过的有关纳粹德国的史实时，我开始变得谨小慎微。让我一时想不明白的是，那位女士怎么知道我会出席那场专门安排的演讲，或者说，她怎么知道我来到了列宁格勒，来到了苏联。谁向她透露的消息？莫斯科的克格勃？索尼娅原定在我们离开首都时离团，然而，她跟随我们来到了列宁格勒。难道是索尼娅？显然那女人与当权者关系不错。

所以，虽然我顾虑重重，但我以为，我从那女人身上了解到相当多信息。她还为我介绍了一位她的大学同事，我从那人身上也了解到相当多信息。我相信，后者和党的关系也相当不错。

1982 年深秋标志着延续已久的勃列日涅夫时代的终结——11 月 10 日，我们离开苏联四天后，勃列日涅夫死在了莫斯科。我在那个国家停留的时间很短，尽管如此，那次访问已经足以让我认识清楚，勃列日涅夫差不多毁掉了那个国家，那个国家的制度也摇摇欲坠了。苏联深陷于可怕的停滞状态，停滞已经延续多年，除了太空计划和军备，没有什么仍然处于运转。那个领土广袤的国家——世界上领土面积最大的国家——甚至无法正常养活自己的国民，使其有足够的居所，更无法向其提供任何生活和娱乐设施，而那些东西在西方社会随处可见。另外，那个国家的整体状况越来越差，商店门前的队伍也越来越长。几乎在所有领域，苏联迅速落在了西方后边。

显然苏联人民对这些事都很清楚。在当时的情况下，他们对改善自己的生活失去了希望。对执政党及其领导人，他们没有尊崇，那些人几乎葬送了国家，大佬们过着奢靡、自满、腐败的生活，瞧不起普通民众，民众则挣扎在贫困线上。

上述问题都出乎我的意料。我阅读的报刊不在少数，尽管如此，就算美国媒体确实报道过那些事，我肯定都看漏了。那些都是我和一些苏联人直接交流时一点一滴总结出来的，都是我穿行于莫斯科高尔基大街，穿行于圣彼得堡涅夫斯基大街的人流中感觉出来的，都是我从如下事实中看出来的：商店门前的长龙队伍，商店里寥寥无几的商品，干瘪的肉条，正在腐烂的蔬菜，空荡荡的货架。

正是勃列日涅夫领导苏联深陷泥淖，无法自拔，而他本人眼看将要完蛋，他已经病入膏肓。10月底，我们离开莫斯科前往列宁格勒的前一天晚上，我在电视上见过他。当时他正在主持一个军方首脑会议，那是11月7日布尔什维克革命65周年庆典的预备活动之一。任何人都看得出来，勃列日涅夫将不久于人世，在好几位将军搀扶下，他站到了讲台前。他说话含混不清，他近乎读不出讲稿上的文字。

他的继任者会是谁？苏联人对这个问题似乎无所谓，因为他们知道，他的继任者肯定是另一位病恹恹的、上了年纪的党内头目。无论国家会怎样，党内保守势力都会把权力牢牢地握在手里。历史证实了这一点——不是一次，而是两次。第一位继任者是尤里·安德罗波夫，他曾经担任克格勃首脑；后一位继任者是康斯坦丁·契尔年科，他是一位帅气、笨拙、高龄的党内中坚分子。此两人对国家的衰败束手无策，前一位是因为疾病缠身，第二位是因为年事已高，太中庸。此二人上任未久也相继离世。

四年后的 1986 年，我再次访问苏联时，克里姆林宫的最高领导换成了一位新人物，他给人民带来了一线希望，试图将国家从停滞状态拉出来，缓和与西方的紧张关系，与美国共同削减核武器，向居民发放足够的食物，提供说得过去的住房，缩短商店门外的长龙队，开放死气沉沉的社会。此人甚至还说，尽管引进民主注定会打折扣，他也要为铁板一块的执政党和国家引进一些民主。苏联人不相信克里姆林宫会很快放弃铁腕治理。

第二次访问苏联，我是只身前往。一位俄裔朋友会在莫斯科接我，帮助我进行语言交流，充当导游，带领我到苏联家庭做客。如今她已经成为美国公民，居住和工作都在美国。近几年，她几乎每年夏季都会前往莫斯科看望病中的母亲。她对自己的出生地正在发生的变化怀有极大的兴趣。

对我递交的签证申请，苏联驻华盛顿使馆再次未予理睬。不过，我通过纽约一个旅行社拿到了签证。由于那家旅行社与莫斯科关系不一般，他们还说服了苏联国旅履行对我的承诺，重新安排我访问托尔斯泰的故乡亚斯纳亚·波利亚纳。上次访问苏联四年来，尤其是过去一年来，在一位新领导人引领下，苏联发生了变化。虽然我特别想了解那些变化，我远赴苏联的主要目的之一却是前往莫斯科和亚斯纳亚·波利亚纳，去做些背景调查，为撰写一部关于托尔斯泰的戏剧或书籍做准备。

苏联的新领导人是米哈伊尔·戈尔巴乔夫。自从他掌权以来，在很短一段时间内，变化如此之巨，我的俄裔朋友几乎无法相信。她的激动之情部分地影响了我。1986 年夏季，尽管那是人们记忆中最酷热的季节，尽管最重大的灾难降临于一座原子能发电厂——我到达莫斯科两三周前，切尔诺贝利发生了核事故——我在莫斯科的经历却仍然让我兴奋不已。人们可以感到，那个国家发生了变化。两三年前，我朋友的苏联亲戚、朋友、熟人不敢说出口的一些事，现在他们敢于公开谈论了，这让我的朋友惊诧不已。戈尔巴乔夫公开宣称，那个国家长期以来遭到压制，"公开化"是他首先急于实现的几个目标之一。长期禁止出版的书籍开始出现；长期禁演的一些戏剧突然在莫斯科一些剧院上演；媒体曾经无比沉闷，如今变得富有生命力了，专栏也首次向针锋相对的观点开放了。

如今读者开始写公开信，报纸——甚至《真理报》和《消息报》也如是——也开始刊登读者对苏联长期以来的问题进行的批判：食品短缺，食品质量极差，住房条件差，商店门前的长龙队，商店里的假冒伪劣产品，等等。

苏联电视台晚间黄金时段呆板的新闻节目《新闻报道》总是让人感到无聊至极，如今也有了松动，开始向人们提供一些真正的新闻了。

总体上说，我们遇见的苏联人赞成变化，与此同时，他们也对变化持怀疑态度。经过将近一年半的改革，食品供给和食品质量未见明显改善，商店门前的长龙队仍然会沿着大街绵延很远，人们很难找到新住房，一间屋子居住一家人的现象屡见不鲜，首都郊区高耸的公寓大楼虽然建成仅仅三四年，但里里外外均已开始破损。人们的工资收入一直未见增长，物价却开始飞涨。

我认为，苏联人最担心的是，戈尔巴乔夫在位或许不会太久。他们说，当年赫鲁晓夫曾经尝试引进一些激进的改革，最后他遭到了克里姆林宫保守势力的反对。保守势力依旧强大，巨大的官僚机构可能已经行动起来，以便扳倒戈尔巴乔夫，让国家回归到老路上。据说，苏联广大民众天性保守，他们害怕变革，如果变化太快，太激进，他们会仇视变革。长期动荡的历史教会了他们，应当珍惜稳定。同时教会了他们，如果领导人做出美好的承诺，更应当对其小心谨慎。

他们还担心自身的安全受到威胁。与西方相比，他们的生活水平之低让人伤心，虽然如此，长期以来，他们的生活至少得到了保障，他们的工作也有保障。西方有失业，苏联没有失业。苏联有免费医疗，免费教育，许多生活必需品由政府补贴，人们花费极少。面包是他们的基本食品，面包很便宜，因为面包得到大额补贴。苏联的房租也比西方便宜。苏联的交通几乎是免费的，乘坐一次豪华的莫斯科地铁仅需花费 4 美分，如果乘坐地面交通，还要减去 1 美分。

如今，戈尔巴乔夫正试图让人们明白，为了把国家经济机器从沼泽里拽出来，为了提高生活水平，即使事情暂时会变得更糟，也必须采取一些激进措施。必须减少补贴，在某些情况下，甚至要取消补贴。国家垄断的巨型企业必须去国家化，以便允许不同企业之间展开竞争，以便更多私有企业参与竞争。国家经营的大多数企业处于亏损状态，因而必须重组，或者干脆撤销，除非它们为国家赢利。提高粮食产量是国家的当务之急，因而必须将竞争引入国有农场和集体农场，给农民更多的土地，让其自行耕种。

在苏联经济的许多领域引进某种形式的竞争，会刺激产能的提高，让经济分配更均衡，这似乎是戈尔巴乔夫改革最为重要的基础之一。他说，在交通运输领域和市场营销领域实施激进的改良是绝对必需的。与美国铁路糟糕的状况相比，苏联的铁路运输状况不错，尽管如此，这还无法解决所有问题。为应对不断增长的卡车运输量，苏联需要好的道路。纵观从沙皇时代到布尔什维克时代的历史，人们很容易理解，俄国人为什么会故意忽视建设路况好的道路，因为他们担心外敌入侵。每到秋天和春天"泥泞"季节，俄国道路路况之坏，让通行变得极为困难。更不用说，冬季大雪飘落时，坏路况可以帮着阻挡入侵者。当年拿破仑军队和纳粹德国军队挺进俄国时，正赶上秋季和冬季到来，由于行路难，大军受阻，行进迟滞。

人们告诉我，由于运输设施和销售设施不足，全苏联大约20%的水果和蔬菜输送到消费者手里之前就会烂掉。尤其需要指出，克里米亚地区和高加索地区大量出产水果和蔬菜，然而，各级政府机关没有办法将所有这些运往北方大城市，运进大型市场——至少无法在水果和蔬菜仍然新鲜时送达市场。在苏联，人们似乎对冷藏列车和大型运输卡车闻所未闻。

戈尔巴乔夫告诫人们，经济领域和农业领域的变革会导致物价上涨——一开始，在有能力提高工资和增加收入之前，物价会涨得更快。人们不知道如何才能做到收支相抵，以前做到这一点已经很困难，如今更加困难。

我们遇见的大多数苏联人对新近出现的文化上的变化感到兴奋和高兴，但我也理解他们何以如此小心谨慎。在报刊上读到批判斯大林的文章，读到谴责勃列日涅夫的文章，谴责他在经济方面有诸多明显失误，苏联人几乎不敢相信自己的眼睛。让他们感到震惊的是，克里姆林宫开始为大多数老布尔什维克恢复名誉，例如尼古拉·布哈林，早先对他的法庭审判不过是走过场，随后他被枪毙了。所有这些都让人摸不着头脑。不过，根据我的经验判断，"公开化"仍然有很大的局限性。

我的俄裔朋友给莫斯科的朋友打了一圈电话，询问可否允许她领着我（一位美国人）登门拜访，有些人犹豫再三，最终也没答应。我的存在可能会引起他们所在公寓楼里的积极分子找他们的麻烦，因为那种人会向上级官员汇报，那显然让他们感到害怕。我们做出保证，走进楼里一句英语都不说，其中一家人才答应见我们。那家人告诉我们，楼内左手第一家住着个老太太，她是大楼里的"卧底"，她会盘问每一位走进楼里的人。主人家的公寓在四楼，我们进屋后，主人开玩笑说，老太太至今还没听说戈尔巴乔夫的"公开化"。

十分明显的是，许多很有地位的人也不愿意见我。长期等候移居海外的犹太人仍然无法得到离境批文，如果他们做出明显的抗议举动，尤其是向外国人申诉，特别是向美国人申诉，他们极有可能深陷麻烦。

一天，气温非常高，我们应邀与一位著名犹太物理学家共进午餐。他夫人不是犹太人，曾经是优秀的青年科学家，然而，她出嫁以后，官方停止了她的事业。以前我从未想到，官方的反犹主义会应用到这样的人身上。七年前，那对夫妇向官方提出移民澳大利亚的申请，由于他们在各自领域的名望，他们得到了承诺，不会有任何问题。后来，他们将家具和书籍通过海路运往澳大利亚，他们满心希望着，他们乘坐飞机会先于家具到达。然而，他们的签证年复一年一直被扣。

那天午后，我们在餐桌旁入座时，那两口子非常绝望，他们说受辱的时间已经过于长久。我们前往进餐地点的方式也是一种小小的羞辱。首先，他和我们借助莫斯科偏街陋巷的公用电话才得以商定双方的集合地点。我从不用饭店的电话与他联络，他与特定的人进行联络，才会动用家里和办公室的电话。他坚持前来接我们，然后一起前往进餐地点。同时他严肃地说，他不会把车子开到饭店门前，因为那么做会招来一群克格勃特工——那么做对他、对我们都不可取。因而他提议，他到离饭店几个街区外一条不起眼的大街接我们。

我们边吃边聊，非常投机，那对夫妻特别知书达理。然而，在我看来，随着进餐时间的延续，他们显得越来越紧张，也显得很痛苦。终于，博士将其中的原委告诉了我们。

博士说，当天下午5点，他和夫人，以及三个年幼的孩子会与另外一家人会合，他们两家命运相同。他们将走上大街，举行一次小规模示威游行。他们早已画好一些讲述他们苦难经历的标牌。他们给一个法国电视记者打过电话，对方答应带一个摄影师到现场，将他们的活动拍下来。

"这次活动能否触动当局，我不抱太大希望，"说到这里，博士顿了顿，他接着说，"不过，我们只能拼了。他们不允许我太太从事她的本职工作。我因为种族问题遭受迫害，我再也忍不下去了。"

饭后，博士开车把我们送到离饭店有一段距离的一条街上。临别时，我们送了他几句吉言。我们还说，事情过去以后，我们会找个公用电话联络他，问问情况进展。

大约晚上10点，我们打电话时，博士家的线路已经接不通了。我们本想搭乘出租车赶过去，后来我们意识到，那样做可能给他们带去更大风险。我的俄裔朋友很快打听到那一家人出了什么事，但她不肯告诉我具体是如何打听的。她仅用玩笑的口吻说，苏联有个巨大的地下消息网，通过那个网络，人们可以打听到多数正在发生的事。简言之，一两天过后，我的朋友打听到，安全人员冲散了两个家庭组织的示威游行，好在法国电视台摄影师及时赶到，在现场拍了照片。博士遭到逮捕，被判关押两周，罪名为"阻断交通"。他妻子和孩子们被软禁在家。那样一来，在离开莫斯科之前，我们再也无法前去拜访他们了。

由于担心他们可能陷入更大的困境，我们没有给他们写信。如果人们发现，他们竟然与某个美国人有关系，肯定会给他们帮倒忙。到末了，我的俄裔朋友得到消息，那家人最终有了好的结局。戈尔巴乔夫的宽容政策起了作用，两年后，经政府允许，那家人移民到了澳大利亚。

我在前边所说，我那次前往苏联，不仅要了解苏联在戈尔巴乔夫领导下发生了哪些变化，更重要的是，为创作一部关于托尔斯泰的戏，我要做一些背景调查。排在第一位的是，我要到托尔斯泰生活过的两个房子里亲身感受一下，其中一个在莫斯科，另一个在亚斯纳亚·波利亚纳乡下。后一个更重要，那是一处古老的家庭庄园，托尔斯泰在那里度过了大半生，尤其是他创造力最旺盛的岁月，那些年，他写出了巅峰之作《战争与和平》和《安娜·卡列尼娜》。从那个意义上说，关于托尔斯泰的戏，关于他挥毫写书的戏，多数场景必须落脚在乡下。参访托尔斯泰位于首都的房子很重要，不仅因为那里有其自身的吸引力，还因为托尔斯泰博物馆坐落在那里，我希望在那里找到一些苏联书店里没有的材料。当时苏联的书评家正在评论一本关于托尔斯泰在莫斯科的新书，然而，在书店里，我连那本书的影子都没找到。当时我以为，没准我会在托尔斯泰博物馆里找到那本书，没准博物馆馆长手头正好多出一本书。

然而，那天上午，我们到达托尔斯泰从前居住的地方时，一位导游告诉我们，馆长当天不在。数小时后，我们离开那里之前，我已经意识到，在苏联做调研，在某些方面会让人收获意想不到的奇遇。

在我们看来，为我们当导游的那个人似乎只打算带领我们在老房子里走马观花转一转，她好像特别希望尽快摆脱我们——外国人竟然对托尔斯泰感兴趣，她当着我们的面表示了意外。我们沿着楼梯走到二楼，来到宽大的起居室里，屋子的一个角落有一架大钢琴，另一个角落摆放着一张长条桌。此时，我的俄裔朋友突然变得狂怒起来。我们姑且称呼她为塔妮娅，这当然不是她的真名。她突然转向导游，张嘴甩出一大串俄语，她的语速之快，感情爆发之激烈，像开火的机关枪，我几乎没听懂她说了什么。不过，我猜得出她大致的话。尽管有些夸张，但她说的是，你面前的人是美国著名作家，是托尔斯泰的学生，他大老远来参观这所房子、这个博物馆，理应得到更好的服务，不是你这种歧视性的、敷衍潦草的导游方式。她还说，夏伊勒先生热爱俄国，热爱托尔斯泰，为了更多地了解大师，他才来到这里，然而，可以肯定，从她的服务里，夏伊勒先生什么都了解不到。

我猜测，那女人的年龄在50岁到60岁之间，她曾经提到，以前她是个演员。塔妮娅的暴怒把她镇住了，她一个劲儿地表示了歉意。

"实在对不起，"那女人说，"我以为你们和每天来这里参观的游客没什么两样呢。他们对托尔斯泰没有任何兴趣。刚才我听见你们说外语——德语，对吧？因而我以为，和苏联游客相比，你们可能更没有兴趣。"

刚才还非常傲慢的女士一转眼变得非常谦恭了。

她说："咱们可以从头再来。"说完，她领着我们来到楼下。眼前的她完全变了个人。肯定这所房子里的什么人给她灌输过许多有关托尔斯泰的知识。走完那一圈，我们费了好几个小时，实际上，差不多整整一天时间在不知不觉中流逝了，闭馆时间眼看要到了。那一天我收获颇丰。

1881 年，为躲避寒冬，托尔斯泰和家人从亚斯纳亚·波利亚纳搬到了莫斯科。托尔斯泰喜爱乡下，仇恨莫斯科。他并非一向如此。20 多岁时，他喜欢种植野生燕麦，喜欢在莫斯科赌博、宴饮，还经常光顾城里的众多妓院。但进城那年，他已经 53 岁，有一个妻子，数个孩子。他飘逸的长胡须开始变白，让他看起来像个年长的政坛元老。另外，他已经完成《战争与和平》和《安娜·卡列尼娜》，他成了俄国最著名的作家，或许也是全世界最著名的作家。步入 50 岁的托尔斯泰开始了一轮变化，他希望这能改变他的生活。这是一次影响深远的中年危机。他像个真正的基督徒那样试图发现自己。他相信，他必须放弃富足的好日子，放弃享有特权的贵族生活，过一种像农民一样的生活，如果可能，像圣徒一样生活。而且，他的妻子以及孩子们应当追随他。

然而，托尔斯泰伯爵夫人对此不感兴趣。她的 8 个孩子一直在封闭的农村环境中长大，除了和几位不太聪明的私塾老师学习，孩子们从未接受过正规教育。夫人是在莫斯科长大的，她苦劝丈夫，全家人搬回城里已经刻不容缓，为了让孩子们进入正规学校，至少那年冬季他们需要搬回去。他们的大儿子谢尔盖已经 18 岁，到了上大学的年龄。为此，两口子没少吵架，托尔斯泰极不情愿地妥协了。不过，他明确表态说，他仇恨在城里的每一分钟。1881 年 10 月 5 日，搬到莫斯科才一个月，他就在日记里记述了如后内容："莫斯科，一个月过去了，这是我人生最艰难的一个月。"

托尔斯泰让老朋友们觉得不可思议。他这人是全世界认可的伟大的小说家，也是有原创想法的思想家。他是富有的贵族，坐拥两三处巨大的房产，还幸运地娶到一位迷人的、聪颖的妻子，膝下有 8 个好孩子。他对生活还能有什么奢求呢？这样的人必须是幸福之人。然而，托尔斯泰抱怨自己的苦难，抱怨对自己、对生活、对家庭的不满。虽然局外人不会怀疑他是幸福之人，但这位伟人和他令人敬畏的妻子已经陷入无尽的可怕争吵，折磨人的争吵会伴随他们度过余生。

搬到莫斯科第一年冬季，托尔斯泰一家是在索菲娅·托尔斯泰夫人租来的大房子里度过的，丈夫对那个房子恨之入骨。还好，丈夫找到了一处他喜欢的房产，并于第二年将其买了下来。那是一处有 16 个房间的木结构房子，还附带一个大花园。那房子坐落在工厂区，区内有一家酒厂、一家织袜厂、一家啤酒厂、一家纺纱厂。让托尔斯泰高兴的是，那样一来，他可以和工人们生活在一起了，尽管他和工人格格不入——他从乡下带来了 12 个仆人。

为进一步研究真正的托尔斯泰，在他搬进那座房子一个世纪后的 1986 年夏季，我和塔妮娅去了那里。托尔斯泰一家搬进那座房子后，在 19 年里，每年的冬季，他们有相当长一段时间生活在那里。在那座房子里安居后，托尔斯泰写出了上百篇作品，包括《忏悔录》《克勒采奏鸣曲》《伊万·伊里奇之死》，以及那篇著名的《宗教大会开除法令之我见》——文章完成于东正教教会于 1901 年将有点狂热的非东正教教徒托尔斯泰开除以后。

正是在那所房子的书房里，托尔斯泰写出了上述伟大作品，因而我对书房有非同一般的兴趣。书房不算大，不过，其空间足够摆上一张大书桌，以及数把蒙着黑色真皮的椅子——我觉得，那些椅子相当难看，好在它们挺舒适，时不时前往那里聚会的文学圈里的朋友们或许会喜欢那样的椅子。托尔斯泰的椅子靠近书桌，看起来非常矮，导游解释说，托尔斯泰将四个椅子腿各锯掉几英寸，因而靠在书桌上写作时，他的眼睛离桌面只有几英寸。托尔斯泰是近视眼，不过，他不愿意戴眼镜。我怀疑，托尔斯泰那么做是出于虚荣心？显而易见的是，写作时只有他一个人在场，没人能看见他戴眼镜的样子。客人们来访时，他可以将眼镜摘掉。

我们再次来到二楼巨大的起居室里，那时候，导游说话已经相当无拘无束了。那间屋子非常空旷，四面墙都是一白到底，三扇巨大的窗户俯视着楼下的花园，屋里家具之简陋，和奢华毫不沾边。先前我已经注意到，楼下有个大餐厅，可是起居室的一个角落里摆放着一张供 14 人用餐的长条桌，桌子上铺着白色的台布，桌面摆放着白色的瓷餐具，还有个巨大的枝形烛台，我眼前的所有摆设和托尔斯泰当年的摆设一模一样。四面墙上没有悬挂任何画作，墙面仅仅挂着两面巨大的镜子。屋子另一头的一个角落里摆放着一张小圆桌。屋里的其他空间只有一架大钢琴。托尔斯泰和妻子两人都是熟练的钢琴手，他们常常一起练习四手联弹，托尔斯泰本人喜欢弹奏肖邦和贝多芬的曲子。俄国伟大的作曲家和音乐家经常光顾那里，在那里表演，包括作曲家柴可夫斯基、里姆斯基－柯萨科夫、谢尔盖·拉赫玛尼诺夫，钢琴家阿图尔·鲁宾斯坦、亚历山大·斯克里亚宾。在一个难忘的夜晚，在拉赫玛尼诺夫的钢琴伴奏下，男低音歌唱家费多尔·夏里亚宾演唱了好几首歌剧咏叹调。

那间屋子也举办过文学家的晚间聚会，作家们聚集在那里讨论各自的作品，要么就朗读一段自己新近发表的作品。导游提到的作家包括高尔基、柯罗连科、列斯科夫等人。托尔斯泰的对手屠格涅夫和陀思妥耶夫斯基不在其列。青年时期的托尔斯泰挑起过一场与屠格涅夫的决斗，后来两人和解了。屠格涅夫曾经到亚斯纳亚·波利亚纳拜访托尔斯泰，因为那里离他的庄园不远，但他们两人显然没有在莫斯科见过面。

让人觉得奇怪的是，那个时代的两位文坛巨匠托尔斯泰和陀思妥耶夫斯基一生从未谋面。两人似乎都在与对方刻意保持距离。托尔斯泰不能忍受陀思妥耶夫斯基笔下的大多数东西，也许他觉得陀思妥耶夫斯基写得不够努力。然而，1881 年，托尔斯泰听说陀思妥耶夫斯基的死讯时，他反而受到了深深的触动。

（这段内容摘自托尔斯泰写给出版商的信件）我从未见过这个人，也从未与这个人直接联系过。他突然离世后，我才意识到，这个人正是我最亲近、最珍爱、最需要的人。……我彻底认输了，事情也变得十分清楚，他对我是多么宝贵。因而我哭了，写到这里，我仍然在哭。

在乡下生活 20 年后，重返出生地莫斯科的托尔斯泰伯爵夫人感觉很满意。让她高兴的是，她可以让孩子们进入学校；

让她兴奋的是，她可以重新恢复以往的社会生活，例如参与娱乐活动，出席庆祝舞会，享受音乐会。但与她著名的丈夫在一起时，她却不那么幸福。和丈夫一样，夫人也写日记，然而，在他们搬进新居的 1882 年，她仅仅写了三篇日记。第一篇日记标注的日期为 2 月 28 日，后边的内容摘自那篇日记里："若不是托尔斯泰感到如此不幸，全家人在莫斯科的生活原本可以相当精彩。"第二篇日记标注的日期为 8 月 26 日，以下内容摘自那篇日记：

> 20 年前，当时我年轻、幸福，我开始用这个本子记述爱上托尔斯泰的经过。20 年后，我整夜孤身独处，睡不着觉，翻阅日记，哀悼失去的爱。结婚以来，托尔斯泰第一次独自在书房里睡觉，不和我在一起。我们会因为一些鸡毛蒜皮的事大吵大闹。……今天，他拼尽全力对我大喊，他最想做的就是离家出走。我会把他那发自内心的、悲情的喊叫牢记在心，让这段记忆伴随我进入坟墓。

从某种程度上说，她还真的做到了。像这两口子往常经历的无数次争吵一样，那次争吵也在泪水和追悔中结束了。然而，从那往后，离家出走的威胁经常出现在夫人的想象里，好像确有其事一样，让她不得安生——直到 28 年后，她的想象变成了骇人的现实。

一天的参观行将结束时，我们沿着楼梯往下边的门厅走去，我趁机对导游说："真遗憾馆长今天不在。本来我还打算和她交流一下，或许还能朝她索取些资料。"

"噢，她在这里，"说话时，导游脸上已经没有一丝虚与委蛇的表情，"我这就带你去见她。我敢肯定，她乐意和美国作家见面。我相信，以前我们还没接待过美国作家呢。"

说完，导游离开我们去找馆长了。而她此前告诉我们，馆长当天不在，一整天都不会到馆里。我们和馆长女士谈得很投机，她手头有许多资料，而且她非常乐意把资料送给我，包括不同时期的俄国作家研究托尔斯泰的专著，以及小册子。我开始询问，有没有办法弄到一本刚出版的《托尔斯泰在莫斯科》。有人告诉过我，那本书里有托尔斯泰这处房产每个房间的精美照片，还有好几十幅油画的照片，油画内容都是 19 世纪中叶的老莫斯科风情。

没等我把话说完，馆长女士就站了起来，她的身影消失在一个看起来像库房的屋子里。返回时，她推来一辆小车，车上有三个大纸箱。

她说："有人给了我 150 本全新的《托尔斯泰在莫斯科》。党的人告诉我，让我做好充分准备，以应对参加党代会的代表。第二十届党代会前几天刚在莫斯科闭幕。不过，没有一个参会代表来我们这里参观，你信吗？他们好像对托尔斯泰没什么兴趣。我相信，他们更乐意上街采购。因而那些书都还在这里。你想要几本？"

我答道："五六本就够。"在美国某大学教俄语以及从事俄语研究的一个美国人曾经央求我为她带回那本书。数周前，她休假期间去过莫斯科，当时她找遍了各个书店，一本书也没找到。我知道，美国国内其他老师也需要那本书。

好心的馆长再次起身走出了房间，返身回来时，她带回一个空纸盒，她把六本书以及其他资料装进了盒子里。听她的口气，好像我为她带去了充实的一天。毫无疑问的是，她给我带来了充实的一天。

终于，我长期以来的梦想在一天清晨实现了：前往亚斯纳亚·波利亚纳。早上7点，塔妮娅和我在饭店门口与苏联国旅导游见了面，女导游和两三个男人正在与派来的司机大声说着什么。我以为，那几位是克格勃人员。他们交谈的内容是，在任何情况下，绝不允许司机带领面前的美国人进入图拉市。到达亚斯纳亚·波利亚纳前，我们必然会路过图拉市。有人告诉过我，图拉是个人口达百万的城市，是苏联的军备制造中心，外国人绝对禁止入内。我曾经要求在图拉的饭店住一夜，未经批准的原因正在于此。对此我无所谓，我没有兴趣参观苏联的军备制造中心。我觉得，导游是个非常小心谨慎的女士，年龄也就40岁出头。那些人向司机交代清楚后，女导游转身面对我，她用英语说："你明白吗？不允许我们进入图拉。参观完亚斯纳亚·波利亚纳以后，不能在城里过夜，我们必须返回莫斯科！"

"我明白，"回答过后，我改用俄语又说了一遍，"我明白。"

导游补充说："司机收到了严格的指示。"

"怎么安排都行。"我答道。

女导游和她的同伴用不相信的眼神看着我。这让我惊诧不已，因为，我敢断定，相关当局已经为我和塔妮娅的整个苏联之旅扫清了障碍。他们知道我是什么人，而且我认为自己怎么看都不像间谍。

然而，我竟然再次让那些人对我产生了怀疑。那些人也真够笨的。我转身面对国旅导游说，如果她不想陪我完成这趟漫长累人的亚斯纳亚·波利亚纳往返之旅，我无所谓，因为我朋友会说俄语，可以为我当翻译。

那位女士愤怒了。

"今天我是你的翻译，"她说话的口气不容分辩，"到亚斯纳亚·波利亚纳之前，我也是你的导游，到那里之后，还会来个专业导游。"

她怎么会以为我们需要翻译兼导游呢？没有人愿意和我们一起乘坐一辆上下弹跳的小汽车，在浓烟滚滚和尘土飞扬中一路颠簸八小时，何况通往图拉的路面一辆接一辆挤满了巨型卡车，每辆车冒出的黑烟犹如小型维苏威火山的喷发（1945 年，我在柏林遇到苏联红军时第一次注意到这一现象）。这是个很傻的问题，因而我没敢说出口。我们双方都知道，她是来监视我们的，返回以后，她要向国旅汇报，可能还要向克格勃报告。秘密警察竟然对塔妮娅和我感兴趣，这似乎有点傻。无论如何，我们不能甩开她。另外，我还意识到，不管怎么说，她是在做分内的事，她需要挣钱过日子。

女士转身面对那几个人说了一通俄语，显然她是在重复我刚才说的话。他们觉得，这事很滑稽，他们甚至笑出声来。塔妮娅和我钻进车里，坐到了后排座椅上，导游女士则拘谨地、毫不犹豫地坐到了前排的副驾驶座位上。然后我们上路了。

未经官方允许，擅自前往托尔斯泰故乡的一些朋友曾经告诉我，一路上，每隔几英里就会有个军方检查站，他们总是被拦停。数周前，一位从美国来的朋友和她丈夫去了那边一趟，每到一个检查站，他们都会被拦下，在距离图拉市仅数英里远的最后一个检查站，他们被告知，不能继续向前了。由于她大喊大叫以至于歇斯底里，卫兵最终才极不情愿地为他们放行。

但眼下我们一路向南，沿途经过了许多检查站，我们的车子从未减速。偶尔某个卫兵还会朝我们的车子敷衍了事地行个礼。

"咱们这辆车肯定有什么标记，"塔妮娅悄悄对我说，"不然的话，他们凭什么一路为我们放行？我从未经历过这种事。"

塔妮娅后来的结论是，车子的牌照上肯定有克格勃的特殊标记。

将近四个小时过去了，接近图拉时，司机开始减慢车速，以便看清沿途的路标。司机像个身体强壮的农夫，但他聪明不足。我看见一个路牌上清清楚楚地写着"图拉市"几个大字，方向为左转。司机犹豫了一会儿，然后向左打轮，车子开上了通往巨型军备中心的公路，对于像我这样的人，那里当然是禁区。

很快，我们在那座巨大的城市里迷失了方向。司机经常会停车向工人打听通往亚斯纳亚·波利亚纳的路，没有人知道答案。最终我们才了解到，托尔斯泰住的地方是个小村庄，因而我们的车在城里转了将近一小时。我敢肯定，在整个过程中，我见到了图拉市的每一座军工厂，所有工厂似乎都特别繁忙。不过，据我所知，那正是人们所期盼的。也许苏联人的美国同行也在拼尽全力进行生产。虽然我完全不知道美国的军备制造中心在什么地方，但我估计，美国也有这么个制造中心。

我们试图离开图拉的努力似乎没有尽头，我们正在丧失宝贵的时间。我们终于找到了正确的路线，行车大约五六英里，我们到了亚斯纳亚·波利亚纳。庄园正门对面有个咖啡餐厅，我们在那里停车，准备找点东西吃。崎岖的道路显然将我们的导游弄得心烦意乱，在图拉市的耽搁也让她很泄气，或许，把我这么个美国作家领进了城市禁区，更让她生出满腹忧虑，她该如何向上级领导交代。塔妮娅起身上洗手间时，导游坐到了我身边的椅子上。虽然导游一脸倦意，但她看起来仍然难消怀疑。我在想，这下子她又怀疑什么了。

"你的朋友，"说到这里她顿了顿，接着问道，"她俄语怎么说得这么好？"

在前往托尔斯泰庄园的路上，导游和塔妮娅用俄语交流过几句，我没注意她们的话，也不知道塔妮娅有没有和对方说起自己的情况。虽然塔妮娅持有美国护照，但她在自己的出生地说话一向非常谨慎。我觉着，如果导游女士稍微有点头脑，她应该看得出来，塔妮娅俄语说得好，因为她说的是自己的母语。不过，我不想让她有太多顾虑，因而我轻描淡写地说："你干吗不直接问她？"

"你不知道？"导游说话时露出了惊讶的表情。

"不，我全知道。"我用掌握不多的俄语词汇回答。然后我改用英语继续说："我当然知道。不过，最好是**你**直接问她本人。"

托尔斯泰何以深情地爱着亚斯纳亚·波利亚纳，但凡访问过那里的人很容易就能看出来。大自然让那里成为一处美丽的地方，托尔斯泰又用他伟大的精神力量赋予了那里灵气。

"这里的地势、景观、房舍、房间，"19 世纪俄国最重要的画家伊利亚·列宾第一次参观那里之后做出评论，"……这里的一切都被染上了独特的、迷人的魅力。"

那里的地势稍有起伏，与我长大的地方爱荷华州大同小异，唯一的差别是，那里的土壤没有那么肥沃。不过，那里森林更多，尤其是，那里到处点缀着白皮桦树林，而桦树是俄国人最喜爱的树种——也是托尔斯泰的最爱。在托尔斯泰眼里，他那 2000 英亩的土地就是全部的俄国。"如果没有亚斯纳亚·波利亚纳，"他说，"我几乎想象不出俄国的样子。"

1828 年，托尔斯泰出生，在那里度过了孩提时代和青年时代前期。后来，他在喀山地区生活了数年，又在高加索地区服了兵役，还在克里米亚地区的塞瓦斯托波尔生活了数年。他再次返回那里时，将 18 岁的新娘带到了那里，当年他 34 岁。除了在莫斯科度过数个寒冬，托尔斯泰的余生一直在那里度过，直到 1910 年 10 月 28 日清晨，发生了戏剧性的一幕。在秋季寒冷的黑暗中，82 岁的托尔斯泰离家出走了，他抛弃结婚 48 年的妻子，于临死前追求小小的平静和安宁去了。十天以后，他死在了小城阿斯塔波沃火车站对面那座孑然独立的站长家的小房子里。

如此出人意料的悲剧，如此令人唏嘘的结局，青年时代的我第一次在阅读中得知那件事以后，我一直想知道事情的真相。怎么会发生那样的事？更重要的是，原因是什么？一开始，包括俄国和外国的批评文章都把矛头指向了托尔斯泰让人敬畏的妻子索菲娅·安德烈耶夫娜。评论文章都说，是她把著名的丈夫的生活弄得让其不堪忍受，因为她太唠叨，太喜欢制造无事生非和歇斯底里的场景。不过，随着时间的流逝，托尔斯泰夫妇争吵不休的生活越来越多地为外人所知，尤其是，托尔斯泰伯爵夫人的日记正式出版以后，事情越来越清楚，不管怎么说，并非所有责任都应该推到索菲娅身上。托尔斯泰也负有相当大责任，另外，他们夫妇之间的事非常复杂，绝不能以非黑即白标准断案。法国传记作家马蒂娜·德库塞尔出版了一部非常有格调的书，书名为《托尔斯泰——终极和解》，她的书证实，老年托尔斯泰抛家舍妻最终出走，因为他必须那样才能恢复写作——但她的这一论点无法说服我。

我的结论源自对这一问题的多年思考，以及通读所有到手的文字材料——数量巨大的资料。我的结论是，他们两人悲剧性的最终分手，完全是因为这两位禀赋极强、以自我为中心的人，其婚姻的暴风骤雨在将近半个世纪之后终于不可挽回地达到了顶点。男方是个天才，而女方让人敬畏，是因为她的智慧、强势、顽固，以及对家人的爱。他们两人都有极强的气场，随着年龄的增长，索菲娅越来越放纵于歇斯底里的爆发，而那样的爆发让对方深受刺激。那个 10 月的夜晚，出现了最后一根稻草，精疲力竭和久经折磨的作家终于再也无法忍受妻子的重压了。最后一根稻草启动了他内心深处的某种东西，强迫他采取极端行动，让他不惜在夺命的、冰冷的暗夜背离家人，逃离他深爱的住所。他不是在寻找恢复写作的地方——82 岁的他已经非常漂亮地完成毕生的写作——而是在寻找一个庇护所，以便避开地狱般的婚后争吵。同时，他也是在寻找一处地方，以便漫长的暴风骤雨般的生命走向终结时，自己能拥有小小的平静和安宁。

或许这次亚斯纳亚·波利亚纳之行能让我偶遇某种全新的深度发现。

路经两个古老的圆柱之后，我们才进入庄园地界。圆柱后边的道路旁边长满了桦树，道路尽头是主建筑。庄园正门坐落在基辅路上，在俄国大地各个圣城之间往来奔波的朝圣者们年复一年，季复一季地穿行在那条路上。许多人途经那里，而他们的目的地是基辅和位于基辅的佩切尔斯克修道院。托尔斯泰常常身穿经典的农夫外套和高筒靴走到街上，与途经庄园门口的人聊天，人们将那些人称作"上帝的傻民"。托尔斯泰对他们的故事非常着迷，他常常会产生与那些人为伍的冲动。

我们参观那天，天气非常炎热——破纪录的高温造成的热浪毫无怜恤之心——由于气温高，加上我心脏不好，我只能沿着缓坡往主建筑方向慢慢前行。无论怎么看，那房子都算不上宏伟的宫殿，它不过是个舒适的、大型的乡村建筑，其内部大约有 20 个房间。1862 年，托尔斯泰将新娘从莫斯科带到那里时，房子的状况远不比我眼前的壮观。托尔斯泰出生在那里，曾经壮观的建筑当年已呈颓势，大部分房间已遭拆除，用于偿还年轻的托尔斯泰服兵役时欠下的赌债。迎接新郎新娘，让他们开始新婚生活的地方不过是主建筑的一隅——孩子们相继出生以后，房子小得无法容纳全家人，而孩子们差不多以每年一个相继出世。随着托尔斯泰文学财富的增长，版税收入滚滚而来，因而他为主建筑增加了两翼。

整个建筑内部似乎相当简朴，大多数房间的地面用宽木板铺装，地面既没有大地毯，也没有小地毯，房间相对较小，而且光照不足。在托尔斯泰时代，房子供暖不足，当然这是我的猜测。如今已是 1986 年，中央供暖取代了老式的烧木柴的炉子。在整幢建筑里，像样的家具非常少，不过，托尔斯泰的书房里有个真皮大沙发，托尔斯泰自己、他的兄弟姐妹，以及他的大多数孩子都降生在那张沙发上。

在整幢建筑内部，空间最大的房间为"正殿"，托尔斯泰一家热闹的家庭生活都集中在那里。"正殿"一侧有个用于吃饭的长条桌，另一侧有两架大钢琴，托尔斯泰和他妻子，以及前去拜访的宾客常常用其进行演奏。我在房子的某个地方看过一幅托尔斯泰伯爵夫人拍摄的照片，照片上是亚历山大·戈登维什和谢尔盖·伊凡诺夫·塔涅耶夫两人弹钢琴的场景，前者是钢琴演奏家，后者是作曲家兼钢琴演奏家。戈登维什后来成了狂热的托尔斯泰崇拜者，而塔涅耶夫则成了索菲娅·托尔斯泰奇怪的暗恋对象——这一点并不为索菲娅的丈夫所知，发生这种事之前，托尔斯泰常常会说，塔涅耶夫总是惹他生气。

那房间的一角有个圆桌，有时候，前去拜访的名流会围桌而坐，访客包括伊凡·屠格涅夫、安东·契诃夫、尼古拉·列斯科夫、马克西姆·高尔基、弗拉基米尔·柯罗连科、费特·阿法纳西，等等。他们的话题往往是莫斯科和圣彼得堡的最新消息，有时候他们也会朗读各自的作品。

更多的时候，托尔斯泰会在晚间与妻子和孩子们聚集在圆桌旁边闲聊，要么就给家人朗读他刚写出来的东西。如果有对弈者出现，托尔斯泰常常会躲到房间的另一个角落，与对方在棋盘上博弈。像许多俄国人一样，托尔斯泰终生爱好下棋。

庄园的专业翻译是个讨人喜欢的、漂亮的年轻女性，她似乎牢牢地记住了解说词，她的解说对参观者有用，却没有什么深刻的见解。经她同意，我们很快来到了我最有兴趣参观的几个房间。正是在那几个房间里，托尔斯泰曾经与妻子同床共寝，挥毫写作，思考俄国、人类、世界的命运；1910 年 10 月的一个晚上，列夫·托尔斯泰和索菲娅·托尔斯泰的人生终场大戏也发生在那几个房间里，都位于二楼。

托尔斯泰的书房太小，远不足以装下他拥有的 2.2 万册图书，因而他收藏的图书散落在大房子各个房间的书架上。不过，书房里的上万册图书已经足以揭示那位伟人在学术方面的

成长历程。例如，书房里有希腊文和希伯来文书籍。托尔斯泰
50岁"改变信仰"之后开始学习那两种文字，当时他只是在
追求更好地理解《新约全书》，尤其是其中的《福音书》，也
是为了更好地理解《旧约全书》。他认为，相比于通过东正教
理解《圣经》，那样做效果会更好。除了俄文书籍，书房里还
有英文书籍、法文书籍、德文书籍，涉及的领域包括历史、文
学、哲学、科学。俄国人和外国人亲笔签名赠送托尔斯泰的图
书肯定达到了上千册。导游允许我抽出几本书翻看。在抽到的
几本书的边缘，我看见了托尔斯泰的笔迹，看见了他写下的数
十条注释。他在每一本读过的书里都写下了读书感受。

　　我发现，我对托尔斯泰的书房非常着迷，值得研究的图书
比我顺手抽出来翻看的多得多。按照导游的解释，位于托尔斯
泰书桌后边靠墙的复式书架曾经被德军烧毁，德国人于1941
年10月29日至第二年11月占领过那里。战后，人们用完全
相同的图书恢复了那里的原貌。书架第二层的一本书吸引了我
的注意，那是约瑟夫·D.多克写的一本英文书——《M. K.
甘地——印度爱国者在南非》。

　　我在印度时，甘地常常向我提起托尔斯泰对他的巨大
影响。

　　甘地曾经问我："你读过托尔斯泰的书吗？"

　　"当然读过，我想，主要是他的小说名篇，除了《战争与
和平》和《安娜·卡列尼娜》，我还读过《复活》和《克勒
采奏鸣曲》。"

　　然而，甘地对托尔斯泰的小说类书籍不感兴趣。

　　"我的意思是，"甘地说到这里顿了顿，然后问道，"你读
过《天国在你心中》《简约四福音书》《如何应对社会？》，以

及他论述宗教和哲学的其他伟大作品吗？"

甘地在自传中写道："托尔斯泰的《天国在你心中》于我是颠覆性的。这本书让我终生难忘。与这本书特立独行的思考、厚重的伦理道德以及坦率真诚相比，其他所有（到那时为止他读过的）书籍之苍白，已经到了没有必要关注的程度。"

后来，甘地还做过表述，他"对托尔斯泰的其他书籍进行过广泛研究"。按照他的说法，那些书让他认识到，"博爱有其无限的可能性"。[1]

难怪托尔斯泰死后，甘地于 1910 年在南非德兰士瓦省建立了他的第一个"公社"，还为其取名为"托尔斯泰农场"。

甘地和托尔斯泰于 1909 年通过信函建立了联系。那年，年轻的南非印度人领袖首先给俄国作家写了封信，向其介绍印度人在南非德兰士瓦省的状况，并请求托尔斯泰准许他公开其写给身在印度的一位编辑的信件。托尔斯泰于 1908 年 9 月 25 日在亚斯纳亚·波利亚纳（用英文）写了回信，他在信里说，甘地的信让他"极为高兴"，甘地可以公开他的信。

"愿上帝保佑南非德兰士瓦省亲爱的兄弟们和工人们，"托尔斯泰在信里补充道，"我像兄弟一般问候你，很高兴与你进行交流。"

突然离开亚斯纳亚·波利亚纳七周前，即上述信件寄出一年后的 1910 年 9 月 7 日，托尔斯泰再次给甘地写了封信，那封信长达 2000 多个单词，而且是用俄文（由他的重要门徒弗拉基米尔·切尔科夫译成英文）写成的。显然，他那么做可以特别精确和特别清晰地表达自己的想法。对非暴力和被动抵抗，以及这两者与基督教教义之间的关联，那封信称得上是个长篇总结。在信里的某处地方，托尔斯泰甚至表达了他"濒临死亡"的感觉。甘地在南非德兰士瓦省出版的刊物是《印度舆论》，托尔斯泰死后没几天，1910 年 11 月 26 日，甘地将那封信发表在该刊上。

在亚斯纳亚·波利亚纳的书房里翻阅英文书期间，我想起托尔斯泰给英国评论家爱德华·加尼特写过一封信，那封信是用英文写的。英国评论家请求作家给美国读者写一段话，以便他把作家的话嵌入他正在为《哈珀斯杂志》撰写的文章里，文章评论的是托尔斯泰的新书《复活》。托尔斯泰于 1900 年 6 月 21 日从亚斯纳亚·波利亚纳写了回信（那封信说不定正是在我眼前的书房里写成的），他在那封信里说，对于"为美国人民写几句话"一事，最初他犹豫了一下，不过经过思考，他写道：

> 我突然想起来，如果我必须对美国人民说几句话，我首先想对他们表示感谢，因为在 19 世纪 50 年代蓬勃成长的美国作家曾经给予我巨大的帮助。需要提及的有威廉·加里森、西奥多·帕克、拉尔夫·爱默生、埃丁·巴卢、亨利·梭罗，他们给我的影响不是最大的，却是最特别的。还有威廉·钱宁、约翰·惠蒂埃、詹姆斯·洛威尔、沃尔特·惠特曼——这些人组成了一个星光璀璨的星群，在全球文学界，这样的星群实难找到。[2]
>
> 我还想问问美国人民，他们为什么不多留意这些声音（作家们说过的话是难以被杰伊·古尔德、大卫·洛克菲勒、安德鲁·卡耐基等企业家的话替代的），并继续从事他们取得长足进步的工作。

我认为，托尔斯泰提了个好问题。显而易见的是，20世纪初期，美国人对本国诗人的评价低于20世纪末对他们的评价。

像托尔斯泰那样广受尊敬的作家，迄今在美国还没有出现。托尔斯泰的书桌上有个能说明这一点的物品，那是个沉重的、绿色的水晶镇纸，那是俄国布里安斯克地区莫托索夫玻璃厂的工人赠送的礼物。托尔斯泰特别喜欢礼物上的铭文。

> 最尊敬的列夫·尼古拉耶维奇：
>
> 许多伟人的名声远远超出他们生活的世纪，你是他们中的一员。从前，有人在火刑柱上被烧至死，有人在监狱里腐朽而亡，有人在流放中魂无所依。那些"伟大的神职人员"、伪君子，他们开除你的教籍，随他们去吧。俄国人民会永远为你骄傲，你是我们最伟大、最喜爱、最热爱的托尔斯泰。

每天送达亚斯纳亚·波利亚纳的信函有数十封之多，来自各种各样的俄国人和世界各地的外国人。每封信都有人回复，许多信件由托尔斯泰亲自回复，在托尔斯泰授意下，另有许多信件由他妻子和孩子们以及一位全职秘书代笔回复。为了帮助全家人复信，为了抄写托尔斯泰的手稿，一架换装了俄文字母的"雷明顿牌"打字机由美国送到了托尔斯泰家。虽然全家人对那个神奇的新装置茫然无措，但大家很快就掌握了使用技巧，大家都觉得，那机器是个无价之宝。托尔斯泰的手稿近乎难以辨认，从前总是索菲娅动手誊写，从那往后改用打字机打印了。另外，所有信函都用安置在秘书办公室的老式"雷明顿牌"打字机进行打印。孩子们干脆将那个房间称作"雷明顿室"。总而言之，托尔斯泰一生收到过大约五万封来信。他亲自回复的信函占 90 卷《托尔斯泰作品全集》里的 30 卷，该全集从 1928 年托尔斯泰百周年诞辰起在莫斯科陆续推出，全套书很长时间以后才出齐。

离开书房前，我还发现了另一个产自美国的装置——1908年，托马斯·爱迪生赠送给俄国作家的一部留声机。那一装置让托尔斯泰全家激动不已，大家都劝托尔斯泰用它口述信件，甚至用它口述文章。不过，托尔斯泰发现，那东西太难操作，几个月后，他不再尝试了。幸运的是，在尝试过程中，他的声音记录到了音轨上。我记得，数年以前，我听过托尔斯泰的声音，那声音调门很高，杂音特别大，大概是因为世纪之初工艺制造水平太低。

书房里有个通向托尔斯泰卧室的房门，继续往前走，是他妻子的卧室。1910 年 10 月那天晚上，在那几间屋子里和书房里发生了几件事，最终导致伟大的作家从家里出逃。

托尔斯泰的卧室恰如其分地反映出他生命最后几年里的清苦生活态度。屋里有一张很窄的铜管床（导游将其称作"钢管床"），边上有一个床头柜，一个箱子，一个脸盆架，墙上仅仅挂着两张照片。宽木板铺装的地面上既没有大地毯，也没有小地毯。导游说，德国人撤退时，他们也在这间屋子的地板上摊开了稻草，并且像对待其他一些房间那样放了一把火。导游还补充说，那把火将屋子的一半地面、半边墙，以及整个天花板烧毁了。

索菲娅的卧室与托尔斯泰的卧室对比鲜明，她的屋子位于二楼前部，屋里摆满了家具，墙上挂满了她丈夫的、孩子们的、孙儿们的、朋友们的照片。屋里有个高高的洗漱台，还有好几张小桌，以及一张较大的书桌。托尔斯泰伯爵夫人每天在那张书桌上伏案相当长时间，因为她每天都记录庄园里发生的事，每天都写当天的菜单，写好多封信。为了印刷员，她每天要把丈夫的手稿描清楚，还要改正手稿里的错误，每天她还要在日记本里写日记。卧室的一角放着一架老式缝纫机，那台机器实在老掉了牙，据夫人说，那是她母亲传给她的。她用那台机器缝制了丈夫的所有外套和内衣，还用它为自己和孩子们补衣服。

索菲娅·安德烈耶夫娜显然是个终日忙碌的女人，忙于写作和忙于教诲人的丈夫好像常常将她忘到一边。如果夫人仅仅满足于做好她能做好的事该有多好。然而，她对丈夫颇有疑心（并非没有理由），一连好几年，她的疑心一直在折磨她，直到某一天，可怕的郁结终于解不开了。她断定，在最可恶的魔鬼弗拉基米尔·切尔科夫煽动下，丈夫已经立了一份秘密遗嘱。切尔科夫从前是个警卫官，后来成了托尔斯泰的心腹，再后来在一定程度上掌控了其崇拜的主人。夫人相信，遗嘱已经列明，作家后来的版权、庄园的房产以及所有东西最终都要交给切尔科夫设立的基金会，以便保留大师的作品——遗嘱会让索菲娅和孩子们一无所有。

1910 年 10 月 28 日深夜，索菲娅无时无刻的疑心导致她从床上跳下来，点亮一根蜡烛，然后悄悄潜入了丈夫的卧室。看到丈夫正在安然熟睡，她继而走进丈夫的书房，在书桌和其他几张桌子的抽屉里一通乱翻。她甚至揭开了老旧的真皮沙发的蒙皮。她在寻找丈夫那几天记述的秘密日记，或许日记里有线索，让她能猜出存放遗嘱的地方，甚至猜出遗嘱的内容。最好是直接找到遗嘱。

她的一系列动作吵醒了丈夫。第二天，托尔斯泰在奥普提纳修道院匆匆写下了日记，记述了后来的事情。修道院是他突如其来出逃的第一个落脚点。

1910 年 10 月 28 日，11 点半上床，一觉睡到 2 点才醒。一如前几夜，我又听见几次开门声和脚步声。前几夜，我没有起来一看究竟，这一夜我起来了，透过门缝，我看见书房里有特别亮的光，还听到翻东西的声音。是索菲娅·安德烈耶夫娜在找东西，或许她在阅读什么东西。一天前，她对我说，并坚持说，我不该锁门。她那边的几扇门总是开着，以便她能听见我轻微的响动。无论白天黑夜，我的一切动作和话语必须让她知道，接受她监控。我又听见了脚步声，听见了轻轻的开门声，听见她走进屋里的声音。

说不清为什么，这让我怒从心头起，内心的反感一度快要失控。我想继续睡觉，然而根本睡不着。我辗转反侧一个小时左右，然后点燃蜡烛坐了起来。索菲娅·安德烈耶夫娜推门进来了，她问了问我的"健康"，因为她对我屋里亮起光非常惊讶。

我的愤怒和反感在膨胀。我喘不上气，我数了数脉搏，97 下！我不能像这样继续躺着了，我突然做出了最终决定：出逃。我给索菲娅写了封信，开始收拾必须带走的东西，以便赶紧离开。我叫醒了杜尚医生和小女儿萨莎，[3] 他们都过来帮我收拾行李。想到索菲娅听见动静会过来，我浑身战栗不已——然后她会惹出一场动静，例如歇斯底里——那样的话，不闹出大动静我是离不开的。

6 点以前，大概所有该带的东西都准备齐了。我走到马厩那边，让他们套上马……夜色漆黑，我找不到回屋的路了，我来到灌木丛中，我被扎了，撞上了几棵树，还摔了跟头，帽子也丢了，还找不到了。我好不容易才找到走出林子的路，回到屋里，另找了个帽子。我借助灯笼的亮光才走回马厩那边，命令他们套好马……我浑身发抖，唯恐有人追来。还好，我们终于上路了。

晓基诺火车站是个小站，距离亚斯纳亚·波利亚纳仅数千米远。必须等上一小时，火车才会到站。托尔斯泰将当时的情况描述为"我以为，索菲娅每一分钟都可能现身"。好在火车终于来了。托尔斯泰和杜尚医生登上了列车（萨莎将返回家里，将消息告诉母亲，然后向父亲报告母亲的反应），逃亡者浑身战栗的恐惧终于减轻了。托尔斯泰描述当时的心情："对索菲娅的同情在我心中油然升起，不过，对于必须做的事，我没有任何怀疑。"

考虑到老年托尔斯泰的绝望、他的恐惧、他的战栗，他唯恐尚未出逃便被截获，在那种极端情况下，他写给结婚 48 年的妻子的离别信依然相当感人。索菲娅第二天上午 11 点才醒。萨莎将托尔斯泰的信交给了她。

我不辞而别，会给你带来痛苦，对此我向你道歉。不过，请你理解，也请你相信，我别无选择。在家里，我的地位正在变得或者已经变得不能容忍。其他暂且不说，我再也不能继续生活在长期享有的奢华里了，我现在做的，正是我这种年龄的老爷们儿常做的事：为了在生命的最后几天过上平静的、不受干扰的生活，我要远离世俗生活。

请千万理解这一点。即使你知道我在哪里，也请不要来找我。即使你过来，也不会改变我的决定，只会让你的情况和我的情况变得更糟糕。我感谢你和我一起轰轰烈烈地过了48年，如果我有什么亏欠你的地方，请你千万原谅，因为我会真心实意地原谅所有我认为你亏欠我的地方。对我的离别带给你的新情况，我建议你学会适应，请不要对我恶语相加。若有事想让我知道，告诉萨莎，她会知道我在哪里，也会把必要的口信带给我。不过，她不会告诉你我在什么地方，因为她已经做出保证，替我保密。

落款为"列夫·托尔斯泰"。

索菲娅·托尔斯泰后来一直未能见到丈夫，直到托尔斯泰只有出气，没有进气，完全无法感知她的存在，两人才重聚。托尔斯泰躺在阿斯塔波沃火车站站长家的小房子里，处于临终状态时，和索菲娅的死敌切尔科夫立场一致的孩子们说什么都不允许她进屋。索菲娅已经意识到，是她自己逼跑了丈夫，无论她如何请求，谁都不允许她进屋与丈夫告别，也不允许她祈求原谅。有一幅照片长久地驻留在我的印象里，我相信，那是从英国百代新闻社某摄影师拍摄的一段影像里截下来的照片，当时聚集在小车站周围的记者多达上千人。照片上的托尔斯泰伯爵夫人头上裹着俄国大披肩，整个身子包裹在深色的长大衣里，她正踮着脚尖，通过墙上的一扇窗子往屋里张望。她知道，丈夫的生命已经处于旦夕之间，因而她拼命想看到里边的情况。后来人们将她带到旁轨上的一节车厢里，安排她在那里休息。最后一天，托尔斯泰完全失去知觉后，人们才允许她进屋和丈夫告别，当时托尔斯泰已经听不见她说话，她也无法请求丈夫原谅了。

已经到了告别亚斯纳亚·波利亚纳的时间。塔妮娅和国旅导游参拜托尔斯泰的墓地去了，那是坐落在树林深处的一个土包，土包上没有任何标记物。我无法和她们同去，因为气温太高，我的心脏太脆弱，还因为我需要单独待一会儿，以便整理一下思路。我坐到老房子门廊附近的一条长椅上，房子后边是桦树和酸橙树，太阳正在往林子那边下坠。老作家当年正是在这个位置无数次观看落日，余晖中的落日让他对生活充满了憧憬，也让他在哀伤时刻感觉生活似乎太残忍，太没有意义。我记得，1904 年，在一次观看落日时，他在日记里留下了一段别具一格的、兴高采烈的描述：

> 我看着落日。让人高兴的景致！因而我想：不对，现世并非一个气泡，也不是进入更好的、永恒的世界的一场磨难，现世自身即永恒世界里的一个世界，其中充满了美丽和光耀，有人和我们一起生活在现世，也有人在我们之后生活在现世，我们不仅能够，也必须为人们创造更多的美丽和光耀。

坐在硬邦邦的长条椅上，我的思绪又转移到了德国人身上，他们曾经占领亚斯纳亚·波利亚纳。按照我读过的一些书里的说法，今天又加上了导游的话作为印证，当年，俄国人没来得及搬走这座建筑里的一些东西，德国人像野兽一样来到这里，进行偷窃和破坏，他们临走时还对这座伟大的建筑野蛮地放了一把火。附近的农民、救火志愿者，还有警察，通过那些人的英勇行为，眼前的房子虽然遭受了一些损毁，但总体上算是保住了。与德国士兵不一样，那些参与救火的人也许都没有拜读过托尔斯泰的书，然而，他们尊重伟大的作家，尊敬伟大的灵魂。

作为 20 世纪 30 年代在柏林待过的人，作为见证纳粹列队出发征服世界以及见证他们试图摧毁自己精美的文化（那也是西方文明的组成部分）的人，我不明白的是，为什么德国人要野蛮地毁坏被占领土上的伟大的文化成就呢？尤其是在苏联领土上。四年前，我在距离列宁格勒 15 英里外的普希金市见证过更可怕的破坏范例——对凯瑟琳宫的破坏。从前俄国人将其称作"沙皇村"。那是一座金碧辉煌的艺术品，俄国人对其充满了无比的骄傲——布尔什维克革命之前和之后均如此。

1941 年 9 月，德国军队到达那里，开始对列宁格勒实施围困，因为那座城市久攻不克。1944 年 1 月，由于德国人彻底溃败，他们迫不得已放弃了包围，离开了那里。按照苏联人的说法，在长期围城期间，驻扎在凯瑟琳宫的德国军队甚至把巨大的正殿当作马厩，在正殿里喂养马匹。而正殿本身即一件艺术珍品。当时带领我们参观的几个导游给我们看了正殿的照片，照片里的地面铺满了稻草，照片里的马匹正在四处闲荡。苏联人没来得及装箱运走的大量艺术品遭到德国人的偷窃。那已经够糟糕了，更糟糕的还在后头。苏联人发誓说，德国人撤退时炸掉了宫殿，将其摧毁了。

1982 年的时候，苏联工人仍然在重建凯瑟琳宫，不过，大部分建筑已经恢复原状——已经修复得和从前一模一样，金碧辉煌依旧，苏联人对此特别骄傲。但让苏联人想不明白的是，德国人为什么会举止那么粗野。陪团的导游之一来到我身边，他说，他从代表团某位团员那里得知，纳粹统治时期，我曾经作为美国记者住在德国。

他说："他们告诉我，你了解德国人。那么，也许你可以给我答案。德国人为什么要炸毁像这样的宫殿？我们的部队到达柏林后，炸掉他们那些宫殿了吗？也许战争结束时你在那边，你能给我个解释。"

我对他说："不错，战争结束时我在柏林，而且，苏联人没有炸掉任何宫殿，他们炸掉的仅仅是希特勒的地堡。我们美国人的轰炸机联队彻底摧毁了柏林市中心古老的恺撒宫，不过，波茨坦广场附近的多数老皇宫逃过了一劫。实际上，你们的朱可夫元帅占领了波茨坦广场的王储宫，不过，他没有把那里的任何建筑当作马厩。有一次，我还应邀参加了朱可夫元帅为革命周年举办的庆典。皇宫内部特别干净，一尘不染。另外，朱可夫元帅撤走时也没有炸掉皇宫。"

"那么，德国人究竟为什么那么做？"年轻人进而问。

"这我可解释不了，"我说，"我只能说，那是德国人的方式。"

我们到达莫斯科的时间是 1986 年夏季，刚好是苏联切尔诺贝利核电厂温度过高后爆炸，导致有史以来最严重的核灾难四周以后。骇人的放射性尘埃从烧熔的反应堆溢出，扩散到 1000 英里开外的西欧和北欧偏远地区，对土地、湖泊、溪流、作物，以及放牧的牲畜造成严重损害。我们到达莫斯科时，喧嚣已基本复归平静。不过，苏联政府一开始拒绝向国内人民以及处于核烟云扩散通道上的各个国家通报信息，其不负责任的形象继续扩散，尚未平复。

克里姆林宫当时正乱作一团，不知道该做什么，至少不知道该如何对外解释。尽管"公开化"政策已经实行——当时戈尔巴乔夫已经掌权 14 个月——但政府仍然没有完全坦白真相。切尔诺贝利 4 号反应堆的爆裂发生在 4 月 26 日星期六凌晨 1 点 24 分，爆炸过后燃起了巨大的石墨火，由于温度太高，大火烧熔了高压管道里的铀和钚，上万吨放射性烟云有可能泄漏到大气中。然而，莫斯科没有发布任何消息。瑞典政府已经探测到飘过去的放射性气体，并于 27 日星期日询问苏联政府，是否某个核电厂出了问题。苏联原子能委员会的一位莫斯科官员答复说，他没听说苏联的任何反应堆出现问题。直到反应堆爆炸两天半以后的 4 月 28 日星期一晚间，苏联官方通讯社塔斯社才发表了一篇简要声明：切尔诺贝利核电厂发生了"一次事故"，目前正在对原因进行调查。政府已经开始秘密疏散受损核电厂周边的 10 万多居民，尽管如此，政府并未对可能的后果向公众发出警告。那一周晚些时候，又有一点消息披露出来，伴随而来的是对西方国家的批判，例如，西方国家"就切尔诺贝利事件人为地搅动公众的恐慌"。

由于苏联人缺乏对媒体的信任，我们到达莫斯科时，千奇百怪的谣言满天飞，而且传得有鼻子有眼。其中之一为，上万人死亡，数十万人受到放射性沾染。仍有大批难民从灾区以南的基辅市搭乘火车到达莫斯科基辅火车站。显然是因为害怕克格勃，难民几乎什么都不说。苏联人对"公开化"仍然心存疑虑，他们早已习惯于保持沉默。

我们在莫斯科期间，一些傻到家的文章不断地出现在媒体上，意在劝说公众不必对切尔诺贝利事故有任何担心。6月初的一天，塔妮娅给我看了一篇文章——我记得，文章刊登在政府官方报纸《消息报》（《真理报》是党报）上——那是一篇让人吃惊但非常典型的文章。一位记者和一位摄影师在基辅租了一条船，沿第聂伯河前往切尔诺贝利，普里比亚季河在切尔诺贝利汇入第聂伯河。他们在文章中称，尽管西方媒体散布谣言说，切尔诺贝利附近的水域遭到了污染，他们却玩得非常开心。他们还说，他们在河里游泳很长时间，在船上钓了很长时间鱼，晚餐时还把鱼吃了。后来，我们从苏联官方报道中得知，那两位记者去的地方位于必须净化的1000平方英里范围内，那里的外迁人数达到了12万，29人死亡，上千人因放射性沾染受到严重损伤，另有上万人受到过量的放射性沾染，他们的后半生会受到健康问题困扰。

切尔诺贝利核灾难发生后，我们在苏联过了几天紧张日子，给我印象最深的是，当时我意识到，在核电厂灾难面前，人类尚未做好防范灾难和处理灾难的准备。发生事故48小时内，应当如何对待那一消息，苏联政府完全不知所措，领导层似乎完全不相信那一消息。在莫斯科期间，我们听说，克里姆林宫也许根本不知道实情，因为执政党在乌克兰的最高领导压下了消息，那人的名字是弗拉基米尔·斯切比斯基，政治局委员之一。不过，上述消息与事实不符。身为苏联主要核科学家之一的瓦列里·列加索夫后来披露，事发当天上午10点，他已经收到事故通报；中午，他已经被任命为政府委员会成员之一。为扑灭火灾，为防止放射性物质外泄，他们立即赶赴事发地点，现场决定应当采取的措施。后来他作证，当晚他全速赶到了那里，他们在八至十英里开外看到，切尔诺贝利上空已经映成骇人的猩红色。他还看到，工厂的苏联工程师以及政府官员"吵得面红耳赤"，对于如何扑灭熊熊的石墨大火，他们有分歧，而且互不相让。

苏联政府最终和盘托出了切尔诺贝利核电厂爆炸的实情。在提交给维也纳国际原子能机构的报告中，苏联政府第一次披露了放射性物质泄漏量的巨大。报告说："释放到大气中的放射性物质总量大约为 1 亿居里，大约为反应堆燃料总量的3.5%，包括所有气态裂变物质，即大约 20% 的碘和 10% 的铯。"

克里姆林宫将责任推给了发生事故当晚值班的工程师，原因是，工程师当晚进行了未经授权的试验。具有讽刺意味的是，该试验恰恰是为了验证反应堆的安全性。不过，他们那么做违反了六条规定。政府也承认，苏联核反应堆存在设计缺陷。

事故原因越挖越深，最根本的原因偏偏由《真理报》于数年后发表的一篇长达好几栏的文章披露。1986 年，我们在莫斯科期间，那样的文章不可能发表。瓦列里·列加索夫在文章中历数了导致切尔诺贝利 4 号反应堆核灾难的所有错误。他在文章中称，安全制度有缺陷，而且"科学家知道这一点"。然而，没有人采取任何措施进行补救。"在每个节点都出现了错误。"他继续分析——现场工作人员的人为失误，项目中的错误，计划中的错误，不一而足。列加索夫在文章中称，在阅读调查报告时，读到发生灾难当晚现场工作人员相互通话的文字记录时，他浑身的血液都"凝固了"。

现场工作人员中的一位打电话咨询另一位，他问道："手册上注明了该怎么办，可好多都被划掉了。你说我该怎么办？"接电话的人想了想，说："那就照着划掉的条例办。"

除了管理上的所有失误、设计上的所有错误，列加索夫还得出一个压倒一切的最根本的结论，它不仅可以解释切尔诺贝利核电厂的爆炸，还可以解释全行业的问题，以及实施共产主义70年来苏联全国的经济问题。

"切尔诺贝利事故，"他总结，"是我们国家经济管理中各种长达几十年的错误的集大成体现。"

正如我们美国人从三里岛核事故中总结出了教训，苏联人从切尔诺贝利事故中也总结出了一个重要教训。他们认识到，从那往后，绝不能将任何一次核电厂事故简单地当作苏联人自己的事故，必须将其当作国际问题，即位于第聂伯河的核工厂损毁可能会污染冰岛或拉普兰地区上空的大气，或者更远的地方，并导致严重的破坏。从那往后，克里姆林宫将会与他国政府坦率地、真诚地沟通，建立及时的预警系统。

在一个愤世嫉俗的、争吵不休的世界，这堪称一大进步。

在我看来，切尔诺贝利核事故另有一个教训值得深思。核电厂以及大型炸弹里的核装置相对容易操控，不过，如此简单的操作也容易出现人为失误。尽管人类自以为拥有约束和控制它们的各种神奇的计算机和其他设备，但罗纳德·里根总统倡导的防御苏联核攻击的"星球大战"计划同样容易出现人为失误，而且在所难免。既然如此，人类不能依靠它来抗衡来自境外的核攻击。

多年来，我在讲座上、文章里以及写给报纸的信件里反复表示，在我看来，"星球大战"是一场骗局，是美国总统的幻想。不幸的是，它蒙蔽了大多数美国人。我以为，更糟糕的是，总统大规模地宣传该计划，不过是在欺骗美国人民，意在让人们相信，确实存在防御核攻击的有效方法。

我相信，用不了多久，迟早会有人揭穿"星球大战"是个不可能实现的梦想，是个大把烧钱的项目，而且没有作用。由于人类对空间技术认知有限，在可以预见的将来，如果对立双方中的任何一方首先发动天空进攻，其态势将不可逆转。即使有朝一日出现今天的人类无法想象的更为先进的计算机管控景象，以及空间防御体系，人为失误仍然会导致其出问题。计算机会崩溃，会变成杀人狂。恰如切尔诺贝利核事故那样，人们会束手无策。全人类将被消灭。

途径列宁格勒前往芬兰首都赫尔辛基的列车由莫斯科始发，在行进的列车上，我看着车窗外，一片片麦田和大森林匆匆而过。塔妮娅说，那些田野，尤其是那些森林，它们蕴含着某种东西，与她在其他地方——例如在西欧和美国——见过的田野和森林大不一样，像所有俄国人一样，至今她仍然深情地爱着它们。亚斯纳亚·波利亚纳之行给我留下了深刻的印象，让我知道了这种爱有多么深。从那时开始，对那片土地，以及那片土地上的人民，我有了一种独特的感情。让我后悔的是，由于我的年龄，以及我虚弱的体质，我可能再也见不到那些了。我本该早点拜访那里，早点学习那里的语言。遗憾的是，我未能及时说服苏联政府允许我那么做。

尾　注

［1］ *Gandhi—The Story of My Experiments with Truth.* Beacon Press. Boston. Paperback ed. , pp. 137，160.

［2］ 托尔斯泰忘了在名单里列出他常常说对他影响最大的美国作家、单一地价税倡导者亨利·乔治。在托尔斯泰的书房里翻看他的藏书期间，我发现，他书桌后边的墙上挂着一幅亨利·乔治的肖像。托尔斯泰崇拜亨利·乔治和他倡导的单一地价税，这种崇拜从未消退。1894 年，托尔斯泰在写给一位美国记者的信里表示："亨利·乔治给我寄来了他所有的书，其中几本书我以前就知道，其他一些书对我来说是全新的，例如《尴尬的哲学家》（*Perplexed Philosopher*）。对他了解得越多，我对他越尊重。他在作品里表达的对文明世界的不同看法让我惊诧不已。"

托尔斯泰在信里还补充说，如果新沙皇就如何管理俄国征求他的意见，他会要求沙皇将"单一税体制"引入俄国。

仔细看过悬挂在书房里几面墙上的肖像画之后，我还发现了另外几位美国作家的肖像。其中有一张照片是个我不认识的美国人，名叫欧内斯特·H. 克罗斯比。我把那个名字记了下来，后来我在美国版的托尔斯泰书信集里查找到了此人。据该书信集编辑 R. F. 克里斯蒂安透露，克罗斯比（1856—1906）曾经是纽约州议会议员，后来在位于埃及的国际法院当法官，他改信托尔斯泰的信仰后退休。他于 1894 年造访了亚斯纳亚·波利亚纳，托尔斯泰曾经建议他和亨利·乔治一起推行单一地价税。

书房里某个窗框旁边有一幅威廉·劳埃德·加里森的肖像画，画面上有英文题词："自由永远属于每个人，所有人！"落款为：威廉·劳埃德·加里森，1873 年 10 月 23 日，波士顿。

［3］ 杜尚·马科维斯基博士是斯洛伐克人，他是个家庭医生，也是托尔斯泰的狂热崇拜者，他长期居住在托尔斯泰家。萨莎指的是托尔斯泰的小女儿亚历山德拉，在父母的事情上，她支持父亲，反对母亲。

第二十九章

重返柏林

1985 年，我尚能出远门，我最后一次去了趟西欧，访问了伦敦、巴黎、柏林。两次世界大战之间的 20 年里，我大部分时间在这几个城市工作和生活。大大出乎我意料的是，哥伦比亚广播公司竟然会邀请我重返柏林。希特勒当政时期，以及二战最初的 15 个月，在柏林为该公司做播音的人正是我。1985 年 5 月 8 日是欧洲二战胜利 40 周年纪念日，40 年前的同一天，德国向盟军投降了。罗纳德·里根总统决定，那天他不参加胜利日庆典活动，也不向战争中死去的美国人致敬，他要去德国城市比特堡，参加一个军方活动，以祭奠死于战争的德国人。我以为，此举很不明智。因为，包括英国女王、法国总统在内，战时的西方盟国首脑都会祭奠自己国家的死难者和庆贺战胜野蛮的纳粹主义。

人们后来发现，埋葬在比特堡的德国士兵有 2800 人，大约 49 人是党卫军成员。党卫军是最让人痛恨的纳粹党军事组织，该组织执行过一些最残暴的反犹行动和反人类行动。总统的决定在美国掀起了一场轩然大波。据《纽约时报》报道，埋葬在比特堡的一些党卫军成员隶属于臭名昭著的帝国党卫军第二装甲师，该师曾经执行了第二次世界大战中最可怕的大屠杀之一，在法国格拉讷河河畔奥拉杜尔村屠杀了 642 名男性、女性和儿童。

美利坚合众国总统竟然要向混杂在战争死难者当中的德国杀人犯致敬？提抗议的人不仅有犹太人，还有美国退伍军人协会成员等。然而，里根一意孤行，因为他已经答应西德总理赫尔穆特·科尔，他要与总理一道前往比特堡，在欧战胜利纪念日祭奠死于战争的德国人。他要信守承诺。

总统说了几次蠢话，激怒了纳粹主义的受害者，尤其是犹太人，同时暴露出他对历史的极度无知，让他陷入了更加尴尬的境地。他说了许多话为自己辩解，其中一种是，与众多德国集中营受害者一样，安葬在比特堡的大多数德国士兵同样是纳粹主义受害者。

在我看来，总统的说法让人很诧异，导致我提笔给《纽约时报》写了封信，那封信于 4 月 25 日刊出，正好赶在总统启程赴德前一天。我写道，拿安葬在比特堡的德国士兵和德国集中营受害者进行比较，"在我看来与事实严重不符"。1939年秋季，我曾经以中立国战地记者身份跟随德国军队跨越波兰全境，并于 1940 年春季跟随德国军队跨越荷兰、比利时、法国，其间，我曾经和上千名德国士兵交谈，他们当中没有一个人认为自己是纳粹主义受害者。恰恰相反，用他们的话说，他们"正在用巨大的热情和忠心，而且非常英勇地"为元首战斗，为祖国战斗。四年以后，我在前线帮助美国第一军审问德国战俘，当时的战况显示，德国注定会战败，即使在那种情况下，他们仍然死心塌地对希特勒和纳粹帝国表示忠心。

> 大多数德国士兵认为，他们也是"纳粹主义受害者"，这是个错误观点。让我伤心的是，总统竟然接受了此种观点。那些第三帝国的士兵有别于在集中营里惨遭德国人屠杀的上千万生灵，总统竟然看不出这两者之间的区别。既然总统已经站在错误的立场上，我不相信他能推进与德国人的和解。[1]

总统出访比特堡的消息发布以后，他最初拒绝在日程里增加前往纳粹集中营参访的行程，因为他担心，那么做会冒犯东道主德国。

"作为应德国政府邀请的代表国家的客人，"里根告诉外国广播电台记者，"我觉得我没办法擅自行动去（某个集中营）。这么做似乎有悖于双方安排此行的目的。"

面对国内抗议浪潮，作为让步，总统最终同意，在比特堡军方活动中献花以后，他会在同一天前往某集中营参访。为了给改变主意的总统解围，科尔总理邀请总统和他一道前往卑尔根－贝尔森集中营。

因总统参加比特堡活动而起的争论，让我想起了困扰我多年的一些问题，即有关德国人和我们美国人的问题。1948 年，向柏林运送物资的"柏林空投"以来，我再也没有去过柏林——那已经是 37 年前的事。1961 年夏，《第三帝国的兴亡》在德国发行时，我曾经踏上前往德国之路。不过，一位德国律师朋友给我打来电话，将我拦在了巴黎。他说，许多纳粹分子向我提起了诽谤诉讼。为几个集中营生产焚烧炉的一家企业甚至也向我提起了诉讼。律师朋友认为，我最好不要冒险前往德国，因为德国的几家法院会开出罚单，甚至会给我判刑。[2]

我接受了哥伦比亚广播公司的邀请，于 1985 年春季重返柏林，前去评论德国人对比特堡活动的反应，以及希特勒覆灭 40 年后，德国人过得怎么样。里根总统前往比特堡向战争中的德国死难者致敬，德国人究竟持什么态度，这或许是一条新闻线索。比特堡勾起了各参战方埋藏已久的各种回忆。纳粹时期我正好在德国，当年德国人的行为如此野蛮，我想亲眼看看他们是否有了极大的改变。我还想看看，德国人是否终于学会了真心接受过去那段历史。走访苏联期间，我曾经在一定程度上感到，苏联人或多或少面临着相同的问题，即要如何评价斯大林。

离开美国赴柏林之前，我已经意识到，几乎可以肯定的是，那一趟是我最后一次直接和德国人打交道了。回溯20世纪20年代，远在魏玛共和国时期，我已经开始报道德国人，然而他们总是让我感到困惑。许多德国评论家坚持认为，包括美国国内的一些评论家也坚持认为，我完全不理解德国人。他们注意到，我时不时会承认这一点。不过，我不理解的是让人绝望的时代，是在我看来全体德国人民都沉浸在纳粹主义中的疯狂时代。我曾写道：让我无法理解的是，一个曾经向人类奉献了巴赫、康德、歌德、席勒、贝多芬、瓦格纳以及其他优秀人物的民族，一个狂热信奉基督教的民族，怎么会与罪恶融为一体呢！

德国人对里根总统访问德国究竟做何反应，但凡那年5月身在柏林的人很容易即可确定。他们欢迎里根的访问，他们热爱里根的访问。无论是政府的人、媒体的人、广播电视圈的人以及随便什么人，无论问到谁，答案几乎千篇一律。对德国人而言——德国政府和媒体已经将这一点灌进人们的头脑——美国总统的来访意味着，美国及其美国领导的自由世界各国终于承认德国发动两次侵略战争已经成为一件过去的事。正如里根强调的，纳粹主义已经死亡40年，全世界应当原谅和忘记过去的德国。这为德国人的负罪心理松了绑。人们不必继续提醒德国人记住历史，例如德国人于1939年9月1日进攻波兰，从而发动了第二次世界大战；德国军队于1938年3月开进奥地利也是入侵行为；还有1939年3月进攻捷克斯洛伐克；

1940 年 4 月进攻中立、和平的丹麦和挪威；同年 5 月进攻中立、和平的荷兰和比利时，等等。美国总统做出了和解姿态，并坚持认为，纳粹主义是一个具体名为阿道夫·希特勒的人的个人产物，还有，德国军队里应征入伍的士兵（所有德国士兵都是被征入伍的）是纳粹暴政的牺牲品，这和德国人在集中营里杀死的上千万人无异。在所有这一切之后，德国人似乎认为，外人今后没有必要再次提醒他们，德国政府曾经毫无人性地执行命令，屠杀了上千万犹太人和斯拉夫人。

里根总统将要参访的墓地竟然埋葬有党卫军成员，美国国内一片哗然。但无论是我读到的德国报刊，还是采访过的德国人，德国的各个层面都表示，他们无法理解美国人的反应。德国人对墓地里埋葬的人不加区别，那些都是为国捐躯的人，为什么要把党卫军士兵挑出来？那些人也把生命献给了国家。

对美国国内舆论反对里根前往比特堡一事，德国人的确很恼火，德国媒体出现过一片喧嚣。但是，德国人将其压了下去。我相信，是里根将其压了下去，因为那是"美国新闻媒体"的杰作。许多德国人将其压了下去，因为那是"美国犹太人"的杰作。

德国依然存在反犹情绪，这让我有点吃惊。我曾经以为，那东西早已寿终正寝了（得意之中的我忘了反犹情绪在美国同样远没有绝迹）。然而，对美国犹太人反对总统参访比特堡一事，德国报刊的批评文章常常会流露出反犹情绪，同样的情绪也会夹杂在德国政客愤怒的评论中，以及我在德国咖啡馆和餐厅里偶然听到的闲聊中。

在柏林期间，我住在库菲尔斯滕酒店，我注意到，酒店所在的大街上有个"犹太人之家"。如果我记得不错，当初那里是柏林最大的犹太会堂，1938 年 11 月，在戈培尔的怂恿下，一帮纳粹歹徒借着"水晶之夜"将犹太会堂放火烧毁了，"犹太人之家"是在犹太会堂原址重建的建筑。初到柏林不久的一天途经那里，我看见两名警察在那里来回走动，当时我很纳闷。5 月 7 日，大约傍晚时分，我偶然往窗外张望了一下，我看见那座建筑正面的大街上聚集了一大群人。我赶紧下楼一看究竟。人群里多数是犹太人，还有一些德国工会联合会的人和一群年轻人。他们举着的横幅足以说明他们的活动内容。我在日记里写道：

> ……据我观察，这是一次抗议里根总统前往比特堡的活动。马路沿上站了一大队警察。一位显然是来自西德的犹太学者正在讲话，他在讲话中谴责美国总统执意前往比特堡某公墓祭奠死于战争的人，因为那里有 49 个党卫军军人……与其他德国士兵混葬在一起。人们常说，纳粹时代过后，德国人已经变了，犹太学者的一个说法让我吃惊不小。他提请前来保护这次集会的警察注意，他说："在今日之德国，尤为重要的是，犹太人的建筑和机构必须由警察保护——因为，过去的各种威胁又一次回潮了。"
>
> 我必须说明，尽管我对德国人总是存有疑虑，但他的说法仍然让我吃惊不小。今天上午，柏林发行的各个报纸对这次集会做了轻描淡写的报道，都说参会的人数不过"数百"。有人告诉我，"犹太人之家"24 小时有人值守，今天一早，我从酒店走到那里查看了一下。大楼门外的人行道上确实有两位警察来回巡视。

那天，里根总统已经离开德国。5月8日，欧洲二战胜利周年纪念日当天上午，柏林发行的主要报刊之一《晨邮报》故意低调报道此事，该报在头版首要位置刊登了一幅大照片，内容为美国总统夫人南希·里根与一位年轻的西班牙人一起跳弗拉明戈舞。总统及其随行人员此前一天已经飞离德国，前往西班牙访问一天，然后他还要前往法国城市斯特拉斯堡，在那里向欧洲议会发表纪念欧洲二战胜利日讲话。

比特堡军人公墓的仪式很简单，没有人发表讲话。在一整天活动中，赫尔穆特·科尔总理一直陪伴在里根身边。他们两人分别在比特堡公墓的一个纪念碑基座上默默地献了花圈。参与报道的记者说，里根和德国领导人肃立的地方几英尺开外有两座党卫军军人墓，对此，里根假装没看见。总统到达之前不久，那两座墓上还摆放着花圈，其中一个花圈的条幅为"献给倒在列宁格勒的党卫军战士"；另一个条幅的内容为"献给倒下的党卫军同志们"。总统确实看不见那些花圈，他到达现场时，已经有人将那些花圈移走，他离开以后，一切将恢复原状。

在卑尔根－贝尔森集中营惨遭杀害然后葬入坑中的犹太人高达五万。里根总统在那里发表了动人的演说。然而，他两次在讲话中将纳粹的罪恶暗指为"一个人"的作为。"可怕的罪行都是一个人引起的，"总统说，"导致集中营里无数人的死亡。"然后他补充，直到"那个人及其罪行被彻底摧毁"，屠杀才终止。

在军人公墓献花以后，总统前往位于比特堡的美国空军基地发表演说。那地方离公墓一英里远，听他演讲的大约有5000人，包括美军士兵和家属，以及星星点点夹杂在人群里的一些德国人。总统对听众说，刚才的仪式一结束，他就直接来基地了，他还谈到了当时的感触。他说，那场战争是为了"反对一个人的独裁统治"，因而人们可以"在今天悼念死于战争的德国人，他们也是被邪恶意识形态毁掉的人类"。与他早前在华盛顿的说法相比，这一说法已经有所缓和，他曾经说，应征入伍的德国士兵和集中营受害者一样，都是纳粹主义受害者。正如我写到的，那是对事实的可怕扭曲。

里根总统说，德国士兵是无辜的，他的误导性言论似乎反映出他盲目地接受了历届波恩政府宣传的观点，即德国武装部队，尤其是德国陆军，对第三帝国的反人类行为完全没有责任。因此，作为继承德国军队的联邦共和国军队，即德国联邦国防军，不应带有过去的污迹。[3]

实际情况是，对希特勒制造的罪恶行径，德国军队负有重大责任——在好几场侵略战争中，德国军队打得特别凶猛，非常尽责。在被占领土上推行残酷统治，德国军队也负有责任；故意将 200 万苏联战俘饿死和安置在露天致死，德国军队同样负有责任；甚至在大规模屠杀犹太人这件事上，德国军队至少负有部分责任。

虽然纽伦堡法庭通过专门调查认定，德军最高统帅部和总参谋部对纳粹的罪行没有责任，但法庭仍然严厉地谴责德国的元帅和将军执行了希特勒的命令：

是他们让受人尊敬的职业武装力量名誉扫地。如果没有他们的军事指导，希特勒和纳粹同伙的侵略野心只能停留在纸上谈兵阶段。虽然他们和希特勒不是同伙关系……但他们毫无疑问同属一个军事团体……他们当中的许多人并不拿绝对服从上级命令的军人誓言当真……但事实真相是，他们积极参与了所有罪行，要么就是他们亲眼见证了罪行的发生，其规模之大，让人震惊程度之深，远远超过世界范围内有史以来最骇人听闻的罪行，而他们则袖手旁观，听之任之。

为凸显德国军队参与了希特勒的战争罪行，纽伦堡法庭认定元首的两位最高将领犯下了起诉书列出的全部四条罪状，其中一人为最高统帅部总长威廉·凯特尔陆军元帅，另一人为作战局局长阿尔弗雷德·约德尔将军，终审判决对他们施以绞刑。

在纽伦堡审判和后续的一些审判中，美国军事法庭对一些最著名的德军将领进行了审判，提出了一些不利于他们的可怕证据。驻苏联的南方集团军司令瓦尔特·冯·赖歇瑙陆军元帅于 1941 年 10 月 10 日签署了一道命令，该命令有别于希特勒签署的同一类命令。他把德国对苏联的进攻称为"针对犹太布尔什维克制度的战争"，他还告诉下属，他们必须明白"有必要针对次于人类的犹太人进行严厉而公正的报复"。

早在 1941 年 9 月 8 日，当时德国进攻苏联尚不足三个月，负责东部战线战俘营的赫尔曼·赖内克将军曾经下令，不必按照《日内瓦公约》对待俘获的苏联人。德军最高统帅部下达的一条指令对他的做法予以支持。其后果是，570 万苏联战俘中，仅有 200 万得以生还。德国官方公布的数字为：枪毙的战俘有 47.3 万人，饿死或安置在露天致死的战俘超过 200 万人。正是希特勒和戈林下令实施了这一千夫所指的罪行。然而，苏联战俘由德国军队收押，德国军队有义务按照《日内瓦公约》

条款以人道方式对待战俘。

当然了，西部战线的美国战俘也遭到了杀害。1944 年"坦克大决战"期间，在比利时马尔梅迪附近，有 72 名美军战俘于 12 月 17 日遭到屠杀。与苏联人的遭遇相比，这一数字小得微不足道，另外，实施这次屠杀的并非德国正规军，而是党卫军，对此次事件负责的是抵达马尔梅迪的帝国党卫军第一装甲师的一个作战分队。[4]

我记得，在纽伦堡审判期间，三条有辱德国军队荣誉的绝密指令大白于世人面前。值得肯定的是，许多德军将领拒绝执行这些指令。第一条指令是所谓的"政委屠杀令"。1941 年，进攻苏联前夕，希特勒亲自召见德国三军总司令以及德国陆军最高指挥官，他亲自对那些人下令，不必经由军事法庭，不得有任何延误，但凡俘获的苏联红军作战单位的政治委员，一律就地枪决。陆军元帅埃里希·冯·曼施坦因在纽伦堡被告席上回顾了那一千夫所指的命令给德国军队造成的困境。"这是我有生以来第一次，"他作证时说，"在军人的意愿和服从命令的天职之间犯难。"

曼施坦因决定不服从命令。在希特勒召见时，他没有说出自己的想法——那样做会招来杀身之祸——他说，他把命令转达给了他所在的集团军司令，也有其他一些人拒绝落实那道命令，也有服从的。许多人将那种事转交党卫军的作战单位去干，以此逃避良心的谴责。

通过德军最高统帅部，希特勒还下达了一道命令：枪杀所有在西部战线俘获的英美突击队队员。那些人都"必须斩尽杀绝"。约德尔将军本人卷入了那一臭名昭著的命令。他亲自签署了指示："这条命令只传达到各级指挥官，在任何情况下，绝不允许落入敌人之手。"约德尔告诉其他将军，一旦记住了命令的详细内容，必须当即销毁命令原件。

在纽伦堡审判期间，陆军元帅凯特尔在被告席上对法庭说，希特勒迫使他下达过许多导致战争罪行的命令。他说，最糟糕的当属"夜与雾法令"，那条法令涉及西线，于1941年12月7日由希特勒亲自签署。该法令的主旨为，逮捕所有"威胁德国安全"的人。如果不能在当地枪决，那么就将他们带回德国，让他们消失在不为人知的夜与雾中。不得将任何消息透露给那些人的家属，例如那些人的下落。即使有人询问他们的埋葬地点，也不得走漏消息。那些人必须永远消失。

五天以后，12月12日，陆军元帅凯特尔以德军最高统帅部的名义下发通知解释上述法令：

> 总而言之，对所有冒犯德国的行为，必须以死刑进行惩罚……能够形成有效威慑的唯一方法是处以极刑，或以某种方法让罪犯的亲属及公众完全不知其下落。

为防范下属误读上述命令，或执行命令时犹豫不决，凯特尔又以德军最高统帅部的名义下发了一个说明，主要内容为对某人实施逮捕后，执行死刑的期限不得超过八天，细则如下：

> 罪犯们必须被秘密运往德国。这些措施必定具备威慑力，原因见下：
> 1. 罪犯将不留任何痕迹地消失；
> 2. 有关罪犯的去向和命运等信息将不会向外界披露。

纽伦堡法庭始终无法确定有多少西欧人（多数为法国人）消失在了夜与雾中。查无文字记录，查无墓地标识。

在执行针对犹太人的"最终解决方案"方面，德国军队和纯粹的纳粹组织各分担了多少任务，成了纽伦堡法庭争议特别大的问题。总体上说，军队指挥官总是将这份肮脏的工作留给党卫军，后者管理着集中营，并具体实施灭绝计划。然而，纽伦堡法庭认定了如下事实：德国军官知道当时发生的事，他们知道各个集中营处死的犹太人达到了百万量级，他们只当没看见。有时候，他们还协助党卫军围捕被占领土上的犹太人，协助党卫军运输犹太人——往往需要穿过半个欧洲——到达灭绝营。这些事真实地发生在苏联、法国、希腊、比利时、南斯拉夫。德国军方必须回答他们究竟对犹太人做了些什么。

长期以来，德国军队一直就有反犹传统。1914 年参战的普鲁士军队不允许犹太人担任军官。战争期间，这一限制放松了，尤其在非普鲁士作战单位，一些犹太人真的成了军官。大约 3.5 万名犹太人因为作战英勇获得了铁十字勋章。不过，没有任何犹太人能够得到最高级别的"功勋勋章"。为希特勒尽职尽责的德国军队"对犹太人不太友好"，西格弗里德·韦斯特法尔将军有一次宣称："不过，德国军队并没有反犹倾向。"然而，希特勒领导的德国武装力量不允许犹太人服役。虽然如此，第二次世界大战期间，一些德军最高级别的指挥官（并非所有）向自己的下属灌输过对犹太人的刻骨仇恨。例如赖歇瑙陆军元帅，他把犹太人称作"亚人类"，更有甚者，有时候，军官还协助党卫军迫害和屠杀犹太人。

正如人们所见，德国军队卷入了纳粹的野蛮行径，受害的不仅仅是犹太人，人们必须记住，苏联战俘曾经人为地被饿死和被安置在露天死亡，被俘的苏联政委和英法突击队队员曾经被当场处决。在德国占领的西欧领土上，不知有多少人因"夜与雾法令"遭到围捕，而后永远消失在了德国的夜与雾中。德国军官枪杀的难民仅在法国就达到了 29660 人。

里根总统在比特堡祭奠的正是上述德国军队里的死者，以及党卫军的死者。毫无疑问的是，总统心里怀揣着最美好的意愿，但这也是出于对过去的无知。正如总统最近所说，我相信，他真诚地以为，在希特勒领导下战死的德国士兵无异于集中营里遇害的犹太人，他们都是纳粹主义的牺牲品。不过，在现实世界里，这不是真的。总统追求的和解，以及我们所有人追求的终极和解，绝不能建立在错误的看法上。

还有一个不切实际的想象促成了里根总统的比特堡之行。显然科尔总理让总统相信，埋葬在军人公墓里的党卫军士兵与科尔总理本人一样，在战争即将结束的最后几个月里被征入伍，当时他们都是 15 岁到 16 岁的孩子，因为当时预备役人手极其短缺。

这也不是真的，安葬在比特堡的党卫军士兵共有 49 人，至少其中 10 人的情况并非如此。总统前往公墓之前两天，5月 3 日，我在柏林好不容易找到了那 10 个人完整的服役记录。文件证明，这 10 个人都是纳粹老兵，所有人死的时候都超过了 30 岁，作为德国武装力量成员，他们于 1938 年入侵过奥地利，并于次年入侵过捷克斯洛伐克，那年稍晚他们还入侵过波兰，并为此获得勋章。其中一人还在达豪集中营担任过警卫。

里根总统对德国在纳粹时期的认识建立在无知之上。他极有可能当即承认，他不是刻苦学习的历史系学生，为他安排那次德国之行的美国顾问极有可能也像他一样，张口即承认对历史无知。不过，为总统贡献了大多数参考意见的科尔总理和德国人民没有理由说那种话。他们知道过去那段可怕的历史，也知道那段历史以纳粹大规模屠杀犹太人达到了顶峰。问题是，德国人能否直面那段历史？结束希特勒统治的不是德国人，而是盟国。在希特勒的统治结束40年后，德国人能否直面这一首要问题：为什么在希特勒领导下，德国竟然会犯下如此可怕的罪行？在我看来，直到有人在合适的场合提出这一问题，然后在一定程度上找到答案，直面那段历史，人们才可能建立一个崭新的、正面的、文明的德国，尽管这将非常困难，但并非毫无可能。

我的感触是，大多数德国人至今仍然没有面对过上述问题，他们既没有承认过去的意愿，也没有理解过去的意愿。

许多德国人可能已经将自己与过去一刀两断了。我尽可能多地阅读了德国的报刊，我还数小时地观看德国的电视节目。报刊消息和电视报道给我留下了一个印象：通过里根总统的访问，对过去那段纳粹历史，德国人比以往信心更足了。德国人似乎更愿意说，应当忘记过去。让他们高兴的是，里根先生说的正是这样的话。让德国人生气的是，竟然有那么多美国人希望区别对待死去的军人和死去的纳粹党徒。让德国人恼火的是，美国参议院和众议院以压倒性票数阻止总统前往比特堡。

让我不安的是，1985年春季，有一种观点在德国甚嚣尘上。一天晚上，我和一个德国熟人在小酒馆里闲聊，他向我阐明了那一观点。我知道，那人从未支持过纳粹，他却像其他人一样认同那样的观点。他说，纳粹毫无疑问犯下了一些可怕的罪行，但盟国也不例外，尤其是苏联人。战争让人变得野蛮——交战双方均如此。德国人的罪恶因而也是相对的。为什么不让过去顺其自然成为过去呢？让我惊讶的是，我或多或少确实在某些德国报刊上看到过类似的言论。

我查证出的最终结果为，首先提出这种想法的人有可能是有影响力的《明镜》周刊主编鲁道夫·奥格施泰因。他在1985年初发表了一篇长文，文中他愤怒地谩骂比特堡的一系列活动。"让他们（同盟国）庆祝去吧，"奥格施泰因的文章说，"因为他们赢了那场战争。我们不必参与，可以旁观。"

让奥格施泰因不胜其烦的是，德国以外的世界总会不断地提醒他们，阿道夫·希特勒的罪恶导致的严重罪行都应当由德国人承担。他问道：为什么将所有骂名都扣在德国人头上？"没有人能够确定反希特勒的同盟国犯下的罪行是否少于希特勒。无论如何，最早对人类犯下同样罪行的人是斯大林，时间为1928年。"

对于的确发生过纳粹灭绝犹太人一事，那位有影响力的德国编辑并不否认。不过，他做出如下回应：遭到屠杀的多为"外国犹太人"，"死在帝国境内的仅有五万人"。

奥格施泰因接着说，犹太人自己也负有相当的责任。就这件事而言，他以罗斯福的财政部部长亨利·摩根索为例进行说明，因为摩根索是犹太人。他向读者们指出，"摩根索计划"①会打压战败的德国，将其限制在一种可怕的状态下（他没有一语点破，但这正是希特勒想对波兰和苏联实施的计划）。他进一步补充说，实际上，摩根索是"忠实的希特勒追随者"。

---

①　摩根索计划是1944年美国财政部部长亨利·摩根索提出的一个处置战后德国的计划，有分裂德国、限制德国经济和人口的内容，该计划泄露后被罗斯福总统放弃。

奥格施泰因宣称，应当负责的不仅有摩根索，还有美国和平协会会长西奥多·内森·考夫曼。早在1941年，"当时希特勒的毒气室尚不为外界所知"，后者居然提出，应当强制德国人绝育，让德国人从人间消失。最后，德国编辑奥格施泰因在德国人和苏、波两国之间画了个等号，因为，德国人在被占领土上以残忍方式对待过苏联人，而苏联和波兰两个东方国家曾经于战后大力驱赶德国人。

战争罪应当由交战双方分担，为强化这种思想，那年春季，一个由五部分组成的电视系列节目在西德吸引了相当多的电视观众。节目名称为《轰炸机的战争》（The War of the Bombers），其主题为，无论德国轰炸机给敌对国造成过多么惨重的损失，都超不过盟军轰炸机给德国城市带来的损失，巅峰之作为美国轰炸机对德国城市德累斯顿的疯狂轰炸。民意调查显示，电视节目的动机烙在了大多数德国人的思想里，他们认为，狂轰滥炸大城市里的无辜平民，交战双方负有同样的责任。民意调查还显示，大多数德国人早已厌倦报道纳粹罪行的纪实报告，厌倦了第二次世界大战的纪实报告。

正如我当年所担心的，纽伦堡审判期间的许多教训显然已经被德国人置之脑后。无论盟军在战争中犯有什么罪行，凭借进攻波兰发动战争的正是第三帝国，带头对大城市进行狂轰滥炸的也是第三帝国，德国还是唯一试图有计划地将一个民族完全消灭的国家，并且差一点成功，德国在战败前已经屠杀那一民族的600万人。对于这些，德国人既看不到，也不想牢记。

就这个话题，我最后再说一件事：1985年5月，我在德国反复听到人们谈论一件事，人们还说，此事在德国已经流传多年。事情关系到一个名叫安妮·弗兰克的15岁女孩，里根总统在卑尔根－贝尔森集中营发表讲话时还提到了她。女孩在该集中营遭到杀害，可能还被埋在了那里。话题的中心是，一位德国妇女观看了一场根据《安妮日记》改编的话剧，她被剧情深深地打动了，离开剧场时，她情不自禁地用颤颤巍巍的声音对身边的人说："太惨了！说真的，至少应当为那个女孩破个例，让她活下来。"

1985 年，我离开柏林时春光明媚，我的心情却极度压抑。45 年前的 1940 年 12 月是个多雪的季节，我相信，和 45 年前我终于告别纳粹德国那天相比，现在我的心情更加糟糕。45 年前，希特勒已经征服东边的波兰，西边的丹麦、挪威、荷兰、法国、比利时。那年夏季，英国在法国领土上丧失了军中的精锐，英国是唯一与征服者德国抗衡的国家。我当时仍然怀揣希望，期盼英国无论如何也要生存下来。然而，几乎没人对英国抱有希望，尤其在美国。当时整个欧洲大陆处于纳粹的野蛮奴役下，那是一幅不堪回想的可怕景象。不过，人们必须直面那种可能，在许多人眼里，最终结局极有可能正是那样。正是那样的远景让我这样的人陷入了绝望的深渊，我当时情绪极其低落。不过，由于私心作祟，我还是有点高兴。终于活着逃离了纳粹人间地狱，我感到极度释然，差不多就是幸福了。四年以后，战争进入了尾声，我返回德国时，尽收眼底的全是废墟。无论人们对纳粹主义有多么深的仇恨，无论德国人民在纳粹主义带领下都做了什么，亲眼看见他们所处的困境，谁都会感到悲哀。

然而，40 年后的今天，德国人已经从瓦砾中崛起。在同盟国帮助下，他们已经重建自己的国家。他们再次发达了，骄傲了。我并不嫉恨他们的幸福状态，我欢迎这样的现实。不过，让我内心深处感到压抑的是，他们不愿意直面过去。他们甚至不愿意记住过去。

首先必须肯定，并非所有德国人如此。有一位德国高官在欧洲二战胜利纪念日当天毫不犹豫地回顾了过去。那个人是联邦德国总统里夏德·冯·魏茨泽克。过去我和他父亲算得上是熟人。他父亲是终身国务秘书、纳粹德国外交部智囊。他在战后宣称，他一向反对纳粹，然而他在希特勒手下干得不错。到头来，他也没能逃脱盟国法庭的审判，如果我记得不错，他被判入狱五年，而他实际服刑仅为 18 个月。在纽伦堡审判期间，他儿子是他的辩护律师，不过，那可能主要是出于尽孝，而不是出于信念。不过，许多德国人——毫无疑问也包括我——对魏茨泽克于 5 月 8 日在联邦议院的讲话感到震惊，因为在战后的西德，即使有人做像他那样的演讲，也不会很多。他坚持说，德国人应该记住过去，也应该直面延续至今的结果。通过收音机收听实况转播时，我在想，遗憾的是，里根先生无法在现场聆听这一演讲。美国总统当天在斯特拉斯堡向欧洲议会发表讲话，刻意回避了盟国战胜德国周年庆典之类的话题（意在不冒犯德国人吗），反而提请欧洲议会警惕来自苏联的危险。

德国总统在讲话中首先提到了希特勒领导下的德国人针对犹太人的行为。他说："灭绝犹太人在历史上尚无先例。"德国人民有什么理由对此不予重视？

> 规避良心自责，逃避责任担当，方法不一而足，例如视而不见，保持沉默。战争即将结束时，当不可告人的大屠杀事实变得尽人皆知时，我们当中的许多人声称，对那

种事，我们闻所未闻，甚至怀疑其真实性。

无论是有罪还是无罪，无论是年长还是年幼，我们所有人必须承认过去。我们所有人受到其后果的影响，而且继承了其结果……这并不是一件向过去妥协的事。不可能那么做。这件事也不可能放任其自然修改或消除影响。再者说，无视过去的人肯定无法面对现实。但凡不愿意记住残暴之人，定将难逃新风险的惩罚。

魏茨泽克在讲话中还引用了一个古老的犹太谚语："故意忘记无异于让人更为长久地失去自我，救赎的秘密藏身于忆旧。"[5]

科尔总理诱使里根踏上了前往比特堡的不幸之路，我相信，正是科尔向里根灌输了错误的史实。我想弄明白的是，为什么科尔总理不能像德国总统那样直言不讳地、诚心诚意地说出那段历史。为什么他不能依样画葫芦直面过去？

离开德国以后，我才发现，我错看了科尔总理。回到美国后，我偶然发现一篇报道，内容是科尔总理在 1985 年 4 月 21 日的一次演讲，时间为里根参访卑尔根 - 贝尔森集中营一个月以前。他的演讲没有引起广泛的报道，至少在美国情况如此。像魏茨泽克一样，对于德国人直面过去一事，德国总理的评价言辞犀利。如果罗纳德·里根总统在场时他也说同样的话，那该有多好！

他说，"和解"唯有在下述情况下才有可能：

我们唯有原封不动地接受历史的真实。如果我们德国人敢于承担罪名，承担历史责任……在 12 年时间里……

在国家社会主义政体下，德国让世界充满了忧虑和恐惧。那个大屠杀时代，真真切切的种族灭绝时代，成了德国历史上最为黑暗和最为痛苦的篇章。我们国家最首要的任务之一是……发自内心地全面认识这一历史包袱。我们绝不能忘记，永远都不能忘记，在希特勒暴政引领下犯下的暴行……以及纳粹独裁政体有组织地犯下的反人类罪。抛弃历史的国家等于抛弃自己。

科尔接下来谈到了他自称关键的问题：

关键问题是，为什么会有那么多人选择无动于衷，对于事实，为什么他们充耳不闻，视若无睹。[6]

科尔原本可以走得更远，可以问得更深入，为什么会有那么多德国人自始至终疯狂地追随希特勒。

三年半以后，1988 年 10 月，我正写下这句话时，上述问题在西德掀起了一场风暴，而那场风暴导致德国联邦议会议长菲利普·延宁格辞去了职务。

当时的事情有点蹊跷，一方面这位善良的议长笨嘴拙舌，反应迟钝——他的许多同事对此颇有微词；另一方面他又毫不隐讳、发自内心地提醒人们，德国人民是如何热情高涨地支持过野蛮的德国独裁者。

他当时的一些言论是不成功的，或者说他起草、发表那些言论的方式是不成功的。那是在德国联邦议会一次特别会议上，他召集了那次会议，为的是纪念"水晶之夜"50 周年。那一夜另有一个名称为"碎玻璃之夜"。1938 年 11 月 9 日和

10 日，当时的德国政府对犹太人实施了迫害，烧毁了犹太会
堂、聚会场所、生意场所、家庭住房，杀死上百人，强行装车
运往集中营三万人，事后还对犹太社区罚款十亿德国马克。从
那个可怕的夜晚开始，纳粹德国走向了黑暗的、野蛮的道路，
注定了后来的大屠杀。

正是在 50 周年纪念日当晚，菲利普·延宁格在讲话中提
醒德国同胞，犯下如此可怕罪行的纳粹政权得到了大多数德国
人的狂热支持。他说得没错，当年生活在德国的所有外国人都
知道这一点。不过，正如人们看到的，从第一任总理阿登纳
开始，波恩政府一直否认这一点。延宁格是个性情温和之人，
实际上他是犹太人和以色列的朋友，曾多次出访以色列。不
幸的是，阐明上述事实的时候，他显得笨嘴拙舌，许多听众
以为，他是在为纳粹的过去辩护，因而他们愤然离开了演讲
现场。

人们几乎没有理由责备那些离场的人。因为，议长在发言
中说，1933 年到 1938 年之间那些年，人们一直"神魂颠倒"，
因为"希特勒掌权后最初几年取得的胜利在历史上几乎前所
未有"。

尔后他罗列出一系列事实：萨尔回归；违反《凡尔赛和
约》开始征兵；签订《英德海军协定》——从而让德国摆脱
了和平协议对海军的限制；在柏林举办夏季奥运会；吞并奥地
利；签订《慕尼黑协定》，肢解捷克斯洛伐克。

还有如下事实：大规模的失业变成了全民就业；从民
生普遍凋敝变成人口中的绝大多数像模像样富裕起来，由
从前的绝望和失望恢复成乐观和自信。

议长说的都是实话，当年我也是这样报道消息的。希特勒给予的，正是当年德国人想要的。所以德国人支持希特勒。不过，议长讲话的方式让现场听众觉得，他是在为纳粹政权评功摆好。

（议长接着说）正是希特勒让威廉二世皇帝当年的承诺变成了现实，让德国人享受了美好的时光，对吧？希特勒是上天选中的人，对任何一个民族来说，他都是千年一遇的领袖，对吧？……没有人会怀疑，在 1938 年，德国人里的绝大多数都支持他，都认同他的政治观点。

毫无疑问，我从未怀疑过议长说的这些。不过，显而易见的是，他选择的时间、他演讲的方式，都让人觉得他好像很赞赏 50 年前德国人的做法。其实他并不赞成。

"或许，"议长接着说，

人们在生活的某些方面享受的自由更少了，不过，每个人的命运和以往相比都有了改善，帝国也比以前更加强大，比以往任何时候都更强更大。正是英国、法国、意大利的领袖们到慕尼黑拜会了希特勒，帮助他成就了超越他们想象的成就，对吧？

那么，如何解释纳粹对犹太人犯下的残酷罪行呢？事实证明，议长正是在这一问题上失策了，最终他为此丢掉了工作。

至于犹太人，不管怎么说，过去他们一直在追求不属于他们的位置，对不对？他们必须接受一点边缘化，对不对？实际上，他们已经赢得自己的地盘，对不对？……后来，当事情变得过于丑陋，例如发生了 1938 年 11 月的事，每个人都会以当今的一句话反问：那和我有什么关系？

实话实说，当年我在纳粹德国时，德国人谈到犹太人时正是这么说的。不过，50 年后重提这样的话题，而且出自著名的议长之口，在一定程度上，这好像还代表了他的个人观点，这就太过分了。议长被迫辞职的同时请求人们谅解，因为，人们没有理解他说那番话的本意。

沸沸扬扬的喧嚣掩盖了如下事实：议长道出了有关过去的重要真相。许多德国人至今都没有很好地认识过去。

以色列和世界各地的犹太人抗议延宁格讲话的同时，西德犹太中央委员会副主席米夏埃尔·菲尔斯特却对延宁格的讲话给予了赞誉。他赞扬议长的讲话将"德国 1933 年到 1938 年之间的真实情况说得如此直白……讲话道出了如下事实：希特勒做的每一件事都得到全体德国人民的支持"。[7]

说实话，假如议长的话得到人们的正确理解，我以为，他不仅理应得到当今德国人的赞誉，更应当得到当今美国人的赞誉。因为，美国人长期以来一直声称，那不是真的。事实上那确实是真的。正确面对过去从此刻开始。人们再也没有理由相信丑陋的谎言了。

就这样，1985 年春季，我最后一次离开了德国。半个多世纪以前，我和德国人一起生活了多年。用科尔总理的话说，那是德国历史上最为黑暗和最为痛苦的时期，我的生活和工作正是在那一时期与德国人的生活和工作缠在了一起。生活在那一时期非常恐怖，对我来说，更糟糕的或许是，我父亲的祖辈都是德国人。我的姓氏恰恰是英语化的德国姓氏。对那些同宗同族的人，以及他们当中的哲学家、音乐家、诗人，从孩提时代起，我一直怀有某种亲切感。

作为人类的一员，我更愿意将我生命中长长的德国篇章赶紧翻过去。不过，早年作为记者，后来成为作家的我并不后悔与德国交往。长长的纳粹暗夜给了我许多想象空间，让我有许多东西可写，我首先成了新闻记者，然后成了播音员，再后来成了书写那个时代的历史学家。我经历的那些经历，仅能落在少数外国人头上。例如，亲眼见证希特勒的多种工作状态；见证令人眩晕的纽伦堡纳粹党集会期间的希特勒；危机期间在国会大厦发表演说的希特勒；在捷克斯洛伐克问题上于慕尼黑羞辱张伯伦和达拉第的希特勒；第一次用武力征服波兰的希特勒；1940 年 6 月在法国贡比涅谈判《法德停战协定》期间羞辱法国的希特勒。我也在近距离亲眼见证过其他几位纳粹大坏蛋的工作状态，例如肥胖的、虚张声势的二号人物戈林；思维敏捷的、爱挖苦人的、不按常规办事的宣传部部长、三号人物戈培尔；可怕的、有虐待倾向的杀手、党卫军和盖世太保头目希姆莱；狂妄自大的、愚昧无知的里宾特洛甫，作为外交部部长，他给世界带来了太多的伤害。

除了希特勒、戈培尔、希姆莱，在战争结束时，我在纽伦堡再次见到了所有纳粹大人物。在这个无公正可言的世界，我亲眼见证了意料之外的事：那些卑鄙的罪犯终于被绳之以法了，德国人民疯狂地追随过他们很长时间。其中十人被判处绞刑，第一个上绞架的是里宾特洛甫。戈林在最后关头吞下一小管毒药，侥幸逃脱了绞刑。到那时为止，希特勒、戈培尔、希姆莱均已自杀身亡。

经历过纳粹岁月后，我对德国人再也没有亲近感了。曾经举止如此野蛮，曾经对他国人民如此残忍，曾经因为种族问题试图将一个民族斩尽杀绝，曾经如此渴望征服和统治，曾经如此粗暴地践踏了人类精神，像这样的一国人民——他们难道不是野蛮人，难道不必被看管，不必被置于监督之下？既然他们先后接受过俾斯麦首相的领导、威廉二世皇帝的领导、希特勒的领导，人们怎能相信他们不会再次爆发？哲学家、政治家、历史学家都说，人们不能谴责整整一个国家的人民。不过，除了少数值得尊敬的例外，正是这个国家的整整一国人民集结在简单的纳粹十字标记下，参与了不可告人的罪恶。不该因为罪恶而谴责他们吗？不该让他们承担责任吗？还应当继续信任他们吗？毫无疑问的是，盟军铲除纳粹40年后，到我于1985年返回柏林的短暂时间里，德国人看起来似乎很正常。坐在咖啡馆门口的平台上，或者坐在小酒馆里，或者在德国人家里像普通人一样与德国人拉家常，没有问题。他们改变了吗？永久性改变了？一个伟大国家的人民彻底改变了，有过这种事吗？

我总是在思考这类问题，不过，我至今也没有找到答案。人们必须顺其自然。人们常说，时间会证明一切。然而，假如真的有一天这种事得到了证明，我也早已不在人世。我对那里的人民并无恶意。我一生中最要好的一些朋友就来自那里。我对他们心存怀疑和恐惧，针对的不是单独的个人，而是一国人民。

歌德是个伟大的德国人、伟大的诗人，他对此也有同感。

我乘坐的是飞往巴黎的航班，飞机起飞以后，我俯视着下方，下边的城市被一座讨厌的高墙分割成了东柏林和西柏林。我能够肯定的是，这是我最后一次身在柏林了。歌德的名言回响在我的头脑里，和我的想法似乎贴近了：

> 每当想到德国人民，我总会感到分外伤悲；作为个人，德国人值得尊重；作为民族，德国人实在可怜。

尾　注

[1] 4月29日，美国总统在白宫接见外国广播电视记者代表，多数为德国人。在之后的新闻发布会上，总统发表了一段奇谈怪论。当时有人问总统，他是否知道埋葬在比特堡的一些党卫军成员参与了法国奥拉杜尔村屠杀。里根先生回答："当然，我知道战时发生的所有坏事。我当过四年兵。"然而，里根当兵时驻扎在好莱坞，那里距离所有前线十万八千里。人们不禁感到奇怪，既然总统在好莱坞当兵，他怎么可能知道欧洲的事。还有人告诉我，里根说，他知道集中营里的事，因为他曾经参与解救其中一些人。他居然能说出这种话，他的话让驻华盛顿的记者感到不可思议。

[2] 某天清晨，那时我正好在纽约，德国驻纽约总领事敲开了我家的门，交给我几份德国汉堡寄来的法院文件，它代表的是最可恶的纳粹党罪犯之一，对方声称我诽谤了他。正是此人成功地阻止了德文版《第三帝国的兴亡》在圣诞节前几周发行，德国人每年都在那一时期大量购书。当年对待我的方法，德国司法系统今天仍如法炮制。

一开始，为几个纳粹集中营生产焚烧炉的企业威胁说，他们打算在纽约向我提起诉讼，我恭候他们那么做。不过，他们改了主意，改为在慕尼黑向我的出版商提起诉讼。他们陈述的理由为，他们是一家受人尊敬的、正直的企业，他们生产制造各种炉子的历史已经超过百年，他们对其产品在集中营里用于何种目的并不知情。好在我手头握有他们与党卫军往来的信函，信件内容显示，他们完全清楚其生产的炉子将会派上什么用场。我记得，见到我出示的文件后，那家企业放弃了诉讼。

[3] 作为象征性的友好姿态，里根总统事先做了如下安排：比特堡军人公墓献花圈仪式结束前，由两位第二次世界大战时期的将军出面握手，其中一位是美国人，另一位是德国人。美国人为90 岁的马修·邦克·李奇微将军，曾任艾森豪威尔麾下第八十二空降师司令官；德国人为 71 岁的约翰内斯·斯泰因霍夫将军，曾经是纳粹德国空军元帅戈林的悍将。

[4] 1946 年春，在德国城市达豪，一个美国军事法庭宣判党卫军某集团 43 名军官死刑。然而，约瑟夫·麦卡锡参议员挑头在参议院掀起一片抗议。因而，1948 年 3 月，31 人的死刑判决改判减刑。1951 年，卢修斯·D. 克莱将军将剩下的 12 个死刑判决减为六个。同样是在 1951 年，美国驻德国高级专员约翰·J. 麦克洛伊将剩下的死刑判决减刑为终身监禁。不久后，所有罪犯得到了释放。

[5] 三年半以后，1988 年 10 月，西德总统注意到，德国的历史修正主义者一直在推销如下思想：德国人对纳粹暴政的负罪感是相对的，其他国家也有同样的劣迹。这一命题让西德历史学家鲜明地分成了两派，为解决这一问题，他们在班堡召开了一次大会。

在这一问题上，魏茨泽克总统会支持哪一方是毫无疑问的。他说，历史修正主义者一直试图找出许多对比者和实例，那样一来，"我们历史上的黑暗篇章即可消失，即可缩减为一小段历史插曲"。

（魏茨泽克回答说）对国内和邻国在国家社会主义时期的遭遇，作为国家的德国不能让其他国家承担责任。当时的德国由犯罪分子领导，德国人当时默认国家由这些人领导。奥斯威辛集中营仍然是独一无二的，它是德国人以德国的名义造就的。事实不会改变，也不会被遗忘。

[6] 科尔总理披露过一些鲜为人知的有关卑尔根-贝尔森集中营的事实——人们不禁想知道，他和里根总统一起前往那里时，他是否将此事告诉过里根。

（科尔说）集中营建成后，首先被带到这里的是苏联战俘。他们的吃住和待遇无异于酷刑。死亡的战俘仅此一地就有五万人。无论是今天还是将来，我们必须牢记如下事实：德国人当作战俘抓获的苏联士兵有将近 600 万，而存活下来的人远不到半数。

[7] 由于菲尔斯特对延宁格的演说给予了赞誉，几天以后，西德犹太中央委员会迫使他辞职。

第三十章

告别欧洲

我 与伦敦和巴黎也做了最后一次道别。

为庆祝欧洲二战胜利 40 周年，哥伦比亚广播公司组织当年在默罗手下报道二战的驻外记者们在伦敦皇家咖啡厅欢聚一堂，制作一档广播节目，一起回顾二战的峥嵘岁月。二战时期合众社驻伦敦记者沃尔特·克朗凯特来了，哥伦比亚广播公司晚间新闻金牌主持人丹·拉瑟也来了。后者在二战时期尚未成年，没赶上战争，他专门从纽约飞到伦敦主持我们这次重新聚首。

（我在日记中写道）拉瑟和克朗凯特之间有点小摩擦，后者可能有意主持这档节目。节目刚一开始，拉瑟向坐在他右边的克朗凯特提了个问题，克朗凯特仅用一句话就打掉了拉瑟的锐气。"我说，"克朗凯特浑厚的慈父般的声音响了起来，"我觉着，拉瑟，换了我，我会改用另一种方式提问。"接着，他还真的试图主持接下来的节目。

与从前的老同事聚首，是让人高兴的事。尤其让我高兴的是，我见到了埃里克·塞瓦赖德和查尔斯·科林伍德。后者是默罗在战事刚刚兴起时雇用的人。聚会过后，我们三人一起进晚餐，我们聊的都是当年在一起的经历，以及各自近年的情况，我已经好几年没见着他们了。塞瓦赖德对哥伦比亚广播公司强迫他 65 岁退休颇有微词（克朗凯特也如是，唯有公司老板威廉·佩利没有按规定退休——规矩是他自己定的），他退休后的日子有点无所事事，显然是因为，他无法在其他地方找到让他满意的工作。对于没有多出版些东西，他好像也觉得遗憾。从他出版的自传可以看出，他是个天才作家，但他应该选择继续做播音，直到干到退休年龄。科林伍德仍然在哥伦比亚广播公司工作，不过，为了给年轻的后起之秀们让路，他已经被分流到二线。好在他似乎没有因此感到痛苦。他看待这件事非常理智，另外，他还面临着更麻烦的事。

"比尔，"晚餐进入尾声时，科林伍德道出了他面临的麻烦，"我得了癌症。"

他说，他正在做化疗，希望会有好结果。他没有详细述说自己的病。他很勇敢。几个月后，他死在了纽约。

我在伦敦仅仅过了个周末，大部分时间给了哥伦比亚广播公司录制的节目，以及其他录音节目。我没有时间上街感受当地的氛围，没有时间拜会少数仍然在世的朋友，他们足以让我了解英国近来的情况。保守党首相玛格丽特·撒切尔似乎牢牢地掌握着权力，她是个了不起的战争幸存者。在当代历史上，她已经成为（或即将成为）英国在位时间最长的首相。在执行极端保守的政策方面，撒切尔是英国版的罗纳德·里根，她受欢迎的原因很多，和美国总统里根如出一辙。我的大多数英国朋友属于工党，该党似乎乱了阵脚，根本拿不出能吸引大多数选民的方案。英国自由党与英国社会民主党结成了同盟，而社会民主党大多数成员来自前工党温和派，他们对保守党再也构不成威胁了。玛格丽特·撒切尔坐稳了江山。英国有过数位执政女王，如今的女王是伊丽莎白。但我相信，撒切尔夫人是英国第一位女首相。

由于我的大多数英国朋友都比我稍微年长一些，他们中的多数已经成了古人。随着光阴的流逝，老一代工党左翼人士拉塞尔·斯特劳斯越来越保守，如今他已经退休，仍然在世的他已经成了"斯特劳斯勋爵"。

而珍妮·李如今则成了阿斯瑞奇女男爵。

珍妮·李成了贵夫人？当年的她曾经在英国下院代表社会最底层发表激情四射的演说，她朋友圈里像我们这样的人仍然记得当年的她，她会文静地端坐在英国上院里？实在太难以想象了![1]珍妮比她丈夫安奈林·贝文多活了 28 年。她于 1988 年 11 月 16 日死在伦敦，享年 84 岁。

柏林之行让我备感压抑，因而我以为，前往巴黎逗留一周，我的情绪或许会好转。我特别希望在为时过晚之前再看一眼巴黎。

从前，我每次前往巴黎都是为了工作，前十年是为了报道新闻，20 世纪 60 年代是为法国沦陷一书做调研，最后一次是为我的法文版书籍宣传，为此我无数次接受电视台、广播电台和报刊的采访。

如今是 1985 年 5 月，访问柏林后，我今生第一次不是为了工作前往巴黎，只是为了看看以前经常光顾的那些地方。那座城市和那个国家给过我太多的东西，我要和它们说再见。

像以往一样，5 月的巴黎人见人爱，春季永远是巴黎最好的季节，大街两旁的栗树上，满树的花苞静待绽放，居民区所有咖啡馆门前的平台上都坐满了欣赏春景的人。大街上，随处可见人们闲逛的身影。我最喜欢的公园是卢森堡公园，当年我曾经在那里消磨时光，美第奇宫对面的喷泉下，如今仍然有许多年轻人在水面划着小船。在另一个区域，几个老年人在玩球——我第一次走进那个公园是 60 年前，与我第一次看到的情形相比，孩子们和老人们做的事竟然和从前一模一样。一模一样的事还有，平底船仍然穿梭往来于塞纳河一座座身姿绰约的大桥之下，路过巴黎圣母院和圣路易岛。

然而，我在巴黎没有找到我想得到的慰藉，后来我意识到，主要原因有三。第一，我没有了任务，正因为如此，我感觉无所适从。第二，大多数朋友成了故人，包括伊冯娜，她比我大五岁，59 年前，我们第一次坠入爱河时，我没有觉得年龄差异会有问题。如果 1985 年春季她还活着，她应该是 86 岁的老人了。我们的恋爱最终没有结果，不过我们一直是朋友。

高龄去世的还有珍妮·布兰德利，她是个法国女人，嫁了个美国丈夫，后来她长期守寡。从孩提时代开始，她一直和法国著名作家阿纳托尔·法朗士关系密切，因而她认识大多数法国大作家。有好几年，她曾经是我的法文版图书代理，她在其漂亮的公寓里为我举办过几次午餐会和晚餐会，受邀的都是法国文学界和政治界名流。她家位于圣路易岛。

20 世纪 60 年代，我为法国沦陷一书做调研期间，西尔维亚娜经常和我在一起，而我那次在巴黎期间，她去了海外，参加一个为期一年的交流项目。我和出版社的人共进了午餐，不过，当年和我一起工作，为我的法文版作品当编辑的几个人均已离开出版社另谋高就了。我在法国和本杰明·巴伯一起过了个愉快的周末，他在美国罗格斯大学当老师，当时他正在长假期间，准备利用长假写一本新书。那年春季，他妻子利娅正好在巴黎参加舞蹈演出。

然而，那次在法国期间，大部分时间我是独自一人。一般情况下，我喜欢那种独自一人的状态，特别是在巴黎。但如今想想，我情绪低落的第三个原因就来了。20 世纪 20 年代的巴黎是让人兴奋的地方，海明威在书里描写过流动的盛宴，我曾经非常热衷于此。而这次赴巴黎，我年事已高，已经力不从心。

为了体验伟大的巴黎，欣赏它，品味它，人们必须依靠两条腿……用两条腿步行……坚持数小时步行，穿过一个个公园，走过一条条大街，在一座座宏伟的博物馆的长廊漫步，首先应当看看卢浮宫。左岸有弯弯曲曲的窄街，蒙马特尔有起起伏伏的坡地，塞纳河沿岸到处是小码头，人们必须闲散地走走，停停，看看。人们必须由远及近慢慢靠近，才能欣赏众多大大小小的教堂，巴黎圣母院、圣礼拜堂、圣叙尔比斯教堂、圣日耳曼德佩教堂，最后一个教堂顶上有 11 世纪建造的可爱的罗马式高塔。

在巴黎城里，人们至少需要散步百次，甚至更多，然后还要到郊区散步百次。可惜我再也无法那么做了。尽管我心有不甘，但年龄和心脏问题迫使我最终意识到，我已经不是当年的我了。

尽管如此，我依旧像从前那样做了一番尝试。我住的饭店离圣日耳曼大道不远。我从饭店出发，慢慢往以前常去的那些地方走去。我沿着圣日耳曼大道往圣日耳曼德佩教堂走去，我首先来到双叟咖啡馆的露台，我需要垫垫肚子。从那里可欣赏远处可爱的古老教堂，以及和教堂同名的广场。青年时代的我有时候会走进教堂，在那里神游天外。教堂的外墙非常厚实，外边气温很高时，里边仍然非常凉爽。我听说，战争时期，抵抗力量把教堂当作联络点和情报交换点。由于法国同伙的出卖，德国盖世太保正是在那座教堂里逮捕了苏珊。她是抵抗力量的通讯员，后来成了我的朋友。她遭受过德国人可怕的酷刑，不过她没有屈服，半死不活的她最终被运往德国拉文斯布吕克，那里有一座纳粹党的妇女集中营。尽管德国人继续折磨她，但她奇迹般活了下来。

离开双叟咖啡馆，我穿过大街，往利普啤酒馆走去。当初那里仅仅是一家阿尔萨斯人开的啤酒馆，美国作家和记者常常光顾，如今那里已经升格为一家相当时髦的餐厅。像巴黎许多地方一样，啤酒店已经没有当初的样子，就餐的大多数顾客像美国游客和德国游客。然而，当年的招牌阿尔萨斯啤酒和德国酸菜仍然和从前一样可口。午饭后，我沿着雷恩路往圣叙尔比斯广场走去，我走进了内部空间巨大的教堂。全世界最好的管风琴之一就在那座教堂里。第一次到巴黎时，我住在沃日拉尔路附近，傍晚前往《芝加哥论坛报》上班的路上，我常常会拐进教堂里，聆听著名的马塞尔·迪普雷弹奏管风琴。想当初，有个富裕的捐赠人向我的大学捐赠了一架管风琴，迪普雷出席了捐赠仪式，那是我第一次见到他。如今迪普雷已经不在人世，演奏管风琴的是另一个人。

我拐进教堂，主要是为了休息一下，喘一口气，以便继续后边的行程。然而，走出教堂以后，我仍然感觉疲乏。不过，我坚持走到了拉丁区奥德翁广场。当年国家大剧院的拱廊里有很多书架，上面东倒西歪摆满了图书，我的第一批法文书就是在那里买的。如今那里的书架已经荡然无存。尔后我沿着沃日拉尔路往里斯本饭店走去，老旧的饭店已经是一副摇摇欲坠的样子。以前我每个星期的收入只有 15 美元，在法国的头三年我都在那家饭店里度过。饭店当时的现代化设施不多，整个饭店没有一间浴室。饭店高五层，每层仅有一间"站式厕所"。好在那个饭店有其自身的特点：每个房间都特别大，价钱便宜得出奇。不仅如此，饭店的门面上挂有一块牌子，明明白白写着，两位伟大的法国诗人曾经在此居住，一位是夏尔·波德莱尔，另一位是魏尔伦。疯狂、爱醉的魏尔伦的放荡不羁的精神长年在我们居住的房间里四处游荡。

卢森堡公园距离饭店仅有一步之遥，但走进公园时，我感觉浑身已经没有力气，已经无法穿过公园走到另外一侧了。我一屁股坐到一张条椅上，大口喘着气。我原来的计划是，沿圣米歇尔大道往塞纳河河边走，顺道看看索邦神学院，最后走到巴黎圣母院——我早年生活中的大部分时间是在宽阔的圣米歇尔大道沿线度过的。不过我知道，这永远也无法实现。我精疲力竭，已经没有能力在这座神奇的城市里到处走走看看。失望的我伸手拦了一辆出租车，回到了饭店。睡了个回笼觉后，我在饭店附近找了个餐厅，美美地吃了顿晚餐，才再次精神饱满。半个多世纪以来，我一直爱着这座城市。但无论如何，我感觉，和这座城市说再见的时候到了。我订了一张回国的机票。

成年以后，我生活和工作的中心多数时候在欧洲。那是个曼妙的年代！生活在极权势力崛起的年代，西方社会夕阳西下的年代，第二次世界大战如火如荼的年代，那样的年代固然极其残忍，极具破坏性，数千万人不仅在前线，也在后方（空中轰炸）遭到了屠杀，最后还有对欧洲犹太人的灭绝。从许多方面说，那样的年月是可遇不可求的、极度冒险的、充满激情的，也是最有意义的、最深刻的。

对记者和作家来说，因而就有了许多可写的东西——和许多让人思考的东西。

如今我要和欧洲说再见了，我要返回美国丘陵地带的伯克希尔乡下，回归平静的老年生活。穿越 20 世纪，生活虽然艰苦，却奇妙无比。我的国家从二流的、土气的准大国与巨大无比的苏联一起成长壮大起来。我知道，我的国家有许多地方必须批评，尤其在它变得强大、保守、富裕、说一不二之后。例如富人的贪婪和自私，穷人和无家可归者的惨状，这些都让我看不惯。其他的暂且不说，让我极为震惊的是，我们的国家竟然热情支持暴虐的外国极权政府，无论它多么腐败，无论它怎样滥杀无辜，只要那样的国家由右翼独裁者或军事集团掌权即可。一旦独裁政权归于左翼，我们的国家就会将其推翻。如此区别对待其他国家，只会贬低美国人的地位。

不过，美国也是个慷慨的国家，正如马歇尔计划向世界展示的那样。上次世界大战结束后，饱受轰炸和战火摧残的欧洲在马歇尔计划的帮助下得到了重建。如果说美国人行为古怪，那么多数时候，我们是出于善意。我们刻意保护自由，不仅为了自己，也是为了他人——如果谈不上为了全人类的话。因而，作为美国公民的我可以自由地选择自己喜欢的生活方式。作为美国公民和美国作家，对我来说，最宝贵的自由就是：无论我的观点多么不受欢迎，多么错误，我可以随意表达和发表。在许多国家，如果作家敢于像我这么做，等待他们的将是监狱。

我的国家没有让我成为公众人物，好在那不是我追求的，也不是我想要的。正如我的生活，我的命运，伴随我的神祇，一切都恰到好处，这些已经足够了。

喧嚣动荡的 20 世纪开始进入尾声之际，我在伯克希尔的乡间过上了长期安定的生活，幸福地安享有限的时间。时日无多，因为我已经 85 岁。虽然我有心脏问题，但不管怎么说，多数老年人有心脏问题。算上我另外几个健康问题，相对来说，我的状况还挺不错。[2] 每到夏季，我仍然可以在园子里干点活，可以划船，可以到附近的坦格尔伍德欣赏古典音乐，可以前往"雅各布之枕舞蹈节"观摩演出。

　　一年前，在撰写本书过程中，我那只仍然有视力的眼睛遭遇了一次视网膜脱落，这降低了我的写作速度，妨碍了我的阅读质量。好在借助特殊的眼镜，我仍然可以看清东西，可以继续读写。即使不戴眼镜，我仍然能够眺望远方的山峰和峡谷，仰视头顶湛蓝的天空，环顾四野、溪流、湖水、树林，以及两侧种满树木的乡村街道。在秋季的暮色中，我仍然可以在家里透过窗户欣赏徐徐升起的满月，以及将天空染成一派粉红的西山落日。

　　我的居住地附近仍然有几个老朋友在世，例如舞蹈家玛吉·钱皮恩，她已过退休年龄，但她不仅仍然坚持工作，而且一如当年，仍然激情似火；其他人我就不说了，需要提及的还有吉姆（詹姆斯·麦克格雷格）·伯恩斯，他是个和蔼可亲的、有头脑的历史学家，他在不远处的威廉姆斯学院任教。为了写东西，我的大女儿艾琳·因加几年前到我所在的村子里住了一阵，她让我的生活变得轻松如意和丰富多彩；还有我的俄裔朋友塔妮娅，最近她成了我的新娘；我小女儿琳达住的地方不算远，开车两小时即可到达，尽管她工作繁忙，但她常常带上两个孩子开车来看我，帮我做些事；特斯仍然住在纽约，我们经常通电话，随便聊几句，每逢过年过节，尤其是赶上圣诞节，我们会前往某个孩子家里聚会。孙辈的孩子共四人，其中两人已经长大自立，他们让我依然保持着年轻的心态。

　　生活实在是太多彩了！尽管死亡总是伺机而动，[3] 但我感觉自己总是非常忙，要做的事情包括写作、阅读、园艺、划船、听音乐、看话剧、看舞蹈、和朋友们闲聊。我根本没时间思考死亡。我无法理解的是，为什么会有那么多人害怕死亡，包括伟大的托尔斯泰，他害怕死亡的到来，他诅咒死亡破坏生活。

我对死亡没有任何期待，我宁愿苟延残喘，活得稍微长久一些，我还计划写一两本书和一个剧本，我还想多读一些从来挤不出时间读的书，还想重新阅读许多特别喜欢的书，例如莎士比亚的所有戏剧和十四行诗，我手头有一套莎士比亚全集；所有古希腊戏剧大师的作品，包括埃斯库罗斯、欧里庇得斯、索福克勒斯、阿里斯托芬；陀思妥耶夫斯基、托尔斯泰、狄更斯、巴尔扎克、司汤达的长篇小说；契诃夫的戏剧和短篇小说——细数的话，名单会很长。我还想多听些音乐，我不仅想听交响乐，还想听室内乐，我最喜欢的音乐家是巴赫、莫扎特、贝多芬、舒伯特、勃拉姆斯。这些都是我想做的。还有，整理我生活其中以及我写出来的历史，继续学习俄语——我一直没能学好。

我知道，时间不会充足了。死亡必定降临。死了以后呢？前往来世，过另外一种生活？人类对此尚且说不清楚，还没有任何证据证明，人死了以后会有另外一种生活。然而，所有伟大的宗教都对死亡做出了某种承诺。相信纯理性思辨高于一切、富有怀疑精神的古希腊人也如此。显而易见的是，任何人都无法将自己的肉身带进来世。然而，众多宗教认为，灵魂会升入来世。我曾经试图想象灵魂，然而我想象不出来。一直以来，我没有找到过灵魂，也无法理解灵魂。当然了，有太多的事情是我卑微的理解力无法理解的，是我的想象力无法企及的。虽然如此，我一直在尽力求索，不过，我一直无法相信天堂和地狱的存在。我既无法证明它们不存在，也无法证明它们存在。就事论事而言，我满足于等待结果出炉。

毫无疑问的是，一路走来，宗教理应让我相信来世。不幸的是，我在中途迷失了方向。我在基督教长老会接受了洗礼，孩提时代的我按时上主日学校，按时进教堂。大学时期，我最初的几次怀疑冒了头。作为记者远赴海外，接触到其他文化和其他宗教以后，我的怀疑迅速增多。先辈们将基督教传给了我，而基督教那些最基本的说教越来越难以让我信服，我指的是那些"奇迹"，即玛利亚圣灵感孕而生耶稣，耶稣复活，耶稣升天，等等。我对耶稣究竟是不是上帝的儿子也有诸多怀疑。

我以为，我旅居印度，以及我和圣雄甘地的交往，这两件事直接导致我对自己的宗教失去了信心。在印度，我接触了其他伟大的宗教——伊斯兰教、印度教、佛教，这三种宗教都不承认耶稣是上帝的儿子。那里的人对上帝有自己的认识，他们的上帝和我们的上帝完全不一样。

我经常与圣雄探讨这一问题。他是个虔诚的印度教教徒，不过，他对其他宗教很宽容，他从其他宗教获得了许多启示，他尤其喜欢《新约全书》，对其了如指掌，还从其了解到许多基督教思想。毫无疑问的是，他从未想过让我不信基督教，情况恰恰相反。他让我对他信仰的宗教思想产生了兴趣，他将其称为"比较宗教学"，其思想基础是吸收各种宗教之长，而不是独尊一教。甘地的一些基督教朋友试图让他相信，一旦他改信基督教，他即可得到拯救，升入天堂。对此，他无从相信。

（甘地写道）耶稣是上帝在凡间的唯一化身，唯有相信耶稣，才能获得永生，我完全无法接受此类说教。假如上帝真有孩子，全人类都是他的孩子。如果耶稣像上帝，或者耶稣即上帝，那么，全世界的人都像上帝，当然都可以成为上帝。

我的理智让我无法从字面上接受耶稣借助他的死和他的血赎回了全人类的罪恶。……如果耶稣是殉道者，是牺牲的化身，是非凡的老师，我都可以接受；我无法接受的是，他是降临凡间的完人。对全人类而言，他死在十字架上就是最具说服力的例子，如果非要说，他的死寓意神秘的美德，抑或神奇的美德，我实在无法接受。笃信其他几种宗教的人们的生活没有赋予我的东西，虔诚的基督徒的生活同样没有给予我。……从哲学方面分析，基督教教义没有什么与众不同之处。

托马斯·杰斐逊在一篇著名的文章里阐述了对基督的相同看法，那篇文章对我也产生过影响。（如果杰斐逊生活在我们的时代，并且在竞选时公开阐述这样的观点，他永远都不会当选总统。）

我研究的所有宗教都存在一个困扰我的问题，即"公正的和万能的上帝"之说，印度教不过是用诸神代替了上帝。让我不明白的是，假如上帝是公正的，他为什么允许人间存在那么多苦难？比如说，那些战争，上千万人死于战争！他为什么允许可怕的大屠杀？我们的时代或许见证了人类有史以来最残忍的屠杀！他为什么漠视一些人对人类精神进行侮辱？

我反反复复问自己，我们这一代经历过大屠杀的人凭什么还相信上帝？上帝竟然允许一些基督徒犯下不可告人的罪恶，基督徒还会对他顶礼膜拜吗？上帝允许纳粹暴徒杀戮其子民中的优秀分子，犹太人还能相信他吗？

阿尔伯特·爱因斯坦是犹太人，纳粹企图用灭绝营根除犹太人，这曾经深刻地影响了他（如果他继续待在德国，他也极有可能在劫难逃），他却极力为上帝辩护。

（爱因斯坦写道）借助上帝干预世间万物的想法绝对不可取……上帝如何进行奖赏和惩罚，人类无法想象，因为人类的行为往往基于内在和外在的双重需要。在上帝眼里，人类的行为与无生命的物体无异，人类对自己的行动几乎不会承担任何责任。

但包括基督教在内，大多数宗教的确相信上帝或诸神会惩恶扬善。大多数善良的基督徒将人世间的所有善都归功于上帝。我一直琢磨不透的是，既然如此，他们为什么不让上帝对所有恶也担起责任。

英国历史学家和基督教哲学家阿诺德·汤因比对这一问题进行过深入思考，他的结论是："基督教不会——也不可能——解释清楚，既然上帝无所不能，博爱众人，他为什么会创造一个最终证明并不完美的世界。"汤因比出生在基督教世家，从他的文章里即可看出，他是个虔诚的基督徒。用他的话说，他最终成了个"前基督徒"。他还说，他不能继续相信圣灵感孕生耶稣，耶稣复活，耶稣升天，也不再相信耶稣是上帝的儿子了。

笃信基督教是唯一宗教的美国同胞足有上千万人，有过印度的一番经历后，我再也不相信基督教是唯一的宗教了。所谓数亿穆斯林、印度教教徒、佛教教徒的最终归宿必定是地狱，因为他们不是基督徒，这样的说法既荒谬，又令人厌恶。如果真的存在来世——那些人相信来世确实存在——那么，其他宗教的信徒也会像基督徒一样为上天所接受。

经过整个成年时期的冥思苦想，我终于完全想明白了，伴随人类文明的诞生，宗教能够满足人们内心最深处的感情需求。众所周知，每个社会都有一种宗教，都有一个神，或者数个神祇和女神。人们可以这样理解：由于人类在世间总是历尽坎坷和悲伤，宗教会带给人们一种慰藉。宗教让人们相信，来世生活会更好。既然人生充满了痛苦，上千万人如此苦苦求索也就不难理解了。追求宗教信仰是人类的普世需求。让我感到遗憾的是，我无法与大家分享我的感悟，我知道，我这样的人属于少数。

对宗教问题，我不像埃内斯特·勒南那样较真，他是19世纪的法国宗教历史学家，也是法国名著《耶稣的一生》的作者。

"我的生命，"勒南在书末写道，"仍然受控于我不再相信的信仰。"

就我自己来说，我可不愿意接受这样的生活，过于虚假和矫情了。

没有宗教的慰藉，不相信自己会生活在来世，即使85岁的我马上面临告别今生，但我仍然会感到知足，因为我在自己所熟知的宗教里找到了诗意，找到了哲理。

还有一个问题，我苦苦求索始终不得其解。宇宙究竟从何而来？科学家们说，宇宙最初是气态，经过数亿年冷却，最终固化成了当今人们熟知的恒星和行星。一些科学家说，宇宙形成于大爆炸。但当初的气态又是从何而来的呢？有形物质怎么会出于无形呢？至少于我而言，与其说这是个物理问题，不如说是个哲学问题。在宇宙开始成形之前，肯定什么都不存在——唯有巨大无比的虚空。那么，气体怎么会凭空而生？它们不可能产生于虚无之中。我阅读过不少物理学家解析宇宙起源的作品，我感觉，他们对根本性问题总是闪烁其词。也许这一问题根本没有答案，至少世上不存在人们能够理解的答案。这超出了我们的理解。

人类已经认识清楚的是：与广袤无边的宇宙相比，人类的地球非常渺小，不过是一粒尘埃。但数千年来，地球上的居民还以为他们所在的行星是宇宙的中心！宇宙空间有没有边际？它是无限延伸的吗？人类不知道答案。或许宇宙真的没有边际，但人类如何能够想象一个无边无涯的东西？

我以为，和其他人一样，当我在物质世界里疲于奔命时，对上述问题，我没有细想。唯有进入老年，有了时间深思，这些东西才充斥于我的脑中。

尽管 20 世纪充满了各种各样的动荡和暴力，充满了各种各样巨大的变迁，但与喧嚣、动荡的 20 世纪相伴相随的我很知足，我已经无所谓当今世界在何时何地发生何事。作为美国人，我的国家在我一生中走向了成熟。尽管美国有诸多缺陷，但它已经成就伟大。

我意识到，作为美国人，其命运之复杂，也许恰好应了亨利·詹姆斯的说法，其他国家和民族里的一些人尤其不愿意高看美国人，在他们眼里，我们是"丑陋的美国人"。无论如何，正如我在第一卷序言结尾处所说，有此一生，我甚感幸运。

尾　注

[1] 甚至《纽约时报》也在社论中发出感慨："性情如火的苏格兰人珍妮如果回到早年为工党代言的时代，她会多么鄙视女男爵爵位啊！"

[2] 我的健康状况明显比法国诗人保罗·克洛岱尔 80 岁时强了许多。

（克洛岱尔在日记中写道）我 80 岁了！完全失明，完全失聪，满口牙掉光，没有了双腿，呼吸困难！该说的话都说了，该做的事都做了，多奇怪呀，没有了上述东西，我依然活着！

[3] 数年前，一些人以为我已经死了。一向严肃的马萨诸塞州《斯普林菲尔德联合报》于 1974 年 2 月 26 日刊发过一条消息：

莱诺克斯电：夏伊勒庆祝 70 岁生日时收到一份上周六发行的《斯普林菲尔德联合报》，该报中加德纳主笔的专栏刊发了他的死讯。该文涉及他的内容如下："已故的威廉·夏伊勒为《柏林日记》一书的作者……"

夏伊勒套用马克·吐温的话说："我死讯的报道太夸张，并且来早了。"

译名对照表

ABC（American Broadcasting Company）
美国广播公司

Abdel-Krim 阿卜杜勒－克里姆

Acheson, Dean 迪安·艾奇逊

Acheson, Lela 莱拉·艾奇逊

Adam, General 亚当将军

Adamic, Louis 路易斯·阿达米克

Adamic, Stella 斯特拉·阿达米克

Adamson, Ernie 厄尼·亚当森

Adenauer, Konrad 康拉德·阿登纳

Adler, Luther 卢瑟·阿德勒

Aeschylus 埃斯库罗斯

Agnew, Spiro T. 斯皮罗·西奥多·
阿格纽

Aktuell《时事》

Alcoa Corporation 美国铝业公司

Aldrich Family, The《奥尔德里奇
一家》

Aldrin, Edwin E., Jr. 小埃德温·
尤金·奥尔德林

Alfonso XIII, king of Spain 阿方索
十三世（西班牙国王）

Alfred I. duPont Radio Awards
Foundation 阿尔弗雷德一世·杜

邦播音奖基金会

Algrant, Rose 罗斯·阿尔格兰特

Allen, Jay 杰·艾伦

Allen, Michael 迈克尔·艾伦

Allen, Ruth 露丝·艾伦

Allen, William Sheridan 威廉·谢
里登·艾伦

Allied Intelligence Service 盟军情报
机构

Alsop, Joseph and Stewart 约瑟夫·
艾尔索普和斯图尔特·艾尔
索普

Altschul, Frank 弗兰克·阿特休尔

American Business Consultants 美国
商业顾问公司

American Civil Liberties Union 美国
公民自由联盟

American Federation of Radio Artists
（AFRA）美国广播职员联合会

American Historical Association 美
国历史学会

American Legion 美国退伍军人
协会

American Newspaper Guild 美国报

Bundestag 德国联邦议院

Bundeswehr 德国联邦国防军

Burgdorf, Wilhelm 威廉·布格道夫

Burns, James McGregor 詹姆斯·麦克格雷格·伯恩斯

Burrows, Abe 阿贝·伯罗斯

Bush, George 乔治·布什

Cameron, James 詹姆斯·卡梅伦

Canaris, Wilhelm 威廉·卡纳里斯

Candide《老实人》

Canfield, Cass 卡斯·坎菲尔德

Cannery Row (Steinbeck)《罐头厂街》（斯坦贝克）

Cape Cod, MA 科德角（马萨诸塞州）

Capra, Frank 弗兰克·卡普拉

Carnegie, Andrew 安德鲁·卡耐基

Carr, E. H. 爱德华·H. 卡尔

Carroll, Maurice 莫里斯·卡罗尔

Cather, Willa 薇拉·凯瑟

Catherine the Great, palace at Pushkin, Russia 凯瑟琳宫（俄国普希金市）

CBS (Columbia Broadcasting System) 哥伦比亚广播公司

CBS Reports《哥伦比亚广播》

Cedar Rapids, IA 锡达拉皮兹（爱荷华州）

Cedar Rapids *Gazette* 锡达拉皮兹《公报》

Central Council of Jews 犹太中央委员会

Century Association 世纪协会

Cerf, Bennett 本内特·瑟夫

Chafee, Zachariah 扎卡赖亚·查菲

Chaliapin, Feodor 费多尔·夏里亚宾

Challenge of Scandinavia, The (Shirer)《斯堪的纳维亚的挑战》（夏伊勒）

Chamberlain, Neville 内维尔·张伯伦

Chambers, Whitaker 惠特克·钱伯斯

Champion, Marge 玛吉·钱皮恩

Chamson, André 安德烈·尚松

Chancellor, John 约翰·钱塞勒

Chandler, Douglas 道格拉斯·钱德勒

Channing, William Ellery 威廉·埃勒里·钱宁

Charm Girl, The (Delaney)《迷情女孩》（德莱尼）

Chekhov, Anton 安东·契诃夫

冯·毛奇（小毛奇）

Monde, *Le*《世界报》

Monroe, Harriet 哈丽雅特·门罗

Moon landing 月球着陆

Morell, Theodor 特奥多尔·莫雷尔

Morgan, Ted 泰德·摩根

Morganpost《晨邮报》

Morgenthau, Henry/Morgenthau Plan 亨利·摩根索/"摩根索计划"

Morris, Lloyd 劳埃德·莫里斯

Morse, Wayne 韦恩·莫尔斯

Mosley, Oswald 奥斯瓦尔德·莫斯利

Mosse, George L. 乔治·L. 莫斯

Mountbatten, Louis 路易斯·蒙巴顿

Mowrer, Edgar 埃德加·莫勒

Mozart, Wolfgang Amadeus 沃尔夫冈·阿玛多伊斯·莫扎特

Muir, Jean 琼·缪尔

Munich agreement《慕尼黑协定》

Murphy, Robert 罗伯特·墨菲

Murray, Philip 菲利普·穆雷

Murrow, Edward R. 爱德华·R. 默罗

Murrow, Janet 珍妮特·默罗

Mussolini, Benito 贝尼托·墨索里尼

Myers, Gene E. 吉恩·E. 迈尔斯

My life and Hard Times（Thurber）《我的生活和艰难岁月》（瑟伯）

My World and Welcome to It!（Thurber）《欢迎参观我的世界!》（瑟伯）

Nagasaki, Japan 长崎（日本）

Nannes, Casper 卡斯珀·南斯

Napoleon Ⅲ 拿破仑三世

Nation, *The*《国家》

National Book Award, for *Rise and Fall* 美国国家图书奖（《第三帝国的兴亡》）

National Health Service（Britain）英国国家医疗服务体系

National Observer《国家观察家报》

National Review《国家评论》

National Socialism 国家社会主义

National Socialist League（英国）国家社会主义联盟

Native's Return, *The*（Adamic）《故人归国》（阿达米克）

Nazi Conspiracy and Aggression《纳粹阴谋与侵略》

Nazi Seizure of Power, *The*（Allen）《纳粹夺权之路》（艾伦）

译者后记

本书于 2014 年由中国青年出版社推出初版，2020 年由社会科学文献出版社甲骨文工作室再版，衷心感谢两家出版社信任我，让我承担重任，翻译本书。

本书是名人传记，而且是涉及重要世界历史事件和历史人物的名人传记。在我翻译的书里，本书算不上最难译，不过，本书是我投入时间、精力、耐心最多的书。并非因为本书篇幅大（我翻译过同等篇幅的世界文学名著），而是因为本书包含的真实信息量堪称"巨大"！仅举一例：本书不过 50 多万字，涉及的人名、地名等专有名词达到 1700 个之多！众所周知，这类名词不能想当然地翻译；另外，由于本书作者是第二次世界大战许多重大历史事件绝无仅有的亲历者，书中记述的历史事件和人物此前已经在数不胜数的中文著述里出现过，形成了各种各样的翻译先例，必须从中找出标准的或约定俗成的译名，方能纳入我的译文。我估计，为查找这 1700 个专有名词的准确中文名称，以及诸如此类的信息，我投入的时间和精力占了全部投入的五分之一！

本书作者因《第三帝国的兴亡》享誉天下。《第三帝国的兴亡》是一部厚重的历史书，也是一部极其特殊的历史书。时至今日，它仍然是同类中的绝唱。它历尽艰难才出版成书，面世后的反响出乎了所有人的意料。在美国，历史书向来没有市场，《第三帝国的兴亡》却创造了空前绝后的市场奇迹，继之，这一奇迹还传遍了世界各地。

翻译本书的过程中，我也经历了一段艰难的心路历程。刚刚着手翻译时，我那百岁的老父亲走了。在抢救中，我做了一件常人想都不敢想的事：在最后时刻，经医生允许，我一直紧握父亲的手，每当监视仪上各种跳跃的曲线和数字趋向高危时，我就不停地和他说话，呼唤他不要放弃。父亲三次仅有出气，没有进气，然后停止呼吸近一分钟，监视仪上的各种曲线形成近乎平行的直线，各种数字也三次近乎归零；好在他又三次倒吸长气，让监视仪上的曲线和数字三次恢复生机，给了我和医护人员三次希望。不过他没有做第四次努力！我父亲走了，他的一生（1912—2012）刚好跨越一个世纪，他不仅是中国历史最轰轰烈烈变迁的见证者，还是积极的参与者。《第三帝国的兴亡》和本书讲述的那些年都是他经历过的，只不过他身在东方，而不是西方。发生在我父亲身上的故事，于我，于他的战友和朋友，都是极其精彩的人生和历史故事。

所以，在翻译中，我常常情不自禁地生出许多感慨，真希望有朝一日我能创作出一部既厚重又精彩的史书，与大家分享一位百岁老人经历的种种非凡故事。

历史之厚重，有时候唯有讲述历史的书才得以承载！本书即如斯。

借本书出版之际，我谨向南希·欧文思（Nancy Owens）女士和詹姆斯·梅（James May）先生表示衷心的感谢。在翻译过程中，他们曾经给予我许多帮助。

译文中凡有不妥之处，望读者宽容。

卢欣渝

2019 年 8 月

图书在版编目（CIP）数据

二十世纪之旅：人生与时代的回忆. 第三卷，旅人
迟归：1945—1988 /（美）威廉·夏伊勒
（William L. Shirer）著；卢欣渝译. -- 北京：社会
科学文献出版社，2020.9
　　书名原文：20th Century Journey：A Memoir of a
Life and the Times. A Native's Return：1945 - 1988
　　ISBN 978 - 7 - 5201 - 6183 - 1

　　Ⅰ.①二…　Ⅱ.①威…②卢…　Ⅲ.①回忆录 - 美国
- 现代　Ⅳ.①I712.55

中国版本图书馆 CIP 数据核字（2020）第 157728 号

二十世纪之旅：人生与时代的回忆（第三卷）
——旅人迟归：1945—1988

著　　者／〔美〕威廉·夏伊勒（William L. Shirer）
译　　者／卢欣渝

出 版 人／谢寿光
组稿编辑／董风云
责任编辑／张　骋　成　琳

出　　版／社会科学文献出版社·甲骨文工作室（分社）（010）59366527
　　　　　　地址：北京市北三环中路甲 29 号院华龙大厦　邮编：100029
　　　　　　网址：www. ssap. com. cn
发　　行／市场营销中心（010）59367081　59367083
印　　装／北京盛通印刷股份有限公司

规　　格／开　本：889mm × 1194mm　1/32
　　　　　　本卷印张：25.75　本卷插页：0.5　本卷字数：556 千字
版　　次／2020 年 9 月第 1 版　2020 年 9 月第 1 次印刷
书　　号／ISBN 978 - 7 - 5201 - 6183 - 1
著作权合同
登 记 号／图字 01 - 2018 - 2790 号
定　　价／428.00 元（全三卷）

本书如有印装质量问题，请与读者服务中心（010 - 59367028）联系